Gertrud Tinning

DIE FRAUEN VON KOPENHAGEN

Gertrud Tinning

DIE FRAUEN VON KOPENHAGEN

Roman

Aus dem Dänischen von
Lotta Rüegger und Holger Wolandt

DIANA

MIX
Papier aus verantwortungsvollen Quellen
FSC® C083411
FSC
www.fsc.org

Penguin Random House Verlagsgruppe FSC® N001967

Die Originalausgabe erschien 2019 unter dem Titel
En uretfærdig tid bei Politikens Forlag, Kopenhagen.

Redaktion: Wiebke Bach
Umschlaggestaltung: t.mutzenbach design, München
Umschlagmotive: © Magdalena Russocka/Trevillion Images;
akg-images/arkivi
Herstellung: Gabriele Kutscha
Satz: Leingärtner, Nabburg
Druck und Bindung: CPI books GmbH, Leck

Printed in the Czech Republic
ISBN 978-3-453-29251-2

www.diana-verlag.de
Dieses Buch ist auch als E-Book lieferbar.

Erster Teil

Kopenhagen 1885

I

Kopenhagen, Rubens Tuchfabrik, Mittwoch, den 11. Februar

Schneite es?

Nelly legte den Kopf in den Nacken und schaute nach oben. Der Websaal hatte nur Fenster im Dach. Aber der Himmel da draußen war bleigrau, und es ließ sich nicht erkennen, ob Schnee auf den Scheiben lag. Sie nahm das letzte Stück Graubrot, kaute langsam und genoss den säuerlichen Geschmack, der sich mit dem salzigen Griebenschmalz mischte. Die Krümel auf dem Papier schüttelte sie in die Hand und kippte sie sich in den Mund. Dann strich sie ihre Schürze glatt und warf nochmals einen Blick auf die Uhr, die über der Tür hing. Die Mittagspause dauerte nur noch wenige Minuten. Ein paar kleine Jungen, die nachmittags arbeiteten, kamen herein. Sie hatten rote Wangen und brachten einen Schwall frischer Luft mit. Die Spuren einer Schneeballschlacht klebten noch an ihren Kleidern, und von ihren Holzschuhen fielen Klumpen schmutzigen Schnees. Einen Augenblick lang sah sie sich selbst mit nassen Zöpfen und blau gefrorenen Fingern mit den Kindern vom benachbarten Hinterhof in Christianshavn eine Schlacht liefern.

Nelly schob ihre Füße in die Stiefel, was nicht so einfach war, denn sowohl Füße als auch Knöchel waren wund und geschwollen. Viele Frauen hatten jetzt fertig gegessen, und Nelly nickte einigen von ihnen zu, als sie an ihr vorbeigingen. Sie kannte nicht alle, obwohl sie schon seit mehreren Jahren bei Rubens arbeitete. Es waren so viele, und es fand ein ständiger Wechsel statt. Mehrere Frauen verließen jetzt den Essraum, der hinter einer dünnen Trennwand lag. Er war recht klein, und man saß dort dicht gedrängt auf schmalen Bänken. Nelly hatte stattdessen auf einer Kiste in der Ecke des Websaals Platz genommen. Weder im Essraum noch hier in dem Saal, in dem sie saß, konnte man eine vernünftige Unterhaltung führen. Die Webstühle lärmten so ohrenbetäubend, dass man schreien musste und einander trotzdem kaum verstand.

Der Websaal war mit seinen fast fünfhundert Webstühlen, die von drei modernen Dampfmaschinen angetrieben wurden, der größte Nordeuropas. Nelly hatte noch die Beschreibungen Vormann Ottesens im Ohr. Obwohl der Saal sehr hoch war, verflüchtigte sich der Lärm nicht, im Gegenteil. Das Tosen der einzelnen Treibriemen und Achsen und die hämmernden Laute der Schäfte wirbelten wie Fäden ineinander und schwollen zu einem gewaltigen Lärmknäuel an.

Nelly schnürte ihre Stiefel auf halbe Höhe und knüllte das Zeitungspapier, in dem sie das Essen aufbewahrt hatte, zusammen. Dann erhob sie sich von der Kiste, füllte ihre Blechtasse am Wasserhahn und fuhr sich mit dem Handrücken über den Mund. In ihrer Schürzentasche verwahrte sie ein angespitztes Streichholz. Während sie zu ihren Webstühlen zurückkehrte, pulte sie Graubrot aus einem kaputten Zahn. Sie blieb vor dem ersten Webstuhl stehen und betrachtete den dunkelroten Damast, der nach und nach in der Kette sichtbar wurde. Die roten Fäden bildeten in dem einfarbigen Stoff ein Blumenmuster. Dieser Stoff war für Tischtücher vorgesehen und würde bei den Menschen, die ihn sich leisten konnten, gut zu weißem Porzellan passen. Auf ihrem zweiten Webstuhl entstand grauer, dichter Twill für Herrenhemden. Nelly legte eine Hand auf das kalte Metall des Webstuhls und konzentrierte sich darauf, in das Getöse zu lauschen. Die Garnspulen änderten den Ton und pfiffen schriller, wenn ein Faden zur Neige ging. Es gelang ihr gerade noch rechtzeitig, ein paar Spulen zuunterst am Webstuhl zu ersetzen. Als sie sich wieder aufrichtete, sah sie Marie atemlos und mehr als zehn Minuten zu spät in den Saal hasten. Ihr Haarknoten hatte sich gelöst, und lange rote Strähnen hingen ihr in die Stirn. Ihr Gesicht war gerötet, ihre Nase lief, ihr Umschlagtuch war schneebedeckt und ihr Blick unstet. Vormann Ottesen war sofort zur Stelle. Erbost brüllte er sie an, deutete auf die Uhr und schrieb dann etwas in sein kleines Notizbuch. Das Bußgeld, die Strafe, die von ihrem Lohn abgezogen werden würde. Marie fuchtelte abwehrend mit den Armen und erwiderte etwas, aber Vormann Ottesen starrte sie mit seinen ausdruckslosen Augen und schmalen Lippen nur starr an, während seine Finger auf dem Bußgeldbuch trommelten. Plötzlich drehte er sich um und ging. Marie sah ihm einen Augenblick hinterher, dann ließ sie die Arme sinken und eilte zu ihren Webstühlen.

Zu Hause auf dem Hinterhof in Christianshavn war Marie die kleine Marie gewesen, obwohl sie eigentlich zwei Jahre älter war als Nelly. Trotzdem hatten sie miteinander gespielt und waren in dieselbe Klasse gegangen. Später hatte sich Marie in Nellys großen Bruder Gustav verliebt, worüber sich Nelly eigentlich immer noch wunderte. Schließlich kannte sie Gustav. Später, als das erste Kind unterwegs war, hatten die beiden geheiratet. Seit Marie ebenfalls in der Tuchfabrik Ruben arbeitete, legten sie das erste Stück des Heimwegs gemeinsam zurück. Wenn etwas dazwischenkam und dieses Plauderstündchen ausfiel, war der Tag unvollständig.

Nelly tauschte eine weitere Spule aus und ging dann zum nächsten Webstuhl. Am schlimmsten war das Stillstehen, denn damit wollte sich ihr rechtes Bein nicht abfinden. Wenn sie sich zu lange nicht bewegt hatte, musste sie den Fuß schütteln, weil er sonst zu stechen und zu kribbeln begann. Aber jetzt war es ihr

Kreuz, das ihr Kummer bereitete. Sie versuchte, es durch den Kleiderstoff zu massieren, was nicht so einfach war, denn das Kleid lag eng an, und ihre Hände fanden keinen Halt.

Marie arbeitete nur wenige Reihen von Nelly entfernt. Sie hatte ihre Haare noch nicht in Ordnung gebracht, und lange Locken tanzten vor ihren Augen. Nelly hob einen Arm, um ihr zuzuwinken, doch Marie sah sie nicht. Da hörte Nelly wieder diese leise Geräuschveränderung, die auf einen Fadenriss hindeutete, und stoppte sofort den Webstuhl. Nachdem sie ihn wieder in Gang gesetzt hatte, musste sie ins Lager, um neue Garnspulen zu holen. Statt den breiten Gang neben den Webstühlen zu benutzen, schlängelte sie sich zwischen diesen hindurch und blieb kurz bei Marie stehen. Maries Augen waren gerötet.

»Was ist passiert?«, rief Nelly.

»Valdemar ist nicht nach Hause gekommen«, antwortete Marie mit starr auf den Webstuhl gerichtetem Blick. »Das liegt an diesem verdammten Eis auf dem Ladegårdsåen. Alle Kinder spielen dort, und er vergisst die Zeit, obwohl er weiß, dass er sofort zu seinen kleinen Geschwistern nach Hause gehen soll. Ich mache mir Sorgen wegen dem Eis. Kann man sich darauf verlassen, dass es hält? Ich glaube, ich habe dort unten Wasser gesehen.«

»Eislöcher?«, hakte Nelly nach.

»Das weiß ich nicht, aber das Eis schien von Wasser überspült zu sein.« Marie sah Nelly an und strich sich eine Strähne aus den Augen.

»Hast du ihn dort unten gesucht?«

»Ja. Aber erst war ich noch zu Hause, um die Kleinen zu füttern. Das Feuer war erloschen, also musste ich ihnen Brote machen. Und dann musste ich Thyges Windeln wechseln. Er hat es wieder am Magen.«

»Hast du Valdemar gefunden?«, fragte Nelly.

»Nein, er war nirgends zu sehen, dann musste ich los, um nicht noch viel später zu kommen.«

»Die Kleinen sind also allein zu Hause?«, wollte Nelly wissen.

»Ja, ich weiß … aber was soll ich machen? Ich habe ein paar Kinder auf dem Eis gebeten, Valdemar sofort nach Hause zu schicken, wenn sie ihn sehen.«

»Na, dann ist er bestimmt bald wieder da.« Nelly strich Marie über den Arm.

»Ich weiß, ich mache mir nur solche Sorgen. Stell dir vor, er …« Marie schüttelte den Kopf. Ihre Lippen zitterten. Dann trat sie ein paar Schritte beiseite und beugte sich über ihren Webstuhl. Vormann Ottesen näherte sich. Seine schrille Stimme schnitt durch den Lärm. »Ist es nicht schlimm genug, dass Sie zu spät kommen? Sie wissen sehr wohl, dass alle Unterhaltungen während der Arbeit verboten sind.« Er deutete auf die Wand, an der eingerahmt und in schönen Buchstaben die Vorschriften der Tuchfabrik hingen.

Nelly setzte ihren Weg ins Lager fort. Es dauerte eine Weile, bis sie die richtigen Spulen gefunden hatte, und als sie wieder zurückkehrte, konnte sie Marie nirgends sehen. War sie draußen auf dem Abtritt? Seltsam, sie war ja gerade erst gekommen. Alle wussten, dass Vormann Ottesen genauestens beobachtete, wie oft die Frauen nach draußen gingen.

Nelly erreichte ihren Webstuhl gerade noch rechtzeitig, um die Spule auszuwechseln. Als sie damit fertig war, konnte sie Marie immer noch nirgends erspähen. So lange konnte sie einfach nicht auf dem Abort sein, es sei denn, ihr war schlecht geworden. Rasch kontrollierte Nelly die anderen Spulen. Beunruhigt ging sie dann zum Abtritt hinaus und öffnete die Tür. Der Gestank der Tonnen stach ihr in der Nase.

»Marie, bist du da?«

Alle Verschläge waren leer bis auf einen. Nelly klopfte. »Marie, bist du das? Bist du da drin?« In diesem Augenblick wurde die Tür geöffnet, und eine kräftige Frau trat heraus, eine der schwedischen Arbeiterinnen.

»Entschuldige bitte«, sagte Nelly. Die Frau nickte schweigend.

Sie kehrte in den Websaal zurück, wo sie Marie immer noch nicht entdecken konnte. Nelly zwängte sich durch den schmalen Gang zwischen den Webstühlen. Alle Frauen arbeiteten konzentriert, denn Fehler konnten Lohnkürzungen zur Folge haben. Hatte man Marie ins Büro geschleppt? Schließlich war sie nicht zum ersten Mal zu spät gekommen. Aber wenn jemand gefeuert wurde, dann geschah das meist freitags und so gut wie nie während der Arbeitszeit. War Valdemar doch etwas zugestoßen? Vielleicht hatte man ja nach Marie geschickt? Sie sah vor ihrem inneren Auge, wie der Junge unter dem Eis in der Dunkelheit versank. Schon seit mehreren Wochen war Frost, und die Kinder schlitterten über das Eis. Aber in der vergangenen Nacht war die Temperatur gestiegen, und es hatte getaut. Das Eis auf dem Fluss war an mehreren Stellen dünn, weil irgendwelche Dreckskerle Löcher hineinhackten, um zu fischen. Im vergangenen Jahr war ein kleines Mädchen ertrunken. Es war eingebrochen und von der Strömung unter die Eisdecke gezogen worden. Erst im Frühling, als das Eis endlich aufgegangen war, hatte man das Kind gefunden.

Nelly hielt abrupt inne, als sie einen Zipfel von Maries blauem Kleid entdeckte. Rasch drückte sie sich an den letzten Webstühlen vorbei und stand vor ihr.

Marie lag zuckend zwischen der Webmaschine und dem Rad mit dem Treibriemen eingeklemmt. Ihr nach hinten verdrehter Kopf wurde von den beiden Schäften, die unaufhörlich auf- und niederflogen, immer wieder aufs Neue angestoßen. Nelly schrie. Mit einem großen Schritt über Marie hinweg, versuchte sie, an den Griff zu gelangen, mit dem sich die Webmaschine abschalten ließ. Maries Gesicht blutete, als hätte ihr jemand einen Fausthieb versetzt. Als der Webstuhl zum Stillstand kam, hörte Nelly sie leise stöhnen. Vor ihrem Mund stand blutiger Schaum.

»Um Himmels willen, Marie, du musst hier weg, hörst du, liebste Marie!«, rief Nelly und versuchte, sie behutsam zu befreien, aber Marie saß fest. Die Zahnräder, zu denen der Treibriemen hinabführte, hatten ihren Arm und ihre Schulter erfasst. Jetzt, wo sie stillstanden, sah Nelly, dass sich Maries Haar in diesen verfangen hatte, und selbst unten in dem helllila Baumwollsatin schimmerte hellrotes Haar. Schnell zog Nelly ihre Schere aus der Schürzentasche, das Haar musste dicht am Schädel gekappt werden, weil Maries Kopf auf die Kette gepresst wurde. Der Kleiderstoff an Maries Arm und Schulter war nicht mehr blau, sondern blutgetränkt und war mit den Zahnrädern zu einer Einheit verschmolzen. Der Treibriemen lief auf dem äußeren Rad weiter und erschwerte es Nelly, an Marie heranzukommen. Verzweifelt sah sie sich um, doch die anderen Frauen waren zu weit weg und würden sie nicht hören. Ohne ihre eigenen Schluchzer hören zu können, drückte sie sich zwischen den Webstühlen hindurch auf den Mittelgang, fuchtelte mit den Armen und schrie, so laut sie nur konnte, obwohl sie wusste, dass es zwecklos war. Sie rannte den Gang hinunter und stieß mit der kräftigen Karen zusammen, die über einen Webstuhl gebeugt dastand. »Es ist ein Unglück passiert! Marie ist eingeklemmt!«, schrie Nelly.

Karen ließ die Garnspule, die sie in der Hand hielt, fallen und beugte sich vor, um Nelly besser hören zu können. Nelly musste ihre Worte wiederholen, aber jetzt kamen ihr die Tränen. Karen sagte nichts, sondern nickte nur und lief dann los, um den Vormann zu holen. Nelly rannte zu Marie zurück, die immer noch in der gleichen Position dalag. Auf dem Boden hatte sich das Blut mit Staub und Baumwollfäden vermischt. Der Treibriemen der Webmaschine vor Marie hing schlaff nach unten und bewegte sich nicht, aber wie war das nur möglich? Die Treibriemen liefen über Achsen an der Decke und waren auf diese Weise miteinander verbunden, kein Riemen konnte angehalten werden, ohne auch die anderen in der gleichen Reihe zu stoppen. Nelly streckte die Hand aus und packte den reglosen Riemen, dessen kräftiges Leder gerissen war. Der Riemen hatte Marie im Gesicht getroffen und nach hinten geschleudert, und sie war rückwärts in den Webstuhl hinter sich gefallen. Das war die einzig denkbare Erklärung.

Und da erschien auch schon Karen, dicht gefolgt von Vormann Ottesen. Als er Marie sah, blieb er so plötzlich stehen, als wäre er gegen eine Mauer geprallt. Mehrmals hintereinander ballte er die Hände zu Fäusten und öffnete sie dann wieder, bewegte sich aber nicht vom Fleck. Nelly stieß ihn fest an: »Wir müssen die Riemen stoppen, damit wir an sie drankommen«, schrie sie.

Ottesen starrte sie an, trat dann einen Schritt auf Marie zu, bereute das dann jedoch und trat wieder zurück. Nelly wusste genau, weshalb er zögerte. Nur im äußersten Notfall wurde eine ganze Reihe Webmaschinen angehalten. Denn es kostete viel Zeit, sie wieder in Gang zu setzen, was zur Folge hatte, dass an diesem Tag weniger Tuch produziert wurde. Mehrere Frauen drückten sich zwischen den Webstühlen hindurch und näherten sich Vormann Ottesen. Dieser fuchtelte mit den Armen. »Verschwindet«, schrie er. »Zurück an die Arbeit. Hier gibt es nichts zu sehen. Nichts, sage ich.«

Jetzt eilte einer der anderen Vormänner, den Nelly nicht so gut kannte, aus dem hinteren Teil des Saals herbei. Er wurde Fingerhut genannt, aber wie es zu diesem Spitznamen gekommen war, wusste niemand so genau. Manche meinten, sein pockennarbiges

Gesicht erinnere an die Oberfläche eines Fingerhuts, andere, dass es an seinem Talent liege, einen Schnaps nach dem anderen zu kippen. Fingerhut trug eine grüne Schürze, die er um seinen großen Bauch gebunden hatte. Er verschwand ebenso rasch, wie er erschienen war.

»Ist er jetzt die Achse stoppen gegangen?«, rief Nelly.

»Tja, das … Nein, das kann er nicht so ohne Weiteres«, antwortete Ottesen.

»Aber wir müssen unbedingt etwas unternehmen!«, schrie Nelly und zerrte an Ottesens Arm.

Dann ließ sie ihn wieder los, denn die Riemen kreisten immer langsamer und kamen nach einer Weile ganz zum Stillstand. Fingerhut hatte die Achse angehalten.

Sie mussten Marie losschneiden. Fingerhut lag mit einer scharfen Schere auf den Knien. Nelly war schlecht, und sie zitterte am ganzen Körper, aber es gelang ihr, die Tränen zurückzuhalten, während sie mithalf, Marie aus der Maschine zu ziehen. Maries Arm war seltsam verdreht, und ihr blutverschmiertes Gesicht war beinahe grau. Nelly beugte sich über sie, um sich zu vergewissern, dass sie immer noch atmete, und strich ihr behutsam über die Wange. »Marie, ich bin's, Nelly. Sag etwas!«

Langsam öffnete Marie ein Auge, das andere war durch die Wucht des Treibriemens zugeschwollen.

»Nelly, du musst dich um die Kinder kümmern«, brachte sie stoßweise hervor.

»Ich versprech's dir, Marie. Werde nur wieder gesund, um die Kinder musst du dir keine Sorgen machen.«

»Valdemar, ich habe ihn doch nicht wiedergefunden … und das Eis, das fürchterliche Eis …« Maries Lippen bewegten sich weiter, aber ihre Worte wurden von dem Lärm verschluckt.

»Ich finde ihn ganz bestimmt, sicher ist er schon zu Hause, alles wird gut.« Nelly schluchzte und lächelte zugleich, dann richtete sie sich wieder auf. »Sie muss ins Krankenhaus, und zwar sofort«, fauchte sie Vormann Ottesen an. Er hatte große rote Flecken auf Hals und Gesicht, und seine Hände zitterten, als er sich den Schweiß von der Stirn wischte.

»Na, machen Sie schon, Mann!«, schrie Nelly ihn an. »Gehen Sie zum Fabrikanten hinauf, damit er einen Krankenwagen ruft, dort oben gibt es ja ein Telefon!«

Ottesen trat einige Schritte zurück, als könnte er sich für keine Richtung entscheiden. Dann drehte er sich endlich um und ging langsam auf das Tor zu, während er an seiner Taschenuhr herumfingerte. Kaum war er verschwunden, näherten sich mehrere Frauen. Einige knieten sich neben Marie hin und strichen ihr über ihr blaues Kleid. Eine rannte ins Lager hinaus und kehrte mit einem Stoffrest zurück, mit dem sie Maries Arm verbanden, um das Blut zu stillen. Mehr konnten sie nicht tun, also kehrten sie an ihre Webstühle zurück. Karen blieb noch einen Moment und packte Nellys Arm. »Das war der Treibriemen, nicht wahr?«, rief sie.

Nelly nickte.

»Bleib bei Marie. Ich kümmere mich um deine Webstühle.« Karen drehte sich um und zwängte ihre massige Gestalt zwischen den Webstühlen hindurch auf den Mittelgang.

Nelly setzte sich auf den Boden, ergriff Maries unverletzte Hand und strich ihr vorsichtig über das Handgelenk. Sie betrachtete den verdrehten Arm. Würde er jemals wieder ein Kind halten können?

Da erschien auch schon Vormann Ottesen mit eiligen Schritten und bedeutete Fingerhut, ihm zu helfen. Mit Nelly sprach er nicht. Sie ließ Maries Hand los und erhob sich. Vorsichtig zogen sie Marie von den Webstühlen weg. Fingerhut beugte sich vor, schob seine Arme unter die Liegende und trug sie ins Lager. Nelly begleitete sie.

»Wo sollen wir sie hinlegen?«, fragte Fingerhut, als sie in dem kalten, länglichen Raum, von dessen Mittelgang schmale Gänge zwischen die quer stehenden Regale voller Stoffballen in verschiedenen Farben führten, anlangten.

»Hierher, bring sie hierher!« Vormann Ottesen stand zwischen zwei Regalen.

Nelly hielt ihre Hände schützend um Maries Kopf, als Fingerhut sie auf den Boden legte.

»Haben Sie einen Krankenwagen gerufen?«, fragte Nelly und sah Ottesen an.

Er schüttelte den Kopf. »Nein, es …«

»Aber warum nicht? Sie stirbt noch!«

»Nur der Fabrikant hat Zugang zum Telefon. Man braucht eine Genehmigung, und es müssen besondere Umstände vorliegen …« Nelly fiel ihm ins Wort.

»Sind das etwa keine besonderen Umstände?«

»Sie hat den Unfall doch selbst verschuldet.«

Beinahe hätte Nelly Vormann Ottesen eine Ohrfeige gegeben. »Sie haben es nicht einmal versucht?« Ihre Stimme brach.

»Sie können jetzt zu Ihren Webstühlen zurückkehren, Fräulein Hansen«, sagte er und schob ein paar Baumwollballen vor Marie, sodass sie vom Mittelgang nicht mehr zu sehen war.

»Wozu soll das gut sein?«, fragte Nelly. »Sie muss ins Krankenhaus.«

»Sie kann sich jetzt eine Weile ausruhen.«

»Was soll das heißen? Sie muss sofort ins Krankenhaus!«

Vormann Ottesen schwieg. Sein graues, über den Schädel gekämmtes Haar war verrutscht und hatte seine Glatze entblößt.

»Haben Sie wenigstens einen Wagen angefordert? Im Stall stehen doch mehrere, einer der Kutscher könnte fahren«, fuhr Nelly fort.

Vormann Ottesen schüttelte den Kopf. »Die Wagen stehen

für private Zwecke nicht zur Verfügung. Das wissen Sie ebenso gut wie ich. Gehen Sie jetzt zu Ihren Maschinen zurück«, fauchte er.

»Ich versuche, eine Droschke aufzutreiben«, rief Fingerhut und rannte los. Nelly setzte sich vor Marie auf einen der Baumwollballen und starrte Vormann Ottesen an, der die Hände rang. Fingerhut war schnell wieder da. »Es geht nicht, das Wetter ist fürchterlich. Es schneit und stürmt, und keine Droschke weit und breit.«

»Dann muss sie eben einen der Wagen aus dem Stall bekommen«, sagte Nelly.

»Nein, das geht nicht. Das geht nur mit besonderer Genehmigung von Fabrikant Ruben, und … die bekommen wir nicht …«, begann Vormann Ottesen.

»Ja, sind Sie denn vollkommen verrückt? Wollen Sie sie hier einfach sterben lassen?«, schrie Nelly und rannte durch den Websaal auf das Tor zu.

2

Kopenhagen, Mittwoch, den 11. Februar

Als sie ins Freie trat, schnitt der Wind durch Nellys Umschlagtuch. Die Pflastersteine waren glatt. Unter dem nassen Schnee lag Eis, das sie zwang, ihre Schritte zu verlangsamen. Vorsichtig überquerte sie den Hof zum Stall der Fabrik. Fingerhut folgte ihr.

»Sind Sie sich wirklich sicher?«, rief er außer Atem, als sie den Stall betreten hatten und an den Wagen vorbeirannten.

»Haben Sie etwa einen besseren Vorschlag? Sie hat drei kleine

Kinder, und …« Sie hielt inne, als sie einen älteren Kutscher erblickte, der sich gerade eine Pfeife anzündete.

»Wir brauchen einen Wagen. Es ist ein Unfall geschehen, eine Frau muss sofort ins Krankenhaus, sonst stirbt sie.« Nelly packte den Kutscher am Arm.

Der Kutscher schüttelte sie ab. »Ich brauche einen Fuhrschein«, sagte er und blies Rauch in die Luft.

»Den gibt es nicht, dafür war keine Zeit. Wollen Sie den Tod einer Frau auf dem Gewissen haben?«

»Nein, natürlich nicht, aber ohne Fuhrschein kann ich nichts machen.« Er trat einen Schritt zurück. Zwei weitere Männer kamen weiter hinten im Stall zum Vorschein. Ob sie ebenfalls Kutscher waren, war nicht zu erkennen.

»Was ist mit euch?«, rief Nelly. »Seid ihr auch so erbärmliche Drückeberger, die eine Frau einfach sterben lassen?«

Die Männer antworteten nicht, sondern hielten nur einen Augenblick inne und sahen sie an, um dann durch eine Tür zu verschwinden.

»Spannen Sie schon an, wir brauchen einen der geschlossenen Wagen.« Erneut rüttelte Nelly am Arm des Kutschers. Er schüttelte sie nochmals ab, eilte den Gang entlang und verschwand durch dieselbe Tür wie die anderen Männer.

Nellys Schläfen pochten, und sie wollte den Männern folgen. *Das durfte doch nicht wahr sein! Was waren das für Menschen?* Da kam Fingerhut eilig auf sie zu.

»Fräulein Nelly, so haben Sie doch ein Einsehen! Die Männer hier haben keine feste Anstellung. Sie sind Tagelöhner. Sie bekommen nie wieder eine Arbeit, wenn sie ohne Fuhrzettel fahren.« Da ging die Tür wieder auf, und die beiden hielten inne. Der Kutscher und fünf andere Männer kamen zum Vorschein und rückten wie eine kleine Armee an.

»Raus mit Ihnen!«, rief der Kutscher. »Sehen Sie zu, dass Sie aus unserem Stall verschwinden.« Er hielt eine lange Peitsche in der Hand.

Wenig später standen Nelly und Fingerhut wieder auf dem Hof und hörten, wie das Stalltor mit großem Getöse hinter ihnen zufiel. Nellys Hände zitterten vor Aufregung, und ihr Atem ging rasch. In diesem Augenblick fuhr ein offener Einspänner auf den Hof. Der Kutscher sprang vom Bock, band das Pferd fest und verschwand dann zu den anderen Kutschern.

Nelly und Fingerhut tauschten einen kurzen Blick aus. Gemeinsam wuchteten sie die drei Kisten von der Ladefläche.

»Der Hintereingang zum Lager«, rief Nelly.

Fingerhut machte das Pferd vom Pfosten los und sprang auf den Kutschbock. »Hü«, rief er und schwang die Peitsche. Das Pferd setzte sich in Bewegung, und der Wagen rollte mit einem Ruck vorwärts.

Nelly öffnete das Tor, rannte durch den Saal mit den Webstühlen ins Lager und blieb wie angewurzelt stehen. Die Baumwollballen waren weggeräumt worden. An dem Platz zwischen den Regalen, wo Marie gelegen hatte, waren nur noch die Spuren einer notdürftig aufgewischten Blutlache zu sehen. Marie war verschwunden. Ein kleiner Mann in einem braunen Kittel wuchtete Tuchrollen auf ein Regal.

»Wo ist sie?«, rief Nelly.

»Wer?«

»Die Verletzte. Wo hat man sie hingebracht?«

»Das weiß ich nicht.«

»Das ist doch nicht möglich, eben noch lag sie hier.«

»Ich habe doch gesagt, dass ich nichts weiß.«

»Verdammt …« Nelly lief den Gang hinunter und schob einige Ballen beiseite, aber auch hier war es leer. Sie musste Vormann Ottesen finden. Oder hatte er sich ebenfalls in Luft aufgelöst? Sie drehte sich um und rannte auf den Websaal zu. Als sie eine

Tür passierte, hielt sie inne. Das Zimmer dahinter kannte sie gut, für gewöhnlich stand die Tür immer offen. Dort hängten die Vormänner ihre Kleider auf und aßen in Ruhe ihr Mittagessen. Sie drückte die Klinke hinunter. Es war abgeschlossen. In diesem Augenblick erblickte sie Fingerhut, der das Lager durch die Hintertür betreten hatte.

»Hier!«, rief sie.

Er rannte auf sie zu. »Ich warte draußen mit dem Pferd, jetzt muss es schnell gehen, wo …«

Nelly fiel ihm ins Wort: »Sie haben sie weggebracht. Ich glaube, sie ist da drin.«

Fingerhut drückte sich an ihr vorbei und legte seine Hand auf die Klinke. »Diese Tür ist doch sonst nie abgeschlossen, was soll das?« Er drehte sich zu Nelly um. »Holen Sie Ottesen.«

Also rannte sie wieder in den Websaal zurück, aber der Vormann war immer noch verschwunden. Als sie wieder zurückkehrte, war auch Fingerhut weg. Wütend trat sie immer wieder gegen die Tür, obwohl ihr Fuß dabei schmerzte.

»Gehen Sie beiseite, so wird das nichts.« Fingerhut hielt ein Stemmeisen und einen Hammer in den Händen. Er schob das Stemmeisen zwischen Tür und Rahmen und schlug mit dem Hammer auf den Griff. Das Holz knirschte, dann flog die Tür mit einem Knall auf.

Und da lag Marie, mit halb geöffnetem Mund, aus dem Spucke und Blut auf ihre Wange sickerten. Ihr verquollenes Gesicht war rötlich lila verfärbt. Nelly beugte sich über sie und nahm ihre Hand. »Kannst du mich hören, Marie?«

Als Marie aufstöhnte, erhob sich Nelly schnell wieder und trat zur Seite. Fingerhut beugte sich vor und hob Marie hoch. Einen Augenblick lang blieb er schwankend stehen, dann drehte er sich um, um sie aus dem Raum zu tragen. Aber da versperrte ihm Vormann Ottesen den Weg.

»Was geht hier vor?«

»Das sehen Sie doch, machen Sie Platz«, antwortete Fingerhut.

»Herr Rasmussen, wissen Sie, was Sie da tun?«

»Das ist meine Sache, Ottesen, lassen Sie mich endlich vorbei.«

»Sind Sie sich der möglichen Folgen bewusst?«

»Ich habe Sie gehört, Ottesen, schweigen Sie endlich und gehen Sie an Ihre Arbeit zurück.«

Schließlich ließ Vormann Ottesen sie vorbei. Nelly folgte Fingerhut, griff sich im Vorbeigehen einen Wollmantel, der an einem Haken hing, und ließ dann die Tür hinter sich zufallen. Draußen stand das Fuhrwerk. Vom Kutscher fehlte jede Spur. Sie warf den Mantel auf die Ladefläche, kletterte hinauf und half Fingerhut, Marie daraufzulegen. Maries Kopf bettete sie in ihren Schoß. Hier draußen im hellen Tageslicht sah sie, dass Maries Auge übel zugerichtet war.

»Bestenfalls werden wir gefeuert, schlimmstenfalls landen wir bei Wasser und Brot im Zuchthaus«, sagte Fingerhut, als er die Seitenbretter der Pritsche hochklappte.

»Immerhin benehmen wir uns nicht wie Dreckschweine«, erwiderte Nelly.

»Hüten Sie Ihre Zunge, junge Dame.« Er band das Pferd los und sprang auf den Kutschbock.

Das Fuhrwerk setzte sich auf den holprigen Pflastersteinen in Bewegung, und Nelly hatte Mühe, Marie festzuhalten. Hinter ihnen tauchte der Kutscher des Wagens auf, schreiend und mit den Armen fuchtelnd. Fingerhut warf einen kurzen Blick über die Schulter, dann schwang er die Peitsche, und das Pferd trabte den Rolighedsvej entlang. Der Kutscher versuchte, ihnen nachzulaufen, rutschte dann aber aus und fiel der Länge nach hin. Erst als sie ein gutes Stück des Weges zurückgelegt hatten, sah Nelly, wie er sich langsam aufrappelte und zur Fabrik zurückhumpelte.

Fingerhut hatte in der Eile keinen Mantel angezogen, sondern trug immer noch seine grüne Schürze. Der Schnee fiel spärlich, aber in großen Flocken, die wie nasse Daunen liegen blieben. Nelly versuchte, Marie in den nassen Mantel zu wickeln, was aber nicht ging, ohne den verletzten Arm zu bewegen. Zu guter Letzt zog sie ihr eigenes Umschlagtuch aus und deckte Marie damit zu.

»Halt durch, Marie«, sagte sie immer wieder. »Wir sind auf dem Weg ins Krankenhaus, es wird alles gut.«

Wenn sie doch nur etwas für Maries Gesicht hätte tun können! Es war fürchterlich geschwollen und verfärbte sich zunehmend bläulich. Aus ihrer unförmigen Nase lief immer noch Blut. Sie lag leblos da, und nichts ließ darauf schließen, dass sie bei Bewusstsein war. Nelly hielt ihre Hand dicht vor Maries Mund, um ihren Atem zu kontrollieren. Erst meinte sie, nichts zu spüren, aber dann, gerade als eine leise Panik in ihr aufsteigen wollte, bemerkte sie einen schwachen, warmen Hauch auf ihrer Handfläche. Erleichtert atmete sie auf.

Der Schnee war tief und nass, und sie kamen nur langsam voran. Trotzdem war es schwierig, auf der Ladefläche das Gleichgewicht zu halten. Der Wagen war nicht gefedert, und Nelly konnte sich nicht mit den Händen abfangen, da sie Marie stützen und den Mantel festhalten musste. Fingerhut saß schweigend und in Gedanken versunken auf dem Kutschbock und starrte vor sich hin. Auf der Frederiksborggade vor der Abzweigung in die Øster Farimagsgade stieß er plötzlich einen lauten Ruf aus und zügelte das Pferd. Ein hohes grünes Fuhrwerk war vor ihnen mit einem Ruck zum Stillstand gekommen und dann zur Seite gerutscht.

»Verdammt, so ein Dummkopf!«, rief Fingerhut und versuchte, das Pferd vorbeizulenken. Aber die Straße wurde von Fuhrwerken aus der Gegenrichtung und heranströmenden Passanten blockiert. Eines der Pferde des hohen Zweispänners vor ihnen war auf dem glatten Pflaster gestolpert. Es lag auf der Erde und zuckte wie Marie, als sie in der Webmaschine eingeklemmt gewesen war. Das andere Pferd kämpfte darum, nicht ebenfalls umgerissen zu werden. Fingerhut sprang rasch vom Bock und half dem Kutscher bei dem schwierigen Unterfangen, die beiden Pferde abzuschirren. Das Pferd, das sich noch auf den Beinen hielt, war nervös, wieherte und wehrte sich gegen sein Zaumzeug. Ketten rasselten, und die Deichsel zwischen den beiden Pferden schlug ihm gegen die Beine. Fingerhut bekam das Kopfgestell zu fassen, während der Kutscher den Rückenriemen löste. Sobald es vom Zaumzeug befreit war, bäumte es sich auf und rammte dabei einen jungen Mann, der danebenstand. Laute Schreie waren zu hören, und die Menge lief auseinander, aber kurz darauf waren die meisten Leute schon wieder zur Stelle. Nelly schloss die Augen und hielt Marie noch fester umklammert. »Alles wird gut, alles wird gut, das ist nur ein Pferd«, murmelte sie. Die Leute drängten sich um den verletzten Mann. Sie konnte nur seine Schirmmütze sehen, die ein Stück weiter im Schnee lag.

Das gestürzte Pferd lag strampelnd da und versuchte immer wieder, auf die Beine zu kommen. Seine Augen waren verdreht, und Schaum stand ihm vor dem Maul. Die Mittelfüße waren in unnatürlichem Winkel abgeknickt, und ein blutiger Knochen ragte hervor. Der Schnee rundherum war rot verfärbt. Ein kräftiger Mann in blauer Arbeitskleidung trat näher und beugte sich über das Pferd.

»Das gibt nichts mehr«, rief er dem Kutscher zu. »Die Vorderbeine sind gebrochen, zumindest das eine. Am besten erschießen sie das Tier hier und jetzt.«

Die Pferde waren zwar groß, aber nicht so kräftig wie Brauereipferde. Trotzdem hatten der Kutscher und Fingerhut größte

Mühe, das andere Pferd, das sich immer wieder aufbäumte, festzuhalten. Einige Zuschauer schrien, andere riefen ihnen Ermutigungen zu und lachten, aber die meisten wichen noch etwas weiter zurück. Ein Gedränge entstand, und manch einer versuchte, sich nach vorne zu schieben. Der Mann in der blauen Arbeitskleidung rief erneut: »Erschießt es endlich!« Er deutete auf das liegende Pferd.

»Womit?«, wollte der Kutscher wissen.

»Holt einen Schlachter«, rief jemand. »So ein Tier gibt viel Fleisch. Ich nehme gerne ein paar Pfund.«

Nelly wollte nichts mehr hören, aber der Lärm war zu durchdringend. Jetzt eilte ein kleiner, dicker Mann in Begleitung des Mannes in der blauen Arbeitskleidung herbei. Seine blutige Schürze und sein langes Messer verrieten seinen Beruf. Er beugte sich über das Pferd, und Nelly sah eine rote Narbe auf seinem blanken Schädel. Der Schlachter legte dem Pferd eine Hand aufs Maul und schnitt ihm dann mit einer raschen Bewegung die Kehle durch. Das Tier zuckte heftig, und ein gewaltiger Blutstrahl schoss aus dem Hals und besprühte näher stehende Schaulustige. Die Zuschauer schrien, einige kamen durch die Zurückweichenden zu Fall. Nelly stöhnte leise, während die Bewegungen des Pferdes langsam verebbten.

»Sollen wir es hier zerlegen?«, fragte der Fleischer. Sein Gesicht war blutbefleckt, mit einem schmutzigen Stiefel stand er auf dem Rücken des Pferdes, und in einer Hand hielt er immer noch das Messer. Ehe der Kutscher antworten konnte, bahnte sich ein Polizist einen Weg durch die Schaulustigen und begann, sie zu vertreiben.

Laut fluchend sprang Fingerhut wieder auf den Kutschbock. Der Wagen kam nur langsam voran, denn die Menge löste sich nur zögernd auf. Nelly strich Marie übers Haar. »Wir sind gleich da, Marie, halte aus, ich sehe schon das Dach des Gemeindehospitals, da fahren wir hin, das ist schön und neu. Die machen dich wieder gesund.«

Wenig später befanden sie sich auf der Allee, die zum Krankenhaus führte. Die Kälte war durch den Wollpullover und den Rock gekrochen, und Nellys Hände zitterten, als sie Marie behutsam losließ und ihren Kopf auf das Umschlagtuch bettete. Ein heftiger Schmerz stach ihr in die Fußsohlen und strahlte in die Waden aus, als sie von der Ladefläche hüpfte.

Das Gebäude war so lang wie eine ganze Straße, und in der Mitte ragte, mehr Kirche als Hospital, der Turm mit der Kuppel auf. Andere Fuhrwerke hielten vor dem Gebäude, und in einiger Entfernung standen zwei Männer in ein Gespräch vertieft. Niemand schien von ihrem Pritschenwagen Notiz zu nehmen, also rannte Nelly zur Pförtnerluke und klopfte laut an. Die Luke wurde geöffnet, und ein schmaler Kopf mit Brille kam zum Vorschein. Der Mann nahm die Brille ab und schaute zum Wagen hinüber.

»Da liegt eine Frau. Sie ist schwer verletzt, ein Arbeitsunfall …«

Ohne ein Wort knallte der Pförtner die Klappe wieder zu und ließ Nelly ratlos zurück. *Hatte sie sich nicht deutlich genug ausgedrückt? Sollte sie woanders klopfen?* Sie sah sich um. Aber einen Augenblick später wurde eine Tür geöffnet, und zwei Männer in schwarzen Kleidern traten mit einer Trage ins Freie. Fingerhut klappte die Bordwand herunter und trug Marie zur Trage. Sie hing schlaff in seinen Armen und schien nicht bei Bewusstsein zu sein. Der Mantel, auf dem sie gelegen hatte, war blutgetränkt.

»Sie dürfen nicht mitkommen, Fräulein. Sie müssen da drüben reingehen und die Patientin anmelden«, sagte einer der Männer, als Nelly sie begleiten wollte.

In der Pförtnerloge saßen zwei Frauen hinter einer mannshohen Schranke und nahmen keine Notiz von Nelly, als sie eintrat.

»Entschuldigung, aber ich habe es fürchterlich eilig«, sagte Nelly.

Eine der Frauen erhob sich langsam, während ihr Blick immer noch auf dem soeben Geschriebenen ruhte. Dann wandte sie Nelly den Kopf zu. »Ja?«

Nelly musste für die Patientin ein zweiseitiges Formular ausfüllen. Mit zitternder Hand tauchte sie die Feder ins Tintenfass und begann zu schreiben, aber die Buchstaben wurden zu groß und ungleichmäßig, und es gelang ihr nicht, innerhalb der vorgesehenen Zeilen zu bleiben. Während ihrer kurzen Schulzeit hatte sie vormittags meistens arbeiten müssen. Wenn sie dann nachmittags die Schulbank drückte, hatte sich der Griffel geweigert, ihrer Hand zu gehorchen. Sie erinnerte sich noch an den Schmerz, wenn der Lehrer das Lineal auf ihre Finger hatte niedersausen lassen.

Sie versuchte, schnell zu schreiben, doch das führte bloß zu noch mehr Tintenklecksen.

Als sie endlich fertig war, schob sie der Frau das Formular über den Tresen, ohne es noch einmal anzuschauen.

»Kann ich jetzt zu ihr?«, fragte Nelly.

»Nein. Die Besuchszeit ist zwischen sechzehn und achtzehn Uhr, aber heute noch nicht, weil sich erst ein Arzt um sie kümmern muss.«

»Ich arbeite bis achtzehn Uhr, wie soll ich das schaffen?«

»Sind Sie mit ihr verwandt?« Die Frau las mit gerunzelter Stirn, was Nelly geschrieben hatte.

»Ich bin ihre Schwägerin«, antwortete Nelly.

»Nach Absprache können Sie sie abends bis einundzwanzig Uhr besuchen.« Die Frau drehte sich um und legte das Formular auf einen Stapel.

»Wann kümmert sich ein Arzt um sie? Hoffentlich muss sie nicht warten, sie hat ein kleines Kind, das noch gestillt wird, und ihr Mann …«

»Das weiß ich nicht«, unterbrach sie die Frau. »Kommen Sie morgen wieder.«

Auf dem Weg nach draußen blieb Nelly einen Augenblick vor der Tür stehen, hinter der die Männer mit Marie verschwunden waren. Sie presste ihre Hände vor die Augen, hielt einen Augenblick inne, schaute in die Dunkelheit, schwankte. In dieser Stellung hatte sie auch lange verweilt, nachdem ihr Vater sich auf dem Trockenspeicher erhängt hatte. Und auch dieses Mal erfüllte sie das Gefühl, dass nichts mehr so sein würde wie zuvor.

3

Kopenhagen, Mittwoch, den 11. Februar

»Das hat jetzt wirklich lange gedauert. Wir müssen zurück, bevor es Ärger gibt«, rief Fingerhut, als Nelly wieder auftauchte und neben ihn auf den Kutschbock kletterte. »Wird sie durchkommen?«, fragte er.

»Ich weiß es nicht«, antwortete Nelly.

»Verdammt, sie muss es einfach schaffen«, murmelte er.

»Ich möchte mich bei Ihnen bedanken, Herr Rasmussen, für das, was Sie getan haben.«

»Keine Ursache.« Er kratzte sich am Hals. Er hatte kurze Finger und breite Nägel mit Trauerrändern.

»Bereuen Sie es?«, erkundigte sich Nelly.

»Nein. Es musste getan werden.«

Sie schwiegen eine Weile. »Glauben Sie, dass Vormann Ottesen den Fabrikanten wirklich gebeten hat, einen Krankenwagen zu rufen?«, fragte Nelly.

»Diese Frage kann ich nicht beantworten. Ich weiß es nicht.«

»Aber ist er nicht ungewöhnlich schnell wieder zurückgekommen?«

»War das so? Mir ist nichts aufgefallen.«

»Fanden Sie es nicht auch seltsam, dass er sie wegbringen ließ?«

»Tja, das war wohl eine von Ottesens Launen.«

»Launen? Was soll das heißen?«

»Vergessen Sie es. Ich kann wirklich nicht wissen, was in Ottesen vorgeht.«

»Nein, Gott bewahre, aber es war doch seltsam, dass er die Tür einfach abgeschlossen hat.«

»Darüber sollten Sie sich lieber nicht den Kopf zerbrechen.«

Weiter vorne auf der Øster Farimagsgade trudelte ein merkwürdiges Schneeflockengemisch auf die Straße. Nelly hob den Blick. An einem Fenster stand ein Dienstmädchen und schüttelte ein Federbett aus, das offenbar ein Loch hatte. Eine Wolke aus Federn umgab sie, die zusammen mit den Schneeflocken zu Boden rieselten. Nelly hauchte in ihre kalten Hände und rieb sie aneinander.

Das verunfallte Fuhrwerk stand immer noch auf der Frederiksborggade, war aber an den Rand geschoben worden. Auf der Seite des Wagens stand »Burmeister & Wains Zentrifugen«. Nelly versuchte, die Augen starr auf die hübschen goldenen Lettern zu richten, sie wollten ihr aber nicht gehorchen. Der Fleischer war noch mit dem gestürzten Pferd beschäftigt, oder mit dem, was noch davon übrig war. Der Kopf des Pferdes war abgetrennt worden und lag ein Stück von dem restlichen Kadaver entfernt. Ein paar magere Hunde umkreisten ihn. Ein Passant versuchte, ihnen einen Tritt zu versetzen, und sie wichen ein wenig zurück, kehrten aber fast unverzüglich wieder.

Nelly suchte angestrengt nach Worten, weil es ihr seltsam vorkam, schweigend neben Fingerhut zu sitzen, der konzentriert die

Handgriffe des Schlachters beobachtete. Auf dem Peblinge-See waren nur vereinzelte Schlittschuhläufer zu sehen. Die oberste Eisschicht war geschmolzen, und es sah so aus, als liefen sie direkt auf dem Wasser.

»Der Ladegårdsåen mündet doch hier?«, fragte sie.

»Ich denke schon.«

»Mein Neffe, also der Sohn von Marie, spielt dort immer auf dem Eis. Die Eislöcher bereiten mir Sorgen, ein Mädchen …« Sie hielt inne, sie wollte nicht weiterreden, *denn was ging das schon Fingerhut an?*

Am Seeufer standen ein paar Zelte und Schuppen. Vor einem brannte eine Fackel. Dort wurden Schlittschuhe verliehen. Ihr Heimweg von Rubens führte sie oft da vorbei. In den Zelten wurden Kringel und heiße Getränke verkauft. Nelly schüttelte sich und schob ihre Hände unter die Achselhöhlen. Ihr Hals brannte, und ihr Mund war trocken.

Nelly hängte ihren durchnässten Pullover und ihr Umschlagtuch an einen Haken und trank rasch ein paar Schlucke direkt aus dem Wasserhahn. Dann betrat sie den Websaal. Einige Frauen nickten ihr zu, als sie zu ihren Webmaschinen ging. Vormann Ottesen wandte ihr den Rücken zu, als sie in seine Richtung schaute. Wasser tropfte aus ihren Haaren, und ihre nassen Unterröcke hingen schwer herab und klatschten gegen ihre Beine, als wollten sie das Elend nur noch unterstreichen.

Der Webstuhl, der Marie eingeklemmt hatte, lief wieder. Die Schwedin beaufsichtigte ihn. Die andere Webmaschine mit dem gerissenen Treibriemen stand noch still. Die Schwedin stand über ihn gebeugt und fasste sich mehrmals an den Kopf, als bemühte sie sich vergeblich. Nelly zwängte sich zwischen den Webstühlen zu ihr durch. »Ich kann das übernehmen«, rief sie.

»Danke, ich bin schon ganz erschöpft … Es will mir einfach nicht gelingen.«

Sie hatte das Stoffstück mit Maries eingewebtem Haar abgeschnitten und die Fäden neu aufgezogen. Ein Faden des helllila Baumwollsatins ließ sich nicht reparieren, er war ungleichmäßig, dünner als die anderen und würde bald reißen. Die Schwedin hatte sich an dem Faden geschnitten, und die Kette hatte einen Blutfleck. Nelly tauschte den Faden aus, aber er riss immer wieder ab, als hätte die Nervosität der Schwedin sie angesteckt. Aus den Augenwinkeln sah sie Vormann Ottesen. Er umkreiste sie in einigem Abstand, kam jedoch nicht näher. Endlich gelang es Nelly, den Faden zu befestigen. Ehe sie zu ihren eigenen Webstühlen zurückkehrte, sah sie sich den gerissenen Treibriemen eingehender an. Es war deutlich zu sehen, dass er an der Bruchstelle sehr zerschlissen war.

Karen erschien auf dem Mittelgang, und Nelly packte sie am Arm. »Warte bitte draußen auf mich, wenn die Schicht vorbei ist«, rief sie.

Karen sah sie überrascht an und nickte.

Vormann Ottesen beobachtete sie aus einiger Entfernung. Auf seine armselige Vormann-Zulage bildete er sich ganz schön was ein. Offenbar fühlte er sich wie ein enger Mitarbeiter des Fabrikanten, einer, der zu den feinen Leuten gehörte und kein einfacher Arbeiter mehr war. Vor seiner Beförderung zum Vormann war er bloß einer dieser älteren Männer gewesen, die ihr nie sonderlich auffielen. Er war schweigsam und zurückhaltend gewesen. Jetzt trug er eine Weste mit Seidenfutter, und die Uhr mit Goldkette, seine wichtigste Verbündete, steckte in seiner Westentasche. Immer wieder zog er sie hervor und kontrollierte, dass sie mit der Wanduhr übereinstimmte. Sogar sein Gesicht hatte eine Verwandlung durchgemacht. Sein Blick war wachsamer geworden und flackerte ständig auf der Suche nach jedem noch so kleinen Fehler herum. Er genoss seine Macht über die Frauen, daran bestand kein Zweifel. Nelly hatte ihn mehrmals damit angeben hören, Rubens sei der Arbeitgeber, der die meisten Frauen in Dänemark beschäftige, als erforderte es besondere Fähigkeiten, diese riesige Herde in Schach zu halten.

Mit schweren Armen wechselte Nelly die Spule einer ihrer Webmaschinen. Kein Mensch verdiente es, so behandelt zu werden wie Marie heute. Nelly fühlte, wie ihr bei dem Gedanken daran die Hitze ins Gesicht stieg. Wenn es wirklich darauf ankam, war man in dieser Fabrik nichts wert, selbst wenn man sein Bestes gab.

Sie schaute auf die Uhr. Der große Zeiger hatte es nicht eilig, als wüsste er, dass er, wenn es sechs schlug, nicht mehr König und Mittelpunkt der allgemeinen Aufmerksamkeit sein würde. Alle würden den Websaal verlassen, und es würde dunkel und still werden.

Als der große Zeiger auf zwölf rückte, stellte Nelly den Korb mit den Spulen beiseite und eilte zu dem Kleiderhaken, an dem ihre Jacke hing. Rasch knöpfte sie sie zu und wickelte sich ihr Tuch um die Schultern, obwohl beide Kleidungsstücke noch nass waren. Mit langsamen Schritten ging sie an Vormann Ottesen vorbei. Sie sah ihm direkt ins Gesicht, sagte aber kein Wort. Das musste warten, sie hatte jetzt anderes zu tun. Fingerhut war nirgends zu entdecken, seit ihrer Rückkehr hatte sie ihn nicht mehr gesehen. Was hatte er mit dem Pritschenwagen gemacht?

Vor der Fabrik wartete sie, bis Karen mit ein paar anderen Frauen auf die Straße trat. Hier herrschte Dunkelheit, nur die Lampen über dem Tor des Websaals spendeten spärliches Licht. Die Frauen entfernten sich ein wenig von den Lampen und scharten sich mit ernsten Gesichtern um Nelly, die jetzt erzählte, was geschehen war.

»Dass du dich getraut hast, ein Fuhrwerk zu klauen«, staunte Ida, eine junge Frau mit Stupsnase und blonden Locken.

»Ich weiß ja nicht, wo ihr aufgewachsen seid, aber auf meinem Hinterhof in Christianshavn musste man sich ganz schön wehren«, antwortete Nelly.

»Aber warum hat Ottesen sie im Lager eingeschlossen?«, fragte Karen. Sie hatte ihr Kopftuch abgenommen und knüllte es mit der Hand zusammen, ihr schwarzes Haar hatte sie zu einem strengen Knoten zusammengefasst.

»Ja, das würde ich auch gerne wissen. Da ist was faul«, antwortete Nelly.

»Sie hat doch Kinder, nicht wahr?«, erkundigte sich Thyra. Sie hatte ein spitzes Gesicht und spähte ständig unruhig in die Runde.

»Ja, drei kleine, der Jüngste wird noch gestillt. Fragt mich nicht, ob sie überlebt, denn ich weiß es nicht. Aber ich glaube, der Arm ist ruiniert und das eine Auge wahrscheinlich auch.« Nelly hielt einen Augenblick inne und fuhr dann fort: »Wir dürfen das nicht einfach hinnehmen. Ein Treibriemen ist gerissen. Er war abgenutzt und hätte schon längst ausgetauscht werden müssen. Dafür sind die Vormänner verantwortlich.«

»Das ist eine Schande«, meinte Ida.

»Sie bekommt sicher keine Entschädigung. Wovon soll die Familie jetzt leben? Sie wird den Arm nicht mehr benutzen können«, fuhr Nelly fort.

»Hast du mit dem Doktor gesprochen?«, fragte Karen.

»Nein, ich durfte sie nicht begleiten, aber ich will versuchen, sie morgen zu besuchen.«

»Was ist mit ihrem Mann? Kann er nicht …«, begann Thyra.

»Mit dem ist nichts anzufangen. Ihr wisst doch, wie Männer sein können. Er gibt das Geld aus, bevor er es verdient hat. Glaubt mir, ich weiß, wovon ich spreche, denn er ist mein Bruder.

Hat eigentlich von euch jemand das blutige Stück Stoff aus Maries Webstuhl aufgehoben?«

»Ja, ich«, antwortete Karen. »Ich dachte immer, Marie sei deine Schwester?«

»Nein. Sie ist mit meinem Bruder verheiratet … Wir müssen abwarten, was in den nächsten Tagen passiert, ob sie mich feuern oder mir nur den Lohn für heute abziehen. Wie dem auch sei, wir müssen ein Treffen abhalten.«

»Ein Treffen mit Fabrikant Ruben? Bist du vollkommen übergeschnappt?«, fragte Karen.

»Nein, erst mal nur wir Frauen, denn es ist besser, wenn wir dem Fabrikanten geschlossen gegenübertreten. Von zu Hause weiß ich, dass die Männer das an anderen Arbeitsplätzen schon getan haben.«

»Führt das nicht nur dazu, dass wir alle gefeuert werden?«, fragte Ida. »Das kann ich mir nicht erlauben. Mein Vater hat im Moment keine Arbeit, und ich muss das Geld verdienen.«

»So ist es doch bei uns allen. Aber der Fabrikant kann uns, wenn wir zusammenhalten, nicht kündigen, er braucht ja Leute, die die Webstühle beaufsichtigen«, antwortete Nelly und betrachtete die Frauen eine nach der anderen.

Karen nickte und sah sie mit ihrem festen Blick an. Die anderen Frauen aber wirkten verlegen. Vielleicht hatten sie Angst. Thyra schaute in ihren Korb, eine andere hatte sich bereits umgedreht und ging.

4

Kopenhagen, Mittwoch, den 11. Februar

Nelly musste zu Maries Kindern. *Was, wenn Valdemar nicht nach Hause gekommen war und die Kleinen immer noch allein zu Hause waren?* Der Jüngste, Thyge, war noch nicht einmal ein Jahr alt, und Else war erst vier. Nelly wagte es nicht, diese Gedanken weiterzuverfolgen.

Der Schnee war in Regen übergegangen, als sie die Fabrik verlassen hatte, und Matsch lag auf dem Bürgersteig. Ihr Unterrock war beinahe trocken, und sie hob ihren Rock an, so weit es nur ging, um nicht erneut durchnässt zu werden. Es windete unablässig, sie zog ihr Tuch enger um die Schultern und versuchte, den größten Pfützen auszuweichen. Alle kamen nur langsam voran, weil sie in der Dunkelheit vor sich hin stolperten, und auch Nelly musste sich gedulden. Ihr schien, dass selbst die Fuhrwerke gemächlicher als sonst fuhren. Eiskaltes Wasser sickerte in ihre Stiefel, als hätte der Winter beschlossen, sie von unten anzugreifen. Am liebsten wäre sie gerannt. Als sie Nørrebro und die Brücke über den Ladegårdsåen erreichte, sah sie, dass noch immer Kinder im Dunkeln auf dem Eis spielten.

»He, du da!«, rief sie einem großen Jungen zu. »Kennst du Valdemar aus dem Nordvestvej?«

Einen Augenblick lang starrte der Junge aufs Eis. »Kann schon sein.«

»Ist er hier?«

»Weiß nicht. Gesehen habe ich ihn nicht.«

»Verdammt«, murmelte Nelly und eilte über die Brücke. Am anderen Ufer stand eine Gruppe kleiner Mädchen. Als sie sich nach Valdemar erkundigte, nickten sie und zeigten den Fluss hinunter. Sie folgte dem Ufer, so schnell es nur ging, in die angegebene Richtung. Nach und nach wurde die Zahl der Kinder auf dem Eis spärlicher, und sie blieb stehen.

»Valdemar!«, rief sie, so laut sie konnte.

Keine Antwort. Auch nicht, als sie ein viertes und fünftes Mal rief. Eislöcher waren ihr keine aufgefallen. Aber weiter draußen oder jenseits der Brücke konnte es durchaus welche geben. Es war jetzt schon lange dunkel, und ein kleiner Junge konnte verschwinden, ohne dass es den anderen Kindern auffiel. Sie ging noch ein Stück weiter, dann blieb sie stehen. Ihre Suche führte zu nichts. Abrupt machte sie kehrt. Plötzlich durchzuckte sie ein neuer Gedanke. *Was war nur mit ihr los? Hatte sie den Verstand verloren? Wer sagte denn, dass er noch auf dem Fluss war … und die Kleinen waren allein zu Hause!* Das letzte Stück den Nordvestvej entlang legte sie im Laufschritt zurück.

Die Wohnung lag im Hinterhaus. Das Gebäude war nur wenige Jahre alt, was aber angesichts des Schmutzes und der schief hängenden Türen der Aborte auf dem Hof recht unglaublich wirkte. Nelly stieß die Tür zum Aufgang auf. Im zweiten Stock blieb sie einen Augenblick stehen, um zu verschnaufen. Dann bog sie um die Ecke in einen Gang ab, der sich über die gesamte Länge des Hauses zog. Eine einzige trübe Gaslampe flackerte an der Decke. Beidseits des Ganges lagen Ein- und Zweizimmerwohnungen, in denen hauptsächlich kinderreiche Familien hausten. Nelly wusste, dass Marie von einer Zweizimmerwohnung träumte. Früher hatten sie in Christianshavn in dem Haus, in dem Nelly und Gustav aufgewachsen waren, in einem Zimmer ohne Küche gewohnt. Die Wohnung in Nørrebro war so gesehen ein Fortschritt. Marie hatte sich über den Umzug hierher gefreut. Jetzt verfügte sie über eine eigene Küche und musste nicht mehr Wasser auf dem Hof holen.

Nelly achtete darauf, nicht über die Holzschuhe zu stolpern

oder die nassen Mäntel zu streifen, die im Gang an der Wand hingen. Vor der Tür einer Einzimmerwohnung blieb sie stehen und zögerte einen Augenblick. *Was sollte sie tun, wenn er nicht da war?* Dann holte sie tief Luft und klopfte. Ein kleines Mädchen mit dünnen Zöpfen öffnete.

»Tag, Else, ist Valdemar nach Hause gekommen?« Nelly bemühte sich um eine unbeschwerte Stimme.

Das Mädchen schaute schüchtern zu Boden. Hinter ihr tauchte Valdemar auf.

»Tante Nelly?«

»Gott sei Dank.« Sie umarmte den Jungen, der steif und verlegen dastand.

»Weinst du, Tante Nelly?«, fragte Else.

Nelly richtete sich auf und wischte sich die Augen. »Ich hör schon auf.« Sie befreite Valdemar von dem Schnee, den sie mit ihrer Umarmung auf ihn übertragen hatte. »Ist euer Vater zu Hause?« Sie nahm ihr nasses Umschlagtuch ab und hängte es an einen Haken, bevor sie die Tür schloss. In der Wohnung roch es nach altem Bratfett.

»Nein, er ist noch nicht da, aber Mama kommt gleich«, antwortete Valdemar.

»Ja, also, die Sache ist die …« Weiter kam sie nicht.

Der Kleinste, Thyge, der auf dem Fußboden saß, begann zu heulen. Valdemar strich dem Jungen über den Kopf.

»Er hat sicher Hunger«, meinte Nelly. »Wir sollten etwas kochen.«

»Kommt Mama nicht?«, wollte Valdemar wissen.

»Leider nicht, mein Junge, eure Mutter liegt im Krankenhaus. Es wird eine Weile dauern, bis sie wieder nach Hause darf.« Nelly bückte sich und nahm den Kleinen auf den Arm. Seine Nase lief, und seine Windeln waren nass. »Wo hat eure Mutter die sauberen Windeln?«

»Die hängen auf der Wäscheleine«, antwortete Valdemar.

Nelly holte eine Windel aus der winzigen Küche. Die Stube diente gleichzeitig als Schlafzimmer. An einer Wand stand ein Etagenbett, an der anderen das Bett der Eltern. Die zwei älteren Kinder sahen schweigend zu, während Nelly Thyges Windel wechselte. Anschließend zündete sie die Lampe in der Küche an, fand Kartoffeln in einem Tontopf und wickelte einen Kanten Schwarzbrot aus einem Tuch. Neben einem Teller mit einem winzigen Margarineklumpen stand eine halbe Flasche Milch.

»Wo ist dein Vater, Valdemar?«, fragte sie.

»Das weiß ich nicht.«

»Denk nach. Wo könnte er sein?«

Nach einer Weile antwortete der Junge: »In der Kommode.«

»Kommode? Was willst du damit …« Da fiel ihr ein, dass ein paar Straßen weiter ein Wirtshaus mit diesem Namen lag. Sie nahm ein paar Münzen aus einem Beutel unter ihrem Rock hervor. »Valdemar, geh beim Krämer ein Stück Speck holen. Und falls er noch Schwarzbrot von gestern hat, dann nimm ein halbes, wenn es von heute ist, dann nimm nur ein Viertel.«

Der Junge nickte und nahm die Münzen in Empfang.

Nelly trug den Kleinen in die Küche, setzte ihn auf den Fußboden und begann, im Herd Feuer zu machen. Von etwas schmutzigem Geschirr abgesehen, war die Küche ordentlich. Späne lagen geschichtet in einem Korb, und die Kohlen lagen in einem Eimer bereit. So war Marie eben. Nelly wartete, bis die Späne ordentlich loderten, dann schüttete sie Kohlen darauf.

»Warum kommt Mama nicht?« Else stand hinter Nelly.

»Sie kommt, aber nicht heute. Sie hat ihren Arm eingeklemmt, und sie musste ins Krankenhaus.«

»Aber ich will, dass meine Mama kommt!«

Nelly stellte die Kartoffeln aufs Feuer. Wie sollte sie einer Vierjährigen das Geschehene erklären? Sie wärmte ein wenig Milch, goss sie in eine Tasse und setzte sich mit Thyge auf dem

Schoß an den Tisch in der Stube. Sie weichte etwas hartes Schwarzbrot in der Milch auf und fütterte Thyge mit einem Löffel, während Else ihr zuschaute.

»Willst du auch?«

Das Mädchen schüttelte den Kopf, kletterte auf das obere Bett und kroch unter die Decke. Wenig später war Valdemar zurück. Er legte zwei Pakete auf den Tisch. »Das Wechselgeld«, sagte er und reichte Nelly eine Münze.

Sie briet den Speck, schnitt ihn in Würfel und goss das Fett über die Kartoffeln. Valdemar und Else saßen bereits am Tisch, als sie die Schüssel in die Stube trug. Sie verteilte Kartoffeln und Speck auf die Teller. Valdemar schlang das Essen hinunter. Nelly schwieg und betrachtete die Kartoffeln auf ihrem eigenen Teller. Ihr Magen schrie vor Hunger, aber sie fühlte sich schwach, und der Kleine saß unruhig auf ihrem Schoß. Die Kinder waren fast fertig, als sie endlich zu essen begann. Die Kartoffeln waren gar, der Speck war knusprig, und mit den Fingerspitzen tupfte sie das letzte Fett auf.

Anschließend legte sie den Kleinen im großen Bett an die Wand. »Ich gehe jetzt euren Vater suchen. Wenn ich ihn nicht finde, komme ich wieder. Hast du Hausaufgaben, Valdemar?«

»Vielleicht«, antwortete er.

»Was soll das heißen? Setz dich an den Tisch und erledige, was man dir aufgegeben hat.« Die Lampe rußte, und sie schraubte den Docht herunter. »Valdemar, du musst nach der Schule immer sofort nach Hause kommen.« Sie hielt inne und fuhr dann fort: »Du darfst nicht mehr auf dem Eis spielen, das ist viel zu gefährlich. Letztes Jahr ist ein kleines Mädchen ertrunken, weißt du noch? Hörst du, was ich sage?«

»Ja.« Der Junge starrte zu Boden.

Als sie auf den Korridor trat, ging die Tür der Nachbarwohnung auf, und eine junge Frau schaute nach draußen. Sie trug ihr langes Haar offen und nur ein gestricktes Tuch über ihrem Hemd.

»Wo ist Marie?«

»Sie liegt im Hospital, ein Arbeitsunfall.«

»Um Himmels willen. Ein Unglück kommt selten allein.« Ihre Stimme klang heiser wie bei einer Erkältung oder nach langem Rufen. »Marie war heute Mittag vollkommen außer sich, weil Valdemar nicht nach Hause kam. Er kümmert sich doch nachmittags um die Kleinen, weil ich um zwölf in der Wäscherei sein muss.«

»Jetzt ist Valdemar jedenfalls zu Hause.«

»Das habe ich gehört.«

»Ich gehe nun Gustav suchen.«

Die Frau nickte und machte Nelly Platz.

Wie die unterste Schublade einer riesigen, düsteren Kommode lag das dunkle Lokal im Keller eingeklemmt. Nelly öffnete die Tür, und dichter Tabakqualm und der Geruch von saurem Bier und nasser Kleidung schlugen ihr entgegen. Sämtliche Tische waren besetzt, und etliche Männer tranken im Stehen. Gustav sah sie nicht. Sie drängte sich durch eine Gruppe von Männern in der Mitte des Lokals. Ein kräftiger Mann legte ihr seinen Arm um die Taille: »Gib mir einen Kuss, Schöne!« Mit einem Ruck befreite sie sich. »Männer mit Bart küsse ich nicht, hau ab.« Die Männer lachten. »Und ich?«, rief ein junger Mann. »Ich bin glatt wie ein Kinderpopo.«

Sie antwortete nicht, sondern ging weiter. Gustav saß ganz hinten mit einem halb leeren Glas. Seine Haare waren zerzaust, und unter den Augen hatte er dunkle Ringe.

»Was willst du hier, Nelly?«, fragte er mit belegter Stimme.

»Marie ist im Krankenhaus.«

»Was? Nein, sie ist zu Hause!«

»Hör zu, sie hatte einen Unfall.«

»Nein, das ist unmöglich.«

»Jetzt halt den Mund und reiß dich am Riemen, du Schlappschwanz«, sagte sie mit recht leiser Stimme. Trotzdem wurde es an den anderen Tischen still.

»Ist das deine Alte?«, erkundigte sich einer der Männer.

»Ich bin seine Schwester«, antwortete Nelly und packte Gustav an den Haaren. »Mach schon.«

»Lass mich los, Weib, ich darf doch wohl noch austrinken.« Er leerte sein Glas und erhob sich. »Guten Abend, meine Herren.« Er verbeugte sich leicht und nahm seinen Mantel von einem Stuhl. Einige lachten, als sie sich aus dem Lokal drängten. Auf dem Bürgersteig hielt Gustav inne. »Was fällt dir ein, dich hier so aufzuspielen …« Nellys Ohrfeige erwischte hart und präzise seine linke Wange.

»Deine Frau liegt im Hospital, ich habe deinen Kindern soeben ihr Abendessen gekocht, und du vertrinkst das Geld, das du nicht mal selbst verdient hast. Du solltest dich schämen. Der Teufel soll dich holen, Gustav!«

Gustav hielt sich die Backe und kniff die Augen zu schmalen Schlitzen zusammen. »Was meinst du damit, dass Marie im Krankenhaus ist?«

»Du bist also nicht nur taub, sondern auch noch dumm. Sie hat sich bei Rubens schwer verletzt. Wenn du dich nicht zusammenreißt, dann landest du mit deinen Kindern im Ladegården oder einem anderen Armenhaus.«

Er murmelte etwas Unhörbares, folgte ihr aber dann. Vor der Haustür blieb sie stehen.

»Ich gehe jetzt nach Hause.«

»Ein Unfall, sagst du?« Gustav fummelte an der Klinke herum.

»Ja.«

»Aber das geht doch nicht, wie soll ich … Ich kann ohne Marie nicht leben!«

Nachdenklich betrachtete Nelly Gustav. Das Fürchterliche war, dass er recht hatte. Er war nicht imstande, sich um seine Kinder zu kümmern. Ohne Marie sah die Zukunft kalt und grau aus.

5

Kopenhagen, Mittwoch, den 11. Februar

NORMALERWEISE GELANGTE SIE in einer halben Stunde vom Nordvestvej in Nørrebro in die zentral gelegene Borgergade, aber an diesem Abend benötigte sie fast doppelt so viel Zeit. Der Wind hatte ein wenig nachgelassen, trotzdem bekam er ihren Rock zu fassen, als sie über die Dronning-Louises-Brücke ging. Die Temperatur war gesunken und der nasse Schnee gefroren. Die Leute kamen nur im Schneckentempo voran und hielten ihre Blicke auf den Gehsteig gerichtet, um nicht zu stürzen. Nelly schaute erst hoch, als ein Mann mit ihr zusammenstieß. Es fiel ihr schwer, nicht ständig an Marie zu denken und an das, was mit ihr geschehen war. Vermutlich hatte der Fabrikant Ottesen angewiesen, den Unfall zu vertuschen, anders ließ sich nicht erklären, dass er Marie eingeschlossen hatte.

Trotz der Bewegung wurde ihr nicht richtig warm. Nelly zog ihre Jackenärmel über die Hände und hielt sie mit den Fingerspitzen fest. Es wirkte sinnlos, den Unfall vertuschen zu wollen, schließlich hatten die Arbeiterinnen gesehen, was geschehen war. Oder etwa nicht? Vielleicht hatten nur Karen und sie selbst gesehen, wie schlimm es gewesen war.

An der Ecke der Adelgade wurde eine Wirtshaustür aufgerissen, und zwei Männer fielen auf die Straße. Gejohle drang aus dem Schankraum, und Nelly sah eine Gruppe von Männern, die im Stehen tranken. Jemand sang gellend und falsch, aber trotzdem erkannte sie die Melodie. Ein Mann packte sie am Rock, als sie vorbeiging, und sie schlug nach seiner Hand. »Mach Platz, du Nichtsnutz«, zischte sie und beschleunigte ihre Schritte.

Durchgefroren und missgelaunt, erreichte sie endlich ihr Ziel und begab sich in das Labyrinth aus Hinterhöfen an der Borgergade. Sie musste einen engen Durchgang passieren, um auf den entlegensten Hinterhof zu gelangen, an dem sie wohnte. Hier traf sie auf Betty, eine ältere Nachbarin. Sie war eine kleine, dicke Frau, und ihr watschelnder Gang erinnerte an eine Ente, die soeben an Land geklettert war. Heute hatte sie sich in ein großes Umschlagtuch gehüllt und sah so noch kleiner aus als sonst.

»Du kommst aber spät, Nelly?« Betty drängte sich an ein paar aufeinandergestapelten Tonnen vorbei und kam auf sie zu. »Wo warst du? Du siehst ja aus wie ein Landstreicher.« Sie deutete auf Nellys nassen und schmutzigen Rock.

»Daran ist dieses lausige Wetter schuld. Eine Droschke kann ich mir nicht leisten«, antwortete Nelly.

»Nein, aber wo warst du denn?«

»Du bist ja ganz schön neugierig.« Nelly wollte weitergehen.

»Nein, warte.« Betty hielt sie am Ärmel fest und trat so dicht an sie heran, dass Nelly ihren üblen Atem riechen konnte. »Ich will dir was sagen, Nelly«, fuhr sie mit leiserer Stimme fort: »Hast du bemerkt, dass dieser junge Jütländer, der auf dem Speicher eingezogen ist, ein Auge auf dich geworfen hat?«

»Wie kommst du denn darauf?«, fragte Nelly.

»Das hat er gesagt.«

»Zu dir?«

»Nein. So gut kenne ich ihn nicht. Ich weiß es von Olesen, besser gesagt von seiner Frau Petrine. Die Leute aus der anderen Dachwohnung.«

»Das ist sicher nur Gewäsch, das sich Petrine ausgedacht hat.«

»Nein, warum sollte sie? Der Jütländer hat zu Olesen gesagt, dass er dich hübsch findet und dass du dich so vornehm bewegst. Das waren seine exakten Worte, laut Petrine.«

»Sicher?«

»Wie das Amen in der Kirche. Du kannst Petrine selbst fragen. Aber der Bursche hat recht.«

»Wie meinst du das?«

»Du marschierst wie ein General daher.« Betty grinste und entblößte eine Zahnlücke.

»Darf ich jetzt?« Nelly wollte ins Haus, aber Betty hielt sie fest.

»Wenn ich ihn sehe, kann ich ihm ja erzählen, dass du zu Hause bist.«

»Du hältst deinen Mund.«

»Tja, mal sehen, aber du bist ja ganz schön wählerisch. Keiner ist dir gut genug.« Endlich ließ Betty Nelly los, und ihre Holzschuhe klapperten über den Hinterhof. Bevor sie ins Haus ging, drehte sie sich nochmals um und rief: »Er heißt Johannes.«

»Wer?«

»Na, der Jütländer.«

Nelly stemmte sich mit der Schulter gegen die Tür zur Kellertreppe und drückte sie auf. Ihre Hände waren so kalt und starr, dass es ihr schwerfiel, ihre Wohnungstür aufzuschließen. Das schwache Licht der Gaslampe auf dem Hof drang nicht bis in ihr Zimmer, aber sie wusste, wo die Streichhölzer lagen, und sie zündete die Lampe an. Hier roch es nicht nach Gebratenem, sondern nach Schimmel, ein Geruch, der auch in ihren Kleidern und Haaren hing. Sie hatte sich daran gewöhnt und bemerkte ihn eigentlich nur noch, wenn sie von der Weberei nach Hause kam.

Sie sah ihren Atem vor dem Mund, als sie Späne in den kleinen Ofen legte. Er zog nicht richtig, und sie musste die Späne geschickt anordnen, damit sie auch wirklich Feuer fingen. Eigentlich konnte man ihre Wohnung nicht als solche bezeichnen, denn sie hatte nur zwei winzige Zimmer. In dem Zimmer mit dem Ofen hatte bei Nellys Einzug eine gelbliche Tapete geklebt, stellenweise in Fetzen, die sie mit Mehlkleister geflickt hatte. Abgesehen von den Feuchtigkeitsblasen, war sie wieder recht hübsch. Dort, wo die Tapete gänzlich fehlte, hatte sie das Bild eines tanzenden Paars aus der Illustreret Tidende aufgeklebt. Das zweite Zimmer war nur eine kleine Schlafkammer. Auf dem Bett lag eine Decke, die ihre Mutter vor vielen Jahren aus Garnresten gehäkelt hatte. Die Wohnung besaß keine Küche, aber der Ofen ließ sich in einen Herd verwandeln. Ursprünglich hatte es eine Küche gegeben, doch der Hausbesitzer hatte aus einer Wohnung zwei gemacht, und die Küche war der Wohnung der beiden älteren Leute nebenan zugefallen.

Nelly hatte erwogen, ein einzelnes Zimmer in der Nähe von Marie und Gustav zu mieten, weil es von dort viel näher zu Rubens war. Von ihrer jetzigen Wohnung musste sie durch die halbe Stadt gehen, um zur Arbeit zu gelangen. Aber sie war billiger. In Nørrebro musste sie sich das Zimmer mit jemandem teilen. Obwohl ihre Zimmer in der Borgergade feucht und dunkel waren, hatte sie sie ganz für sich allein und konnte frei entscheiden, wen sie einlassen wollte.

Das Feuer im Ofen brannte, und sie legte Kohlen nach, entfernte ein paar Ringe und goss Wasser aus dem Eimer in den Kessel. Dann zog sie sich vor dem Ofen ein nasses Kleidungsstück nach dem anderen aus. Es war umständlich, die Häkchen des Mieders zu öffnen. Der Jütländer war unbestritten ein gut aussehender junger Mann. Groß, mit blondem, welligem Haar wie Johannes der Täufer. Einige Male war sie ihm auf dem Hof begegnet, als er von der Arbeit nach Hause gekommen war. Er hatte immer höflich gegrüßt. Er hatte ebenmäßige Züge und auffallend durchdringende hellblaue Augen. Sie hatte sich schon mit Petrine über ihn unterhalten, aber das wollte sie Betty nicht anvertrauen. Er arbeitete bei Burmeister & Wain, der Werft auf der Refshaleøen.

Nelly musste an den verunglückten grünen Wagen von Burmeister & Wain mit den Goldbuchstaben denken. Vor ihrem inneren Auge sah sie das halb zerlegte Pferd im schmutzig blutigen Schnee liegen. Hätte sie im Städtischen Krankenhaus darauf bestehen sollen, mit einem Arzt zu sprechen? Aber was hätte das genützt? Nelly schob den Gedanken von sich und ging zu dem hoch oben in der Wand eingelassenen Fenster. Wenn sie sich auf die Zehenspitzen stellte, konnte sie auf den Hinterhof schauen. Es fiel ihr schwer, da draußen etwas zu erkennen, weil in ihrem Zimmer Licht brannte, aber sie sah trotzdem, dass eine Aborttür offen stand. Wenig später kam ein kleines Mädchen zum Vorschein und eilte über den schmalen Hof ins Haus. Vor dem Abort standen neben einem Karren ein paar Tonnen, sonst war der Hof leer. »Johannes«, flüsterte sie. Vielleicht sparte er ja Geld, oder er hatte Schulden. Petrine vermutete Letzteres. Jedenfalls vertrank er sein Geld nicht, das konnte ihr Mann, Olesen, bezeugen. Johannes ließ sich zwar manchmal zu einem Besuch im Wirtshaus überreden, trank jedoch fast nichts und nur, wenn ihn jemand einlud.

Nelly knöpfte ihren Rock auf und zog ihn aus. Sie spannte die Wäscheleine quer durchs Zimmer. Vorsichtig hängte sie den Rock über die Schnur und strich ihn glatt. Er war aus dicker, glatter dunkelgrüner Baumwolle mit einem eingewebten schwarzen Faden. Sie hatte ihn gebraucht gekauft, aber er sah immer noch recht neu aus. Ihre nasse Wolljacke hängte sie daneben. Sie hoffte, dass die Sachen am nächsten Tag so trocken sein würden, dass sie den Schmutz ausbürsten konnte. Am Samstag wollte sie die Kleidungsstücke waschen, damit sie über den Sonntag trocknen konnten. Unterhose und Unterhemd behielt sie an, und sie rieb sich Bauch und Rücken, wo das Mieder eng angelegen hatte. Sie trug kein Korsett, hatte aber gleichwohl eine schmale Taille. Zusammen mit Marie hatte sie den Rock so umgenäht, dass er an den richtigen Stellen eng anlag und es fast so aussah, als trüge sie ein Korsett. In solchen Dingen war Marie sehr geschickt. Drei Schwangerschaften hatten ihre Spuren hinterlassen, sie war etwas fülliger geworden. Aber sie hatten ein keilförmiges Stück Stoff in den Rock eingenäht, sodass es fast nicht mehr aufgefallen war.

Nelly setzte sich vor den Kachelofen und öffnete die Schnürsenkel ihrer Stiefel. Ihre Zehen waren gerötet, aber nur die des rechten Fußes waren geschwollen. Eine Weile lang bewegte sie die Zehen, um die Durchblutung anzuregen, dann zog sie ein Paar Holzschuhe an. Das Wasser im Kessel kochte, und sie goss es in eine Zinkwanne. Sie füllte einen kleinen Topf mit Wasser und Kaffee und stellte ihn auf den Ofen, dann hielt sie einen Finger in die Zinkwanne, doch das Wasser war noch zu heiß. Sie trat nochmals ans Fenster und schaute in die Dunkelheit. Noch immer kein Johannes.

Der Lärm des Websaals hämmerte noch in ihrem Kopf. Das Bild von Maries geschwollenem, blutigem Gesicht ließ sie nicht los. Vermutlich würde sie auf einem Auge erblinden. Damit hätte sich zur Not leben lassen, aber da waren ja noch der Arm und ihr Allgemeinzustand, der sich nur zu verschlechtern schien. Das Wasser in dem kleinen Topf kochte, und sie goss den Kaffee langsam in eine Tasse.

Das Wasser in der Zinkwanne war immer noch zu heiß. Vorsichtig hielt sie die Füße hinein, zog sie aber rasch wieder zurück und ließ sie eine Weile auf der Wannenkante wippen. Dann streckte sie die Hand nach der Seifenschale aus und seifte sich die Hände ein, die daraufhin brannten, weil sie wegen der Kälte in der Weberei und der schneidenden Fäden noch rissiger geworden waren. Dann wusch sie sich die Füße und griff schließlich nach einem Handtuch, das an einem Nagel hing, und trocknete sich die Hände ab.

Nelly betrachtete ihre Stiefel neben der Wanne. Die Sohlen hatten sich gelöst, und die Spitzen erinnerten an die Rachen zweier hungriger Hunde. Auch der eine Absatz war lose, und es war nur eine Frage der Zeit, bis er abbrechen würde. So war das Leben. Elend und ungerecht.

Endlich konnte sie ihre Füße in das warme Wasser tauchen. Sie entspannte sich und trank ein paar Schlucke Kaffee.

Das Leben war elend und ungerecht, aber damit würde sie sich verdammt noch mal nicht abfinden. Wie konnte Vormann Ottesen bloß behaupten, der Unfall sei Maries eigene Schuld gewesen? Das war eine blanke Lüge. Ihre Verspätung hatte schließlich nichts damit zu tun, dass ein Riemen gerissen war und ausgerechnet sie getroffen hatte. Aber Fingerhut war anders und offenbar ein rechtschaffener Mensch, der sogar einen Wagen kutschieren konnte. Ob er wohl früher einmal Kutscher gewesen war? Sie wusste nur, dass er eigentlich Rasmussen hieß. Hatte er eine Frau und viele Kinder? Wenn er gefeuert wurde, saß er fürchterlich in der Tinte, denn wer wollte schon einem Mann, der einem Kutscher den Wagen vor der Nase weggeklaut hatte, eine Arbeit geben? Trotzdem hatte er Marie geholfen, obwohl sie nicht einmal in seinem Teil des Websaals arbeitete. Nelly wagte gar nicht, daran zu denken, dass auch sie selbst Gefahr lief, gefeuert zu werden.

Das Wasser im Bottich wurde langsam kalt. Sie zog ihre Füße heraus und trocknete sie ab. Aus dem Eimer goss sie ein wenig Wasser in den Wasserkessel.

Was würde nur aus den Kindern werden? Marie war nicht Mitglied der Rubens-Krankenkasse. Und selbst wenn, hätte das vermutlich keinen großen Unterschied gemacht. Und Gustav war ein Taugenichts. Er hatte ein paar Monate bei Glud & Marstrand, einer Metallfabrik im Nordvestvej, gearbeitet, war dann aber gefeuert worden, weil er zu oft betrunken oder gar nicht erschienen war. Jetzt arbeitete er ab und zu als Tagelöhner in verschiedenen Werkstätten, aber die meiste Zeit trank er. Er war wirklich zu nichts zu gebrauchen.

Nelly trank noch einen Schluck ihres guten, bitteren Kaffees und griff zum *Socialdemokraten*. Vor einigen Tagen hatte sie auf dem Markt eine in diese Zeitung verpackte Bürste gekauft. Sie breitete sie aus und glättete sie, so gut es ging. Dann folgte sie den Zeilen mit dem Zeigefinger, während sie beim Lesen die Worte murmelte: »Ein Dampfschiff, die Anglo Dane, lag vor Kopenhagen auf Reede, weil an Bord die Pocken ausgebrochen waren. Das Schiff kam aus Riga, und Quarantänearzt …« Mehr wollte sie nicht wissen und blätterte um. Ein amerikanischer Prediger hatte bei der Inneren Mission in Tvede Hunderte von Blinden, Tauben und Krüppeln um sich versammelt, weil er vorgab, mithilfe der Bibel Wunder wirken und Kranke heilen zu können. Sie trank den letzten Schluck Kaffee. Jetzt kamen Heilige sogar aus Amerika, um die Leute zu betrügen. Sie begann einen Artikel über einen Streik in Roskilde, aber es fiel ihr schwer, sich zu konzentrieren. Sie riss den Artikel heraus und knüllte dann die verbleibenden Seiten zusammen, um sie in ihre Stiefel zu stopfen.

Maries Familie würde sich nicht auch noch um die Kinder kümmern können, denn sie waren bereits eine große Schar, die eher schlecht als recht über die Runden kam. Einer von Maries Brüdern hatte außerdem ein Beinleiden und konnte keine Treppen steigen. Ihr Vater, ein Seemann, war sehr oft abwesend. Die

Mutter kümmerte sich um alles, sie und einige von Maries Schwestern arbeiteten bei anderen Leuten als Wäscherinnen. Aber auch Nellys Mutter würde nicht helfen können, denn sie war krank, eine Trinkerin und kam nur mit Mühe aus dem Bett.

Nelly stellte sich mit der Lampe vor den Spiegel. Ihre Lippen waren rissig, und die Wunde im Mundwinkel schmerzte, wenn sie den Mund öffnete. Sie tunkte ihren Finger in den Tiegel mit König Salomons Universalsalbe und cremte ihre Lippen und die Wunde ein. Ihr schmales Gesicht war blässlich grau, und unter ihren hohen Wangenknochen zeichneten sich Schatten ab. Nur ihre Nase war leicht gerötet, vermutlich der Kälte wegen. Sommersprossen hatte sie zu dieser Jahreszeit nicht. Eine dunkle Strähne war ihr in die Stirn gerutscht. Sie strich sie zurück. Auch ihre Augen waren dunkel und ihre dichten Brauen sehr gerade. Sie ähnelte ihrem Vater. Dunkelhaarig und eckig, wie er es gewesen war.

Sie musste den Bottich auf dem Hof ausleeren und warf sich ihr nasses Tuch über. Als sie in die Wohnung zurückkehren wollte, hörte sie Schritte in dem schmalen Gang, der auf den Hof führte. Olesen aus der Dachwohnung und Johannes. Dass sie ihnen ausgerechnet jetzt begegnen musste, wo sie nicht ordentlich angezogen war!

Olesen ging zum Abort weiter, aber Johannes hielt inne. »Guten Abend, Fräulein Nelly«, sagte er und lächelte. Sie wollte etwas erwidern, brachte aber lediglich ein fast unhörbares »Guten Abend« über die Lippen. Trotz des schwachen Lichts konnte sie seine Zähne schimmern sehen. Einen Moment stand sie bloß da und suchte nach Worten, dann eilte sie die Treppe hinunter in ihre Wohnung.

Sie stellte sich unter das Fenster, wo sie von draußen nicht zu sehen war. Er wusste also, wie sie hieß! Sie hörte ihre Stimmen. Offenbar hatte Olesen den Abort wieder verlassen. Sie unterhielten sich murmelnd. *Was, wenn Johannes ausgerechnet heute bei ihr anklopfte, wo sie fast nichts anhatte und keine sauberen Kleider anziehen konnte?* Das Wasser im Kessel kochte, und sie goss es in die Wanne und mischte es mit kaltem Wasser aus dem Eimer. Sie zögerte einen Augenblick, ehe sie Hemd und Unterhose auszog. Rasch verteilte sie Seife auf ihren Händen und wusch sich unter den Armen.

Wie es wohl wäre, ihn zu küssen? Bei dem Gedanken, dass Johannes vielleicht draußen stand und auf ihr Fenster schaute, wurde ihr ganz warm. Sie wusch ihre Brüste mit dem Waschlappen und ließ das warme Wasser über ihren Bauch und nach unten laufen.

Sie war ihm also aufgefallen, dem Johannes. Vielleicht begegnete sie ihm ja deshalb so oft auf dem Hof, vielleicht achtete er ja darauf, wann sie kam und ging. Betty hatte recht. Was Männer betraf, war sie wählerisch. Natürlich hatte sie schon Freunde gehabt, an Angeboten hatte es nie gemangelt, doch inzwischen kannte sie sich selbst recht gut. Nach der ersten Verliebtheit verlor sie das Interesse und überlegte nur noch, wie sie den Burschen wieder loswerden konnte, denn sie hasste versoffene und unzuverlässige Männer. Darum ärgerte sie sich auch so über Gustav. Als Kinder waren sie gute Freunde gewesen, hatten sich Spiele ausgedacht und sich gegen ihren Vater oder auch hin und wieder gegen die Nachbarskinder verschworen. Aber sobald der erste Flaum auf Gustavs Oberlippe erschienen war, hatte sich die Fäulnis festgesetzt, wie bei den Balken zu Hause auf dem Dachboden. Die ersten kleinen Anzeichen hatten sich noch wegpulen lassen, aber mit der Zeit war es schlimmer geworden, und schließlich war sein ganzes Rückgrat zersetzt gewesen.

Sie zog eine Haarnadel nach der anderen aus den Haaren. In den letzten paar Jahren hatte sie sich gar nicht erst verliebt. Sie roch den Schimmel, noch ehe er zu sehen war. Vielleicht war Johannes jedoch anders. Sie dachte an seine Hände. *Waren sie kurz mit breiten Fingernägeln wie die von Fingerhut, oder waren sie lang und schmal?* Johannes war groß, also stellte sie sich vor, dass er lange und starke Hände hatte.

Anschließend schnitt sie sich eine Scheibe von dem Schwarzbrot ab, das sie in einer Keksdose aufbewahrte. Es war trocken und schmeckte fad, aber sie legte es auf die Ofenringe, um es aufzuwärmen. Die Margarine schmolz langsam auf der Brotscheibe, und der Zucker, den sie daraufstreute, wurde sogleich unsichtbar. Es duftete angenehm und schmeckte noch besser. Sie versuchte, langsam zu kauen, doch die Schnitte war trotzdem viel zu schnell verspeist. Sollte sie sich noch eine Scheibe gönnen? Sie öffnete die Keksdose und überlegte, ob noch genug Brot übrig war. Nein, leider nicht. Sie machte die Dose wieder zu und stellte sie auf das Wandbrett. Die Menge reichte gerade noch für die morgige Mittagspause. Sie wandte sich nochmals dem Artikel zu, den sie aus dem *Socialdemokraten* herausgerissen hatte. Er handelte von einem Mann, der seine Arbeit in einer Werkstatt in Roskilde verloren hatte, weil er sich über die Arbeitsverhältnisse beklagt hatte. Die anderen Arbeiter hatten daraufhin gestreikt, was zu weiteren Entlassungen geführt hatte. Nicht nur bei Rubens lagen die Dinge im Argen.

6

Kopenhagen, Donnerstag, den 12. Februar

Nelly wollte frühzeitig in der Fabrik sein, um noch vor der Sirene mit Fingerhut sprechen zu können. Es war frostklar und dunkel. Am Himmel leuchteten immer noch vereinzelte Sternenlämpchen. Sie schritt rasch aus, vermutlich war es das, was

Betty marschieren nannte, und musste sich immer wieder an Leuten vorbeidrängen, die langsam den Bürgersteig entlangschlurften.

Sie hatte schlecht geschlafen, weil die Fragen wie hartnäckige Ratten an ihr nagten. Warum hatte Vormann Ottesen versucht, Marie zu verstecken? Hatte er ihren Tod abwarten wollen, um sie dann heimlich wegzuschaffen? Hatte er deswegen keinen Krankenwagen gerufen? Und dann war da noch der verschlissene Treibriemen. Ottesen war pingelig wie kein anderer und kontrollierte immer alles und alle. Er konnte kaum übersehen haben, dass der Riemen fast durchgescheuert war.

Nelly bog bei dem großen Bürogebäude der Fabrik um die Ecke und trat auf den Hof vor dem Websaal. Es war erst Viertel vor sechs. Nelly hatte sich ihr kariertes Kopftuch mehrmals um den Kopf gewickelt und tief in die Stirn gezogen. Im Schutz der Dunkelheit betrachtete sie die Kommenden, konnte Fingerhut jedoch nirgends entdecken. Sie war davon ausgegangen, dass die Vormänner vor allen anderen erschienen, aber das stimmte wohl nicht.

Sie stampfte mit den Füßen, um sich warm zu halten.

Da entdeckte sie plötzlich Fingerhut, der ein Butterbrotpaket in der Hand hielt, das von einem Bindfaden zusammengehalten wurde. Sein Mantel war nicht zugeknöpft, als könnte ihm die Kälte nichts anhaben.

»Herr Rasmussen!« Als sie auf ihn zuging, verlangsamte er seine Schritte und sah sich um. »Was ist gestern passiert? Mussten Sie zur Direktion?«, fuhr Nelly fort.

»Nein. Aber vermutlich bin ich heute an der Reihe.« Er warf ihr einen kurzen Blick zu und ging dann auf das Tor zu. Nelly folgte ihm.

»Und der Pritschenwagen? Was haben Sie damit gemacht?«

»Nichts. Ich habe ihn dort hingestellt, wo wir ihn ausgeliehen haben, und das Pferd habe ich in den Stall gebracht. Als ich wieder rauskam, war der Wagen weg.«

»Herr Rasmussen, wenn Sie …« Weiter kam sie nicht, denn er war bereits in einem Gebäude neben dem Websaal verschwunden.

Als sich die Mittagspause näherte, spürte Nelly, dass sich ihre Nerven zusehends von innen nach außen kehrten, bis sie gänzlich bloß lagen. Warum wurde sie nicht zu Fabrikant Ruben zitiert? Vormann Ottesen wich immer ihrem Blick aus, wenn sie in seine Richtung schaute. Warum hatte er sich noch nicht mit seinem kleinen schwarzen Buch vor ihr aufgebaut, um ihr mitzuteilen, dass sie den Lohn für den gestrigen Tag verwirkt habe? Es war unvorstellbar, dass der Fabrikant Ruben nicht wusste, was am Vortag geschehen war. Ottesen war ein feiger Kerl. Er würde nie im Leben zugeben, dass er es nicht gewagt hatte, ins Büro hinaufzugehen und um die Erlaubnis zu bitten, ein Telefongespräch führen zu dürfen. Sie musste ihn zu diesem Geständnis zwingen, daran zweifelte sie nicht. Die Worte hatte sie sich bereits zurechtgelegt, sie musste sie bloß noch aussprechen.

Die Schwedin kümmerte sich noch immer um Maries Webstühle. Ohne ein einziges Mal aufzuschauen, ging sie konzentriert zwischen den beiden Webstühlen hin und her, als könnte sie die Fäden mit ihrem Blick allein dirigieren.

Als endlich Mittag war, hatte Nelly keinen Hunger mehr. Der Lärm und der Baumwollstaub raubten ihr die Luft. Also zog sie ihre Wolljacke an und trat auf den Hof. *Was sollte sie nur tun?* In ihrem Inneren schwelte die Wut, es musste einfach etwas geschehen. Sie beugte den Kopf nach hinten. Der Himmel über ihr glich einer Decke aus wallendem weißem Stoff, es waren die Dampfwolken, die aus den Schornsteinen der Fabriken quollen.

Als sie den Kopf wieder senkte und auf das Tor schaute, hatte sie ihren Entschluss gefasst.

Karen saß im Pausenzimmer und öffnete gerade ihr großes Butterbrotpaket. Nelly beugte sich über sie: »Wenn Ottesen kommt, sagst du einfach, ich bin im Lager. Dort wird er mich nicht finden, aber du weißt von nichts«, rief sie ihr zu.

Karen nickte und biss in ihr Brot.

Man musste auf die Straße gehen, um das Gebäude betreten zu können, in dem das Büro des Fabrikanten lag. Vorsichtig öffnete sie die Tür und wartete ein wenig, ehe sie eintrat. Sie stand in einer Art Vorraum, von dem mehrere Türen abgingen. Der Boden war dunkel und glänzte, und es roch nach Bohnerwachs. An der Wand hing das große Gemälde eines ernsten Mannes. War das Ruben, der Fabrikant? Das Bild sah ziemlich alt aus, es handelte sich wohl eher um seinen Vater. Die hellblaue Tapete wies große grüne Flecken auf. Als Nelly näher trat, sah sie, dass es sich um kunstvolle Blumenranken handelte. Rechts führte eine Treppe in den ersten Stock.

Dort oben lag ihr Ziel.

Sie zögerte. Der Raum erinnerte an eine Kirche, und in Kirchen hatte sie sich nie willkommen gefühlt, im Gegenteil. Über ihr war ein Klappern zu hören. Sie überzeugte sich, dass ihr Haarknoten noch ordentlich saß. An ihrem Rocksaum hing ein weißer Faden aus dem Websaal. Sie zupfte ihn weg und sah sich um, wo sie ihn wohl loswerden könnte. Aber hier gab es natürlich keinen Papierkorb. Sie formte den Faden zu einem winzigen Ball und behielt ihn zwischen den Fingern.

Langsam begann sie den Aufstieg.

Ihre Hand strich über das polierte Geländer. An der Wand neben der Treppe hingen gerahmte Drucke, von denen einige die Weberei von schräg oben zeigten. Mit einem Mal fiel ihr das

Schlucken schwer. Die Treppe mündete in einen länglichen Raum, in dem es nach Zigarren roch, ein Geruch, der zu einem anderen Menschenschlag als dem ihren gehörte. Am hinteren Ende des Raumes saß eine Frau hinter einer schwarz glänzenden Schreibmaschine. Sie trug ihr Haar hochgesteckt, nur zwei identische Locken rahmten ihr Gesicht rechts und links ein.

Sie erhob sich und sah Nelly abweisend an. »Wer sind Sie?«, fragte sie. Der Stoff ihres schwarzen Rockes knisterte leise, wenn sie sich bewegte. Ihre Taille war ungewöhnlich schmal. Sie stand sehr aufrecht da, als hätte sie jemand an einem Besenstiel festgebunden.

»Ich wollte eigentlich …«, begann Nelly.

»Haben Sie einen Termin?«

»Nein, aber ich würde Sie gerne etwas fragen.«

»Aha.« Die Frau rückte ein Blatt Papier auf dem Tisch zurecht.

»Können Sie mir sagen, ob Vormann Ottesen gestern hier war … um einen Krankenwagen zu rufen?«

»Vormann Ottesen, sagen Sie? Warum hätte er einen Krankenwagen rufen sollen?«

»Im Websaal hat sich ein Unfall ereignet, vielleicht haben Sie nicht davon gehört?« Nelly sah die Frau unumwunden an.

»Nein, das heißt … es ist durchaus möglich, dass Vormann Ottesen hier war, um zu telefonieren …« Sie hielt abrupt inne, als im Untergeschoss eine Tür aufging.

»War er hier oder nicht?«

»Warum wollen Sie das wissen? Sie haben hier oben nichts verloren. Und ohne Termin schon gar nicht.« Sie nahm wieder Platz. »Außerdem ist Direktor Ruben gar nicht da. Er hält sich im Ausland auf, und bis er wiederkommt, vergeht noch einige Zeit.« Sie begann wieder, auf ihrer Maschine herumzutippen. Ihr Gesicht war gerötet, und ihre beiden Locken baumelten hektisch und arrhythmisch zu ihren Handbewegungen.

Nelly blieb einen Augenblick stehen. »Sie sollten sich schämen«, sagte sie und drehte sich um. Jetzt entdeckte sie eine Tür, die nur angelehnt war, dahinter lag ein großes Büro mit einer rot-gold gestreiften Tapete. Schneller, als sie gekommen war, eilte sie die Treppe wieder hinunter. *Wen meinte die Sekretärin in Schutz nehmen zu müssen?* Wenn der Fabrikant nicht anwesend gewesen war, konnte nur Vizedirektor Holm verfügt haben, dass kein Krankenwagen geholt wurde. So ein verdammter Döckskerl! Nelly ließ die Tür laut ins Schloss fallen, als sie das Gebäude verließ. Sicher ging der Vizedirektor jeden Sonntag mit seiner Familie in die Kirche und saß mit frommer Miene in der vordersten Reihe.

Nelly rannte in den Websaal zurück. Die anderen Frauen machten noch Mittagspause. Sie setzte sich neben Karen.

»Ottesen war nicht hier, du kannst also in aller Ruhe essen. Wo warst du überhaupt?«, fragte Karen.

»Oben in der Direktionsetage«, antwortete Nelly.

»Bist du verrückt?«, rief Karen und starrte sie an.

»Keine Ahnung. Jedenfalls habe ich nur mit der Sekretärin gesprochen. Du hättest sie sehen sollen. Hochnäsig und mit einem so eng geschnürten Korsett, dass sie beim Reden wie eine Lungenkranke klang. Ich habe etwas Wichtiges in Erfahrung gebracht, aber davon erzähle ich dir später. Hast du nach Feierabend Zeit?«

»Ja, aber nur kurz, ich muss noch zum Metzger, bevor er schließt.«

»Es wäre gut, wenn du noch ein paar andere Frauen überreden könntest, auch zu kommen.«

Nelly öffnete ihr Butterbrotpaket mit dem üblichen Inhalt, zwei Schnitten Schwarzbrot, die eine mit Griebenschmalz, die andere mit dunklem Zucker. Rasch aß sie ihr Schmalzbrot und trank anschließend einen Schluck Wasser. Ihr blieb immer noch

Zeit. Sie nahm den äußeren Gang durch den Websaal. Im Lager stapelte ein Mann Stoffrollen auf einen Handkarren, und sie musste ihre Schritte verlangsamen und sich dann an ihm vorbeizwängen. Vom Lager begab sie sich direkt ins Nebengebäude mit der Werkstatt. Der Schmied hämmerte auf einen Gegenstand in einem Schraubstock ein. Die Werkstatt war eine andere Welt, fern von den Vormännern und dem Lärm des Websaals. Sie wartete, bis der Schmied fertig war. Er drehte sich um und sah sie abschätzig an.

»Was wollen Sie?«, fragte er barsch.

»Es geht um den Treibriemen, der gestern im Websaal gerissen ist.«

»Für Treibriemen bin ich nicht zuständig.«

»Wer dann?«

»Der ist gerade nicht da.«

»Ich will nur wissen, wie er reißen konnte. Werden die Riemen nicht regelmäßig kontrolliert? Schließlich ist es ja lebensgefährlich, wenn …«

»Was geht Sie das an?«, unterbrach sie der Schmied.

»Gestern hat sich ein Unfall ereignet«, sagte Nelly und sah den Schmied direkt an.

»Offenbar kennen Sie sich mit Maschinen nicht aus. Dass ab und zu etwas reißt, lässt sich nicht verhindern.« Der Schmied drehte sich um und begann erneut zu hämmern.

Eine Gruppe jüngerer Männer war in der Ecke damit beschäftigt, einige lange Röhren zu ölen. Der Wortwechsel war nicht zu überhören gewesen, trotzdem wirkten sie sehr in ihre Beschäftigung vertieft. Nur ein großer, schlaksiger Bursche sah Nelly direkt ins Gesicht.

Als sie wieder durch das Lager eilte, merkte sie, dass ihr jemand folgte.

»Warten Sie bitte, Fräulein.«

Sie drehte sich um. Es war der große junge Mann aus der Werkstatt. Seine Haltung war leicht gebeugt, und seine Brust wirkte eingefallen. Vorsichtig berührte er ihren Arm und führte sie in einen der schmalen Gänge zwischen den Regalen.

»Was ich jetzt sage, wissen Sie nicht von mir.« Seine Hand berührte erneut ihren Arm. »In der Werkstatt ist allen bewusst, wie verschlissen die Treibriemen sind, weil sich Vormann Ottesen mehrmals darüber beklagt hat.«

»Und warum geschieht dann nichts?«

»Es geschieht so einiges, ist Ihnen nicht aufgefallen, dass wir etliche Treibriemen mit Lederflicken verstärkt haben? Das Problem ist nur, dass so etwas nicht lange hält und dass die Riemen ungleichmäßig laufen und an anderen Stellen verschleißen.«

»Die Riemen müssten also ausgetauscht werden?«

»Ja, und zwar nicht nur einzelne, sondern eigentlich alle. Der Meister ist selbst zum Fabrikanten hinaufgegangen und hat ihn darauf hingewiesen, aber Sie wissen doch, wie die reichen Leute sind, geizig bis zum Umfallen.«

»Das kann ich mir denken. Danke für diese Auskunft.« Nelly schaute sich rasch um, ehe sie wieder auf den Mittelgang trat.

Kurz nach sechs trafen sich die Frauen auf dem Hof vor dem Websaal. Nelly zählte acht, das waren mehr als am Vortag.

»Lasst uns ein Stück weitergehen, hier redet es sich nicht so entspannt«, sagte sie.

Die Frauen folgten ihr den Rolighedsvej entlang, wo sie unter einer Straßenlaterne haltmachte. Nelly betrachtete die müden und skeptischen Gesichter um sie herum. Einige Frauen schnieften und schnäuzten sich.

»Wie ihr wohl gehört habt, hatte Marie gestern einen Unfall. Ich halte zwar keine großen Stücke auf Ottesen, weil er ein Waschlappen ist, aber er war tatsächlich im Büro, um einen Krankenwagen zu rufen. In der Direktionsetage hat man ihm das Telefonieren jedoch verweigert. Dort weiß man offenbar sehr wohl Bescheid, dass die Treibriemen verschlissen und gefährlich sind. Es wird aber nichts dagegen unternommen. Der Fabrikant befindet sich im Ausland, also ist es vermutlich der Vizedirektor, der da oben regiert.«

Schweigend umstanden sie die Frauen. Eine magere junge Frau fingerte am Knoten ihres Umschlagtuchs.

»Was passiert ist, ist widerlich, doch ist es nicht überall so?«, fragte sie.

»Kann sein. Das bedeutet aber nicht, dass wir uns damit abfinden müssen. Wisst ihr eigentlich, dass wir nur halb so viel verdienen wie die Männer?«, erwiderte Nelly.

»Stimmt das wirklich?«, fragte Ida, das Mädchen mit der Stupsnase.

»Es ist doch selbstverständlich, dass die Vormänner mehr verdienen«, sagte eine Frau, die sich im Hintergrund hielt. Auf der einen Wange prangte ein roter Fleck, der bis zum Auge reichte.

Nelly wandte sich an Ida. »Da gebe ich dir recht, aber ich spreche gar nicht von den Vormännern, sondern von den normalen Arbeitern. Wieso bekommen wir trotz unserer geschickten Finger weniger Lohn?«

»Kann schon sein, dass das ungerecht ist, aber so war es eben immer«, beharrte die Frau mit dem roten Fleck im Gesicht.

»Was ist nur los mit euch? Warum so mutlos? Wer getreten wird, muss zurücktreten, sonst geht er unter«, meinte Nelly.

»Vielleicht lauert ja ein Löwe in deiner Brust, Nelly, doch ich habe Angst, meine Arbeit zu verlieren.« Das war wieder die Frau mit dem roten Fleck.

Als die Frauen gegangen waren, blieb Nelly noch einen Augenblick lang stehen. Ihre Schultern waren verspannt, und erst jetzt merkte sie, dass sie während des Gesprächs die Fäuste so fest geballt hatte, dass die Fingernägel Spuren in den Handflächen hinterlassen hatten. Eigentlich stimmte das mit dem Löwen in ihrer Brust. Nach Maries Unfall schien sich ein rasendes Raubtier, das nie aufgeben würde, in ihrem Inneren eingenistet zu haben.

7

Kopenhagen, Donnerstag, den 12. Februar

IN DER KÄLTE WIRKTE der Weg vom Rolighedsvej in Frederiksberg zum Städtischen Krankenhaus an der Øster Farimagsgade besonders lang. Während sie ging, aß Nelly ihre letzte Scheibe Schwarzbrot. Am Peblinge-See prügelten sich ein paar Hunde um etwas Blutiges. Sie machte einen großen Bogen um sie und dachte über das Gespräch mit den Fabrikarbeiterinnen nach. Sie musste mehr Leute mobilisieren, sonst konnte sie es gleich lassen. Die Frage war nur wie. Im Websaal ergab sich keine Gelegenheit zum Reden, und nach Feierabend verschwanden die meisten Frauen im Laufe weniger Minuten, weil alle schnell nach Hause wollten. Wenn Karen und sie zu einem Treffen einluden, würden sicher nur wenige erscheinen. Wie hatten sie es bloß an anderen Arbeitsplätzen angepackt? Bei Burmeister & Wain war wiederholte Male gestreikt worden. Aber bei Rubens arbeiteten fast nur Frauen, und von streikenden Frauen hatte man noch nie gehört. Aber warum eigentlich nicht? Wenn es nun einmal nötig war! Es würde jedoch schwierig sein, die anderen Frauen zu überzeugen. Das hatte sie während der Unterhaltung auf dem Rolighedsvej eingesehen. Sie brauchte noch weitere überzeugende Argumente, aber welche, das wusste sie noch nicht. Hinzu kam, dass die ganze Angelegenheit seltsam unklar wirkte. Auf welcher Seite stand eigentlich Vormann Ottesen? Er hatte versucht, einen Krankenwagen zu besorgen, und er hatte auch auf die verschlissenen Riemen hingewiesen, aber gleichzeitig hatte er versucht, Marie zu verstecken.

Dieses Mal wusste sie, an wen sie sich wenden musste, als sie sich dem Krankenhaus näherte. Vor dem Eingang standen mehrere Wagen, aber in der Aufnahme wartete niemand am Schalter, und sie kam sofort an die Reihe.

»Sie müssen nach rechts in den Frauenflügel, die Treppe hoch und dann geradeaus. Sie liegt auf der medizinischen Station in Saal drei. Sagen Sie der Oberschwester, dass Sie eine Verwandte sind.«

Sie folgte dem Schild mit der Aufschrift »Frauenstationen«. Ein seltsamer Geruch schlug ihr entgegen. Vielleicht eine stark riechende Seife, jedenfalls nicht der Geruch von Tod, den sie gut kannte, eher etwas, das diesen überdecken sollte. Sie ging eine Treppe hinauf und dann mehrere Gänge entlang, in denen Lehnstühle und kleine Tische standen, was recht ansprechend wirkte. Am Vortag, als sie Marie gebracht hatten, war von Geld nicht die Rede gewesen, aber was, wenn sie … Abrupt blieb Nelly am Ende des Ganges vor einer Tür mit der Aufschrift »Saal 3« stehen. Sie legte eine Hand auf ihre Brust, holte tief Luft und drückte dann die Klinke hinunter.

Der Krankensaal war groß und nur spärlich beleuchtet. Auf beiden Seiten standen Betten. An einem saß Gustav. Hinter einem schwarzen Paravent kam eine kleine, runde Frau hervor und baute sich vor Nelly auf. »Was wollen Sie? Jetzt ist keine Besuchszeit.« Die kleinen Augen der Alten verschwanden fast vollkommen zwischen Hautfalten. Über ihrem Kleid trug sie eine Wolljacke.

»Ich bin eine Angehörige. Am Empfang hat man mir gesagt …«

»Angehörige von wem?«, fiel die Frau ihr ins Wort.

»Marie Hansen. Dahinten sitzt mein Bruder.« Nelly deutete auf Gustav.

»Ach so, aber Sie können nicht lange bleiben, weil ich sie vorbereiten muss.«

»Vorbereiten?«

»Für die Operation«, antwortete die Frau.

»Soll sie noch heute Abend operiert werden?« Nelly sah zu Gustav hinüber.

»Eigentlich hätte sie erst morgen operiert werden sollen, doch der Oberarzt hat die Operation vorgezogen.« Die Frau presste die Lippen zusammen und hielt ihre Arme über der Brust verschränkt. »Aber er hat erst jetzt Zeit, weil er den ganzen Tag mit anderen wichtigen Dingen beschäftigt war. Sie sind sich doch im Klaren darüber, was für ein Glück sie hat?«

»Glück?«

»Ja. Nicht jeder, der es nötig hätte, erhält so eine Chance. Sie wird operiert, weil sie noch so jung ist.«

Nelly nickte und eilte zu Maries Bett. »Du bist hier?«, sagte sie zu ihrem Bruder.

»Das siehst du doch«, antwortete Gustav. Er saß auf dem Besucherstuhl.

Nelly beugte sich über das Bett. Maries halbes Gesicht war weiß bandagiert. In Augenhöhe war Blut durchgesickert. »Arme Marie.« Nelly streckte die Hand aus, um ihre Wange zu streicheln, aber die Hand blieb starr in der Luft hängen, denn sowohl die Wange als auch der Rest des Gesichts waren immer noch blauschwarz angelaufen und bis zur Unkenntlichkeit angeschwollen. Es gab keine Stelle, die sie zu berühren wagte.

»Hat sie etwas gesagt?« Nelly drehte sich zu Gustav um.

»Nein, sie schläft.« Er kratzte sich die Bartstoppeln.

»Weißt du, dass sie jetzt gleich operiert wird?«

»Ja, das hat die Schwester gesagt, aber sie schläft doch. Warum muss sie geweckt werden?« Er strich sich nochmals über die Bartstoppeln. »Ich verstehe das alles nicht. Sie sieht ja fürchterlich aus. Sie muss unbedingt wieder gesund werden.«

Leise holte sich Nelly den Stuhl, der neben dem Nachbarbett stand. Die Stationsschwester beobachtete sie von der Tür aus. Sie trug eine Uhr an einer Kette um den Hals.

»Deswegen soll sie ja operiert werden, Gustav, damit sie wieder gesund wird. Es ist sicher gut, dass der Arzt die Operation vorgezogen hat. Dann geht es ihr morgen vielleicht schon wieder besser.«

Gustav antwortete nicht, sondern starrte nur vor sich hin. Eine andere Patientin warf sich stöhnend in ihrem Bett hin und her.

»Wo sind die Kinder?«, fragte Nelly.

»Zu Hause.«

»Alleine?«

»Ja.« Gustavs dunkles, zerzaustes Haar war schon lange nicht mehr gewaschen worden.

»Hätte die Nachbarin nicht auf sie aufpassen können?«

»Die ist doch abends gar nicht zu Hause. Die Kinder kommen schon zurecht. Mach mir keine Vorwürfe, Nelly, denkst du etwa, das hier ist leicht?«

Nelly hob Maries Decke ein wenig an. Die Verbände reichten weit nach unten. Behutsam deckte sie Marie wieder zu. Sie schwiegen.

Plötzlich stand die Stationsschwester an Maries Bett.

»Ich muss Sie jetzt bitten zu gehen«, sagte sie.

Nelly erhob sich, doch Gustav blieb sitzen, als hätte er nichts gehört.

»Gustav, hörst du nicht?« Nelly nahm seinen Arm. Als er sich erhob, sah sie, dass er zitterte.

»Was passiert jetzt, Nelly?«

»Marie wird operiert.«

»Aber wir sind doch verheiratet.« Er roch ungewaschen, und Marie fiel auf, wie sehr er ihrem Vater glich.

»Gustav, hör mal …«, begann sie.

Er lehnte sich an sie, und sie musste sich am Bettpfosten festhalten, um nicht das Gleichgewicht zu verlieren.

Die Stationsschwester erschien mit einer Schüssel Wasser, die sie neben Marie auf den Nachttisch stellte.

»Jetzt müssen Sie wirklich gehen«, sagte sie mit scharfer Stimme.

Nelly zog Gustav hinter sich her auf den Korridor. Die Tränen liefen ihm über die Wangen, vermischten sich mit dem Rotz, der ihm aus der Nase lief, und blieben an seinem Kinn hängen.

Sie legte ihm einen Arm um die Schultern. »Hör mir mal zu, Gustav. Geh nach Hause und bring die Kinder zu Mutter. Ich komme später nach.«

»Wozu denn?«, schluchzte er. »Sie kann doch kaum auf den Beinen stehen.«

»Das ist immer noch besser, als die Kinder alleine zu lassen«, beharrte Nelly.

Gustav blieb einen Moment lang schwankend stehen, dann aber verschwand er den Korridor hinunter. Nelly ließ sich erschöpft auf einen Stuhl sinken. Ihr war schlecht, und die Schwarzbrotschnitte brachte sich in Erinnerung. Da ging die Tür auf, und ein Mann in einem schwarzen Kittel schob ein Bett auf Rädern mit Marie darin auf den Korridor.

»Wo bringen Sie sie hin?« Nelly erhob sich und folgte ihm.

»In den Operationssaal.« Er sah sie an, sagte aber nichts, als sie ihm folgte. Die Räder jaulten wie getretene Hunde.

Als sie eine Treppe erreichten, wurde Marie auf eine Trage gehoben. Ein weiterer Mann, der sich gerade eine Pfeife angezündet hatte, gesellte sich zu ihnen. Nelly atmete den starken und würzigen Pfeifenrauch ein, der nach Leben und Alltag roch und sie beruhigte. Als sie im Erdgeschoss ankamen, legten sie Marie wieder in ein Bett auf Rädern. Fast lautlos ging es weiter, bis sie vor einer Tür hielten. Sie war breiter, lag am Ende des Korridors und wirkte wie der Eingang in eine andere Welt.

»Hier dürfen Sie nicht hinein«, sagte einer der Männer. »Hier drin findet die Vorstellung statt.«

Die Tür wurde geöffnet, und sie schaute in einen hohen Raum. Bankreihen stiegen in Richtung der Wände empor. Ein scharfer Geruch schlug ihr entgegen, kein Ammoniak, aber ein anderer, durchdringender Geruch. Die Männer gingen hinein und ließen das Bett mit Marie draußen stehen.

Nelly beugte sich über sie. Marie atmete flach und stoßweise, ihre Züge waren ausdruckslos, aber ihr sichtbares Augenlid zitterte ein wenig. Langsam begannen sich ihre Lippen zu bewegen. Nelly beugte sich noch weiter vor und berührte mit ihrer Wange vorsichtig die Wange ihrer Schwägerin.

»Versprich mir …« Marie flüsterte ganz langsam. »Versprich mir, dass du dich um die Kinder kümmerst.«

»Das verspreche ich dir, Marie. Ich passe auf sie auf.«

In diesem Augenblick wurde die Tür geöffnet. Nelly sah zwei Männer in schwarzen Kitteln an einem Tisch in der Mitte des Saals stehen. Sie unterhielten sich. Der eine hielt so etwas wie eine Schere in der Hand. Wollten sie Marie aufschneiden? Auf einem Gestell stand ein Apparat aus Messing und spuckte eine Dampfwolke aus. Von dort kam der seltsam scharfe Geruch. Auf den Bänken saßen einige jüngere Männer in schwarzen Kitteln, das Publikum.

»Das kann lange dauern«, sagte einer der Männer, die Marie

gebracht hatten. »Gehen Sie lieber nach Hause und kommen Sie morgen wieder.«

»Nein, ich warte, bis es überstanden ist.«

»Wie Sie wollen.« Die Männer hoben Marie aus dem Bett und trugen sie in den Operationssaal. Die Tür schloss sich.

Nelly ließ sich auf einen Stuhl im Korridor sinken und umklammerte die Armlehnen fest. Trotzdem konnte sie ihr Zittern nicht unterdrücken. Im ganzen Krankenhaus war es eiskalt, und da drinnen schnitten sie gerade Marie auf. Nelly lehnte den Kopf an die Wand.

Wie lange sie so vor sich hin gedöst hatte, wusste sie nicht. Eine Reihe von Bildern war durch ihren Kopf marschiert. Marie, mit ihrem im Webstuhl eingeklemmten, blutüberströmten Arm, tauchte immer wieder auf, aber auch Bilder von Johannes, der zu Hause auf dem Hinterhof stand und ihr Fenster betrachtete, sah sie. Plötzlich ging die Tür zum Operationssaal auf. Einer der Ärzte in schwarzem Kittel hielt abrupt inne, als er sie erblickte. Einen Augenblick lang hatte es den Anschein, er wollte etwas sagen, doch dann ging er schnell den Korridor hinunter.

Nelly erhob sich. *War es überstanden?* Unruhig ging sie auf und ab. *Warum kamen sie nicht mit Marie heraus?* Aber das hatte sicher seine guten Gründe. Vielleicht musste sie gewaschen und frisch verbunden werden. Sie umarmte sich selbst, so verdammt kalt war ihr. Dann ging die Tür wieder auf, und die jüngeren Männer in Kitteln traten auf den Korridor. Schweigend gingen sie an ihr vorbei. Sie wollte sie fragen, wann denn Marie gebracht würde, doch die Worte blieben ihr im Hals stecken. Erneut ließ sie sich auf den Stuhl sinken und rieb sich ihre kalten Hände. Da stand der zweite Chirurg plötzlich vor ihr. Sie sprang auf. Er sah müde aus und wirkte kaum älter als sie selbst.

»Sind Sie mit der Patientin verwandt?«, fragte er.

»Ja.«

»Sie hatte bereits vor der Operation sehr viel Blut verloren.«

»Und?«

»Außerdem waren mehrere Rippen gebrochen, und …«

»Ist die Operation noch nicht beendet?«

»Ich muss Ihnen leider mitteilen, dass die Patientin nicht überlebt hat.«

»Ich verstehe nicht …« Nelly verstummte.

»Sie ist tot.«

Nelly rang nach Luft, der Arzt konnte sie gerade noch auffangen und ihr zum Stuhl helfen.

»Ich will sie sehen«, flüsterte sie.

»Davon rate ich wirklich ab, Fräulein.«

»Aber ich will.«

»Warten Sie einen Moment.« Er öffnete die Tür und verschwand im Operationssaal. Wenig später kam er zurück. »Nur für einen Augenblick, Fräulein.«

Marie war bis zum Kinn mit einem Tuch bedeckt. Unter der blauschwarzen Farbe wirkte ihr Gesicht grau. Die Augen waren geschlossen. In der Ecke stand eine Frau und lärmte mit einer Metallschüssel. Im Übrigen war es still. Nelly beugte sich über Marie.

»Nehmen Sie das Tuch bitte nicht weg«, sagte der Arzt aus einigen Schritten Entfernung.

»Nein, keine Sorge«, flüsterte Nelly.

»Marie«, sagte sie. »Das wird Ruben teuer zu stehen kommen, das verspreche ich dir.«

8

Kopenhagen, Donnerstag, den 12. Februar

Draussen vor dem Krankenhaus schien die Welt nicht stillhalten zu können. Nelly lehnte sich an die Hospitalmauer und schloss die Augen. Dies war weitaus schlimmer als der Tod ihres Vaters. Er war mit dem Leben nicht zurechtgekommen, hatte seine Qualen im Schnaps ertränken wollen und war der Überzeugung gewesen, Prügel seien ein Naturgesetz.

Sie hatten ihn auf dem Trockenspeicher gefunden, wo er sich erhängt hatte. Am nächsten Tag war der Pfarrer erschienen und hatte ihre Mutter ausgeschimpft, weil sich ihr Mann das Leben genommen hatte. Sprachlos hatte diese dem Pfarrer zugehört, dann war sie aufgestanden und hatte eine Kaffeetasse nach ihm geworfen. Die Tasse war an der Tür zerschellt, und seither hatte sich der Pfarrer nicht mehr bei ihnen blicken lassen.

Nelly spürte die Kälte nicht mehr. Etwas Schweres schien ihren Kopf wie ein Helm zu umschließen und verhinderte jeden klaren Gedanken. Sie ging, ohne auf den Weg zu achten, und erst als sie in die Borgergade einbog, lockerte der Helm seine Umklammerung.

In einiger Entfernung vor ihr standen Schaulustige und starrten gebannt auf einen Reiter, dessen Pferd sich panisch im Kreis drehte, als versuchte es verzweifelt, sich auf die richtigen Schritte eines komplizierten Tanzes zu besinnen. Dann schien der Teufel plötzlich von ihm Besitz zu ergreifen, und es jagte in wildem Galopp die Straße hinunter. Der Reiter schrie und wurde aus dem Sattel geworfen. Mit einem hässlichen Geräusch landete er auf dem Pflaster, was den Zuschauern Seufzer des Mitleids entlockte. Nelly brachte ein paar Kinder auf den Bürgersteig in

Sicherheit. Ein alter Mann, der einen Handkarren über die Straße schob, wurde, kurz bevor das Pferd mit Getöse seinen Karren rammte, von einer Frau beiseitegestoßen. Jetzt wurde es noch wilder, trat nach hinten aus und bäumte sich auf. Dann drehte es sich mehrmals um sich selbst, als würde es immer noch denselben Tanz vollführen, während es die Zähne bleckte und schrill wieherte. Der Sattel war ihm auf die Flanke gerutscht.

Nelly drückte sich mit den Kindern an eine Mauer. Plötzlich entdeckte sie weiter vorne auf der Straße Johannes. Er stand einen Moment lang da und sah sich um, dann rannte er auf das Pferd zu. Seine großen Stiefel schienen die Pflastersteine kaum zu berühren. Im Nu befand er sich neben dem galoppierenden Pferd. Die Schaulustigen versuchten, ihn mit Zurufen von seinem Vorhaben abzubringen, doch er lief unbeirrbar neben dem Pferd weiter. Plötzlich hatte er die Zügel in seiner Hand, und das Pferd wurde langsamer. Johannes legte dem Tier eine Hand auf den Hals und redete ihm gut zu. Nach und nach beruhigte sich das Pferd und blieb kurz darauf fast stehen, während Johannes es mit bedächtigen Bewegungen weiterstreichelte. Er schien sich mit dem Tier zu unterhalten und strich ihm zart über das Maul. Der Reiter lag immer noch reglos auf dem Pflaster. Nelly ging mit geschlossenen Augen an ihm vorbei, weil sie es nicht ertragen hätte, noch einen übel zugerichteten Menschen anzuschauen. Ein paar ältere Männer umstanden Johannes, als Nelly auf ihn zuging.

»Gut gemacht, junger Mann«, sagte einer. »Man sieht, dass Sie sich mit Pferden auskennen.«

»Ja, ab und zu habe ich schon mal ein Pferd aufgehalten«, antwortete Johannes schwer atmend. Das Pferd stupste ihn am Arm, und Johannes streichelte es beruhigend.

»Waren Sie bei der Kavallerie?«, fragte einer der Männer.

»Nein, ich bin auf dem Land aufgewachsen«, antwortete Johannes.

»Es sieht doch ganz gutmütig aus, was ist bloß in das Pferd gefahren?«, fragte ein anderer Mann.

»Es hatte Angst, es wurde wohl erschreckt«, antwortete Johannes. In diesem Moment ging Nelly an ihm vorbei. Er wandte ihr den Kopf zu und lächelte sie an.

»Guten Abend, Nelly.«

»Guten Abend.« Sie wollte noch etwas sagen, ihn wie die Männer für seinen Einsatz loben, doch es kamen keine weiteren Worte. Also nickte sie nur, lächelte und setzte ihren Weg fort. Er schien ihr von einem Schimmer umgeben zu sein, aber das lag natürlich an seinen blonden Haaren und hellblauen Augen. Oder war es die Art, wie er das Tier hielt und streichelte? Als wäre es nicht nur ein Tier, sondern ein lieber Freund.

Nelly wollte nur schnell etwas essen und dann ihre Mutter in Christianshavn aufsuchen. Das war unumgänglich. Sie musste kontrollieren, ob Gustav mit den Kindern dort war. Vielleicht war er ja auf dem Weg vom Städtischen Krankenhaus in eine Kneipe gegangen und hatte die Kinder vollkommen vergessen?

Als sie in ihre Wohnung kam, war ihr der Gedanke an Essen plötzlich unerträglich, und sie legte sich aufs Bett. Nur ganz kurz.

Sie erwachte, weil es auf dem Hof schepperte, und setzte sich auf. Dann stand sie langsam auf, ihre Glieder waren schwer und wollten ihr nicht gehorchen. Die Latrinenleerer waren damit beschäftigt, die Latrinentonnen zu ihrem Wagen auf der Straße zu schleppen. Sie hatte also mehrere Stunden geschlafen, es musste fast zwei Uhr sein. Verdammt, sie wollte doch zu ihrer Mutter!

In der Toreinfahrt stieß sie fast mit einem der Latrinenmänner zusammen. Sein Mantel war so schmutzig, dass sich die ursprüngliche Farbe nicht mehr erkennen ließ. Auf der Schulter balancierte er eine leere Tonne.

»Sieh mal einer an, das Frauenzimmer ist aber früh auf. Vielleicht hat sie ja ein dringendes Bedürfnis. Ich habe einen Schluck Schnaps mit Milch und eine kleine Nummer zu bieten, die dem Juckreiz abhilft.« Seine brummende Stimme klang heiser.

»Nein, danke.«

»Na, ist sich die Madam vielleicht zu fein dafür?«

Der andere Latrinenträger stand auf dem Hof und lachte. Die Latrinenträger waren allgemein gefürchtet, wegen ihrer Unflätigkeit und weil man ihnen nur im Dunkeln begegnete. Nelly war bislang nie in Verlegenheit geraten, von dem unsittlichen Angebot einmal abgesehen, aber solche Angebote machten ihr nicht nur Latrinenträger. Mit schnellen Schritten überquerte Nelly den Kongens Nytorv. Die Stadt lag in vollkommener Finsternis da, alle Lichter waren erloschen, und alles war geschlossen. Nur das Bellen eines Hundes unterbrach die Stille. Als sie die Knippelsbro überquerte, wurde ihr schlecht, und sie spürte den Schweiß unter ihren Armen. Sie dachte an das Angebot des Latrinenträgers, nicht an den dreisten Teil, sondern an den Schluck Schnaps mit Milch. Vielleicht war das ja genau das, was sie jetzt gebrauchen konnte?

An der Strandgade trat sie durch einen Torbogen. Hier unterhielt der Einäugige eine Brennerei und einen Stall mit vier Kühen. Als Kind hatte sie hier oft Milch und Branntwein geholt. Der Schnaps war für ihren Vater gewesen. Der Verkauf begann schon frühmorgens, damit sich die Leute noch vor der Arbeit einen Milchschnaps oder einen Klaren gönnen konnten. Aber vielleicht war es jetzt noch zu früh. Auf dem Hof war noch alles dunkel. Sie wollte gerade wieder gehen, als sie aus dem Stall Schritte hörte. Eine Tür wurde geöffnet.

»Unglaublich! Wenn das nicht die Königin von Christianshavn

in höchsteigener Person ist! Ich hatte schon geglaubt, du hättest uns für immer verlassen, Mädchen.« Der Einäugige war klein und gekrümmt und hatte ein schwammiges Gesicht und einen großen Bauch. Sein fehlendes Auge wurde von einer Klappe bedeckt. Er öffnete die Tür zur Schankstube und zündete eine Lampe an.

»Gib mir einen Milchschnaps«, sagte Nelly und legte eine Münze auf den Tisch.

Er nahm ein Glas und füllte es zur Hälfte mit Milch aus einer großen Kanne. Dann zog er den Korken aus einer Schnapsflasche und füllte auf.

»Genug, genug. Ich muss noch nach Hause gehen können.« Mit wenigen Schlucken leerte sie das Glas. Der Einäugige starrte sie an.

»Was machst du hier so früh? Man könnte fast meinen, du hättest ein Gespenst gesehen«, meinte er.

»Nein, ein Gespenst war es nicht, schon eher der Sensenmann … aber ich muss weiter.«

Sie stellte das Glas auf den Tisch und verabschiedete sich. Der Milchschnaps wärmte, und einen Moment lang konnte sie alle Leute verstehen, die ihre Sorgen im Branntwein ertränkten.

Ihre Mutter wohnte über der Judenspelunke. Ob das Haus allerdings immer noch einem Juden gehörte, wusste sie nicht. Das Gebäude glich einem offenen Geschwür, das nicht heilen wollte. Durch die Einfahrt gelangte man auf einen langen, schmalen Hof. Hier hatten Marie und sie als Kinder gespielt. Es hatte ein Versteck im Kohlenkeller gegeben, in dem sie mit ihren Stoffpuppen gewohnt hatten. Auf diesem Hof kannte sie jeden Winkel. Hier hatte sie auch gelernt, sich zu wehren. Starr gefrorene Wäsche hing kreuz und quer über den Hof, als hätte das Haus Segel gesetzt und würde gleich ablegen. Zu den Wohnungen führten Außentreppen, die wenig mehr waren als stabilere

Leitern und die nur auf einer Seite mit einem Geländer versehen waren. Man musste vorsichtig sein, denn das feuchte Holz war bei Frost glatt. Im vergangenen Jahr hatte eine der morschen Stufen sogar unter einem Hünen nachgegeben. Der Mann war mit gebrochenem Bein ins Allgemeine Krankenhaus gebracht worden.

Mehrmals musste sie bei ihrer Mutter klopfen, bevor sich etwas regte. Dann öffnete Gustav schlaftrunken die Tür.

»Gott sei Dank«, murmelte sie und zog die Tür leise ins Schloss.

Die Stube glich einem Schlachtfeld. Auf einer Strohmatratze auf dem Boden lagen Gustavs und Maries drei Kinder. Überall lagen Kleider und Hobelspäne herum. In einer Ecke schlief Carl, Nellys und Gustavs kleiner Bruder, der noch zu Hause wohnte.

Gustav wankte in die Küche, und sie folgte ihm. Er sah sehr müde aus. Auf dem Küchentisch stand zwischen schmutzigem Geschirr eine Schnapsflasche, und es roch sauer nach Erbrochenem. Die Flamme der Lampe drohte jeden Moment zu erlöschen.

»Hör mal, Gustav, ich muss dir …«, begann sie, aber die Worte wollten nicht kommen.

»Du brauchst es nicht auszusprechen, ich habe es die ganze Zeit gewusst.« Er hielt sich am Küchentisch fest.

»Was hast du gewusst?«

»Dass sie tot ist. Das meinst du doch.«

»Ja. Es ist so schrecklich, wie hast du es wissen können …?« Ihre Stimme brach.

»Hier habe ich es gespürt.« Er fasste sich an die Brust. »Es ist furchtbar.«

»Ja, weiß Gott.«

Da erlosch die Lampe, als hätte die Flamme gespürt, dass der passende Zeitpunkt gekommen war. Draußen schien der Mond, und sie konnten einander immer noch deutlich sehen. Nelly tastete nach dem Petroleumkanister.

»Nicht nötig. Der ist leer.« Gustav streckte die Hand nach der Schnapsflasche aus und nahm einen Schluck.

»Sie haben sie operiert, aber sie hatte zu viel Blut verloren«, sagte Nelly.

Gustav starrte vor sich hin.

»Hörst du, was ich sage?«

»Was soll ich nur tun? Kannst du mir das erklären?« In seiner Stimme lag eine gewisse Schärfe. »Kann mir das verdammt noch mal jemand sagen?«

»Ich will dafür sorgen, dass Ruben zahlen muss. Er soll nicht ungeschoren davonkommen. Morgen rede ich mit den anderen Frauen. Wir haben bereits darüber gesprochen, aber jetzt, wo Marie tot ist, erscheint alles in einem neuen Licht.« Die letzten Worte waren mehr an sie selbst als an Gustav gerichtet.

Er starrte zu Boden und schien sie nicht gehört zu haben.

»War Mutter wach, als du mit den Kindern gekommen bist?«

»Nein.«

»Sie weiß also gar nicht, dass du hier bist?«

»Ich habe sie geschüttelt, bis sie wach wurde, so wach, wie das bei so einem alten Wrack nur möglich ist.«

»Du musst eine Arbeit finden, Gustav.«

»Ja, ja, denkst du, ich weiß das nicht?«

Nelly erhob sich, trat in die Stube und öffnete die Schlafzimmertür einen Spalt. Dort drinnen herrschte ein eklig süßlicher Geruch. Wäre es nicht so kalt gewesen, hätte sie das Fenster aufgerissen. Ein schmaler Streifen Mondschein beleuchtete das Bett und ihre Mutter, die halb zugedeckt auf der Seite lag. Nelly ekelte der Anblick des offenen Mundes. Ihr Atem klang wie das Knurren eines Hundes. Dünne Locken hingen in das zerfurchte

Gesicht der Schlafenden. Das fleckige Kissen hatte keinen Bezug. Ihre Mutter war krank, »in den unteren Regionen«, wie sie sich ausdrückte. Nelly hatte sie schon mehrfach gebeten, zum Arzt zu gehen, aber davon wollte sie nichts wissen. Sie trank Schnaps, um die Schmerzen zu betäuben.

Nelly schloss die Schlafzimmertür und betrachtete die Kinder auf dem Fußboden. Der Kleinste schlief unruhig und mit den Beinen auf Valdemar. Sie wusste, dass ihn Marie im Lauf der Nacht immer in ihr Bett nahm. Diese Wärme und Geborgenheit würde er nie mehr erleben. Sie setzte sich an den Tisch und stützte das Gesicht in die Hände. Diese Kinder würden den allerhöchsten Preis für die Gleichgültigkeit der Fabrik, der das Leben ihrer Arbeiter nichts bedeutete, zahlen.

9

Kopenhagen, Freitag, den 13. Februar

NELLY ERWACHTE DAVON, dass eine kleine Hand an ihrem Ärmel zupfte. »Ich muss auf den Hof, Tante.« Else trat von einem Bein aufs andere. Nelly hatte auf der Matratzenkante neben den Kindern geschlafen. Jetzt erhob sie sich, aber ihr war schwindelig, und sie musste sich auf einen Stuhl setzen. »Hol deine Jacke«, flüsterte sie.

Als das Mädchen seine Jacke angezogen hatte, nahm Nelly es auf den Arm, musste es aber wieder absetzen, als es die Treppe auf den Hof hinunterging. »Halt dich am Geländer fest, Else, ich bin hinter dir.«

Als sie zurückkamen, brannte auf dem Tisch ein Talglicht. Valdemar stand mit einem Gewehr in der Hand am Fenster.

»Stell das sofort zurück. Das Gewehr darf nur Carl anfassen«, sagte sie.

»Aber ich will doch Soldat werden.«

»Das geht erst, wenn man groß ist.«

»Hat Carl schon mal einen Mann erschossen?«

»Nein. Er schießt auf Enten«, antwortete Nelly.

»Enten? Warum denn?«

»Die kann man essen oder verkaufen. Stell das Gewehr jetzt weg!«

Es war das alte Gewehr ihres Vaters, mit dem er zeitweilig wie wild am Strand um sich geschossen hatte und dann Enten und Eiderenten mit nach Hause gebracht hatte. Das Geflügel wurde zerlegt, in einem Topf gebraten, und dann bekamen alle ein Stück. An solchen Abenden war ihr Vater, was sehr selten geschah, voller Lebensfreude gewesen. Aber mit der Zeit durften sie die Enten immer seltener selbst essen. Die Familie hatte ständig Schulden beim Krämer, der sich gerne in Naturalien bezahlen ließ, und eine frisch geschossene Ente war ihm immer willkommen, denn der Krämer konnte sie an die feinen Leute weiterverkaufen. Nach und nach schoss der Vater immer weniger Enten, was er damit erklärte, dass er keine Brille hatte, doch wer traf schon eine Ente, wenn er sturzbetrunken war?

Gustav war auf dem Küchenboden neben einer Schnapsflasche eingeschlafen. Nelly schüttelte ihre Mutter, um sie zu wecken. »Marie ist gestern Abend gestorben. Du musst dich um die Kinder kümmern.«

»Was? Lass mich los.« Die Mutter wehrte ihre Hand ab.

»Ich muss zur Arbeit, du musst aufstehen und dem Kleinen Milch geben.«

»Wir haben keine Milch.«

»Dann musst du Carl welche holen schicken. Ich lasse dir Geld da. Ist Brot im Haus?«

»Wie soll ich die vielen Kinder satt bekommen? Ich habe ja selbst nichts.«

»Ich habe doch gesagt, dass ich dir Geld dalasse. Steh endlich auf!«

Langsam richtete sich ihre Mutter auf einem Ellbogen auf und schob die Beine über die Bettkante. »Hast du Kaffee gekocht?«, fragte sie.

»Nein. Ich habe nur sehr wenig geschlafen und muss jetzt los.«

»Was hast du über Marie gesagt?« Jetzt war ihre Mutter aufgestanden.

»Sie ist gestern Abend gestorben. Du musst dich ein paar Tage um die Kinder kümmern, bis ich eine Lösung gefunden habe.« In der Tür hielt Nelly inne. »Warum hast du die Späne noch nicht gebündelt? Alle Hobelspäne liegen noch auf dem Boden. Glaubst du, ich habe sie dir nur zum Spaß besorgt? Die waren ganz schön heiß begehrt, kann ich dir sagen …« Dann hielt sie inne. Jetzt war nicht der Zeitpunkt zum Schimpfen, aber es ärgerte sie sehr, dass sich ihre Mutter nie zusammenreißen konnte.

»Gustav muss dir helfen. Du musst sie in der Fabrik abgeben. Carl weiß wo. Für fünfhundert Bündel bekommt ihr fünfundzwanzig Öre.«

Ihre Mutter machte nur eine abwehrende Handbewegung.

Auf dem Kongens Nytorv stieg Nelly in die Pferdebahn. Trotz der vielen Haltestellen ging das schneller als zu Fuß. Leider konnte sie sich eine solche Fahrt nur selten gönnen. Sie saß auf einer Bank und versuchte, ihren Kopf an das Fenster zu lehnen, aber die Scheibe war kalt, und ihr Nacken schmerzte. Es war ihr unmöglich, Ruhe zu finden, und es fiel ihr schwer, einen klaren Gedanken zu fassen. Die Probleme türmten sich vor ihr auf. *Wo sollte sie nur anfangen?* Sie hatte das Gefühl, sich auf einer Eisfläche zu befinden und sich nirgends festhalten zu können. *Aber wenn sie sich nicht zusammenriss, wer würde dann die Probleme lösen?*

Die Straßenbahn fuhr nur bis zur Korsgade in Nørrebro. Sie schaffte es gerade noch, vor dem Heulen der Sirene durch das Fabriktor zu schlüpfen. Mehrere Frauen nickten ihr zu, gingen aber wortlos zu ihren Webstühlen. Seltsamerweise wirkte alles wie immer. Am liebsten hätte Nelly laut geschrien, doch was hätte das genützt? Für die Direktionsetage war es noch zu früh, um sechs Uhr war da noch niemand. Nelly behielt die Uhr im Auge, während sie auf die Geräusche ihrer Spulen achtete. Die Schwedin betreute auch heute Maries Webstühle. Sie lächelte, als Nelly ihr zunickte. Vormann Ottesen patrouillierte zwischen den Webstühlen, vermied es aber, sie anzusehen. *Gott allein wusste, was in diesem Mann vorging.*

Sobald es zehn schlug, ging sie zu Karen hinüber. »Marie ist gestern gestorben. Ich muss mit dem Fabrikanten reden. Kannst du solange auf meine Webstühle achtgeben?«, rief sie.

»Hast du keine Angst, dass er dich feuert, wenn du da so ohne Weiteres auftauchst?«

»Doch, aber das muss jetzt einfach sein.«

Wie beim letzten Mal hörte sie von oben die Sekretärin auf ihrer Schreibmaschine klappern. Dieses Mal aber war sie sehr schnell oben, denn die Wut verlieh ihr Flügel.

»Ich muss den Fabrikanten sprechen. Es ist wichtig.«

»Ich habe doch schon gesagt, dass Direktor Ruben im Ausland weilt und Sie hier nicht ohne Vereinbarung aufkreuzen können. Ich dachte, Sie hatten das verstanden.«

»Haben Sie denn nicht gehört, was ich gesagt habe? Es ist wichtig. Marie Hansen, die Frau, die vor ein paar Tagen einen Unfall hatte, ist tot.«

Die Sekretärin öffnete den Mund, schloss ihn dann aber wieder.

»Wenn der Fabrikant nicht hier ist, muss es doch einen Stellvertreter geben, mit dem ich reden kann?«, beharrte Nelly.

Hinter ihnen ging eine Tür auf. »Was ist hier los?« Vizedirektor Holm. Er sah aus, als wäre er einer Anzeige für Herrenbekleidung entsprungen. Der vollkommen knitterfreie Anzug war schwarz wie frische Druckerschwärze. Ein Papiermännchen, zum Leben erwacht und sich seiner neu gewonnenen Macht bewusst. »Na, dann kommen Sie besser mal mit«, sagte er und deutete in sein Büro.

Im Aschenbecher auf dem großen Schreibtisch glimmte eine Zigarre, deren Rauch das ganze Zimmer erfüllte. Die Wände waren dunkelrot mit schmalen Goldstreifen. Holm nahm auf einem Ledersessel am Schreibtisch Platz und bot Nelly den Stuhl gegenüber an. Sie kauerte sich auf die äußerste Kante und hatte das Gefühl, von den dunkelroten Wänden mit den schmalen Goldstreifen und dem dicken Teppich erdrückt zu werden. Ihre abgenutzten Stiefel hatten noch nie so etwas Vornehmes betreten.

»Also, worum geht es, Fräulein?« Der Vizedirektor griff zur Zigarre.

»Marie Hansen, die Arbeiterin, die den Unfall hatte, ist gestern im Krankenhaus gestorben.«

»Das tut mir sehr leid«, erwiderte er und rückte seinen Kneifer zurecht.

»Sie hat drei Kinder, die jetzt so gut wie keine Versorgung haben. Sie müssen ihnen eine Entschädigung zahlen. Sonst weiß ich nicht, wie sie zurechtkommen sollen.«

»Bei Arbeitsunfällen gibt es keine Entschädigungen. Da müssen Sie etwas missverstanden haben. Höchstens in ganz besonderen Fällen und bei besonders bewährten Mitarbeitern, die viele Jahre bei uns waren, kann eine gewisse Kompensation gewährt werden. Die Frau, von der Sie sprechen, war ja nur recht kurz hier. Außerdem hat sie den Unfall, soweit ich unterrichtet bin, selbst verschuldet, und dafür kann das Unternehmen nicht die Verantwortung übernehmen.«

»Es ist doch wohl nicht ihre Schuld, dass ein Treibriemen gerissen ist?«

»Die Arbeiterinnen müssen selbst zusehen, dass sie den Treibriemen nicht zu nahe kommen. Das wissen alle. Wir haben es hier mit kraftvollen Maschinen zu tun«, antwortete er.

»Wie sollen wir uns von den Riemen fernhalten, wo wir doch an den Webstühlen arbeiten?«

Holm schnippte die Asche seiner Zigarre in den Aschenbecher.

»Außerdem war der Treibriemen vollkommen verschlissen«, fuhr sie fort. »Man hätte ihn schon längst austauschen müssen. Ich dachte …« Sie kam nicht weiter, weil sich der Vizedirektor vorbeugte.

»Ich kann Ihnen versichern, dass der Treibriemen vollkommen in Ordnung war. Aber gegen winzige, unsichtbare Schäden im Leder ist kein Kraut gewachsen. Man kann immer nur sein Bestes tun. Die Riemen werden täglich überprüft.«

»Das ist nicht wahr. Das Leder war vollkommen abgewetzt. Das war nicht zu übersehen. Ich habe es mir selbst angeschaut.«

Der Vizedirektor zögerte. »Und Sie sind sich da ganz sicher?«

»Ganz und gar. Ich war dort, direkt nachdem es geschehen ist.«

»Na, dann sollten wir uns diesen Treibriemen einmal genauer ansehen.«

Er erhob sich und nahm seinen Wollmantel vom Kleiderständer. *Was führte er wohl jetzt im Schilde?*

»Und obwohl Vormann Ottesen hier oben war, hat man keinen Krankenwagen gerufen.« Nelly war unbeirrbar sitzen geblieben. »Sie ist gestorben, weil sie so viel Blut verloren hatte. Wenn sie rechtzeitig ins Krankenhaus gekommen wäre, hätte sie vielleicht überlebt.«

»Davon weiß ich nichts«, entgegnete Holm.

Danach folgte sie ihm in den Websaal. Den ganzen Weg dorthin hielt er sich drei Schritte vor ihr. Als sie eingetreten waren, machte er halt. »Warten Sie hier.« Dann ging er zu Vormann Ottesen hinüber. Sie konnte nicht hören, was er sagte. Ottesen nickte mehrmals. Wenig später trat der Vizedirektor auf sie zu.

»Vielleicht können Sie mir jetzt zeigen, wo es passiert ist.« Seine scharfe Stimme war trotz des Lärms gut zu verstehen.

Sie führte ihn zu Maries Webstühlen, die beide in Betrieb waren. Die Schwedin bemerkte Nelly und den Vizedirektor erst, als beide direkt vor ihr standen, und ließ vor Schreck eine Spule fallen. Nelly bückte sich, hob sie auf und reichte sie ihr.

»Wie Sie sehen, Fräulein, laufen die Riemen einwandfrei.«

»Natürlich. Sie wurden ja auch ausgetauscht«, antwortete Nelly.

»Nein, Fräulein Hansen, der Riemen ist nicht gerissen. Die Frau verunfallte, weil sie dem Riemen zu nahe kam. Niemand hat je behauptet, dass es ungefährlich ist, in einer modernen Fabrik zu arbeiten. Glücklicherweise sind solche Unfälle sehr selten, und so gut wie immer sind die Arbeiter selbst schuld.«

Der Vizedirektor lächelte und nickte den Frauen in der Runde zu. Vormann Ottesen schaute mit zusammengekniffenen Lippen weg. Der Vizedirektor wandte sich wieder an Nelly. Jetzt lächelte er nicht mehr. »Damit wäre diese Sache aus der Welt, und …« Er hielt einen Moment inne. »Ich gehe davon aus, nichts mehr darüber zu hören. Andernfalls sieht sich die Direktion gezwungen, gewisse Maßnahmen zu ergreifen.«

Nelly stand neben Maries Webstuhl. *Was dachte sich dieser schlechte Mensch, hatte er überhaupt kein Gewissen?* Erst log er ihr ins Gesicht, und dann drohte er ihr auch noch. Für wie einfältig hielt er sie eigentlich? Nein, ihm war einfach bewusst, dass sie vollkommen machtlos war, solange sie allein kämpfte. Sein Wort gegen ihres. Maßnahmen? Hieß das, dass sie gefeuert wurde, wenn sie nicht schwieg? Aber da war er an die Falsche geraten! Es gab nur einen Weg. Die Frauen mussten gemeinsame Sache machen. Und zwar alle, sonst endete es bloß damit, dass einige wenige ihre Arbeit verloren und nichts besser wurde.

In der Mittagspause füllte sie ihre Blechtasse mit Wasser und setzte sich auf eine Holzkiste.

»Hast du nichts zu essen dabei?«, fragte Karen.

Nelly schüttelte den Kopf. Karen brach ihre dicke Scheibe Schwarzbrot in zwei Teile und gab Nelly die eine Hälfte.

Anschließend machte sich Nelly auf die Suche nach Fingerhut. Doch er war weder im Websaal noch draußen im Lager zu finden. Allmählich hatte sie das Gefühl, dass man ihr aus dem Weg ging, und zwar nicht nur die Vormänner. Auch einige der Frauen wichen ihrem Blick aus oder hatten es plötzlich ganz eilig. Befürchteten sie, in etwas hineingezogen zu werden, das sie ihre Arbeit kosten könnte?

Am späten Nachmittag kam Vormann Ottesen auf sie zu. In einer Hand hielt er seine Taschenuhr, in der anderen Hand hatte er einen Bleistift und das kleine schwarze Buch, in dem er die Strafen notierte. Er schob die Uhr in die Westentasche und klappte das Buch auf. »Tja, für vorgestern gibt es also einen Tag Lohnabzug«, rief er.

»Was soll das heißen?«

»Das wissen Sie nur zu gut.«

»Lohnabzug? Ist das Ihr Ernst? Haben Sie nicht gehört, wie Vizedirektor Holm gelogen hat? Sie müssten doch bezeugen können, dass der Treibriemen gerissen ist und dass man Sie nicht telefonieren ließ.«

»Ich tue bloß, was von mir erwartet wird.«

»Sie sind ein schlechter Mensch, Herr Ottesen.«

»Denken Sie doch, was Sie wollen, aber behalten Sie es für sich. Durch Aufsässigkeit erreichen Sie nichts, im Gegenteil. Ich warne Sie, Fräulein Hansen, wenn Sie nicht einen anderen Ton anschlagen, können Sie nicht damit rechnen, dass Rubens weiterhin Verwendung für Sie hat.«

»Man hat mir heute schon einmal gedroht. Ein zweites Mal ist nicht nötig. Aber ich würde Sie gerne noch etwas fragen, Herr Ottesen. Warum haben Sie eigentlich versucht, Marie im Lager zu verstecken?«

»Ich soll sie versteckt haben? So ein Unsinn! Ich wollte sie beschützen.«

Nachdem er gegangen war, gelang es Nelly gerade noch rechtzeitig, eine Spule auszutauschen, ehe sie leer war, doch sie schnitt sich am Faden und steckte sich den Finger in den Mund. Wie sollte es nur gehen, falls sie gefeuert wurde? Das käme einer Katastrophe gleich, jetzt wo Maries Lohn wegfiel. Dann konnte tatsächlich das geschehen, was sie Gustav ausgemalt hatte. Er und seine Kinder würden im Armenhaus landen. Von dort gab es kein Entrinnen. Das war kein Leben für die Kinder, und sie hatte Marie versprochen … Da musste sie die nächste Spule austauschen. Sie war es Marie schuldig, die Frauen zum Handeln anzuregen. Vielleicht war es ja doch möglich, den Fabrikanten dazu zu zwingen, Gustav eine Entschädigung zu zahlen.

Auch an diesem Tag hatte die große Uhr über dem Portal schlechte Laune. Die Zeit verging nicht. Sie musste sich aufs stille Örtchen begeben, um sich einen Augenblick hinsetzen und anlehnen zu können. Aber das war gefährlich. Sie musste sich sehr zusammennehmen, um nicht einzuschlafen. Als sie sich wieder aufrappelte, hatte sie doch zu lange gesessen. Die Webstühle standen still, einige Frauen fegten den Boden, andere waren bereits gegangen. Eine Gruppe von Männern strebte plaudernd dem Ausgang zu, allerdings nicht Fingerhut, dieser war auf dem Weg ins Lager. Im Nu war Nelly hinter ihm.

»Herr Rasmussen, warten Sie doch bitte.«

Er verlangsamte seine Schritte, drehte sich jedoch nicht um.

»Wird Ihnen auch der Lohn gekürzt?«

»Ich habe noch nichts gehört, aber das kommt sicher noch.« Er blieb stehen, sah sie allerdings nicht an.

»Heute Nacht wurde der Treibriemen ausgewechselt. Wussten Sie das? Vizedirektor Holm behauptet, dass er gar nicht gerissen ist. Die Fabrik will sich ihrer Verantwortung entziehen. Heute Nacht ist Marie Hansen gestorben.«

»Und wer ist Marie Hansen?«, fragte er. Er mied nach wie vor ihren Blick.

»Die Frau, die wir ins Krankenhaus gefahren haben.«

»Das tut mir aufrichtig leid, aber jetzt müssen Sie mich entschuldigen«, sagte er und verschwand im Lager.

Nelly machte sich auf den Weg zum Tor. Tränen standen in ihren Augen. Sie hielt inne und wischte sie weg, bevor sie in die Dunkelheit trat. Unbarmherzig schlug ihr die Kälte entgegen, und sie hatte einen seltsamen Eisengeschmack im Mund und spuckte in den schmutzigen Schnee. Es kostete sie Überwindung, einen Fuß vor den anderen zu setzen. Dass Fehler gemacht wurden, war eine Sache, aber dass man ihr direkt ins Gesicht log! Sie fühlte sich ebenso verlassen wie damals, als sie als kleines Mädchen ihrem Vater geholfen hatte, über eine Hintertreppe Koks in eine Wohnung zu tragen. Sie hatte sich auf einen Hinterhof verirrt und konnte ihren Vater nicht wiederfinden. Sie hatte nicht die geringste Ahnung, wo in der Stadt sie sich eigentlich befand, und den Heimweg nach Christianshavn zu finden dauerte fürchterlich lange. Mit wem außer Karen konnte sie sprechen? Karen musste ja immer gleich zu ihren Kindern nach Hause. Waren die anderen Frauen alle gleichzeitig taub und blind geworden? Als ob sich die jüngsten Ereignisse mit dem Rauch durch den Schornstein verflüchtigten, wenn man nur lange genug schwieg.

Am Nørre Vold blieb ihr Blick an einer Schlagzeile der Zeitschrift *Socialdemokraten* hängen, die eine Versammlung der Kopenhagener Schmiede ankündigte. Sie blieb kurz stehen, um einige Zeilen zu lesen, und ging dann weiter. Als sie in die Gothersgade einbog, kam ihr eine Idee. Vielleicht konnte sie ja die Zeitung dazu überreden, über Maries Unfall und Tod zu berichten? Schon früher waren die Zustände bei Rubens ab und zu im *Socialdemokraten* kritisiert worden, aber Maries Fall war schwerwiegender. Marie war tot, und Nelly konnte den Verlauf bis ins kleinste blutige Detail beschreiben. Es musste ein großer Artikel werden, wenn möglich auf der ersten Seite. Vielleicht würden die Frauen dann endlich wagen, sich zu wehren?

10

Kopenhagen, Freitag, den 13. Februar

Auf der Gothersgade standen zwei Jungen vor dem Zaun des Königlichen Gartens. Als Nelly an ihnen vorbeiging, hielt ihr einer einen Zinkeimer hin.

»Frischer Fisch gefällig?«

»Und wann habt ihr ihn gefangen?«

»Heute, Gnädigste, wir kommen direkt vom Hafen.« Der andere deutete auf eine Angel.

Nelly hob einen Plattfisch aus dem Eimer und ließ den Geruch entscheiden. »Den nehme ich.« Sie legte den Fisch zurück und suchte eine Münze hervor. »Hast du nichts, um ihn einzupacken?«

»Nein.«

Also trug sie den Fisch am Schwanz nach Hause. Als sie den Hinterhof betrat, stand plötzlich Johannes vor ihr. Sein blondes Haar war nach hinten gekämmt, und er trug ein sauberes Leinenhemd unter seinem offenen Mantel. Sie spürte, dass sie errötete.

»Na, so was! Waren Sie auf See?«, fragte er.

»Ich fange mir mein Abendessen immer selbst«, antwortete sie lächelnd.

»Das gefällt mir.« Er lächelte und schaute zu Boden. »Jetzt muss ich aber weiter.« Trotzdem ging er nicht.

»Haben Sie eine Küche?«, fragte sie unvermittelt.

»Nein, leider nicht.«

»Vielleicht wollen Sie ja mitessen. Ich glaube, dass es für zwei reicht.« Sie hielt den Fisch in die Höhe, ließ den Arm dann aber rasch wieder sinken. War sie wahnsinnig geworden? Innerlich weinte sie über Maries Tod, und außerdem war sie so müde, dass sie sich kaum auf den Beinen halten konnte, und jetzt lud sie einen Fremden zum Abendessen ein?

»Meinen Sie das wirklich?«

»Ich meine immer, was ich sage.«

Er folgte ihr in den Keller. »Das ist sehr nett von Ihnen.«

Sie schloss auf. »Das hier ist nicht gerade Amalienborg.« Sie zündete die Lampe an. »Küche gibt es keine, aber man kann auf dem Ofen kochen.«

»Ich finde es gemütlich.«

Sie folgte seinem Blick, der auf das Tischtuch fiel. Es war nicht ganz sauber, doch das war im Halbdunkel nicht zu sehen. Sie hatte es gebraucht gekauft und das Ende mit dem Loch abgeschnitten und den Saum erneuert.

»Soll ich Wasser holen, dann können wir den Fisch ausnehmen?« Er griff, noch ehe sie antworten konnte, zum Eimer. Wenig später sah sie seine langen Beine durch das Fenster und hörte ihn husten, ehe er durch den schmalen Durchgang Richtung Straße und Wasserpumpe verschwand.

»Nelly Hansen«, murmelte sie halblaut, »aufgepasst! Das ist einer der ganz Gefährlichen.«

Als er zurück war, stellte er den Eimer auf den Boden, trocknete sich die Hand am Hosenboden ab und reichte sie ihr. »Ich heiße Johannes, das habe ich vermutlich noch gar nicht gesagt.«

Sie gab ihm die Hand. »Nelly, aber das wissen Sie vermutlich bereits.«

Auf einem Bord neben dem Ofen lag ihr Küchengerät. Sie hob das Schneidebrett herunter. Mit sicheren Bewegungen nahm er den Fisch aus. »Wo ich herkomme, gibt es einen Fluss. Dort habe ich viele Forellen geangelt«, sagte er.

»Das klingt wunderbar. Warum wollten Sie nicht dort bleiben?«

»Ich hätte schon gewollt, aber dann habe ich den Hof verloren.«

Sie war gerade dabei, den Ofen anzuzünden, und drehte sich zu ihm um. »Sie haben den Hof verspielt?«

»Nein. So war das nicht. Mein Zwillingsbruder und ich haben gelost, und ich habe den Kürzeren gezogen.«

»Das verstehe ich nicht …«, begann sie.

»Mein Vater ist alt, und einer von uns muss ja den Hof erben.«

»Aber losen? Gab es wirklich keine bessere Lösung?«, fragte Nelly.

»Je nachdem. Der Hof ist nicht groß und lässt sich nicht teilen.«

»Ihr Bruder besitzt jetzt also den Hof, und Sie wohnen in einer Bodenkammer?«

»Ja genau, aber so ist das mit dem Verlosen, einer gewinnt, und der andere verliert. Mein Vater wohnt auch auf dem Hof, denn es gibt kein Altenteil.«

»Und Ihre Mutter?«

»Sie lebt nicht mehr. Gewissermaßen ist sie wieder eins mit der jütländischen Erde geworden.«

»Das tut mir leid.«

»Keine Sorge, das ist lange her.«

»Wohnen die beiden Männer allein?«, fragte sie weiter.

»Nein, meine Schwester wohnt auch noch zu Hause. Anna ist ein paar Jahre jünger als Harald und ich.«

»Und Harald ist Ihr Bruder?«

»Ja, mein Zwillingsbruder, der den Hof gewonnen hat.«

»Und Ihre Schwester? Sieht sie Ihnen ähnlich?«, fragte sie etwas übereilt, hielt dann aber inne. Sie kannten sich kaum, und trotzdem fragte sie ihn wie ein vorwitziges Schulmädchen aus.

»Ob sie mir ähnelt? Das weiß ich nicht, nein, ich glaube nicht. Sie kommt wohl dem, was man einen Engel nennt, am nächsten.«

»Engel?«, wiederholte sie.

»Ja. Vielleicht klingt das komisch, aber für mich ist sie ein Engel. Und zwar nicht nur äußerlich, sondern auch innerlich.«

»Ich verstehe, was Sie meinen, aber wie sieht sie aus?« Nelly hielt immer noch den Zunder in der Hand.

»Sie ist so blond wie ich, hat aber langes, glattes Haar. Meist trägt sie es geflochten und hochgesteckt. Sie ist klein, hat ein liebes Gesicht und errötet leicht. Im Sommer hat sie Sommersprossen.«

»Ich auch.« Sie riss ein Streichholz an und hielt es an den Zunder. »Können Sie sie nicht nach Kopenhagen locken?«

»Nein. Das würde mir kaum gelingen, weil sie auf dem Hof

gebraucht wird. Er wirft nicht viel ab, und sie können sich deswegen keine Magd leisten.«

»Aber Ihre Schwester wird doch irgendwann einmal heiraten?«

»Vermutlich. In der Tat gab es bereits einen Freier. Den hat sie aber abgewiesen.«

»Ist er denn so langweilig?«, fragte Nelly.

»Schon möglich, doch er besitzt einen großen Hof und eine unglaubliche Menge Vieh.«

»Man kann einen langweiligen Mann nicht heiraten, nur weil er einen großen Hof besitzt.«

»Nein, da könnte was dran sein.« Er hatte den Fisch fertig filetiert.

»Wo kommen Sie eigentlich genau her?«, fragte Nelly.

»Aus Uldum. Das ist nördlich von Vejle.«

»So weit weg war ich noch nie. Ist es dort schön?«

»Ich finde schon. Dann haben Sie auch nie den Gudenå gesehen?«

Sie schüttelte den Kopf. »Nein. Wie sieht er denn aus?«

»Er lässt sich gar nicht so leicht beschreiben, weil er so vielfältig ist. An manchen Stellen ist der Fluss schmal, an anderen gleicht er einem Meer. Es ist jedenfalls ein Fluss, der einem fehlt.«

»Würden Sie gerne zurückkehren?« Sie erhob sich und kippte Kohlen in den Ofen.

»Ja, aber nicht unbedingt nach Uldum. Ich hoffe, dass ich genug sparen kann, um irgendwo einen Hof zu kaufen. Ich bin ein richtiger Bauer, verstehen Sie, und komme erst auf eigener Scholle zur Ruhe.«

»Auf eigener Scholle?« Sie lächelte.

»Kann man das hier nicht sagen?«

»Doch, sicherlich, aber unsereiner denkt nicht so.«

Nelly goss Wasser in einen Topf mit Kartoffeln und stellte ihn auf den Ofen.

»Und Ihr Hof, wie soll der aussehen?« Sie legte einen Deckel auf den Topf und setzte sich wieder.

»Er soll weiß gekalkt sein und aus vier Gebäuden bestehen.«

»Sie denken also an einen Herrenhof?«

»Nein, es gibt auch viele kleine Vierseithöfe. Waren Sie denn noch nie auf dem Land?«

Es gefiel ihr, seinen Mund beim Sprechen zu betrachten. Das lag an seinen Lippen und ebenmäßigen Zähnen. Außerdem war da immer ein Lächeln zu erahnen, wie die Sonne hinter einer Wolke.

»Nein, irgendwie bin ich nie aus der Stadt herausgekommen, aber hier gibt es auch viele Kuhställe.«

»Das ist mir schon aufgefallen, doch ich will meine Kühe im Sommer auf die Weide lassen.«

»Wollen Sie denn nur Kühe halten?«

»Nein, auch Pferde. Ich könnte mir vorstellen, Pferde zu züchten, aber Kühe sind natürlich am wichtigsten. Der Hof sollte in der Nähe einer guten Molkereikooperative liegen, damit es sich auch lohnt.«

»Und was ist mit Schweinen?«

»Natürlich auch Schweine. Deswegen muss der Hof ja auch vier Gebäude haben, verstehen Sie?«

»Und Hühner?«

»Ohne Hühner kann man nicht leben.«

Sie lachte. »Ach, nicht?«

»Nein, verdammt, die Eier kann man verkaufen, das tut meine Schwester, und eine gute Hühnersuppe muss auch ab und zu auf den Tisch.«

»Ich kann melken«, sagte sie.

»Ach?« Er war überrascht.

»Das hätten Sie von einem Mädchen vom Hinterhof wohl nicht erwartet?«

»Nein. Sie haben doch selbst gesagt, dass Sie noch nie auf dem Land waren.«

»Wo ich in Christianshavn immer Milch gekauft habe, als ich noch zu Hause wohnte, hatten sie einen Stall mit vier Kühen. Die Besitzerin hat mir mal beigebracht, wie man melkt.«

»Sie können sicher alles lernen …« Er hielt inne und machte sich erneut am Fisch zu schaffen. »Ich meine, wenn Sie wollen.« Die letzten Worte klangen weniger nachdrücklich, war er etwa verlegen?

Sie erhob sich und stach mit der Gabel in eine Kartoffel. Sie waren fast gar. Dann nahm sie den Topf vom Herd und verstaute ihn, in eine alte Decke gewickelt, unter ihrem Federbett. Anschließend bräunte sie Margarine in einer Pfanne und legte den Fisch hinein. Er lächelte sie an. Sie hätte sein Gesicht gerne angefasst, blieb jedoch am Ofen stehen und schob den Fisch mit einem Holzlöffel hin und her.

»Und Sie?«, fragte er. »Wovon träumen Sie?«

Sie überlegte. Dass sie davon träumte, den Rubens-Vizedirektor zu erwürgen, konnte sie kaum erzählen, oder dass sie hoffte, dass ihre Mutter auf die Flasche verzichtete und nicht vergaß, den Kindern etwas zu essen zu geben. Oder dass sie Gustav gerne einen richtigen Tritt geben würde, damit er sich zusammenriss und ein ordentlicher Mensch wurde.

»Ich träume vermutlich auch von einem besseren Leben, mit weniger muffigen Gerüchen und weniger …« Beinahe hätte sie gesagt, Dreckskerlen, aber stattdessen schwieg sie und wendete den Fisch mit der Gabel.

»Ja, nicht wahr, ein Ort mit frischer Luft und einem eigenen Garten.« Er lächelte wieder.

»Mit Blumen?«, fragte sie.

»Ja, mit Blumen und einem großen Kohlbeet. Und Obstbäumen. Äpfel und Pflaumen.«

»Ohne Obstbäume lässt sich also auch nicht leben?« Sie deckte den Tisch und holte die Kartoffeln.

»Ganz bestimmt nicht, und auch nicht ohne Johannisbeersträucher, denn sonst kann man nichts einkochen.«

»Natürlich.« Sie aßen schweigend.

»Das schmeckt wunderbar«, sagte er und sah sie an. »Sie sind eine gute Köchin.«

»Danke.« Sie aß langsam und betrachtete ihn verstohlen. Sein welliges Haar war zurückgekämmt, aber ein paar Strähnen waren ihm in die Stirn gefallen. Seine Wangen waren glatt. Ob er sich wohl nach der Arbeit rasiert hatte? Vielleicht war das ja in Jütland so üblich?

»Welche Kirchen gibt es hier in der Nähe eigentlich?«, fragte er. Seine Hand lag auf dem Tisch ganz nah bei ihrer.

»Wollen Sie in die Kirche?«

»Ja. Gehen Sie denn nicht?«, erwiderte er.

»Nein. Hier sind die Kirchen nur für die feinen Leute, nicht für die normalen wie mich.«

»Meinen Sie das wirklich?«

»Wir könnten ja die Bänke schmutzig machen.«

»Aber die Kirche ist doch für alle da.«

»Das sagen Sie.«

»Ehrlich gesagt gehe ich nur in die Kirche, um Lieder zu hören, und natürlich auch, um selbst zu singen. Meine Schwester und ich haben schon in vielen Gottesdiensten bei uns zu Hause gesungen. Wir haben vor dem Altar neben dem Pfarrer gestanden.«

»Singen Sie auch andere Lieder?«, fragte Nelly.

»Durchaus.«

»Ich tanze gerne.«

Er betrachtete sie einen Augenblick, erhob sich dann und verbeugte sich. »Darf ich bitten, Fräulein Nelly?« Er summte den Anfang einer Melodie. »Kennen sie die?«

Sie schüttelte den Kopf.

»›Wie die Morgenröte der Frühlingssonne‹, dazu kann man gut tanzen«, erwiderte er.

Sie stand auf, und er legte ihr einen Arm um die Taille, ließ sie dann aber wieder los und schob den Esstisch an die Wand. Anschließend griff er wieder nach ihrer Taille und ihrer Hand und summte die Melodie. Erst hielten sie Abstand, aber dann zog er sie immer enger an sich heran. Es ging immer nur drei Schritte in die eine Richtung, dann erfolgte die Drehung, und es ging drei Schritte zurück. Sie spürte seine Wärme. Er roch gut nach sauberer Haut und sein Hemd nach Seife. Nach einer Weile hörte er auf zu summen, und sie blieben stehen. Langsam strich er ihr übers Haar. Sie schloss die Augen und wollte ihren Kopf an seine Brust legen, aber irgendetwas in ihr hielt sie zurück. Er ließ seine Hand über ihren Rücken gleiten und legte dann wortlos seinen Kopf auf ihre Schulter. Sie spürte seinen warmen Atem an ihrem Hals. Lange standen sie so da, dann richtete er sich langsam auf.

»Zeit für den Kaffee«, sagte sie und befreite sich aus seinen Armen. Widerwillig entließ er sie aus seiner Umarmung.

Schweigend kochte sie Kaffee. Als sie ihn getrunken hatten, erhob er sich und nahm ihre Hand. »Das war ein schöner Abend.«

»Sie müssen wiederkommen.«

»Darf ich? Das würde mich freuen.«

Als Johannes gegangen war, streifte sie ihre Stiefel ab und zog ihre Holzschuhe an. Noch immer sah sie sein vorsichtiges Lächeln und seine leuchtenden Augen vor sich. Mit ihm hatte sie unbeschwert reden können, und einen Augenblick lang war ihr das Herz fast leicht geworden, trotz all dem Furchtbaren, das geschehen war. Ihr gefiel, wie er von seiner Welt erzählte. Er prahlte nicht und versuchte auch nicht, sich in ein besseres Licht zu rücken. Vielleicht war er ja deswegen so anders. Außerdem war da natürlich noch das Licht, das ihn umgab.

Sie räumte die Teller vom Tisch in die Zinkwanne. Der Abwasch konnte bis morgen warten. Noch immer summte seine weiche Stimme in ihrem Kopf. Der Verlust des Hofes hatte ihn nicht entmutigt, im Gegenteil, er wusste ganz genau, was er wollte. Sie versuchte, sich das Kohlbeet vorzustellen, das er beschrieben hatte. Wie man es wohl anlegte? Er hatte gemeint, dass sie alles lernen könne, aber er ahnte vermutlich nicht, dass sie noch nie einen Gemüsegarten betreten hatte und nicht einmal backen konnte. Ihr Brot hatten sie immer beim Bäcker geholt. So etwas war in einer Bauernküche sicher undenkbar. Vermutlich wurden dort eine Menge komplizierter Speisen zubereitet. Sie wusste zwar, was Einkochen war, aber in der Küche ihrer Mutter hatte es immer nur Kartoffeln und Brei gegeben. Sie sah sich schon ein Schwein zerlegen und dann rätseln, was mit den verschiedenen Teilen anzufangen sei. Natürlich konnte man das alles lernen, und Johannes würde es ihr zeigen … Sie erhob sich. Genug jetzt! Schließlich kannte sie diesen Mann kaum.

Als sie schließlich im Bett lag, fiel ihr das Einschlafen schwer. Jetzt dachte sie nicht mehr an Johannes, sondern hatte erneut die qualvollen Bilder von Marie vor Augen. Wie konnte sie den *Socialdemokraten* nur dazu bringen, über den Unfall zu berichten? Schließlich handelte es sich um ein Arbeiterblatt, das meistens über Männer schrieb. Sie konnte sich nicht erinnern, darin je etwas über Frauen gelesen zu haben. Sie konnte nicht einschlafen und stand wieder auf. Um den *Socialdemokraten* für die Sache zu interessieren, musste man sie so darstellen, dass sich auch Männer angesprochen fühlten. Sie beschloss, ihre Gedanken aufzuschreiben, dann würde sie später leichter die richtigen Worte finden. Feder und Tinte besaß sie, mit Papier sah es hingegen schlechter aus, doch sie fand eine alte Zeitung, die sie erst einmal als Kladde verwenden konnte.

11

Kopenhagen, Samstag, den 14. Februar

Der Kaffee war heiss und bitter, und Nelly trank ihn in kleinen Schlucken. Aus dem Hof drangen die Geräusche des Morgens, Rufe und das Klappern eisenbeschlagener Holzschuhe auf Pflastersteinen. Ängstlich glitt ihr Blick über die Zeitungsseite, die sie am Abend vollgeschrieben hatte. Es hatte sie viel Zeit gekostet, und an einigen Stellen hatte die Feder Löcher ins Papier gedrückt. Die großen ungleichmäßigen Buchstaben glichen einer Schar garstiger Knaben. Sie würde alles auf besserem Papier ins Reine schreiben müssen, dann konnte sie es im Büro des *Socialdemokraten* abgeben. Sie begann ihre Stiefel zu schnüren. Wenn die Frauen erfuhren, dass sie von der Arbeiterzeitung unterstützt wurde, standen sie ihr hoffentlich gegen Rubens bei. Aber erst einmal musste sie die Frauen, ohne dass es Aufsehen erregte, zu einer Versammlung überreden, auf der sie ihnen erklären konnte, was zu tun war. Die Vormänner wachten mit Argusaugen, sogar in der Mittagspause. Die Frauen mussten möglichst lange im Voraus von einem Treffen erfahren. Nellys Blick fiel wieder auf das Zeitungspapier auf dem Tisch. Flugblätter waren zu auffällig … aber vermutlich kam es auf ihre Größe an. Eigentlich reichten ja kleine Zettel, auf denen Treff- und Zeitpunkt standen. Wenn Karen ihr half, konnten sie vielleicht schon heute Zettel verteilen, die die Frauen von einer Versammlung in der nächsten Woche unterrichteten. Sie legte den Rest der Zeitung, ihre Feder und das Tintenfass in ihren Korb.

Viele Frauen nickten ihr zu, als sie um sechs Uhr in die Fabrik strömten. Andere nickten nicht, sondern folgten ihr nur ernst mit dem Blick.

Den ganzen Vormittag über beherrschte die Versammlung ihre Gedanken. In der Mittagspause nahm sie Karen mit auf den Abort und erklärte ihr den Plan mit den Zetteln.

»Das ist vielleicht keine schlechte Idee, aber wie sollen wir sie austeilen, ohne dass es auffällt?«, wollte Karen wissen.

»Wir teilen sie nicht aus, sondern lassen den Stapel einfach rumgehen. Jede nimmt einen Zettel und reicht den Stapel dann weiter. Allen wird bewusst sein, dass die Vormänner nichts merken dürfen.«

Sie verkrochen sich in einer der Kabinen. Nelly faltete das Papier so, dass es sich bequem in kleine Zettel reißen ließ. Karen schrieb. »Versammlung! Montag nächste Woche nach der Arbeit im Rolighedsvej.« Mehr nicht, denn die Zeit drängte. Die beiden Stapel brachten sie von entgegengesetzten Enden des Websaals in Umlauf.

Nelly musste sich anstrengen, um sich auf ihre Webstühle zu konzentrieren und gleichzeitig ein Auge auf die Frauen im Websaal zu haben. Ihre Hände waren kalt und steif, als sie eine Spule austauschte. Es musste einfach gelingen! Sie ließ ihren Blick noch einmal durch den Saal streifen. Ihr fiel nichts Ungewöhnliches auf. Entweder es funktionierte und die Zettel machten unbemerkt die Runde, oder sie waren bei den Frauen auf Widerstand gestoßen und in irgendeiner Schürzentasche verschwunden. Erst am Spätnachmittag sah sie, wie Vormann Ottesen zwischen den Webstühlen herumirrte, als suchte er nach dem Ausgang eines Labyrinths. Plötzlich stand er vor ihr. Er gab ihr ein Zeichen, ihm ins Lager zu folgen.

»Können Sie mir sagen, was los ist?«, fragte er mit schriller Stimme.

»Was meinen Sie?«, wollte Nelly wissen.

»Die Zettel? Was soll das?«

»Ach, die Zettel. Machen Sie sich keine Gedanken.«

»Sie sind ganz schön dreist! Versuchen Sie wirklich, eine Versammlung einzuberufen?«

»Soweit ich weiß, ist das nicht verboten.«

»Sie befinden sich auf dünnem Eis, Fräulein Hansen, auf ganz dünnem Eis. Sie werden nichts erreichen, weil Sie nichts in der Hand haben.«

»Was wissen Sie schon? Warten Sie nur ab, was da auf Sie zukommt!«

»Unsinn!«

»Der *Socialdemokraten* hat zugesagt, einen Artikel über die skandalösen Verhältnisse hier zu drucken. Sie werden über Marie Hansens Tod und über die verschlissenen Treibriemen berichten.«

Vormann Ottesen öffnete den Mund, brachte aber kein Wort über die Lippen.

Nelly zitterte am ganzen Körper, als sie zu ihren Webstühlen zurückkehrte. Die Zettel waren also entdeckt worden. Jetzt stellte sich die Frage, ob Ottesen oder einer der anderen Vormänner sie beim Fabrikanten anschwärzte. Ruben war wieder von seiner Reise zurück. Sie hatte ihn mit Zylinder und Stock im Gespräch mit Henriksen, dem Kriegsversehrten, auf dem Hof gesehen. Henriksen arbeitete in der Weberei, aber niemand wusste, was genau er da tat.

Ein Faden war gerissen. Sie brachte den Webstuhl zum Stillstand. Sie konnten die Versammlung trotzdem abhalten, aber würden sich die Frauen auch trauen? Sie hatte den *Socialdemokraten* eigentlich nicht erwähnen wollen, bevor sie überhaupt wusste, ob die Zeitung den Artikel drucken würde. Aber die Worte waren ihr einfach so herausgerutscht. Jetzt musste sie den Bericht schleunigst ins Reine schreiben und ihn dann einreichen.

Später, im Dunkeln auf dem Heimweg, zwang sie sich, darüber nachzudenken, was im Falle einer Kündigung zu tun sei. Ganz unwahrscheinlich war das schließlich nicht. Sie war eine gewissenhafte Arbeiterin, und es gab noch andere Webereien, aber würden diese eine Frau beschäftigen wollen, die versucht hatte, die Kolleginnen mit Flugblättern aufzuwiegeln? Die Frage war, wie sehr es sich herumsprach. Am schlimmsten war, dass sie nicht wusste, wie sie die Kinder versorgen sollte. Bei ihrer Mutter konnten sie nicht bleiben. Vielleicht musste sie sie ja wieder in Gustavs und Maries Einzimmerwohnung in Nørrebro unterbringen? Konnte sie dort mit ihnen und Gustav zusammenwohnen? Nein, das ging zu weit, es gab keine Schlafstelle für sie. Sich ein Bett mit Gustav zu teilen war ausgeschlossen. Zu sich nach Hause konnte sie die Kleinen auch nicht nehmen, denn dort gab es niemanden, der auf sie aufpassen konnte, wenn sie zur Arbeit ging. Das größte Problem war, dass auf Gustav einfach kein Verlass war. Sie wusste nicht einmal, ob er den Kindern erzählt hatte, dass ihre Mutter gestorben war. Ob er sich wohl um das Begräbnis kümmerte? Das Beste war vermutlich, eine gute Pflegefamilie zu finden, vielleicht auf dem Land, wo es Kühe und die scheinbar so unentbehrlichen Hühner gab. Aber sie hatte schon schreckliche Geschichten über Familien gehört, die für Geld Kinder in Pflege nahmen und grausam misshandelten. Einen guten Platz zu finden würde dauern. Was sollte in der Zwischenzeit geschehen? Es gab natürlich Kinderheime, aber niemand schickte seine Kinder freiwillig dorthin. Sie musste mit Karen sprechen, die sich in vielen Dingen so gut auskannte. Nelly versuchte, sich einen weiß gekalkten Vierseithof mit weidenden Kühen vorzustellen. Wenn sie nun mit Johannes … Aber an dem Hof, den sie sich ausmalte, war immer etwas falsch, die Tiere standen zu dicht am Wohnhaus, direkt an der Mauer, nicht draußen auf der Weide, wie es sich für Kühe gehörte. Sie schloss die Augen. Jetzt bestand der Hof nicht mehr aus vier Gebäuden, sondern hatte sich in eine einfache, schiefe Kate mit eingestürztem Dach verwandelt.

Als Nelly zu Hause eintraf, stand Betty auf dem Hinterhof und unterhielt sich mit einem Mann in schwarzem Mantel. Dieser drehte sich rasch um und ging, als er Nelly bemerkte. Sein ungewöhnlicher Gang kam ihr irgendwie bekannt vor. Rasch verschwand er durch die schmale Passage. Betty, die bereits auf dem Weg zur Treppe war, hielt unter der Gaslampe an der Tür inne.

»Sag mal, war das nicht Henriksen aus der Weberei?«, fragte Nelly.

»Nein …« Betty zögerte. »Er heißt anders, aber ich kann mich nicht an seinen Namen erinnern.« Rasch ließ sie einen Geldschein zwischen ihren Brüsten verschwinden.

»Du weißt also nicht, wie die Männer heißen, mit denen du schläfst?«, fragte Nelly.

»Nicht jede kann so vornehm sein wie du, Nelly. Ich muss auch essen.«

»Hast du dich verbrannt?«, fragte Nelly. Einer von Bettys Fingern hob sich leuchtend rot von ihrer bleichen, faltigen Hand ab.

»Ach was, ist nicht schlimm.« Betty ließ ihre Hand rasch unter ihrem Tuch verschwinden.

»Dann wünsche ich einen guten Abend.« Nelly ging in ihren Keller, hängte Jacke und Tuch über eine Stuhllehne und griff zu

Feder und Tinte. Sie musste den Bericht über Maries Tod ins Reine schreiben, aber sie besaß immer noch kein Papier. Das Einzige, was sie hatte, war ihr Taufschein. Sie holte ihn ganz unten aus ihrer Truhe und wog ihn einen Moment lang in ihrer Hand. *Das musste gehen, warum auch nicht? Wer würde sich je für ihre Taufe interessieren?* Sie setzte sich an den Tisch und brachte Buchstaben um Buchstaben zu Papier. Als sich ihre Hand verkrampfte, hielt sie inne.

Sie musste an Johannes denken. Würde er wiederkommen? Vielleicht war sie ja doch nichts für ihn? Die Frauen in seiner Welt waren wohl eher wie seine Schwester. Auf dem Boden stand die Wanne, in der sie ihre Strümpfe eingeweicht hatte, und auf der Leine hing feuchte Wäsche. Erneut richtete sie den Blick auf das Papier, doch dann kam ihr der Geldschein, den Betty von dem Mann auf dem Hof erhalten hatte, wieder in den Sinn. Bräunlich schwarz, mit zwei Männern mit einem Wappen zwischen sich. Ein Zehnkronenschein. Seltsam. So viel würde niemand zahlen, um mit Betty zu schlafen.

12

Kopenhagen, Samstag, den 14. Februar

Nelly hatte den Bericht über den Unfall fertiggestellt. Sie betrachtete ihre roten und rissigen Hände, mit denen sie eine ganze Seite halbwegs schön vollgeschrieben hatte. Sie las den Text mehrere Male durch, um sich zu vergewissern, dass sie nichts vergessen hatte. Während die Tinte trocknete, reinigte sie die Feder und schraubte das Tintenfass zu. Morgen würde sie in die Nørregade gehen. Dort lag die Redaktion des *Socialdemokraten.*

Sie hatte sich bereits ihre Worte zurechtgelegt, was gar nicht so einfach war. Für Zeitungen schrieben nur Männer. Würden die sich für den Tod einer einfachen Frau interessieren? Sie erhob sich, spülte ihre Strümpfe aus und wollte sie gerade aufhängen, als es klopfte. Vermutlich hatte Betty spät am Abend noch Lust auf einen Kaffee. Doch nicht die kleine Betty stand in dem dunklen Gang vor ihr, sondern Johannes.

»Sie kommen aber spät.« Nelly errötete.

»Soll ich wieder gehen?«, fragte er bedächtig.

»Nein, treten Sie ein, es ist nur … ich habe keinen Besuch erwartet.«

Sie hatte ihr Haar beim Schreiben gelöst. Jetzt versuchte sie, es mit der Hand zusammenzuhalten, aber sobald sie losließ, fiel es ihr wieder auf die Schultern. Er trug noch Arbeitskleidung, eine Öljacke über einem Wollpullover. Er hängte die Jacke auf den Haken an der Tür. Sie rückte ihm einen Stuhl zurecht. Er setzte sich und nahm seine Mütze ab.

»Kommen Sie direkt von der Arbeit?«

»Am besten gestehe ich es gleich«, erwiderte er und schaute zu Boden. »Ein Kamerad von der Werft ist Vater geworden und hat mich nach der Arbeit zu einem Schnaps eingeladen.«

»Offenbar ist es nicht bei einem Schnaps geblieben.«

»Nein, da haben Sie recht, Fräulein Nelly.«

»Kann ich Ihnen vielleicht eine Tasse Kaffee anbieten?«

»Danke, gerne. Tja, und dann habe ich zur Feier des Tages ein Lied gesungen. Das kam gut an, und mehrere Leute haben mir ein Glas ausgegeben.«

»Sie haben also mehrere Lieder auf Lager?« Nelly mahlte Kaffee und füllte einen Topf mit Wasser.

»Ja, die stehen hier Schlange.« Er deutete auf seine Stirn. »Ein Lied löste das andere ab. Sogar ein paar Kirchenlieder habe ich gesungen. Können Sie sich das vorstellen? In einer Kneipe.«

»Durchaus. Und die anderen haben Ihnen immer wieder nachgeschenkt?«

Johannes nickte. »Genau.« Er sang den Anfang eines Kirchenlieds, und Nelly lachte.

Kaffeeduft breitete sich aus, und Nelly stellte Tassen auf den Tisch. Johannes ließ seine Mütze von einer Hand in die andere wandern. Seine Bartstoppeln waren hell, und auf seinen Lippen lag ein Lächeln. Er folgte ihren Bewegungen mit den Augen. Er hustete und hielt sich dabei den Arm vor den Mund.

»Sie sind doch nicht krank?«, fragte sie.

»Nein. Das ist die Luft auf der Werft, doch das bedeutet nichts.« Er erhob sich. »Fast hätte ich es vergessen, ich habe etwas zum Kaffee mitgebracht.« Aus einer Tasche seiner Öljacke zog er eine braune Papiertüte mit einer großen Kümmelbrezel hervor und legte sie auf den Tisch.

»Für Sie«, sagte er stolz.

»Wir teilen.« Nelly brach die Brezel in der Mitte durch und stippte ihre Hälfte in den Kaffee. Langsam kaute sie das eingeweichte Gebäck. »Davon könnte ich leben«, sagte sie.

»Sind Sie sicher, dass Sie nicht auch meine Hälfte wollen?«

»Keinesfalls, Sie müssen ja auch feste Nahrung zu sich nehmen.«

»Sind Sie eine fleißige Briefschreiberin?«, fragte er und betrachtete den beschriebenen Taufschein auf dem Tisch.

»Das kann ich nicht behaupten. Meine Bekannten wohnen nicht so weit weg, dass ich ihnen schreiben müsste. Das hier ist eher so etwas wie ein Gebet.«

»Ein Gebet? Ich hatte nicht gedacht, dass Sie fromm sind.«

»So ein Gebet ist es nicht. Ich will jemanden bitten, etwas für mich zu tun. Sollte es mir gelingen, dann erzähle ich Ihnen davon.«

»Jetzt bin ich aber neugierig. Sie wollen doch nicht etwa um die Hand eines Mannes anhalten?«

Sie musste lachen. »Ich kann Ihnen versichern, dass es nichts Derartiges ist.«

»Ihr Lachen, Fräulein, klingt wie die schönste Orgelmusik.«

Ihre Hände zitterten, als sie die Tasse zum Mund führte. »Das haben Sie nett gesagt.«

»Es ist die Wahrheit.« Er legte seine Hand neben ihre.

»Ich bin froh, dass Sie gekommen sind«, sagte sie.

»Ich habe den ganzen Tag an Sie gedacht. In der Tat denke ich schon lange an Sie. Ehrlich gesagt habe ich an mehreren Abenden vor ihrem Fenster gestanden, auch wenn kein Licht brannte.«

»Ach? Das ist ein schöner Gedanke. Die letzten Tage waren seltsam, sehr traurig und eigentlich ganz fürchterlich.«

»Fürchterlich?«, fragte er.

»Ja, aus diesem Grund war ich kaum noch zu Hause, aber darüber will ich jetzt nicht sprechen.«

»Was ist denn passiert?« Er zupfte an seinem Ohrläppchen.

»Nicht jetzt.« Sie hob die Hand und legte einen Zeigefinger an ihre Lippen, um ihn zum Schweigen zu bringen. Er nahm ihre Hand und drückte sie so fest, dass es fast wehtat. Langsam lockerte er seinen Griff, und sie zog ihre Hand an sich. Er strich sich mit den Fingern durchs Haar und schaute auf die Tischplatte. Das Licht fiel auf seine dichten blonden Wimpern. Dann erhob sie sich, und als sie ihm Kaffee nachschenkte, musste sie sich anstrengen, ihr Zittern zu unterdrücken. Er ergriff ihre Hand nochmals, dieses Mal allerdings ganz zart, und führte sie vorsichtig an die Lippen. »Soll ich gehen?«, flüsterte er.

»Nein. Warum fragen Sie?«

»Weil ich nur ein großer Bauernbursche bin, der einen Pflug führen kann, aber …« Dann hielt er inne.

Sie lachte. »Einen Pflug führen?«

Er nickte. »Da, wo ich herkomme, können wir so etwas.« Langsam erhob er sich, ließ ihre Hand los und legte seine Hände auf ihre Wangen. Mit geschlossenen Augen nahm sie die Wärme wahr, die er verströmte. Seine Hände glitten über ihre Schultern abwärts, dann zog er sie an sich und küsste sie auf die Stirn. Seine Lippen waren warm. Langsam fanden sie ihre Augen, Wangen und schließlich ihren Mund. Er küsste sie noch immer, als sie vor dem Bett standen. Langsam öffnete er die Haken ihres Mieders. Sie wollte ihm helfen, doch er schob ihre Hand weg. »Lass nur.« Nachdem er den letzten Haken geöffnet hatte, streifte er ihr erst das Mieder ab und zog ihr dann das Hemd über den Kopf. Nackt stand sie vor ihm. Sie fühlte sich von der Dunkelheit und seinem glühenden Blick umhüllt. Seine Hände strichen ihre Arme entlang und riefen eine Gänsehaut hervor. »Du frierst«, sagte er und hob die Decke an, doch erst wollte sie ihm noch die Kleider ausziehen. Warm, aber mit Gänsehaut, lagen sie schließlich dicht beieinander unter der Decke. Ihre Körper fanden sich wie schon vorher im Tanz. Sie passten zueinander. *Nelly und Johannes.* Das dachte sie immer wieder aufs Neue. *Nelly und Johannes.*

13

Kopenhagen, Sonntag, den 15. Februar

Eine Fliege landete auf seiner Wange. Dort blieb sie einen Augenblick sitzen und rieb sich die Beine, ehe sie in ruckartigen Etappen zu seinen Nasenlöchern weitermarschierte, wo sie einen gewaltigen Hustenanfall auslöste, der sie in die Flucht trieb. Johannes rieb sich das Gesicht und versuchte, Atem zu schöpfen. Sein Kopf schmerzte mit einer Heftigkeit, die er seit dem Verlust des Hofes nicht mehr erlebt hatte. Aber jetzt war es ein anderer

Schmerz. Langsam drehte er sich zur Seite und richtete sich auf dem Ellbogen auf. Seine andere Hand lag an der Wand. Die Mauer war kalt und nass, und Kalk blieb an seinem Handrücken kleben. Er zog die Hand zurück und wischte sie an der Decke ab. *Es war dunkel, also vermutlich noch nicht Morgen.* Der durchdringende Schmerz nahm zu, ein Klopfen, als schlüge jemand mit einem Hammer auf ihn ein. Er ließ sich wieder auf das Kissen fallen, wobei ihm übel wurde. Er schloss die Augen und holte tief Luft, um seinen Mageninhalt in Schach zu halten. Langsam nahm er seine Umgebung wahr. Er befand sich nicht in seinem kleinen Speicherzimmer. *Wo zum Teufel war er bloß gelandet?* Er versuchte, sich zu erinnern, aber da war nur der Kopfschmerz. Er legte seine Hand auf die Stirn, nahm sie jedoch rasch wieder weg. Die Stirn war nass, kein Schweiß, sondern etwas Dunkles, das nach Blut schmeckte. Er stützte sich wieder auf dem Ellbogen auf und versuchte, etwas zu erkennen. In der Dunkelheit sah er einen Stuhl neben dem Bett. Da waren die Stuhlbeine, aber die Sitzfläche war irgendwie unförmig. *Saß dort jemand?* Tastend streckte er den Arm aus. Kleider, ein Rock und ein Unterrock, hingeworfen. Er riss beides zu Boden.

»Nelly«, rief er mit belegter Stimme, erhielt aber keine Antwort. Er lag in ihrem Bett. Jetzt erinnerte er sich. Sie hatten sich wundervoll geliebt. Ihre und seine Kleider lagen in inniger Vereinigung auf dem Boden. *Aber wo war sie selbst?* Es kostete ihn ungeheure Kraft, sich aufzusetzen. *Verdammt! Hatte er gestern wirklich so viel getrunken?* Er fasste sich erneut an die Stirn. War er verletzt? Die Übelkeit brach wieder über ihn herein. Er setzte sich auf und versuchte, tief einzuatmen. *War Nelly schon zur Arbeit gegangen?* Er konnte sich nicht erinnern, ob jetzt vielleicht Sonntag war. Er saß auf der Bettkante und musste sich einen Moment lang am Bettpfosten festhalten, bevor er aufstehen konnte. Er konnte nur mit Mühe das Gleichgewicht halten, aber immerhin gelang es ihm, nicht auf die Kleider zu treten. Jetzt spürte er die Kälte. Seine Hände zitterten so sehr, dass es ihm schwerfiel, das Talglicht auf der Fensterbank anzuzünden. Sein Hemd lag am Fußende des Bettes. Es gelang ihm, es überzustreifen und einen Knopf zu schließen. Das Pochen wurde stärker. Er hatte das Gefühl, dass sein Kopf gleich platzen würde. Seine Hosen waren nirgends zu sehen, und er fühlte sich zu schwach, um nachzusehen, ob sie auf dem Boden lagen. Auf der Fensterbank lag ein Taschenspiegel. Er beleuchtete sein Gesicht mit dem Talglicht und betrachtete sich im Spiegel.

»Verdammt.« Er sah aus wie ein Torfstecher, mit dem Unterschied, dass das Dunkle in seinem Gesicht Blut war. Auf der Stirn hatte er eine große, waagerecht geplatzte Beule. Er hielt den Spiegel erneut in die Höhe. *Hatte er sich etwa geprügelt?* Seufzend legte er den Spiegel beiseite und schwankte wieder zum Bett. Da verkrampfte sich sein ganzer Körper, und sein Blick erstarrte. Durch die offene Stubentür sah er jemanden unter der Wäscheleine liegen. Nelly! In einer Blutlache! Johannes fiel neben ihr auf die Knie und nahm ihr Gesicht in die Hände. »Nelly? Warum liegst du hier? Was ist passiert? Sag was, Nelly.« Das Blut kam von ihrem Hinterkopf, und ihr Haar war blutverklebt und nass. Wieso hatte er nicht gehört, dass sie gestürzt war? Der Bottich war umgefallen, und das Wasser hatte sich mit dem Blut vermischt. Eine Zeitung lag durchnässt auf dem Boden. Er zog Nelly an sich. Als seine Lippen die ihren berührten, stöhnte sie leise. Er spürte ihren schwachen Atem. Er schaute sich um und versuchte, sich einen Reim auf die Dinge zu machen. *Wie …?* Seine Augen fielen auf die Wäscheleine über ihm. Er zog so fest an einem Kleidungsstück, dass die Leine nachgab und alles zu Boden fiel. Seine Hände wollten ihm nicht gehorchen, und trotzdem versuchte er, Nelly ein Geschirrtuch um den Kopf zu wickeln. Das ging nicht, weil es zu klein war und er es nicht zusammenknoten konnte. Dann fielen seine Augen auf ihre langen weißen Strümpfe, die ebenfalls herabgefallen waren. Er wickelte sie um das Geschirrhandtuch und knotete sie zusammen. »Nelly, ich bin bei dir, ich werde … ich muss dich einen Augenblick allein lassen. Ich muss Hilfe holen. Einen Arzt, ich muss einen Arzt finden.« Er trat auf die nassen Kleider von der Wäscheleine, öffnete die Tür und klopfte laut an die Tür der gegenüberliegenden Wohnung. »Aufmachen! Ein schreckliches Unglück ist passiert!« Er meinte, es klappern zu hören, aber die Tür blieb zu. Er hämmerte erneut mit den Fäusten dagegen. »Hört mich denn niemand?« Als immer noch nichts geschah, rannte er die Treppe hinauf und riss die Tür zum Hof auf. Nasser Schnee fiel in dichten Flocken, als würde der Himmel weinen. Seine Lunge rasselte, und seine Rufe wurden vom Schnee verschluckt. Trotzdem ging ein Fenster im ersten Stock auf, und ein kleiner Kopf mit grauem Haar kam zum Vorschein.

»Was soll der Lärm?«, rief die Frau.

»Es ist Nelly. Sie liegt auf dem Boden, und ich glaube, dass sie stirbt.« Dann stockte ihm der Atem.

Das Fenster wurde zugeknallt, und einen Augenblick später stand eine kleine runde Frau neben ihm. Er wusste, dass sie Betty hieß. Schon mehrmals hatte er sie auf dem Hof gesehen. Eine mögliche Antwort ihrerseits hörte er nicht, denn sie hatte sich bereits umgedreht und lief jetzt auf die Kellertür zu.

»Warten Sie, wir brauchen einen Arzt«, rief er. Aber die Frau war bereits durch die Kellertür verschwunden. Er folgte ihr. Sie stand ein paar Schritte von Nelly entfernt und hielt sich die Hand vor den Mund. »Habt ihr euch geprügelt?« Ihre Stimme klang heiser, als hätte sie etwas im Hals.

»Nein. Sie lag so da, als ich aufgewacht bin.« Erneut zitterte er so sehr, dass er sich an der Wand abstützen musste. »Sie ist nicht tot. Wo finden wir jetzt einen Arzt?«

»Schau dich doch mal an, ihr müsst euch geprügelt haben, wo hättest du sonst die Wunde auf der Stirn her?«, rief sie mit gellender Stimme.

»Nein, Sie täuschen sich, ich liebe sie ja, ich will sie heiraten. Sagen Sie mir doch jetzt, wo ich einen Arzt finde.«

»Nein, bleib hier. Das ist wohl das Beste. Ich gehe. Ich kenne einen, den man zu jeder Tageszeit erreichen kann.« Ehe sie sich auf den Weg machte, ließ sie den Blick durch das Zimmer wandern, als wollte sie sich alles genauestens einprägen.

Er legte sich neben Nelly. Sie war so bleich wie Magermilch und hielt noch immer die Augen geschlossen. Blut war durch das Geschirrhandtuch und die Strümpfe gesickert. »Nelly, Liebste, gleich kommt Hilfe. Jetzt musst du nur ausruhen und zu Kräften kommen. Bald wird alles gut, und wenn ich das Geld zusammengespart habe, heiraten wir und kaufen den Hof. Erinnerst du dich, was ich dir erzählt habe? Wir werden viele Kühe halten, das bringt am meisten ein …«

Seine Stimme verstummte einen Augenblick. In seinem Kopf herrschte vollkommene Leere, dann sprach er trotzdem weiter: »Wir brauchen dann Mägde zum Melken, obwohl du so geschickt bist, sind es zu viele Kühe für zwei Hände …« Dann erklangen draußen Stimmen, doch er blieb liegen und hielt Nelly fest.

»Er ist da drin.« Das war Bettys Stimme.

»Jetzt ist der Arzt da, Nelly«, flüsterte Johannes. »Jetzt ist alles gut.« Einen Augenblick lang übermannte ihn ein dunkler, traumähnlicher Zustand. Er stand auf einem frisch gepflügten Acker. Er war barfuß und spürte die nasse Erde zwischen den Zehen. Dann kam er wieder zu sich und setzte sich auf. In der Tür stand ein kräftiger Mann in Uniform mit zwei Reihen glänzender Knöpfe. Die Schirmmütze hatte er in die Stirn gezogen.

»Sind Sie der Arzt?«, fragte Johannes. »Es ist etwas Fürchterliches passiert. Sie regt sich nicht. Es ist der Hinterkopf. Ich habe versucht, die Blutung zu stillen, aber das geht nicht …« Der Mann in Uniform zog ihn vom Boden hoch.

»Ziehen Sie sich an. Sie kommen mit.«

»Warum denn? Nelly ist verletzt. Das hier ist nur eine Schramme.« Er fasste sich an die Stirn.

»Was soll das Gerede. Sie sind festgenommen. Wie heißen Sie?« Mit einer Hand hielt er Johannes fest, mit der anderen zog er eine Uhr hervor, ließ sie mithilfe des Zeigefingers aufspringen und legte sie dann rasch wieder zurück.

»Johannes Christensen, aber ich verstehe nicht.«

»Ach nein?«, fragte der Polizist.

»Sind Sie nicht der Arzt? Sie stirbt. Sie müssen etwas unternehmen!«, rief Johannes.

»Nein, ich bin Polizist … aber was sagen Sie da?« Er wandte sich an Betty. »Haben Sie nicht erklärt, sie sei tot?«

Betty öffnete den Mund, doch kein Laut kam über ihre Lippen. Der Polizist zögerte einen Augenblick, ließ Johannes dann los und beugte sich über Nelly. Er legte einen Finger auf Nellys Halsschlagader. »Ich weiß nicht. Schwer zu sagen.«

»Nein, sie lebt, warum haben Sie denn keinen Doktor geholt!« Johannes wandte sich an Betty. Seine Wunde blutete wieder, und er wischte das Blut mit dem Arm weg. »Ich habe nichts damit zu tun. Schließlich habe ich draußen auf dem Hof um Hilfe gerufen, oder etwa nicht?« Er sah Betty an, die einen Schritt zurückwich.

Der Polizist packte Johannes am Arm. »Wer war es dann, wenn Sie es nicht waren? Haben Sie jemanden gesehen?«

»Nein. Als ich aufgewacht bin, lag sie so da. Ich habe gestern Abend einiges getrunken, ich weiß nicht, ich muss sehr tief geschlafen haben. Und ich habe keine Ahnung, wo meine Verletzung herkommt.«

»Ziehen Sie sich endlich an. So kann ich Sie nicht mitnehmen.«

Johannes schaute an sich herunter. Er trug nur ein Hemd. »Meine Hosen liegen in der Schlafkammer.«

»Dann holen Sie sie.« Der Polizist ließ ihn los.

»Ich schicke einen Krankenwagen«, sagte der Polizist zu Betty. »Sie müssen auf der Straße warten und den Sanitätern den Weg zeigen.« Dann stieß er Johannes vor sich her und hielt ihn gleichzeitig am Arm fest.

Auf dem Hof standen einige Nachbarn im Schnee, einer von ihnen trat vor: »Herr Polizist, was ist denn hier los? Ich kann mich für den jungen Mann verbürgen.« Das war Olesen vom Speicher. Mehrere Leute versperrten den Durchgang.

»Aus dem Weg, oder ihr kommt alle mit auf die Wache«, rief der Polizist und versetzte Johannes einen Stoß. In diesem Augenblick waren schwere Schritte zu hören, und zwei jüngere Polizisten erschienen im Durchgang. Im Nu waren alle in den Treppenhäusern verschwunden, und nur Johannes und der Polizist blieben auf dem Hof zurück.

Zweiter Teil

Acht Monate vorher

Kirchspiel Uldum, Ostjütland, Juni 1884

14

Uldum, Sonntag, den 22. Juni

Anna verlagerte ihr Gewicht von einem Bein aufs andere. Die Kirche war voll, und die Kinder saßen bei ihren Eltern auf dem Schoß. Am Mittelgang saß ein alter Mann mit eingefallenen Wangen, er räusperte sich hässlich und spuckte immer wieder in ein Taschentuch. Anna versuchte, dieses Geräusch auszublenden, und schaute zum Pfarrer hoch. Seine sonore Stimme schwirrte um ihren Kopf, ohne dass sie sie richtig wahrnahm. Gleich würden ihr Bruder Johannes und sie wieder singen, und die Augen aller würden auf ihnen ruhen. Johannes zupfte sich an seinem Ohrläppchen und räusperte sich beinahe lautlos. Erik, ihr Freund, saß in der Bank vor den Lehrern der Volkshochschule. Er fuhr sich durchs Haar, das aber einen eigenen Willen hatte und sich nicht bändigen ließ. Sie kannte dieses Haar gut. Es war weich und kitzelte, wenn er sie auf den Hals küsste. Er lächelte und zwinkerte ihr zu. Sie merkte, dass sie errötete und schaute weg. Die Gemeindemitglieder blätterten in den Gesangbüchern. Auch sie hielt eines in der Hand, konnte aber das nächste Lied auswendig. Ihr Blick wanderte in der Kirche umher und fiel dann doch wieder auf Erik. Er zwinkerte erneut, und sie unterdrückte ein Lächeln, bemerkte aber aus den Augenwinkeln, dass Peder vom Voldstedhof den Kopf zur Seite drehte, um zu sehen, wen sie angeschaut hatte. Sie kannte Peder kaum. Er hatte den großen Voldstedhof geerbt. Johannes hatte ihm einmal mit einem durchgehenden Pferd geholfen.

Der Pfarrer schloss seine Predigt, und Johannes und sie traten nach vorne, um vorzusingen.

»Von allen Dingen, die Gott schuf …«

Sie schloss die Augen und nahm die Stimmen, die das Kirchenschiff erfüllten, in sich auf. Die Gemeinde hatte mehrere gute Sänger, besonders die Lehrer der Volkshochschule und die anderen Grundtvigianer. Johannes' weichen und volltönenden Tenor mochte sie jedoch am meisten.

Anschließend wurde gebetet, und alle außer ihm hielten ihre Köpfe gesenkt. Er räusperte sich und starrte an die Decke, als wollte er den Schöpfer dort oben ausmachen. Nach dem Gebet klappten alle die Gesangbücher zu. Einige waren bereits aufgestanden, als Peders Schwester Helga sich erhob.

»Wo wir jetzt alle hier sind, möchte ich gerne etwas sagen. Ich tue das in der Kirche, weil es der angemessene Ort dafür ist.« Sie war bleich und trug ein schwarzes Kopftuch. »Es betrifft das dritte Gebot. Vielleicht habt ihr vergessen, was uns der Herr in diesem Gebot aufträgt?« Sie hielt inne, und alle schwiegen. Die meisten starrten auf ihre Hände. »Du sollst den Feiertag heiligen«, fuhr Helga mit scharfer Stimme fort. »Es ist gotteslästerlich, dass ihr eure Milch sonntags in die Molkerei schickt. Durch das ganze Kirchspiel fahren in diesem Augenblick Milchwagen, um an diese sündige Handlung zu erinnern. Die Zeit wird kommen, in der wir bereuen, dass wir die Schrift nicht befolgt haben.« Beinahe überschlug sich ihre Stimme. Sie setzte sich wieder und wischte sich eine Träne von der Wange. In der Kirche war die Stille so bedrückend, dass Anna das Atmen schwerfiel. Helgas Worte kümmerten sie nicht weiter. Sie erinnerten an bedrohliche Stimmen in einem dunklen Wald, und Anna wusste, dass es vielen in der Kirche so ging wie ihr. Aber wer wagte es schon, einer Sterbenden zu widersprechen? Einige unendliche Augenblicke lang blieb alles still. Dann waren langsam die bedächtigen Geräusche von Leuten zu hören, die sich erhoben, von Eltern, die ihre Kinder ermahnten, und von Füßen, die sich Richtung Mittelgang bewegten. Helga blieb sitzen, während ihr Bruder Peder, der neben ihr gesessen hatte, sich erhob. Er nickte den Vorbeigehenden zu.

Es nieselte. Sie waren bei Sonnenschein aufgebrochen, und Anna hatte deswegen kein Tuch umgelegt. Der Regen durchnässte ihre weiße Sonntagsbluse. Alle eilten nach Hause, und nur wenige verweilten in leisem Gespräch. Ihr Vater und Harald warteten auf sie. »Das kommt uns teuer zu stehen, wenn sie das durchsetzt«, flüsterte Harald. »Man verliert ganz schön viele Öre pro Liter, wenn man die Milch erst am Montag abholen lassen kann.«

»Abwarten, ob es wirklich so weit kommt«, meinte ihr Vater. Er stützte sich auf seinen Stock. »Peder vom Voldstedhof ist vernünftig, und …« Sein Blick fiel auf Doktor Tesch, der auf sie zukam, und er schwieg.

»Einen guten Sonntag.« Der Doktor gab ihnen die Hand. »Wie geht es mit den Knochen, Herr Christensen?«

»Man soll nicht klagen, aber gut geht es nicht.«

Der Doktor hielt die Hand ihres Vaters weiter in seiner und betrachtete die Finger. »Aber eine Kaffeetasse können Sie noch halten?«

»Ja durchaus.«

»Ich komme bei Gelegenheit vorbei«, sagte der Arzt und ließ die Hand seines Patienten los.

»Fahrt voraus«, sagte Anna. »Ich will noch Mutters Grab besuchen. Das Essen ist fertig. Außerdem steht Soße für dich auf dem Ofen, Johannes.«

Im Unterschied zu vielen aßen sie sonntags kalt, da sie keine Magd mehr beschäftigten und Anna in die Kirche gehen wollte, um zu singen. Ihr Vater wurde richtig unleidlich, wenn das Essen zu spät auf dem Tisch stand. Anna blieb stehen und sah, wie ihre Brüder ihrem Vater auf das Fuhrwerk halfen. Johannes nahm auf dem Kutschbock Platz. Die Zwillingsbrüder waren so verschieden wie Tag und Nacht. Johannes war groß, Harald klein, Johannes sang bezaubernd und traf die Töne, Harald war vollkommen unmusikalisch. Beide hatten sich in der Schule nicht hervorgetan, aber auf unterschiedliche Art, Johannes konnte nicht rechnen, Harald machten Lesen und Schreiben Mühe. Obwohl sie die Jüngste war, hatte sie immer auch die Hausaufgaben ihrer Brüder erledigt. Am meisten unterschieden sich die Brüder jedoch im Gemüt. Harald besaß zwar Humor, er war aber auch streitsüchtig und stur. Johannes war umgänglicher. Sie musste an das Mal denken, als Johannes beinahe im Fluss ertrunken war, weil Harald ihm mit einem Stein auf den Kopf gehauen hatte. Seither wurde sie eine leichte Unruhe nicht los.

Anna ging an der Kirche vorbei in den hinteren Teil des Friedhofs. Sprühregen hing in der Luft, und ihre Bluse war bereits an den Schultern durchnässt, aber richtig kalt war es nicht. Zwischen den Grabsteinen hielt sie nach Erik Ausschau. Auf einem der Gräber blühte ein Busch weißer Rosen, die im Regen stark dufteten. Auf dem Grab der Mutter wuchs ein hellroter Storchschnabel, den sie dort gepflanzt hatte. Wenn sie die welken Blüten regelmäßig entfernte, blühte er bis in den Herbst. Der Grabstein ihrer Mutter lag in der Mitte des Friedhofs, umgeben von vier kleinen und einem größeren Stein, ihre toten Geschwister. Anna rupfte ein wenig Unkraut. Unter dem größeren Stein lag ihre große Schwester. Sie hatte auf einem Hof bei Århus als Melkerin gearbeitet, war aber nach Hause zurückgekehrt, weil sie dieselbe Seuche wie Helga vom Voldstedhof heimgesucht hatte.

Erik kam zwischen den Gräbern auf sie zu. Offenbar hatte er auf der anderen Seite der Kirche gewartet, bis alle gegangen waren. Er sah sich rasch um und küsste sie. »Anna«, sagte er. »Er hat geschrieben.«

»Wer?«

»Mein Bruder Jens. Aus Amerika.«

Erik kam von der Nordseite des Fjords, und daher kannte sie seine Familie nicht. Vorsichtig zog er einen Brief aus der Tasche und strich ihn so behutsam glatt, als wäre er ein Lebewesen. »Jens schreibt, dass man in Amerika besten Boden erwirbt, indem man einfach einen Pfosten mit seinem Namen in die Erde rammt.«

»Und er hat das getan?«

»Nein, noch nicht. Aber er tut es bald.«

»Und das Haus?«, wollte Anna wissen.

»Das baut man selbst. Das Holz holt man sich gratis aus dem Wald, und das erfordert natürlich einen Mann. Mein Bruder schreibt, dass jeder, der bereit ist anzupacken, reich werden kann.«

»Das klingt zu gut, um wahr zu sein.«

»Ja, aber es stimmt. Es ist das Land der unbegrenzten Möglichkeiten. Mein Bruder will wissen, wann wir kommen.«

»Hat er wirklich nach uns beiden gefragt?«

»Nein. Aber ich will dich dabeihaben. Das ist doch klar! Was meinst du? Wir könnten dort einen großen Hof mit allem haben und müssten uns nicht mehr für andere abrackern.« Er zog Anna an sich. »Ich bin die Plackerei auf dem Voldstedhof leid. Als Knecht ist man ein Niemand. Ich will über mein eigenes Leben bestimmen können.«

»Das verstehe ich gut, aber meine Familie ist hier.«

»Aber die meisten liegen doch hier.« Erik deutete auf die Gräber. »Und dein Vater, wie viele Tage der wohl noch hat?«

»Das weiß nur der Herr. Wer soll ihn jedoch versorgen, wenn ich nach Amerika fahre?«

»Wir brechen ja auch nicht morgen schon auf. Wir müssen erst einmal das Geld für die Reise zusammensparen.«

»Glaube nicht, dass ich dich nicht begleiten will. Ich muss mich nur erst an den Gedanken gewöhnen.«

»Du hast doch in der Kirche Helga vom Voldstedhof gehört. Sie ist eine Plage. Heiliger als sie kann niemand sein. Aber andere anständig behandeln, davon hat sie noch nie was gehört. Sie nennt sich Bäuerin, doch seit sie wieder auf dem Hof ist, gehen alle hungrig zu Bett. Das Essen taugt nichts, immer nur dünne Plörre, von der ein richtiger Mann nicht satt wird.«

»Aber Fräulein Helga steht doch wohl nicht selbst in der Küche?«, fragte Anna.

»Nein. Sie liegt die meiste Zeit im Bett, und trotzdem hat sie im ganzen Haus das Sagen. Für sie ist Sichsattessen eine Sünde. Selbst den Klecks Butter auf dem Brei hat sie eingespart.«

»Seltsam, dass sich ihr Bruder damit abfindet. Schließlich ist Peder der Herr im Haus«, meinte Anna.

»Seiner Schwester gegenüber ist er ein Waschlappen. Das ist wirklich übel. Diese Hexe sollte er ein für alle Mal in ihre Schranken weisen.«

»Was sie gesagt hat, war wirklich nicht erfreulich. Wir kennen alle das dritte Gebot, aber die Milch wird sauer, wenn wir sie nicht am Sonntag in die Molkerei bringen dürfen. Und dann ist sie kaum mehr etwas wert. Eine solche Vergeudung kann nicht im Sinn des Herrn sein.«

»Das sage ich doch. Sie denkt nicht an das Beste der Leute. Dass wir auf dem Voldstedhof die Milch sonntags nicht in die Molkerei schicken, bringt Mehrarbeit für uns alle mit sich, besonders für die Mägde, doch das ist für das dritte Gebot offenbar ohne Belang. Siehst du denn nicht ein, dass wir deswegen aufbrechen müssen? In Amerika sind alle gleich. Da muss sich niemand mit Frauen wie Helga abfinden.«

»Sie lebt nicht ewig, Erik. Sie leidet an Schwindsucht wie seinerzeit meine Mutter und meine Schwester. Irgendwann geht es dann ganz schnell.«

»Ja, ja, aber ich will nicht nur ihretwegen weg. Verstehst du das denn nicht? Wir heiraten in Amerika, wenn wir den Hof haben. Wir finden irgendwo in der Nähe meines Bruders einen Platz, dann können wir einander helfen. Er will auch heiraten.«

Sie drehten sich beide um, als sie hinter sich Schritte im Kies hörten. Johannes kam mit großen Schritten auf sie zu und begrüßte Erik mit einem Kopfnicken. »Vater hat mich gebeten, dich zu holen, Anna«, sagte er.

»Warum? Ich habe doch gesagt, dass ihr ohne mich essen sollt.«

»Das hat nichts mit dem Essen zu tun.«

»Was dann?«

»Komm einfach mit.«

Erik drückte ihre Hand ganz fest. Anna folgte Johannes. In einiger Entfernung stand eine gebeugte Frau in Schwarz vor einem Grab.

»Ist was passiert, Johannes?«

»Nein, eigentlich nicht, aber wir haben Besuch.«

»Wen?«

»Wart's ab.«

»Was ist los mit dir, Johannes?« Sie nahm seinen Arm, doch er wollte ihr nicht mehr verraten.

Erst jetzt merkte sie, wie sehr sie in ihrer nassen Bluse fror.

»Hast du gehört, was Helga in der Kirche gesagt hat?«, fragte er.

»Wie hätte ich das überhören sollen? Hat dieser Besuch etwas damit zu tun?«

»Keine Ahnung, vielleicht nicht direkt.«

Das Fuhrwerk stand vor dem Friedhof. Als sie sich näherten, drehte ihnen das Pferd den Kopf zu. Anna war sich sicher, dass es Johannes am Schritt erkannte. Er streichelte dem Pferd den Hals, während sie auf den Kutschbock stieg.

»Nimm meine Jacke, du frierst ja«, sagte Johannes und streifte seine Jacke ab. »Was willst du mit diesem Erik? Ganz ehrlich!«

»Er ist ein guter Mensch, Johannes.«

»Kann sein, aber er ist ein Habenichts. Wie soll er dich versorgen können?«

»Er hat keine Angst vor harter Arbeit.« Johannes' Jacke war warm, und sie fror kaum noch.

»Das gilt für viele von uns, aber das reicht nicht. Du hast doch selbst erzählt, dass sein Vater eine Menge Kinder und sonst nichts hat.«

»Er ist Schuster. Was soll daran nicht in Ordnung sein?«, fragte Anna.

»Dass er nicht mal eine eigene Werkstatt besitzt, sondern von Hof zu Hof zieht und darum betteln muss, irgendwelche Stiefel flicken zu dürfen. Davon wird niemand satt.«

»Erik will einen eigenen Hof.« Sie betrachtete ihre Stiefel, die geschwärzt werden mussten.

»Sag bloß! Das wollen wir doch alle. Aber hast du ihn mal gefragt, ob er sich erkundigt hat, was Boden kostet? Im Augenblick ist das ganz unmöglich.«

»Er will nicht hier was kaufen.«

»Wo dann?«

»In Amerika. Da ist der Boden gratis.«

Sie spürte, dass sich Johannes anspannte. Eine Weile schwiegen sie. Vor ihnen auf der Landstraße flogen ein paar Krähen auf.

»Will er dich mitnehmen?«, fragte Johannes. Plötzlich klang seine Stimme heiser.

»Ja, aber ich weiß nicht …«

»Kannst du dir wirklich vorstellen, alles Vertraute zu verlassen?«, fiel er ihr ins Wort und sah sie an. »Du ahnst gar nicht, wie das Leben dort aussieht. Und ich wäre mir auch nicht so sicher, dass der Boden dort gratis ist. Ich habe gehört, dass er mittlerweile Geld kostet. Die Leute schlagen sich um gute Erde. Viele sind wieder heimgekehrt, weil sie ihr Glück nicht gefunden haben. Außerdem ist es dort gefährlich, Anna.«

»Gefährlich?« Sie fuhren ein von Weiden und Äckern flankiertes Wegstück entlang. Der Wind nahm zu, und Anna zog die Jacke enger um sich.

»Sei nicht dumm, falls es überhaupt gelingt, ein Stück Boden zu kaufen, dann sind da immer noch die Wölfe und die Wilden, von den Heuschreckenschwärmen, die die gesamte Ernte auffressen, ganz zu schweigen.«

»Woher weißt du das alles?«, fragte sie.

»Ich weiß doch nicht, ob ich den Hof einmal erbe, deswegen habe ich mich nach anderen Möglichkeiten umgesehen. Einer der Lehrer von der Volkshochschule hat mir ein paar Bücher geliehen. Es wirkt schon sehr spannend, aber der Lehrer hatte auch ein paar schlimme Geschichten auf Lager. Er war selbst drauf und dran rüberzugehen, hat es sich dann jedoch anders überlegt. Für mich ist Amerika nichts, und mir wäre es lieber, wenn du zu Hause bleiben würdest.«

»Würde ich dir fehlen?«, fragte sie und sah ihn von der Seite an.

»Ja. Du würdest mir fehlen. Was denkst du denn!«

Da hörten sie, wie sich ein Fuhrwerk mit hoher Geschwindigkeit von hinten näherte. Johannes drehte sich um und fuhr ein wenig beiseite. »Der Doktor. Wir lassen ihn lieber vorbei.«

Auf der Ladefläche war ein Sessel festgezurrt. Darin saß der Doktor und schlief. Alle wussten, dass er zu jeder Tages- und Nachtzeit gerufen wurde und sich seinen Schlaf holte, wann immer er konnte.

»Wenn doch nur er euch in Empfang genommen hätte!«, sagte Anna und sah Doktor Tesch hinterher.

»Was meinst du?«

»Als ihr zur Welt gekommen seid, Harald und du, hat Mutter viele Stunden lang gekämpft. Nur eine alte Nachbarin war bei ihr. Mit dem Doktor wäre alles besser verlaufen.«

»Worauf willst du hinaus? Wir sind doch schließlich beide am Leben geblieben.«

»Ja. Aber es war eine schwere, eine brutale Geburt. Anschließend konnte sich die Alte nicht erinnern, wer von euch beiden als Erster geboren worden war. Das hat Mutter oft erzählt.«

»Ach wirklich?«

»Dir etwa nicht?«

»Ich erinnere mich nicht, doch das spielt jetzt auch keine Rolle mehr.«

»Das ist mir klar. Es ist nur ...« Sie verstummte.

»Was?«, fragte Johannes.

»Es ist unerträglich, nicht zu wissen, wer den Hof einmal übernimmt, du oder Harald. Manchmal denke ich, wir beide sollten einfach wegziehen, vielleicht nach Vejle. Wir könnten uns dort Arbeit suchen und ...«

»Anna, denk doch mal nach. Kannst du dir vorstellen, dass ich in einer winzigen Kammer in Vejle sitze? Was soll nur aus mir werden, wenn ich nicht in den Stall gehen kann? Hier drinnen werde ich immer Bauer bleiben.« Mit der Faust klopfte er sich auf die Brust.

15

Uldum, Sonntag, den 22. Juni

Auf dem Hof stand ein unbekanntes Pferd. Ein schönes Tier, gut im Futter, dessen Anblick sie aber irgendwie beunruhigte. Überbrachte ein Amtsdiener etwa gerade eine schlechte Nachricht? Johannes spannte das Pferd ab und führte es in den Stall. Sie hängte seine Jacke in die kleine Diele und ging in die Küche. Hier war es warm, weil jemand eingeheizt hatte, und im Kessel siedete Wasser. Ihr Vater riss die Tür auf. »Da bist du ja endlich. Wir haben auf dich gewartet.« Er sah sich in der Küche um. »Komm in die Stube, nein, warte, mach uns erst einen Kaffee und komm dann. Beeil dich.« Er murmelte leise vor sich hin, als er durch die Diele wieder in die Stube ging.

Sie nahm ihre Schürze, füllte Kaffeebohnen in die Mühle, setzte sich und drehte die Kurbel. Ihre Unruhe wuchs. Es war kein normaler Besuch. Sie klemmte die Kaffeemühle zwischen die Knie. Ihre Hände waren klamm, und sie musste sie an der Schürze abtrocknen. Wieso verriet ihr Johannes nicht, wer der Gast war? Das Wasser kochte, und sie nahm den Kessel vom Haken. Um die geblümte Kaffeekanne vom obersten Bord zu nehmen, musste sie sich auf einen Stuhl stellen. Seit dem Tod ihrer Mutter verwendeten sie sie nur an Feiertagen, aber sie hatte das Gefühl, dass sie auch an diesem Tag auf den Tisch gehörte. Eine Fettschicht bedeckte die Kanne, und sie steckte sie erst einmal in einen Bottich mit Seifenwasser. Dann stellte sie Kanne und Tassen auf ein Tablett und klopfte an der Stubentür. Harald öffnete. Sie war überrascht, dass er lächelte.

Am Tisch saßen ihr Vater und Peder vom Voldstedhof. Dieser lächelte ebenfalls. In ihrer Magengrube breitete sich ein unbehagliches Gefühl aus, wie nach dem Genuss von angebranntem Kaffee.

»Peder vom Voldstedhof beehrt uns mit seinem Besuch«, sagte ihr Vater, nickte mehrmals und schob nervös seine Hände auf dem Tisch hin und her. »Er ist uns herzlich willkommen. Nicht wahr? Und jetzt gibt es erst mal einen guten Kaffee.«

Anna knickste und reichte Peder die Hand. Peder war gedrungen und hatte breite Schultern und einen kräftigen Hals. Seine dunkelblauen, freundlichen Augen lagen tief in seinem runden Gesicht. Anna stellte die Tassen auf den Tisch und goss den Kaffee ein. Dann wollte sie in die Küche zurückkehren.

»Bleib ruhig hier«, sagte ihr Vater und bedeutete ihr mit zitternder Hand, sich einen Kaffee einzugießen.

Anna nahm Platz und versuchte, nicht ebenfalls zu zittern. Die Stille war durchdringend und fast widerhallend. Dann trat Johannes ein.

»Du hast einen wirklich schönen Hengst, Peder, wie alt ist er?«, fragte er und setzte sich auf die Bank. Peder begann, strahlend von seinem Pferd zu erzählen. Anna hörte nicht zu. Vielleicht war es ja wirklich nur ein Anstandsbesuch. Vielleicht machte er ja bei allen die Runde, um sich für Helgas Benehmen in der Kirche zu entschuldigen?

Sie holte ihr Strickzeug, einen grünen und braunen Schal mit einem komplizierten Muster. Sie zählte gerade die Maschen, als ihr Vater zu seinem Stock griff und sich erhob. »Na, Jungs, dann wollen wir uns mal diese Kuh im Stall anschauen?« Lächelnd nickte ihr Vater Peder zu.

Harald und Johannes erhoben sich unversehens und folgten ihrem Vater. *Was sollte das? War eine Kuh krank?* Dann wurde Anna klar, dass sie mit Peder allein bleiben sollte. Einen Augenblick lang schwankte der Boden, und sie verschluckte sich an ihrem Kaffee. Peder klapperte mit seiner Tasse, weil er mit seinen dicken Fingern Mühe mit dem kleinen Tassenhenkel hatte.

»Du hast uns wirklich einen guten Kaffee gekocht«, sagte er und sah sich in der Stube um, als könnte ihm dort etwas weiterhelfen. »Also, ich bin heute gekommen …« Er verstummte. Er stieß die Tasse mit den Fingern an, und sie klirrte. Das einzige andere Geräusch war das Ticken der Wanduhr.

»Du und dein Bruder, ihr singt immer so schön in der Kirche. Das gefällt mir schon lange.« Aus den Augenwinkeln sah sie, dass er seinen Kragen gerade rückte. Sein Hals hatte rötliche Flecken.

»Also, ich finde schon lange … dass du ein liebes Mädchen bist, ja, irgendwie könnte man sagen, dass wir zusammen aufgewachsen sind, jedenfalls im selben Dorf, und dieselbe Schule haben wir ja auch besucht …« Er hielt einen Augenblick inne und lächelte nervös. Er hatte einen Unterbiss, aber seine Zähne waren makellos und regelmäßig. »Ich hege seit einiger Zeit Heiratsabsichten, ich habe nun das Alter erreicht, und … und der Hof ist schließlich auch sehr rentabel.«

Mit feuchten Händen umklammerte Anna ihr Strickzeug. Sie wollte nichts mehr hören.

»Deswegen habe ich mir gedacht, du könntest dir vielleicht vorstellen, Bäuerin auf dem Voldstedhof zu werden?«

Schwer und glühend, als wären sie aus Eisen und eben erst aus der Esse des Schmieds gekommen, lagen seine Worte auf dem Tisch. Anna rückte auf ihrem Stuhl ein wenig nach hinten. Die Sonne war zwischen ein paar Wolken hervorgekommen, fiel durchs Fenster und ließ den Staub leuchten. In ihrem Kopf überschlugen sich seine Worte, liefen ganz nach hinten, versteckten sich und verschwanden. Aber dann übernahm ihr Körper das Kommando, und ihr Kopf drehte sich wie von selbst immer wieder langsam von einer Seite zur anderen, während sie ihren Blick auf ihn gerichtet hielt.

»Was soll das heißen?«, fragte Peder. Sein freundliches Lächeln war verschwunden, und er starrte sie verblüfft an.

»Dass ich nicht kann«, erwiderte sie leise. Wie Hände beim Reigen hatten die Worte endlich zueinandergefunden.

»Warum denn nicht? Der Hof ist groß, das weiß ich, aber ich habe meine Leute, so wie hier musst du dich also nicht abrackern. Nach und nach wirst du schon alles kennenlernen.«

»Das meinte ich nicht.«

»Was dann? Denkst du vielleicht an deinen alten Vater, kleine Anna? Aber von mir zu euch ist es doch gar nicht weit, du kannst ihn, sooft du nur willst, besuchen.«

»Du verstehst mich nicht. Ich kann nicht«, erwiderte sie flüsternd.

»Ist es so, dass du mich gar nicht haben willst?« Seine Stimme klang heiser.

»Ja.«

»Ja was?«

»Ich will dich nicht heiraten.«

»Das kann ich nicht verstehen.« Er machte eine Armbewegung, als wollte er sie auf die Bescheidenheit der Stube oder auf die Ärmlichkeit des Hofes aufmerksam machen. »Bist du dir im Klaren darüber, dass …« Dann hielt er einen Augenblick inne. »Es tut mir leid, Anna, ich dachte, dass wir vielleicht ein gutes Leben miteinander führen könnten.«

Was sollte sie sagen? Dass ihre Hand keine Lust hatte, ihm durchs Haar zu streichen, oder dass sich ihr Arm nie um seinen dicken Hals legen würde?

»Es tut mir leid, Peder, aber so ist es.«

Er starrte sie an, als wartete er immer noch auf eine andere Antwort. Hatte er sie etwa nicht verstanden? Er war erblasst, und seine Augen hatten sich zu schmalen Schlitzen verengt. Dann erhob er sich so plötzlich, dass er gegen den Tisch stieß und der

Kaffee überschwappte. Mit großen Schritten ging er ohne Abschied zur Tür und nach draußen. Einen Augenblick später hörte Anna rasches Klappern von Pferdehufen, die sich entfernten. Anna räumte schnell ab und trug das Tablett in die Küche. Ihre Hände zitterten, als sie Wasser in den Holzbottich goss. Draußen sah sie ihren Vater über den Vorplatz stolpern. Einen Augenblick später stand er in der Küchentür. »Musste Herr Peder schon wieder nach Hause?«

»Ja.«

»Was soll das heißen, Anna? Warum hat er sich nicht verabschiedet?«

Sie antwortete nicht, sondern starrte in den Bottich, in dem sie die Tassen spülte.

»Sag was!«

»Es gibt nichts zu sagen.«

»Hat er dich denn nicht gefragt …?«

»Doch.«

»Und was hast du geantwortet?« Auf seinen Stock gestützt, kam ihr Vater auf sie zu.

»Ich habe Nein gesagt.« Sie nahm ein Tuch und trocknete die Tassen ab.

»Hast du vollkommen den Verstand verloren, Mädchen?«, rief ihr Vater.

Sie wischte sich mit dem Tuch die Wange ab. »Du spuckst, Vater.«

»Und wenn schon! Sieh zu, dass du zum Voldstedhof kommst. Und wage nicht, dich hier wieder blicken zu lassen, bevor du dich nicht entschuldigt und sein Angebot angenommen hast!«

»Ich bin keine Stute und auch kein Sack Rüben, den du verschachern kannst.« Sie drehte sich um und verräumte die Tassen auf ein Wandbord. »Mit einem Mann wie Peder könnte ich nie glücklich werden.«

»Was ist das für ein verdammtes Geschwätz? Du hast überhaupt keine Ahnung und tust, was ich sage.«

»Das kann ich nicht.«

Ihr Vater ballte die Fäuste und schnappte nach Luft. »Doch. Geh, Harald fährt dich.« Wenig später stand er ein wenig schwankend, als wüsste er nicht, ob er nach rechts oder nach links gehen sollte, vor dem Haus.

»Fahren wir?«, fragte Harald, der in die Küche getreten war.

»Ich muss nirgendwohin.«

»Du hast gehört, was Vater gesagt hat. Dir ist doch wohl bewusst, dass es hier nicht nur um dich geht.«

»Das ist mir inzwischen klar.«

»Du denkst immer nur an dich! Peder hat Geld und einen großen Hof. Vater könntest du dort aufs Altenteil setzen.«

»Hier kann ich ihn auch betreuen.«

»Du bildest dir vielleicht ein, du kannst bis ans Ende deiner Tage hier wohnen bleiben, wenn der Hof einmal entweder Johannes oder mir gehört.«

»Was wollt ihr ohne mich anfangen? Willst du dich selbst um den Haushalt kümmern?«

»Denk doch nur mal daran, was es bedeuten würde, mit dem Voldstedhof verwandt zu sein!«

»Kann man mit einem Bauernhof verwandt sein?«

»Tu nicht so. Du weißt sehr gut, was ich meine. Gehört man zur Familie, dann hilft man sich gegenseitig, auch wenn man nur eingeheiratet ist.«

»Vielleicht hast du ja Lust, mit seiner Schwester Helga am Sonntag zu Mittag zu essen?«, fragte Anna.

Harald trat so fest gegen einen Stuhl, dass er umfiel. Dann packte er Anna am Arm. »Jetzt will ich dir mal was sagen. Das nützt dir alles nichts. Du tust, was Vater sagt. Das ist unsere Gelegenheit hochzukommen, begreifst du das denn nicht?«

Sie befreite sich und flüchtete in ihre Kammer hinter der Küche. *Was bildete er sich ein? Würde er etwa das Bett mit Peder teilen wollen?* Undenkbar, dass sie sich von Peder anfassen ließ. Nur Erik durfte das. Das Schlimme war, dass sie ihren Vater und Harald gut verstehen konnte. Der Hof ernährte sie mehr schlecht als recht, denn er war kaum größer als eine Häuslerkate. Außerdem war ihr Vater schrecklich stur und lehnte jede Veränderung ab. Und jetzt hatte Gott es ausgerechnet so gefügt, dass Peder sie auserwählt hatte. Das war unzumutbar und vollkommen unbegreiflich, schließlich gab es viele andere junge Mädchen.

Als es in der Küche still wurde, öffnete sie die Tür. Im Bottich auf dem Küchentisch lag ein Rotauge. Offenbar war Johannes am Fluss angeln gewesen. Warum hatte er nichts gesagt und den Fisch einfach nur in den Bottich geworfen? Sie nahm den Fisch aus. Vier würden davon nicht satt werden, aber wenn sie daraus eine Suppe kochte … Sie kam mit ihren Überlegungen nicht weiter, weil ihr Vater in der Tür stand.

»Bist du nicht weg?«

Sie drehte den Fisch um und schabte die Schuppen von der anderen Seite.

»Hast du nicht gehört, was ich gesagt habe?«

»Ich bin nicht schwerhörig. Aber du kannst mich nicht zwingen, Peder zu heiraten.«

Der Stock ihres Vaters traf sie auf den Hinterkopf. Sie fiel auf die Tischplatte. Der nächste Schlag traf ihre Schulter, allerdings schon mit weniger Kraft. Vor dem dritten bekam Anna den Stock zu fassen und entriss ihn ihrem Vater mit solcher Kraft, dass dieser zu Boden ging. In diesem Augenblick trat Johannes ein. »Was ist hier los?«, fragte er.

»Vater geht es schlecht. Er muss ins Bett«, antwortete Anna.

»Aber warum liegt er da?«

»Hilf mir einfach, ihn in den Alkoven zu bringen.«

Ihr Vater zitterte, als sie ihm auf die Beine halfen. Ob vor Wut, wollte sie lieber nicht wissen.

»Hat Vater sich was gebrochen?«, fragte Johannes und nahm seinen Arm. Aber dieser riss sich los, ohne etwas zu erwidern.

Ihr Vater sah an ihr vorbei, als sie sein Sonntagshemd aufknöpfte und ihm sein Nachthemd über den Kopf zog. Anschließend zog er wütend den Vorhang vor den Alkoven. Anna ging zurück in die Küche und zerteilte den Fisch. Tränen sammelten sich in ihren Augen und liefen in großen Tropfen ihre Wangen hinunter. Ihrem Vater und ihren Brüdern wollte sie herzlich gerne helfen, aber Peder vom Voldstedhof heiraten … Sie sah seinen runden Kopf mit den wulstigen Lippen vor sich und stellte sich seinen Kuss vor. Dann warf sie den Fisch in einen Topf und wusch sich die Hände.

Ihr Kopf schmerzte dort, wo der Stock ihres Vaters sie getroffen hatte. Vorsichtig betastete sie die Stelle mit den Fingern. Sie bekam eine Beule, aber es blutete nicht. Anschließend ging sie in die Speisekammer und holte eine Zwiebel. Peder. Ausgeschlossen! Sie konnte nicht mit einem Mann, vor dem sie sich ekelte, unter einem Dach wohnen. Sie schälte die Zwiebel und schnitt sie in Scheiben. Johannes betrat die Küche.

»Hat er dich geschlagen?«, fragte er.

»Hm.«

»Lass sehen.«

»Nicht nötig. Es ist nur eine Beule«, antwortete Anna und warf die Zwiebel in den Topf.

»Wenn er nicht mein Vater wäre, dann …«

»Dann was?«

»Dann wäre ich handgreiflich geworden.« Johannes setzte sich. »Ich habe übrigens herausgefunden, warum Bauernhöfe so unchristlich teuer sind.«

»Und zwar?« Sie blies in die Glut und hängte den Topf an den Haken.

»Gebäude sind in diesem Zusammenhang nicht wichtig, die Bodenpreise sind in die Höhe geschossen.«

»Woher weißt du das?«

»Vor ein paar Tagen habe ich Doktor Tesch getroffen. Er war auf dem Weg zu einem Lehrer der Volkshochschule und hat mich mitgenommen.«

»Und warum?«

»Weiß ich auch nicht. Er glaubt vielleicht, die Volkshochschule sei was für mich, aber sie kostet eine Menge Geld. Der Lehrer war nicht sonderlich krank und hat uns anschließend zu einem Schnaps eingeladen. Er hat mir erklärt, wie alles zusammenhängt. Die Getreidepreise sind gefallen, weil die Amerikaner die Prärie urbar gemacht haben und ihr Getreide billiger verkaufen. Deswegen setzen die dänischen Bauern auf Viehzucht und verkaufen Butter an die Engländer, auch die Butter aus unserer Molkerei. Leute mit vielen Kühen verdienen so gutes Geld, Anna, und zwar mehr, als sie mit Getreide verdient haben. Das treibt die Bodenpreise in die Höhe. Die, die richtig reich geworden sind, können jetzt eben einen hohen Preis zahlen.«

»Erst war es also ein Problem, und jetzt ist alles gut?« Anna rührte im Topf und salzte.

»Das kann man so sagen, aber nicht für alle, nur für die, die auf Vieh umgestellt haben und jetzt von den hohen Butterpreisen profitieren.«

»Was willst du mir damit eigentlich sagen, Johannes? Soll ich Peder heiraten, weil er viele Kühe hat?« Anna drehte sich zu Johannes um.

»Das nicht, aber …«

»Aber was?«

»Man kann getrost sagen, dass sich dadurch einiges verändern würde. Doch ich würde dich nie bitten, dich zu opfern. Ich will nur erklären, warum wir in einer wirklich üblen Lage sind. Schon vor Ewigkeiten habe ich zu Vater und Harald gesagt, dass wir kein Getreide mehr anbauen und den Stall vergrößern sollten. Aber Vater ist stur, und Harald tut, was Vater sagt. Jetzt ist eben Schmalhans Küchenmeister.«

»Und wenn ich Peder heiraten würde?« Sie stellte sich ans Fenster.

»Jetzt fängst du auch damit an. Denk nicht mehr daran. Ich wollte dir nur erklären, wie die Dinge liegen. Ich habe versucht, Harald die Veränderung der Preise zu erklären, doch er will nicht glauben, dass ein Volkshochschulmann etwas von Bodenpreisen versteht. Aber lass es ihn jetzt einfach mal versuchen.«

»Was meinst du?«

»In der Nähe von Hesselballe will eine alte Frau ihren Hof verkaufen. Ihr Mann ist letzten Winter gestorben. Das Anwesen ist baufällig, aber die Wiesen sind gut. Harald und ich haben den Hof angeschaut, wir haben uns einfach ein wenig umgesehen. Harald glaubt, dass wir ihn für ein Butterbrot bekommen können, dann könnte einer von uns auf diesen Hof ziehen, und der andere bleibt hier.«

»Und wo soll das Geld herkommen?« Sie kehrte zum Herd zurück, legte noch einen Scheit unter den Topf und pustete in die Glut.

»Ist er nur billig genug, dann leiht uns vielleicht die Sparkasse das Geld, jedenfalls glaubt das Harald.«

»Und wenn euch die Sparkasse das Geld nicht leiht?«

»Keine Ahnung, aber ich habe kein gutes Gefühl. Vermutlich endet es damit, dass wir um den Hof losen, so, wie Vater es will.«

»Wie bitte?« Sie drehte sich zu Johannes um.

»Ja. Es geht um alles oder nichts, entweder für Harald oder für mich.«

16

Uldum, Montag, den 23. Juni

Am frühen Morgen nahm Anna zwei Eimer und ging in den Stall. Die Kühe durften nicht an allen Tagen ins Freie. Die Weiden waren noch zu nass und hätten sich in eine Schlamm- und Morastwüste verwandelt, wenn die Kühe die ganze Zeit draußen geblieben wären. Anna setzte sich auf den Melkschemel und lehnte den Kopf an den warmen Bauch der Kuh. Eine Haarsträhne kitzelte sie im Gesicht, und sie musste die Zitzen loslassen und die Strähne unter ihr Kopftuch schieben. Sonst störte nichts. Wenn dieser Augenblick doch nur ewig dauern und sie bei den ruhigen Kühen im Duft warmer Milch sitzen bleiben könnte, ohne an etwas denken zu müssen. Sie erhob sich, kippte den letzten Eimer in die Milchkanne und kehrte in die Küche zurück. Die Scheiben waren beschlagen, weil das Wasser vermutlich schon eine Weile kochte. Sie machte Kaffee und kochte Grütze. Jetzt hörte sie Johannes in der Diele. Im Sommer schlief er in der ehemaligen Knechtekammer neben dem Stall. Er nickte schweigend, als er die Küche betrat.

»Der Kaffee ist ganz frisch«, sagte Anna.

»Danke.« Er nahm eine Tasse vom Bord und setzte sich.

»Gehst du Torf stechen?«, fragte Anna, obwohl sie die Antwort kannte.

»Hm.«

Sie stellte ihm einen Suppenteller hin und servierte Grütze. »Geht Harald nicht mit?«

»Ich glaube, er will zu der Witwe reiten, die den Hof verkauft«, antwortete Johannes.

»Wäre es nicht besser, du würdest ihn begleiten?«

»Der Torf muss gestochen werden, sonst wird er nicht trocken.«

Sie schnitt Schwarzbrot ab und stellte Schmalz auf den Tisch. Zum Hof gehörte ein Stück Moor. Dort stachen sie den Torf, mit dem sie im Winter heizten. Die meisten Höfe der Gegend besaßen ein Stück Moor. Hin und wieder stachen die Brüder auch den Torf der Nachbarn. Ihr eigener Torf hatte jedoch Vorrang.

Dann brachte Anna Kaffee und Grütze ins Wohnzimmer. Hier saß ihr Vater und betrachtete sie finster wie ein geschlagener General. Harald tauchte in der Tür auf, und Anna goss Kaffee ein. Niemand sprach, auch nicht, als sie Grütze servierte und eine Kanne Milch auf den Tisch stellte. Erst als sie die Tür hinter sich geschlossen hatte und sich wieder in der Küche befand, hörte sie die leisen Stimmen der beiden. Sie setzte sich an den Tisch und aß etwas Grütze, hatte jedoch keinen Appetit und schob den Teller beiseite. Sie hatte keinen Grund, sich über Peder vom Voldstedhof zu ärgern oder schlecht von ihm zu denken. Für sie war er immer nur derjenige mit dem großen Hof gewesen. Er war der älteste Sohn auf dem Hof, und daher hatte nie ein Zweifel daran bestanden, dass er der nächste Bauer sein würde. Vor einigen Jahren war dann sein Vater gestorben. Seine Mutter hatte bis zu ihrem Tod bei ihm gelebt. Vor drei Jahren war auch seine Schwester Helga auf den Hof zurückgekehrt. Sie hatte zuvor an einer Schule der Inneren Mission irgendwo auf Seeland unterrichtet, war dann aber krank geworden. Das Gerücht sagte, dass sie mit einem Mann von der Inneren Mission verlobt gewesen sei und der Hochzeitstermin bereits festgestanden habe. Dann hatte die Krankheit ihre Pläne zunichtegemacht. An dieser Krankheit war auch Annas Mutter gestorben. Die Schwindsucht oder Tuberkulose, wie sie laut Doktor Tesch in Wirklichkeit hieß.

Anna hatte einen trockenen Hals und trank eine Tasse Wasser. Johannes' Teller stand noch auf dem Tisch. Sie hätte den Gedanken gerne von sich geschoben, doch ohne Johannes würde ihr ihre Absage weniger zu schaffen machen. Johannes war ihr bester Freund. Sie liebte ihn. Wenn sie Peder heiratete, dann würde er ihren Brüdern vielleicht Geld borgen und sie würden den Hof der Witwe kaufen können. Diese Überlegung nagte wie ein durchdringender Schmerz an ihr. Sie ging in die Speisekammer, wusste aber nicht mehr, was sie eigentlich hatte holen wollen. Ein Talglicht war angenagt und von Mäusedreck umgeben. Sie schaute unter das Regal und zog vorsichtig mit dem Fuß die Falle zu sich heran. Dann warf sie die tote Maus vor die Küchentür. Anschließend spülte sie die Tassen und Johannes' Teller. Draußen sattelte Harald sein Pferd. Mit dem Besuch bei der Witwe war es ihm also ernst. Sie schaute in die Stube. Ihr Vater zündete sich gerade eine Pfeife an. Leise schloss sie die Tür, nahm ihren Korb und ging zu den Hühnern. Der Hühnerhof war ihre Schatzkammer. Sie legte die Eier in den Korb, warf den Hühnern eine Handvoll Körner hin und ließ sie ins Freie. Einige der Eier tauschte sie beim Krämer gegen Margarine, Kaffee, Zucker und anderes, was es nicht auf dem Hof gab, ein. Hatte sie sehr viele Eier, dann konnte sie sogar etwas Geld sparen und in einem Beutel in ihrer Kammer verstecken. Ihre Brüder und ihr Vater wussten von diesem Geld nichts. Es war ihr Geld. Leider war es keine sonderlich große Summe, die vermutlich nicht einmal für den Windfang einer Häuslerkate reichen würde.

Sie flocht ihr Haar zu einem Zopf und legte diesen um ihren Kopf. Erik gefiel das. Falls sie sich beeilte, konnte sie, noch ehe ihr Vater aus seinem Mittagsschlaf erwachte, zurück sein. Die Wolken, die den ganzen Vormittag den Himmel wie ein grauer, staubiger Teppich bedeckt hatten, rissen hier und da auf. Sie ging so rasch, wie ihre Holzschuhe es zuließen. Der Pfad war nass, und man musste das Moor gut kennen, um zu wissen, wo ein Durchkommen war. Wegen des Torfstichs veränderte sich das Moor ständig. Plötzlich entstanden irgendwo Tümpel. Sie bog an der Weggabelung rechts zu ihrem geheimen, sichtgeschützten Treffpunkt unweit des Voldstedhofs ab. Erik hatte mehrere flache Steine in den Bach gelegt, damit sie von ihrer Seite aus bequem hinüberkam. In der Regel war er als Erster dort, aber ein paar alte Weiden versperrten ihr die Sicht, und erst, wenn sie vor den Brettern stand, die ihnen als Bank dienten, wusste sie, ob er auch wirklich gekommen war. Bei dieser Bank trafen sie sich oft in der Pause nach dem Mittagessen. Sie war fast am Ziel, blieb jedoch abrupt stehen, als sie die Weide passiert hatte.

Vor ihr stand eine Frau in Schwarz.

Anna wich ein paar Schritte zurück. Die Gestalt wirkte unwirklich und Furcht einflößend, obwohl sie sah, dass es Helga vom Voldstedhof war. Die Haut ihres Gesichts war bleich und so straff gespannt, dass sie fast durchsichtig wirkte. Sie schien jeden Moment reißen zu können.

»Du hast wohl nicht mit mir gerechnet, Anna«, sagte Helga mit ruhiger Stimme, als hätte sie sich ihre Worte genau überlegt.

»Nein … wo ist …?« Weiter kam Anna nicht.

»Ich bin gekommen, um dir zu sagen, dass Erik heute Morgen die Postkutsche genommen hat.«

»Ist jemand von seiner Familie erkrankt?«

»Nein, soweit ich weiß, nicht, aber abgereist ist er.«

»Abgereist?«

»Ja. Mit seiner Truhe. Er kommt nicht zurück«, erwiderte Helga.

»Habt ihr ihn entlassen?«

»Nein, er hat aufgehört.« Helga zog ihr Tuch glatt.

»Das verstehe ich nicht. Davon hat er kein Wort gesagt, als ich gestern mit ihm gesprochen habe.«

»Vermutlich hatte er seine Gründe dafür, Anna. Auch uns ist er eine Erklärung schuldig geblieben.«

»Erik wäre nie abgereist, ohne sich von mir zu verabschieden.«

»Da irrst du dich ganz offensichtlich, Anna.«

»Das hat mit deinem Bruder zu tun«, fauchte Anna. Ihr Atem beschleunigte sich, und sie spürte, wie die Wut in ihr aufstieg.

»Wie meinst du das?« Helgas Stimme war noch immer ruhig. Sie hatte die Hände wie zum Gebet gefaltet.

»Gestern hat dein Bruder um meine Hand angehalten, aber vermutlich weißt du das.«

Helga schaute einen Augenblick weg, als wäre ihr etwas am Bach ins Auge gefallen. »Vielleicht wäre es vernünftig, diesen Beschluss noch einmal zu überdenken, Anna. Auf dem Voldstedhof würde es dir gut gehen. Alle kennen eure Umstände.«

»Wie meinst du das?«

»Das weißt du selbst am besten. Dein Vater hat Gicht, der Hof ist klein und bringt kaum etwas ein. Und deine Brüder … wer von den beiden wird ihn überhaupt erben?«

Woher wusste Helga das alles? Wussten das etwa alle im Kirchspiel? Und jetzt wurde das auch noch gegen sie verwendet. Anna spürte, wie sie immer wütender wurde.

»Und was hat das eine mit dem anderen zu tun?«, fragte sie.

»Hör mich an, Anna. Dass deine Familie arm ist, ist nichts, wofür du dich schämen musst. Und deine Mutter in so jungen Jahren zu verlieren muss auch schwer gewesen sein. Jetzt bietet Peder dir ein Zuhause. Das Gesinde vom Voldstedhof wird dir in allen Dingen, die du in der Hauswirtschaft nicht beherrschst, beistehen.«

»In dieser Hinsicht fehlen mir keine Kenntnisse. Ich komme

ausgezeichnet zurecht. Woher willst du überhaupt wissen, welche Kenntnisse mir fehlen?«

Helga starrte erneut auf den Bach. »So habe ich das nicht gemeint. Ich wollte nur sagen, dass es auf dem Voldstedhof Gesinde gibt. Als Bäuerin bekommst du jede Hilfe, die du brauchst.« Auf ihren bleichen Lippen war die Andeutung eines Lächelns zu erahnen.

Anna versuchte, das Zittern in ihrer Stimme zu unterdrücken. »Warst du jemals verliebt, Helga?«

Helgas Lächeln verschwand, und ihr Gesicht war ausdruckslos. »Meine große Liebe ist ständig bei mir. Bald bin ich mit ihm vereint.«

»Ich denke nicht an die Liebe zum Schöpfer, sondern an die Liebe zu einem anderen Menschen. Der Herr will doch auch, dass wir hier auf Erden einen Menschen finden, mit dem wir glücklich zusammenleben.«

»Natürlich, darum bitte ich dich ja auch, dass du dir das Angebot meines Bruders noch einmal überlegst«, erwiderte Helga.

»Du verstehst mich nicht. Ich liebe einen anderen. Kann denn Peder jemals mit einer Frau glücklich werden, die ihn nicht liebt?«

»Man kann lernen, einen Menschen zu lieben.«

»Hand aufs Herz, glaubst du wirklich, dass man den Mann, den man liebt, wirklich vergessen kann?«

Helga starrte Anna einen Augenblick an, drehte sich dann um und ging Richtung Voldstedhof davon. Anna setzte sich auf die Bretter, auf denen sie und Erik so oft gesessen hatten. Ihre Hände zitterten, und sie presste sie aneinander, um sie zur Ruhe zu bringen. Ob Peder wusste, dass sich seine Schwester für ihn verwendete? Ihr Hals schnürte sich zusammen, aber kein Laut kam über ihre Lippen. Tränen traten ihr in die Augen, die sie schnell wegwischte. Hier konnte sie nicht herumsitzen! Sie musste zurück, bevor ihr Vater aufwachte. Ehe sie aufbrach, hob sie die Bretter an, aber unter ihnen lag nichts. Auch in den Ästen der Weide hing nichts, obwohl sie mehrere Male um den Baum herumging. War er wirklich aufgebrochen, ohne ihr eine Nachricht zu hinterlassen? Glaubte er etwa, dass sie Peder das Jawort gegeben hatte? Es musste sich herumgesprochen haben, dass Peder vom Voldstedhof um ihre Hand angehalten hatte. *Aber wie hatte Erik glauben können* … Sie überlegte, ob es mit ihrer Unterhaltung über Amerika zu tun haben könnte. Vielleicht hatte sie zu wenig Begeisterung gezeigt? War er deshalb ohne sie gefahren? Das traute sie ihm nicht zu. Außerdem besaß er gar nicht das Geld für die Überfahrt. Das ergab alles keinen Sinn. Vielleicht hatte Peder Erik gefeuert und weggeschickt, weil sie ihm einen Korb gegeben hatte?

Wenig später, als sie wieder in der Küche stand, sah sie Harald von seinem Pferd steigen. So, wie er das Pferd in den Stall zerrte, konnte es nicht gut gelaufen sein. Eine Ewigkeit verstrich, ehe er ins Haus trat.

»Und?«, fragte ihr Vater.

»Hat nichts ergeben«, entgegnete Harald.

»Was heißt das?«, hakte ihr Vater nach.

»Sie war sehr abweisend, der alte Drachen. Nicht einmal ins Haus gebeten hat sie mich. Ich musste eine verdammte Ewigkeit warten, bis ihr Schwiegersohn kam. Offenbar regelt er den Verkauf. Er besitzt ein Gut bei Givskud und hatte ihr eingeschärft, ohne seinen Beistand mit niemandem zu verhandeln.«

»Und was soll der Hof kosten?«, wollte der Vater wissen.

»Zu viel, Vater, viel zu viel. Erst dachte ich, er sei vollkommen übergeschnappt und meine, er könne mich betrügen. Fast wäre ich ausfällig geworden. Der Gutsherr nannte irrsinnige Beträge, die für andere Bauernhöfe erzielt wurden. Er war ein richtig übler Besserwisser.«

»Aber du hast doch gesagt, dass der Hof in einem schlechten Zustand ist.«

»Ist er auch, doch er hat immer wieder betont, dass der Boden teuer ist und dass ein Spekulant aus Horsens bereit ist, den geforderten Preis zu zahlen.«

»Hm.« Vater schlürfte seinen Kaffee.

»Ich hatte Mühe, ihm Glauben zu schenken, aber kurz bevor ich mich auf den Heimweg machte, kam ein Wagen mit einem vornehmen Herrn angefahren.«

Ein Stuhl wurde gerückt, Johannes erhob sich. Durch den Türspalt sah Anna, dass er einen Augenblick zögerte, ehe er die Stube verließ. Es war, als striche ein kalter Wind durch die Küche. Sie wusste, was die drei Männer dachten. Hätte sie Peder das Jawort gegeben, dann wäre ihnen diese hoffnungslose und demütigende Situation erspart geblieben.

17

Uldum, Mittwoch, den 16. Juli

Anna spuckte auf das Bügeleisen. Es zischte. Ein Hemd lag auf dem Bügelbrett. Erst bügelte sie die Ärmel, dann den Kragen und schließlich die Vorderseiten.

»Bist du immer noch nicht fertig?«, rief ihr Vater aus der Stube.

Sie antwortete nicht. Schließlich wusste er ja, dass sie ihm das Hemd brachte, sobald es gebügelt war. Sie bügelte den Rücken und hängte das Hemd dann zum Abkühlen über eine Stuhllehne. Sie hoffte, dass dieser Tag schnell vorüberging. Harald war in der Stadt gewesen und hatte sich erkundigt, wie eine Verlosung ablaufen musste, damit sie rechtlich gültig war.

Ihr Vater lärmte in der Stube. Wenig später öffnete er die Haustür und ließ sich schwer auf die Bank auf dem Vorplatz sinken. Die Hände auf den Stock gestützt, gab er den auf einen Gast wartenden Gutsherrn, der er einfach nicht war. Anna konnte seinen Anblick fast nicht ertragen. Wäre er nicht so stur und eigenmächtig gewesen, wäre es vielleicht nie so weit gekommen. Er hätte auf Johannes hören und den Betrieb rechtzeitig umstellen sollen. Aber er wusste ja immer alles besser. Jetzt konnte er ruhig dasitzen und den dürftigen Misthaufen neben dem Stall anglotzen. Sie wedelte eine Fliege von ihrem Gesicht weg. Es hieß, nur derjenige Misthaufen sei groß genug, von dessen höchstem Punkt man dem Nachbarhof zuwinken könne. Dieses kümmerliche Häufchen Mist hier reichte bei Weitem nicht aus, um die Felder zu düngen, auf denen die Ähren gebeugt standen wie unterernährte Armenhäusler. Vermutlich würde auch sie einmal wie die Ärmsten der Armen auf der Landstraße Pferdeäpfel sammeln.

In der Stube stellte Anna Tassen und Kandiszucker auf den Tisch. Sobald die Lose gezogen waren, sollte der Kaffeepunsch serviert werden, hatte ihr Vater verfügt. Die Branntweinflasche hatte er bereits auf den Tisch gestellt. Die Stunde schlug, zu der der Gerichtsdiener erwartet wurde. Sie sah sich in der Stube um. Der Tisch war abgewischt, der Boden gefegt, aber auf der Fensterbank lagen tote Fliegen. Sie öffnete das Fenster und wischte sie mit der Hand ins Freie.

Da war auch schon Hufschlag zu hören. Ein Druck lag auf ihrer Brust und zog sich den Hals hinauf, als wollte das Frühstück wieder nach oben. Sie stellte sich ans Küchenfenster. Von hier aus konnte sie beobachten, was vor dem Haus geschah, ohne selbst gesehen zu werden. Sie wollte sich nicht beim Starren ertappen lassen. Der Gerichtsdiener war klein, korpulent und hatte eine rote Nase und Hängebacken. Er hielt eine Ledertasche in der Hand. Harald half ihm aus dem Sattel, vermutlich hatte ihm auch jemand aufs Pferd helfen müssen. Während Harald das Tier in den Stall führte, nickte ihr Vater dem Gast mit einem Lächeln zu, das den feinen Leuten vorbehalten blieb. »Du erinnerst an einen geprügelten Hund«, murmelte Anna.

Sie legte ein Ohr an die Tür. Stühle wurden hin und her gerückt, als alle Platz nahmen. Sonst war nichts zu hören. Vorsichtig öffnete Anna die Tür einen Spalt weit.

»Das ist eine ungewöhnliche Art, eine Erbschaftsfrage zu klären.« Es klang, als hätte jemand Sand auf die Stimmbänder des Gerichtsdieners gestreut. Bis auf das Ticken der Uhr blieb es dann vollkommen still. Schließlich fuhr der Gerichtsdiener fort:

»Aber wenn Sie es so wollen, spricht rechtlich nichts dagegen.«

»Wie sollten wir es sonst machen? Die Jungen sind schließlich gleichzeitig auf die Welt gekommen.« Das war die brummende Stimme ihres Vaters.

»Da haben Sie recht. Im Fall von Zwillingen können hin und wieder, wie soll ich sagen, gegensätzliche Interessen entstehen. Wie stellen Sie sich die Verlosung denn vor?«

Wieder wurde es still. Ihre rechte Hand blutete, weil sie an einer Nagelhaut gepult hatte. Jetzt richtete sich der Vater an seinem Stock auf. Er hatte zwei Strohhalme zurechtgeschnitten, einen länger als den anderen, und in die Bibel gelegt. Anna hatte gesehen, wie er sie nochmals gestutzt hatte, damit sie genau gleich weit herausschauten. Sie krampfte ihre Hände ineinander. Jetzt hielt der Vater ihren Brüdern die Bibel hin. Da räusperte sich der Gerichtsdiener. »Damit alles wirklich mit rechten Dingen zugeht, muss ich die Strohhalme in die Bibel legen. Darf ich die beiden jungen Herren also bitten, das Zimmer zu verlassen?«

Im Gesicht des Vaters zuckte es, doch er sagte nichts. Die Brüder gingen auf den Hof hinaus. Anna beobachtete, wie sie schweigend herumstanden, ohne einander anzusehen. Harald scharrte mit seinem Fuß im Staub. Anna schaute wieder nach dem Gerichtsdiener, der sich an den Strohhalmen zu schaffen machte. Seine Beine waren so kurz, dass seine Stiefel ein Stück über dem Boden zu schweben schienen. Vor seinen Füßen stand der Spucknapf, den ihr Vater einfach nur unter den Tisch geschoben hatte. Es fehlte nicht viel, und der Fuß des Gerichtsdieners wäre in dem schleimigen Inhalt gelandet. Aber er zog den Stuhl zurück, ehe er sich erhob, und ihr Vater schlurfte nach draußen, um seine Söhne zu holen. Lieber Gott, lass Johannes gewinnen, dachte Anna. Er hat den Hof verdient. Harald würde schon in der Stadt zurechtkommen, aber Johannes … Der Gerichtsdiener erwartete die Brüder stehend, als sie wieder eintraten, und hielt Johannes die Bibel hin. »Wären Sie so freundlich, einen Halm zu ziehen.«

Voll Entsetzen folgte Anna Johannes' Fingern, die langsam einen der beiden Halme zu fassen bekamen und an ihm zogen. Die Länge konnte Anna nicht erkennen, doch sie sah die Hand, die schlaff nach unten fiel, und Johannes' reglose Gestalt.

Niemand sagte ein Wort.

Jetzt wandte sich der Gerichtsdiener Harald zu. Dieser zog rasch den anderen Halm aus der Bibel. Anna schloss hastig die Augen. Als sie sie wieder öffnete, sah sie, dass Harald seinen Strohhalm mit einem breiten Grinsen betrachtete. Tränen brannten in ihren Augen. Johannes verließ die Stube. Sie wollte ihm nachlaufen, aber ihre Glieder fühlten sich unendlich schwer an, und Johannes war bereits hinter dem Stall verschwunden. Da fiel ihr der Kaffee ein, der jetzt serviert werden sollte. Ein leises Jammern drang über ihre Lippen, und sie musste tief Luft holen, bevor sie die Kaffeekanne in die Stube trug. Harald und ihr Vater saßen am Tisch und betrachteten andächtig den Gerichtsdiener, der ein großes Buch aufgeschlagen hatte.

»Schreibzeug, Anna«, brummte ihr Vater. »Das Ergebnis muss ins Grundbuch eingetragen werden.«

Anna stellte die Kaffeekanne auf den Tisch und holte Tintenfass und Feder. Der Gerichtsdiener schlug das Buch auf. Kratzend fuhr seine Feder über das Papier. »Der vollständige Name des Erben lautet also Harald Ingolf Christensen mit CH?«

»Das ist richtig«, erwiderte ihr Vater.

Nachdem der Gerichtsdiener mit dem Schreiben fertig war, nahm er eine Löschwiege aus dunklem Holz aus seiner Tasche. Langsam bewegte er sie über die Seite, schlug das Buch zu und verstaute es in seiner Tasche.

»Damit wäre die Sache also entschieden«, meinte Annas Vater.

Wortlos schenkte Anna Kaffee ein. Ihr Vater versuchte, den Korken aus der Branntweinflasche zu ziehen, gab es dann aber auf und reichte sie Harald. Der hatte sie im Nu entkorkt und goss ein. Sie hätte Harald gratulieren müssen, doch die Worte blieben ihr im Hals stecken. Ihr Vater hielt seine Tasse in seinen steifen, verkrümmten Händen.

»Jetzt gehört der Hof dir, Harald. Es hätte schlimmer kommen können«, sagte er und stellte die Tasse ab.

»Wenn Ihr meint, Vater, ist das wohl so«, erwiderte Harald.

Abrupt drehte sich Anna um und ging durch die Küche in ihre Kammer. Sie hatte das hässliche Gesicht ihres Vaters vor Augen. *Hatte er tatsächlich erklärt, er freue sich über das Ergebnis?* Und das auch noch in ihrer Anwesenheit. *Hatte er überhaupt keine Ahnung, wie verkehrt das war?*

Später hörte sie, wie der Gerichtsdiener aufbrach. Trampelnd wie zwei Kühe, kehrten Harald und ihr Vater in die Stube zurück. Wie Wasser, das aus einem löchrigen Eimer fließt, verließen sie langsam ihre Kräfte. Schlaff lagen ihre Hände in ihrem Schoß. Irgendwo in ihrer Kammer summte eine Fliege. Mit einem Ruck erhob sie sich. Was dachte sie sich eigentlich? Rumsitzen und

Trübsal blasen führte zu nichts. Rasch schob sie ihre Füße in die Holzschuhe und eilte durch den Garten. Die Sonne war hinter ein paar Wolken verschwunden, und im Stall war es schummrig. Das Pferd stand kauend in seiner Box. Johannes konnte also nicht weit weg sein. Das war gut, denn sie musste mit ihm reden. Die Katze folgte ihr, als sie ins Haus zurückkehrte, um ihr Umschlagtuch zu holen. Dann folgte sie dem Pfad Richtung Moor. Ein paar Jungen vom Nachbarhof stachen Torf. Ihre kleine Schwester half beim Torfstapeln. Sie war nicht sonderlich alt, barfuß und von Kopf bis Fuß schwarz. Anna hatte vor einigen Jahren auch so ausgesehen, als sie ihren Brüdern half. Obwohl seit geraumer Zeit trockenes Wetter herrschte, stand der Weg teilweise unter Wasser, das jetzt in ihre Holzschuhe drang. Mehrmals hielt sie inne und ließ den Blick über den Horizont schweifen. Die Moorvegetation war spärlich, Johannes müsste also bald zu sehen sein. Da entdeckte sie auch schon in einiger Entfernung eine Gestalt. Sie beschleunigte ihre Schritte, aber als sie näher kam, sah sie, dass es gar nicht Johannes war, sondern einer der jüngeren Häusler von der anderen Seite des Sumpfes. »Hast du meinen Bruder Johannes gesehen?«, rief sie. Der Mann schüttelte den Kopf.

Johannes war doch wohl nicht auf die Idee gekommen, sich … Es hieß, dass sich hin und wieder Leute im Moor ertränkt hätten. Vor Angst brach ihr der Schweiß aus. Wo die Stellen waren, an denen man versank, wusste sie nicht. Oder ob es sie überhaupt gab. Sie kehrte um und rannte zurück, ohne zu wissen, ob sie sich auch wirklich auf dem richtigen Weg befand. Sie hätte Johannes sofort folgen sollen. Bald näherte sie sich der Weide, bei der sie sich immer mit Erik getroffen hatte. Sie zog ihren Rock hoch und watete durch den Bach, und es war ihr gleichgültig, dass ihr das Wasser in die Schuhe lief. Sie rannte am Bach entlang, und weil sie aus einer anderen Richtung kam als sonst, sah sie schon von Weitem, dass niemand unter dem Baum saß. Der Schweiß lief ihr in die Augen und brannte. Johannes durfte einfach nichts zugestoßen sein, das würde sie nie überleben. Erst als sie an den Weiden vorbei war, kam es ihr in den Sinn, dass er vielleicht etwas ganz anderes getan hatte und nicht ins Moor gegangen war. Mit etwas gemächlicherem Tempo kehrte sie in den Ort zurück.

In der Schankstube war es recht dunkel, und erst sah sie nichts, als sie aus dem grellen Licht eintrat. Aber dann entdeckte sie ihn. Vorsichtig schloss sie die Tür und holte tief Luft. Johannes saß allein an einem Tisch in der Ecke und trank Bier. Wortlos nahm sie ihm gegenüber Platz. Johannes nickte nur. Der Kellner kam sofort. Fragend sah sie Johannes an. Dieser nickte wieder und klopfte auf seine Jackentasche.

»Ich hätte gerne eine Tasse Kaffee«, sagte sie.

»Wünschen Sie sonst noch etwas, Fräulein?«

»Nein danke.«

»Wo warst du?«, fragte Johannes und deutete auf die Spuren ihrer nassen Holzschuhe auf dem Boden.

»Ich habe dich im Moor gesucht. Ich hatte Angst, Johannes, ich dachte, dass du vielleicht …« Sie verstummte.

Johannes schob sein Glas hin und her. »Ich kann mich nicht einmal betrinken, ich kriege das Bier einfach nicht runter. Was für ein Mann bin ich eigentlich?«

»Das ist nur gut! Denn das würde dir jetzt auch nicht helfen. Im Gegenteil. Gerade jetzt müssen wir einen klaren Kopf behalten.«

»Einen klaren Kopf! Du hat gut reden.«

»Hör auf, Johannes. Du ahnst gar nicht, wie unglücklich ich bin. Irgendwie habe ich immer geglaubt, dass du bei der Verlosung den Hof gewinnen würdest.«

»Ich auch, aber immerhin ist Harald jetzt zufrieden.«

Der Kellner brachte den Kaffee und stellte auch Zucker und Sahne auf den Tisch.

»Wir müssen uns etwas einfallen lassen, wenn du nicht als Knecht enden willst, und das kommt nicht infrage«, sagte Anna.

»Ich weiß, aber was?«

Sie gab einen Löffel Zucker in den Kaffee und rührte langsam um. »Ich weiß nicht. Obwohl es dir widerstrebt, wirst du in die Stadt gehen, dir eine Arbeit suchen und Geld verdienen müssen. Zusammen mit dem Eiergeld …«

»Was für ein Eiergeld?«

»Ich habe das Geld gespart, das mir der Krämer für die Eier gegeben hat. Nicht viel, aber ich strenge mich an und spare mehr.«

»Das ist lieb von dir, Anna, aber das ist doch nur ein Tropfen auf den heißen Stein, dafür kann man keinen Bauernhof kaufen.«

»Deswegen finde ich ja auch, dass du dir eine Arbeit in der Stadt suchen musst. Als Knecht wirst du nie genug beiseitelegen können.«

»Das weiß ich.«

»Wirklich?«

»Ich bin kein Idiot. Ich werde in den sauren Apfel beißen. Vermutlich gehe ich nach Vejle.«

»Das ist also schon entschieden?«

»Vielleicht. Als du mit dem Eiergeld angefangen hast.«

»Klang das so dumm?«

»Nein. Du verstehst mich falsch. Auch wenn das Kleingeld, das man mit Eiern verdienen kann, nicht weit reicht, hat es trotzdem etwas zu bedeuten. Und zwar, dass wir gemeinsam kämpfen, und als du vorhin durch die Tür gekommen bist, da habe ich kein schlammbespritztes Mädchen gesehen, sondern …« Er sprach nicht weiter.

»Sondern was?«

»Das klingt vielleicht etwas verrückt, aber ich sah einen Engel.«

18

Uldum, Montag, den 11. August

Johannes wollte die frühe Postkutsche nach Vejle nehmen, und das Kaffeewasser siedete bereits im Kessel. Aus dem Brotkasten nahm Anna ein ganzes Schwarzbrot und schnitt es in Scheiben. Johannes ließ seinen Reisesack auf den Küchenboden fallen. »Ich reise nicht nach Amerika, Anna.« Er deutete auf den Berg Brotscheiben.

»Das ist mir bewusst, aber wer weiß, wann du wieder was zu essen bekommst?« Sie strich Schmalz auf die Brotscheiben, streute Salz darauf und klappte sie zusammen.

»Die ersten Tage übernachte ich bei Niels Peter, er wird mir schon was zu essen geben.«

Ihr Vetter Niels Peter wohnte in Vejle. Johannes hatte ihm geschrieben und bereits in der darauffolgenden Woche Antwort erhalten. Möglicherweise konnte Niels Peter ihm eine Arbeit besorgen.

Sie packte die Brotscheiben zusammen mit ein paar hart gekochten Eiern in eine Zeitung. Schweigend tranken sie den heißen Kaffee.

»Du besuchst mich doch?«, fragte sie.

»Mal sehen. Du kannst ja auch nach Vejle kommen.«

»Schon, aber was ist, wenn die Stute ihr Fohlen bekommt?«

»Hat Harald gesagt, dass sie gedeckt werden soll?«

»Nein. Ich dachte nur …«

Sie trug das Essenspaket, als sie sich auf den Weg zur Postkutsche im Ort machten. Der Nebel kämpfte noch mit den ersten Sonnenstrahlen.

»Du weißt doch, dass sich das Pferd freut, wenn man mit ihm redet«, sagte Johannes.

»Ja.«

»Es muss auch gestriegelt werden, und zwar öfter, als man glauben sollte.«

»Ich werde schon für das Pferd sorgen.«

»Und die Ferkel müssen entwöhnt werden und in ein anderes Abteil kommen, damit die Sau wieder trächtig werden kann.«

»Jetzt schon?«

»Nein. Das hat noch zwei Wochen Zeit, aber dann muss es gemacht werden.« Er zögerte einen Augenblick, bevor er in die Postkutsche stieg. »Pass auf dich auf, Anna, und mach dir keine Sorgen um mich.«

Als die Kutsche davongefahren war, fühlten sich Annas Glieder so schwer an, dass sie fast nicht nach Hause gehen konnte. Was sollte jetzt nur aus ihr werden? Langsam setzte sie einen Fuß vor den anderen. Gott hatte ihr Gebet nicht erhört. Würde sie ihre Tage als altes, zahnloses Weib beschließen, das sein ganzes Leben lang einem Bruder, den es nicht liebte, den Haushalt geführt hatte? Hatte Gott ihr einen Verehrer geschickt, Peder, den sie auch nicht lieben konnte? *Was war das für ein Gott, der so ein Leben für sie bereithielt?* Die Sonne brach jetzt durch den Morgennebel und blendete sie. Sie zupfte ein Blatt von einem Busch und riss es im Gehen in Stücke.

Ihr Vater saß am Tisch in der Stube. »Jetzt ist er weg, aber das war zu erwarten.«

Anna antwortete nicht.

»Wo ist Harald?«, fragte ihr Vater.

»Woher soll ich das wissen? Vermutlich Torf stechen.«

Harald kehrte erst am Nachmittag zurück. Bereits durchs Küchenfenster sah Anna, dass es ihm nicht gut ging. Wie ein abgenutzter Besen schleppte er sich vornübergebeugt dahin.

»Bist du krank?«, fragte sie, als er in die Diele trat.

»Weiß nicht.« Er stieg aus seinen Stiefeln und verteilte dabei Erdklumpen auf dem Boden. Anschließend schlurfte er in die Stube und legte sich angekleidet auf das Bett im Alkoven.

Sein Vater erwachte neben ihm und setzte sich auf. »Ist er betrunken?«, fragte er.

»Nein, er ist krank.«

»Das geht nicht. Er muss mit zur Versammlung der Molkereigenossenschaft.«

»Ist das heute Abend?«, fragte Anna.

»Peder hat sie einberufen. Sie findet bei ihm auf dem Voldstedhof statt.«

Nach dem Abendessen spülte sie, holte dann das Pferd aus dem Stall und spannte an. Das dauerte, denn sie hatte das noch nie allein gemacht. Wortlos und mit vorgeschobenem Kinn, schaute ihr der Vater von der Haustür aus zu. Er schwieg auch, als sie ihm auf den Kutschbock half und ihm die Zügel reichte. Harald lag vollkommen ermattet im Alkoven, und deswegen musste sie ihren Vater begleiten. Seit dem fürchterlichen Tag, an dem Peder um ihre Hand angehalten hatte, hatte sie ihn nur ein paarmal in der Kirche gesehen, aber nur aus Ferne. Er hatte sie nicht gegrüßt.

Nebel hing in der Luft, obwohl die Sonne noch nicht untergegangen war, und sie zog ihr Tuch fester um die Schultern. Als sie auf die Allee einbogen, die zum Voldstedhof führte, hatte sie einen sauren Geschmack im Mund und musste mehrmals schlucken. Sie zog ihr Kopftuch tiefer in die Stirn und starrte auf einen Punkt zwischen den Ohren des Pferdes. Sie waren früh dran, aber vor dem Hof standen bereits mehrere Fuhrwerke. Niemand wollte zu einer Versammlung auf dem Voldstedhof zu spät kommen. Ein Knecht, den Anna nicht kannte, kam aus dem Stall, half ihr beim Abspannen und führte das Pferd anschließend in den Stall. In der Tür des Wohnhauses stand Peder. Er nickte und lächelte, vermied es aber, in ihre Richtung zu schauen.

»Willkommen, Knud Christensen«, sagte Peder und reichte ihrem Vater die Hand. »Kommt Harald nicht?«

»Er liegt mit Bauchschmerzen im Bett«, antwortete ihr Vater.

»Das ist ärgerlich. Es gibt wichtige Punkte auf der Tagesordnung. Die Versammlung ist nur für Mitglieder der Genossenschaft.« Erst jetzt sah er Anna mit einer Miene an, die weder freundlich noch unfreundlich war. »Aber Anna kann in der Stube warten.« Er führte sie durch die große Stube, in der Kaffeetassen und Kuchenplatten auf der Anrichte standen. In der kleinen Stube deutete er auf einen Lehnstuhl und schloss dann die Tür hinter sich.

Sie nahm Platz und ließ ihre feuchten Hände über den Plüsch der Armlehnen gleiten. Auf dem runden Mahagonitisch lag eine geklöppelte Decke, die sie kannte. Anna streckte die Hand aus und berührte ihren Rand. Er fühlte sich hart an. Das Tuch war sicher mit Kartoffelmehl gestärkt, damit es gut lag. Ihre Mutter hatte diese Decke geklöppelt. Sie stammte aus der südlichen Region des Landes, die im Krieg 1864 verloren gegangen war und wo man sich mit dieser Art von Handarbeiten auskannte. Ihre Mutter hatte sehr schöne Dinge hergestellt und an Leute verkauft, die sie sich leisten konnten. Aber richtig einträglich war diese Arbeit nie gewesen, jedes noch so kleine Zierdeckchen nahm unendlich viel Zeit in Anspruch, und wenn sie endlich

Muße gehabt hatte, war es oft schon zu dunkel gewesen. Anna ließ ihren Blick über die Möbel gleiten. Zum letzten Mal war sie hier gewesen, als ihre Mutter die Zierdecke abgegeben hatte. Damals war sie noch ein Kind gewesen, aber die Mutter hatte sie trotzdem gebeten mitzukommen. Obwohl es nie ausgesprochen worden war, wusste sie, dass es ihrer Mutter unangenehm gewesen war, für ihre Arbeiten Geld zu verlangen. Anna konnte sich noch gut an die Unsicherheit ihrer Mutter erinnern, als sie in die gute Stube gebeten worden waren. Eine unnötige Angst, wenn man bedachte, dass diese Tischdecke auf Bestellung und fehlerfrei geliefert worden war. Als sich Peders Mutter, die damals den Hof führte, nach dem Preis erkundigte, hatte Annas Mutter so leise geflüstert, dass man sie nicht verstehen konnte. Anna musste den Betrag wiederholen. Die Bäuerin nickte und holte das Geld. Anschließend tischte sie Kaffee auf und lobte mehrmals die Klöppelarbeit ihrer Mutter. Diese hatte starr und aufrecht auf dem Lehnstuhl gesessen, auf dem jetzt Anna saß. Damals hatten in dem Zimmer mehr Stühle gestanden. Es hatte auch mehr Gegenstände gegeben. Sie musste an die Spieldose denken, die ihr die Frau des Hauses damals gezeigt hatte. Ein kleines Holzkästchen. Eine Tänzerin hatte sich zur Musik im Kreis gedreht, wenn man den Deckel öffnete.

Anna erhob sich aus ihrem Lehnstuhl und trat zu dem Wandbord, auf dem die Spieldose gestanden hatte, aber sie war nicht mehr da. Abgesehen von der Zierdecke, gab es keinen Schmuck mehr. Anna hatte noch immer den sauren Geschmack im Mund. Vorsichtig öffnete sie die Tür zur Küche. Falls die Magd dort war, konnte sie um ein Glas Wasser oder vielleicht eine Tasse Kaffee bitten. Die Küche war leer, doch es roch wunderbar nach frischem Gebäck. Wo sich früher die Feuerstelle befunden hatte, thronte jetzt ein großer Gusseisenherd, den er sich also geleistet hatte. Dergleichen hätte sie höchstens im Pfarrhaus und beim

Doktor erwartet. Auf dem Tisch neben dem Herd stand ein Teller mit schönen hellbraunen Plätzchen, die man in dem großen Ofen zu Hause nicht hätte backen können. Sie beugte sich vor und öffnete die Ofenklappe, schloss sie aber rasch wieder. Das war nicht ihre Küche und würde es auch nie werden. Sie wollte in die Stube zurückkehren, nahm jedoch die falsche Tür und geriet in die Speisekammer, die von der Decke bis zum Boden mit Tontöpfen und Gläsern gefüllt war. Ob die Töpfe gefüllt waren, sah sie nicht, aber die Gläser waren es. Peder und Helga hatten bei Weitem nicht alles gegessen, was sie im vergangenen Sommer und Herbst eingekocht hatten. Auf einem Bord lag ein Stück Käse in einem Tuch. So viel Essen, und trotzdem bekamen die Knechte laut Erik nur dünne Suppen, von denen sie nicht satt wurden. Sie schloss die Tür wieder. Der Gedanke an Erik schmerzte. Nichts hatte sie bislang von ihm gehört. Allmählich glaubte sie, dass ihm etwas zugestoßen war, dass er womöglich nicht mehr lebte.

Einen Augenblick hielt sie mit der Hand auf der Klinke der Stubentür inne, ließ diese dann aber los und öffnete stattdessen die Tür zum Gang. Aus der großen Stube hörte sie die Stimmen der Männer. Der Gang war leer. Eine Tür war nur angelehnt. Sie konnte es nicht lassen. Vorsichtig öffnete sie sie ganz. Ein großes Schlafzimmer. An der Wand stand ein großes weiß angestrichenes Doppelbett. Es war bloß auf der einen Seite bezogen, und am Bettpfosten hingen ein Paar Hosenträger. Offenbar hatte Peder das Schlafzimmer seiner verstorbenen Eltern übernommen und wartete nur noch darauf, dass sie sich in die andere Betthälfte legte. Sie setzte sich auf seine Seite des Bettes. Die Matratze war weich, die Decke schwer. Sie strich mit der Hand über den schönen gewebten Bezug. Auf einem Bord hinter dem Bett stand die Spieldose. Vorsichtig öffnete sie den Deckel, schloss ihn aber rasch wieder, ehe die Melodie begann. Dann ließ sie sich wieder aufs Bett fallen. An der gegenüberliegenden Wand hing ein Spiegel mit einem Rahmen aus Muscheln. Sie meinte, dass er früher in der Stube gehangen hatte. Offenbar hatte Peder alle schönen Gegenstände in sein Schlafzimmer geholt, als wären sie Helga nicht wichtig.

Wenn sie Peder das Jawort gegeben hätte, statt ihn zurückzuweisen, wenn sie nur ein kleines Wort geändert hätte, dann hätte dieses angenehme Bett ihr gehören können. Hier lag man selbst im kältesten Winter weich und warm. Rasch schob sie diesen Gedanken wieder von sich. Sie fror lieber mit dem Richtigen, als …

»Na, du erlaubst dir ja einige Freiheiten, wie ich sehe.« In der Tür stand Helga. Rasch stand Anna vom Bett auf. In der Dunkelheit leuchtete Helgas weißes Gesicht auf eine seltsame, unnatürliche Art.

»Entschuldigung, das war nicht meine Absicht, ich …«

Helga fiel ihr ins Wort: »Du überlegst dir vielleicht, meinen Bruder doch zu heiraten?«

»Nein, ich habe die falsche Tür erwischt … Ich gehe schon.«

»Es ist nicht zu spät, es sich anders zu überlegen. Dafür braucht man sich nicht zu schämen.« Helga trat ins Zimmer.

»Es hat sich nichts verändert«, sagte Anna.

»Wenn Gott will, beschließen sie heute Abend, dass die Molkereigenossenschaft sonntags geschlossen bleibt«, sagte Helga.

»Es sind sicher nicht alle dafür«, meinte Anna, »und ich verstehe nicht, was das mit meiner Entscheidung zu tun hat.«

»Ich glaube, du weißt es sehr wohl, kleine Anna, du willst es nur nicht zugeben.«

Anna wollte an Helga vorbeigehen, aber diese packte sie am Arm. »Ich will nicht, dass wir Feindinnen sind. Wenn du es dir anders überlegst, kannst du hier immer noch Bäuerin werden.«

Anna machte sich los, eilte in die Stube zurück und rieb sich den Arm. Unbegreiflich, dass eine Frau, der der Tod auf den Fersen war, noch solche Kräfte hatte.

Sie nahm wieder auf dem Lehnstuhl Platz und starrte auf die Zierdecke. Sie hätte Peders Schlafzimmer nie betreten dürfen. Es war ihre eigene Schuld, dass Helga sie verhöhnt hatte. Sie verstand nur zu gut, was eine Sonntagsruhe der Molkerei bedeutete. Ihr Hof würde dann noch unrentabler sein.

Sie hörte leise Stimmen und das Klirren von Tassen aus der großen Stube. Die Männer hatten offenbar die Besprechung beendet und tranken jetzt Kaffee. Als sie hörte, wie nebenan die Stühle gerückt wurden, trat sie auf den Gang, um ihren Vater nach draußen zu begleiten. Einer nach dem anderen gaben die Männer Peder die Hand. Ihre Stimmung war nicht die beste. Ohne weitere Unterhaltung eilten alle zu ihren Fuhrwerken. Draußen war Nebel. Der Knecht half beim Anspannen. Ihr Vater saß mürrisch und schweigend auf dem Wagen. »Verdammtes Wetter«, murmelte er, als sie neben ihn auf den Kutschbock kletterte. Ein Stück die Allee hinunter hielt er das Pferd an und legte die Zügel in ihren Schoß.

»Willst du nicht weiter, Vater?«

Er antwortete nicht, sondern starrte nur in den Nebel, der dicht auf den Feldern lag. Sie ließ das Pferd wieder anziehen. Nebel und Regen waren die Feinde ihres Vaters, das wusste sie. Die Feuchtigkeit kroch ihm in die Gelenke, und sie schmerzten noch mehr als sonst. Am Ende der Allee stand der Nebel wie eine Wand, und das Pferd hielt inne. Der Weg war nicht mehr zu sehen. Sie rief Hü, aber das Pferd rührte sich nicht von der Stelle. Es scharrte einfach bloß mit einem Huf. Wäre doch nur Johannes da … Von hinten näherte sich ein anderes Fuhrwerk. Ihr Vater schwieg weiterhin. Sie sprang vom Bock, nahm das Pferd am Zaumzeug und sprach beruhigend auf es ein. Langsam setzte es sich in Bewegung, während sie neben ihm herging. Nach wenigen Metern lichtete sich der Nebel ein wenig, und Anna sah, wo sie abbiegen mussten. Das Fuhrwerk hinter ihnen fuhr in die andere Richtung. Jetzt musste sie sich in der Mitte des Weges halten und dem Straßengraben ausweichen. Eine Weile ging es gut, aber dann schlug der Nebel wie ein Federbett über ihnen zusammen. Das Pferd blieb stehen, und sie unternahm nichts, um es voranzutreiben. Der Nebel verschluckte alle Geräusche, und sie strich dem Pferd über sein weiches Maul. »Wir kommen schon heim, bald verschwindet der Nebel«, murmelte sie. Plötzlich erstarrte sie. Für den Bruchteil einer Sekunde meinte sie, ein Gesicht aus dem Nebel auftauchen zu sehen, dann war es wieder verschwunden. Sie schloss die Augen und lehnte sich an den Hals des Tieres. War sie vollkommen wahnsinnig geworden? Wie konnte aus dem Nebel Helgas bleiches Gesicht auftauchen? Das Pferd war ganz ruhig, nichts hatte es gestört. Sie öffnete die Augen und blinzelte mehrmals. Nur der weiße Nebel war zu sehen, der in Wellen auf sie zurollte und sich immer wieder ein wenig auflöste.

»Geht's bald weiter?«, rief ihr Vater vom Wagen. Anna kehrte um und setzte sich wieder nach oben. Erst als sie fast zu Hause waren, brachte sie die Frage endlich über die Lippen. »Wie war die Versammlung?«

Ihr Vater räusperte sich, gab ihr aber keine Antwort.

Harald wartete in der Stube. Er hatte kein Licht angezündet und saß im Dunkeln. Anna musste melken und ging in die Küche, um die Eimer zu holen. Während ihr Vater umständlich eine Kerze anzündete, hörte sie ihre Unterhaltung.

»Wurde ein Beschluss gefasst?«, fragte Harald.

»Hm.«

»Erzähl schon!«

»Es ist ein Elend«, brummelte ihr Vater.

»Wird jetzt sonntags geschlossen?«

»Ja.«

»Wie konnte das passieren? Außer Peder war doch niemand dafür. Ich habe mich mit mehreren Leuten unterhalten, die dagegen waren.«

»Wie dem auch sei, so lautete der Beschluss. Einige Leute haben zwar widersprochen, aber die meisten stimmten dann für die Sonntagsruhe.«

»Verdammt.«

»Erfreulich ist das nicht, aber wir können die Sonntagsmilch aufheben und zu Butter verarbeiten. So haben wir es gemacht, als es die Molkerei noch nicht gab. Das Butterfass haben wir noch, und Anna kann …«

»Ich muss das erst einmal ausrechnen«, unterbrach ihn Harald. »So einfach ist das nämlich nicht, Vater. Wer weiß, ob sich das dann noch rentiert. Im Augenblick kaufen wir ja billige Margarine beim Krämer. Das Geld könnten wir uns sparen. Die Frage ist, wie viel wir bekommen, wenn wir die Sonntagsmilch montags in die Molkerei schicken. Das muss ich ausrechnen.«

»Rechne du nur. Das hilft uns aber auch nicht weiter. Wir müssen uns jetzt auf magere Zeiten einstellen, sofern du deine Schwester nicht zur Vernunft bringst.«

19

Uldum, Samstag, den 27. September, bis Montag, den 29. September

Anna breitete eine Schicht Stroh in der Holzkiste aus und legte behutsam einen Apfel nach dem anderen hinein. Dann breitete sie eine Lage Stroh darüber wie eine Decke über kleine Kinder. Sie machte weiter, bis die Kiste voll war. Dann begann sie mit der nächsten Kiste. Beschädigte Äpfel legte sie in einen Eimer. Als alle Kisten gefüllt waren, ging sie mit dem Eimer in die Küche. Auf dem Küchentisch lag das Fallobst. Sie entfernte die fauligen Stellen und schnitt den Rest anschließend in schöne, gleichmäßige Scheiben, so, wie sie es vor langer Zeit von ihrer Mutter gelernt hatte. Später würde sie den Ofen anheizen, um die Scheiben zu trocknen.

Seit seinem Aufbruch nach Vejle hatte Johannes nur einen kurzen Brief geschrieben, und zwar wenige Wochen nach seiner Ankunft am Ziel. Die erste Woche hatte er bei seinem Vetter verbracht, aber jetzt hatte er ein Zimmer gemietet. In der letzten Zeile seines Briefes erwähnte er, dass er eine Arbeit in einer Gießerei gefunden habe. Anna hatte den Brief viele Male gelesen. Es war Johannes' Handschrift, kein Zweifel, aber diesen kurz angebundenen Ton erkannte sie nicht wieder. Wäre der Brief an ihren Vater adressiert gewesen, hätte er sie weniger erstaunt. Dass er kein Wort über das Leben in der Stadt verlor, war ihr hingegen gleichgültig. Mit der Apfellese hatte sie begonnen, weil sie das Dörrobst in dem Korb mitnehmen wollte, den sie gleich packen würde. Am Vorabend hatte sie beim Essen verkündet, dass sie die Postkutsche nehmen und Johannes besuchen wolle. Ihr Vater und Harald hatten schweigend weitergegessen und zum Ende der Mahlzeit kein Wort darüber verloren.

»Du fährst nirgendwohin«, sagte Harald dann aber.

»Das entscheide ich selbst.«

»Weißt du überhaupt, was eine Fahrkarte nach Vejle kostet? Vielleicht hast du ja noch nicht begriffen, dass wir deinetwegen sparen müssen.«

»Wie kannst du das sagen, Harald. Du hast den Hof gewonnen, und Johannes musste wegziehen. Außerdem …« Hier hielt sie noch rechtzeitig inne, um nicht preiszugeben, dass sie die Fahrkarte auch selbst mit ihrem Eiergeld bezahlen konnte.

»Dieses Jahr gibt es viel Fallobst. Ich bin dabei, Dörräpfel herzustellen, um sie auf dem Markt in Vejle zu verkaufen. Das müsste für die Fahrkarte reichen.«

»Wie willst du an einem Sonntag Dörrobst verkaufen?«, fragte Harald höhnisch.

»Das soll nicht deine Sorge sein«, antwortete sie und erhob sich.

In der Kutsche saßen bereits Leute, und Anna musste sich zwischen zwei Frauen klemmen. Die eine hatte einen Korb mit zwei lebenden Hühnern auf dem Schoß. Der Wagen setzte sich in Bewegung, und die Fahrgäste wurden hin und her geworfen.

»Eine verdammt holperige Fahrweise«, schimpfte ein älterer Mann in der Ecke.

»Er ist verspätet. Er muss sich an den Fahrplan halten, sonst verliert er seine Zulassung«, sagte die Frau mit den Hühnern.

Die Sonne wärmte durchs Fenster, und die Luft im Wagen war stickig. Anna lehnte sich zurück und schloss die Augen, damit es ihr angesichts der vielen Kurven nicht so übel wurde. Als der Wagen in Lindved vor dem Gasthaus hielt, wachte sie auf. Einige der Männer stiegen aus, um sich zu erleichtern, auch Anna stieg aus, um ein wenig frische Luft zu schnappen. Die Tür des Gasthofs stand offen, Stimmen drangen nach draußen. Als sie ein sprudelndes Gelächter wie ein eiskalter Wind traf, blieb Anna abrupt stehen. Kein Zweifel! Nur Erik lachte so. *Saß er im Gasthaus? Das konnte nicht sein.* Sie zitterte am ganzen Körper, als sie sich der offenen Tür näherte. Sie erklomm die wenigen Stufen, blieb dann aber stehen und hielt sich am Türrahmen fest.

»Ich muss gehen, die Kutsche ist da.« Das war seine Stimme.

Anna ging rückwärts die Treppe hinunter und schaute durchs Fenster. Erik saß zusammen mit zwei Frauen an einem Tisch in der Mitte der Schankstube. Die eine saß auf seinem Schoß und fuhr ihm mit einer Hand durchs Haar. Anna brauchte nicht lange, um zu begreifen, was sie da sah. Rasch zog sie ihren Kopf zurück und lief am Haus entlang. Ein Druck auf der Brust raubte ihr den Atem. Am Giebel des Hauses blieb sie stehen. *Konnte es wirklich sein, dass Erik nur bis Lindved gekommen war? War er hier aus der Kutsche gestiegen und hatte sich in eine andere verliebt? Konnte die Wahrheit so einfach und so gnadenlos sein?* Wenig später drehte sie sich um. Sie musste zurück. Sie bekam einen Schock. Der Platz vor dem Gasthaus war leer.

Die Postkutsche war weg. Ihr Korb stand einsam auf dem Pflaster und starrte sie an.

»Hat Sie die Kutsche nicht mitgenommen?« Die Frau, die auf Eriks Schoß gesessen hatte, stand mit einem Eimer in der Tür des Gasthauses. »Es ist vollkommen irrsinnig, die Kutscher geben nur noch die Auftragsscheine ab und halten kaum noch. Wollen Sie nach Vejle?«

»Ja.«

»Sie können reinkommen und einen Kaffee trinken, bis sich die nächste Fahrgelegenheit nach Vejle ergibt.«

»Nein. Ich gehe lieber …« Sie verstummte, nahm ihren Korb und machte sich eilends auf den Weg. Sie wollte das Dorf so schnell wie möglich verlassen, um nicht Erik begegnen zu müssen. Der Gedanke an Erik mit der Frau auf dem Schoß schmerzte. Nicht zu fassen! Er war immer so liebevoll gewesen und hatte ihr seine große Liebe beteuert. Jetzt durfte ihm eine andre durch das Haar streichen. Damals hatte er so aufrichtig gewirkt. All die kleinen Gesten, wenn er ihr eine reife Pflaume oder eine Birne vom Voldstedhof mitbrachte. Und dann natürlich noch das Herz. Er hatte ein Herz geschnitzt und ihrer beider Namen daraufgeschrieben.

Der Korb wurde ihr schwer. Sie war es nicht gewohnt, größere Strecken in ihren Sonntagsstiefeln zu laufen. Sie setzte sich auf einen großen Stein und wischte sich den Schweiß aus dem Gesicht. Der Tag war ungewöhnlich warm, und sie erwog, einfach die nächste Postkutsche zurück nach Uldum zu nehmen. Dann regte sich jedoch ihr Zorn. *Sie würde nicht aufgeben. Schließlich konnte Johannes nichts dafür, dass Erik ein Flegel war. Er hatte sie sogar vor ihm gewarnt.* Ihr Zorn mischte sich mit Scham darüber, dass sie sich blind auf ihn verlassen hatte. Hinter sich hörte sie ein Fuhrwerk. Ein älterer Mann, der auf dem Kutschbock eingenickt war, während sein Pferd ruhig dahinschritt.

»Darf ich vielleicht ein Stück mitfahren?«, rief Anna.

Der Mann starrte sie einen Augenblick an und brachte dann seine Karre zum Stillstand.

»Willst du aufsteigen?«, fragte er.

»Ja danke. Wie weit fahren Sie?«

»Nur nach Hause.«

Sie kletterte neben dem Mann auf den Kutschbock. Schwer zu sagen, wie weit er fahren würde, aber es war angenehm, sich ein wenig auszuruhen. Schweigend ging es weiter, bis der Mann bei einem Feldweg anhielt und nickte. Anna verstand, dass er hier abbiegen wollte, und sprang vom Wagen.

Am Spätnachmittag, nachdem sie zwei weitere Male hatte aufsitzen dürfen und sehr weit gelaufen war, erreichte sie Vejle.

Der letzte Bauer ließ sie am Rand der Kleinstadt aussteigen. Er vermutete, dass das Haus, das sie suchte, in der Nähe des Hafens lag, und zeigte dorthin. Zu Beginn ähnelten die Häuser denen in Uldum, standen allerdings dichter. Nach und nach wurden sie aber höher und hatten teilweise sogar drei Stockwerke! Im Schatten so hoher Häuser fühlte Anna sich ganz beklommen, und als sie an den Fluss kam, blieb sie einen Augenblick stehen und starrte ins Wasser. Es war kein Fluss wie zu Hause, sondern eine langsam dahinfließende, stinkende Kloake. Sie folgte dem Uferweg am Fluss und betrachtete die Leute. Kinder spielten, junge Leute flanierten. Sie musste ein paarmal nach dem Weg fragen.

Die Häuser in Johannes' Straße waren niedrig. Sie schüttelte den Staub aus ihrem Unterrock und strich dann ihren Rock glatt. Eine ältere Frau mit grauen Zöpfen wies ihr den Weg zur Treppe, die ins Dachgeschoss führte. Diese war schmal und steil, und der Speicher war mit Gerümpel und warmer, stickiger Luft angefüllt. Auf der einen Giebelseite lag eine Kammer, deren Tür geschlossen war. Sie legte das Ohr an die Tür und lauschte, aber auch nachdem sie geklopft hatte, blieb es still. Sie öffnete.

Sie erstarrte, als sie Johannes sah. Mit eingesunkenen Wangen und grau im Gesicht lag er im Bett. War er etwa tot? Sie schüttelte ihn. »Johannes?« Langsam öffnete er die Augen und starrte sie an. »Anna?«

»Was ist mit dir los, Johannes? Bist du krank?«

Ein heftiger Hustenanfall schüttelte ihn. Dann rang er nach Luft.

»Johannes, verdammt, das klingt ja schrecklich!«

»Ach was! Das ist nur ein Husten. Der verschwindet bald wieder.«

»Wie lang geht das schon so?«

»Ein paar Tage nur.«

»Du weißt sehr gut, was dieser Husten bedeuten kann«, fuhr Anna fort.

»Natürlich, aber ich huste kein Blut, sonst …« Er zog sich die Decke bis unters Kinn. Es war brütend heiß und stickig.

»Sonst was?«

»Nichts.«

Sie legte ihre Hand auf seine Stirn. »Du hast Fieber, Johannes, wir müssen sofort einen Arzt für dich finden.«

Er antwortete nicht, sondern schloss wieder die Augen.

»Weißt du, wo es einen Arzt gibt?«

Matt schüttelte er den Kopf.

Schnell lief sie die schmale Treppe hinunter und suchte die Frau mit den grauen Zöpfen. »Haben Sie Geld?«, fragte diese, nachdem sie Anna erklärt hatte, wo der Doktor wohnte.

Anna nickte, obwohl sie nicht wusste, ob es reichen würde, da sie nur einen Teil des Eiergeldes mitgenommen hatte.

Der Doktor war korpulent. Schwitzend und laut stöhnend, stieg er die Treppe zur Bodenkammer hinauf. In der Tür blieb er stehen. »Ich muss Sie bitten, das Fenster zu öffnen.« Dann stellte er seine Tasche ab und begann Johannes zu untersuchen. Anna blieb am offenen Fenster stehen. Die Zeit stand still, und sie hatte das Gefühl, dass der Arzt unentwegt dieselbe Bewegung ausführte. Sie versuchte, ihn nicht anzusehen, und blickte zu Boden. Ein Tischbein war abgebrochen und mit einem Seil geflickt worden. Endlich erhob sich der Arzt, packte seine Sachen zusammen und schrieb dann etwas auf ein Stück Papier. »Das klingt nach einer Lungenentzündung«, sagte er. »Ich verordne Bettruhe und schreibe Hustentropfen auf. Viel mehr kann man nicht machen.« Er hielt inne, als würde er überlegen. »Wo arbeiten Sie?«

»In der Gießerei unten am …«

»Diese Arbeit strapaziert die Lungen«, unterbrach ihn der Arzt.

»Wie meinen Sie das?«, fragte Anna.

»So, wie ich es sage. In den kleinen Gießereien ist die Luft schlecht. Ich treffe immer wieder auf Arbeiter mit angegriffenen Lungen.«

Dann war er weg.

Johannes lag mit geschlossenen Augen da. »Woher wusstest du, dass ich krank bin, Anna, und dass du heute kommen musst?«

»Das wusste ich nicht, aber du hast ja nicht geschrieben.«

»Hast du den Brief denn nicht bekommen?«

»Doch, aber das ist schon lange her.«

»Du musst entschuldigen, ich wollte schreiben, ich weiß nur nicht, was dann passiert ist. Die Arbeit ist hart, ich hatte nicht einmal mehr die Kraft, sonntags in die Kirche zu gehen. Der Meister ist ein richtiger Teufel.«

Seine heisere Stimme bekümmerte sie. »Aber es geht doch nicht, dass du eine Arbeit hast, wo die Luft schlecht ist und du krank wirst.«

»Du hast gut reden. Das war die einzige Arbeit, die ich kriegen konnte.«

»Und wie ist der Lohn?«

»Lausig. Wir haben schon einmal gestreikt, aber das funktioniert nicht, denn sie feuern uns einfach. Es gibt genug Leute, die für einen mageren Lohn arbeiten wollen. Es ist fast unmöglich, Geld auf die Seite zu legen. Und die Arbeit ist furchtbar. Es ist fürchterlich warm, und die Luft ist so, wie ich mir die Hölle vorstelle, voller Schwefel und Rauch.« Ein neuer Hustenanfall unterbrach seine Rede.

Sie nahm das Brot aus ihrem Korb und schnitt ein paar Scheiben ab. Die Butter war weich geworden, und das braune Papier, in das sie verpackt war, hatte große Fettflecken.

»Hast du gegessen?«

»Meine Vermieterin hat mir Suppe gebracht, aber ich habe keinen Hunger.«

Sie reichte ihm eine Brotscheibe. »Du musst essen.«

Er nahm das Brot, biss aber nicht ab. »Von Arbeitszeiten hält der Meister nichts, doch bald hat das alles ein Ende.«

»Was meinst du? Kommst du dann wieder nach Hause?«

»Wenn ich wieder gesund bin, gehe ich nach Kopenhagen.«

»Kopenhagen? Warum so weit weg?«

»Erinnerst du dich an den dicken Ejner?«

»Ja. Was ist mit ihm?«

»Ich bin ihm hier in Vejle begegnet. Er ist bei einer anderen Gießerei angestellt und kennt jemanden, der bei einer großen Gießerei in Kopenhagen arbeitet, bei Burmeister & Wain. Das ist die größte Gießerei Dänemarks, sagt er. Dort ist der Ton ein anderer, vom Lohn ganz zu schweigen. Es gibt feste Arbeitszeiten und einen ordentlichen Lohn, und die Arbeiter sind organisiert. Sie müssen sich nicht mit allem abfinden.«

»Kann man in einer solchen Fabrik Arbeit finden?«

»Ejner meint schon. Wenn man Erfahrung hat.«

»Aber Kopenhagen, Johannes … über diese Stadt hat man ja so viel Schlimmes gehört. Und es ist wieder eine Gießerei. Du hast doch gehört, was der Doktor gesagt hat.«

»Ich weiß, dass es hart wird. Aber es ist eine sehr große Fabrik, es kann dort keinesfalls so beengt sein wie hier in Vejle. Hier entkommt man dem Rauch einfach nicht. Nur in Kopenhagen kann ich genug Geld für einen Hof sparen.«

»Bist du dir sicher?«

»Ich sehe keine andere Möglichkeit. Ich hatte vor, dir aus Kopenhagen zu schreiben.« Johannes stand der Schweiß auf der Stirn. Anna tupfte ihn vorsichtig mit ihrem Taschentuch ab und nahm die Brotscheibe von der Decke. Wenig später schlief er ein. Sie setzte sich an den Tisch und aß eine Kleinigkeit. Nicht alle überlebten eine Lungenentzündung. Falls Johannes starb, war das ihre Schuld. Sie legte ihr Gesicht in die Hände. Alles war viel schlimmer, als sie gedacht hatte. Sie würde es sich nie verzeihen, wenn er … Sie musste mit Peder sprechen, sobald sie wieder zu Hause war. Sie konnte ihm erklären, wie schlimm es war, und vielleicht würde er Johannes einen Kredit geben. Nur für eine kleine Häuslerkate. Nach der ersten Ernte würde Johannes anfangen können, den Kredit abzubezahlen. Sie würde nach Vejle gehen und sich dort eine Arbeit suchen, um Johannes zu helfen.

Draußen war es dunkel. Sie zündete die Kerze nicht an, sondern blieb im Dunkeln sitzen. Als sie zu müde war, um aufrecht sitzen zu bleiben, legte sie sich mit Johannes' Pullover unter dem Kopf auf den Fußboden. Sie schlief unruhig. Der Boden war hart, und sie lauschte immer wieder auf Johannes' unregelmäßige Atemzüge.

Am Morgen ging sie in die Apotheke und kaufte die Tropfen, die der Doktor verschrieben hatte. Als sie zurückkam, war Johannes wach, und sie überredete ihn, ein kleines Stück Brot zu essen. Ob sich sein Zustand verbessert hatte, ließ sich nicht feststellen. Sie nahm die Tüten mit den Dörräpfeln und klopfte bei der Frau im Erdgeschoss an. »Ich muss leider nach Hause, um etwas Wichtiges zu erledigen. Könnten Sie mich benachrichtigen, falls es meinem Bruder schlechter geht?« Die Frau nickte und nahm die Äpfel in Empfang.

20

Uldum, Montag, den 29. September

Die Postkutsche war von dichtem Pfeifenqualm erfüllt, ein Säugling schrie. Anna schloss die Augen und versuchte zu schlafen, aber das gelang ihr nicht. Am Vorabend war es ihr noch so einfach erschienen, Peder um einen Kredit für Johannes zu bitten. Jetzt war sie sich nicht mehr so sicher. Sie zerbrach sich den Kopf über eine andere Lösung, doch es fiel ihr nichts ein, außer vielleicht, Peder zu heiraten – ein unerträglicher Gedanke. Aber sie brauchte das Geld, und es musste schnell gehen, wenn sie Johannes nicht verlieren wollte.

Als sie in Uldum aus der Kutsche stieg, trieben dunkle Wolken über den Ort. Voller Sorge nahm sie den direkten Weg zum Voldstedhof. Die ersten Tropfen fielen, als sie die Landstraße erreichte. Ein schwerer Herbstregen. Es gab keine Bäume, die Schutz geboten hätten, aber das war gut. Sie hielt inne, drehte ihr Gesicht nach oben und schloss die Augen. Das Wasser lief ihren Hals hinunter und in ihre Kleider. Sie ließ den Regen eine Weile über sich hinwegspülen, dann setzte sie ihren Weg zum Voldstedhof fort. Je schwerer ihre Röcke wurden, desto mehr hatte sie das Gefühl, nur mit Gewalt vom Fleck zu kommen. Der Hofplatz war bis auf den laut bellenden Hund leer. Die Küchenmagd öffnete ihr.

»Ist Peder … zu Hause?«

Das Mädchen musterte Anna kritisch. »Ich glaube schon.«

»Ich möchte mit ihm sprechen. Teile ihm bitte mit, dass Anna gekommen ist.«

Die Magd nickte. »Warte hier, ich habe in der Stube gerade den Boden geputzt.«

Anna trat in die Diele mit dem Steinfußboden. Um ihre Stiefel bildete sich langsam eine Pfütze. Eine Ewigkeit schien zu verstreichen, bis er endlich erschien. Er betrachtete sie einen Augenblick und fragte dann: »Guten Tag, Anna, ist was passiert?«

»Ich muss mit dir reden, Peder.«

»Und worum geht es?«

Die Tür zur Stube stand offen, und die Magd tat so, als staubte sie etwas ab.

»Können wir unter vier Augen reden?«, fragte Anna.

Peder zögerte einen Augenblick, führte sie dann aber in ein kleines Zimmer, das der Stube gegenüberlag. Hier standen ein Schreibtisch und ein paar Lehnstühle.

»Warte«, sagte er und holte einen Küchenstuhl. Er selbst nahm am Schreibtisch Platz. Die Kleider klebten ihr am Leib, und sie fühlte sich unwohl.

»Wie geht es deiner Schwester?« Ihre Stimme klang fremd und seltsam heiser.

Er lehnte sich zurück. »Warum willst du das wissen?«

Sie verzichtete auf jede Art von Höflichkeit. »Ich komme gerade aus Vejle. Dort arbeitet Johannes. Es geht ihm nicht gut.«

»Ist er krank?«

»Ja. Seine Lungen verkraften die Arbeit in der Gießerei nicht.«

»Ach? Johannes ist doch ein kräftiger Bursche.« Verhöhnte er sie?

»Ja. Hier auf dem Land in der guten Luft ist er stark«, antwortete sie.

»Dass es ihm schlecht geht, hat also etwas mit der Luft zu tun?«, wollte er wissen.

»Ja. Es liegt am Rauch in der Gießerei.«

»Und warum erzählst du mir das, Anna?«

»Dir geht es doch gut, Peder, weil du ein tüchtiger Bauer bist. Das wäre Johannes auch, wenn man ihm nur die Möglichkeit gäbe.«

»Tüchtige Knechte kann ich immer gebrauchen.«

»So habe ich das nicht gemeint. Johannes hat einen eigenen Hof oder meinetwegen auch nur eine Häuslerkate verdient. Er würde schon dafür sorgen, dass er etwas daraus macht. Du weißt, wie gut er sich auf Tiere versteht. Hat er nicht auch mal ein Pferd für dich eingeritten?«

Peder schaute aus dem Fenster. Der Regen lief an der Fensterscheibe hinunter.

»Deswegen wollte ich dich um einen kleineren Kredit bitten, damit …«

»Du willst Geld leihen?«, unterbrach er sie. »Weißt du eigentlich, was du da verlangst? Erst weist du mein Angebot zurück, und dann erdreistest du dich, vollkommen durchnässt und schmutzig hier anzukommen und um Geld für einen Hof für deinen Bruder zu bitten. Es stimmt, dass er mir mit einem Pferd geholfen hat, aber dafür habe ich ihn bezahlt. Ich bleibe niemandem etwas schuldig.«

»Das weiß ich sehr gut. Entschuldige. Ich gehe jetzt.« Sie erhob sich. Peder blieb schweigend sitzen, ohne sie anzusehen. In der Tür drehte sie sich um und fragte: »Und wenn wir verheiratet wären? Würdest du Johannes dann Geld geben?«

Es verging einige Zeit. Dann sagte er: »Natürlich. Dann wäre Johannes ja mein Schwager.«

»Willst du mich denn immer noch heiraten?«

Er antwortete nicht. Dann schaute er sie endlich an. »Allerdings.«

»Dann möchte ich gerne annehmen.« Die Worte sprangen wie kleine, eklige Kröten über ihre Lippen. Anschließend stand alles still, und das Zimmer wirkte auf einmal kleiner und kälter.

»Du nimmst mich also wegen meines Geldes?«, fragte er leise.

»Ist das nicht Grund genug?«

»Ich hatte gehofft, dass du …«

»Vielleicht kommt das mit der Zeit«, unterbrach sie ihn.

»Ich hatte mir das alles anders vorgestellt, Anna, aber ich will dich gerne heiraten.« Er stand auf und kam strahlend auf sie zu. »Du meinst es also ernst?«

Sie nickte, vermied es jedoch, ihm in die Augen zu schauen.

»Schlaf noch einmal darüber und gib mir morgen Bescheid. Ich will, dass du dir ganz sicher bist.«

»Das ist nicht nötig. Ich habe mich entschieden.« Plötzlich fror sie und musste sich anstrengen, die Worte über die Lippen zu bringen. »Wir müssen dem Pfarrer wegen des ersten Aufgebots am Sonntag Bescheid geben.«

Er wollte ihr die Hand reichen, hielt dann aber mitten in der Bewegung inne. »Nein. So schnell darf es nicht gehen. Wir müssen uns erst kennenlernen.«

»Dafür ist, wenn wir verheiratet sind, noch sehr viel Zeit.«

»Durchaus, aber das ist die falsche Reihenfolge. Ich will mir sicher sein können, dass du mich wirklich willst. Unsere Hochzeit wird eine Sommerhochzeit, aber wir können uns natürlich vorher verloben.«

»Und der Kredit für Johannes?«

»Wenn wir dann verheiratet sind«, antwortete er.

»Ich bitte dich, Peder. Kommt nicht auch eine Winterhochzeit infrage? Dann hätte ich das ganze Frühjahr Zeit, den Hof kennenzulernen.«

Er nagte an seiner fleischigen Unterlippe. Sie schaute auf die blank gescheuerten Dielen, auf denen sie schmutzige Fußspuren hinterlassen hatte.

»Früher als März kommt für mich nicht infrage. Ich bitte den Pfarrer, das erste Aufgebot am letzten Sonntag im Februar zu verlesen.« Er nahm ihre Hand, führte sie an die Lippen und küsste sie vorsichtig. »Du hast kalte Hände. Warte, ich sage einem Knecht Bescheid, dass er dich nach Hause fährt.«

Anna wurde schwarz vor Augen, als sie wieder Platz nahm. Im Zimmer herrschte Stille, nur das leise Klappern ihrer Zähne war zu hören. Wenig später kam Peder zurück und legte ihr eine Hand auf die Schulter. »Niels spannt jetzt an.« Er trat hinter den Schreibtisch und machte Anstalten, sich wieder zu setzen, überlegte es sich dann aber anders und stellte sich ans Fenster. »Du wolltest wissen, wie es Helga geht.«

»Und?«

»Leider nicht so gut, sie wird immer schwächer und sehnt sich jetzt nur noch nach der Erlösung.«

»Erlösung?«

»Ja, danach, mit ihrem Herrn vereint zu werden.«

Es regnete immer noch, und Peder reichte ihr einen Schirm, als sie auf das Fuhrwerk kletterte, das vorgefahren war.

»Komm Samstag zum Abendessen. Dann kannst du Helga treffen«, sagte er.

Der Regen schlug ihr ins Gesicht, als der Wagen anfuhr, aber das spielte keine Rolle. Ihr Kopf war ein Klumpen gefrorenen Torfs, der keine Gedanken enthielt, nur eisigen Schlamm und Moorwasser.

»Bist du nicht Anna, die Freundin von Erik?«, fragte der Knecht.

Sie hörte die Frage, aber wie der Regen vor der Fensterscheibe von Peders Kontor drang sie nicht zu ihr durch. Der Mann drehte den Kopf zu ihr um und sah sie an. »Bist du inzwischen zu fein, um dich mit einem einfachen Knecht zu unterhalten?«

»Nein.«

»Dann kannst du mir vielleicht erzählen, was aus Erik geworden ist, nachdem sie ihn rausgeworfen haben?«

»Er … Nein, keine Ahnung.«

»Dann ist er möglicherweise schon drüben in Amerika.«

Sie reichte dem Knecht den Schirm, als sie zu Hause vom Wagen stieg. Er legte ihn neben sich auf den Kutschbock und schnäuzte sich. Der Schnodder traf neben Anna auf die Pflastersteine. Sie verstand ihn gut. Mehr war sie nicht wert. Ihr Vater kam an die Tür. Sie sah, dass er etwas sagen wollte, dann aber schwieg, als er den Wagen vom Voldstedhof bemerkte. Sie ging an ihm vorbei durch Diele und Küche in ihre Kammer. Dort legte sie den Riegel vor. Mit klammen Fingern knöpfte sie ihr Mieder auf und hängte es über die Stuhllehne. Dann schnürte sie ihre Stiefel auf und zog ihren Unterrock aus. Wenig später hörte sie, dass ihr Vater mit seinem Stock in der Küche herumging. »Anna«, rief er und klopfte. »Was soll das heißen? Warum haben sie dich vom Voldstedhof nach Hause gefahren? Wo warst du überhaupt gestern Nacht?«

Sie stand erst im Lauf des Nachmittags auf. Ihr war nicht mehr kalt, aber in ihrem Kopf herrschte dichter Nebel, der sie daran hinderte, einen klaren Gedanken zu fassen. Sie legte ihre schmutzigen Kleider in den Waschkessel und nahm saubere aus ihrer Truhe. Anschließend machte sie Feuer und kochte Kaffee. Sie trank mit kleinen Schlucken und starrte ins Leere. Als sie ausgetrunken hatte, ging sie in die Speisekammer. Sie betrachtete die halb leeren Regale. Dann fielen ihr die Hühner ein, und sie ging mit dem Korb rasch nach draußen. Die Hühner waren weder draußen gewesen, noch hatte ihnen jemand Futter gegeben. Sie gab ihnen zu fressen und ließ sie ins Freie. Anschließend sammelte sie die Eier ein. Den Korb stellte sie auf den Küchentisch und setzte sich. Eigentlich hätte sie die meisten Eier an den Krämer verkauft, aber das Eiergeld war plötzlich bedeutungslos. Wenn Johannes nur bis März durchhielt. Ein stechender Schmerz arbeitete sich von ihrem Nacken hoch und legte sich hinter ihre Stirn. Sie stand auf, nahm eine Schale und setzte sich wieder und betrachtete den Boden. Harald war offenbar am Vorabend mit Stiefeln in die Küche gekommen. Sie musste fegen, ließ es aber sein. Langsam begann sie die Eier aufzuschlagen, hielt dann aber mitten in der Bewegung inne, und ein Ei fiel zu Boden. Sie sah Johannes vor sich, auf unsicheren Beinen auf dem Weg zum Bahnhof in Vejle. Plötzlich befürchtete sie, dass er sich trotz seiner Krankheit einfach auf den Weg nach Kopenhagen machen könnte. Sie musste ihm sofort einen Brief schicken, dass sie Peder heiraten würde.

21

Uldum, Samstag, den 4. Oktober

Langsam zog sie ihre schönen Wollstrümpfe an. Sie hatten ihrer Mutter gehört und waren aus dünnem weißem Garn. Sie trug sie nur an Feiertagen und an kalten Sonntagen. Heute war kein Feiertag, aber es war Samstag, und sie hatte Peder versprochen, zum Abendessen zu kommen. Das Sonntagskleid hing frisch gewaschen und gebügelt über der Stuhllehne. Ihr Nacken spannte, seit sie aufgestanden war. Johannes hatte ihren Brief nicht beantwortet, aber auch von seiner Vermieterin war kein Telegramm gekommen. Vielleicht war er ja inzwischen gesund und in Kopenhagen, und ihr Brief hatte ihn nicht erreicht. Sie knöpfte ihr Mieder zu und zog es glatt. Es saß lockerer als sonst. Sie betrachtete sich im Spiegel, wandte den Blick dann aber rasch ab. Ihr Haar steckte sie hoch. Sie hatte aufgehört, es zu flechten.

»Sag doch Peder, dass es dir recht wäre, wenn Vater dort aufs Altenteil käme.« Harald war eingetreten und setzte sich auf einen Küchenstuhl.

»Und warum sollte ich das tun?«

»Weil ich es sage. Es ist doch klar, dass ich ihn hier nicht haben kann, ich muss ja eine Magd einstellen, wenn du weggehst.«

»In der Speisekammer gibt es Brot und Heringe, und auf dem Herd steht auch noch Soße.« Sie knöpfte ihre Wolljacke zu und legte den Strauß in ihren Korb, überlegte es sich dann aber anders. Der kleine Strauß getrockneter Lavendel aus ihrem Garten wirkte in dem Korb armselig. Sie stellte den Korb weg und nahm den Strauß in die Hand. Harald betrachtete sie.

»Soll ich anspannen?«, fragte er.

»Nein. Ich gehe zu Fuß.«

Trotzdem begleitete er sie bis vors Haus. Die letzten Strahlen der Sonne warfen einen warmen Schein auf die Weiden und die schmalen roten und gelbbraunen Blätter der Vogelbeerbäume. *Ein Nachmittag wie gemacht, um den Menschen zu erfreuen, nur eben nicht sie, Anna.* Regen hätte besser gepasst. Die Hand, mit der sie den Strauß hielt, war feucht, und sie hätte den Lavendel am liebsten in den Straßengraben geworfen. *Sicher wuchs im Garten des Voldstedhofs mehr und schönerer Lavendel. Aber sie konnte ja schlecht mit leeren Händen kommen, und was hatte sie sonst zu bieten?* Nichts, was es auf dem Voldstedhof nicht schon gab. Tief in ihrem Inneren widerstrebte ihr der Besuch sehr.

In der Allee beschleunigte sie ihre Schritte. Sie musste sich auf Johannes und den Hof, den er kaufen wollte, konzentrieren. Sie versuchte, sich einen kleinen Hof mit Weide und Pferden auszumalen. Vielen Pferden. Dann stand sie auf dem großen Vorplatz des Voldstedhofs. Der Hund bellte und zerrte an seiner Kette. Aus dem Stall trat der Knecht, der sie beim letzten Mal nach Hause gefahren hatte, starrte sie einen Augenblick an, grüßte aber nicht. Dann kehrte er in den Stall zurück. In diesem Augenblick öffnete Peder die Haustür. »Willkommen, Anna. Tritt ein und sag Helga Guten Tag. Dann bitte ich das Mädchen, das Essen aufzutragen.« Peder führte Anna in die Stube mit den Plüschmöbeln. Auf dem Stuhl, auf dem sie selbst an jenem fürchterlichen Abend Platz genommen hatte, saß Helga, in eine große graue Decke gehüllt. Ihr Gesicht hatte eine gelbliche Farbe angenommen, und die Haut spannte über Nase und Wangenknochen. Ihr Kleid war dasselbe strenge schwarze, hochgeschlossene und vollkommen schmucklose, das Anna auch schon früher an ihr gesehen hatte. Helga nickte, aber ihr Gesicht blieb ausdruckslos, als sie Anna die Hand reichte. Anna ertappte sich dabei, knicksen zu wollen, *doch warum eigentlich?*

Stattdessen gab sie ihr nur die Hand und reichte ihr dann den Strauß. Schweigend nahm Helga den Lavendel entgegen und roch lange daran. Schließlich legte sie ihn in ihren Schoß und bedeutete Anna, auf dem Sofa Platz zu nehmen. Mit ihren Fingern strich sie über das hellblaue Band, mit dem der Strauß zusammengehalten wurde. »Es ist lieb von dir, mir eine der schönen Gaben Gottes mitzubringen.« Mit den Fingern zerrieb sie eine der kleinen blauen Blüten und atmete dann den Duft ein. Anna saß angespannt auf dem Sofa und suchte verzweifelt nach Worten. Helgas Freundlichkeit überraschte sie, und sie suchte nach einer passenden Entgegnung. »Wusstest du, dass meine Mutter diese Decke geklöppelt hat?« Kaum hatte sie die Worte ausgesprochen, da wusste sie bereits, dass es die falschen gewesen waren. Der freundliche Augenblick war vorüber. Helga beugte sich vor, legte den Strauß auf den Tisch und sagte dann: »Natürlich weiß ich das.«

Durch die Tür zum Esszimmer sah Anna, wie das Mädchen das Essen auf den Tisch stellte. Peder half Helga beim Aufstehen und nickte Anna zu. »Es ist aufgetragen.«

Helga bewegte sich wie eine alte Frau, gebeugt und mit unsicheren Schritten. Der Tisch war groß, und sie saßen weit voneinander entfernt. Ob sie auch hier aßen, wenn sie nur zu zweit waren? Auf dem Tisch stand eine Karaffe mit Wasser. Sonst war es üblich, Bier zum Abendessen zu trinken, besonders an einem Samstag, wenn man Gäste hatte. Aber vielleicht betrachteten sie sie nicht als Gast, sondern bereits als Teil der Familie. Schließlich würde sie im März bei ihnen einziehen.

»Willst du?«, sagte Peder zu Helga, und diese nickte.

»Alle guten Gaben sind uns von Gott beschert. Danke Gott für all deine Liebe. Amen.«

Peder erhob sich und nahm den Deckel von der geblümten Suppenschüssel. Er servierte erst Anna, dann Helga. Es war eine kräftige Fleischbrühe mit Fleischstücken, Möhren und Erbsen.

»Eine sehr gute Suppe«, sagte Anna.

Weder Helga noch Peder entgegneten etwas. Abgesehen vom Klappern der Löffel auf den Tellern und dem Ticken der Uhr, war es vollkommen still. Auch als die Magd den nächsten Gang auftrug, blieb es still. Helga hatte nur wenige Löffel Suppe zu sich genommen. Sie saß sehr aufrecht da. Auf ihrer Stirn stand der Schweiß. Die Magd legte eine Kartoffel und ein kleines Stück Fisch auf ihren Teller. Der Fisch war sehr gut und mit einer Sahnesoße zubereitet, aber die Stille verdarb Anna den Appetit. Helga war deutlich anzumerken, wie sehr sie das Sitzen und Essen anstrengten. Anna brachte kaum einen Bissen hinunter. Peder, der nichts zu merken schien, aß mit gesundem Appetit. Er schmatzte zwar nicht wie ihr Vater, kaute aber hörbar. Ein effizientes Geräusch. So war er eben. Seine Wangen bewegten sich beim Schlucken wie kleine Blasebälge. *Am besten war es, den Blick abzuwenden, wenn er aß. Ganz einfach.* Helga hatte jetzt nicht nur Schweißperlen auf der Stirn, sondern auch auf dem Nasenrücken. Sie ließ ihren Kopf hängen, und in einem Mundwinkel klebte ein kleiner Speiserest.

»Helga, darf ich dir helfen?« Anna stand auf und ging auf Helgas Stuhl zu.

»Wir sind noch nicht fertig. Es gibt noch Nachtisch«, erwiderte Helga, ohne Anna anzusehen.

Anna zögerte einen Augenblick. »Den kann ich dir bringen. Ich glaube, du solltest dich jetzt hinlegen.«

»Nein danke, mir geht es ausgezeichnet.«

Anna setzte sich wieder. Ihr Magen verkrampfte sich bei dem Gedanken daran, wie es sein würde, in diesem Haus zu leben. Dann schob sie ihn schnell von sich.

Die Magd brachte eine Schale Apfelmus und eine Kanne

Sahne. Sie schaute Helga an, und diese nickte. Die Magd machte einen Knicks und ging wieder. Peder schob die Schale mit dem Mus in Annas Richtung. »Fang bitte an.«

Anders als die anderen Speisen nahm man sich von dem Dessert offenbar selbst. Als Helga an der Reihe war, zitterte ihre Hand sehr stark. Anna unterdrückte den Impuls, ihr den Löffel aus der Hand zu nehmen, und konzentrierte sich auf ihren eigenen Teller. Das Mus war mit einer Vanillestange gekocht und wies kleine schwarze Körner auf. Aber was half das gute und reichliche Essen, wenn man mit dem Tod am Tisch saß?

Endlich war die Mahlzeit überstanden. Peder erhob sich und bot Helga seinen Arm. »Ich bin gleich zurück, nimm nur in der Stube Platz, Anna.«

Anna setzte sich aufs Sofa, auf dem sie schon zuvor gesessen hatte. Durch die offene Tür sah sie, wie die Magd den Tisch abräumte. Sie war in ihrem Alter, hatte ein kleines, rundes Gesicht, und eine Krümmung der Lippen erweckte den Eindruck, als lächelte sie immer ein wenig, was aber täuschte. Anna wäre gerne aufgestanden, um ihr zu helfen. Sie hätten Freundinnen sein und über alles Mögliche sprechen können, auch über Helga, doch das würde natürlich nie geschehen. Wenig später kam Peder zurück und setzte sich auf den Lehnstuhl. »Der Kaffee kommt gleich«, sagte er.

»Wieso wollte Helga nicht, dass ich ihr helfe?«, fragte Anna.

Peder überlegte und sagte dann: »Für sie ist es wichtig, allein zurechtzukommen. Ihr Glaube ist stark, und die Pflicht ist wichtiger als das Körperliche.«

»Was für eine Pflicht?«

In diesem Augenblick erschien das Mädchen mit dem Kaffee und unterbrach die Unterhaltung. Peder nahm sich ein Plätzchen. *Worüber sollte sie sich mit ihrem zukünftigen Mann unterhalten? Bei Erik hatte sich diese Frage nie gestellt. Die Unterhaltungen waren immer ganz ungezwungen abgelaufen. Aber an Erik durfte sie nicht mehr denken.*

»Du weißt, dass meine Mutter auch an der Schwindsucht gestorben ist? Ich habe sie in der letzten langen Zeit gepflegt. Wenn wir bald heiraten würden, dann könnte ich Helga pflegen. Denn jetzt geht es nur noch in eine Richtung. Bald wird sie nicht mehr aufstehen können, dann wäre es ganz natürlich, dass ich sie pflege.«

»Nur Gott weiß, wie es gehen wird.«

»Das stimmt. Aber ich finde, dass er deutlich zum Ausdruck gebracht hat, was bevorsteht.«

»Ich ziehe es vor, an einer Märzhochzeit festzuhalten. Probier ein Plätzchen. Die sind von unserer neuen Köchin, die backt sehr gut.«

Anna kostete einen Keks. Er war mürbe und schmeckte nach Butter und Vanille. Nach dem üppigen Essen fühlte sie sich übersatt und aufgebläht. Erneut sann sie über ein Gesprächsthema nach, aber ihr Kopf war wie schon bei ihrem letzten Besuch auf dem Voldstedhof wie eingefroren. *Machte das Schweigen Peder nicht zu schaffen?* Er stopfte seine Pfeife. Als sie brannte, blies er große Rauchwolken ins Zimmer.

»Danke für das gute Essen. Ich muss mich wohl jetzt auf den Heimweg machen«, brachte Anna endlich über die Lippen.

»Schon?«

»Die Hühner müssen in den Stall, und ich habe keine Hilfe beim Melken.«

»Natürlich, du hast Verpflichtungen. Möchtest du dich von Helga verabschieden?«

»Ich will sie nicht stören, jetzt, wo sie sich endlich hinlegen durfte.«

»Du wirst sie nicht stören.«

Er erhob sich, und sie folgte ihm den Gang entlang, an dessen

Ende er eine Tür öffnete. Helga lag auf einem Kissenberg im Bett. Eine Petroleumlampe brannte, und der Widerschein ließ ihr Gesicht noch bleicher und gelblicher erscheinen. Peder begleitete sie nicht ins Zimmer, sondern kehrte gleich wieder um. Die Luft war stickig, und das Atemholen schmerzte.

»Ich wollte mich nur für den Abend bedanken«, sagte Anna.

Helga wandte ihr langsam ihr Gesicht zu. »Setz dich.«

Am liebsten hätte Anna das Zimmer sofort wieder verlassen, trotzdem setzte sie sich auf den Stuhl neben dem Bett.

»Bevor du gehst, musst du ein Mannakorn ziehen.« Helga zog eine magere Hand unter der Decke hervor und deutete auf ein Porzellangefäß mit Deckel auf dem Nachttisch. Anna hob den Deckel an und nahm einen Zettel heraus.

»Und? Welches Wort will Gott dir auf den Weg mitgeben?«, fragte Helga.

Anna las den Bibelspruch auf dem Zettel: »Lasset das Wort Christi unter euch reichlich wohnen.«

Helga lächelte. »Er sei gesegnet, dass er dir diese Botschaft in deiner schweren Lage überbringt.«

»Wie meinst du das?«, fragte Anna.

»Ich weiß, dass du meinen Bruder nicht liebst, aber deine Taten ehren dich. Gott wird dich mit milden Augen betrachten.« Dann drehte sie ihr Gesicht weg, und Anna verstand, dass es Zeit zum Gehen war.

Peder stand hinter der Tür auf dem Gang, als hätte er gelauscht. »Geh noch nicht. Ich will dir noch etwas zeigen«, sagte er und führte sie in die Küche. Dort stellte er sich neben den Herd. »Na, was sagst du dazu, das Kochen wird doch eine richtige Freude.«

Sie wollte ihn nicht mit der Enthüllung enttäuschen, dass sie den Herd bereits gesehen hatte. Aber noch ehe sie die richtigen Worte gefunden hatte, umarmte er sie.

»Nein, Peder!« Sie wollte sich befreien. »Wir sind doch noch nicht einmal verlobt!« Doch er drückte sich noch fester an sie, und sie spürte sein steifes Glied an ihrem Po. »Lass los!« Dann spürte sie seine nassen Lippen in ihrem Gesicht. Er überschüttete sie mit Küssen, während er ihren Unterrock hochzog. Sie trat ihm mit dem Absatz ihres Stiefels gegen das Schienbein, und er krümmte sich vor Schmerzen, ließ sie aber nicht los, sondern hielt sie nur noch fester. Seine Atemzüge beschleunigten sich. Er stöhnte. Dann stieß er sie vor sich her den Gang entlang ins Schlafzimmer. Er drückte sie gegen den Türrahmen und hatte jetzt seine Hand ganz unter ihre Röcke geschoben. Sie versuchte, sich aus seinem Griff zu befreien.

»Willst du, noch ehe wir verheiratet sind, Schande über uns bringen? Soll unser Erstgeborener unehelich zur Welt kommen?«, fauchte sie. Seine grabschende Hand hielt inne, dann schob er Anna von sich.

Im Nu war sie vor dem Haus und ging, so rasch sie konnte, die Allee entlang, während sie sich ihr Gesicht mit dem Ärmel abwischte.

Zu Hause wusch sie ihr Gesicht mit Seifenlauge und spülte sich den Mund gründlich mit Wasser aus. Dann zündete sie in ihrer Kammer eine Kerze an und begann, sich auszuziehen. Plötzlich erblickte sie sich im Spiegel. Eigentlich sah sie aus wie immer, nur eine Wange war bleich, die andere hochrot. Aber sie hatte sich verändert, in ihrem Inneren war etwas Hässliches entstanden. Sie spuckte ihr Spiegelbild an, betrachtete einen Augenblick die Spucke, die den Spiegel hinunterlief, und blies dann die Kerze aus.

22

Uldum, Donnerstag, den 5. März 1885

In der Nacht hatte es gefroren. Der Winter war früh angebrochen, hatte bereits Ende Oktober seinen Höhepunkt erreicht und wollte, obwohl es bereits März war, einfach nicht lockerlassen. Anna zog ihren Mantel enger. Der Schnee lag schmutzig auf dem Weg, denn das Wetter musste erst einmal umschlagen, damit er verschwand.

Sie fischte den Verlobungsring aus der Tasche, zog dann die Handschuhe aus und streifte ihn über den Finger, als sie die Allee zum Voldstedhof hochging. Obwohl sie sich bereits vor Weihnachten verlobt hatten, fühlte er sich an ihrem Finger immer noch unangenehm an. Als erinnerte er sie an die Dinge, die da kommen würden. Die Verlobung hatten sie in aller Stille gefeiert, ihr Vater und Harald waren jedoch zum Essen auf den Voldstedhof eingeladen worden. Der Vater hatte vor Peder gekatzbuckelt und ihm unendlich nach dem Mund geredet. Sie selbst hatte den ganzen Abend nur geschwiegen und den Geruch ihres Vaters in der Nase gehabt. Nicht seinen schlechten Atem, aber seine offenen Beine, die nicht verheilen wollten. Sie stanken furchtbar, und es war ihre Aufgabe, sie zu verbinden.

Und Johannes hatte sich nur ein einziges Mal gemeldet. Es war fast nicht zum Aushalten. Ein paar Zeilen auf einer Postkarte, er sei in Kopenhagen eingetroffen. Adresse gab es keine, sie konnte ihm also nicht mitteilen, dass er bald einen Kredit bekommen werde. Die Hochzeit sollte in dreiundzwanzig Tagen stattfinden.

Auf dem Hofplatz stand einer der Knechte und lud Mist von einem Wagen.

»Ist Herr Peder zu Hause?«, fragte Anna.

»Er ist nach Vejle gefahren.«

Erleichtert betrat sie das Haus. Sie hörte die Mägde in der Küche und ging den Gang entlang. Helga lag im Sterben, und Anna saß oft an ihrem Bett. Sie tat es nicht besonders gerne, und es hatte sie auch niemand darum gebeten. Aber es war wie ein innerer Zwang. Das samstägliche Essen mit Peder konnte sie nicht umgehen, schließlich durfte kein Zweifel daran aufkommen, dass es ihr mit der Hochzeit ernst war.

Helga reagierte nicht, als Anna das kalte Zimmer betrat. Ihr Atem klang wie das Piepsen eines Vogeljungen, das nach seiner Mutter ruft. Ihre Nase war noch spitzer und wirkte vergrößert. Ein Auge war gerötet. Anna holte ihr Nähzeug aus der Tasche. Aus vielen Hs sollten As werden. Das war Helgas Idee gewesen. Sie hätte einen Mann von der Inneren Mission heiraten sollen, und ihre Aussteuer war fertig gewesen, als sie erkrankt war und die Hochzeit abgesagt hatte. Sie war davon überzeugt, dass es Gottes Wille war, dass Anna die Ausstattung übernahm. Aber Annas Finger wollten nicht recht, obwohl es eigentlich keine Kunst war, ein paar Fäden zu durchtrennen und dann mit wenigen Stichen ein schönes A entstehen zu lassen.

»Bist du traurig, kleine Anna?«

Anna zuckte zusammen. Helgas Flüstern hatte sie überrascht. Es schien aus einer anderen Welt zu kommen.

»Woher weißt du das?«, fragte Anna unbedacht.

»Du nähst nicht.«

Anna betrachtete das Tuch, das in ihrem Schoß lag. Helga hatte mit geschlossenen Augen dagelegen, *fast wie* … Helgas durchsichtige Hand kam unter der Decke hervor. Unter der dünnen Haut waren die Knochen sichtbar. Die Hand war bleich und so runzelig wie bei einer alten Frau. Helga öffnete den Mund, doch es kam kein Ton heraus.

»Kümmer dich nicht um mich, ruh dich einfach aus, Helga«, sagte Anna.

»Nein. Bald kann ich mich ewig ausruhen. Da ist etwas, das ich dir sagen will, kleine Anna …« Weiter kam sie nicht, denn in diesem Augenblick ging die Tür auf, und Doktor Tesch trat ein. Anna packte rasch ihre Nähsachen zusammen und verließ das Zimmer. Die Tür zur Küche stand offen. Wie Schmetterlinge an einem warmen Tag flatterte glucksendes Lachen in den dunklen Gang. Es hörte abrupt auf, als Anna in die Küche trat. Einen Augenblick lang blieb alles still. Auf dem Herd stand Kaffee in einem Topf, die Tassen auf dem Tisch waren halb voll.

»Möchten Sie jetzt Ihren Kaffee, Fräulein?«, fragte die Köchin und stand auf.

»Ja danke, aber Sie müssen nicht decken, ich kann ihn auch hier trinken.«

»Nehmen Sie nur in der Stube Platz, Fräulein«, fuhr die Köchin fort, »dann bringen wir den Kaffee.«

Anna verließ die Küche und setzte sich ins Wohnzimmer. Der Verlobungsring brannte an ihrem Finger. Sie konnte den Mädchen nicht vorwerfen, dass sie die zukünftige Bäuerin nicht in der Küche haben wollten. Aber es stimmte sie traurig, dass sie nicht an ihrem Tratsch und Gelächter teilnehmen konnte. Wenig später erschien die Köchin mit einem Tablett, stellte es auf den Tisch, knickste und ging. Anna goss sich eine Tasse ein, aber ihr war die Lust auf Kaffee vergangen. Als der Doktor einen Augenblick später aus Helgas Zimmer in die Stube trat, schob sie ihm seine Tasse zu.

»Ich habe Ihnen eingeschenkt.«

»Danke. Aber nur rasch, ich muss weiter. Wo ist Peder?«

»In Vejle. Wie geht es Helga?«

»Es geht aufs Ende zu.« Er trank einen Schluck. »Ich habe gehört, dass du dich verlobt hast und hier Bäuerin wirst.«

Sie antwortete nicht, sondern starrte auf ihre Hände. Wenn ihr jemand zu ihrer Verlobung gratulierte, lächelte sie stets und bedankte sich. Niemand durfte erfahren, was in Wirklichkeit dahintersteckte. Mit dem Arzt war es jedoch anders, ihm gegenüber war Verstellung unmöglich. Als ihre Mutter krank gewesen war und sie sie gepflegt hatte, war der Doktor oft gekommen und hatte mit ihr gesprochen. Er hatte sie nicht bemitleidet und auch nicht die leeren Worte des Bedauerns vorgebracht wie alle anderen, und sie hatte das Gefühl gehabt, dass er ihr Elend verstand, ohne dass sie sonderlich viel darüber gesprochen hätten. »Die Trauer«, hatte er damals gesagt, »muss man hüten. Sie ist wertvoll, man darf sie nicht wegwerfen.« Jetzt hielt er die Kaffeetasse in der Hand und wartete auf eine ordentliche Antwort.

»Ich tue es für Johannes«, sagte sie.

»Wie meinst du das?«

Sie erhob sich und schloss die Tür zum Gang, damit die Mädchen in der Küche sie nicht hören konnten. Dann erzählte sie in kurzen Zügen von dem Kredit und der schlechten Luft in der Gießerei.

»Das verstehe ich, aber …«, sagte der Doktor, doch dann klopfte es an der Stubentür, und die Köchin schaute herein.

»Entschuldigen Sie, aber jemand lässt nach Ihnen schicken, Herr Doktor, eine Entbindung in einer Häuslerkate unten am Fluss.«

Doktor Tesch erhob sich. »Ich muss gehen. Ich schaue später noch einmal vorbei, falls sich die Entbindung nicht in die Länge zieht.«

Anna blieb sitzen. *Wie sollte dieser Hof je ihr Zuhause werden?* Hier fühlte sie sich wie eine Fliege in einem Teller Suppe. Und die Erleichterung darüber, dass der Doktor jetzt alles wusste, blieb aus. Mit langsamen Schritten kehrte sie ins Krankenzimmer zurück. Die Kälte schlug ihr entgegen, obwohl der Doktor das Fenster geschlossen hatte. Dass gelüftet werden solle, war seine Idee, aber Helga hatte sich in den Kopf gesetzt, dass es Gott leichter fiele, sie zu sich zu rufen, wenn das Fenster immer offen sei. Kraftlos lag sie auf den aufgeschichteten Kissen, und wenn sie atmete, entstand ein blubberndes Geräusch, als würde Brei gekocht. Anna setzte sich mit ihren Nähsachen hin und betrachtete Helgas Gesicht. Nur an ihren tief liegenden Augen war zu erkennen, dass sie Peders Schwester war. Sie versuchte, sich ihre Kinder vorzustellen. Kleine Exemplare Peders mit runden Köpfen und Unterbiss. *Würde sie sie überhaupt lieben können?* Ein Zucken durchlief Helga. Sie kämpfte, um husten zu können. Anna stand auf und hob ihr die mageren Arme über den Kopf. Aber Helga wehrte sich, und Anna musste sich auf sie lehnen, damit sie die Arme nicht wieder herunternahm. Endlich hustete sie lange. Mehr Blut als Schleim. Schweißnass fiel Helga in die Kissen zurück. Anna trocknete ihr Gesicht ab und machte sich dann wieder an ihre Näharbeit. Helga blinzelte und öffnete ihre fieberglänzenden Augen. »Wenn ihr Kinder bekommt, Anna, dann wirst du über deine Entscheidung froh sein, weil du sie nie hungrig ins Bett schicken musst«, flüsterte sie.

Anna hielt mit der Nadel inne, ein leises Unbehagen beschlich sie. *Wie konnte Helga wissen, dass sie an ihre zukünftigen Kinder gedacht hatte?* Am liebsten hätte sie sich jetzt aus dem Staub gemacht. Um ehrlich zu sein, wusste sie nicht, warum sie diese Besuche überhaupt machte, vermutlich wollte sie auf diese Weise ihre Selbstverachtung bekämpfen.

»Sieh das Licht«, sagte Helga, plötzlich mit deutlicherer Stimme.

Im Zimmer war es dunkel. Anna erhob sich und trat ans Fenster. Der Garten lag in bläulichem Dunkel da. Nirgends die geringste Helligkeit.

»Sing mir ein Kirchenlied vor«, flüsterte Helga.

Anna nahm wieder Platz und sang: »Bleib bei uns, wenn der Tag zur Neige geht.« Helga lag mit geschlossenen Augen da, öffnete sie aber wieder, als das Lied vorüber war.

»Und dein Bruder? Was wird jetzt aus seiner Stimme?«

»Wie meinst du das?«, fragte Anna.

Helga antwortete nicht, denn sie wurde wieder von Zuckungen geschüttelt. Anna wollte ihr die Arme über den Kopf heben, aber Helga schlug nach ihr. Erst als ihre Beine krampften und ihr blauweißer Schaum vor dem Mund stand, gestattete sie es Anna, ihr die Arme hochzuziehen. Nachdem sie wieder zur Ruhe gekommen war und gespuckt hatte, ging Anna in die Küche. »Ich brauche eure Hilfe.«

»Das geht leider nicht. Fräulein Helga will uns nicht bei sich im Zimmer haben«, sagte die Köchin.

»Aber es geht ihr sehr schlecht …«

»Herr Peder hat gesagt, dass wir nur zum Putzen reingehen sollen«, fiel ihr das Mädchen ins Wort.

In diesem Moment ging die Haustür auf, und der Doktor trat ein.

»Ein Glück, dass Sie schon wieder hier sind«, sagte Anna.

»Die Gebärende war allein klargekommen. Ein großer Junge. Fast vier Kilo.«

»Helga geht es schlechter.«

»Damit war zu rechnen.«

Anna wartete in der Küche, als der Doktor nach Helga sah. Die Köchin schälte Kartoffeln, als hätten sich die Knollen etwas zuschulden kommen lassen. Kaum hatte sie sich in die Stube zurückgezogen, da erschien auch schon der Doktor. »Ich kann nichts mehr tun. Hoffen wir, dass es schnell geht.«

Anna wollte in das Krankenzimmer zurückgehen, doch der Doktor hielt sie auf. »Ich bin nicht wegen Helga zurückgekommen, sondern deinetwegen. Lass dir gesagt sein, Anna, dass du die Verlobung noch lösen kannst, eine Heirat hingegen verpflichtet dich für den Rest deines Lebens. Johannes kommt schon zurecht, das haben andere vor ihm auch getan.«

»Aber wie? Glauben Sie, dass er in Kopenhagen bessere Chancen hat?«, fragte Anna.

»Schwer zu sagen. Johannes ist stark … er ist sicher schon wieder gesund.«

»Nein. In der Stadt ist er nicht stark.«

»Es muss andere Möglichkeiten geben als eine Heirat«, meinte der Doktor nachdenklich.

»Ich wüsste nicht, welche. Es ist, als wollte Gott mich einfach nicht erhören. Ich verstehe nicht, was er von mir erwartet. Die Leute, die ich liebe, nimmt er mir, ohne dass ich verstehe, warum.«

»So darfst du nicht denken. Ich glaube nicht, dass wir Gottes Willen immer verstehen sollen. Auch ich kann zwischendurch meine starken Zweifel haben.«

»Helga ist sich nie unsicher, welchen Plan Gott für sie hat.«

»Das ist ihre Deutung, Anna. Bedenke, dass die Zeichen, die sie von Gott empfängt, die Zeichen sind, die sie empfangen will. Ihrer Auffassung nach zählt das Leben auf Erden nicht, sondern erst das Leben danach, das ewige Leben mit Christus. So denken Leute wie sie. Mir erscheint das verkehrt, ich meine, Gott hat uns das Leben hier auf Erden gegeben, damit wir das Beste daraus machen. Deswegen darfst du dein Leben auch nicht an eine unglückliche Ehe vergeuden.«

Nachdem er gegangen war, kehrte sie in das Krankenzimmer zurück. Der Doktor hatte gut reden über andere Möglichkeiten, vielleicht gab es die ja für Leute wie ihn. Hätte es nur das geringste Anzeichen dafür gegeben, dass Johannes genesen könnte, dann hätte sie nach dem fürchterlichen Abend, an dem sich Peder beinahe an ihr vergriffen hatte, das Ganze aufgegeben. Aber derlei Anzeichen gab es nicht.

Helga lag mit offenen Augen da und beobachtete Anna, als sie wieder neben dem Bett Platz nahm. »Kannst du saure Rippchen kochen?«, flüsterte sie.

»Saure Rippchen? Doch, meine Mutter war ja aus dem Süden. Warum fragst du?«

»Die Köchin würzt sie nicht richtig.«

»Ach?«

»Das ist Peders Lieblingsspeise«, flüsterte Helga.

»Ich verstehe.«

Helga zuckte, allerdings nur einmal. »Dein Bruder sang so schön.«

»Ja.«

»Aber damit ist es jetzt vorbei.«

»Wieso glaubst du das?«

»Sie werden es ihm nicht erlauben«, erwiderte Helga.

»Wer?«

»Die Wärter.«

»Was ist das für ein Unsinn?« Anna erhob sich. »Was für Wärter?«

»Die Gefängniswärter.«

»Johannes sitzt doch nicht im Gefängnis?«

»Doch, Anna. Es ist ein Telegramm gekommen … frag Peder.« Sie starrte mit ihren fieberglänzenden Augen an die Decke. Dann verkrampfte sich ihr ganzer Körper. Sie hatte Mühe, Atem zu schöpfen. Anna war sofort bei ihr und zog ihre Arme über ihren Kopf. Helga schien jedoch nicht mehr die Kraft zum Husten zu besitzen, und es kam nicht mehr als ein Röcheln. Dann sank sie wieder in die Kissen. Anna beugte sich über sie. Helgas Atemzüge waren kaum noch zu hören.

»Von was für einem Telegramm redest du?«

»Der Postbote …« Die Worte waren kaum zu hören.

»Hat der Postbote das erzählt?«

Helga deutete ein Nicken an.

»Ist ein Telegramm aus Kopenhagen gekommen?«

»Du musst Peder fragen …« Ihre Stimme erstarb, und ihre Glieder verkrampften sich wieder. Sie fuchtelte mit den Armen, und Anna hatte Mühe, sie zu fassen zu bekommen. Helga hatte die Augen weit aufgerissen und schien nur noch einzuatmen. Dann schnellte ihr Oberkörper plötzlich hoch, aber der Husten blieb aus, und nur ein ganz leises Röcheln war zu hören. Anna ließ Helgas Arme los. Helgas graues Gesicht nahm eine bläuliche Färbung an, ihre Augen starrten ins Leere und lagen nicht mehr so tief in den Höhlen. Sie zuckte noch leicht.

»Helga, atme ein, mach schon.« Anna schüttelte sie, doch Helgas Röcheln wurde schwächer. Dann schien sie noch ein paarmal nach Luft zu ringen.

»Ja, streng dich an.« Anna trocknete Helga die feuchte Stirn. Sie hörte Geräusche im Gang und öffnete die Tür, aber da war niemand. Als sie sich wieder über das Bett beugte, war Helgas Gesicht erstarrt. »Helga, bist du noch da?« Anna hielt ihre Hand vor Helgas Mund und Nase, spürte jedoch keinen Atem mehr. Ihre Hand zitterte, als sie sie Helga auf die Wange legte. »Ruhe in Frieden, Helga, ich …« Einen Augenblick lang fehlten ihr die Worte, dann fuhr sie fort: »Ich hoffe, du findest, den du suchst.« Vorsichtig zog sie die Kissen unter Helgas Kopf weg und schloss ihr die Augen. Dann öffnete sie das Fenster.

23

Uldum, Donnerstag, den 5., bis Freitag, den 6. März

Im Nu war Anna in der Küche. »Sie liegt in der Kammer und ist tot!« Dann rannte sie aus dem Haus. Sie sah, dass sich Peders Wagen näherte. Als er bei ihr anlangte, hielt er das Pferd an, blieb aber auf dem Kutschbock sitzen. »Anna, was ist passiert?«

»Deine Schwester ist tot, ich war bei ihr. Sie hat mir von dem Telegramm erzählt. Du hast das die ganze Zeit gewusst. Was steht darin?«

Er starrte sie an, knallte dann mit der Peitsche, und das Pferd fiel in Trab.

Ihr Vater und Harald saßen in der Stube und rauchten, als sie nach Hause kam. »Hier sitzen wir und hätten gerne einen Kaffee, aber deine Besuche im Voldstedhof werden immer länger.« Ihr Vater verzog sein Gesicht zu einer Grimasse, die ein Lächeln darstellen sollte, aber sie sah nur seine braunen Zahnstümpfe. »Daran müssen wir uns wohl gewöhnen, nicht wahr, Harald?«

Harald nickte, sagte jedoch nichts.

»Übrigens, Anna, wie sieht's mit dem Altenteil aus?«, fragte ihr Vater. »Muss das Nebenhaus nicht renoviert werden? Peder hat doch die nötigen Leute. Du weißt ja, dass ich wegen meiner Gicht keine Kälte vertrage. Und in dem Austragshaus hat schon seit Jahren niemand mehr gewohnt.«

»Ist ein Telegramm aus Kopenhagen gekommen?«, fragte Anna mit erzwungener Ruhe.

»Was faselst du da?«, brummte ihr Vater.

Harald schwieg und erhob sich dann. Wenig später hörte Anna, dass die Haustür geöffnet wurde.

»Helga sagt, dass ein Telegramm gekommen ist.«

»Davon weiß ich nichts«, sagte ihr Vater.

Sie sah ihm in die Augen, aber er wich ihrem Blick aus und schob die Unterlippe vor. Sie drehte sich um und ging in die Küche. Ihre Hände zitterten, und sie verschüttete das Wasser, das sie in einen Krug gießen wollte. Das Telegramm konnte natürlich einfach eine Einbildung Helgas in ihrem Todeskampf gewesen sein. Doch eine Stimme in ihrem Inneren flüsterte ihr zu, dass das unwahrscheinlich war. In ihren Vater zu dringen war zwecklos. Sie kannte ihn zu gut. Aber wo hatte er das Telegramm versteckt? Traurigerweise musste der Inhalt ernster Natur sein, sonst hätte es keinen Grund gegeben, es zu verstecken. Ihr Vater und Harald wollten nicht riskieren, dass sie Peder doch nicht heiratete. Harald hatte sich bereits mit Peder darauf geeinigt, dass ihm Peder Vieh zum Familienpreis verkaufen würde, wenn sie erst einmal verschwägert waren. Vielleicht gab es ja noch weitere Vereinbarungen, das wusste sie nicht. Der Vater und Harald beklagten sich auch nicht mehr über die sonntags geschlossene Molkerei, seit die Verwandtschaft mit Peder abzusehen war. Sie musste jetzt unbedingt das Telegramm finden.

Erst wartete sie in ihrer Kammer, dann in der Küche. Den ganzen Nachmittag behielt sie ihren Vater im Auge, aber er verließ die Stube kein einziges Mal. Die Tür war nur angelehnt, und sie hörte, dass er in seinem Alkoven zu schnarchen begann.

Plötzlich hörte sie einen Knall und zuckte zusammen. Irgendwo wurde herumgewühlt. Es klang, als käme das Geräusch aus ihrer eigenen Kammer. War jemand durch ihr Fenster eingedrungen? Ein Landstreicher? Oder Erik? Wollte er etwa …? Sie erhob sich und schlich langsam zu ihrer Kammertür. Das Geräusch war verstummt, und sie wollte gerade die Tür öffnen, da fiel ihr die Mausefalle in der Speisekammer ein. Sie ließ sich auf einen Stuhl sinken. Was war bloß mit ihr los? Sie hatte die Mausefalle Hunderte

Male zuschnappen hören. Sie ging mit einer Kerze in die Speisekammer und schob diese mit einem Holzlöffel unter das Regal. In der Falle saß eine große Maus. Sie packte sie am Schwanz und schmiss sie vor die Tür.

Dann ging sie in die Stube. Ihr Vater schnarchte noch immer. Sie musste sich beeilen, denn ihr Vater schlief immer nur kurz. Man wusste nie, wann ihn seine Schmerzen wieder weckten. Das Talglicht war fast ganz heruntergebrannt, und sie zündete ein neues an. Ihre Holzschuhe hatte sie in der Küche zurückgelassen und sich auf Strümpfen in die Stube geschlichen. Wenn ihr Vater das Telegramm nicht verbrannt oder im Stroh im Alkoven versteckt hatte, musste es zu finden sein, denn es gab nicht viele Verstecke. Sie fing mit dem Schrank an, der an der Wand hing. Sie öffnete die Tür und untersuchte die Fächer. Nichts. In der Bibel und in der Tabakdose ihres Vaters lag auch nichts. Dann öffnete sie den Beutel, in dem die Unterlagen der Wirtschaft verwahrt wurden. Kein wahrscheinliches Versteck, aber was wusste sie schon über die Launen ihres Vaters? Seine Weste hing über der Stuhllehne, und sie durchsuchte rasch die Taschen. In einer raschelte es. Das Herz schlug ihr bis zum Hals, als sie einen Umschlag herauszog. Er war leer. In einer Ecke stand gedruckt: »Den Danske Statstelegraf.« Auf dem Umschlag stand in schönen Buchstaben der Name ihres Vaters. *Wenn er das Telegramm verbrannt hatte, warum hatte er dann den Umschlag aufgehoben?* Jetzt wusste sie zumindest, dass es stimmte, was Helga gesagt hatte. Das Schnarchen ihres Vater setzte einen Augenblick aus, und sie blieb ganz still stehen, bis es wieder einsetzte. Dann durchsuchte sie die Truhe, in der er seine Kleider verwahrte, aber dort war auch nichts. *Hatte er das Telegramm etwa auf den Abort mitgenommen?* Vorsichtig schloss sie die Truhe und erhob sich.

Als sie an der Wanduhr vorbeikam, fiel ihr auf, dass diese

schief hing. Harald zog die Uhr auf und sorgte stets dafür, dass sie anschließend immer ganz gerade hing. Sie stellte das Talglicht auf den Tisch und hob die Uhr mit beiden Händen vom Haken. In der Rückwand steckte ein Stück Papier. Kurz darauf stand Anna wieder in der Küche. Ihre Hände zitterten, und es fiel ihr schwer, das Papier auseinanderzufalten. Es war ein handschriftlich ausgefülltes Formular.

»Mitteilung der Polizei Kopenhagen. Johannes Alfred Christensen, geboren am 5.9.1860, am 15.2.1885 festgenommen, befindet sich im Nytorv Arrest. Anklage: Mordversuch. Prozesstermin steht nicht fest.«

»Mordversuch!« Das war ja vollkommener Wahnsinn. Sie las das Telegramm ein weiteres Mal, aber der Inhalt war unmissverständlich. Sowohl der Name als auch das Geburtsdatum stimmten. Jedes Wort versetzte ihr einen Stich. »Arrest« war ein spitzes Wort, das sich nur mit Mühe aussprechen ließ. Sie begann zu zittern, als wäre die Temperatur in der Küche plötzlich gefallen. *Es war einfach undenkbar, dass Johannes versucht hatte, jemanden umzubringen. Schließlich kannte sie ihn bis in sein Innerstes. Johannes konnte keiner Fliege etwas zuleide tun. Es musste sich um ein schreckliches Missverständnis handeln.* Helga hatte also recht gehabt. Johannes saß in einer Zelle. Dem Datum, das in der Ecke stand, entnahm sie, dass ihr Vater das Telegramm vor dreizehn Tagen erhalten hatte. Dreizehn Tage!

Als sie noch ein Kind war, hatte ihre Mutter sie einmal zu Verwandten in der Nähe von Kolding mitgenommen. Sie erinnerte sich nicht mehr an viel, abgesehen davon, dass sie auf dem Weg einen Mann in einem kleinen Gefängnis besucht hatten. Sie wusste nicht mehr, ob sie in der Zelle oder in einem anderen Raum gewesen waren. Aber der Mann hatte trotz seiner jungen Jahre wie ein Skelett ausgesehen. Die meisten Zähne hatten ihm gefehlt, und er war wie ein Hund am Bein festgekettet gewesen.

Nach dem Besuch hatte ihre Mutter leise geweint. Anna war bewusst gewesen, dass sie diesen Besuch dem Vater gegenüber nicht erwähnen durfte. Später hatte ihr ihre Mutter erzählt, der Mann sei gestorben, aber nicht wie. Vielleicht hatte man ihn hingerichtet.

Jetzt sah sie Johannes vor ihrem inneren Auge, abgemagert und zahnlos. Was sollte sie nur tun? Auf ihren Vater war kein Verlass, offensichtlich war er verrückt geworden. Er schämte sich wohl sehr für das Telegramm und versuchte zu verdrängen, dass Johannes sein Sohn war. Sicher hatte er auch Angst, dass sie Peder nicht heiraten würde, wenn Johannes den Kredit nicht mehr benötigte. *Was konnte es sonst für einen Grund geben, das Telegramm zu verstecken?* Sie nahm ein paar Zweige aus dem Brennholzkorb und machte Feuer. *Vielleicht war Johannes bereits verurteilt worden? Wenn sie ihn doch nur von seiner Kopenhagenreise abgehalten hätte!* Sie starrte in die Flammen, die am Torf hochzüngelten, aber sie nicht wärmen konnten. Eigentlich musste sie vor dem Melken noch schlafen, doch sie wusste, dass es ihr nicht gelingen würde. In ihrem Kopf brodelte es, still sitzen war unmöglich, und sie ging wie ein gefangenes Tier in der Küche auf und ab. Später bereitete sie, obwohl es noch Nacht war, den Morgenbrei zu. Erst als sie nach dem Melken aus dem Stall zurückkam, hörte sie, dass sich ihr Vater in der Stube regte. Sie schnappte sich das Telegramm.

»Was bist du nur für ein herzloser Mensch!« Sie hielt ihm das Papier unter die Nase. »Hast du vollständig den Verstand verloren? Dein Sohn steckt in Schwierigkeiten, und du hältst das geheim.«

Blinzelnd saß ihr Vater auf der Kante seines Alkovenbetts. »Wie hast du das Telegramm gefunden?«

»Ist das alles, was du zu sagen hast? Wie ich das Telegramm gefunden habe? Was meinst du? Ich habe danach gesucht. Alle im

Dorf wissen nämlich, dass du ein Telegramm aus Kopenhagen bekommen hast und dass sie Johannes ins Gefängnis geworfen haben. Alle, außer mir. Aber Helga war so freundlich, mich darauf aufmerksam zu machen. Das war das Letzte, was sie vor ihrem Tod getan hat.«

Ihr Vater presste die Lippen zusammen und wich ihrem Blick aus.

»Hast du die Sprache verloren? Begreifst du denn nicht, dass du etwas unternehmen musst? Es kann sich nur um ein Missverständnis handeln!«

Ihr Vater schwieg noch immer.

»Wir müssen hinfahren und ihm helfen!«

»So eine weite Reise kostet ein Vermögen, und was würde es nützen? Er sitzt im Gefängnis, und da lassen sie ihn nicht raus, bloß weil wir uns davor aufbauen. Er hat etwas verbrochen und soll seine Strafe wie ein Mann hinnehmen.«

»Aber irgendwas müssen wir unternehmen. Stell dir vor, sie …« Sie hielt inne, weil die Fortsetzung unerträglich gewesen wäre.

Ihr Vater saß einfach nur mit vorgeschobener Unterlippe da.

»Du bist ein schlechter Mensch, weil du deinem Sohn nicht helfen willst.«

»Halt den Mund. Niemand hat Johannes gebeten, nach Kopenhagen zu ziehen. Wenn ihn das Unglück ereilt hat, so war es wohl Gottes Wille.«

In diesem Augenblick tauchte Harald in der Tür auf.

»Hast du es auch gewusst?« Anna hielt ihm das Telegramm hin.

Er antwortete nicht, sondern drehte sich um und verließ die Küche. Sie ging hinter ihm her. »Er ist dein Zwillingsbruder. Bedeutet das nichts?«

»Wenn sich Johannes geprügelt hat und jemanden totschlagen wollte, dann ist er nicht mehr mein Bruder.«

»Wie kannst du so etwas nur sagen? Du kennst Johannes doch. Er würde nie jemandem etwas zuleide tun.«

Harald antwortete nicht, sondern löffelte Brei in einen Suppenteller.

»Du musst nach Kopenhagen und Johannes helfen. Verstehst du das denn nicht? Du bist sein Bruder, wer sonst sollte ihm helfen?«

»Ich fahre nirgendwohin. Schließlich habe ich einen Hof, um den ich mich kümmern muss.« Er setzte sich an den Tisch und schaufelte die Grütze in sich hinein.

»Du ...« Dann hielt sie inne, es nützte ja doch nichts. Sie ging in ihre Kammer und legte den Riegel vor. In dreizehn Tagen konnte viel geschehen, Gutes und Schlechtes. Ihre Hand zitterte, als sie Wasser in die Waschschüssel kippte. Es war eiskalt, aber sie wollte nicht in die Küche zu Harald gehen, um warmes Wasser zu holen. Da wusch sie sich lieber kalt. Anschließend, als sie sich wieder ankleidete, hörte sie die Küchentür, also ging Harald endlich in den Stall. Es war immer noch ein Schluck Kaffee übrig. Sie trank ihn, während sie ihre Stiefel schnürte. Sie war todmüde, aber die Sorge nagte an ihr und ließ ihr keine Ruhe. Sie wollte mit dem Polizisten im Ort sprechen, vielleicht konnte der ja herausfinden, was geschehen war. Draußen war es halbdunkel und kalt. Sie knotete ihr Kopftuch fest um den Kopf und zog ihre Handschuhe an.

Der Polizist frühstückte noch, aber seine Frau holte ihr einen Stuhl und bat sie, in der Diele zu warten. Es verging nur ein Augenblick, dann tauchte er schon in der Tür auf, brauchte dann jedoch eine Ewigkeit, um das Telegramm zu lesen.

»Was soll ich tun? Dein Bruder wohnt nicht mehr in meinem Bezirk. Das ist die Zuständigkeit von Kopenhagen«, sagte er, als er endlich das Telegramm zusammenfaltete.

»Sie könnten vielleicht bei der Kopenhagener Polizei fragen, was passiert ist.«

»Das liegt außerhalb meiner Befugnisse.«

»Aber was soll ich tun? Es ist schon so viel Zeit vergangen!«

»Du kannst nicht viel tun, sondern musst Geduld haben. Wir werden schon Bescheid erhalten. Eines Vergehens bezichtigt zu werden heißt ja noch lange nicht, dass man auch verurteilt wird. Und selbst wenn, dann ist es ja nicht unbedingt ein endgültiges Urteil.« Er nickte Anna zu und kehrte in die Stube zurück.

Was meinte er mit »endgültig«? Ein Milchwagen rumpelte vorbei, sonst waren nur wenige Menschen in der Stadt. Wenn der Polizist nicht selbst in Kopenhagen fragen wollte, dann musste eben sie das tun, doch sie zögerte, als sie vor dem Gasthaus stand. Der Ort hatte keine Post, aber vom Gasthaus aus konnte man Briefe schicken. Dort drinnen wusste man von dem Telegramm, das ihr Vater erhalten hatte. Was hatte der Briefträger wohl gedacht, als ihr Vater nicht darauf reagierte? Leider blieb ihr nichts anderes übrig. Im Gasthaus standen ein paar ältere Frauen, die auf Höfen am anderen Ende des Ortes wohnten. Anna hatte den Eindruck, dass sie sie seltsam anschauten. Hatte sie das Gerücht über Johannes etwa schon erreicht? Sie wartete, bis sie gegangen waren. Frederik stand hinter der Theke. Er war nur ein paar Jahre älter als Anna, und sie hatten dieselbe Schule besucht.

»Tag, Anna, geht es gut?«

»Ja danke.«

»Ich glaube nicht, dass hier Post für euch liegt.«

Lächelte er gezwungen? Oder bildete sie sich das nur ein?

»Ich würde gerne ein Telegramm nach Kopenhagen schicken.«

»Der Postbote ist noch nicht von seiner Runde zurück, aber du kannst das Formular ausfüllen und ihn später bezahlen.« Er schob ihr ein Formular hin.

Er starrte sie an, und sie begann, unter ihrem Mantel zu schwitzen. In die Rubrik »Empfänger« schrieb sie Johannes' Namen und Nytorv Arrest. Eine genaue Adresse hatte sie nicht. Auf dem

Weg zum Gasthof hatte sie sich überlegt, wie sie die Frage formulieren sollte, aber jetzt fehlte ihr jede Erinnerung. Frederik deutete mit einem Bleistift: »Da soll der Text stehen, aber jedes Wort kostet.« Anna beeilte sich zu schreiben: »Was ist geschehen?«

Wenig später ging sie am Haus des Doktors vorbei. Er wollte gerade auf seinen Wagen steigen. »Was ist mit dir los?«, fragte er.

Ihr kamen die Tränen, und sie konnte nicht antworten.

»Ich muss einen Krankenbesuch machen. Fahr ein Stück mit, dann können wir uns unterhalten.«

Sie nickte, und er half Anna auf den Wagen.

»Es ist wegen Johannes«, sagte sie, nachdem sie ein kleines Stück gefahren waren.

»Ist er wieder krank?«

»Nein, oder ich weiß es nicht. Haben Sie es noch nicht gehört?«

»Was?«

Sie erzählte von dem Telegramm, das ihr Vater bekommen hatte, und von dem, das sie gerade abgeschickt hatte.

»Das tut mir leid.« Der Doktor schüttelte den Kopf.

»Ich glaube nicht, dass Johannes jemandem etwas getan hat.«

»Nein, das kann man sich kaum vorstellen«, antwortete der Doktor.

»Was soll ich tun?«, fragte Anna.

»Das Recht ist nicht gerade mein Spezialgebiet, aber wenn wir einen Anwalt fänden, wäre das vermutlich hilfreich. Aber bevor wir nichts Näheres wissen, lässt sich kaum etwas sagen.«

»Aber diesen Anwalt müssten wir selbst bezahlen?«

»Vermutlich, doch erst einmal musst du die Antwort auf dein Telegramm abwarten. Falls du überhaupt eine bekommst. Vielleicht hat Johannes ja nicht selbst geschrieben, weil er nicht darf.«

»Und wenn er schon verurteilt ist?«

»Wenn das der Fall wäre, hätten wir davon erfahren.«

»Glauben Sie, dass er verurteilt werden kann, selbst wenn es sich um einen Irrtum handelt?«

»Das weiß ich nicht, aber dafür brauchen wir einen Anwalt.«

Sie nickte. »Wenn man Geld hätte, könnte man also etwas tun?«

»Ich denke schon. Doch wie es ausgeht, weiß man nicht im Voraus. Ich kann dir leider nicht mit Geld aushelfen. Viele glauben, dass Landarzt zu sein ein einträgliches Geschäft ist, aber das stimmt nicht. Die Kranken sind arm und können nicht immer bezahlen, nicht einmal für die Medizin.« Sie näherten sich Annas Zuhause, und der Doktor bat den Kutscher anzuhalten. »Aber Peder wird dir doch als dein zukünftiger Mann mit Geld aushelfen können.«

»Ja vielleicht.« Sie sprang vom Wagen.

»Ich habe mir sagen lassen, dass du bei Helga warst, als sie starb.«

»Es war ein schrecklicher Tod«, sagte Anna.

»Der Tod ist selten schön. Das ist er nur in Romanen. Und dass jemand an Tuberkulose stirbt, macht es nicht besser. Peder muss dir dankbar sein, dass du in dieser schweren Stunde bei ihr warst. Alleine zu sterben ist unwürdig.« Dann knallte der Kutscher mit der Peitsche, und der Wagen fuhr davon.

24

Uldum, Samstag, den 7., bis Sonntag, den 8. März

Anna war schwindelig vor Müdigkeit, als sie mit den Eimern zum Melken in den Stall ging. Sie war erst morgens, kurz bevor sie aufstehen musste, eingeschlafen. Die Gedanken wirbelten in ihrem Kopf herum und ließen ihr keine Ruhe. Nicht einmal die Stille im Stall half. Falls Johannes ihr schreiben durfte, würden mehrere Tage vergehen, bis sie seine Antwort erhielt. Einfach nur abzuwarten war unerträglich. Der Doktor hatte recht, sie musste ihren Stolz hinunterschlucken und Peder um Geld bitten, falls das nötig werden sollte. Vielleicht konnte er nach Kopenhagen fahren und einen Anwalt besorgen.

Sie kehrte in ihre Kammer zurück und zog sich um, während das Kaffeewasser kochte. Sie wollte sofort zum Voldstedhof.

Peder saß allein mit einer Tasse Kaffee am großen Esstisch. Er nickte ihr zu, als sie eintrat, sagte aber nichts. Anna nahm Platz und sagte: »Mein Beileid, Peder.«

Schweigend starrte er in seine Tasse.

»Wann ist die Beerdigung?«, fragte Anna.

»Am Freitag.«

»Hör zu, Peder. Du musst mir helfen. Johannes ist in Schwierigkeiten. Das wusstest du, hast es mir aber nicht erzählt, doch … Schwamm drüber. Ich habe mit Doktor Tesch gesprochen. Er sagt, man kann sich einen Anwalt nehmen, aber das kostet Geld.«

»Ich trauere, Anna, und du kommst mit so was.«

»Ich weiß, es tut mir auch leid, aber …«

»Aber?«, wiederholte er und stellte die Kaffeetasse ab.

»Es ist nur, dass es mir so viel bedeuten würde, jetzt, wo wir heiraten werden …«

»Und ich dachte, du würdest langsam Liebe für mich empfinden, Anna.« Peder hatte rote Flecken auf Hals und Wangen. Er hielt die Tasse so fest, dass die Knöchel weiß hervortraten.

Anna biss sich auf die Unterlippe. »Ja doch, aber du darfst mich nicht drängen, Peder. Ich bitte dich inständig, mir in meiner Not zu helfen. Du könntest nach Kopenhagen fahren, die Sache untersuchen und vielleicht einen Anwalt finden. Wir verschieben die Beerdigung ein paar Tage, die Erde ist ja ohnehin noch gefroren, vielleicht ist es also ohnehin schwer … Ich sorge für die Kaffeetafel anschließend und alles, was dazugehört …«

Er erhob sich, noch ehe sie geendet hatte. »Ich muss in den Stall.«

»Warte einen Augenblick. Ich kann auch selbst nach Kopenhagen fahren, wenn du mir etwas Geld leihst. Wir können das ja als Vorschuss auf den Kredit betrachten, den du Johannes geben wolltest.«

»Wenn du fährst, dann brauchst du nicht mehr zurückkommen.« Dann war er draußen.

Sie blieb am Tisch sitzen. Innerlich war sie so leer wie die Kaffeetasse, die er auf dem Tisch zurückgelassen hatte. Schließlich erhob sie sich und ging rasch über den Hofplatz und die Allee entlang. Es hatte zu winden begonnen, und es lag Schnee in der Luft.

Später, als sie wieder zu Hause war und nach dem Mittagessen gespült hatte, setzte sie sich mit einem Aufsatzheft aus ihrer Schulzeit an den Küchentisch. Am nächsten Tag, dem Sonntag, würde sie wie immer in der Kirche singen, aber sie wollte mehr tun als nur singen. Helga hatte zur Gemeinde vom dritten Gebot gesprochen, dass es schändlich sei, wenn sonntags Milch geholt werde. Niemand hatte sich um ihre Worte gekümmert, doch trotzdem hatte Helga ihren Willen durchgesetzt. Anna wusste sehr gut, dass sich ihr eigenes Anliegen sehr von dem Helgas unterschied, aber konnte Helga in der Kirche aufstehen, dann konnte sie das auch. Am liebsten hätte sie noch ein paar Tage gewartet, ob nicht vielleicht doch noch ein Brief von Johannes käme, aber alle versammelten sich nun einmal nur an den Sonntagen in der Kirche, und sie konnte keine weitere Woche warten. Sie wollte die Leute bitten, ihr mit Geld auszuhelfen, und wenn sich genügend Leute beteiligten, dann würde es vielleicht reichen. *Sie machte sich keine großen Hoffnungen, doch was konnte sie sonst tun?*

In ihr Aufsatzheft notierte sie sich, was sie sagen wollte.

Als sie am Sonntag mit dem Frühstück eintrat, lag ihr Vater noch im Alkoven.

»Ist heute keine Kirche?«, fragte sie.

»Ich habe Schmerzen«, antwortete er missmutig.

»Ist das die Wunde? Der Verband muss heute gewechselt werden.«

»Kommt nicht infrage. Lass mich in Ruhe.«

Auf dem Weg zur Kirche wechselten Anna und Harald kein einziges Wort. Es hatte aufgehört zu schneien, aber der Wind wirbelte den Schnee über die Landstraße.

In der Kirche hatte Anna das Gefühl, von allen angestarrt zu werden. Sie hielt nach Doktor Tesch Ausschau und wich Peders Blick aus. Sie räusperte sich und stimmte das erste Kirchenlied an. Als der Pfarrer seine Predigt begann, meinte sie, seinen Blick zu spüren. Sie sah, wie sich seine Lippen bewegten, hörte aber kein Wort. Dann sang sie erneut, und kaum war die letzte Silbe verklungen, sagte sie: »Ihr kennt alle meinen Bruder Johannes.« Ihre klare, wenn auch zittrige Stimme erfüllte die große Kirche. »Er steht sonst immer neben mir und singt für euch. Inzwischen ist er in die Stadt gezogen, weil er die Verlosung des Familienhofes verloren hat. Ihr wisst alle, dass Johannes ein guter und gläubiger Mensch ist. Jetzt ist ihm etwas Schreckliches widerfahren. Er sitzt im Arrest in Kopenhagen. Aber Johannes kann kein Verbrechen begangen haben, das versteht ihr sicher alle. Um ihm helfen zu können, brauche ich Geld, darum flehe ich jeden von euch um einen kleinen Beitrag an. Ich habe sonst niemanden, an den ich mich wenden könnte. Ich lege mein Tuch neben den Taufstein, dort könnt ihr das Geld hineinlegen.« Nachdem sie geendet hatte, herrschte vollkommene Stille in der Kirche. Dann erhob sich jemand, ging an allen vorbei und verließ das Gotteshaus. Es war Harald.

»Wie ihr sehen könnt, steht ihm sein eigener Bruder nicht bei und sein Vater auch nicht.« Es fiel ihr schwer, diese Worte über die Lippen zu bringen. »Aber ich verlasse mich auf euch …« Jetzt versagte ihre Stimme. Sie beeilte sich, ihr Tuch neben den Taufstein zu legen, und trat dann ein paar Schritte Richtung Altar zurück. Die Gottesdienstbesucher erhoben sich rasch, und an der Tür entstand Gedränge. Eine Sekunde lang fing sie Peders Blick auf, aber dann war auch er verschwunden. Der Pfarrer trat auf sie zu. »Das mit Johannes ist ein Unglück, aber du musst verstehen …« Er verstummte einen Augenblick. »Wenn er jetzt wirklich …«

»Johannes würde nie jemandem etwas zuleide tun, das weiß ich«, sagte Anna.

»Nein, natürlich nicht. Auch ich bin der Überzeugung, dass er ein guter Mensch ist. Ich werde für deinen Bruder beten, das verspreche ich dir.«

Sie antwortete nicht, sondern behielt den Schal im Auge. Bislang hatte nur eine Person gespendet. Ein junger Mann, der flussaufwärts wohnte und mit dem Johannes als Kind gespielt hatte. Der Pfarrer murmelte noch ein paar Worte und ging dann. Die Kirche war leer. Sie wartete noch einen Augenblick, schließlich konnte es sein, dass es sich jemand anders überlegte und zurückkam. Aber die Kirche blieb leer. Auf dem Tuch lagen zehn Öre.

Draußen hatten sich kleine Grüppchen gebildet. Alle unterhielten sich leise. Als sie an der Kirchenpforte erschien, verstummten alle. Einige wenige starrten sie an, andere hatten es plötzlich eilig und machten sich auf den Weg. Die meisten wichen ihrem Blick aus. Sie verharrte noch einen Augenblick am Portal, aber niemand kam zu ihr. Doktor Tesch machte offenbar gerade einen Krankenbesuch. Er hätte mit ihr gesprochen, da war sie sich sicher. Langsamen Schrittes trat sie den Heimweg an, ihre Beine waren bleischwer. Als sie die Landstraße erreichte, wurde es besser. *Sie hatte etwas Fürchterliches getan, etwas, was man einfach nicht tat. Doch es war nicht falsch gewesen. Dass nur einer gespendet hatte, bedeutete nicht, dass nicht noch weitere bereit gewesen wären. Sie hatten es nur nicht vor den Augen der anderen tun wollen.*

Harald hatte das Fuhrwerk genommen, und sie musste den ganzen Weg zu Fuß zurücklegen. Mehrere Fuhrwerke überholten sie, niemand erbot sich, sie mitzunehmen. Als sie nach Hause kam, hörte sie ihren Vater und Harald in der Stube. Sie ging in die Küche. Wenig später tauchte Harald an der Tür auf. »Gibt es heute nichts zu essen?« Abwartend blieb er stehen, als sie nicht sogleich antwortete. »Was hast du dir dabei eigentlich gedacht? Wie soll ich mich je wieder unter die Leute trauen?«

»Unter die Leute, wie meinst du das? Das ist deine einzige Sorge? Der Herr möge uns behüten, Harald.«

Er blinzelte auf dieselbe Art wie der Vater. »Wie konntest du nur glauben, dass irgendjemand einem Mann helfen will, der unter Mordverdacht steht? Schließlich könnte er ja schuldig sein.«

»Du bist ein Schwachkopf, Harald. Ich hätte dich für klüger gehalten.«

Er drehte sich um und knallte die Tür hinter sich zu. Sie nahm am Tisch Platz. Ihr ganzes Leben hatte sie auf dem Hof verbracht, und wenn sie sich in der Küche umsah, war ihr alles vertraut, und trotzdem kam ihr alles plötzlich so fremd vor. Als wollten die Dinge sie nicht mehr wiedererkennen. Das Feuer im Herd war ausgegangen, die Glut war erloschen, obwohl sie genügend Torf aufgelegt hatte, bevor sie in die Kirche gegangen waren. Sie ertrug den Gedanken nicht, kochen zu müssen, dann stand sie aber trotzdem auf. Ihr Vater und Harald sollten ihr nicht vorwerfen können, dass sie ihre Pflichten vernachlässige. Sie machte Feuer und verdünnte den Rest des Frühstücksbreis mit Milch. Dann holte sie Schwarzbrot und Schmalz und legte ein paar Salzheringe auf einen Teller. Zwischendurch schaute sie immer wieder auf den Hof hinaus, aber dort blieb alles leer. *Vermutlich dachten alle wie Harald. Wer wollte sich schon für einen Mann einsetzen, der vielleicht doch ein Mörder war?* Sie hörte den Stock ihres Vaters in der Diele, wenig später fiel die Tür zu. Er war auf dem Weg zum Häuschen. Eilig trug sie das Essen in die Stube. Harald saß rauchend am Tisch. »Wenn er unschuldig ist, dann werden sie ihn gehen lassen, und damit ist die Sache dann erledigt«, sagte er.

Wortlos kehrte sie in die Küche zurück.

25

Uldum, Donnerstag, den 12., bis Freitag, den 13. März

»Leider ist heute wieder keine Post gekommen. Aber der Briefträger müsste schon längst bei euch gewesen sein.«

»Das war er auch, ich wollte mich nur noch einmal vergewissern.«

Im Laufe des Vormittags hatte es zu winden und zu schneien begonnen. Ihre Glieder waren starr, als hätte sich die Verzweiflung in ihren Knochen ausgebreitet. Langsam ging sie nach Hause. Seit Sonntag hatte sie außer mit Frederik im Gasthaus, bei dem sie mehrere Male nach Post gefragt hatte, kaum noch mit jemandem geredet. Ihr Vater und Harald unterhielten sich nur, wenn sie nicht dabei war. Sie hörte sie in der Stube, wenn sie in der Küche war.

Sie blieb stehen, als sie das große weiße Haus des Doktors erreichte. Es brannte Licht, und sie konnte sich vorstellen, dass es in den Zimmern, in denen seine Töchter spielten, warm war. Der Doktor war der Einzige, der ihr einfiel, den sie um Rat fragen konnte. *Aber er hat doch schon …* Trotzdem klopfte sie. Seine Frau öffnete. »Der Doktor macht einen Krankenbesuch. Ist es etwas Ernstes?«

»Ja und nein. Niemand ist krank, ich muss aber mit dem Doktor reden. Es ist wichtig.«

»Ich fürchte, es dauert eine Weile, bis er zurückkommt. Auf einem Hof hat sich ein Unfall ereignet. Der Tierarzt ist auch gerufen worden. Das bedeutet in der Regel, dass Ferdinand, also Doktor Tesch, Hilfe bei der Betäubung benötigt.«

Anna schüttelte sich. Sie wusste, dass betäubt wurde, wenn ein Bein- oder Armbruch gerichtet werden musste.

»Ich sage ihm, dass Sie hier waren. Wenn Sie morgen früh wiederkommen, hat er bestimmt Zeit für Sie.« Die Frau des Doktors hatte eine freundliche Stimme. Aber das half ihr auch nicht weiter. Nachdem sie die Tür geschlossen hatte, fühlte sich Anna wie versteinert. Eine geraume Weile blieb sie regungslos vor dem Haus stehen und wusste nicht, in welche Richtung sie gehen sollte. Es war, als hätte sich der Ort verändert und neue Wege entstehen lassen. Erst als ein Fuhrwerk vorbeiratterte, gewann die Umgebung ihr gewohntes Aussehen zurück. Sobald sie sich auf den Weg machte, erwachte ihr Körper wieder zum Leben. Welchen Rat hätte ihr der Doktor schon geben können, wenn er zu Hause gewesen wäre? Er hatte bereits gesagt, dass es Geld kosten würde, Johannes zu helfen, und dass er ihr keines geben könne. *Erst jetzt erkannte sie, dass sie vollkommen allein war. So war es einfach.* Es bestand natürlich immer noch die Möglichkeit, dass ein Brief von Johannes kam, aber sie wagte nicht, noch länger zu warten.

Sie musste nach Kopenhagen, und zwar nicht morgen oder übermorgen, sondern bereits heute Abend. Sie wusste, dass der erste Zug die Haltestelle Eriknauer um halb fünf morgens verließ, aber der Weg dorthin war lang. Das Eiergeld zusammen mit dem Haushaltsgeld würde schon weiterhelfen, und in Kopenhagen konnte sie dann auch noch den Verlobungsring verkaufen. Ja, so würde sie es machen.

Als sie nach Hause kam, ging sie in den Stall und striegelte das Pferd. »Alles wird gut, wart nur ab, und ganz plötzlich ist er wieder zu Hause, ja, ganz plötzlich …« Sie wiederholte diesen Satz immer wieder, bis ihr fast schwindelig wurde. Dann ging sie in die Küche und bereitete das Abendessen vor, weil sie auf Fragen und Vorwürfe keinen Wert legte. Der Wind pfiff über den Dachfirst, würde aber hoffentlich bei Sonnenuntergang nachlassen.

Später, nach dem Spülen, packte sie ihren Proviant zusammen, kalte gekochte Kartoffeln und ein halbes Schwarzbrot, die Scheiben mit Schmalz bestrichen, dazu vier hart gekochte Eier. Wie lange die Reise nach Kopenhagen dauern würde, wusste sie nicht, vermutlich kam es auf die Verbindung an und vielleicht auch auf das Wetter. Dann ging sie zu den Hühnern hinaus und gab ihnen eine zusätzliche Portion Körner. Es windete noch immer, aber sie war unsicher, ob es schlimmer oder besser geworden war. Ein weiteres Mal überquerte sie den Hof. Dieses Mal mit einem Eimer Küchenabfälle für die Ferkel. Wieder in ihrer Kammer, suchte sie den Beutel mit dem Eiergeld hervor. Sie brauchte es nicht zu zählen, sie wusste, wie viel sie hatte. Es würde nicht weit reichen.

Es war noch früher Abend, und sie legte sich auf ihr Bett, um vor dem Aufbruch noch ein wenig auszuruhen. Das Talglicht flackerte in der Zugluft vom Fenster und erlosch dann. Sie döste und träumte. Sie badete mit Johannes im Fluss, aber dann war er weg. Der Fluss war spiegelblank, und sein Kopf war verschwunden. Sie erwachte mit einem Ruck, ging in Strümpfen in die Küche und zündete ein Talglicht an. Dann schlich sie in die Stube. Halb eins, noch war es nicht zu spät. Während ihr Vater im Alkoven schnarchte, nahm sie das Haushaltsgeld und legte es zum Eiergeld. Dann zog sie lange Wollsocken über die normalen Strümpfe. Über den Wollunterrock, den sie bereits trug, zog sie den alten mit den Löchern, der einmal ihrer Mutter gehört hatte. Schließlich schob sie ihre Füße in die Stiefel, zog den alten Mantel ihrer Mutter an und wickelte sich zwei Tücher um den Kopf. Ihr Sommertuch wickelte sie um ihr Proviantpaket und hängte sich dieses Bündel dann über die Schulter.

Ein letztes Mal sah sie sich in der Küche um. *War ihre Entscheidung klug?* So viel Vertrautes zu verlassen, nicht zuletzt die Küche, in der sie so oft gesessen hatte, erst mit der Mutter, dann mit Johannes? Alle Menschen, die sie kannte, lebten in diesem Dorf. Und dann war da noch der Fluss, an dem Johannes und sie als Kinder gespielt hatten. Es fiel ihr schwer, sich vorzustellen, ihn nicht mehr in ihrer Nähe zu haben. Peder hatte sich deutlich ausgedrückt: »Wenn du fährst, dann brauchst du nicht mehr zurückkommen.« Wenn sie jetzt die Küchentür hinter sich schloss, war das vielleicht für immer. Sie blies das Talglicht aus, sah sich ein letztes Mal um und öffnete die Tür. Johannes brauchte Hilfe. Das allein zählte.

Der Wind hatte aufgefrischt. Sie nahm den Pfad durch den Garten, obwohl Harald und ihr Vater schliefen und nichts sahen. Im Garten sah sie eine Hose, die sie nicht von der Wäscheleine genommen hatte. Sie war steif gefroren. Einen Augenblick hielt sie inne und erwog, sie herunterzunehmen, aber dann setzte sie ihren Weg fort. Für diese Hose war sie nicht mehr zuständig. Es gab wichtigere Dinge.

Sie war sich nicht ganz sicher, wie weit es nach Eriknauer war. Sie hatte den Weg noch nie zu Fuß, sondern immer mit dem Fuhrwerk zurückgelegt. Das hatte eine gute Stunde gedauert, wenn Johannes das Pferd nicht übermäßig antrieb. Ihr blieben fast vier Stunden bis zur Abfahrt des Zuges. Das musste zu schaffen sein. Die richtigen Bahnhöfe lagen noch weiter weg, aber sie wusste, dass man auch im Zug eine Fahrkarte lösen konnte. Die Postkutsche zu nehmen wäre einfacher gewesen, doch die ging erst um sechs, und dann würde sich sofort herumsprechen, dass sie weggefahren war. Wenn sie den Zug nach Fredericia erwischte, dann war sie vielleicht schon auf der Fähre, wenn ihr Vater und Harald am Tisch saßen und sich fragten, wo ihr Frühstück blieb. Sie zog das Kopftuch tiefer in die Stirn. Es schneite nicht sehr, aber die Schneeflocken führten sich wie kleine, wütende Insekten auf, die stachen, wenn sie auf ihr Gesicht trafen. Der Wind kam jetzt aus nördlicher Richtung schräg von der Seite. Das erste Stück war nicht so schwer. Sie kannte den Weg und wusste, wo die Häuser standen, obwohl es stockdunkel war. Schwieriger wurde es, als sie das offene Land erreichte. In der Dunkelheit ließ sich kaum etwas erkennen. Landstraße und Felder wurden eins. Überall waren Schneewehen. Ihre Augen tränten vor Kälte, und sie sah kaum noch etwas. Nach einer Weile war sie sich nicht mehr sicher, ob sie überhaupt noch in die richtige Richtung ging. Sie konnte die Stecken, die die Landstraße markierten, nicht mehr sehen. Sie änderte die Richtung und meinte plötzlich, einen Baum zu sehen, an dem sie schon einmal vorbeigekommen war. Oder war es ein anderer? Sowohl Finger als auch Zehen schmerzten. Sie hielt inne und wickelte sich ihr Tuch enger um den Kopf, sodass nur noch die

Augen freilagen. Ein alter Häusler, der auf der anderen Seite des Moors wohnte, hatte, seit sie sich erinnern konnte, eine blauschwarze Nase, die Folge eines Schneesturms. Man sagte, es sei nur eine Frage der Zeit, bis seine Nase abfallen werde.

Inzwischen war sie überzeugt, dass sie sich nicht mehr auf der Landstraße befand. An einigen Stellen hatte der Wind den Schnee fast ganz weggeweht, und der gepflügte Acker war zum Vorschein gekommen. Das Schneegestöber hatte zugenommen, und der Wind brüllte wie eine Kuh in Not und drang unter ihren Mantel und unter ihre Unterröcke und kroch ihr wie eine eisige Hand den Rücken hoch und über die Brust. Sie hatte erwartet, dass es ein anstrengender Marsch werden würde, aber dass sie die Orientierung verloren hatte, bereitete ihr Sorgen. Eigentlich ging es die ganze Zeit geradeaus, wieso war das so schwer? Es war nicht mehr so dunkel, und der Schnee leuchtete weiß. Ihre Augen hatten sich an die Dunkelheit gewöhnt. Dann ragte auf der linken Seite ein Stück vor ihr wieder eine Wegmarkierung aus dem Schnee. Jetzt ging es leichter, und sie eilte zwischen den Stöcken dahin.

Es schneite fast nicht mehr, als sie die Haltestelle erreichte. Das Wartehäuschen war menschenleer. *War sie etwa zu spät gekommen?* Wenn sie doch nur eine Uhr besessen hätte! Aber der Schnee auf den Gleisen, die sie gerade überquert hatte, war noch jungfräulich. Hier war lange kein Zug mehr gefahren. Sie fror und schwitzte zugleich, als sie den Schnee von den Stiefeln trat und von ihrem Mantel klopfte. Sie setzte sich auf die Bank im Wartehäuschen, die aber nicht richtig windgeschützt war, und es wurde ihr rasch zu kalt. Dann stand sie auf und ging den kurzen Bahnsteig auf und ab. Endlich hörte sie die Schienen summen. Ihr Herz begann zu hämmern, jetzt würde es geschehen, sie würde in den Zug steigen und das Mädchen sein, das von zu Hause abgehauen und nach Kopenhagen gefahren war, um seinen Bruder zu retten. Jetzt konnte sie den Zug hören, aber auch etwas anderes. Pferdehufe und Rufe. Sie spähte in die Dunkelheit.

»Anna!« Das war die Stimme ihres Vaters. Doch das konnte nicht sein. »Anna. Du darfst nicht, hörst du, komm da sofort herunter ...« Mehr hörte sie nicht, aber jetzt sah sie ihn tatsächlich auf seinem Wagen, der aus der Dunkelheit auftauchte. Nur einen kurzen Moment jedoch, dann verschwanden er und das Pferd, als der Wagen in einen Graben kippte. In diesem Augenblick kam der Zug schnaufend und Dampf speiend zum Stehen. Einen Augenblick lang stand sie wie festgefroren auf dem kleinen Holzbahnsteig. *Durfte sie?* Schließlich lag ihr Vater drüben im Schnee ... Dann ging die eine Waggontür auf. »Wollen Sie mit oder nicht?« Ein Mann mit Umhang und Schirmmütze hing aus der Tür. Mit einem Satz war sie oben im Wagen. Im Abteil saß nur ein Mann. Sie eilte zum Platz am Fenster. Die Scheibe war schmutzig und von außen eis- und schneeverkrustet. Sie konnte einen Blick auf den umgestürzten Wagen und das Pferd erhaschen, das versuchte, aus dem Graben zu kommen, aber ihr Vater war nirgends zu sehen.

Dritter Teil

Kopenhagen, März 1885

26

Kopenhagen, Nytorv Arrest, Sonntag, den 15. März

Der Pfarrer sprach ruckartig, ab und zu war seine tiefe Stimme so leise, dass seine Worte im konstanten Husten der Gefangenen untergingen. Johannes' Kiefer schmerzte. So musste es sein, vom Blitz getroffen zu werden. Er hielt den Atem an und begann zu zählen, und obwohl ihn die Handschellen behinderten, hob er eine Hand und hielt sie an die Backe. Seine Hand war kalt wie Eis, verschaffte ihm aber trotzdem keine Linderung. Er zählte bis elf, erst dann ließ der Schmerz langsam nach, kehrte dann aber immer wieder zurück. Er ließ die Hände wieder in den Schoß fallen und rieb sie. Im Winter, wenn er im Fluss angelte, waren seine Hände in den nassen Handschuhen vollkommen gefühllos gewesen. Aber die Kälte im Arrest war anders, sie kam von innen, als wäre sein Skelett gefroren. Wollten sie die Geständnisse der Häftlinge erzwingen, indem sie nicht heizten? Es war zwar schon Mitte März, doch die Kälte hatte noch nicht nachgelassen. Er gab das Händereiben auf und faltete die Hände stattdessen. »Lieber Gott«, flüsterte er leise, »ich bitte dich inniglich, lass sie den Angreifer finden. Du weißt, dass ich unschuldig bin.« Er hielt inne, als ihm sein Nebenmann eine Hand auf den Arm legte.

»Bete auch für mich«, flüsterte er. »Ich heiße Hans. Hans Lunde. Bete darum, dass mir der Herr noch eine Chance gibt. Erzähle ihm, dass ich schwöre, mich zu bessern.« Hans war jung, aber seine Arme und Beine waren so dünn, dass sie die eines Kindes hatten sein können. Seine Stirn wies lange tiefe Falten auf, und sein Gesicht war fleckig.

»Warum sind Sie im Gefängnis?«, flüsterte Johannes.

»Ich habe Geld von meinem Meister gestohlen, aber nicht so viel, wie er behauptet.«

Die spitze Nase des Mannes tropfte, und er bekam nur mit Mühe Luft. »Ich wollte es zurückzahlen. Meine Frau ist krank, verstehen Sie. Ich brauchte das Geld.«

Die Stimme des Pfarrers wurde einen Augenblick lauter, ging dann aber wieder in ein leises Brummen über. Johannes' Kiefer schmerzte erneut. Dieses Mal zählte er nicht, sondern stöhnte leise. Sein Nebenmann nickte, als hätte er etwas gesagt.

Als der Gottesdienst vorbei war, packte ein Wärter Johannes' Arm.

»Ich bin krank«, sagte Johannes. »Mein Unterkiefer ...«

»Unsinn. Du kannst noch stehen, also bist du nicht krank.«

»Doch, ich brauche ...« Er hielt abrupt inne, als ihn der Schlüsselbund des Wärters im Genick traf.

Auf dem Weg die Treppe hinunter befand sich der junge Mann mit den dünnen Armen plötzlich direkt hinter Johannes. Trotz der Kälte stand ihm der Schweiß auf der Stirn.

»Sie denken doch daran, für mich zu beten?«, flüsterte er.

»Natürlich.«

Wieder in seiner Zelle, legte sich Johannes auf seine harte Pritsche, aber nur einen Augenblick lang, denn dann regte sich sein ewiger Husten wieder. Er musste aufstehen und in den Kloeimer spucken. Anschließend setzte er sich mit dem Gesicht in den Händen auf seine Pritsche. Aus unerklärlichen Gründen schien der Eimer noch schlimmer zu stinken, seit er hineingespuckt hatte. Er steckte einen Finger in den Mund und betastete vorsichtig die losen Backenzähne. Alles war geschwollen, und er würde die Zähne sicher bald verlieren. Den Schlag hatte er während einem der vielen Verhöre erhalten. Der Beamte hatte ihm vor Wut einen Faustschlag versetzt, um ihn zu einem Geständnis zu zwingen. Zwischendurch, wenn er einen Augenblick lang nicht an Nelly dachte, wünschte er sich, dass der Verhörbeamte so fest zuschlug, dass etwas in seinem Kopf kaputtging und er ewigen Frieden fand. Aus der Metallkanne goss er etwas Wasser in seine hohle Hand und legte diese auf seine schmerzende Wange. Das Wasser lief ihm über den Hals, und er trocknete sich mit einem Zipfel seines Ärmels ab. Er musste aufpassen, dass er die Verletzung auf seiner Stirn nicht berührte, die man ihm in dieser fürchterlichen Nacht beigebracht hatte. Die Wunde heilte zwar allmählich, war jedoch immer noch etwas vereitert und pochte, als hätten die Schläge, die sie verursacht hatten, nie aufgehört. Wie sie aussah, wusste er nicht, da es in der Zelle keinen Spiegel gab. An dem Morgen, an dem man ihn festgenommen und auf die Wache gebracht hatte, war er gemessen und gewogen worden. Selbst seine Kopfgröße hatten sie notiert. Seine Platzwunde hatten sie aber nicht versorgt.

Er zog die feuchte Wolldecke um seine Schultern. Die Wände waren nass, und auf dem abblätternden Kalk fanden sich Botschaften von Generationen von Insassen. Eine Bibel des Teufels aus unzüchtigen Bildern und Sprüchen. Vor allen Dingen aber unzählige Namen und Jahreszahlen, eine Auflistung trauriger Schicksale. Er selbst hatte aufgehört, die Tage zu zählen.

Johannes zuckte zusammen, als es an die Zellentür hämmerte. Einen Augenblick später ging die Klappe mit einem lauten Knall auf, und ein vernarbtes Gesicht mit einer schiefen Nase kam zum Vorschein. »Machen Sie sich bereit, Christensen. Fünf Minuten.« Die Klappe knallte zu, ehe Johannes sich noch gerührt hatte.

»Nein, wartet«, rief er und klopfte an die Tür. »Ich bin krank. Ich brauche einen Arzt.« Er hämmerte weiter an die Tür, bis er hustete und sich auf die Pritsche setzen musste. Fünf Minuten, bis der Wärter ihn wieder in die Hölle bringen würde, aber Johannes hatte keine Uhr, die hatten sie ihm abgenommen, als sie ihn in den Arrest am Nytorv eingeliefert hatten. Das kleine vergitterte Fenster hoch oben in der Wand ging offenbar auf einen Innenhof, denn das schwache Licht veränderte sich fast nie, und die Uhrzeit ließ sich nicht schätzen.

Johannes verstand nicht, dass er auch an einem Sonntag zum Verhör musste. *Wenn Gott alle Menschen sah, warum war sein Blick dann nicht auf ihn gefallen?* Es musste eine Obergrenze für die ihm zumutbaren Prüfungen geben. Erst hatte er den Hof verloren, dann hatte er sich in Nelly verliebt, obwohl er sie kaum kannte. Mehrere Monate lang hatte er geschmachtet, bis sie ihn eines Tages zum Abendessen eingeladen hatte. Aber sein Glück hatte so rasch geendet, wie es begonnen hatte. Und jetzt warf man ihm etwas vollkommen Unbegreifliches vor. Die ersten der vielen Male, die sie ihn zum Verhör abgeholt hatten, hatte er immer noch gehofft, dass sie ihm sagen würden, sie hätten den Schuldigen gefasst. Aber nach und nach verlor er den Glauben an dieses Wunder.

Er hörte Schritte und den rasselnden Schlüsselbund. Einen Augenblick später wurde die Tür aufgerissen. Der Wärter hatte eine kalte Pfeife im Mund, aber Johannes fand den Geruch wunderbar und atmete ihn begierig ein.

»Jetzt ist es so weit, Christensen.«

»Haben Sie mich nicht gehört? Ich brauche einen Arzt! Man hat mich geschlagen, und meine Zähne sind locker und …«

»Ach? Zahnschmerzen?«, fiel ihm der Wärter ins Wort. »Das haben wir alle. Das hier ist kein Kurheim, Christensen, stehen Sie auf, sonst haben Sie gleich wirklich Kummer!«

Johannes hielt dem Wärter die Hände hin, und dieser legte ihm die Handschellen an.

»Wieso soll ich wieder zum Verhör? Es ist doch Sonntag?«

»Haben Sie es noch immer nicht begriffen, Christensen? Hier ist die Abteilung für Geständnisse.«

»Was soll das heißen?«

»Hier bleibt man, bis man gesteht.«

»Aber was soll ich gestehen? Ich habe nichts verbrochen.«

»Das sagen alle.« Der Wärter blieb stehen und schob die Pfeife in den anderen Mundwinkel. Dann stieß er Johannes vor sich her. Sie überquerten die überdachte Brücke vom Arrest zum Gerichtsgebäude, in dem die Verhöre stattfanden. Von hier oben sah Johannes durch die vergitterten Fenster ein Stück des Platzes unterhalb.

»Wissen Sie, dass diese Brücke die Seufzerbrücke heißt?«

Johannes nickte, das war ein Teil des Rituals. Auf der anderen Seite ging es die Treppe hinunter, aber dann nicht wie sonst geradeaus den Korridor entlang.

»Wieso gehen wir hier entlang? Soll ich nicht zum Verhör?«

»Woher soll ich das wissen?« Der Wärter griff zu seinem Schlüsselbund und öffnete die Tür eines fensterlosen Zimmers. Entlang der einen Wand standen Stühle. »Warten Sie hier.« Er stieß Johannes in das Zimmer und schloss ab. Als würde sein Körper mehr wissen als sein Kopf, begann Johannes, so heftig zu zittern, dass er den Stuhl umwarf, auf den er sich setzen wollte. *Sollte er etwa vor Gericht erscheinen, um das Urteil entgegenzunehmen? War das das Ende?*

Wenig später hörte er einen Schlüssel in der Tür, aber da erwachte der Schmerz in seinem Unterkiefer erneut, und ein Lärm entstand in seinem Kopf, als hätte der Schmerz ein Geräusch. Ein anderer Wärter erschien in der Tür. »Jetzt ist es so weit«, sagte er.

Johannes sah nicht, wo er hinging, sondern hörte nur das Geräusch seiner Füße und den Lärm in seinem Kopf.

»Hier ist es.« Der Wärter blieb stehen und öffnete eine Tür. Das Zimmer war länglich und hatte nur ein Fenster. Am Tisch saß eine Frau, und es war, als würde plötzlich ein milder Sommerwind wehen, denn dort saß sein Engel.

»Johannes.« Sie streckte die Arme nach ihm aus, aber die Handschellen hinderten ihn daran, ihre Hände zu ergreifen. Ihr Gesicht war bleich, doch ihr Haar war geflochten wie zu der Zeit, als das Unglück noch nicht über sie hereingebrochen war.

»Liebste Anna, dass du gekommen bist! Aber ich verstehe nicht«, er sah sich im Zimmer um, »ist das hier der Gerichtssaal?«

»Was erzählen Sie für einen Unsinn?«, fragte der Gefängniswärter, der mit verschränkten Armen auf einem Stuhl in der Ecke saß. »Sie sind noch nicht verurteilt. Sie sind hier, weil Sie Besuch haben.«

Johannes ließ sich auf den Stuhl neben Anna fallen. »Der Herr hat meine Gebete also doch erhört.« Mit dem Ärmel wischte er sich die Tränen aus den Augen.

»Was ist mit dir und deinem Gesicht passiert? Warum haben sie dich hier eingesperrt?«, fragte Anna.

»Es ist, als hätten sie mich in die Hölle geworfen. Mein Kopf … er …« Seine Stimme versagte.

»Was?«

»Er platzt.«

Anna legte ihm eine Hand auf den Arm. »Johannes. Sieh mich an! Du musst mir erklären, was passiert ist.«

Er nickte. »Nelly ist niedergeschlagen worden, verstehst du. Sie lag auf dem Boden, als ich sie gefunden habe. Und …« Er fasste an die Platzwunde auf seiner Stirn. »Mich hat man auch niedergeschlagen.«

»Nelly?«

»Meine Freundin, oder … wir waren noch nicht richtig zusammen, aber ich glaube, es ist ernst. Eine wie sie habe ich noch nie getroffen …« Er verstummte erneut.

»Ich verstehe das nicht, warum hat jemand sie niedergeschlagen?«

»Wir waren in ihrem Zimmer und haben geschlafen.« Er

starrte einen Augenblick vor sich hin. »Jemand muss eingebrochen sein, ohne dass wir es gehört haben. Ich bin mir ganz sicher, dass die Tür abgeschlossen war. Ich verstehe das auch nicht, und das Schlimme ist, dass ich mich an nichts erinnern kann.«

»Aber du sagst, dass du sie gefunden hast?« Anna rieb ihm die Hände.

»Ja. Ich bin am Morgen aufgewacht, und da lag sie in der Stube auf dem Boden und blutete am Kopf. Ich wollte Hilfe holen, und eine Nachbarin sagte, sie würde nach dem Doktor schicken, aber sie holte die Polizei.«

»Glaubte sie, dass du sie niedergeschlagen hast?«

»Offenbar. Obwohl das keinen Sinn ergibt. Wieso sollte ich um Hilfe rufen, wenn ich es getan hätte? Dann wäre es schlauer gewesen zu verschwinden, nicht wahr?«

»Ist Nelly tot?«

»Nein. Sie liegt im Krankenhaus, aber ich weiß nichts. Sie fehlt mir so fürchterlich. Stell dir vor, wenn sie immer noch Schmerzen hat.«

»Gott sei Dank, dass sie noch lebt. Die Ärzte können ihr sicherlich helfen. Vielleicht geht es ihr schon besser. Hör zu, Johannes, das bedeutet, dass sie dich nicht wegen Mordes verurteilen können.«

»Das nicht, aber für Mordversuch. Dieses Wort benutzen sie die ganze Zeit, und das scheint fast genauso ernst zu sein. Vermutlich ende ich auf dem Schafott.«

»Sag doch nicht so was.« Sie drückte ihm seine Hand noch fester. »Ich verstehe nicht, warum Nelly der Polizei nicht gesagt hat, was passiert ist, wenn sie noch lebt?«

»Keine Ahnung. Vielleicht erinnert sie sich an nichts.«

Sie strich Johannes vorsichtig über seine malträtierte Wange. Er riss sofort seine Hände hoch, um sie daran zu hindern. »Fass da nicht hin. Das tut so weh. Zeitweise ist es unerträglich.«

»Prügeln sie dich?«

Er sah auf den Wärter und nickte dann. Der Wärter hatte den Kopf an die Wand gelehnt und schlief mit offenem Mund.

»Sie wollen, dass ich etwas gestehe, was ich nicht getan habe. Sie glauben mir nicht … und ich weiß nicht, wie ich sie überzeugen soll.« Seine Stimme brach beinahe. »Ich habe so fürchterliche Angst, das Falsche zu sagen.«

»Wie meinst du das?«, fragte Anna.

»Einige Male war ich drauf und dran, mich schuldig zu bekennen, nur damit ich meine Ruhe habe und sie mich nicht mehr schlagen.«

»Das darfst du nicht, versprich mir das, Johannes. Erinnerst du dich denn wirklich an nichts?«

»Ich werde noch verrückt, so sehr zerbreche ich mir den Kopf. Das Einzige, woran ich mich erinnere, ist, dass ich mit Nelly in den Armen im Bett lag, danach ist alles schwarz.«

»Aber davor?«

»Ich war ins Wirtshaus eingeladen, weil die anderen mich singen hören wollten. Der Branntwein war gratis. Du weißt, dass ich sonst kaum etwas trinke. Ich war also ziemlich betrunken. Vermutlich habe ich mich auch nur deswegen getraut, so spät noch bei Nelly anzuklopfen.« Einen Augenblick lang blieb alles still, dann nahm er ihre Hand. »Aber jetzt bist du hier. Das ist ein Segen. Hat dich Vater geschickt?« Es war, als wäre er durch die Unterhaltung klarer im Kopf geworden.

»Nein. Ich bin von zu Hause abgehauen. Vater und Harald waren nicht bereit, etwas zu unternehmen.«

Er schaute weg. »Nein, das waren sie wohl nicht, aber du, Anna, bist ein guter Mensch, und du musst mir helfen. Außer dir habe ich niemanden. Es muss jemanden da draußen geben, der weiß, dass ich unschuldig bin. Und dann musst du Nelly finden. Ich muss wissen, wie es ihr geht.«

»Deswegen bin ich ja hier. Wieso bist du eigentlich so schnell aus Vejle weg? Du warst doch so krank?«

Er wiegte ein wenig auf seinem Stuhl hin und her. »Es stimmt, ich bin trotz Fieber aufgestanden. Ein riesiger Blasebalg schien mein inneres Feuer immer weiter anzufachen. Es wollte mir keine Ruhe lassen, und ich hatte das Gefühl, ich könnte die Krankheit abschütteln, wenn ich nur Vejle verließe. Es ging mir tatsächlich besser, nur der Husten folgte mir den ganzen Weg nach Kopenhagen …« Er verstummte, und der Wärter erwachte, richtete sich auf und zog an einer Kette eine Uhr aus der Westentasche.

»Die Besuchszeit ist in zwei Minuten vorbei«, sagte er und lehnte seinen Kopf wieder an die Wand.

»Wir müssen uns beeilen. Wo wohnst du?« Er beugte seinen Kopf näher an ihren.

»Nirgends. Ich bin eben mit der Bahn angekommen und sofort hierhergegangen.«

»Vielleicht kannst du in meinem Zimmer schlafen. Jedenfalls musst du dorthin. Es ist drüben in der Borgergade.« Er erklärte ihr den Weg. »Nelly wohnt im Keller, und ich wohne auf dem Speicher. Gegenüber von meiner Kammer wohnt Olesen mit seiner Frau Petrine. Du musst mit ihm sprechen. Er wird dir helfen. Dann gibt es da noch eine Frau, Betty, aber ich weiß nicht … Sie hat die Polizei geholt. Vielleicht weiß sie ja was? Dann musst du herausfinden, in welchem Krankenhaus Nelly liegt. Ich habe die Polizisten hier gefragt, aber entweder wissen sie es nicht, oder sie wollen es mir nicht sagen. Und pass gut auf dich auf.« Er beugte sich vor und küsste sie auf die Wange.

»Hast du denn überhaupt keinen Verdacht, Johannes?«

»Nein, nicht den geringsten.« Einen Augenblick lang starrte er ins Leere. »Aber ich bin mit einem Mann von der Werft nach Hause gegangen. Er war auch im Wirtshaus dabei. Er wohnt irgendwo in meiner Nachbarschaft. Es ist zwar nicht wahrscheinlich, aber vielleicht hat er ja was gesehen.«

»Und wie heißt er?«

»Das weiß ich nicht, er arbeitet irgendwo anders auf der Werft, doch er ist auch auf dem Foto.«

»Was für ein Foto?«

»Ein Mann von einer Zeitung wollte über die Werft schreiben. Er brauchte ein Foto von ein paar Arbeitern. Also haben wir uns fotografieren lassen. Ich habe ein paar Tage später den Artikel aus der Zeitung gerissen. Er liegt in dem Holzkästchen in meinem Zimmer. Er steht mit seiner Schirmmütze in der Hand auf dem Foto direkt hinter mir.«

»Ich finde ihn.«

»Wie lange bin ich denn schon eingesperrt?«, wollte er wissen.

»In dem Telegramm stand, dass sie dich am 15. Februar eingekerkert haben. Du bist jetzt also genau einen Monat in Haft.«

Als er wieder in seiner Zelle war, suchte er eine freie Fläche an der Wand und ritzte mit dem Fingernagel einen Strich in den Putz, um die Tage zu zählen, bis Anna zurückkehrte. Erschöpft legte er sich auf seine Pritsche, aber eine kleine, flackernde Hoffnung war in ihm erwacht.

27

Kopenhagen, Sonntag, den 15. März

Anna hielt einen Augenblick auf dem obersten Absatz der breiten Treppe des Gerichtsgebäudes inne. Obwohl Sonntag war und die Luft feucht und kalt, befanden sich viele Menschen auf dem Platz. Einige Frauen verkauften Waren von einem Handwagen, um den sich Leute geschart hatten. Der Himmel war diesig, und von irgendwoher kreischte eine Möwe.

Eigentlich wollte sie direkt in die Borgergade gehen, wie von Johannes aufgetragen. Aber innerlich war sie wie gelähmt. Während der Fahrt von Eriknauer nach Kopenhagen hatte sie noch gehofft und ein Gebet nach dem anderen in den Himmel geschickt. Sie hatte gehofft, dass Johannes bereits freigelassen worden war oder dass seine Entlassung bevorstand.

Langsam ging sie nun die Treppe hinunter. In einiger Entfernung standen Droschken, und die Kutscher wärmten sich an einem Feuer. Anna schwang ihr Sommertuch über die Schulter. Der Proviant, den sie darin eingewickelt hatte, war schon lange aufgegessen. Jetzt lag darin nur noch der alte Wollunterrock, den sie auf der Fähre ausgezogen hatte.

Dann gab sie sich einen Ruck und überquerte den Platz mit schnellen Schritten. Auf der anderen Seite hielt sie inne, um sich zu orientieren. Eine junge Frau blieb neben ihr stehen. Ihr Kleid war ausgeschnitten, und sie trug weder einen Pullover noch ein Tuch. In der Hand hielt sie einen Sonnenschirm mit einem großen Loch auf einer Seite. Offenbar hatte sie sich in der Jahreszeit geirrt. Das Mädchen ging auf und ab, kehrte aber immer zum selben Platz zurück. Ihr Kleid war vorne geflickt und voller Flecken. Anna zog ihren Mantel enger um sich. Ein Mann in schwarzem Mantel und Zylinder ging auf das Mädchen zu und schaute sich um, ehe er es ansprach. Anna hörte nicht, was sie sagten. Dann hielt der Mann eine Droschke an und half der Frau hinein. Sie waren ein ungleiches Paar. Oder war das Mädchen eine Dirne mit einem Kunden? Dass so etwas bei helllichtem Tag geschah!

Anna sah sich nach jemand um, den sie nach dem Weg fragen konnte. Eine ältere, gekrummte Frau kam um die Ecke. Sie war in ein dickes Umschlagtuch gehüllt und trug eine altmodische Haube.

»Ich muss zum Kongens Nytorv. Können Sie mir den Weg beschreiben?«, fragte Anna.

»Das ist um die Ecke, dann den Strøget immer geradeaus, Sie können ihn nicht verfehlen.« Die Frau sah sie freundlich an. »Sind Sie neu hier in der Stadt?«, erkundigte sie sich.

Anna nickte. *War es wirklich so augenfällig, dass sie vom Land kam?* Vermutlich war es ihre Aussprache. Sie hörte selbst, wie anders sie klang.

Zwei große junge Männer betrachteten sie aus einiger Entfernung. Als sie auf den Strøget einbog, folgten sie ihr. Wenig später hatten sie sie eingeholt. »Wir können Ihnen dabei helfen, sich in der Stadt zurechtzufinden, Fräulein«, sagte der eine von ihnen, ein schmächtiger Bursche mit blonden Locken und einem schmutzigen Wollpullover.

»Wir kennen die Stadt besser als alle anderen, nennen Sie uns einfach die Adresse, dann finden wir hin«, sagte der andere. Er war etwas kräftiger, und seine Hosen hatten Hochwasser.

»Nein danke, ich komme gut zurecht«, antwortete Anna.

»Aber es kann schwierig sein, sich in Kopenhagen zu orientieren. Es gibt Gegenden ohne Straßenschilder, mein Freund und ich, wir haben schon vielen geholfen«, fuhr der Magere fort.

»Möglich, aber ich finde meinen Weg auch ohne Hilfe. Außerdem muss ich da rein.« Sie überquerte die Straße und ging auf einen Laden mit großen erleuchteten Schaufenstern zu. Auf diese Weise wollte sie die beiden Burschen schnellstmöglich abschütteln, sie hatte ohnehin kein Geld, das sie ihnen hätte geben können. Der Laden hatte ein großes, mit Blumenstuck verziertes Portal. Auf dem Schild stand »Seidenhaus«.

Das Ladenlokal war riesig, und sie ging an einigen Damen in feinen Kleidern vorbei weiter nach hinten, damit man sie durch die Schaufenster nicht mehr sehen konnte. Vor einer breiten Treppe blieb sie stehen. Es war kein normales Tuchgeschäft, es war hoch wie eine Kirche, und die Säulen waren verziert. Langsam ging sie auf eines der Schaufenster zu. Die beiden Männer waren nicht mehr zu sehen, konnten aber trotzdem noch irgendwo dort draußen sein. Auf einem Ständer hing ein Mantel. Sie strich darüber, aber ihre raue Hand blieb an dem glatten Stoff beinahe hängen. Neben dem Ständer stand ein Schild: »Gallus. Abendmantel mit Eichhörnchenfellkante und -kragen, Seidenstickerei und wattiertem Atlasfutter, 110 Kronen.« *Konnte es wirklich sein, dass jemand so viel Geld für einen Mantel bezahlte? Eichhörnchenfell? Was sollte daran so vornehm sein? Eichhörnchen gab es doch überall.* Daneben hingen an einer Art Speer Hüte …

»Sind Sie mit Ihrer Herrschaft hier?« Ein Mann mit wassergekämmtem Haar, Stehkragen und einer kleinen Fliege baute sich ihr gegenüber auf.

»Nein, ich …«

»Dann muss ich Sie bitten, das Geschäft zu verlassen.«

»Ich wollte mir nur rasch diesen Mantel ansehen.«

»Wollen Sie ihn kaufen?«

»Nein, das …«

»Unser Sortiment wendet sich an einen speziellen Kundenkreis, an Damen aus ordentlichen, bessergestellten Familien.«

»Normale Leute sind also nicht ordentlich?« Wie eine heiße Welle schlug die Entrüstung über sie hinweg.

»Sehen Sie zu, dass Sie weiterkommen. Es gibt anderswo Geschäfte für Leute wie Sie.« Er eskortierte sie zur Tür, und sie meinte, den stechenden Blick der feinen Frauen im Rücken zu spüren.

Draußen sah sie sich um, konnte die jungen Männer jedoch nirgends entdecken. Sie betrachtete ihren verschlissenen Mantel, der in dem feinen Geschäft so aufgefallen war. Wenn man bedachte, dass er einmal ihrer Mutter gehört hatte, war er in einem ganz guten Zustand. Nur an den Ärmeln schimmerten die Kettfäden durch. Der Schnitt des Mantels war natürlich unmodern. Schlimmer war es mit den Stiefeln. Sie waren zwar vor weniger als einem Jahr vom Schuster besohlt worden, aber die Absätze waren schon wieder abgenutzt. *Stiefel und Mantel sagten doch nichts darüber aus, ob man ein ordentlicher Mensch war. Was wussten die feinen Damen im Laden schon von der Welt!* Sie ahnten nicht, wie ordentliche Menschen darum kämpfen mussten, den Kopf über Wasser zu halten, und dann wurden sie womöglich noch für etwas verurteilt, was sie nicht verbrochen hatten.

Auf der Straße trugen viele Frauen so schöne Mäntel, selbst Kinder hatten Mäntelchen und Hüte. Sie wollte weg von hier, die Leute wirkten seltsam affektiert, als führten sie einander ihre feinen Kleider vor. Anna beschleunigte ihre Schritte, blieb dann aber vor einer Bäckerei stehen. Es duftete nach frisch gebackenem Brot, als die Tür geöffnet wurde. Im Schaufenster stand eine Sahnetorte mit Schokoladenglasur und hellroten Marzipanrosen, die so gut gemacht waren, dass man sie für echte Rosen halten konnte. Bei dem Duft, der ihr aus dem Laden entgegenschlug, knurrte Anna der Magen. Seit dem Brötchen, das sie am Morgen auf dem Bahnhof gekauft hatte, hatte sie nichts mehr gegessen. Im Laden waren jedoch zu viele Damen in feinen Kleidern und Hüten. Dort wollte sie nicht rein.

Sie ging weiter. Viele Läden waren hell erleuchtet, und die klingenden Glöckchen der Ladentüren mischten sich mit dem Rumpeln der Pferdewagen, konnten aber ihren Hunger und das Gefühl der Fremdheit in einer feindlichen Stadt, in der für Hoffnung und Gebete kein Platz war, nicht überdecken.

Schließlich mündete die Straße auf einen großen Platz. Das musste der Kongens Nytorv sein, von dem Johannes gesprochen hatte. Sie sah sich um. Einige Droschken hatten wegen des Nebels die Laternen angezündet und erinnerten an Schiffe mit Laternen.

Als sie um die Ecke bog und die Borgergade entlangging, hatte sie das Gefühl, sich in einer anderen Stadt zu befinden. Die schiefen Häuser lehnten sich wie alte Menschen aneinander. Der Nebel wurde, jetzt mit Kohlenqualm vermischt, dichter. Hier waren die Leute nicht herausgeputzt in ihrem Sonntagsstaat, sondern sahen in ihren verschlissenen Mänteln und dicken Pullovern normaler aus. Keine der Frauen trug einen Hut. Die mageren, schmutzigen und rotznäsigen Kinder hätten in jeder armen Häuslerkate bei Anna zu Hause wohnen können.

»Zweiter Hinterhof«, hatte Johannes gesagt, aber sie konnte nur einen Hinterhof entdecken. Eine ältere Frau mit einem Wassereimer tauchte in der Durchfahrt auf. Sie ging schwerfällig, und bei jedem Schritt schwappte das Wasser aus dem Eimer.

»Ich suche einen Herrn Olesen. Er wohnt auf dem Speicher.«

Die Frau betrachtete Anna einen Augenblick. »Olesen wohnt auf dem nächsten Hof, du kannst mit mir mitkommen.«

Erst jetzt sah Anna einen Durchgang neben dem Hinterhaus. Sie folgte der Frau. Der Durchgang war so schmal, dass sie mit ausgestreckten Armen beide Seiten hätte berühren können. Der Hinterhof, auf den sie gelangten, sah mit seinen Mülltonnen und Aborten aus wie der andere, war aber so schmal, dass Anna das Gefühl hatte, sich auf dem Grund eines Schornsteins zu befinden. Die Frau stellte ihren Eimer vor die Tür eines Treppenhauses. Über dem Eingang hing eine schwache Gaslaterne, die ihren Schein auf ihr Gesicht warf. Die Hautfalte über ihren Lidern hing so sehr herab, dass ihre Augen kaum zu erkennen waren. Sie sagte nichts und stand einfach nur da.

»Wohnt Herr Olesen dort oben?« Anna deutete mit der Hand.

»Hm.«

Anna ging ein paar Schritte auf sie zu, aber die Frau bewegte sich nicht und versperrte ihr die Tür.

»Was willst du da oben?«

»Herr Olesen kennt meinen Bruder. Der wohnt auch auf dem Speicher.«

»Ach so, Johannes. Aber der ist nicht zu Hause.« Die Frau presste die Lippen zusammen.

»Kennen Sie ihn?«

»Natürlich. Wir wohnen schließlich im selben Aufgang.«

»Sind Sie vielleicht Betty?«

»Woher weißt du das?«

»Johannes hat Sie erwähnt. Er sitzt im Gefängnis. Sie beschuldigen ihn …«

»Das weiß ich«, fiel Betty ihr ins Wort.

»Sie wollen ihn für etwas verurteilen, was er nicht getan hat. Wenn Sie also etwas wissen, was ihm helfen kann …«

»Was soll ich alte Frau schon wissen?«

»Aber Sie haben doch die Polizei gerufen?« Betty antwortete nicht, sondern öffnete die Tür und blieb stehen.

»Du bist vom Land, nicht wahr?«, fragte sie.

»Johannes und ich kommen aus Jütland«, antwortete Anna.

»Stimmt, Johannes ist Jütländer.« Sie zögerte einen Augenblick. »Das ist weit weg.«

»Ja.« Anna wollte endlich ins Haus, aber Betty machte keine Anstalten, aus dem Weg zu gehen.

»Das muss doch ein Vermögen kosten, von Jütland nach Kopenhagen zu reisen?« Betty packte Annas Arm. »Falls du in Schwierigkeiten geraten solltest, kannst du immer zu mir kommen.«

»Danke, aber ich bin mir nicht ganz sicher, ob ich Sie verstehe.«

»Geldschwierigkeiten. Wir müssen schließlich alle überleben, nicht wahr, und in einer Stadt wie dieser ist es nicht immer leicht, eine Arbeit zu finden.«

»Ich werde nicht lange bleiben. Ich bin nur hier, um Johannes zu helfen.«

»So etwas kann sich in die Länge ziehen.«

»Was für eine Arbeit hätten Sie denn für mich?«

»Ich kenne Orte, an denen die Herren gut für ein gesundes Mädchen wie dich bezahlen.«

Anna machte sich los und trat einen Schritt zurück. »Nein danke, ich komme schon zurecht.«

»Meinetwegen, aber du wirst es dir noch anders überlegen.« Die Frau drehte sich um und verschwand im Treppenhaus.

28

Kopenhagen, Sonntag, den 15. März

ANNA WARTETE EINEN Augenblick, bis sie im Haus eine Tür zufallen hörte. Sie hatte keine Lust, sich noch weiter mit der Frau zu unterhalten. Der Gestank, der ihr entgegenschlug, als sie die Tür öffnete, stammte eindeutig von Ratten.

Zu Hause auf dem Hof konnte sie als Einzige am Geruch erkennen, wenn sich Ratten im Getreidevorrat befanden. Zögernd begann sie, die Treppe hinaufzugehen. Im ersten Stock standen eine Reihe Kinderholzschuhe vor einer Tür. Weiter oben war das Geländer lose. Sie tastete sich an der Wand weiter. Das einzige hohe Bauwerk, das sie von zu Hause kannte, war die Kirche mit ihrem hohen Turm. Sie dachte an den Pfarrer, seinen schwachen Handedruck und die nutzlosen Gebete, die er für Johannes gesprochen hatte. *Hatte er eigentlich selbst geglaubt, dass sie etwas bewirken würden?*

Ganz oben klopfte sie vorsichtig, einen Augenblick später wurde die Tür von einem kleinen grauhaarigen Mann geöffnet. Er nickte nachdenklich, als sie ihm erklärte, wer sie war. Dann erschien eine Frau in der Tür, die sich als Petrine vorstellte. Sie war noch kleiner als ihr Mann, und ihr dünnes Haar war zu einem Knoten zusammengebunden, der nicht größer als eine Kastanie war.

»Kommen Sie doch rein.« Sie schob ihren Mann beiseite.

Die Stube hatte Dachschrägen, war halb so groß wie ihre daheim, aber sauber und aufgeräumt. Es war kaum zu glauben, dass sie an dem schmutzigen Treppenaufgang lag, den Anna gerade hinter sich gelassen hatte. Auf dem breiten Fensterbrett standen Topfpflanzen, und auf dem Tisch lag eine hellgelbe Tischdecke mit gestickten Veilchen. Das Zimmer wirkte gemütlich und ganz ungefährlich im Unterschied zu dem, was ihr begegnet war, seit sie die Küchentür zu Hause hinter sich geschlossen hatte. Beschämt blinzelte sie mehrmals, um die Tränen zu unterdrücken.

»Kommen Sie direkt aus Jütland?«, fragte Olesen und hängte ihren Mantel auf einen Haken.

Anna räusperte sich und antwortete dann: »Ja, aber ich war bereits im Arrest und habe Johannes besucht.«

»Wie geht es dem Jungen denn?« Er rückte ihr einen Stuhl an den Tisch, doch Anna blieb stehen.

»Leider nicht so gut.«

»Das mit Johannes ist wirklich ein Elend.«

»Ich habe so fürchterliche Angst. Und wenn sie ihn jetzt für etwas verurteilen, was er nicht getan hat?«

Petrine legte einen Strumpf, den sie gerade gestopft hatte, in einen Beutel. »Sie trinken doch sicher eine Tasse mit uns?«

»Ja danke, wenn es nicht zu viele Umstände macht.«

In der Mitte des Zimmers stand ein Ofen, und Petrine nahm ein paar Ringe heraus und stellte einen Wasserkessel darauf. Anna fiel auf, dass es keine Küche gab, sondern nur das eine Zimmer, in dem sie sich befanden.

»Johannes hat mich hierhergeschickt. Ich will alles tun, um ihm beizustehen.«

Olesen nickte. »Das versteht sich, aber ich weiß nicht, ob wir dabei helfen können.«

»Vielleicht können Sie mir erzählen, was überhaupt passiert ist.«

Olesen stand am Fenster und zog an seinen Hosenträgern. »Ich weiß nichts. Das ist das Problem. Die Polizei war auch hier und hat unzählige Fragen gestellt. Sie konnten mir nicht einmal sagen, warum ich überhaupt vernommen wurde. Schließlich hatte ich nichts mit dem Überfall zu tun.«

»Aber du hast dich mit den Polizisten angelegt wie ein Rüpel, als sie Johannes weggeschleppt haben«, meinte Petrine, die gerade eine Scheibe Schwarzbrot abschnitt.

»Ach was, unverschämt waren die. Wir haben geschlafen, als es passiert ist.«

»Alle wurden verhört, auch die im Vorderhaus. Die Polizei war mehrere Male hier. Ich glaube nicht, dass sie irgendwas wissen. Das hätte sich herumgesprochen«, meinte Petrine und stellte Anna ein Brot mit Margarine hin und schob die Zuckerschale in ihre Richtung. »Der Kaffee ist gleich fertig.«

»Danke.« Anna streute Zucker auf das Schwarzbrot. »Johannes sagt, dass Nelly noch lebt. Wissen Sie, wie es ihr geht?«

»Nein«, antwortete Petrine und stellte den Kaffee auf den Tisch. »Aber sie liegt im Krankenhaus in der Amaliegade. Der Allgemeinen.«

»Der Allgemeinen?«

»Das ist das alte Krankenhaus hier in der Nähe.«

»Nelly ist ein wunderbares Mädchen. Das findet Johannes ja auch«, sagte Olesen.

»Was kann ich nur tun, um ihm zu helfen?«, fragte Anna.

»Ehrlich gesagt glaube ich nicht, dass Sie viel tun können. Das ist die Aufgabe der Polizei, die Mühlen der Justiz nehmen einfach ihren Lauf …«

»Und das sagst du, Olesen«, unterbrach ihn Petrine. »Jeder weiß, dass der Polizei Leute wie wir egal sind.« Sie schenkte Anna Kaffee ein.

»Man hat mir geraten, einen Anwalt zu suchen«, meinte Anna.

»Aber ein solcher Herr lässt sich sicher teuer bezahlen«, meinte Petrine. Sie hatte ihre Handarbeit wieder hervorgenommen. Eine Socke mit einem großen Loch an der Ferse. Die Stopfnadel fuhr hin und her und legte ein Gitter über das Loch.

Eine Weile blieb es still. Dann erhob sich Petrine und schenkte Anna nach. »Da fällt mir der junge Student ein, der im Vorderhaus wohnt …«, begann sie.

»Der ist schon lange ausgezogen. Er ist inzwischen Akademiker«, unterbrach sie Olesen.

»Ja, ja, aber was hat er noch gleich studiert? Du hast dich doch manchmal mit ihm unterhalten, Olesen.«

»Er ist Jurist. Er wohnt jetzt in der Store Kongensgade. Nummer 34, glaube ich, hat er gesagt, als ich ihm zuletzt begegnet bin. Vielleicht wäre es keine dumme Idee, mal mit ihm zu reden.«

»Ich suche ihn morgen auf«, meinte Anna. »Haben Sie einen Schlüssel zu Johannes' Zimmer? Ich hatte vor, dort zu übernachten.«

»Es ist schon wieder vermietet«, meinte Olesen.

»So schnell?«

»Alle reißen sich hier in der Stadt um die wenigen Zimmer.«

»Und was ist aus Johannes' Sachen geworden?« Anna umklammerte ihre Tasse.

»Ich glaube nicht, dass da so viele Dinge waren.« Olesen zog erneut an seinen Hosenträgern.

Wenig später verabschiedete sich Anna und brach auf. Als sie wieder auf dem Hof stand, öffnete sich die Tür zum Treppenhaus, und Petrine erschien. »Sie haben ein Recht, es zu erfahren«, sagte sie leise. »Da war ein Sack mit Johannes' Sachen.« Sie hielt einen Moment inne. »Olesen hat den Sack an die Trödlerin um die Ecke verkauft. Sie wissen doch, wie Männer sein können.«

Anna nickte.

»In der Adelgade liegt eine Herberge«, meinte Petrine.

»Ist das weit von hier?«

»Nein, das ist die nächste Straße.« Petrine erklärte ihr den Weg.

29

Kopenhagen, Sonntag, den 15. März

Sie musste bei der Herberge in der Adelgade mehrmals am Glockenzug ziehen, bis eine ältere Frau öffnete. »Tut mir leid, es ist voll.« Sie hatte eine tiefe Stimme wie ein Mann.

»Mir ist alles recht. Ich bin fremd in der Stadt und …«

»Haben Sie nicht gehört, es ist voll.« Die Frau wollte die Tür schließen, aber zögerte einen Augenblick. »Sie können es im Hankatten in der Helsingørsgade versuchen. Die Wirtin vermietet Zimmer im ersten Stock.«

Das Hankatten war ein unscheinbares Wirtshaus. Durch die beschlagenen Fenster war kaum etwas zu erkennen, aber Lärm drang auf die Straße.

Anna scheute sich einzutreten, hatte jedoch in den letzten beiden Tagen nur wenig geschlafen, und hinter ihren Augen lauerte ein stechender Schmerz. Sie musste schlafen.

Vorsichtig stieß sie die Tür auf und musste nach Luft schnappen, als sie eintrat. Pfeifenqualm hing so dicht in der Luft, dass es im Hals kitzelte. Niemand beachtete sie. Die Aufmerksamkeit aller richtete sich auf etwas, das an einem Tisch weiter hinten vor sich ging. Durch die Schar der Trunkenbolde sah sie zwei Männer beim Armdrücken. Ein Talglicht war so auf dem Tisch platziert, dass sich der Verlierer die Hand versengen würde. Hinter dem Tresen stand ein kräftiger Mann in Lederschürze und zapfte Bier.

»Ich hätte gern ein Zimmer.« Sie musste brüllen, um den Lärm zu übertönen.

»Wofür?«

»Zum Schlafen.«

»Wir haben keinen Platz.« Er goss einem Mann einen Schnaps ein. Als dieser das Glas hob, sah Anna, dass ihm ein Finger fehlte.

»Ich bin nicht wählerisch. Nur ein kleines Zimmer«, beharrte Anna.

Der Mann mit dem fehlenden Finger wandte sich ihr zu. In seinem Bart hing Bierschaum. »Erlauben Sie mir, dass ich Ihnen helfe, Fräulein«, sagte er. »Ich zahle für ein Zimmer für die junge Dame und mich für die ganze Nacht.« Er knallte die Hand auf den Tresen, als hätte er bereits bezahlt.

»Das verstehe ich nicht, sollen wir das Zimmer teilen?«, fragte Anna.

»Nicht nur das Zimmer, auch das Bett.« Der Mann blinzelte Anna zu.

»Das Bett?« Anna wich einen Schritt zurück.

»Ja, das ist doch angemessen. Anschließend können Sie schlafen, so viel Sie wollen, Fräulein.«

Eine Frau mit aufwendig hochgestecktem Haar kam aus einer Tür hinter dem Tresen. »Ich bin die Wirtin und habe hier das Sagen. Wenn Sie mit einem Frauenzimmer schlafen wollen, dann kommen Sie zu mir, verstanden!«, sagte sie zu dem Mann mit dem fehlenden Finger, dann wandte sie sich an Anna.

»Sie sind aus Jütland, nicht wahr?«

»Ja, aus Uldum. Ich würde gerne ein Zimmer für eine Nacht mieten.«

»Wir können beim Pferd noch eine Strohmatte auslegen. Dort tritt Ihnen niemand zu nahe.«

Sollte sie etwa im Stall übernachten? Gab es hier überhaupt einen?

»Kommen Sie mit«, sagte die Wirtin und nahm einen Kerzenhalter mit einem Talglicht. Anna folgte ihr die Treppe hinauf. Sie war so steil, dass es sich fast um eine Leiter handelte.

Offenbar doch kein Stall! Das Kleid der Wirtin war ausgeschnitten, das Mieder geschnürt. Der Gedanke daran, wie unbequem das sein musste, raubte Anna den Atem. Aber offenbar war das die Mode, die Uldum nur noch nicht erreicht hatte.

Die Wirtin blieb stehen. »Warten Sie hier!« Einen Augenblick später kam sie mit einer dünnen Strohmatratze und einer Decke zurück. Sie öffnete die Tür des Zimmers Nummer acht. Hier stank es nach Parfüm und Schweiß. An den Wänden standen Betten, in denen Frauen schliefen, obwohl es früher Abend war. Die Wirtin stellte die Kerze auf den Waschtisch und rollte die Matratze auf dem Boden aus. Eine der Frauen setzte sich im Bett auf. Ihr graues, strähniges Haar hing um ihren mageren Hals. »Hier ist voll«, sagte sie mit schriller Stimme.

»Das entscheide immer noch ich«, antwortete die Wirtin.

Die Frau im Bett verzog das Gesicht, und Anna bemerkte ihre langen Zähne. *War sie etwa das Pferd?* Die Wirtin blieb in der Tür stehen. »Ich kassiere lieber gleich. Das macht fünfzehn Öre.«

Anna suchte das Geld hervor. Die Münzen waren warm, weil sie sie in einem Beutel auf ihrem Busen verwahrt hatte. Als die Wirtin gegangen war, legte sie ihren Pullover unter den Kopf. Ihr Kleid behielt sie an und zog die Decke über sich. Die Stiefel stellte sie neben die Matratze, überlegte es sich allerdings anders und legte sie zusammen mit ihrem Wollunterrock in ihr Tuch und unter die Decke. Ihre Füße waren kalt und feucht, sie rieb sie lange aneinander, aber sie wurden trotzdem nicht warm.

Die Frauen schnarchten, aber plötzlich wandte sich eine an Anna. »Es gibt keinen Gott«, flüsterte sie.

Anna zog ihre Decke weiter hoch. Die Frau musste verrückt sein.

30

Kopenhagen, Nytorv Arrest, Montag, den 16. März

Johannes summte einige Takte einer Melodie und versuchte, sich daran zu erinnern, ob es sich um ein Kirchenlied oder eine Ballade handelte. Er konnte nicht verstehen, warum ihn sein Gedächtnis so im Stich ließ. Er hatte ja so viele Kirchenlieder auswendig gekonnt. Sein Kopf war trübe wie ein stillstehendes Gewässer. Der Schmerz in seinem Unterkiefer hatte ihn den ganzen Vormittag geplagt, aber jetzt endlich ein wenig nachgelassen.

Es hämmerte an der Zellentür. Mit einem Ruck erhob er sich von der Pritsche. *War Anna wieder da? Konnte es sein, dass sie bereits etwas herausgefunden hatte?* Das war seinem Engel durchaus zuzutrauen. Der Wärter erschien an der Tür und schob seine Pfeife in den anderen Mundwinkel. Dann legte er Johannes die Handschellen an. Als sie auf den Gang kamen, wurde gerade die Tür einer anderen Zelle geöffnet. Ein vornübergebeugter Wärter wuchtete etwas herum. Dann ging die Tür ganz auf, und ein weiterer Wärter kam zum Vorschein. Sie trugen eine Bahre. Mit Entsetzen sah Johannes, wer auf der Bahre lag. Es war Hans Lunde, für den er hatte beten sollen. Sein Gesicht war vollkommen weiß, und unter seiner spitzen Nase war Blut.

»Ist er …«, begann Johannes.

»Er ist tot«, sagte der Wärter und sog heftig an seiner Pfeife.

»Aber das verstehe ich nicht. Gestern in der Kapelle habe ich doch noch mit ihm gesprochen?«

»Sie fragen zu viel, Christensen. Halten Sie einfach die Schnauze.«

Sie überquerten die Seufzerbrücke und gingen dann einen Gang entlang. Johannes' Glieder wurden schwer, und es rumorte wieder in seinem Unterkiefer. Er brauchte nicht zu fragen, er wusste, dass ihn kein Besuch, sondern ein weiteres Verhör erwartete. Gleich würden sie die steile Treppe zum Verhörraum hinuntergehen, der irgendwo im hintersten Winkel des Gebäudes lag.

Sie traten ein. Der Verhörbeamte saß bereits am Tisch. Neben ihm thronte ein weiterer Herr, den Johannes noch nie gesehen hatte. Er war kräftig und untersetzt und hatte eine breite, flache Nase, als hätte ihm jemand einen schweren Schlag versetzt. Er trug im Unterschied zu dem Beamten keine Uniform, sondern eine schwarze, hochgeschlossene Jacke. Auf dem Tisch vor ihm lagen einige Papiere, in denen er las.

»Nun, Christensen, haben Sie sich eines Besseren besonnen? Sie können uns genauso gut ein für alle Mal die Wahrheit sagen.« Der Beamte erhob sich und baute sich vor Johannes auf. »Uns reißt nämlich langsam der Geduldsfaden«, knurrte er. Sein Atem stank wie früher schon.

Johannes ließ sich auf den Stuhl sinken. »Wenn ich mich an etwas erinnern könnte, dann würde ich das sagen.« Er erkannte seine eigene Stimme kaum wieder, so schwach und rostig klang sie.

Der harte Schlag kam sofort, und es wurde ihm einen Augenblick lang schwarz vor Augen. Als er die Augen wieder öffnete, sah er die Männer unscharf wie in einem flimmernden Nebel. »Ich liebe sie«, murmelte er.

»Könnte der Häftling bitte lauter sprechen«, sagte der Mann in der schwarzen Jacke.

»Ich liebe Nelly. Ich will sie heiraten.«

»Das haben wir gehört, Christensen. Aber warum sind Sie dann über sie hergefallen?« Ein noch härterer Schlag traf Johannes' malträtierten Unterkiefer. Er stieß einen halb erstickten Schrei aus, dann wurde ihm wieder schwarz vor Augen, und er fiel vom Stuhl.

»Na, Christensen. Sind Sie auf einmal empfindlich geworden? Ja, so kann es gehen.«

Johannes hatte den Geschmack von Blut im Mund und das Gefühl, jemand hätte ihm ein Stemmeisen zwischen die Backenzähne gerammt.

»Aber sie hat Sie abgewiesen, nicht wahr?«, fuhr der Beamte fort. »Warum sollte sich eine solche Frau für einen Habenichts wie Sie interessieren? Können Sie mir das sagen? Hatte sie einen anderen gefunden? War es so?«

»Ich hätte Nelly nie etwas getan«, murmelte Johannes.

»Sprechen Sie lauter, Christensen. Nein, Sie wollten sie nicht verletzen, aber als sie sich wehrte, ist es trotzdem geschehen, nicht wahr? Womit haben Sie sie geschlagen? Oder ging es um etwas anderes, haben Sie etwa geglaubt, dass sie Geld hatte?«

Der Beamte hielt abrupt inne, als der Mann in der schwarzen Jacke eine Armbewegung machte.

»Christensen, wollen Sie uns nicht genau erzählen, was an jenem Abend geschah?«, fragte er.

Der Beamte verzog das Gesicht, sagte aber nichts.

Johannes hievte sich mit Mühe wieder auf seinen Stuhl. Das Flimmern vor seinen Augen war schlimmer geworden, und er hatte die Orientierung im Zimmer verloren. Der Mann in der schwarzen Jacke notierte sich etwas. Anschließend, als Johannes fertig war, betrachtete er das Geschriebene einen Augenblick.

»Und das ist wirklich alles, woran Sie sich erinnern können? Sie müssen wissen, dass es für Sie nicht von Vorteil ist, etwas zu verschweigen, im Gegenteil, sich der Polizei zu widersetzen oder sie rundheraus zu belügen stellt an sich schon ein Gesetzesübertretung dar.« Eine Weile lang blieb es, abgesehen vom Beamten, der mit den Fingerspitzen auf die Tischplatte trommelte, still. »Denken Sie gründlich nach, Christensen.«

»Ich habe alles getan, um mich zu besinnen, aber da ist nichts.«

Jetzt traf ihn der Schlag in den Magen. »Natürlich können Sie sich erinnern, dass Sie sie geschlagen haben. Außer Ihnen und dem Opfer war schließlich niemand in der Wohnung«, schrie der Beamte. Ein weiterer Schlag traf Johannes an der Schläfe und ihm wurde wieder schwarz vor Augen.

»Was sagen Sie zu Schnaps und einer Mahlzeit? Wir können den Häftling eine Weile ausruhen lassen. Mal sehen, ob das seiner Erinnerung auf die Sprünge hilft«, meinte der Mann in der schwarzen Jacke.

Der Husten kam, als er mit dem Wärter allein war, der auf einem Stuhl bei der Tür eingeschlummert war. Es zerriss ihm förmlich die Brust, und er bekam kaum noch Luft.

»Krepieren Sie, Christensen?« Der Wärter hatte die Augen geöffnet.

Johannes stand auf und schwankte an das weit oben liegende Fenster. »Ich brauche Luft«, flüsterte er.

Der Wärter öffnete das Fenster hinter dem Gitter. Johannes legte die Stirn an die kalte Wand unter dem Fenster. Draußen hörte er Bruchstücke von Unterhaltungen und andere alltägliche Geräusche. Dann schüttelte ihn der Husten erneut. Schweißgebadet blieb er anschließend mit geschlossenen Augen unter dem Fenster stehen.

Schwankend kehrte er zu dem Stuhl zurück. Er hörte ein vertrautes Geräusch und meinte plötzlich, das wütende Gesicht seines Vaters an einem seiner schlechten Tage, an denen er vor Schmerzen nicht auftreten konnte und sich auf seinen Stock stützen musste, vor sich zu sehen. Von draußen kam das Geräusch eines Stocks oder vielleicht eines Holzbeins. Das regelmäßige Klacken auf den Pflastersteinen erinnerte ihn aber auch noch an etwas anderes. Etwas, das wie ein verirrter Nachtschwärmer in seinem Bewusstsein flatterte. Mit einem Mal meinte er wieder, in Nellys Bett zu liegen und etwas zu hören. Ein entsetzliches Geräusch kam näher, jemand stützte sich schwer auf einen Stock. Dann war die Erinnerung wieder verschwunden. Er strengte sich bis zum Äußersten an, um sich auf noch mehr zu besinnen, aber alles war schwarz. Schwer ließ er sich wieder auf den Stuhl fallen. *Warum verspottete ihn sein Kopf so?* Könnte er sich nur ein bisschen besser erinnern, dann wüsste er vielleicht, wer der Verbrecher war. Lange lauschte er auf das Geräusch aus der Stadt vor dem Fenster. Der Wärter hatte den Kopf an die Wand gelehnt und schnarchte leise. Dann hörte Johannes einen Schlüssel im Schloss, und der Beamte und der Mann in der schwarzen Jacke traten ein. Sie setzten sich und starrten ihn beide an.

»Und, Christensen«, begann der Beamte.

»Mir ist etwas eingefallen«, erwiderte Johannes.

»Sieh mal einer an. Haben Sie sich eines Besseren besonnen? Werden Sie uns jetzt sagen, was wirklich in dieser Nacht geschehen ist?« Ein triumphierendes Lächeln breitete sich auf den Lippen des Beamten aus. »Spucken Sie es aus, Mann!«

»Ich weiß nicht, was passiert ist. Aber ich erinnere mich an das Geräusch von jemandem, der am Stock geht oder vielleicht ein Holzbein hat. Das war, bevor alles schwarz wurde.«

»Ein Stock? In der Wohnung oder draußen auf dem Hof?«, fragte der Mann mit der Jacke.

»Ich glaube, dass das in der Wohnung war.«

»Und wie hätte diese Person mit Stock in die Wohnung kommen

sollen? Sie haben doch mehrfach behauptet, dass die Tür abgeschlossen war. Oder war das vielleicht Ihr Komplize?«, fragte der Beamte.

»Ich habe nichts getan, und ich weiß auch nicht, wie diese Person reingekommen ist. Verstehen Sie doch, man hat mir einen Schlag auf die Stirn versetzt, aber ich erinnere mich an das Geräusch eines Stocks. Und zwar aus nächster Nähe. Geben Sie mir noch einen Augenblick.« Er hob einen Arm, als wollte er die Zeit anhalten. Er strengte sich bis aufs Äußerste an, um sich die Nacht in der Wohnung ins Gedächtnis zu rufen. *Hatte Nelly neben ihm gelegen, als er den Stock gehört hatte?* Das konnte er nicht entscheiden, so als wäre um das Geräusch herum nur Dunkelheit und Stille. *Warum wollte sein Kopf sich nicht in Gang setzen lassen und ihm ein wenig mehr geben?*

Der Mann in der schwarzen Jacke beugte sich über den Tisch. »Haben Sie eine Vorstellung, wie viele Leute in diesem Land am Stock gehen? Aber Sie waren natürlich nie im Krieg. Ich kann Ihnen sagen, dass Hunderte junger Männer 1864 von der Front nach Hause kamen. Viele waren schwer verletzt.« Der Mann war, während er sprach, hochrot geworden. »Wenn das wirklich alles ist, woran Sie sich erinnern können, glaube ich nicht, dass Ihre Zukunft rosig aussieht.«

31

Kopenhagen, Montag, den 16. März

Anna erwachte als Erste, war aber nicht ausgeschlafen. Die ganze Nacht über hatte das Haus einem Ameisenhaufen geglichen, unablässig waren Leute die Treppe rauf- und runtergegangen,

Betten hatten geknarrt, Türen waren zugeknallt worden, Leute hatten gestöhnt und vielleicht sogar geweint. Einmal waren zwei Frauen aufgestanden, hatten eine Kerze angezündet und sich flüsternd angezogen. Waren das öffentliche Damen auf dem Weg zur Arbeit gewesen? Jetzt lagen sie wieder in ihren Betten und schliefen. Durch ein kleines Fenster sah Anna einen Streifen rötlichen Himmels. Im Haus war es still. Ihr Magen schrie vor Hunger, und ihr Mund war trocken. Sie blieb einen Moment auf der Matratze sitzen. Sie musste diesen Anwalt so schnell wie möglich sprechen. Wer wusste, wie viel Zeit sie hatte, bis das Urteil fiel? Erst musste sie aber zu dieser Trödlerin und sehen, ob Johannes' Habseligkeiten noch dort waren.

Im Zimmer lagen überall Schuhe und Kleider, auch auf den Betten, in denen die Frauen schliefen, lagen bunte Kleider auf den Decken. In einer Ecke stand ein voller Nachttopf.

Herr im Himmel! Ihr Rücken juckte! Sie kratzte sich, aber davon wurde es nur schlimmer, jetzt juckte es auch am Hals. Sie stand von der Matratze auf und zündete eine Petroleumlampe an. Über dem kleinen Waschtisch hing ein Spiegel. Sie trat näher. »Meine Güte«, flüsterte sie, als sie ihr Spiegelbild sah. Die eine Wange und ihr Hals waren mit Flohstichen übersät.

In der Schankstube im Erdgeschoss war es dunkel und menschenleer, und sie schlich durch den Raum.

Draußen war es hell. Ein Mann eilte mit einem Handwagen den Bürgersteig entlang, und Anna musste sich an eine Hausmauer drücken, um ihm auszuweichen. In einer Bäckerei kaufte sie ein kleines Brötchen für eine Öre. Sie hatte bereits die Hälfte des Geldes in ihrem Beutel aufgebraucht. Wie lange sie in Kopenhagen bleiben konnte, hing davon ab, welchen Erlös sie für ihren Verlobungsring bekommen würde und was der Anwalt verlangte. Das Brötchen war gut, aber sie musste unbedingt auch etwas trinken. In der Borgergade warteten ein paar Frauen mit

Eimern an der Pumpe. Sie zögerte einen Augenblick, weil sie nicht wollte, dass ihre Kleider nass wurden, wenn sie direkt von der Pumpe trank, und ging daran vorbei.

Am Abend zuvor war der Trödler an der Ecke geschlossen gewesen, aber jetzt brannte Licht. Es war alles andere als sicher, dass der Bursche auf dem Foto, mit dem Johannes nach Hause gegangen war, etwas gesehen hatte. Vielleicht waren Johannes' Sachen auch schon verkauft. Sie musste trotzdem einen Versuch unternehmen.

Der Laden lag im Keller, eine kleine Glocke klingelte, als sie eintrat. Überall lagen Sachen herum, und sie hatte das Gefühl, in eine Höhle zu kriechen. Sie musste sich an einem Stapel Kohlenbecken vorbeidrängen, um zum Tresen zu gelangen. Hinter dem Tresen saß ein Mann mit einem krummen Rücken und schlürfte etwas aus einem Suppenteller. Er schob ihn beiseite und wischte sich mit dem Ärmel über den Mund. »Womit kann ich dienen?« Sein graues Gesicht war so zerfurcht wie ein frisch gepflügter Acker.

»Vor einiger Zeit hat Ihnen jemand einen Reisesack mit Kleidern und ein paar Habseligkeiten verkauft.«

»Einen Reisesack?« Er kratzte sich mit einem gelben Fingernagel an der Wange. »War das der Reisesack, der zusammen mit der Truhe der Frau, die niedergeschlagen wurde, abgegeben wurde?«

»Das weiß ich nicht, ist aber möglich.«

»Der steht noch dahinten.« Er nahm die Petroleumlampe vom Tresen.

Sie folgte dem Mann in ein Hinterzimmer, in dem womöglich noch mehr Sachen aufgestapelt waren als im eigentlichen Laden. Sie erkannte den Reisesack, obwohl er schmutzig war. Daneben stand eine Kleidertruhe.

»Darf ich in den Sack schauen?«

»Warum kaufen Sie ihn nicht einfach? Ich kann Ihnen einen guten Preis machen.«

»Das tue ich vielleicht, aber ich will trotzdem erst seinen Inhalt anschauen.«

»Warum das? Um solche Reisesäcke reißen sich die Leute, ich kann ...« Er kam nicht weiter, denn das Glöckchen im Laden bimmelte, und er wandte ihr den Rücken zu. »Wenn Sie den Sack wollen, müssen Sie sich schnell entscheiden.« Dann verschwand er im Laden.

Rasch öffnete sie den Sack. Johannes' Kleider rochen muffig, die Bücher waren feucht geworden, und die Seiten klebten zusammen. Sie blätterte sie durch, um nachzusehen, ob der Zeitungsausschnitt in einem von ihnen lag. Vergebens. Sie wühlte weiter in dem Sack und zog eine Blechdose mit einem Blumenbild auf dem Deckel heraus. In dieser hatte ihre Mutter Knöpfe gesammelt. Anna hatte sich mehrmals überlegt, was wohl aus ihr geworden war. Sie nahm den Deckel ab. Johannes hatte Tabak in der Dose aufbewahrt. Sonst gab es nicht mehr viel in dem Sack, einen kleinen verbeulten Topf, eine Blechtasse und einen Teller. Hat er wirklich nicht mehr besessen, oder hatte Olesen alles Brauchbare an sich genommen? Der Zeitungsartikel war sicher verloren gegangen. Sie drehte den Sack um und schüttelte ihn. Eine zerbrochene Pfeife und etwas Zeitungspapier fielen zu Boden. Rasch faltete sie das Zeitungspapier auseinander. Zwischen dem Text stand Johannes in seinen Arbeitskleidern und lächelte. Hinter ihm stand ein Mann mit einer Schirmmütze in der Hand und mit einem schmalen Gesicht und fliehenden Kinn. »Mit Gefahr für Leib und Leben – über die Arbeitsverhältnisse bei B&W«, lautete die Überschrift des Artikels.

Dann fiel ihr Blick auf die Kleidertruhe, und sie konnte der Versuchung nicht widerstehen, sie zu öffnen. Sie enthielt nicht viel mehr als Stiefel mit geplatztem Leder und schiefen Absätzen, einen gesprungenen Handspiegel, ein paar Zeitungen und eine kleine Dose König Salomons Universalsalbe. Sie schraubte den Deckel ab. Die Salbe erinnerte an die weiße Zinksalbe, die sie zu Hause in Uldum gekauft hatte. Nur ein kleiner, ziemlich ausgetrockneter Rest war übrig. Mit dem Zeigefinger rieb sie etwas Salbe auf die Flohstiche auf Wange und Hals. Anschließend hob sie die Zeitungen hoch, um nachzusehen, ob etwas darunterlag, doch die Truhe war leer. Aber als sie die Zeitungen zurücklegen wollte, fiel ein Papier heraus. Ein Taufschein. »Nelly Hansen, geboren am 6. August 1863.« Die Rückseite war mit einer schnörkeligen, ungleichmäßigen Schrift, vielleicht einer Kinderhandschrift, dicht beschrieben. An Tintenklecksen war kein Mangel, und an etlichen Stellen war das Papier von der Feder durchstoßen. »Bericht über den Tod von Marie Hansen«, lautete die Überschrift. Trotz der Schreibfehler ließ die Wortwahl darauf schließen, dass kein Kind den Text geschrieben hatte. Es handelte sich um die Beschreibung eines Unfalls in der Tuchfabrik Rubens. Marie Hansen war schwer verletzt worden, hatte kaum Hilfe bekommen und war später gestorben. Der Bericht war von Nelly Hansen unterschrieben und auf den 14. Februar 1885 datiert worden. Den Text hatte Nelly also am Tag, bevor sie niedergeschlagen worden war, geschrieben.

Offenbar hatte es Nelly viel bedeutet, den Bericht niederzuschreiben, da sie dafür sogar ihren eigenen Taufschein verwendet hatte. *War sie mit Marie Hansen verwandt? Möglich, sie hatten denselben Nachnamen.*

Sie legte Nellys Sachen mit Ausnahme der Zinksalbe, die sie unter ihren Mantel schob, zurück in die Truhe. Sie wollte gerade den Deckel zuklappen, schnappte sich dann aber noch den Taufschein und schob ihn zusammen mit dem Zeitungsausschnitt in ihren Ärmel.

Als sie wieder ins Ladenlokal trat, saß der Besitzer wieder am Tresen und aß. Zwei Frauen probierten Knöpfstiefel an.

»Ich habe es mir anders überlegt. Ich kaufe den Reisesack doch nicht.«

Der Trödler brummte etwas, aber sie kümmerte sich nicht darum, sondern eilte auf die Straße. Jetzt musste sie den Anwalt finden, von dem Olesen gesprochen hatte.

Sie musste nur einmal nach dem Weg fragen, um die Adresse in der Store Kongensgade zu finden. »Axel Nordengård, Anwalt«, stand auf einem Emailschild an der Tür. Niemand öffnete auf ihr Klopfen. Aus der Wohnung auf dem Treppenabsatz gegenüber hörte sie einen lauten Streit. Ein Kind weinte. Das klang herzzerreißend, und offenbar kümmerte es niemanden. Ein weiteres Mal klopfte sie und legte das Ohr an die Tür, aber nichts war zu hören. In diesem Augenblick ging die Haustür auf, und ein großer Mann tauchte unten auf der Treppe auf.

»Warten Sie auf mich?«, fragte er.

»Ja, wenn Sie der Anwalt sind.«

»Ja, das bin ich. Treten Sie ein.«

Sein wollener Mantel hatte einen Pelzkragen, darunter trug er ein weißes Hemd mit Stehkragen und einen kurzen Seidenbinder. Seine Hosen waren hoch geschnitten mit Knöpfen und einem Streifen aus einem glatten Stoff an den Seiten. Das verhieß nichts Gutes. *Würde ein so vornehmer Herr einer wie ihr helfen wollen?* War es pure Höflichkeit gewesen, dass er sie hereingebeten hatte? Einen Augenblick lang wünschte sie, ihr Mantel wäre weniger verschlissen und ihr Kleid, das sie darunter trug, weniger schmutzig und weniger altmodisch. Aber dann erwachte ihr Trotz. Sie hatte ebenso viel Recht auf Hilfe wie alle anderen, und außerdem hatte der Anwalt auch einmal drüben in der Borgergade gewohnt.

Die Wohnung bestand aus zwei kleinen Zimmern, und es

gelang ihr, bevor Axel Nordengård rasch die Tür schloss, gerade noch einen Blick in das Schlafzimmer zu erhaschen. Das Bett war nicht gemacht, und Kleider lagen auf dem Boden.

»Nehmen Sie Platz.« Er deutete auf ein kleines Sofa an der Wand. Er nahm seine Melone ab, hängte sie an einen Nagel und setzte sich an den Tisch. Den Mantel behielt er an, weil in dem kleinen Ofen neben der Tür zum Schlafzimmer kein Feuer brannte. Sie wäre nie auf die Idee gekommen, dass ein so vornehm gekleideter Herr so spartanisch wohnte. Außer dem Sofa, das vermutlich einmal in einem wohlhabenden Haus gestanden hatte, dessen verschlissener grüner Bezug jedoch inzwischen fleckig war, gab es nur einen Tisch, zwei Stühle und ein Regal mit vielen Büchern. Auf dem Regal stand eine schwarze Vase mit Goldkante und einem Strauß welker Blumen. Über dem Regal hatte die Wand einen rechteckigen helleren Fleck. Hier hatte einmal ein Gemälde gehangen. In einer Ecke lag ein mit einer Schnur zusammengebundener Stapel Papiere. Sie lehnte sich auf dem Sofa zurück. Vielleicht bestand ja doch Hoffnung.

»Sagen Sie mir, womit ich Ihnen helfen kann.« Er kramte ein wenig in den Papieren auf dem Tisch, nahm den Deckel vom Tintenfass und tauchte die Feder ein. Nachdem sie ihren Bericht beendet hatte, nickte er langsam. »Verstehe ich Sie richtig, dass die Wohnungstür abgeschlossen war, aber dass sich jemand trotzdem Zugang zu der Wohnung verschafft, Ihren Bruder bewusstlos geschlagen und seine Freundin überfallen hat?«

»Das ist richtig. Ich gebe zu, dass das merkwürdig klingt, aber wenn Sie meinen Bruder kennen würden, dann wüssten Sie, dass er niemandem etwas zuleide tun kann.«

Er nickte und schrieb. Dann lehnte er sich zurück. »Ich verurteile niemanden im Voraus, aber Sie müssen wissen, dass das hier kein leichter Fall ist. Ich gehe davon aus, dass die Polizei nachgeforscht hat, ob sonst noch jemand einen Schlüssel zu der

Wohnung hat, vielleicht der Eigentümer. Aber das ist nicht so wichtig.« Er strich sich durchs Haar. »In einem solchen Fall erreicht man nur einen Freispruch, wenn man den Täter findet. In den meisten Fällen bedeutet das, dass man glaubwürdige Zeugen ausfindig machen muss, die gesehen haben, was geschehen ist.« Er fischte eine Uhr aus der Hosentasche und öffnete mit dem Daumennagel den Deckel. »Verstehen Sie mich nicht falsch, ich sage nicht, dass es unmöglich ist, solche Zeugen zu finden, aber aus irgendeinem Grund scheint es der Polizei bislang nicht gelungen zu sein. Andererseits ist das auch keine Garantie dafür, dass nicht doch jemand etwas weiß. Oft muss man sich nur etwas Neues einfallen lassen, um Dinge in Erfahrung zu bringen. Manchmal wissen die Leute selbst nicht, dass sie etwas gesehen haben, was wichtig sein könnte. Und von der Frau, die überfallen wurde, hat man also auch nichts erfahren?«

»Nein, das glaube ich nicht.«

»Sie dürfen nicht denken, dass ich nicht an die Polizei glaube, aber manchmal wundert man sich doch über ihren Mangel an Gründlichkeit, was die Nachforschungen angeht. Dies ist jedenfalls ein komplizierter Fall, der rasches Handeln erfordert, bevor sie ihn kleinkriegen.«

»Wie meinen Sie das?«

»Die Polizei wird Ihren Bruder verhören, bis er zusammenbricht und gesteht, auch wenn er unschuldig ist. So sind die Menschen. Wir können nur eine begrenzte Zeit widerstehen. Wenn die Polizei nicht genug Beweise hat, dann setzen sie den Angeklagten so lange unter Druck, bis er gesteht.«

»Aber das ist ja schrecklich!«

»Hören Sie, ich kann mich des Falles gerne annehmen, aber dazu brauche ich Zeugen, mit denen ich sprechen kann. Und dann muss ich mir natürlich auch ansehen, was die Polizei bereits herausgefunden hat. Dazu benötige ich von Ihnen einen Vorschuss von zehn Kronen.«

»So viel Geld habe ich nicht bei mir, aber ich kann es Ihnen später bringen.«

Anna stand vor dem Juwelierladen und betrachtete den Schmuck im Schaufenster. Dann nahm sie das gestrickte Kopftuch ab und kratzte einen Fleck von ihrem Mantel. Sie wollte nicht riskieren, dass man sie sofort wieder aus dem Juwelierladen warf. Die Zukunft hing davon ab, dass sie einen ordentlichen Preis für den Ring bekam und den Anwalt bezahlen konnte. Sie bewunderte den Schmuck in der Auslage, besonders die schönen Broschen, die aussahen wie Blumen und teilweise mit Edelsteinen verziert waren.

Seit sie die Küche zu Hause verlassen hatte, hatte sie nicht sonderlich viel an Peder gedacht. Sie empfand eine sonderbar nüchterne Gleichgültigkeit bei dem Gedanken an seine Reaktion, als er einsehen musste, dass sie sich aus dem Staub gemacht hatte. *Und die Hochzeit*, sie rechnete mithilfe ihrer Finger nach, *war bereits in zwölf Tagen. Darüber, ob Peder diese noch rechtzeitig absagen konnte, wollte sie sich nicht den Kopf zerbrechen. Sie hatte schon genug Sorgen.* Diese Hochzeit würde nie stattfinden, und das war ihr nur recht. Wenn es ihr gelang, Johannes aus dem Gefängnis zu holen, musste sich eine andere Lösung finden als die Ehe mit Peder. *Dass sie erst nach Kopenhagen fahren musste, um zu dieser Erkenntnis zu gelangen!*

Sie strich sich ein letztes Mal übers Haar und öffnete die Tür. Hinter dem Tresen stand ein junger Mann mit Stehkragen und Jacke. Sein Haar war von einem Mittelscheitel zur Seite gekämmt. »Sie wünschen, Fräulein?«

»Ich würde gerne fragen, was ich für einen Goldring bekommen kann.«

»Wir zahlen hohe Preise für gute Goldarbeiten. Darf ich mir den Ring anschauen?«

Sie zog den Ring aus ihrem Bündel und legte ihn auf den Ladentresen. Der Mann lächelte sie an, während er eine Lupe mit einem weichen Tuch polierte. Dann nahm er den Ring und betrachtete ihn durch die Lupe. Seine mageren Finger hatten ganz saubere Nägel. Er lächelte noch immer, als er den Ring wieder auf den Ladentresen legte. »Ich bitte meinen Meister noch rasch, einen Blick auf den Ring zu werfen«, sagte er und verschwand im Hinterzimmer.

Konnte der Ring wirklich so viel wert sein, dass der Meister ihn auch anschauen musste? Einen Augenblick später erschien ein älterer grauhaariger Mann in einer Seidenweste. Auch er betrachtete den Ring durch die Lupe. Dann wandte er sich an den jüngeren Mann. »Haben Sie das denn nicht selbst gesehen?«

»Doch, aber …«

Der ältere Mann wandte sich an Anna. »Das hier ist kein Goldring«, sagte er.

»Doch, das kann nicht anders sein. Das ist mein Verlobungsring. Der Mann, also der, den ich heiraten wollte, ist reich. Er hat gesagt, es ist echtes Gold, und der Stein ist ein Granat.«

»Da kann ich nur sagen, dass man Sie gründlich betrogen hat, denn das hier ist eine schlechte Messinglegierung, und der Stein ist aus Glas. Ein Granat hätte keine Kratzer wie diese hier.«

»Sind Sie sich da ganz sicher?«

»Ja. Ich bin mir sicher, und man müsste nicht einmal Hofjuwelier sein, um das zu erkennen.« Er deutete auf den Ring. »Sehen Sie den Grünspan? Gold läuft nicht an. Und der Goldgehalt ist auch nirgends angegeben.« Er hielt den Ring einen Augenblick in der Hand. »Ich kaufe solch unechtes Zeug nicht, aber bei einem Trödler bekommen Sie vielleicht ein paar Öre dafür.«

Ihr wurde schwindelig. *Das konnte nicht sein!* Hatte Peder sie angelogen, als er sie umarmt und ihr ins Ohr geflüstert hatte, es sei ein kostbarer Goldring, den er bei einem Goldschmied in Vejle gekauft habe?

»Falls Sie mir nicht glauben, können Sie einfach woandershin gehen. Sie können es ja in einem der feinen Juwelierläden am Vimmelskaftet versuchen.« Er schnalzte verärgert mit der Zunge.

Sie schnappte sich den Ring und eilte auf die Straße. Ihre Hände zitterten, als sie ihn bei Tageslicht genauer betrachtete. Was der Goldschmied gesagt hatte, stimmte. Um den Stein herum war das Metall grün angelaufen, und der Stempel fehlte. *Wieso war ihr das nicht aufgefallen?*

32

Kopenhagen, Montag, den 16. März

Anna blieb lange vor dem Geschäft stehen. Ihr war übel, als hätte sie etwas Verdorbenes gegessen. Ein junger Mann mit Schirmmütze ging mit einem Handkarren vorbei und pfiff laut und falsch, was fürchterlich in ihren Ohren schmerzte. Der Tag um sie herum ging einfach weiter. Wen konnte sie nur um Hilfe bitten? Olesen und Petrine waren nette Leute, hatten aber keine Ahnung. Und Olesen war vielleicht nicht einmal von Johannes' Unschuld überzeugt, da er seine Habseligkeiten verkauft hatte, als wäre er sicher gewesen, dass er nicht zurückkehren würde. Die beiden um Geld zu bitten war vollkommen ausgeschlossen. Ihre Hände zitterten, als sie den Ring wieder in ihr Bündel legte. Sie wurde wütend, als sie daran dachte, wie mühelos ihr Peder eingeredet hatte, dass es sich um einen kostbaren Ring handele.

Vermutlich hatte er gedacht, dass er sie mit einer billigen Nachbildung abspeisen konnte, weil sie aus so kleinen Verhältnissen stammte. Aber ganz gleichgültig, wie sehr er sie betrogen hatte, war er jetzt ihre letzte Hoffnung. Er hatte erklärt, dass er sie nicht wiedersehen wolle, falls sie nach Kopenhagen führe. *Aber hatte er das auch so gemeint? War das nicht nur eine leere Drohung gewesen?* Sie musste aufs Postamt gehen und ihm ein Telegramm schicken, ihm erklären, dass er ihr so schnell wie möglich Geld schicken müsse, weil man Johannes sonst für eine Tat verurteilen werde, die er nicht begangen habe. Sie musste ihm klarmachen, dass dies seine letzte Chance war, falls er die Hochzeit retten wollte. Das entsprach zwar nicht der Wahrheit, aber konnte Peder sie betrügen, dann hatte er es nicht besser verdient.

Sie griff in ihr Bündel und zählte ihr Geld, obwohl sie sehr gut wusste, wie viel sie noch hatte. Sie legte sich die Worte für das Telegramm zurecht. Um Peder davon zu überzeugen, ihr Geld zu schicken, waren eine längere Erklärung und vielleicht auch ein paar zärtliche Worte nötig. Sie sah ein, dass es ein langes und teures Telegramm werden würde, das sie sich nicht leisten konnte, schließlich musste sie von etwas leben. Also würde sie stattdessen einen Brief schreiben, obwohl dann viel Zeit verging, bis sie eine Antwort erhielt. Langsam ging sie zu dem Anwalt zurück. Ihr blieb nichts anderes übrig. Sie musste ihn dazu überreden, erst einmal ohne Vorschuss zu beginnen, und konnte nur hoffen, dass sie später Geld erhielt, um ihn bezahlen zu können.

Er öffnete sofort, hörte sich ihre Erklärung an und nickte.

»Ich verstehe, dass das eine schwierige Situation für Sie ist. Wenn ich Ihren Fall übernehmen würde, müsste ich mich ihm mit ganzer Energie widmen, und das kann ich nicht ohne Vorschuss.« Sie standen in seiner Stube, und er deutete auf den Kachelofen. »Ich habe schon seit einer Woche nicht mehr geheizt, weil ich kein Geld für Brennholz habe. Ich warte auf das Honorar für den Fall, an dem ich gerade arbeite.«

»Aber mein Bruder wird womöglich unschuldig verurteilt!« Ihre Stimme klang heiser, als hätte sie sich plötzlich erkältet.

»Das tut mir leid. Ich bedauere, dass ich Ihnen nicht helfen kann. Sollten Sie das Geld, das Sie erwarten, erhalten, dann ist es natürlich etwas anderes. Aber Sie müssen verstehen, dass Sie keine Garantie dafür haben, dass Ihr Bruder freigesprochen würde, selbst wenn ich mich des Falles annähme.«

»Wenn wir die Beweise nach der Verurteilung meines Bruders finden würden, würde dann das Urteil geändert?«

»Im Prinzip ja, aber es sind schwerwiegende Gründe nötig, damit ein Fall neu verhandelt wird, und natürlich nur, wenn …«

»Er nicht hingerichtet wird«, fiel sie ihm ins Wort.

Er nickte. »Ja, aber das geschieht inzwischen äußerst selten. Selbst wenn sie ihn zur Todesstrafe verurteilen, wandeln sie diese meist in lebenslänglich um.«

Sie schwiegen einen Augenblick. Sie hatte das Gefühl, dass das Zimmer um sie herum schrumpfte. Die Wände kamen näher und raubten ihr alle Kraft.

»Es wird schlimmer, wenn Sie kratzen.«

»Was, bitte?«

»Die Flohstiche.«

Sie hatte gar nicht bemerkt, dass sie an den Stichen kratzte.

Als sie wieder auf der Straße stand, zitterte sie am ganzen Körper. *War das die Kälte oder das Wort »lebenslänglich«?* Dieses grausige Wort machte ihr sehr zu schaffen. Sie musste so schnell wie möglich den Brief an Peder abschicken. Aber erst musste sie Nelly Hansen finden. *Wenn es jetzt doch ein Irrtum war und die Polizei einfach nur nicht gründlich genug gewesen war, wie der Anwalt gemeint hatte. Wenn sie wusste, was wirklich geschehen war, dann brauchte sie vielleicht keinen Anwalt.*

33

Kopenhagen, Montag, den 16. März

Das grosse Gebäude wirkte herrschaftlich. Auf einem Messingschild stand, dass es sich um das *Allgemeine Spital* handele. Sie betrat einen hohen Raum. Einige Frauen in geflickten und verblichenen Röcken lagen auf den Knien und putzten den Fußboden. Ein paar Männer saßen auf einer Bank an der Wand und rauchten. Auch sie waren recht schlecht gekleidet, und ihre abgetragenen Mäntel wiesen Löcher auf. *Warteten sie etwa auf den Arzt?* Eine kleine Frau mit einer weißen, gestärkten Schürze trat auf Anna zu. »Suchen Sie jemanden?«

»Ja. Nelly Hansen. Offenbar ist sie hier Patientin.«

»Gehören Sie zur Familie?« Die kleine Pflegerin blinzelte ständig mit ihren kleinen Augen. Ihre Haube erinnerte an die der alten Frauen in Jütland.

»Ja, allerdings nur entfernt … ich wohne in Jütland und bin extra gekommen, um sie zu besuchen.«

»Sie liegt im Obergeschoss, aber … Sie wissen doch, in welchem Zustand sie sich befindet?« Die Pflegerin wartete die Antwort nicht ab, sondern ging eine Treppe hinauf. Anna folgte ihr. Die Fassade des Gebäudes war imposant, das Interieur jedoch recht heruntergekommen. Die Wände waren feucht und fleckig und die Böden zwar sauber, aber ebenfalls fleckig und verschrammt. Im ersten Stock gingen sie einen Korridor entlang, der offenbar auch als Krankenstube diente. Auf der einen Seite standen dicht an dicht Betten, und überall saßen Leute, als hätte ein ganzes Dorf hier sein Lager aufgeschlagen. Anna versuchte, ihren Blick auf den Rücken der Pflegerin zu heften. Sie betraten einen länglichen Saal mit Betten auf beiden Seiten und einem schmalen Mittelgang. Leute saßen auf Stühlen, andere waren zu den Kranken in die Betten gekrochen. Auch der Mittelgang war voll. Es roch nach Urin und Wunden, die nicht verheilen wollten. In der Ecke saß eine junge Frau und stillte ihr Kind. Um sie herum spielten Kleinkinder. Anna hielt sich wegen des Gestanks den Mund zu, allerdings nur einen Augenblick lang, weil sie nicht unhöflich wirken wollte.

»Da drüben, die Dunkelhaarige.« Die Pflegerin deutete auf ein Bett weiter hinten.

Anna drängte sich zwischen den Leuten auf dem Mittelgang durch. Die Frau im Bett hatte langes dunkelbraunes Haar, das ordentlich gekämmt auf dem Kissen lag. Aber das Gesicht! Annas Fingernägel krampften sich in ihre Handflächen. Nelly Hansen war mit ihren hohen Wangenknochen und geschwungenen Lippen noch immer eine schöne Frau, aber ihr Gesicht war grau und eingefallen, und ihr Mund stand ein wenig offen. Sie hielt die Augen geschlossen, doch trotzdem lag ein gequälter Ausdruck auf ihren Zügen. Die Bettwäsche hatte große bräunliche Flecken. Anna lehnte sich ein wenig über das Bett. »Fräulein Hansen, ich heiße Anna Christensen. Ich bin die Schwester von Johannes … Können Sie mich hören?«

»Damit erreichen Sie nichts. Hier geht es allen gleich beschissen, aber ihr hat es außerdem noch die Sprache verschlagen.« Die Stimme war heiser und halb flüsternd. Sie gehörte einem alten Mann, der im Nachbarbett auf einem Kissenberg lag. Sein großes Gesicht war knochig. Sein langer Hals erinnerte Anna an den Stängel einer Distel. Auf seiner Decke schwankte ein Spucknapf.

»Kennen Sie sie?«, fragte Anna.

»Kennen ist zu viel gesagt. Alle wissen, wer die schöne Nelly ist. Aber schauen Sie sie an. Es wird nicht lange dauern, und die Maden fallen über das Mädchen her.«

»Kann sie denn überhaupt nichts mehr sagen?«

»Nein. Aus ihr haben sie jeden Ton herausgeprügelt.«

»Wie meinen Sie das?«

»Man hat sie doch überfallen, und jetzt liegt sie da und sabbert wie ein Säugling.«

»Wissen Sie, wer sie überfallen hat?«

»Woher zum Teufel sollte ich das wissen? Mich alten Esel sperren sie doch hier schon seit …«

Er hielt abrupt inne, weil sich eine große Pflegerin mit einer Wasserschüssel näherte. Sie stellte die Schüssel auf einen kleinen Tisch und nahm dann auf einem Stuhl ein Stück von ihnen entfernt Platz.

»Kann sie auch nichts hören?«

»Wer?« Der alte Mann hatte die Augen ein wenig geschlossen. Das eine Auge tränte.

»Die Frau, die hier liegt, Nelly Hansen.«

»Das weiß nur Gott, aber ich habe meine Zweifel.« Der Mann öffnete seinen zahnlosen Mund und fuhr sich mit der Zungenspitze über die Lippen.

»Bekommt sie denn Besuch?«, fuhr Anna fort.

»Meine Güte, Sie sind aber neugierig. Ein paarmal war eine Frau hier, vermutlich ihre Mutter. Eine hässliche Alte, wenn sie meine Meinung hören wollen. Ich habe sie gebeten, mir Tabak mitzubringen, schließlich passe ich auf Nelly auf, aber die Alte hat für einen gebrechlichen Armenhäusler wie mich keine Dankbarkeit übrig.«

Aus den Augenwinkeln sah Anna, dass die große Pflegerin sie im Auge behielt. Anna zog sich einen Schemel ans Bett und lehnte sich dicht an Nellys Gesicht heran. »Fräulein Nelly. Sie haben meinen Bruder Johannes festgenommen. Er soll Sie überfallen haben. Ich habe mir sagen lassen, dass Sie ihn geliebt haben … Sie müssen mir helfen, sonst endet es noch fürchterlich.«

Nichts geschah. In Nellys Zügen regte sich nichts.

»Hören Sie mich? Sie werden Johannes für den Überfall verurteilen. Sie sprechen von Mordversuch. Es geht um lebenslänglich oder vielleicht sogar Hinrichtung.«

Spucke lief Nelly aus dem Mundwinkel, sonst war kein Anzeichen von Leben zu erkennen. Die Kinder am Ende des Saals prügelten sich, und eines stieß ein lautes Geheul aus.

»Hier hat man auch nie seinen Frieden«, brummte der Alte im Nachbarbett.

Die große Pflegerin stand auf und ging mit raschen Schritten auf die Kinder zu. Mit lauter Stimme schimpfte sie die Mutter aus. Diese verließ daraufhin zusammen mit den Kindern den Saal. Jetzt war es nicht mehr so laut, aber der Alte hatte recht, friedlich war es immer noch nicht. Anna betrachtete Nelly, auch ihr Antlitz zeigte keinen Frieden. Die Melodie kam wie von selbst, als ihr der Text plötzlich einfiel. Anna beugte sich zu Nellys Ohr vor und sang leise: »Frieden liegt über Stadt und Land, der Lärm der Welt verstummt …« Sie schloss die Augen und sang das ganze Kirchenlied. Dann strich sie Nelly immer wieder langsam über die Wange, während sie die Melodie summte. Aber Nellys Gesicht blieb weiter unbeweglich.

»Hören Sie. Die Patientin ist schwach und darf nicht unnötig gestört werden.« Die große Pflegerin war wieder den Mittelgang entlanggekommen.

»Keine Sorge, ich gehe schon.« Anna erhob sich von dem Schemel und warf einen letzten Blick auf Nelly. Da geschah es. Im Bruchteil einer Sekunde, wie ein flüchtiger Schatten, zuckte die eine Seite von Nellys Gesicht. Anna beugte sich rasch vor und legte ihr eine Hand auf den Kopf. »Können Sie mich hören?« Aber Nelly reagierte nicht.

Nachdem Anna die Treppe hinuntergegangen war, blieb sie unschlüssig stehen. Nelly hatte zwar auf ihr Lied reagiert, doch darauf, dass sie ihr erzählen würde, was geschehen war, konnte sie kaum hoffen.

Die Frauen, die den Boden putzten, waren ans andere Ende des Entrees gelangt, und die Männer saßen immer noch rauchend auf der Bank.

Draußen war es bedeckt, und ein kalter Sprühregen schlug ihr ins Gesicht. Anna machte sich auf den Weg in die Borgergade. Vielleicht konnten ihr Olesen und Petrine Feder und Tinte leihen, damit sie Peder sofort schreiben konnte. In einem Schreibwarengeschäft kaufte sie einen Briefbogen und einen einfachen Umschlag. Als sie den Laden verließ, fühlte sie sich auf einmal todmüde und ihr war schwindelig. Wurde sie etwa krank? Vielleicht lag das aber auch daran, dass sie seit dem Brötchen am Morgen nichts mehr gegessen hatte. Ja, sie war fürchterlich hungrig, und es blieb ihr nichts anderes übrig, als etwas zu essen aufzutreiben, ehe sie sich zu den Olesens begab. Sie sah sich nach einem Krämer um, aber dann fiel ihr ein, dass sie in der Adelgade ein Lokal gesehen hatte, in dem Leute in Arbeitskleidung aßen.

Sie öffnete die Tür des Lokals. Hier war es warm, und es roch durchdringend nach Kohl. Anna sah sich an, was die Leute auf den Tellern hatten. Die meisten aßen eine bräunliche Suppe. Der einzige freie Tisch war neben der Tür. Sie setzte sich und behielt ihren Mantel an. An den anderen Tischen saßen vor allem Männer, die meisten wirkten müde und aßen schweigend, einige rauchten. Niemand schien sie zu bemerken.

»Das Tagesgericht ist Kohleintopf, mit einer Scheibe Schwarzbrot fünfzehn Öre, ohne zehn.« Eine junge, schwangere Frau in einer schmutzigen Schürze stand neben ihrem Tisch. Sie schaute aus dem Fenster, während sie ihren Spruch aufsagte.

»Ich nehme eine Portion ohne Schwarzbrot.« Anna fischte eine Zehnöremünze aus ihrem Bündel. Einen Augenblick später stand ein großer, dampfender Teller vor ihr. Anna aß rasch, einen Löffel nach dem anderen, dann hielt sie inne und sah sich vorsichtig um. Hatten die anderen Gäste bemerkt, wie sie das Essen in sich hineinschaufelte? Es war die erste warme Mahlzeit, seit sie von zu Hause aufgebrochen war. Und der Kohl war anders, als sie erwartet hatte. Nicht schlecht, nur anders. Zu Hause gab es Speck zum Kohl, aber die winzigen Fleischfetzen auf ihrem Teller waren kein Speck, sondern eher Herz oder irgendeine andere Innerei. Der Eintopf war gut gewürzt, und die Gewürze passten ausgezeichnet zu dem süßlichen Kohl. Sie erinnerte sich nicht, wann sie zuletzt so gut gegessen hatte. Sie aß weiter, doch jetzt langsamer. »Glaubwürdige Zeugen, die gesehen haben, was geschehen ist«, meinte sie, die Stimme des Anwalts zu hören. So einen Zeugen musste sie finden. Sie zog den Zeitungsartikel aus ihrem Bündel. Er war aus dem *Socialdemokraten*. Das Papier war sehr zerknittert, weil sie es in ihren Ärmel geschoben hatte, aber die Männer auf dem Foto waren trotzdem noch deutlich zu erkennen. Sie musste den Mann mit dem fliehenden Kinn und der Schirmmütze finden.

Die Tür zur Straße wurde geöffnet, und ein Paar trat ein. Die beiden schauten sich einen Augenblick im Lokal um, dann ging die Frau auf Annas Tisch zu.

»Gestatten Sie?«, fragte der Mann und machte Anstalten, seiner Dame einen Stuhl zurechtzurücken.

Anna nickte und faltete den Zeitungsartikel zusammen.

Regenwasser tropfte aus den Haaren der Frau. Der Mann nahm ihr das durchnässte Tuch ab. Sie war in etwa so alt wie Anna, er ein wenig älter. Die Frau nahm Platz, und der Mann verschwand durch die Hintertür.

»Welch ein Wetter!«, meinte Anna, um Höflichkeit bemüht. Die Frau lächelte, erwiderte aber nichts. Ihre Zähne waren braun, und die Ecke eines Schneidezahns war abgebrochen. Der Mann war rasch wieder zurück, und wenig später trat die Serviererin an ihren Tisch. »Zweimal Tagesgericht?«, wollte sie wissen.

»Ja danke, und zwei Bier bitte«, erwiderte der Mann. Dann wandte er sich mit einem Schaudern, als wäre ihm kalt, an die Frau. Diese nickte erneut, und er streifte seinen Mantel ab und legte ihn seiner Begleiterin um die Schultern. Anna versuchte, sich auf ihr Essen zu konzentrieren, war aber von ihren Tischgenossen abgelenkt. Das Essen kam, und die beiden begannen, schweigend zu essen. Der Mann machte eine Handbewegung, als würde er etwas auf die Teller streuen. Die Frau schüttelte den Kopf. *Was war mit ihr? Offenbar war sie taub, doch war sie auch stumm?* Langsam aß sie weiter und legte dann eine Hand auf die linke ihres Begleiters. Dieser blickte sie lächelnd an. Anna war mit ihrer Portion fast fertig, der Teller war jedoch nicht ganz leer, und es war unmöglich, den Rest mit der Gabel zu essen. Zu Hause hätte Anna ihre Finger zu Hilfe genommen, aber unter Fremden war daran nicht zu denken. Das Essen lag ihr schwer im Magen, und sie wurde schläfrig, war jedoch trotzdem nervös. Die Taube legte die Gabel beiseite und ballte die Hand über dem Teller zur Faust. Der Mann nickte und drückte ihre andere Hand, die die ganze Zeit auf seiner gelegen hatte. Verlegen schaute Anna zur Seite. Was zwischen den beiden vorging, wirkte so privat, als wäre sie in ihre vier Wände eingedrungen und dort zur unsichtbaren Zuschauerin geworden. Sie erhob sich und band sich ihr nasses Kopftuch um.

Draußen regnete es weiterhin. Sie hielt ein wenig auf dem Bürgersteig inne, und zwar nicht, weil sie nicht gewusst hätte, in welcher Richtung Olesen wohnte. Es hatte etwas mit dem Paar in dem Lokal zu tun. Bevor sie weiterging, warf sie noch einmal einen Blick durchs Fenster. Die beiden aßen noch oder zumindest er. Sie tippte ihm auf die Wange. Offenbar lebten sie in ihrer eigenen Welt und besaßen eine eigene Sprache, die sonst niemand verstand. Die Frau war wohl taubstumm. Als Kind hatte Anna eine taubstumme Häuslertochter gekannt. Die Familie war jedoch sehr ungesellig gewesen und eines Tages weggezogen. Anna hielt abrupt inne. *Und wenn Nelly hören, aber nicht sprechen konnte? Was dann? Konnte das Zucken ihres Gesichts ihr Versuch gewesen sein, etwas zu sagen?*

Anna rannte den ganzen Weg zum *Allgemeinen Spital* zurück. Die Wahrscheinlichkeit war natürlich sehr gering, doch vielleicht hatte daran bislang noch niemand gedacht? Wenn überhaupt jemand, dann war doch Nelly eine glaubwürdige Zeugin!

Die Putzfrauen im Foyer waren verschwunden, aber auf der Bank saßen immer noch die rauchenden Männer.

»Na, sind Sie wieder hier?«, fragte der Alte in Nellys Nachbarbett.

Anna zog den Schemel an Nellys Bett und beugte sich über die Kranke. »Da bin ich wieder, Johannes' Schwester.« Vorsichtig schob sie ihre Hand unter die Decke und tastete nach Nellys Hand. »Wenn Sie mich hören können, dann drücken Sie bitte meine Hand.« Annas Herz schlug schneller, während sie versuchte, ihre eigene Hand in Nellys kraftloser Hand nicht zu bewegen. Dann begann sie, das Kirchenlied zu summen, das sie schon bei ihrem ersten Besuch gesungen hatte. Es geschah jedoch nichts. »Ich bitte Sie inständig und Johannes' wegen.«

Nichts. Dann fiel Anna ein, dass Nellys Gesicht auf der anderen Seite gezuckt hatte. Sie stand auf, nahm den Schemel mit auf die andere Seite des Bettes und ergriff Nellys andere Hand. »Können Sie mich hören? Drücken Sie meine Hand, wenn Sie mich hören können!«

Erst nichts, doch dann plötzlich ein fast unmerklicher Druck.

»Sie können mich also hören?« Anna zitterte. Sie brachte diese Worte nur mit Mühe über die Lippen. Dieses Mal kam der Händedruck fast sofort und sogar etwas fester.

»Gott sei Dank«, flüsterte Anna. »Hören Sie zu«, fuhr sie fort. »Ich stelle Ihnen jetzt ein paar Fragen, ein Händedruck bedeutet Ja, zweimaliger Händedruck Nein.« Sie versuchte, ganz ruhig zu atmen, und fuhr dann fort: »Hat Johannes Sie überfallen?« Sie hielt die Luft an und hatte das Gefühl, eine Ewigkeit würde vergehen. Dann kam ein leichter Händedruck, nur einer. Das konnte nicht sein! Anna brach der Schweiß aus. Sie wollte die Frage bereits ein weiteres Mal stellen, da drückte Nelly ihre Hand ein zweites Mal.

»Danke. Sie ahnen nicht, wie viel mir das bedeutet!« Anna hielt noch immer Nellys Hand in ihrer. »Wissen Sie, wer Sie überfallen hat?« Sie hörte selbst, wie seltsam schrill ihre Stimme klang, als klopfte jemand an ein Glas. Während sie wartete, versuchte sie, still ein Gebet aufzusagen, aber das ging nicht richtig. Dann kam der Druck. Sie wartete lange auf den zweiten Druck, doch es kam keiner. Sie richtete sich einen Augenblick auf dem Schemel auf. Das Unmögliche war geschehen. Sie hatte eine Zeugin gefunden. Sie lehnte sich wieder über Nelly. »War es jemand aus dem Haus?«

Dieses Mal kamen die beiden Signale rasch hintereinander. Anna holte tief Luft. Sie hatten eine Sprache gefunden! Nelly hielt ihre Augen weiterhin geschlossen, aber ihr eines Augenlid hatte zu vibrieren begonnen.

»Ein Mitglied der Familie?«

»Die Besuchszeit ist vorbei!« Die große Pflegerin hatte sich hinter Anna aufgebaut.

»Entschuldigung, aber es ist wichtig. Haben Sie gemerkt, dass Nelly alles versteht, was wir sagen?«

»Kann gar nicht sein. Der Arzt spricht von einer schweren Hirnverletzung. Sie wird nie mehr das Bewusstsein wiedererlangen.«

»Nein, das stimmt nicht. Denn sie hat gerade …«

Die Pflegerin unterbrach sie. »Ich muss Sie bitten zu gehen. Es gibt gleich Essen, und dann muss hier Ruhe herrschen.«

34

Kopenhagen, Montag, den 16. März

ALS SIE ANSCHLIESSEND wieder das geräumige Foyer betrat, kamen ihr Zweifel. *Hatte Nelly wirklich auf ihre letzte Frage reagiert?* Sie hatte sich nicht genügend konzentrieren können, weil die Pflegerin gekommen war. Morgen musste sie Nelly nochmals besuchen. Aber es stellte sich die Frage, wie sie mehr in Erfahrung bringen sollte, wo doch Nelly nur mit Ja und Nein antworten konnte. Vermutlich war es machbar, doch sie musste erst einmal mehr über Nelly in Erfahrung bringen, wen sie beispielsweise kannte, um auch die richtigen Fragen stellen zu können. Die Mutter, die sie besucht hatte, konnte ihr vermutlich die richtigen Auskünfte geben.

Die Kontoristin am Schalter schaute hoch. »Ich bin eine Angehörige von Nelly Hansen. Wissen Sie, wann sie eingeliefert wurde?«

»Am 15. Februar.«

»Dieses Jahr?«

»Ja.«

»Warten Sie einen Augenblick.« Sie blätterte in einem Buch mit vielen Spalten. »Hier ist ihre Mutter aufgeführt, Agathe Hansen, Lille Søndervoldstræde 5. War das alles?«

»Ja. Vielen Dank, sofern Sie mir nicht noch sagen können, wie ich in die Lille Søndervoldstræde finde?«

Draußen war es inzwischen vollkommen dunkel, und es regnete immer noch. Laut Angabe der Kontoristin war es recht weit, aber ihr blieb nichts anderes übrig, als zu Fuß zu gehen. Ein Fuhrwerk rumpelte durch eine Pfütze, und Schmutzwasser spritzte ihr auf den Rock. »Auch das noch«, murmelte Anna.

Sie musste eine Brücke überqueren und dann noch ein gutes Stück Weg zurücklegen. Überall tauchten aus der Dunkelheit Leute auf.

Der Hinterhof in der Lille Søndervoldstræde sah der in der Borgergade zum Verwechseln ähnlich, mit dem Unterschied, dass sie eine Außentreppe erklimmen musste, über die die Wohnungen zu erreichen waren. In einer von diesen wohnte Agathe Hansen. Anna klopfte mehrmals.

»Es ist nicht abgeschlossen«, ließ sich eine heisere Stimme vernehmen.

Anna öffnete die Tür erst einen Spalt weit, dann ganz und betrat anschließend ein kleines Zimmer. Fußboden und Tisch waren mit Hobelspänen bedeckt, und an der einen Wand stand ein Etagenbett. Die Lampe auf dem Tisch brannte mit schwacher Flamme.

»Ist hier jemand?«, fragte Anna.

»Hier drin«, war die heisere Stimme erneut zu vernehmen.

Anna schaute in die angrenzende Kammer, die von einem schweren, süßlichen Geruch erfüllt war. Im Bett lag eine ältliche Frau mit aufgedunsenem Gesicht.

»Wer sind Sie? Was wollen Sie hier?« Mit einem Ruck setzte sich die Frau auf.

»Ich heiße Anna Christensen. Sind Sie Agathe Hansen? Sind Sie die Mutter von Nelly Hansen?«

»Ja. Ist meine Nelly tot?«

»Nein, ganz und gar nicht.«

»Was dann? Haben sie den Mann gefunden, der sie misshandelt hat?«

»Nein. Sie haben allerdings jemanden festgenommen, aber er ist nicht der Täter.«

»Sieht ihnen ähnlich. Könnten Sie mir aufhelfen, ich bin krank, wissen Sie.«

Die Frau schob ein Paar dünne Beine über die Bettkante, betrat schlurfend die Stube und ließ sich auf einen Stuhl fallen. Anna nahm ihr gegenüber Platz. Agathe Hansen war nicht nur ungewaschen, sondern hatte auch eine Fahne.

»Ich wollte Ihnen gerne ein paar Fragen über Nelly stellen«, sagte Anna.

»Sind Sie von der Weberei?«

»Der Weberei?«, wiederholte Anna fragend.

»Ja, in der Nelly gearbeitet hat.«

»Nein, ich bin die Schwester von …« Weiter kam sie nicht, denn die Tür wurde geöffnet, und ein kleiner Junge trat ein.

»Da bist du ja, Valdemar. Hast du deiner Großmutter was Gutes mitgebracht?«, fragte die Frau.

Er legte einige Pakete auf den Tisch und kletterte anschließend auf das Etagenbett. Agathe Hansen begann die Pakete zu öffnen. »Hat sie dir nicht mehr Kaffeebohnen gegeben?«

»Das ist ein Viertelpfund, aber es sind auch noch Haferflocken dabei«, erwiderte der Junge.

»Na ja, dann müssen wir eben sparen.« Sie betastete das Tütchen Kaffee. »Das ist mein Enkel. Du bist ein guter Junge, Valdemar. Er erledigt Botengänge für den Krämer im Haus, und die Krämerfrau zahlt mit Lebensmitteln. Aber ich finde, dass sie geizig geworden ist. Ein Viertelpfund Kaffee. Wie weit soll das reichen? Und das Brot ist immer alt. Früher, als Nelly noch eingekauft hat, gab es immer gute Sachen.« Sie öffnete die Tüte und roch an den Kaffeebohnen. »Valdemar, kannst du nicht deiner Großmutter einen Eimer Wasser vom Hof holen?«

Langsam kletterte der Junge wieder von dem Bett herunter und griff nach einem Eimer.

»Hatte Nelly irgendwelche Freunde?«, fragte Anna, nachdem der Junge das Zimmer verlassen hatte.

»Woher soll ich das wissen? Davon hat sie nie etwas erzählt. Aber Marie und sie waren unzertrennlich.«

»Marie?«

»Ja, meine Schwiegertochter, die ist aber tot. Warum wollen Sie das wissen?«

Anna erklärte ihr in knappen Zügen, wie alles zusammenhing, aber Agathe Hansen schienen immer wieder die Augen zuzufallen, und Anna bezweifelte, dass sie wirklich alles verstand.

»Sie meinen also, dass Nelly versteht, was man sagt?«

»Ich bin mir ziemlich sicher.«

»Unglaublich!«, rief die Frau.

In diesem Augenblick kam der Junge zurück. Er schleppte den gefüllten Eimer ins Zimmer.

»Valdemar, kannst du deiner Großmutter nicht eine Tasse Kaffee kochen? Ich habe einen unglaublichen Kaffeedurst.«

»Ich kann dir helfen.« Anna erhob sich und trug den Eimer in die winzige Küche, in der sich das schmutzige Geschirr stapelte.

»Sie sollten mit meinem Sohn sprechen, der weiß vielleicht was«, sagte Agathe Hansen, als Anna wieder das Zimmer betrat.

»Und wo finde ich ihn?«

»Ich weiß, wo mein Vater ist«, rief der Junge aus der Küche.

Anna ging zu ihm. Valdemar kratzte gerade einen Topf aus.

»Ich kann das machen, wenn du mir verrätst, wo er ist«, sagte Anna und nahm ihm den Topf aus der Hand.

»Er ist bei Jacob.«

»Und wo wohnt Jacob?«

»Jacob wohnt nicht. Jacob ist eine Kneipe in der Wildersgade.«

»Du bist ein aufgeweckter Junge«, sagte Anna. Sie reichte ihm den sauberen Topf. »Und wie heißt dein Vater?«

»Er heißt Gustav Hansen.«

Das Wirtshaus *Bei Jacob* war sehr gut besucht und verqualmt, der Lärm war ohrenbetäubend. Alle schienen durcheinanderzureden. Anna hielt einen Augenblick inne und trat dann auf den Tresen zu. Auf die Frage nach Gustav Hansen deutete der Wirt auf einen dunkelhaarigen jungen Mann in der Nähe. Sie tippte Gustav auf die Schulter. Er ähnelte Nelly und war sicher einmal recht gut aussehend gewesen, aber jetzt waren seine Augen blutunterlaufen, seine Haut war grau, und seine Wange wies eine Verletzung auf. Am Tisch war kein Platz frei, also musste sie stehen bleiben. Gustav schien ihr nicht zuzuhören. Anna wollte bereits aufgeben, da stand er plötzlich auf. Er musste sich einen Augenblick am Tisch abstützen und zog sich dann mit Mühe seinen Mantel über. »Lass uns gehen«, sagte er und drängte sich zur Tür durch. Anna folgte ihm.

»Geht es um die Entschädigung?«, fragte er, als sie draußen waren, und zog die Nase hoch.

»Ich weiß nicht, wovon Sie sprechen«, antwortete Anna.

»Nelly wollte doch, dass er eine Entschädigung zahlt.«

»Ich verstehe Sie immer noch nicht.«

»Meine Frau ist bei einem Unfall bei Rubens ums Leben gekommen, verdammt noch mal. Nelly wollte, dass mir der Fabrikant eine Entschädigung zahlt. Ich weiß nicht, wovon ich sonst leben soll.« Er ging weiter.

»Ist Marie Hansen Ihre Frau?« Sie ging hinter ihm her.

»Ja. Sie haben also kein Geld für mich?«

»Nein. Leider nicht. Mein Bruder ist im Gefängnis, weil er Ihre Schwester überfallen haben soll, aber er war's nicht. Ich versuche, den Schuldigen zu finden.« Inzwischen waren sie unten am Kanal.

»Warten Sie einen Augenblick«, sagte Gustav, stellte sich an die Kante des Kanals und pinkelte ins Wasser, wobei er gefährlich schwankte. *Wenn er jetzt nur nicht ins Wasser fällt!* Sie trat auf ihn zu, doch da war er schon fertig und kehrte wieder auf die Straße zurück.

»Den Schuldigen werden die nie finden. Haben Sie das nicht verstanden? Es ist keine gerechte Zeit«, sagte er und nestelte an seiner Hose.

»Können Sie mir nicht ein paar Namen nennen? Die könnte mir Nelly bestätigen. Sie muss doch eine glaubwürdige Zeugin abgeben.«

»Namen kann ich Ihnen keine geben, aber der Teufel soll mich holen, wenn es nicht was mit Ruben zu tun hat.«

»Und wer ist dieser Ruben?«

»Rubens Tuchfabrik. Da haben sie gearbeitet.«

»Nelly und Ihre Frau?«

»Ja. Aber das können Sie gleich vergessen. Gegen Ruben gewinnt niemand.«

»Ich habe aber nicht vor aufzugeben.«

»Sie klingen fast wie Nelly, mit ihr war nicht gut Kirschen essen. Jetzt liegt sie da, das hat sie davon.« Er blieb stehen und schaute sich um. »Gibt es keinen Platz, an dem sich ein müder Mann ausruhen kann?«

»Sollte ich Sie nicht lieber nach Hause begleiten?«

Er antwortete nicht, und sie nahm seinen Arm, als sie weitergingen.

»Sie haben doch drei kleine Kinder?«, fragte Anna.

»Woher wissen Sie das?«

Sie erzählte ihm von dem Bericht, den sie auf der Rückseite von Nellys Taufurkunde gefunden hatte. »Und wo sind Ihre Kinder jetzt?«

»Was geht Sie das an?« Er hielt einen Augenblick inne. »Der Älteste wohnt mit mir bei meiner Mutter. Vermutlich haben Sie ihn getroffen. Die beiden Kleinen sind weg.«

»Weg? Was heißt das?«

»Sie sind auf einem Bauernhof auf Falster. In Pflege. Ich kann nur für mich sorgen. Und schon damit habe ich Mühe. Es wäre besser, ich wäre tot.«

»Wie können Sie so etwas sagen?«

Er zögerte lange. »Weil das die Wahrheit ist. Ich bin nichts wert.«

Als sie die schmale Treppe zur Wohnung hinaufgehen wollten, begann er zu husten. Anna befürchtete, dass er sich übergeben würde. Aber dann stand er einfach nur da und stöhnte leise. Sie fasste ihn unter und bugsierte ihn die Treppe hinauf. Der Junge schlief im oberen Bett, und Anna schob Gustav in das untere und zog ihm die Stiefel aus.

»Herr Hansen«, flüsterte sie, »haben Sie etwas dagegen, dass ich auf dem Fußboden übernachte?«

»Bitte?« Er hob einen Arm und kratzte an der Wunde auf seiner Wange. »Nein. Machen Sie, was Sie wollen.«

Sie nahm die Lampe, ging in die winzige Küche und schloss vorsichtig die Tür. Leise stapelte sie das Geschirr an das eine Ende des Tisches und goss Wasser aus dem Eimer in einen kleinen rostigen Blechbottich. In einem Tontopf fand sie einen eingetrockneten Seifenrest. Sie zog ihre Kleider aus und wusch sich. Das kalte Wasser kühlte die Flohstiche. Sie trocknete sich mit ihrem Unterrock ab und hängte diesen über eine Stuhllehne. Anschließend schüttelte sie ihr Hemd und ihr Kleid aus, um die Flöhe loszuwerden. In der Stube schnarchte Gustav. Auf einem Stuhl lag eine Häkeldecke mit ein paar großen Löchern. In der Ecke hinter dem Tisch breitete sie ihren Mantel aus und deckte sich mit der Decke zu. Der Mantel war nass und kalt, und sie zitterte vor Kälte, während sie sich die Fragen, die sie Nelly am nächsten Tag stellen wollte, zurechtlegte.

35

Kopenhagen, Nytorv Arrest, Nacht vom 16. auf den 17. März

Im Traum war Johannes wieder auf der Werft. Irgendjemand hämmerte auf eine große Eisenplatte. Dann hörte das Hämmern abrupt auf, und er erwachte. Vor der Pritsche stand ein Gefängniswärter, dessen Stimme er nicht kannte. Von dem Mann sah er nur die Umrisse, da das einzige Licht aus dem Gang kam.

»Aufstehen.« Er hielt die Handschellen bereit.

Johannes warf einen raschen Blick zum Fenster hinauf. Es war noch stockdunkel. »Wie spät ist es?«, fragte er.

»Mitternacht.«

»Wieso soll ich dann schon aufstehen?«

»Halten Sie den Mund. Man erwartet Sie.« Der Wärter packte ihn am Arm, ließ die Handschellen zuschnappen und zerrte ihn auf den Gang. Sie gingen mehrere Treppen hinunter, dann öffnete der Wärter eine Tür auf einen Innenhof. Die Nachtluft war wunderbar kalt.

»Lässt man mich jetzt frei?« Johannes' Stimme überschlug sich beinahe.

»Sie träumen wohl! Beeilung.«

Auf dem Hof stand ein Fuhrwerk mit einem geschlossenen Kasten, der groß wie ein Haus war. Der Vernehmungsbeamte saß neben dem Kutscher auf dem Kutschbock. »In den Käfig mit ihm, wir sind spät dran«, rief er.

Der Gefängniswärter öffnete die Tür des Kastens und stieß Johannes hinein. Dann knallte er die Tür zu, und auch das Schloss wurde mit einem Knall verriegelt. Im Inneren herrschte vollkommene Dunkelheit. Johannes tastete herum, wobei ihn die Handschellen behinderten. Mit einem Ruck fuhr das Fuhrwerk an, er verlor den Halt, stürzte und blieb auf dem Bretterboden liegen. Der Wagen rumpelte davon, und seine Schulter schmerzte von dem Sturz. *Wohin war er auf dem Weg? Sollte er in ein anderes Gefängnis verlegt werden? Befand er sich auf dem Weg zum Richtplatz?*

Er hatte den Eindruck, nur kurz unterwegs gewesen zu sein, als der Wagen hielt. Aber es geschah nichts. Er hörte die Hufe der Pferde auf den Pflastersteinen und einen Augenblick lang auch Stimmen, die sich dann aber verloren. *Würden sie ihn im Morgengrauen aufhängen? Waren sie dabei, den Galgen vorzubereiten?* Er setzte sich mit schmerzender Schulter auf. *Konnte man für einen Mordversuch überhaupt zum Tode verurteilt werden? Wenn sie ihn bereits bei Morgengrauen hinrichteten, konnte er sich nicht mehr von Nelly oder Anna verabschieden. Das war unerträglich.*

Jetzt hörte er wieder Stimmen. Der Vernehmungsbeamte öffnete die Tür. »Raus mit Ihnen, Christensen«, schrie er. Als Johannes auf die Pflastersteine trat, musste er so heftig husten, dass er sich zusammenkrümmte. Aber der Vernehmungsbeamte stieß ihn trotzdem vor sich her. Sie befanden sich auf einem Platz vor einem großen Gebäude. Er sah sich nach dem Galgen um, *denn hier würde es doch wohl geschehen?* Morgen früh würde hier alles voller Menschen sein, die johlen und pfeifen und gespannt auf den Augenblick warten würden, wenn er am Galgen zappelte. So war es, hatte er gehört, obwohl er es selbst nie gesehen hatte.

Dann wurde er eine Treppe hinunter- und durch eine Kellertür gestoßen. *Sollte er etwa bis zum Morgengrauen in einem anderen Gefängnis sitzen?* Der Geruch erinnerte an die Zelle, die er gerade verlassen hatte, aber auch wieder nicht. Vor ihnen ging ein Mann mit einer großen Laterne, die er schwenkte. Er hielt vor einer breiten Tür und schloss sie auf. In dem dunklen Raum war es noch kälter und feuchter als draußen auf der Treppe. Außerdem herrschte ein seltsam süßlicher Geruch. *Verdorbenes Fleisch?* Der Raum war niedrig und zu groß, um eine Zelle sein zu können. Der Mann stellte die Laterne auf einen Tisch. Auf anderen Tischen war etwas unter Laken verborgen. Johannes schnappte nach Luft. Es bestand kein Zweifel mehr, wo er sich befand.

In einer Leichenkammer.

Sollte nicht er sterben? War jemand anderes gestorben? Lag Anna unter einem dieser Laken? Der Mann nahm die Laterne und hob einige der Laken an. »Hier drüben«, sagte er dann und schlug ein Laken zurück.

»Treten Sie vor, Christensen, das ist jemand, den Sie kennen«, sagte der Vernehmungsbeamte.

Johannes trat die wenigen Schritte auf den Tisch zu, dann erstarrte er. Im schwachen, flackernden Licht der Laterne wirkte ihr Gesicht seltsam blau. »O Nelly, das darf nicht wahr sein.« Seine Stimme zitterte.

»Aber es ist wahr, Christensen. Nelly Hansen hat heute Abend infolge Ihrer Schläge das Zeitliche gesegnet.« Der Vernehmungsbeamte zog ein kleines Notizbuch und einen Bleistift aus der Innentasche seines Mantels.

»Das kann nicht sein«, bekam Johannes mit Mühe über seine Lippen. »Allerliebstes Mädchen, was ist passiert?« Ihre Haut fühlte sich kalt an, als er ihr seine Hand auf die Wange legte. Ihr Mund stand offen, und er wollte ihn schließen, aber der Kiefer war erstarrt und ließ sich nicht bewegen. Er schluchzte laut. Der Vernehmungsbeamte stand ein paar Schritte von ihm entfernt und betrachtete ihn, während er sich über Nelly beugte und ihre kalte Wange küsste. »Entschuldigung, Nelly, Entschuldigung, dass ich …« Dann brach seine Stimme, und er murmelte fast unhörbar: »Entschuldigung, dass ich dich nicht beschützt habe. Ich habe zu tief geschlafen und habe nicht gehört, dass jemand eingebrochen ist.«

»Reden Sie lauter, Christensen. Tote kennen keine Geheimnisse«, sagte der Vernehmungsbeamte, während er etwas in sein Notizbuch schrieb.

»Wir wollten auf einem Bauernhof leben.« Johannes strich Nelly übers Haar.

»Das hatten Sie ihr also zu bieten. Sich als Bäuerin auf einem Hof abzurackern. Da verstehe ich schon besser, warum sie Sie nicht wollte. Sehen Sie sie nur an: Ein Bauernmädchen war sie nie.«

»Sie wollte so gerne weg aus der Stadt.«

»Unsinn, Christensen, es gibt niemanden, der freiwillig aufs Land zieht.«

Johannes antwortete nicht. Er stand über Nelly gebeugt, und Tränen liefen ihm über die Wangen. Der Mann, der die Laterne getragen hatte, zog eine Uhr aus der Tasche. Der Vernehmungsbeamte nickte und reichte ihm sein Notizbuch. »Wenn Sie so freundlich sein würden, hier zu unterschreiben?«

Der Mann nickte und nahm das Buch.

»Dann sind wir hier fertig«, sagte der Vernehmungsbeamte und packte Johannes am Arm.

»Wo wollen wir hin?« Johannes hatte noch immer seine Hand auf Nellys Wange liegen.

»Zurück in die Zelle, zumindest vorerst. Sie sind jetzt nicht mehr wegen Mordversuchs angeklagt ...«

»Werde ich ...« Weiter kam Johannes nicht.

»Ja. Jetzt werden Sie des Mordes bezichtigt, weil das Opfer das Zeitliche gesegnet hat.«

36

Kopenhagen, Dienstag, den 17. März

ANNA ERWACHTE VON GEKLAPPER in der Küche. Durch das Fenster fiel schwaches Licht. Gustav schlief noch in seiner Koje. In der Küche stand Valdemar und schnitt Scheiben von einem Brot ab. Erschreckt drehte er sich um, als Anna plötzlich in der Tür stand. »Ich bin's, von gestern, Anna. Musst du nicht in die Schule?«

Er nickte, strich Schmalz auf die Brotscheibe und wickelte sie in ein Stück Zeitung.

»Wo ist deine Großmutter?«

»Sie schläft.« Er ging an Anna vorbei in die Stube und legte das Pausenbrot in einen Ranzen. Dann kletterte er auf das obere Bett und kam mit einem Wollpullover wieder herunter. »Mein kleiner Bruder heißt Thyge«, sagte er.

»Fehlt er dir?«

»Ich weiß nicht.«

Als der Junge gegangen war, kleidete sie sich rasch an und faltete die Häkeldecke zusammen. Sie hatte bereits ihren Mantel an, als ihr auf einem Bord neben dem Doppelbett ein kleines Tintenfass ins Auge fiel. *Sie musste an Peder schreiben. Was hatte sie sich nur gedacht?* Selbst wenn es ihr gelingen sollte, Nelly weitere Informationen zu entlocken, würde Johannes einen Verteidiger brauchen. Schließlich konnte Nelly nicht vor Gericht erzählen, was geschehen war. Neben dem Tintenfass lag eine abgebrochene Feder. Sie wollte Gustav nicht wecken, um ihn zu fragen, ob sie Tinte und Feder benutzen dürfe, sondern öffnete erst einmal das Tintenfass. Die Tinte war fast ganz eingetrocknet, ließ sich aber mithilfe von etwas Spucke und der Feder verflüssigen. Sobald sie mit dem Schreiben begonnen hatte, flossen ihr die Worte leicht aus der Feder. Als sie fertig war, wedelte sie mit dem Papier, damit die Tinte trocknete.

Es regnete nicht mehr, aber die Wolken hingen tief wie große ungewaschene Federbetten. Anna verließ Christianshavn über die Brücke. Sie wollte zum Nytorv Arrest und Johannes die gute Nachricht überbringen, dass Nelly aussagen konnte, wenn auch auf ihre eigene Art, und vielleicht würde sie sich auch wieder aufrappeln, wo sie doch hören und verstehen konnte, was man sagte. Am liebsten wäre Anna gleich wieder ins Krankenhaus gegangen, um mehr von Nelly in Erfahrung zu bringen, aber die Besuchszeit war erst am Nachmittag. Die Fragen, die sie sich am Vorabend ausgedacht hatte, schwirrten in ihrem Kopf herum. *Hatte der Angreifer etwas mit Rubens Tuchfabrik zu tun? Handelte es sich um einen älteren Mann? Kannte sie ihn gut?* Sie musste Fragen stellen, die sich mit Ja oder Nein beantworten ließen, fast so wie bei dem Ratespiel, das sie als Kinder so geliebt hatten.

Im Arrest am Nytorv musste sie warten, allerdings nicht sonderlich lange. Schon nach einer Stunde brachte ein Gefängniswärter Johannes. Sofort sah sie, dass etwas geschehen war. Seine Augen waren gerötet, und seine Miene wirkte beklommen.

»Anna«, sagte er mit leiser Stimme und setzte sich auf den Stuhl neben ihr.

»Ich glaube, ich habe gute Neuigkeiten, Johannes.« Sie nahm seine Hand. »Ich habe gestern Nelly besucht. Ihre eine Körperhälfte ist gelähmt, aber nicht die andere. Sie hört, was man sagt. Ich habe sie gefragt …«

Johannes schüttelte leicht den Kopf.

»Glaubst du mir nicht?«

»Nelly ist tot, Anna.«

»Nein, das kann nicht sein. Ich habe sie doch gestern noch gesehen.«

»Sie ist gestern Abend gestorben.«

»Hat man dir das gesagt?«

»Man hat mich geweckt und mich hingefahren, damit ich ihre Leiche sehe. Es war unfassbar. Ich glaubte schon, das Urteil sei gesprochen und man würde mich hinrichten. Aber dann lag Nelly da auf dem Tisch. Ganz kalt. Sie hätten genauso gut kurzen Prozess machen und mich auf einen der anderen Tische legen können. Dort lande ich ohnehin früher oder später.«

»So etwas darfst du nicht sagen.«

»Sie klagen mich jetzt des Mordes an.«

Sie schwiegen einen Augenblick, und Anna drückte seine Hand.

»Hör zu. Gestern habe ich mit einem Anwalt gesprochen. Er sagt, dass die Todesstrafe neuerdings fast immer in lebenslänglich umgewandelt wird.«

»Ich will lieber sterben, als in einem Gefängnis zu verrotten.«

»Selbst wenn ein Urteil gefällt worden ist, kann der Fall, wenn es neue glaubwürdige Zeugen gibt, wiederaufgegriffen werden, sagt der Anwalt.«

»Heißt das, dass uns dieser Anwalt helfen will?«, fragte Johannes.

»Ja. Dafür benötigen wir jedoch Geld. Aber das beschaffe ich schon. Mach dir keine Sorgen. Ich habe den Zeitungsausschnitt mit dem Foto gefunden. Und den Mann finde ich auch. Irgendjemand auf der Werft muss ihn schließlich kennen.«

»Das heißt noch lange nicht, dass er etwas sagt.« Johannes wurde von einem Hustenanfall geschüttelt. Anschließend rang er nach Luft.

»Ich weiß. Hat dir Nelly eigentlich je von ihrer Arbeit erzählt?«, fragte sie, als der Anfall vorüber war.

»Nein. So gut kannten wir uns nicht.« Er räusperte sich.

»Hat sie nie von anderen Leuten gesprochen? Egal welchen, die von Bedeutung sein könnten?«

»Nein, wir haben von anderem geredet. Glaub mir, ich habe mir das Gehirn zermartert. Das Einzige, was mir eingefallen ist, ist ein Geräusch, das ich gehört habe, als ginge jemand am Stock. Dann wurde alles schwarz.«

»Ein Stock also?«

»Ja. So wie Vater an einem seiner schlechten Tage.«

»Hast du der Polizei davon erzählt?«

»Natürlich. Aber sie hören nicht auf mich, Anna.«

Rückblickend war es nicht schwer, den Zeitpunkt zu bestimmen, an dem alles begonnen hatte. Und zwar an jenem Tag, an dem der Hof verlost worden war. Seitdem hatte sich die Lage nach und nach zusehends verschlimmert.

Auf dem Nytorv hielten die Wagen der Bauern mit ihren Waren, als Anna den Arrest verließ. Auf dem Markt herrschte reges Treiben. Sie hielt nach den Jungen Ausschau, die sie beim letzten Mal belästigt hatten, konnte sie aber nirgends entdecken. Ihre Beine waren schwer wie Blei, obwohl sie zum ersten Mal seit Langem mehrere Stunden am Stück geschlafen hatte. Sie musste sich dringend stärken und schaute sich nach einem Ort um, wo sie einen Kaffee kaufen konnte. Aber es gab kein Lokal für sie. Es gab zwar Kaffeesalons, doch hinter den Fenstern konnte sie Damen mit großen Hüten und vornehmen Kleidern ausmachen. Solche Damen ahnten nicht, wie das Leben war. Auch wenn sie es sich hätte leisten können, wäre sie da nicht reingegangen. Sie beschloss, das Lokal in der Adelgade aufzusuchen, in dem sie am Vortag gegessen hatte.

Mehrere Tische waren frei, und sie nahm mit möglichst großem Abstand zur Tür Platz. Die schwangere Kellnerin erschien sofort und nickte Anna lächelnd zu, so als hätte sie sie wiedererkannt.

Anna bestellte Kaffee und eine Scheibe Schwarzbrot mit

Margarine. Die Brotscheibe war dick. Sie tauchte sie in ihren Kaffee und schluckte das aufgeweichte Brot. Gedankenverloren betrachtete sie den Bauch der hochschwangeren Kellnerin am anderen Ende des Lokals.

Die Erinnerung an Nelly holte sie in die Wirklichkeit zurück. Nelly war gestorben, nachdem Anna das Krankenhaus verlassen hatte. Sie trank den letzten Schluck Kaffee ganz langsam, damit er länger vorhielt. Die Sache wirkte seltsam. Sie konnte nicht glauben, dass ihr Besuch Nellys Zustand verschlimmert und ihren Tod herbeigeführt hatte. Vielleicht war Johannes einfach erschöpft und hatte nur geträumt?

Sie musste sich Gewissheit verschaffen und mit dem alten Mann im Bett neben Nelly sprechen.

37

Kopenhagen, Nytorv Arrest, Dienstag, 17. März

ALS JOHANNES NACH ANNAS Besuch in seine Zelle zurückkehrte, legte er sich auf die Pritsche. Er hatte in der Nacht nicht geschlafen. Nellys bleiches Gesicht mit dem offenen Mund tauchte vor ihm auf, sobald er die Augen schloss. Er versuchte, die Lider nicht zu schließen, um diesem Anblick zu entkommen. Seine Tränen waren wie ein Bach im Sommer versiegt, und seine Augen brannten.

Später, nachdem er vom Essen probiert, das meiste aber in den Aborteimer geworfen hatte, wurde die Zellentür plötzlich aufgerissen. Der Wärter mit der schiefen Nase stand mit Handschellen bereit. »Jetzt ist es so weit, Christensen. Sie sollen vor Gericht.«

»Jetzt schon? Ich verstehe nicht …« Der Wärter unterbrach ihn.

»Finden Sie nicht, dass Sie lange genug gewartet haben? Vielleicht gefällt es Ihnen ja hier?«

Der Wärter schubste ihn aus der Zelle, und sie nahmen den normalen Weg über die Seufzerbrücke. Johannes warf einen Blick auf den Marktplatz. *Vielleicht erhaschte er ja zum letzten Mal einen Blick auf die Freiheit? Aber irgendetwas kam ihm seltsam vor. Warum sollte es plötzlich so schnell gehen?* Nellys Tod war schließlich kein Beweis für seine Schuld. Soweit er es beurteilen konnte, hatte die Polizei nicht viel gegen ihn in der Hand. Deswegen bemühten sie sich ja auch, ihm ein Geständnis abzupressen. Vielleicht war plötzlich ein Zeuge aufgetaucht? Etwa der Mann von der Werft? Oder jemand aus dem Haus? Vielleicht hatte sich Betty eines Besseren besonnen. *Vielleicht würden sie ihn freilassen?* Je länger er darüber nachdachte, desto wahrscheinlicher erschien es ihm.

Der Gerichtssaal war kleiner als erwartet, auch das wirkte beruhigend. Vielleicht war es doch nicht so ernst. Man wies ihm einen Stuhl vor einem Podium mit hohen Tischen zu, das fast wie ein Schalter anmutete. Der Gerichtssaal war bis auf einige wenige Leute, die hinter einer Absperrung ganz hinten im Saal saßen, leer. Der Wärter stand neben Johannes und rauchte seine Pfeife. Hinter dem Podium ging eine Tür auf, und ein paar Männer traten ein. Der Wärter stieß Johannes an: »Stehen Sie auf, verdammt, da kommt der Richter«, flüsterte er.

Der Richter trug einen Talar und ein Hemd mit Stehkragen. Der Vernehmungsbeamte war ebenfalls erschienen. Einen Augenblick lang schaute er mit einem kühlen Blick auf Johannes herunter. Johannes bekam einen Hustenanfall, und als der Husten sich gelegt hatte, begann der Richter zu sprechen. Er nickte im Takt der Worte und erinnerte Johannes an einen Onkel mütterlicherseits. Die lose Haut des Halses wurde vom Kragen eingeklemmt und hing faltig darüber. Johannes fiel es schwer, dem Gesagten zu folgen. Denn die vertrocknete Stimme des Richters klang spröde und knisternd. Er saß mit dem Ellbogen auf den Tisch und den Kopf in die Hand gestützt da. Dann stellte er plötzlich eine Frage: »Können Sie uns erzählen, was in der Nacht vom 14. auf den 15. Februar dieses Jahres geschehen ist?«

Johannes richtete sich auf und trug vor, was er den Vernehmungsbeamten inzwischen schon unzählige Male erzählt hatte, und erwähnte auch den Stock. »Ich bin unschuldig. Ich hätte Nelly nie etwas zuleide getan. Ich hoffte doch, dass sie meine Frau werden würde.«

Der Richter raschelte mit einigen Papieren. Im Übrigen blieb es still. Dann begann er, Fragen zu stellen, die Johannes unwichtig vorkamen. Warum er nach Kopenhagen gekommen sei? Wann er in die Borgergade gezogen sei? Was er für eine Beschäftigung auf der Werft habe? Ihm war schon schwindelig, da hielt der Richter endlich inne und wandte sich an einen Wärter. »Rufen Sie den Zeugen herein.«

Johannes holte tief Luft. Es war also, wie er geglaubt hatte. Endlich hatte sich ein Zeuge gemeldet. Nach einer Weile ging die Tür hinter dem Podium auf, und der Wärter trat mit einem kräftigen Mann ein. Es war nicht der Mann von der Werft, aber er kam ihm trotzdem bekannt vor. Er nahm hinter einer Art Gitter schräg unterhalb des Podiums Platz. Doch was sollte das? Es war der Mann mit der Laterne, der den Leichenkeller aufgeschlossen hatte. Wieso sollte der plötzlich als Zeuge auftreten? Der Mann nannte seinen Namen und erklärte, er arbeite im *Allgemeinen Spital* in der Amaliegade.

»Können Sie uns sagen, was heute Nacht geschehen ist?«, fragte der Richter, wobei er heftig blinzelte.

Der Mann beschrieb, wie er im Keller das Laken von Nellys Gesicht gezogen hatte. Johannes hörte nur mit halbem Ohr zu. *Was konnte dieser Mann nur beizutragen haben? Schließlich hatte er den Überfall nicht gesehen?* Aber dann kam es.

»Also der Angeklagte dort«, der Zeuge nickte Richtung Johannes, »war sehr betrübt, als er die Leiche sah, er schien seine Tat zu bereuen, denn er entschuldigte sich bei der Toten.«

»Können Sie das etwas eingehender beschreiben?«, fragte der Richter.

»Der genaue Wortlaut steht hier drin.« Der Vernehmungsbeamte schwenkte sein kleines Notizbuch, das er im Leichenkeller dabeigehabt hatte.

»Ich möchte das vom Zeugen selbst hören«, sagte der Richter.

Der Zeuge räusperte sich und biss sich auf die Unterlippe. »Er hat nicht so viel gesagt, er hat sich nur entschuldigt, weil er sie geschlagen hatte, jedenfalls habe ich es so verstanden.«

Johannes sprang auf. »Das stimmt nicht. So habe ich das nie gesagt. Sie müssen sich verhört haben. Ich habe mich bei Nelly entschuldigt, weil ich sie nicht vor dem Angreifer beschützt habe.«

»Angeklagter, nehmen Sie Platz. Gibt es weitere Zeugen?« In der Stimme des Richters klang eine neue Schärfe mit.

»Nein«, antwortete der Vernehmungsbeamte und betrachtete Johannes mit einem triumphierenden Lächeln.

»Dann gibt es jetzt eine kurze Pause.« Der Richter und der Vernehmungsbeamte verließen gemeinsam mit dem Zeugen den Saal durch die Tür hinter dem Podium.

Die wenigen Zuschauer hinter dem Geländer flüsterten.

»Was jetzt?«, fragte Johannes. »Wie kann so ein Mann nur vor Gericht lügen?«

Der Wärter antwortete nicht, er rauchte noch immer. Wenig später kehrte der Richter bereits zurück, dieses Mal ohne den Vernehmungsbeamten. Die Anwesenden erhoben sich erneut.

Johannes hatte das Gefühl, dass sich der Richter sehr viel Zeit ließ, als er auf dem Podium Platz nahm, seinen Talar zurechtrückte und den Kneifer aufsetzte. Dann begann er endlich, das Urteil zu verlesen. Erst schienen Johannes' Ohren ihren Dienst zu verweigern, dann aber hörte er die knisternde Stimme. »Johannes Alfred Christensen, das Gericht hat Sie des Mordes an Nelly Hansen für schuldig befunden, die Strafe bemisst sich auf …« Er blätterte um. »Lebenslänglich. Sie werden den ersten Teil der Strafe in der Besserungsanstalt in Vridsløse Mark verbüßen und anschließend im Zuchthaus in Horsens.«

Johannes wollte sich auf seinen Stuhl sinken lassen, aber der Wärter hielt ihn am Arm fest. Dann war es auch schon vorbei, der Richter schlug mit einem kleinen Holzhammer auf den Tisch. Die Zuschauer unterhielten sich lautstark, doch Johannes hörte nicht zu. Jemand pfiff, als der Wärter ihn aus dem Saal zerrte.

»Erst Vridsløselille, dann Horsens, das passt«, meinte der Wärter.

»Was meinen Sie?« Johannes' Stimme war heiser.

»Das werden Sie noch früh genug herausfinden. Ich verspreche Ihnen, dass Ihnen die schönen Tage hier im Arrest noch fehlen werden.«

38

Kopenhagen, Dienstag, den 17. März

Als Anna das *Allgemeine Spital* erreichte, begab sie sich direkt in den Krankensaal. In dem Bett, in dem Nelly gelegen hatte, lag jetzt ein kleiner Mensch mit einem verbundenen Kopf. Anna musste ganz nah herantreten, um sich zu versichern, dass es nicht Nelly war. Aber es war ein kleiner Junge. Der Spucknapf stand wie zuvor auf der Decke des alten Mannes.

»Guten Tag«, sagte Anna und nickte dem Alten zu. »Wo ist Nelly Hansen?«

Der Mann blinzelte. »Die haben sie weggebracht.«

»Ging es ihr denn schlechter?«

»Nichts deutete darauf hin. Sie lag da wie immer.«

»War denn der Doktor hier?«

»Nein. Der kommt nur, wenn Visite ist. Meine Güte, Sie fragen aber viel. Sie haben nicht zufällig an ein wenig Tabak für einen alten Armenhäusler gedacht?«

»Nein, leider nicht. Wissen Sie, wo man sie hingebracht hat?«

»Woher zum Teufel soll ich das wissen?«

»Wer hat sie geholt?«

»Keine Ahnung, das waren zwei Krankenträger.«

»Aha.« Anna trat wieder auf den Gang hinaus, um sich nach einer Pflegerin umzuschauen, musste sich aber bis ins untere Stockwerk begeben, bis sie ein junges Mädchen mit dünnen Zöpfen unter einem Kopftuch entdeckte. Sie hielt einen Stapel Bettwäsche in den Armen.

»Guten Tag, Fräulein. Ich bin eine Angehörige von Nelly Hansen, doch sie liegt da nicht mehr …«, begann Anna.

»Nein, leider, sie ist gestern gestorben.«

»Kann das wirklich sein?«

Die Pflegerin nickte. »Ich fürchte, ja.«

»Wie ist es geschehen?«

»Das weiß ich nicht. Ich war nicht im Dienst, aber sie war ja übel zugerichtet, es war also nur eine Frage der Zeit.«

Anna nickte, obwohl sie sich in dieser Frage nicht so sicher war wie die Pflegerin. »Könnte ich sie noch ein letztes Mal sehen? Das würde mir sehr viel bedeuten.«

»Vermutlich spricht nichts dagegen, aber ich muss erst fragen.«

Die Pflegerin legte die Wäsche auf einen Tisch und verschwand den Korridor entlang. Sie war rasch wieder zurück. »Ich habe niemanden gefunden, den ich hätte fragen können, aber wenn Sie einen kleinen Augenblick warten, müsste es gehen.«

Anna legte diskret eine Hand vor Nase und Mund, als sie den kalten Kellerraum betraten. Die Pflegerin ging von einer Bahre zur nächsten und las die Zettel, die an den Zehen der Toten festgebunden waren. »Hier«, sagte sie. »Aber beeilen Sie sich. Ich muss zu den Patienten zurück, ehe jemandem auffällt, dass ich weg bin.«

Nellys Leiche lag unter einem weißen Tuch auf einem Tisch unter einem kleinen Fenster oben in der Wand. Anna fasste eine Ecke des Tuchs und zog es ein wenig beiseite. »Gott sei mir gnädig«, murmelte sie. Nelly lag mit geöffnetem Mund da, aber unheimlich waren vor allem die blaulila Flecken auf der bleichen Haut und die winzigen roten Punkte. Anna hatte in ihrem Leben schon etliche Tote gesehen, aber noch nie jemanden, der so übel zugerichtet war. Sie wollte schon die Pflegerin rufen, besann sich dann aber.

»Beeilen Sie sich auch?« Die Schwester stand an der Tür.

»Nur einen Augenblick, dann komme ich.« Vorsichtig zog Anna ein Augenlid von Nelly zurück. Das Auge war blutunterlaufen. Dann beugte sie sich über Nelly und tat so, als würde sie der Toten etwas zuflüstern, und zog das Tuch noch etwas weiter nach unten. Blutergüsse umschlossen Nellys Hals ringförmig.

»Jetzt müssen Sie wirklich kommen!« Die Schwester hatte die Tür zum Gang geöffnet.

Anna deckte Nelly wieder zu und folgte der Schwester nach draußen.

Nelly war nicht friedlich eingeschlummert, jemand hatte nachgeholfen. Sie war erwürgt worden, daran bestand kein Zweifel. Wo hätten sonst die blauen Flecken an ihrem Hals herkommen sollen? War der Mann, der sie überfallen hatte, zurückgekehrt, um sein Werk zu vollenden?

Sie beschloss, sofort zur Polizei zu gehen, weil es eilte. Falls Nelly jetzt ermordet worden war, so war dies der Beweis dafür, dass nicht Johannes der Schuldige war, sondern jemand mit Zugang zum Krankenhaus.

Anna folgte nicht dem feinen Vimmelskaftet, sondern wählte eine kleinere Straße zum Nytorv. Ob sie den Mord hier melden sollte, wusste sie nicht, aber dort gab es zumindest Polizisten. Sie hing ihren Gedanken nach und überlegte, wie sie erklären sollte, was sie im Leichenkeller gesehen hatte. Plötzlich schreckte sie auf. Die Pflastersteine, auf denen sie ging, und ihre Stiefel … Entsetzt sprang sie zur Seite. Überall war Blut. Sie sah sich um. Der kleine Platz, auf dem sie sich befand, lag vor einer Kirche. Neben der Kirche erblickte sie Metzgerstände, ein Schwein hing an einem Haken und war offenbar gerade geschlachtet worden, denn Blut floss noch aus seiner Kehle. Es vermischte sich mit Schmutzwasser und Abfall und floss zwischen den Pflastersteinen auf den Bürgersteig. Wieso fing man das Blut nicht wie zu Hause in einem Eimer auf, aß man in Kopenhagen keine Blutwurst? Bereits in ihrer Kindheit hatte sie beim Schlachten geholfen, doch der Blutgeruch hier war anders, durchdringender und faulig. Sie eilte weiter.

Es dauerte lange, bis ein Polizist, ein schlaksiger Mann mit grünen Augen und einem Kinnbart, Zeit für sie hatte. Sie musste ihr Anliegen mehrere Male vortragen, ehe er zu schreiben begann. Dann hielt er jedoch rasch wieder inne. »Die Tote liegt also im Keller des *Allgemeinen Spitals*?«

»Ja genau, ich komme gerade von dorther.«

»Mein liebes Fräulein, die Ärzte hätten sicherlich gemerkt, wenn etwas nicht mit rechten Dingen zugegangen wäre. Ich will Ihnen ja nicht zu nahe treten, aber Sie verfügen doch wohl kaum über medizinischen Kenntnisse?«

»Nein, aber die blauen Flecken an ihrem Hals waren nicht zu übersehen.«

»Mag sein, doch jetzt müssen Sie mich entschuldigen, ich habe viel zu tun.«

»Warten Sie, können Sie nicht wenigstens einen Polizisten schicken, der sich Nelly Hansen anschaut?«

»Mal sehen, was sich machen lässt.«

Der Polizist glaubte ihr nicht, und Anna bezweifelte, dass er überhaupt etwas unternehmen würde. Er hatte recht: Von Medizin hatte sie keine Ahnung. Vielleicht irrte sie sich ja auch, aber sie bezweifelte es stark. Die Wahrheit war zum Greifen nahe gewesen. Ein paar Fragen mehr, und sie wäre dem Angreifer vielleicht auf die Spur gekommen. Und jetzt? Was konnte sie jetzt noch unternehmen?

Sie ging die Freitreppe des Gerichtsgebäudes hinunter, dann aber fehlte ihr die Kraft für das Gewimmel auf dem Platz, also bog sie in die Straße zwischen dem Gericht und einem anderen großen Gebäude ein. Die beiden Häuser waren durch eine geschlossene Brücke mit Fenstern verbunden. Weiter die Straße entlang hielt ein Fuhrwerk mit einem großen geschlossenen Kasten. Der Kutscher stand neben dem Fuhrwerk und unterhielt sich mit einem Passanten, dann ging eine Tür hinter ihnen auf, und ein großer Mann wurde ins Freie geführt.

»Johannes!« Ihr Ruf hallte zwischen den Mauern wider. Sie rannte auf ihn zu. »Was ist los?«

Er sah sich um und entdeckte sie schließlich. »Anna, woher weißt du?«, rief er.

»Schnauze! Es ist verboten …« Da wurde der Polizist, der ihn ins Freie geführt hatte, unterbrochen.

»Das ist meine Schwester. Ich werde mich doch noch von ihr verabschieden dürfen!«, rief Johannes.

Der Polizist zögerte einen Augenblick, und Anna trat auf die beiden zu.

»Was ist los? Ich weiß überhaupt nichts, Johannes.« Ihre Stimme klang schrill.

»Soeben ist das Urteil gefallen, Anna. Sie sperren mich bis ans Ende meiner Tage ein.« Sein Gesicht war bleich und gequält.

»Lebenslänglich? Aber das kann nicht sein!« Ihre Stimme klang noch schriller.

»Doch, Anna. So lautet das Urteil. Ich soll die erste Zeit in Vridsløselille einsitzen, anschließend …«

Der Polizist fiel ihm ins Wort. »Jetzt ist es genug, steigen Sie ein, Christensen.« Er stieß Johannes so fest, dass er stolperte. Der Kutscher hatte die Tür am Ende des Kastens geöffnet.

»Wie können Sie nur so herzlos sein. Lassen Sie mich doch mit ihm reden!«, rief Anna.

Der Polizist drehte sich um. »Verschwinden Sie.« Dann packte er Johannes, der sich noch nicht wieder aufgerichtet hatte, und riss ihn mit einer einzigen zornigen Bewegung hoch. »Machen Sie voran, wir haben nicht den ganzen Tag Zeit.«

Der Kutscher packte Johannes, warf ihn in den Wagen, knallte die Tür zu und schloss sie ab.

39

Kopenhagen, Dienstag, den 17. März

Es war dasselbe Gefangenenfuhrwerk, das ihn schon zu Nellys Leiche gebracht hatte. Ein Lichtstreifen tanzte auf dem schmutzigen Bretterboden, auf dem Johannes im Dunkeln lag. Dieses Mal war er nicht allein. Ein Wärter, dem er bislang nicht begegnet war, kettete ihn an einen anderen Gefangenen, der bereits auf der Bank saß. Das spärliche Licht fiel durch ein winziges vergittertes Fenster in der Tür. Johannes hätte sich gerne aufgerichtet, um zu sehen, wo sie hinfuhren, weil das vielleicht seine letzte Fahrt durch Kopenhagen war.

Der Gefangene, an dem er festgekettet war, war klein und hatte schmale Handgelenke. Er führte mit leiser Stimme ein Selbstgespräch. »So sind wir also wieder unterwegs, Oller. Kopf im Sack, Essen dreimal am Tag.« Der Mann lispelte und kratzte hin und wieder mit einem Finger an seinem vollkommen zahnlosen Oberkiefer. Jedes Mal musste Johannes wegen der Handschelle seinen Arm ebenfalls heben.

»Wie weit ist es zu dem Gefängnis?«

»Wir fahren mit dem Zug«, antwortete der Mitgefangene. Der Wärter schien die Frage nicht gehört zu haben.

»Aber wie weit ist es? Fahren wir nach Jütland?«

»Aber nein, Glostrup liegt wirklich nicht in Jütland.«

Wenig später wurden sie aus dem Fuhrwerk gescheucht, und Johannes sah, dass sie sich auf dem Bahnhof befanden. Es stimmte also, dass sie mit dem Zug fahren würden.

Später, als sie in Glostrup wieder in einem rumpelnden Gefangenenwagen saßen, räusperte sich Johannes' Mitgefangener. »Ich wünsche dir alles Gute, wir werden uns nicht mehr oft sehen. Aber man gewöhnt sich an das Leben da drin.«

Sie wurden von einem Pfeife rauchenden Wärter empfangen. Johannes atmete den würzigen Rauch genüsslich ein, musste dann aber husten. Der Wärter wandte sich an den Wachmann, der sie vom Nytorv begleitet hatte. »Ist das alles, was Sie heute dabeihaben?« Ohne die Antwort abzuwarten, nahm er zwei schwarze Säcke aus einem Korb, der auf einem Tisch stand. Dann wurde alles schwarz. Der Wärter hatte Johannes den einen Sack über den Kopf gezogen. Einen Augenblick später kehrte das Licht zurück. Der Wärter hatte den Sack so zurechtgerückt, dass sich die zwei Löcher vor den Augen befanden. Johannes hörte die lispelnde Stimme seines Mitgefangenen, als dieser wieder zu murmeln begann.

»Jetzt fängt das wieder an, Oller, in der Zelle ist es hell, in der Zelle ist es …« Der Mitgefangene begann zu stöhnen.

Mit einem Auge konnte Johannes ein Stück des Korridors sehen, durch den sie gingen, dann wurde eine Tür aufgeschlossen, und sie wurden in ein Zimmer gestoßen, und die Säcke wurden ihnen vom Kopf gerissen. Johannes' Mitgefangener war leichenblass. Man nahm ihnen die Handschellen ab, und Johannes rieb sich das Handgelenk. Ein kleiner dicker Gefängniswärter befahl ihnen, die Kleider auszuziehen. Als Johannes nackt war, blickte er an sich hinunter und fragte sich, was mit seinem Körper geschehen war. Die Knochen standen seltsam hervor, er war vollkommen abgemagert.

Die Gefängniskluft bestand aus mehreren Kleidungsstücken und lag ordentlich gefaltet auf zwei Stapeln. Kurze Hose, Pullover und ein paar lange Wollsocken. Alles war grau. Anschließend maß der Wärter ihre Füße und holte Holzschuhe. Zu guter Letzt wurde jeder Pullover mit einer Nummer versehen.

»Von nun an können Sie Ihre Namen vergessen. Jetzt sind Sie nur noch die Nummer, die man Ihnen zugeteilt hat.«

Johannes war Nummer 208.

Bevor sie das Zimmer verließen, mussten sie wieder die Säcke überziehen. Dieses Mal konnte Johannes den Sack selbst zurechtzupfen, um die Sicht zu verbessern.

»Warum müssen wir diese Säcke überziehen?«, fragte er.

»Hier gibt es nur Sie und Gott«, antwortete der Wärter.

Die Zelle roch vor allem nach altem Urin. Als der Wärter gegangen war, riss sich Johannes den Sack vom Kopf. Er verstand die Antwort des Wärters nicht. Was hatte der Sack mit Gott zu tun? In der Zelle war es dunkel, weil das Fenster nicht aus Glas, sondern aus einer Metallplatte mit kleinen Löchern bestand. In einer Ecke stand ein Holzrahmen mit einem aufgespannten Stück Tuch, die Pritsche. Johannes strich mit der Hand über die raue graue Leinwand, die große gelbliche Flecken aufwies. *War das etwa die Matratze?* Er zog die Holzschuhe aus und legte sich hin. Vorsichtig betastete er seine Wange und seinen verletzten Kiefer. Alles war geschwollen, und der Schmerz rumorte schon den ganzen Tag. Er betrachtete die Wände. Sie waren offenbar kürzlich frisch gekalkt worden, denn nur an wenigen Stellen war etwas eingeritzt. Neben der Latrine befand sich ein kleines Waschbecken. Langsam kam Johannes wieder auf die Beine und drehte den Hahn über dem Waschbecken auf. Es blubberte und brodelte im Rohr, dann kam ein dünner Strahl bräunliches Wasser. *Es gibt tatsächlich fließendes Wasser!* Einen Augenblick lang vergaß er, wo er war. Er ließ das Wasser laufen, bis es klarer wurde, füllte dann den Becher, der auf einem Wandbord gestanden hatte, und trank. Allerdings nur wenig, denn das Wasser hatte einen widerlichen Beigeschmack nach Eisen. Er legte sich wieder auf die Pritsche, kam aber nicht zur Ruhe. Er hatte überall Schmerzen, besonders in der Brust. Obwohl er diese Vision zu vertreiben suchte, konnte er sich schon als alten Mann mit weißem Haar und langem Bart auf derselben fleckigen und übel riechenden Pritsche liegen sehen. Ein alter Mann, den man um sein Leben betrogen hatte, dem man etwas angehängt hatte, was er nicht verbrochen hatte. Wenig später wurde die Zellentür aufgerissen. Ein Wärter mit Schürze trat ein. »Aufstehen. Haare schneiden!«

Johannes setzte sich auf den Stuhl, der sich in der Zelle befand, und der Wärter schnitt ihm in großen Büscheln die Haare ab.

»Warum müssen wir Säcke tragen, wenn wir die Zelle verlassen?«, fragte Johannes.

»Sie befinden sich in einer Besserungsanstalt. Die Isolation soll Ihnen helfen, ein besserer Mensch zu werden.«

»Das verstehe ich nicht.«

»Wenn Sie ganz allein sind, können Sie besser über die Schandtat nachdenken, die Sie begangen haben.«

Dann war der Wärter fertig, und Johannes ließ seine Hand über seinen Kopf gleiten. Das Haar war weg, nur Stoppeln waren übrig. Sein blondes Haar lag auf dem Fußboden. Als der Wärter weg war, fegte er es mit der Hand zusammen und warf es in die Latrine.

Johannes überlegte, Striche in die Wand zu ritzen, um den Überblick über die Tage zu behalten. *Aber was nützte das schon?* Seine Brust schmerzte, und er weinte. *Wie hatte er nur dieses Elend heraufbeschworen, das so unvermutet über ihn hereingebrochen war? Der Hof mit den Kühen auf der Weide und mit Nelly auf dem Hühnerhof mit einem Kind an der Hand, wie er es so oft vor sich gesehen hatte, würde nie Wirklichkeit werden ...* In diesem Augenblick ging die Klappe in der Zellentür auf. »Teller«, war eine Stimme zu vernehmen. Johannes schaute sich in der Zelle um. Der Teller stand auf dem Wandbord. Er reichte ihn durch die Luke. Einen Augenblick später kam der Teller mit einer halb klaren Suppe mit Kartoffeln und winzigen Fleischfetzen zurück. Johannes setzte sich an den kleinen Tisch und nahm den Holzlöffel zur Hand, der neben dem Teller gelegen hatte. Er aß ein paar Löffel, schob den Teller dann aber beiseite. Die Suppe schmeckte kaum nach etwas, doch er hatte auch einfach keinen Hunger. Auf dem Bord lag auch eine Bibel. Er nahm sie mit zur Pritsche. Zum Lesen war es zu dunkel, aber er legte seine Hand auf das Buch.

In der Nacht konnte er nicht schlafen. Der Husten und der Schmerz in der Wange hielten ihn wach. Mehrmals meinte er, Stimmen zu hören, konnte sich jedoch keinen Reim darauf machen, wo sie herkamen. Plötzlich klopfte es laut an seiner Zellentür, wenig später wurde die Klappe geöffnet. Johannes beeilte sich, seinen Teller nach draußen zu halten. Dieses Mal kam er mit einer dicken Scheibe Schwarzbrot mit einem Klecks Fett zurück. Es war also Morgen. Als er gegessen hatte, legte er sich wieder auf die Pritsche. In der Nacht hatte er geschwitzt, und das raue Leinen, auf dem er lag, hatte einen scharfen Geruch, den Geruch der Albträume der Gefangenen, die vor ihm dort gelegen hatten. Wenn sie ihm doch bloß erlaubt hätten, ein letztes Mal mit Anna zu sprechen! Er hatte nur ein paar Worte mit ihr wechseln können, dann hatte ihn der Vernehmungsbeamte schon weggestoßen, und er war gestolpert. Er hatte keine Ahnung, wie spät es war, durch die perforierte Platte fiel noch weniger Licht als durch das Fenster seiner Zelle am Nytorv. Er wusste daher nicht, wie lange er gelegen hatte, als die Zellentür wieder geöffnet wurde. Ein neuer Wärter, der sich als Werkmeister vorstellte, erschien. »Hier muss man für sein Essen arbeiten, die Pritsche ist zum Schlafen, aber nur nachts. Was haben Sie für einen Beruf?«

»Ich bin Bauer«, antwortete Johannes.

»Hm. Können Sie tischlern?«

»Doch, es kommt darauf an …«

»Bierkisten. Der Akkord ist zehn am Tag, nach zwei Wochen fünfzehn«, fiel ihm der Werkmeister ins Wort. »Wenn Sie den Akkord nicht einhalten, müssen Sie mit Strafe rechnen.« Der Werkmeister sah ihn finster an.

Nach dem Mittagessen, das aus einem Salzhering und einer Scheibe Schwarzbrot bestand, wurde Johannes von einem Wärter abgeholt. Johannes rang unter dem Sack nach Luft und bekam einen Hustenanfall. Er konnte nirgendwohin spucken, und der Schleim lief ihm das Kinn hinunter und blieb im Sackleinen hängen. Die Zelle, die er betrat, sah aus wie die, die er verlassen hatte. Dieselbe niedrige Pritsche, derselbe Tisch, Stuhl und ein stinkender Latrineneimer. Der einzige Unterschied war, dass mitten in der Zelle eine Hobelbank stand und an einer Wand Bretter aufgestapelt waren.

»Also, 208, das ist Ihr neues Zuhause. Hier wohnen und arbeiten Sie. Hofgang ist zweimal täglich. Sonst: Arbeit. Hier steht ein Modell der Bierkiste, die Sie herstellen sollen.« Er deutete unter die Hobelbank.

Johannes hatte Fieber, und ihn schwindelte. Trotzdem begann er mit der Arbeit. Er maß die Kiste sorgfältig und sägte dann die Bretter zurecht. Anschließend wurde ihm schwarz vor Augen, und er musste sich hinlegen. *Zehn Kisten am Tag, das war vollkommen unmöglich.* Er stand auf und hämmerte die Kiste zusammen. Sie war fehlerfrei und sah aus wie die andere, aber es hatte viel zu lange gedauert.

Später wurde er zum Hofgang gerufen und musste den Sack überziehen. Der Rotz war ein wenig eingetrocknet. In einer Reihe gingen die Häftlinge den Korridor entlang, einer schweigenden Prozession aus dem Totenreich gleich. Dann wurde einer nach dem anderen ins Freie gelassen. Johannes riss den Sack vom Kopf und holte tief Luft. Er stand allein in einem winzigen, von hohen Mauern umgebenen Hof. Wenn er den Kopf in den Nacken legte, konnte er den Himmel sehen. Offenbar war es ein sonniger, windiger Tag, denn die Wolken zogen rasch vorüber.

40

Kopenhagen, Dienstag, den 17., bis Mittwoch, den 18. März

Erneut stand Anna vor der Schenke in der Adelgade, zu der ihre Füße sie getragen hatten. Seit Johannes' Verurteilung fühlte sie sich orientierungslos. Sie fand einen kleinen Tisch ganz hinten im Lokal, an dem ein älterer Mann saß. »Gestatten Sie?«, fragte sie. Der Mann antwortete nicht. Er war eingenickt. Sie zog das Bündel mit dem Geld hervor.

Sie besaß nur noch dreizehn Öre.

Die schwangere Kellnerin trat an ihren Tisch und nickte ihr lächelnd zu. »Sie wünschen?«

»Ich habe nur dreizehn Öre, und ...« Dann versagte Annas Stimme.

Die Kellnerin stutzte, setzte sich dann schwerfällig auf den Stuhl gegenüber von Anna und nahm ihre Hand. »Was ist mit Ihnen?«, flüsterte sie. »Sind Sie in anderen Umständen?«

»Nein, das ist es nicht, aber ich habe nur noch diese dreizehn Öre.« Sie legte das Stück Stoff mit den Münzen auf den Tisch. »Ich weiß nicht, wo ich übernachten soll, und meinem Bruder ist etwas Schreckliches zugestoßen.«

»Was ist denn geschehen?«

Anna erzählte es ihr. Dann musste die Schwangere jemanden bedienen, war aber rasch wieder zurück. Dieses Mal hatte sie einen Teller Grütze und einen Salzhering dabei.

»Aber ich habe doch nur dreizehn Öre«, begann Anna.

»Ist schon gut, das sind ohnehin nur Reste, dafür brauchen Sie nicht zu bezahlen.« Sie setzte sich wieder zu Anna. Sie war weder blond noch dunkel, ihre Ohren standen ein wenig ab, aber ihre Lippen waren schön geschwungen mit einem markanten Bogen in der Mitte. Ihr Lächeln wärmte Anna. Ein Weilchen saßen sie wortlos beieinander, dann musste die Kellnerin sich wieder erheben.

Die Grütze war so fest, dass sie sich hätte in Scheiben schneiden lassen, schließlich war sie sicher schon einige Stunden alt. Sie schmeckte sehr gut zum Hering. Am wohltuendsten war jedoch die Freundlichkeit der Schwangeren. Anna ließ sich mit dem Essen Zeit, weil sie nicht wusste, wo sie anschließend hinsollte. Die dreizehn Öre reichten nicht einmal für eine Übernachtung in der von Flöhen befallenen Pension in der Helsingørsgade.

Nach einer Weile aß niemand mehr im Lokal, es wurde nur noch getrunken. Die Schwangere erschien und räumte Annas Teller ab. »Meine Schicht ist vorbei«, sagte sie. »Ich war jetzt fünfzehn Stunden hier, und meine Beine sind wahnsinnig geschwollen.« Sie hielt mit dem Teller in der Hand inne. »Was haben Sie jetzt vor?«

»Ich weiß nicht. Irgendwie kann ich nicht mehr.«

»Komm mit. Ich habe ein Zimmer auf dem Speicher.«

»Meinen Sie das wirklich?«

»Ja. Komm ruhig«, sagte die Frau und ging voraus.

In der Küche holte sie eine Kerze und einen Tonkrug, und Anna folgte ihr eine Treppe hinauf. Das Zimmer war spartanisch eingerichtet, Bett, Kommode und ein kleiner Tisch mit Wasserkanne und Waschschüssel darauf. Die Frau stellte die Kerze und den Krug auf die Kommode. »Wenn wir schon das Bett heute Nacht teilen, dann können wir uns auch duzen. Ich heiße Dagmar.« Sie streckte ihre Hand aus. Anna gab ihr die Hand und sagte ihren Namen.

»Trink einen Schluck. Das ist Bier mit einem Schuss Branntwein. Das tut gut.« Dagmar reichte Anna den Krug. Das Getränk wärmte und brannte in der Kehle. Ganz offensichtlich enthielt es mehr als nur einen Schuss Branntwein. Dagmar trank lange, zog dann ihr Kleid aus und legte sich aufs Bett. »Ah«, sagte sie stöhnend. »Ich habe das Gefühl zu platzen.« Ihre Beine waren bläulich und geschwollen.

»Wann ist es so weit?«, fragte Anna.

»Schwer zu sagen, ich hoffe bald.«

»Und wer ist der Vater?«

»Ich weiß nur, dass er einen Bart hatte und widerlich roch. Das Ganze war unter Zwang hier unten auf dem Hof. Vergewaltigung, sagt man wohl.«

»Hat man ihn gefasst?«

»Gefasst? Was glaubst du? Er ist einfach gegangen, nachdem er bekommen hatte, was er wollte.«

»Und das Kind? Kannst du das hierbehalten?«

»Vielleicht zu Anfang, aber dann weiß ich nicht.«

Es fiel Anna schwer, in dem schmalen Bett einzuschlafen, weil Dagmar mit ihrem großen Bauch viel Platz beanspruchte. Anna lag an der Kante auf der Seite. Trotzdem war das besser, als irgendwo auf einer Treppe zu sitzen. Sie erwachte früh und spürte, dass noch Nacht war, aber Dagmars Seite des Bettes war leer.

Die Schenke war bereits voller Leute in Arbeitskleidung. Dagmar lief mit Tellern zwischen den Tischen hin und her. »Ich kann dir leider kein Frühstück geben«, flüsterte sie, »aber ein Stück Schwarzbrot kostet drei Öre.«

Dagmar schnitt eine dicke Scheibe ab, und Anna kaute jeden Bissen gründlich. Wie in ihrer Kindheit, als das Essen zu Hause knapp gewesen war. Der Magen ließ sich betrügen, wenn sie jeden Bissen nur lange genug kaute. Als sie die Hälfte gegessen hatte, steckte sie den Rest ein und ging zu Dagmar, die hinter dem Tresen stand.

»Ich gehe zur Werft Burmeister & Wain.«

Dagmar erklärte ihr den Weg zum Kai, von dem aus sie sich zur Refshaleøen, auf der die Werft lag, hinüberrudern lassen konnte. »Was willst du da?«, erkundigte sie sich.

»Nach einem Zeugen suchen, einem Mann, der möglicherweise etwas gesehen hat. Vielleicht kann der Fall meines Bruders mit seiner Hilfe wiederaufgenommen werden.«

»Viel Glück, Anna. Denk daran, dass du immer hier schlafen kannst, falls du sonst nichts findest.«

Auf dem Kai warteten bereits Männer in Arbeitskleidung, obwohl es nicht später als Viertel nach fünf sein konnte. Es war noch dunkel, aber die Luft war klar, und die Lichter auf der anderen Seite der Hafeneinfahrt waren deutlich zu sehen.

Anna trat auf einen älteren Mann zu, der mit Pfeife im Mund etwas abseits stand. Als er ein Streichholz anriss, sah sie, dass sein grau melierter Anorak große braune Flecken aufwies.

»Entschuldigen Sie, ist das hier das Zollamt?«

»Hm.«

»Ich will rüber zur Werft. Können Sie mir sagen …« Sie kam nicht weiter, denn er deutete auf ein paar große Ruderboote an der Mole. In den Booten saßen bereits Männer, andere stiegen gerade an Bord.

Er musterte sie von oben bis unten. »Für ein Frauenzimmer gibt es da draußen keine Arbeit.«

»Ich suche keine Arbeit.«

Sie musste ihre Röcke heben, um an Bord zu kommen. Ein junger Mann erhob sich und reichte ihr seine Hand, aber niemand sagte etwas, alle starrten nur. Sie wurde zwischen zwei Männer auf eine Bank geschoben. Der Wind hatte aufgefrischt, und sie wickelte sich ihr Tuch ein weiteres Mal um den Kopf. Obwohl sie ihr ganzes Leben an einem Fluss gewohnt hatte, auf dem von Kähnen aus geangelt wurde, hatte sie noch nie in einem Boot gesessen. Nach und nach füllte sich das Ruderboot mit Männern, die zuletzt Gekommenen setzten sich an die Riemen und begannen zu rudern. Alle Boote setzten sich in Bewegung und bildeten eine bedächtige Karawane. Als alle die Mole passiert hatten, zählte Anna zehn Stück. Die Männer waren eingenickt, und außer dem Pfeifen des Windes waren nur das regelmäßige Knirschen der Ruder und das Gluckern der Wellen am Rumpf zu hören. Mitten in der Hafeneinfahrt hielten die Ruderer einen Augenblick inne, um ein größeres Segelschiff vorbeizulassen. Dieses hatte nur ein einziges Segel gesetzt, machte aber trotzdem stetig Fahrt.

An der Mole der Refshaleøen sprang ein Mann an Land und vertäute das Boot, dann begaben sich die Männer, viele mit einem Paket unter dem Arm, einer schweigenden Völkerwanderung gleich, auf ein offenes Tor zu. Anna nahm an, dass es sich um den Eingang zur Werft handelte. Einige Männer hielten vor dem Tor inne. Ein stämmiger Mann in Lodenmantel und Mütze rief, dass sich alle in einer Reihe aufstellen sollten. Sie sah zu, wie die Schlange an dem Mann vorbeidefilierte. Dieser deutete auf den einen oder anderen, der daraufhin durch das Tor verschwand. Offenbar waren das die Tagelöhner. Rechts vom Tor lag ein Pförtnerhaus, in dem ein Mann saß. Sie wartete, bis die Schlange verschwunden war, dann klopfte sie. Im Pförtnerhaus, das von einer qualmenden Petroleumlampe erhellt wurde, war es ziemlich rauchig.

»Guten Morgen. Ich suche einen Mann.« Anna legte den Zeitungsausschnitt vor dem Pförtner auf den Tisch und deutete auf den Mann, der mit der Schirmmütze in der Hand hinter Johannes stand.

Der Pförtner runzelte die Stirn, zog die Lampe zu sich heran, betrachtete eingehend das Foto und legte den Zeitungsausschnitt dann auf den Tisch. »Ich kenne keinen dieser Männer, aber das hier ist ein großer Arbeitsplatz.«

»Wen könnte ich noch fragen?«

Der Pförtner runzelte die Stirn. »Wissen Sie, was der Mann auf der Werft für eine Arbeit hat? Ist er Schmied oder Gießer, oder …« Sie unterbrach ihn, ehe er noch fortfahren konnte.

»Nein, ich habe leider keine Ahnung.«

»Dann wird es ziemlich schwer, aber Sie können ja mal in der Kantine nachfragen.«

Die Kantine lag neben dem Pförtnerhaus. Der Pförtner ging vor Anna her und öffnete ihr die Tür. »Hier ist es. Sie dürfen keinen anderen Bereich der Werft betreten. Melden Sie sich bei mir, wenn Sie fertig sind.«

Der Saal war riesig und hätte an eine Kirche erinnert, wäre die Decke nicht so niedrig gewesen und hätte an der einen Wand nicht eine Achse rotiert. Die vielen Bänke boten mehreren Hundert Männern Platz, aber jetzt saßen an einem Tisch am anderen Ende des Saals nur einige wenige ganz in der Nähe einer Theke mit großen Töpfen. Die Tische waren im rechten Winkel zu einem Mittelgang platziert, und bei jedem Tisch standen Spucknäpfe, die offenbar schon eine Weile nicht mehr geleert worden waren. Alle Blicke richteten sich auf Anna, als sie sich dem Tisch näherte. Sie nickte den Männern zu und legte den Zeitungsausschnitt auf den Tisch.

»Kennt vielleicht einer der Herren diesen Mann?« Sie blieb am Tischende stehen. Der Geruch von altem Essen und Schweiß war durchdringend. Mehrere Gesichter waren auffällig rot.

Der Ausschnitt wurde von einer Hand zur nächsten weitergereicht. Ein älterer Mann deutete auf das Foto. »Das ist sicher ein Tagelöhner, sonst würden wir ihn kennen.«

»Aber irgendjemand müsste doch mit ihm zusammengearbeitet haben, obwohl er Tagelöhner ist?«

»Schon möglich, aber keiner von uns«, antwortete einer der Männer.

Sie verweilte noch einen Augenblick, doch die Männer hatten offenbar nichts mehr zu sagen, und kehrte dann ins Pförtnerhaus zurück. »Darf ich tatsächlich nicht aufs Werftgelände, um mich dort zu erkundigen? Es ist wirklich sehr wichtig.«

»Ausgeschlossen, das ist strengstens verboten.« Der Pförtner schaute nicht einmal hoch.

Also kehrte sie in die Kantine zurück und wartete. Sie ermahnte sich zur Geduld, obwohl sie kaum still sitzen konnte. Früher oder später mussten sich ja Arbeiter zum Essen einfinden. Als es so weit war, ging sie mit ihrem Zeitungsausschnitt zwischen den Tischen hin und her. Es wurde Spätnachmittag, und sie hatte immer noch kein Glück. Niemand kannte den Mann auf dem Foto, obwohl sie unendlich viele Männer gefragt hatte. Die halbe Schwarzbrotscheibe hatte sie schon längst gegessen, und jetzt quälte sie der Hunger so sehr, dass sie den Essensgeruch nicht mehr aushielt.

41

Kopenhagen, Mittwoch, den 18. März

Als Anna später die Tür zur Schenke in der Adelgade öffnete, bediente nicht Dagmar, sondern ein mageres Mädchen mit blondem, strähnigem Haar. »Dagmar ist nicht da«, antwortete sie auf Annas Frage.

»Ist sie oben bei sich?«

»Nein. Der Wirt musste sie mit dem Wagen wegbringen«, antwortete das Mädchen.

»Haben die Wehen eingesetzt?«

Das Mädchen zuckte mit den Achseln. »Das weiß ich nicht. Sie hat schrecklich viel Blut verloren, ich habe es selbst in der Küche aufgewischt.«

»Das klingt schrecklich. Hör zu, Dagmar hat heute Morgen gesagt, dass ich in ihrem Zimmer übernachten darf. Glaubst du, dass das noch möglich ist?«

»Nein, das geht nicht. Der Wirt hat gesagt, dass meine Schwester und ich dort wohnen sollen, bis Dagmar zurück ist.«

Draußen herrschte Sprühregen, und Anna versuchte, ein wenig Schutz an der Hausmauer zu finden. Sie hätte gerne laut geschrien, doch was hätte das genützt? Die Leute hätten nur gedacht, dass sie verrückt geworden war. Wo sollte sie hin? Olesen und Petrine waren die Einzigen, die sie außer Dagmar noch kannte.

Sie machte sich auf den Weg in die Borgergade. Es war keine gute Idee, sie um einen Schlafplatz zu bitten, weil sie bloß das eine Zimmer hatten, aber vielleicht würden sie ihr eine Decke leihen, damit sie auf dem Speicher übernachten konnte, falls es überhaupt einen gab. Sie hatte den letzten Absatz der schmalen Treppe fast erreicht, als sie sah, dass jemand bei Olesen und Petrine vor der Tür stand.

»Peder!«, rief Anna und blieb abrupt auf der Treppe stehen. »Wie kommst du hierher?«

Er machte eine Mundbewegung, die seinen Unterbiss noch mehr zur Geltung brachte. »Ich bin mit der Bahn gefahren.«

»Hast du den Brief schon bekommen?«

»Welchen Brief? Ich habe mich im Nytorv Arrest erkundigt, wo Johannes gesessen hat, dort haben sie mir gesagt, wo er gewohnt hat, und da dachte ich mir, dass ich dich hier vielleicht finde.« Peder kam auf Anna zu. »Hast du vergessen, dass bald die Hochzeit ist? Wenn wir uns beeilen, erwischen wir noch den Nachmittagszug, dann übernachten wir …«

Anna fiel ihm ins Wort: »Johannes ist zu lebenslänglich verurteilt worden. Sie haben ihn bereits in ein anderes Gefängnis verlegt.«

»Na also! Es war sinnlos, die Heldin spielen zu wollen. Die Gerechtigkeit nimmt ihren Lauf.« Er wollte ihr seinen Arm um die Schultern legen, aber sie zog sich zurück.

»Nein, Peder, ich …« Sie hielt inne, denn in diesem Augenblick waren Schritte weiter unten auf der Treppe zu hören. Ein Mann pfiff eine Melodie, dann wurde eine Tür zugeknallt, und das Geräusch verschwand.

»Wir machen uns gleich auf den Weg, oder wohnst du etwa hier?«, fragte Peder.

Sie antwortete nicht, sondern ging die Treppe hinunter auf den Innenhof.

»Hörst du mir nicht zu? Wohnst du hier?«

»Nein. Ich übernachte mal hier, mal da bei freundlichen Leuten, wenn du mir nur ein wenig Geld leihen könntest, dann …«

»Was ist bloß los mit dir, Anna? Du musst doch nur …« Dann hielt er inne und sah sich auf dem engen, stinkenden Hinterhof um.

»Es ist widerlich hier. Wir können uns doch woanders unterhalten. Ich muss etwas essen. Kennst du ein Lokal?«, fragte er.

Sie gestattete es ihm, dass er ihren Arm nahm, als sie in die Adelgade gingen.

»Ich hatte gehofft, dass du dich freuen würdest, mich zu sehen, Anna. Ich freue mich schon auf die Hochzeit, zu Hause ist alles vorbereitet. Harald ist damit einverstanden, dich statt deines Vaters zum Altar zu führen …«

»Wir können hier reingehen«, unterbrach ihn Anna und blieb vor der Schenke stehen. In diesem Augenblick traten zwei Männer aus der Tür. Sie hatten getrunken und lachten laut.

Peder starrte sie an. »Es gibt bestimmt nettere Lokale. Ich will dich gerne zu einem guten Essen einladen.«

Sie fanden ein Lokal in der Gothersgade, das eher an eine Dorfschenke erinnerte. Auf den Tischen lagen Tischdecken, und es gab nur wenige Gäste. Peder las die Karte, ehe er sich setzte.

»Das Tagesgericht ist Schifferlabskaus mit Salzkartoffeln.« Der Kellner war klein und hatte eine bläuliche Nase.

Als er gegangen war und sie auf das Essen warteten, lehnte sich Peder auf dem Stuhl zurück. »Dein Vater hat sich leider nicht mehr erholt.«

»Was meinst du?«

»Die Beerdigung ist am Samstag.«

»Beerdigung?«, wiederholte sie.

»Er ist mit seinem Fuhrwerk in jener Nacht umgestürzt, in der er seine einzige Tochter nach Hause holen wollte. Hat sich die Rippen gebrochen, sagte der Doktor, aber vermutlich hat ihn die Kälte umgebracht. Er lag ziemlich lange im Graben, ehe ihn jemand fand.«

Anna starrte auf das weiße Tischtuch, auf dem Spritzer bräunliche Flecken hinterlassen hatten. Sie hätte eigentlich um ihren Vater trauern und Reue empfinden müssen, schließlich hatte sie ihn im Graben liegen lassen. Aber sie konnte keinerlei Gefühle aufbringen. Wenn er nur auf Johannes gehört hätte, dann säße dieser jetzt nicht im Gefängnis. Sie versuchte, sich Harald zu vergegenwärtigen, doch er verschwamm vor ihrem inneren Auge. Ob er wohl eine Magd angestellt hatte, die ihm den Haushalt führte? Sein Leben wurde jetzt sicher leichter, da er seinen Vater nicht mehr durchfüttern musste.

»Du kannst rechtzeitig zur Beerdigung wieder zu Hause sein und dich wie eine ordentliche Tochter aufführen«, meinte Peder.

»Ich gehe auf keine Beerdigung. Johannes braucht meine Hilfe.«

»Nein, natürlich nicht. Du warst ja auch nicht auf Helgas Beerdigung, das hat viele Leute erstaunt.«

Das Essen wurde aufgetragen, und Peder aß mit großem Appetit. Anna brachte kaum einen Bissen herunter, obwohl ihr Magen den ganzen Tag geknurrt hatte. »Das Urteil kann aufgehoben werden, wenn sich Zeugen finden, die den wirklichen Täter benennen«, sagte sie.

»Wie bitte?« Peder hielt im Kauen inne.

»Das Urteil auf lebenslänglich. Ich habe mit einem Anwalt gesprochen. Er sagt, das ist schwierig, aber nicht unmöglich.«

»Wenn Johannes verurteilt wurde, dann doch wohl, weil er schuldig ist. Mir tut das ja auch leid, glaub mir.«

»Nein, Peder, du irrst dich. Die einzige Zeugin, die Frau, die überfallen wurde, wollte mir erzählen, wer es war. Es war nicht Johannes.«

»Und?«

»Dann wurde sie ermordet«, flüsterte Anna und hörte selbst, wie unwahrscheinlich das klang.

»Wie willst du das wissen?«

Sie erzählte von dem Leichenkeller im Spital und von den blauen Flecken auf Nellys Hals.

»Sollen wir nicht einfach einen Strich unter diese ganze Geschichte machen und an die Zukunft und an das gute Leben auf dem Voldstedhof denken? Du bist immer in meinen Gedanken, Anna, du und die Kinder, die wir hoffentlich einmal haben werden.« Peder wischte sich mit der Serviette den Mund ab.

»Ich hätte nicht gedacht, dass du mich zurücknimmst, wenn ich erst einmal weg bin.«

»Wir sollten diese Sache einfach hinter uns lassen. Sei dir aber bewusst, dass sich die Leute zu Hause so ihre Gedanken machen, Anna. Ich bin der Vorsitzende der Molkereigenossenschaft. Deinetwegen fällt ein Schatten auf meinen Namen.« Er schob die Unterlippe vor und sah sie durchdringend an. »Ich verstehe dich einfach nicht, Anna. Warum tust du uns das an? Die Polizei hat ihre Arbeit getan, und du glaubst doch wohl selbst nicht, dass du es besser kannst als sie?«

»Vielleicht nicht ich allein, aber ich habe wie gesagt mit einem Anwalt gesprochen, einem klugen Mann, der diese Aufgabe gerne übernehmen würde, jedoch nicht unentgeltlich arbeiten kann.«

»Darum geht es also. Du willst diesen Anwalt mit einer vollkommen hoffnungslosen Aufgabe betrauen, und ich soll das bezahlen. Das kommt nicht infrage.«

Anna goss Wasser in ein Glas und trank. »Das verstehe ich, meinetwegen kommt es dir hoffnungslos vor, aber ich will einen

Versuch unternehmen. Ich liebe meinen Bruder.« Sie schwieg einen Augenblick, dann zog sie das Bündel mit den Münzen aus ihrem Rock und legte den Verlobungsring auf den Tisch. »Bitte schön«, sagte sie und schob ihn ihm zu. »Er ist ohnehin nichts wert.«

»Was meinst du? Hast du etwa versucht, ihn zu verkaufen?« Er sprach leiser.

»Ja.«

Peder zögerte. »Ich kann das erklären.«

»Nicht nötig.«

»Hör zu. Es stimmt, dass ich einen billigen Ring gekauft habe, aber nur, damit der Ehering umso teurer werden konnte.«

»Das spielt jetzt auch keine Rolle mehr, Peder.«

Er war fertig und legte Messer und Gabel auf den Teller. »Schau dich an, Anna. Schmutzige Kleider, zu Hause hast du auch nichts. Harald wird dich nicht wieder bei sich aufnehmen, und dann willst du dich auf eine Sache einlassen, die du nicht gewinnen kannst. Wo hast du überhaupt das Geld her? Oder lässt du dich von jemandem aushalten?«

»Ich sorge für mich selbst.«

»Vielleicht gehst du ja auf die Straße?« Er spuckte diese hässlichen Worte buchstäblich aus.

»Wie kannst du so etwas sagen?«

Er antwortete nicht, rief den Kellner und zahlte. Dann nahm er den Ring, der noch auf dem Tisch lag, und steckte ihn in die Tasche. »Leb wohl, Anna. Ich gehe jetzt …« Er hielt einen Augenblick inne. Wartete er darauf, dass sie es sich anders überlegen und mit ihm gehen würde? Aber sie schwieg und starrte auf ihre Hände.

42

Kopenhagen, Mittwoch, den 18. März

Draussen regnete es. Die Pflastersteine waren glatt und heimtückisch. Anna konnte sich nicht entsinnen, sich je so allein gefühlt zu haben. Das Schifferlabskaus rumorte in ihrem Magen. Die Möglichkeit, den Anwalt bezahlen zu können, falls wirklich ein Zeuge auftauchen sollte, war zusammen mit Peder verschwunden. Falls es ihr nicht gelang, irgendwo Geld aufzutreiben. Sollte sie vielleicht stehlen? Sie schüttelte den Kopf, als hätte ihr jemand, der neben ihr herging, diesen Vorschlag unterbreitet. Sie überquerte die Straße und folgte dem Zaun des Kongens Have. Dort drinnen war es dunkel, wäre Sommer gewesen, dann hätte sie vielleicht dort auf einer Bank übernachten können, aber jetzt … Sie zog ihren Mantel enger um ihre Schultern. Weiter die Straße entlang stand die Tür zu einem Treppenhaus offen. Dort drinnen war es dunkel und still. Sie setzte sich auf eine Stufe. Tief in ihrem Inneren hatte sie gewusst, dass ihr Peder kein Geld geben würde, schließlich hatte er ihre Bitte bereits zu Hause in Uldum abgelehnt. *Aber die Hoffnung war ihr bis zuletzt geblieben, und jetzt war da nichts mehr.* In einer Ecke regte sich etwas, ein paar Ratten quiekten. Hier konnte sie nicht schlafen. Sie stand auf und umfasste die Kugel am Ende des Treppengeländers mit beiden Händen. Sollte sie zu Kreuze kriechen und zu Olesen und Petrine zurückgehen? Aber selbst wenn sie bei ihnen übernachten dürfte, wären ihre Probleme nicht gelöst. Hier im Dunkeln bei den quiekenden Ratten sah sie alles ganz klar. Sie musste Geld verdienen, nicht nur, um den Anwalt zu bezahlen, sondern auch, um zu überleben. Peder hatte sie gefragt, ob sie auf die Straße gehe, und obwohl sie seine Worte angeekelt hatten, war die Frage nicht abwegig gewesen, denn im Augenblick sah sie keine andere Möglichkeit. Betty hatte gesagt, dass es Männer gebe, die für ein gesundes Mädchen wie sie gut bezahlten. So hatte sie es jedenfalls verstanden. Der Gedanke, sich vor einem fremden Mann auszuziehen, war abstoßend, dabei war das vermutlich noch das kleinste Problem. Richtig schlimm war ja das, was danach kam. Sie wusste kaum, wie es ging. Erik und sie hatten sich geküsst und sich auch an den besonderen Stellen gestreichelt, aber dabei war es auch geblieben. Auf mehr hatte sie sich vor einer richtigen Verlobung nicht einlassen wollen. Der Gedanke, dass jetzt ein Fremder, der noch dazu dafür bezahlte, der Erste sein würde, bereitete ihr Übelkeit. Ihr kam förmlich das Essen hoch. *Würde sie sich innerlich tot stellen können wie damals, als Peder sie geküsst hatte?*

Die Straße war schmutzig. Sie zog ihre Röcke hoch und eilte in die Borgergade, ehe sie es sich anders überlegen konnte. Aber als sie vor dem Tor zu den Hinterhöfen stand, zögerte sie und ging langsam vorbei. *Gab es wirklich keine andere Möglichkeit?* Musste sie wirklich so tief sinken? Eine der unzüchtigen Frauen werden, die sich verkaufte? Noch vor einer Woche hätte sie geschworen, dass es nie so weit kommen könnte. Aber jetzt? *Was blieb ihr schon übrig?* Sie konnte versuchen, irgendwo eine Stelle zu finden, vielleicht als Dienstmädchen oder so, aber wo? Dafür musste man jemanden kennen oder ein Arbeitsbuch haben. Ein Arbeitsbuch konnte sie sich vielleicht beschaffen, doch das würde dauern, und wenn sie dann endlich eine Stellung gefunden hatte, dann würde es in jedem Fall dauern, bis sie ihren ersten Lohn erhielt. Aber sie konnte nicht warten. Sie brauchte das Geld jetzt.

Als sie fast am Ende der Straße angelangt war, hielt sie inne. Zehn Öre lagen in ihrem Bündel. Das reichte weder für eine Übernachtung noch für das Essen eines weiteren Tages. Das Regenwasser lief an ihr herunter, als sie auf dem Hinterhof stand und auf die Fenster im ersten Stock schaute. Wohnte Betty rechts oder links? Beide Fenster waren erleuchtet. Ein kleiner Junge kam mit einem Eimer Kohlen aus dem Keller.

»Kennst du Betty?«, fragte Anna.

Der Junge nickte.

»Welches Fenster gehört ihr?«

»Das weiß ich nicht.« Er starrte in seinen Kohleneimer. »Es hängt was an ihrer Tür.«

Anna ging die Treppe hinauf und betrachtete die beiden Türen. An die eine war, vielleicht, um ein Loch zu verdecken, ein Stück Pappe genagelt. Sie wartete einen Augenblick und klopfte dann. Noch konnte sie es sich anders überlegen, die Treppe hinunter ins Freie verschwinden oder weiter nach oben zu Olesen und Petrine auf dem Speicher gehen. Aber was half das schon? Es würde nur ein weiterer Tag vergehen, an dem sie kein Geld verdiente.

»Sieh mal einer an, vielleicht habe ich ja doch recht behalten! Bei dem Fräulein ist wohl Ebbe in der Kasse?«, sagte Betty, als sie öffnete.

Anna blieb einen Augenblick auf dem Treppenabsatz stehen und trat dann ein.

»Du siehst aus, als wärst du im Hafen ins Wasser gefallen.«

»Es regnet«, antwortete Anna.

»Setz dich, wir müssen dich etwas aufhübschen.«

Anna setzte sich auf einen Stuhl mit fleckigem Bezug. Das Zimmer war klein, und ein großes braunes Plüschsofa mit vielen Kissen füllte es beinahe ganz. Esstisch gab es keinen, aber auf einem kleinen Tisch vor dem Sofa standen ungespülte Kaffeetassen und Teller. Betty öffnete eine Tür und verschwand im Nebenzimmer, in dem Anna ein Bett und eine blaue Gardine ausmachen konnte. Betty kehrte mit einem Tuch mit Blumenmuster und großen Troddeln zurück.

»Das kannst du leihen. Zieh den Mantel aus, dann sehen wir uns das Kleid an.«

Anna zog ihren nassen Mantel aus, und Betty hängte ihn an einen Haken. »Das Kleid muss für heute genügen, später brauchst du etwas Kleidsameres. Aber ein Schmuck fehlt noch.« Sie verschwand wieder in der Kammer und kam mit einer Perlenkette zurück. Das Perlmutt war an vielen Stellen schadhaft, doch Betty hängte Anna die Kette mit zufriedener Miene um den Hals. Dann schaute sie aus dem Fenster. »Wirklich ein Dreckswetter, aber wir haben es nicht weit.«

»Geschieht es nicht hier?«, fragte Anna.

»Nein. Hier empfange ich nur wenige private Kunden. Treue alte Freunde könnte man sie nennen, die einen nicht im Stich lassen, obwohl man die eine oder andere Blessur davongetragen hat. Nimm deinen Mantel. Ich begleite dich und stelle dich ordentlich vor.«

Betty schritt trotz ihrer kurzen Beine und ihrem etwas watschelndem Gang forsch aus. Anna musste sich anstrengen, um Schritt zu halten. Sie dachte an die nässenden Wunden an Bettys Fingern. Sie hatte über diese Symptome in der Vejle Amts Tidende gelesen. Diese Krankheit, Syphilis, befiel öffentliche Frauenzimmer oder Männer, die diese aufsuchten. Öffentliche Frauenzimmer klang so hässlich. »Wohin gehen wir?«, fragte Anna.

»Zu einem kleinen Etablissement.«

»Einem Bordell?«

»Ja. Es gibt auch Leute, die es als Freudenhaus bezeichnen. Die Wirtin ist gut, und man hat dort die Gesellschaft der anderen Mädchen. Hätte ich nicht diese kleinen Wunden an den Händen, wäre ich noch dort. Aber die Sittenpolizei steckt ihre Nase inzwischen überall rein, weißt du, und schleppt einen dauernd zum Doktor. Einige Leute verstehen nicht, dass man sich sein täglich Brot verdienen muss.« Sie hielt inne und nickte einem Vorbeigehenden zu. »Der Mann war plötzlich weg, und da stand ich mit einer ganzen Kinderschar. Kannst du mir mal sagen, wie ich sonst Essen für die ganze Herde hätte beschaffen sollen?« Sie blieb vor einem der größeren Häuser stehen. Die Wohnung, die sie betraten, hatte einen Gang mit Zimmertüren auf einer Seite. Eine voluminöse Frau empfing sie. Sie trug ein lila Kleid aus einem glänzenden Stoff mit enger Taille, die den Busen nach oben drückte, um das großzügige Dekolleté zu betonen.

»Hier ist das Mädchen, von dem ich erzählt habe«, sagte Betty.

Die Frau streckte die Hand aus und lächelte etwas gezwungen. »Komm mit und begrüß die anderen Damen.«

Betty und Anna folgten ihr den Gang entlang, der in ein Wohnzimmer mündete, das von einem süßlichen Parfüm erfüllt wurde. In den Ecken standen bemalte Wandschirme, und an einem Tisch saßen vier Frauen und tranken Kaffee. Zwei waren so dick wie die Bordellwirtin, besonders eine, deren runde Wangen von einer großzügigen Puderschicht bedeckt waren. Die anderen beiden Frauen waren recht mager und wirkten älter. Alle trugen ausgeschnittene Kleider und Schmuck.

»Hier ist unsere neue Dame. Du trinkst doch eine Tasse Kaffeepunsch?« Die Bordellwirtin schenkte ein, ohne Annas Antwort abzuwarten. Die Frauen lächelten nicht und hießen sie auch nicht willkommen, sondern nippten schweigend an ihren Tassen. Betty und die Bordellwirtin verschwanden hinter einem Paravent und unterhielten sich flüsternd. »Du kannst für sie einen guten Preis nehmen, aber ich will meinen Anteil.« Das war Bettys Stimme. *Glaubte sie etwa, dass sie sie nicht hörte?* Anna war peinlich berührt, aber die anderen Frauen ließen sich nichts anmerken. »Und Holzbein, wenn er da drin fertig ist, dann kannst du ihm von mir ausrichten …« Betty senkte die Stimme, sodass Anna nichts mehr hören konnte.

»Damit will ich nichts zu tun haben.« Das war die Stimme der Bordellwirtin. »Du kannst ja warten und selbst mit ihm sprechen, wenn sie fertig sind.«

Holzbein? Wo hatte sie das schon mal gehört? Hatte ihre Mutter nicht früher einmal von einem Mann mit Holzbein so gesprochen? Sie stammte aus der Gegend an der deutschen Grenze und verwendete hin und wieder deutsche Ausdrücke.

Die Frau mit den runden Wangen erhob sich. »Komm, ich zeige dir dein Zimmer.« Sie führte sie den Gang entlang und öffnete eine Tür. Das Zimmer war sparsam eingerichtet, ein Bett, ein Hocker und hinter einem Paravent ein Waschtisch.

»Ist es für dich das erste Mal?«

»Ja.«

»Wenn es losgeht, denkst du am besten an etwas anderes.« Sie ließ sich schwer auf das Bett fallen. »Die Kunden bezahlen bei der Wirtin, damit hast du also nichts zu tun, wir bekommen unser Geld wöchentlich.« Im Nachbarzimmer knarrte das Bett rhythmisch, und lautes Stöhnen war zu hören.

»Hier ist es fürchterlich hellhörig, die Wände sind dünn, aber daran gewöhnt man sich. Wenn sich ein Kunde für dich entschieden hat, dann gehst du mit ihm hier rein.« Sie deutete auf den Waschtisch. »Wenn du Glück hast, dann kannst du ihn dazu überreden, sich seinen Schwanz zu waschen. Aber das ist nicht immer so leicht. Manchmal sträuben sich die Männer. Dann ziehst du dich aus und fragst, wie sie es denn gerne hätten, Männer haben hin und wieder seltsame Einfälle. Der Wunsch des Kunden geht immer vor.« Die Frau zog ihr Kleid ein wenig beiseite und kratzte sich an ihrem dicken bläulichen Bein. Dann erhob sie sich langsam. »Was sind das für Pickel auf deinem Hals?«

»Das sind Flohstiche, die verschwinden bald.«

»Na, das kann man nur hoffen. Also, zuerst sitzen wir zur Ansicht im Wohnzimmer. Du kannst deinen Mantel hier aufhängen.«

»Wie viele Freier …«, begann Anna.

»An einem Abend?«, unterbrach sie die Frau. »Das ist unterschiedlich, an einigen Abenden sind es nur drei oder vier, manchmal aber auch acht bis zehn.«

Es bestand also die Gefahr, dass sie den Albtraum im Laufe eines Abends zehn Mal durchmachen musste. Der Gedanke war ekelerregend. Als sie in das Wohnzimmer zurückkehrten, hatte sie das seltsame Gefühl, ihren eigenen Körper verlassen zu haben und sich aus der Ferne zuzusehen.

Eine der Frauen saß nicht mehr am Tisch. *Hatte sie gerade einen Kunden?* Anna nahm Platz und trank noch eine Tasse Kaffeepunsch. Ihr Gefühl, sich außerhalb ihres Körpers zu befinden, verlor sich nur langsam. Fieberhaft versuchte sie, sich etwas Angenehmes einfallen zu lassen, woran sie denken konnte, wenn es so weit war.

Wenig später erschien ein Kunde. Ein kleiner, dicker Mann in einem schmutzigen Wintermantel. Die Frauen verwandelten sich auf einen Schlag, lächelten und warfen ihm verführerische Blicke zu.

»Vielleicht möchten Sie erst eine Tasse Kaffeepunsch trinken?«, fragte die Bordellwirtin.

»Nein, das ist nicht nötig.« Er nickte der Frau mit den runden Wangen zu. Diese erhob sich, und als sie das Zimmer verließ, warf sie Anna ein kleines triumphierendes Lächeln zu, als genösse sie es, dass sie und nicht Anna den Kunden erobert hatte. Anna schloss die Augen. Wenn sie doch nur an etwas Nettes denken könnte … aber das Einzige, was vor ihrem inneren Auge auftauchte, war Dagmars großer Bauch. Sie war schwanger geworden, weil sich ein Mann einmal an ihr vergriffen hatte. Wie entgingen die Frauen hier wohl diesem Schicksal? Zwei neue Kunden traten ein, sie unterhielten sich, lachten laut und qualmten Zigarren.

»Was für ein Wetter«, sagte der eine. »Aber hier haben es die Damen ja warm und gemütlich.« Regenwasser lief von seinem hohen Zylinder.

Der zweite Mann schwankte leicht, richtete sich aber auf, als er Anna entdeckte. »Die nehme ich«, sagte er und räusperte sich, zog einen Geldbeutel aus der Tasche und bezahlte die Bordellwirtin.

Anna bekam einen trockenen Mund, und das Gefühl, sich außerhalb ihres Körpers zu befinden, verstärkte sich. Sie erhob sich, geleitete den Mann in das Zimmer, das man ihr zugewiesen hatte, und überlegte, wie lange es wohl dauern würde. Zwanzig Minuten? Eine halbe Stunde? Der Mann trug einen Wollmantel, ein seidenes Halstuch und einen breiten Siegelring.

»Sie müssen sich hinter dem Wandschirm waschen.« Anna erkannte ihre eigene Stimme nicht wieder.

Er brummelte irgendetwas und zog seinen Mantel aus, verschwand dann aber doch hinter dem Wandschirm. Sie hörte, dass er Wasser in die Waschschüssel goss. Sie beeilte sich, ihr Kleid aufzuknöpfen, und zog Stiefel und Halskette aus. Als sie sich sämtlicher Kleider entledigt hatte, schlüpfte sie rasch unter die Decke. Einen Augenblick später erschien der Mann. Die Hose hing ihm in den Kniekehlen. Die Hosenträger schleiften über den Fußboden. Er hatte seine Stiefel ausgezogen, trug aber noch Strümpfe und Strumpfhalter. Sie dachte an Johannes' malträtierte Wange, das hier tat sie seinetwegen, gleich würde sie es hinter sich haben, jedenfalls fürs Erste, bis zum nächsten Kunden. Der Mann begann, sein Hemd aufzuknöpfen. »Vielleicht könntest du mir helfen?« Sie erhob sich, doch es war ihr unangenehm, nackt vor einem fremden Menschen zu stehen. Sein Atem roch nach Zigarre und schlechten Zähnen. Er zog sein Hemd aus, nachdem sie es ganz aufgeknöpft hatte.

»Wie wünschen Sie es?«, hörte sie sich fragen

Er schien sich ihre Frage zu überlegen. »Sie können ja schon mal damit anfangen, sich hinzulegen, Fräulein.«

Rasch kroch sie wieder unter die Decke. Der Mann wirkte überrascht, zog aber dann die Decke weg und legte sich schwer auf sie. Einen Augenblick lang bekam Anna keine Luft und meinte, unter seinem Gewicht zu ersticken. Mit einer Hand begrapschte er sie, während er mit der anderen versuchte, ihre Beine zu spreizen. Jetzt musste sie an etwas anderes denken, aber da hörte sie ein Geräusch aus dem Nebenzimmer. Für einen Sekundenbruchteil sah sie ihren Vater mit seinem Stock zu Hause vor sich. Der Mann auf ihr fummelte weiter und versuchte, mit seinem schlaffen Glied in sie einzudringen, während er ihr seine Zunge in den Mund schieben wollte. Aber sie drehte den Kopf zur Seite. Jetzt war das Geräusch wieder da. Offenbar einer, der am Stock ging, *oder war das der, über den Betty gesprochen hatte. Holzbein?* Es war nicht zu hören, ob es sich um einen Stock oder ein Holzbein handelte. Der Kunde drückte ihre Brüste so fest, dass es wehtat. Er roch nach altem Schweiß und begann jetzt, laut zu seufzen. Anna hörte, wie nebenan die Tür geöffnet wurde, dann Stimmen auf dem Gang.

»Hörst du, Holzbein. Wenn ich weiterhin dichthalten soll, dann will ich mehr Geld.« Das war Bettys Stimme. Offenbar standen sie direkt vor ihrem Zimmer.

»Ich habe dich gut bezahlt, du kannst nicht plötzlich …«, ließ sich eine tiefe Stimme vernehmen, aber Betty unterbrach.

»Du hast gesagt, dass du ihr nur ein wenig Angst einjagen wolltest, aber dann hast du sie halb totgeschlagen.«

»Halt die Schnauze, Alte.«

Anna lag ganz starr da und lauschte, doch der Kunde auf ihr stöhnte noch lauter, und es fiel ihr schwer zu hören, was auf dem Gang gesagt wurde. *Stand dort etwa der Mann, der Nelly überfallen hatte?* Johannes hatte einen Mann mit einem Stock gehört. Sie warf sich mit aller Kraft zur Seite, um sich von dem Mann zu befreien, der noch immer nicht in sie eingedrungen war. Ihr Widerstand kam für ihn vollkommen unerwartet, und sie rollte ihn mit einem Ruck von sich herunter.

»Was zum Teufel!«, brüllte er.

»Es tut mir leid.« Sie nahm ihr Hemd und streifte es im Handumdrehen über. Mit Kleid und Mantel unter dem Arm und den Stiefeln in der Hand, öffnete sie die Tür auf den Gang. Ein paar Schritte von ihr entfernt war ein Mann dabei, die Tür zur Treppe zu öffnen. Ein Fuß steckte in einem Stiefel. Dort, wo der andere hätte sein sollen, sah sie ein Holzbein. Betty war nirgends zu sehen. Sie zog den Mantel über ihr Hemd und behielt ihr Kleid unter dem Arm.

43

Kopenhagen, Mittwoch, den 18. März

Annas Strümpfe lagen noch auf dem Schemel beim Kunden, aber das ließ sich nicht ändern, denn der Mann mit dem Holzbein hatte bereits die Wohnung verlassen. Barfuß rannte sie ihm hinterher, und erst draußen im Regen, als sie sah, dass er nach rechts ging, schob sie rasch ihre Füße in die Stiefel und stopfte die Schnürsenkel der Einfachheit halber in die Stiefelschäfte. Sie durfte ihn auf keinen Fall aus den Augen verlieren. Trotz seines Holzbeins kam er schnell voran. Die Straße hatte sich in einen Fluss verwandelt, und der Regen bestand aus eiskalten, schweren Tropfen. An den Straßenabschnitten ohne Laternen konnte Anna den Mann fast nicht sehen und hatte Angst, ihn aus den Augen zu verlieren. Er bog rechts in die Gothersgade ab. Hier war es etwas heller. Er überquerte die breite Straße und ging auf eine Droschke zu. *Lieber Gott, bitte nicht, wenn er jetzt einen Wagen nimmt, dann ist alles vergebens!* Obwohl sie ein Stück entfernt war, sah Anna, dass sich der Mann mit dem Holzbein mit dem Droschkenkutscher unterhielt. Dann tauchte ein weiteres Fuhrwerk auf und nahm ihr die Sicht. Sie beeilte sich, auf die andere Seite zu kommen. Die Droschke stand immer noch da. Aber wo war Holzbein? War er in den Wagen gestiegen? So weit sie sehen konnte, saß niemand darin, und der Kutscher machte auch keine Anstalten loszufahren. Sie sah sich um und wollte schon aufgeben, da sah sie die große Gestalt mit dem steifen, etwas ungleichmäßigen Gang unter einer Straßenlaterne auftauchen und wieder verschwinden. Sie eilte hinterher, und als sie auf einen Platz gelangte, sah sie ihn gerade noch um eine Ecke auf eine schmalere Straße einbiegen. Hier war die Beleuchtung schlechter. Je weiter sie der Straße folgte, desto mehr Wasser stand in den Pfützen.

Dann war er plötzlich weg.

Und zwar in der Dunkelheit zwischen zwei Straßenlaternen. Als hätte der Regen ihn verschluckt. Sie blieb stehen und sah sich um. Nichts. Keine Menschenseele, niemand, den sie hätte fragen können. Zwischen den beiden Laternen lagen eine Haustür, ein Kellereingang und eine Einfahrt. Das Tor zur Einfahrt war geschlossen, aber die Haustür stand offen. Sie stellte sich davor und lauschte nach Schritten. Irgendwo hörte sie ein Kind weinen, aber sonst war es still. Falls er ins Haus gegangen war, dann war er irgendwo im Parterre oder im ersten Stock, weiter konnte er nicht gekommen sein. Sie erwog, anzuklopfen und nach ihm zu fragen. *Aber was sollte sie sagen, wenn sie ihn fand?* Schließlich konnte sie nicht erwarten, dass er einfach gestand, Nelly überfallen zu haben. Der Eingang zum Keller stand ebenfalls offen. Sie ging die Stufen hinunter und lauschte erneut. Abgesehen von kleinen Lichtstreifen unter den Türen am Gang, war es stockdunkel. Sie hörte Unterhaltungen und das Klappern von Küchenutensilien. Ob Holzbein hier hinunter- oder die Treppe hinaufgegangen war, konnte sie nicht wissen. Sie fror in ihren nassen Kleidern, weil sie sich nicht mehr bewegte. Sie schloss die Augen, obwohl es ohnehin dunkel war. *Vielleicht war es ja unklug gewesen, den Mann zu verfolgen? Doch nach dem Wortwechsel zwischen Betty und Holzbein konnte kein Zweifel daran bestehen, dass er in die Sache verwickelt war.* Jetzt wusste sie jedenfalls, wo er wohnte. Vielleicht konnte sie ja zurückkommen und jemanden finden, der ihn kannte.

Es dauerte eine Weile, bis sie die Schnürsenkel in der Dunkelheit zugebunden hatte. Als sie fertig war, ging sie die Treppe wieder hinauf und öffnete die Tür. Es regnete weiterhin. Sie besaß noch immer die zehn Öre. *Gab es vielleicht einen Ort, an dem man so billig übernachten konnte? Wohl kaum.* Also spielte es auch keine Rolle, ob sie jetzt nach rechts oder links ging.

Ein großer Mann, der hohe Stiefel mit Holzsohlen trug, ging an ihr vorbei, hielt dann aber inne. »Was ist los? Hat man Sie allein gelassen?« Er trug einen Südwester und lächelte vorsichtig, wie es bei Leuten vom Land üblich war.

»Nein. Ich suche einen Mann mit Holzbein. Ich glaube, er wohnt hier im Haus.«

»Ein Mann mit Holzbein in Sibirien?«

»Sibirien?«, wiederholte sie fragend.

»Ja. So heißt dieser Häuserblock. Aber ich wüsste nicht, dass hier jemand mit Holzbein wohnt, doch wer weiß? Es gibt so viele Hinterhöfe, dass man sie nicht mal zählen kann. Kommen Sie lieber mit, ich gebe Ihnen was Heißes im Kapstaden aus.«

Trotz einiger Bedenken willigte sie ein. Eigentlich wirkte er sehr friedfertig, und sie sehnte sich sehr danach, wieder ins Warme zu kommen.

Das Kapstaden war eine Kellerschenke in der gleichen Straße. Sie war verqualmt, und es roch nach nassen, schmutzigen Kleidern, aber immerhin war es warm. Anna öffnete ihren nassen Mantel ein wenig, zog ihn aber nicht aus, da sie darunter nur ihr Hemd trug. Der Mann schüttelte das Wasser von seinem Südwester und bestellte zwei Seidel warmes Bier. An einem Tisch wurde Karten gespielt. Die Männer konzentrierten sich und sprachen kaum.

»Woher aus Jütland sind Sie denn?«, fragte der Mann.

»Aus Uldum.«

»Ach, ich hätte gedacht, dass Sie weiter aus dem Süden kommen.«

»Da kam meine Mutter her.«

Das warme Bier wurde gebracht, und Anna wärmte sich die Hände an dem Seidel. Sie trank die Hälfte und fühlte sich schläfrig. Die Geräusche um sie herum verschmolzen zu einem trägen Gemisch. Der Mann erzählte von Jütland, offenbar stammte er aus Ribe, aber Anna hörte nur wenig von dem, was er sagte. Plötzlich drang doch etwas zu ihr durch. Das Geräusch eines Holzbeins, das auf Pflastersteine traf, oder träumte sie das nur? Dann sah sie jedoch in dem schmalen Fenster oben in der Wand fast wie einen Schatten einen Stiefel und ein Holzbein vorbeispazieren. Sie sprang auf. »Ich muss leider weg, danke für das Bier.« Sie wollte an dem Mann vorbei und zur Treppe hoch zur Straße gehen, aber er packte sie am Arm.

»Habe ich Ihnen nicht gerade ein Bier ausgegeben?«

»Lassen Sie mich los. Ich muss hier raus.«

»Was stellen Sie sich eigentlich vor? Denken Sie etwa, dass ich Ihnen das Bier nur wegen Ihrer blauen Augen ausgebe?«

Sie versuchte, sich zu befreien, aber er hielt sie fest. »Ich bin krank, ich übergebe mich, wenn Sie mich nicht loslassen …«, begann sie.

Er zog sie nach unten, bis ihr Gesicht auf seiner Höhe war, dann legte er ihr seine andere Hand auf den Mund. Seine große Hand bedeckte auch ihre Nase, und sie hatte das Gefühl zu ersticken, aber dann bekam sie mit ihren Zähnen die Haut seiner Handfläche zu fassen und biss zu.

»Verdammt.« Er ließ sie los, und schon war sie auf der Treppe und durch die Tür hinausgeschlüpft. Holzbein war in der Dunkelheit verschwunden. Sie rannte den Bürgersteig entlang und versuchte, den schlimmsten Pfützen auszuweichen. Mit geschnürten Stiefeln kam sie jetzt besser voran. Sie schaute sich um. *Wo konnte er nur sein?* Erst als sie das Ende der Straße erreichte, konnte sie wieder einen Blick auf ihn erhaschen. *Wohnte er also doch nicht in Sibirien?* Die Straße, auf der sie sich jetzt befand, war so breit, dass sie nur mit Mühe die andere Seite erkennen konnte. Alles war wieder wie vorher: Holzbein wurde von der Dunkelheit verschluckt, um dann wieder aufzutauchen, wenn er sich unter einer Laterne befand. Dann ging es einen Straßenabschnitt entlang, an dem sich keine Häuser befanden, sondern, wie ihr schien, schwarzes Wasser auf beiden Seiten. Der Wind hatte aufgefrischt und fuhr ihr unter den Mantel und ihre nassen Kleider. Ihr Zopf hatte sich gelöst, und der Wind verfing sich in ihren feuchten, schweren Strähnen. Aber das spielte keine Rolle. Holzbein war ihr nicht entwischt. Nachdem sie noch ein gutes Stück Weg zurückgelegt hatten, wurde die Bebauung spärlicher, und auf der anderen Straßenseite herrschte nur noch Dunkelheit. Ging es jetzt aufs Land? Dann bogen sie um eine Ecke, und sie sah ihn unter einer Laterne auf der anderen Straßenseite hindurchgehen. Hinter ihm war ein großes Gebäude zu erkennen, aber kein Wohnhaus. Am Ende eines hohen Bretterzauns blieb er stehen und sah sich um. Dann schloss er eine Tür auf. Sie rannte über die Straße zur Tür im Bretterzaun. Sie war abgeschlossen, und nichts verriet, was sich hinter dem Zaun verbarg. Anna folgte der Fassade des großen Gebäudes und blieb vor einer breiten Tür stehen, die von zwei Säulen flankiert wurde. Das sah vornehm aus. Vermutlich war das der Haupteingang. Sie betrachtete die Tür eingehender, doch nirgends war ein Name zu entdecken. Dann trat sie einen Schritt zurück und schaute hoch. Zwischen der Tür und dem darüberliegenden Fenster stand es:

»I.H. Rubens Tuchfabrik.«

Vierter Teil

Kopenhagen, September 1885

44

Kopenhagen, Rubens Tuchfabrik, Färberei, Donnerstag, den 3. September

Vorsichtig fasste Anna die Taube an der äußersten Flügelspitze. Sie regte sich kaum noch, und es war nur eine Frage der Zeit, bis sie ihren letzten Atemzug tun würde. Anna warf sie in den Eimer zu den anderen. Jeden Morgen war es dasselbe. Aus unerfindlichem Grund fielen die Tauben im Laufe der Nacht von den Dachsparren. Annas Aufgabe war es, sie zu entfernen. Eines der Tücher, das sie um ihre Hände gebunden hatte, war aufgegangen, und sie band es wieder fest. Sie drehte eine letzte Runde. Zwischen den Bleichtonnen lag etwas. Mit dem Besenstiel bekam sie es heraus. Eine tote Ratte. Am anderen Ende der Färbereihalle holte sie eine kleine Schaufel. Auf dem Rückweg nickte sie einem Färbergesellen zu, der gerade einen Bottich vorbereitete. Das Gesicht des Mannes wies eine gelbliche Note auf und war unregelmäßig, als hätte es jemand in Holz geschnitzt, wobei ihm die Symmetrie der beiden Hälften misslungen war. Das Holzgesicht sah sie an, erwiderte ihr Nicken jedoch nicht. Sie arbeitete jetzt bereits seit fast drei Monaten in der Färberei der Tuchfabrik Rubens, aber immer noch war sie eine Fremde. Sie schob die Schaufel unter die Ratte. Sie hatte auf der Seite gelegen, und es war deutlich zu erkennen, auf welcher. Dort fehlte der Pelz, und die Haut war eine große dunkle Wunde. Um die Wunde herum waren die Haare weiß, obwohl es sich um eine ganz normale braune Ratte handelte. Offenbar hatte sie in der Bleichlösung gelegen, die aus den Tonnen sickerte. Anna warf die Ratte in den Eimer zu den Tauben und zwängte sich dann zwischen Tonnen und Wannen hindurch zur Hintertür.

Einzelne Sterne waren noch am dunklen Himmel zu sehen. Es tat gut, die klare Morgenluft tief einzuatmen, denn in der Halle kratzten die Dämpfe im Hals und juckten in den Augen. Sie wagte es nicht, lange draußen zu verweilen. Der Meister war wie der Wind auf der Heide, launisch und brutal. Es war unmöglich vorauszusehen, in welchen Fällen eine Strafe fällig wurde. Wenn er schlechte Laune hatte, verteilte er auch Ohrfeigen. Sie stieß die Tür mit der Schulter auf und ging wieder hinein. Einer der Gesellen, Scholle genannt, passte auf die Bleichbottiche auf und gab Bescheid, wann das Garn entnommen werden musste. Sein Gesicht und seine Arme waren von roten Flecken übersät. Mit einer Stange zog sie die Garnstränge einen nach dem anderen heraus und wrang so viel von der Bleichlösung wie möglich heraus. Dann warf sie die Stränge in den Holzbottich, der neben ihr auf dem Boden stand. Den letzten der Stränge bekam sie nur mit Mühe hoch, und sie musste mit der Hand ganz in die Wanne greifen. Die Bleichlösung war stark, und die Blasen unter den Lumpen auf ihren Händen brannten.

In jener Nacht vor bald sechs Monaten, als sie Holzbein gefolgt war und sich unvermittelt vor dem Portal von Rubens Tuchfabrik wiederfand, hatte sie eingesehen, dass sie dort Arbeit suchen musste. Nicht nur Holzbein hatte sie hierhergeführt. Auch Gustav, Nellys versoffener Bruder, hatte erklärt, dass hier der tatsächliche Täter zu finden sei. Sie hatte damals lange im Regen gewartet, doch Holzbein war nicht wieder zum Vorschein gekommen. Also hatte sie sich in die Stadt zurückgeschleppt. Die nassen Stiefel hatten Blasen verursacht, weil ihre Strümpfe auf dem Stuhl im Bordell in der Borgergade liegen geblieben waren. Sie hatte sich in ein Treppenhaus verkrochen und dort ein paar Stunden gedöst. Dann war sie zu der Fabrik zurückgekehrt, die, wie sie inzwischen wusste, im Stadtteil Frederiksberg lag. Ein Kontorist hatte sie mit der Erklärung, Arbeit gebe es keine, abgewiesen. Wie sie die nächsten Tage überstanden hatte, wollte sie am liebsten vergessen. Für ihre letzten zehn Öre hatte sie Schwarzbrot gekauft, aber trotzdem war ihr schwindelig vor Hunger geworden. Die meiste Zeit hatte sie in einem Kohlenkeller, in den nur selten jemand kam, verdämmert. Nach ein paar Tagen war sie wieder auf die Beine gekommen und hatte sich auf den Weg in die Adelgade gemacht und damit die entscheidende Wendung herbeigeführt. Dagmar lag bleich und elend in ihrer kleinen Kammer, aber immerhin lebte sie. Das Kind war allerdings bei der Geburt gestorben. Der Wirt ließ Anna auf dem Speicher schlafen. Dafür musste sie sich um Dagmar kümmern und als Spülerin arbeiten. Einen Lohn erhielt sie zwar nicht, doch sie hatte ein Dach über dem Kopf und bekam zu essen. Als es Dagmar wieder etwas besser ging, setzte sie der Wirt von einem Tag auf den anderen auf die Straße, und sie schlugen sich durch, indem sie bei Leuten übernachteten, die Dagmar kannte. Einige Nächte verbrachten sie bei Dagmars Schwester, die mit Mann und drei kleinen Kindern in einer winzigen Wohnung wohnte. Der Mann war ein unleidlicher Kerl, und die Schwester ließ sie erst ein, wenn er eingeschlafen war. Anna versuchte weiterhin, eine Arbeit bei Rubens zu bekommen, und vor drei Monaten war eine Stelle in der Färberei frei geworden.

Sie sah sich um, um sich zu vergewissern, dass der Meister nicht in der Nähe war. Mit einem Fuß schob sie den Holzbottich zum Spülbottich. Das war ein Vergehen, das eine Strafe nach sich ziehen konnte, aber der Bottich war so schwer, dass man ihn nur zu zweit tragen konnte. Scholle half nur sehr ungern und war ohnehin nicht in der Nähe.

In der Mittagspause setzte sie sich im Freien auf eine leere

Holzkiste. Die anderen Frauen in der Färberei waren älter, und mehrere von ihnen gingen in der Pause nach Hause oder mussten Besorgungen beim Krämer machen. Gelegentlich ging sie auch rüber in den Essraum, der neben dem Websaal lag, weil es nett war, bei den anderen Frauen zu sitzen, aber zu einer größeren Unterhaltung kam es nie, weil man sich bei dem Lärm aus dem Websaal nur schreiend unterhalten konnte. Sie schob die Kiste in die Sonne und genoss die Wärme im Gesicht. Hoch über ihr zog ein Vogelschwarm in spitzer Formation vorbei. Dort oben war es sauber und unkompliziert, aber hier unten auf der Erde waren die Verhältnisse vollkommen verkehrt, die Menschen hatten alles zerstört. Doch nicht der Gestank und die Hässlichkeit waren das Schlimmste, sondern dass die Leute eine Tugend daraus machten, sich gegenseitig das Leben zu erschweren. Das mitgebrachte Essen lag auf ihren Knien, aber sie wickelte erst einmal die nassen Lappen von den Händen, ehe sie das Päckchen öffnete. Die Blasen waren teilweise geplatzt und nässten. Sie tupfte sie mit einem Lappen ab und strich den Rest von Nellys König Salomons Universalsalbe darauf. In ihrer Schürzentasche hatte sie ein Paar saubere Stoffstreifen, mit denen sie ihre Hände verband. Dann öffnete sie das kleine Paket, zwei Scheiben Schwarzbrot und dazwischen ein Stück gepökelte, gekochte Zunge. Dagmar hatte ihr das Brot gemacht. Sie hatte bislang keine Arbeit gefunden, aber durch Vermittlung einer Freundin durfte sie gelegentlich bei größeren Gesellschaften servieren. Die gekochte Zunge hatte sie bei so einer Gelegenheit mitnehmen dürfen. Sobald Annas erster Wochenlohn fällig geworden war, hatte sie zusammen mit Dagmar ein Zimmer gemietet. Es war gut, zu zweit zu sein. Sie fühlte sich in Dagmars Gesellschaft wohl. Vielleicht hatte sich ja Gott ihrer erbarmt, als er ihr den Weg zu der Schenke in der Adelgade gewiesen hatte, weil er wusste, dass es nicht gut ist, in der Not allein zu sein.

Von ihrer Holzkiste aus konnte sie den Hintereingang zum Hauptlager sehen. Einige größere Jungen trugen Kisten hinein, und die Tür ging auf und wieder zu. Plötzlich hörte sie ihn. Das Geräusch seines Holzbeins, das auf den Pflastersteinen auftraf, war eindeutig. Wenig später erschien seine Gestalt hinter einer Ecke. Über seiner Schulter hing eine schwarze Ledertasche. Seit ihrer Anstellung bei Rubens hatte sie ihn im Auge behalten, um herauszufinden, wie sie ihm auf die Pelle rücken konnte. Schließlich war das Sinn und Zweck ihrer Beschäftigung in dieser Fabrik. Aber es war nicht einfach. Während der Arbeitszeit konnte sie die Färberei kaum verlassen, und alle antworteten ausweichend, wenn sie sich nach ihm erkundigte, auch die Frauen aus dem Websaal. Abgesehen davon, dass er das Bordell in der Borgergade besuchte, wusste sie jedoch inzwischen, dass er Henriksen hieß und in einem der kleinen Häuser auf dem Fabrikgelände für ältere, besonders vertrauenswürdige Arbeiter wohnte. Jemand hatte auch erwähnt, dass er 1864 im Krieg in Südjütland gewesen sei. Seine Funktion in der Fabrik war unklar. Anna hatte den Eindruck, dass er eine Art Aufseher war. Anna sah nur eine Möglichkeit. Sofern es ihr gelang, sich unter vier Augen mit ihm zu unterhalten. Sie musste ihn mittels Schmeichelei dazu bringen, über seine Taten zu prahlen. *Männer verplapperten sich gerne mal, und kein Trick war ihnen zu faul. Sie musste Johannes um jeden Preis aus dem Gefängnis bekommen.* Aber wie sie es bewerkstelligen sollte, war noch immer ungewiss. Einmal war Holzbein in der Färberei aufgetaucht, aber nur, um mit dem Meister zu sprechen. Sämtliche Unterhaltungen zwischen den Arbeitern waren verstummt. Sie hatte so getan, als müsste sie etwas am anderen Ende des Saals erledigen, war dicht an ihm vorbeigegangen und hatte ihm zugelächelt, doch er hatte nicht reagiert und sein Gespräch mit dem Meister fortgesetzt.

Aber jetzt war Holzbein also auf dem Weg ins Lager. Sie packte die Reste ihres Butterbrots zusammen und zog das braune Kopftuch aus. Sie hatte keinen Spiegel, spürte jedoch mit den Händen, dass ihre Zöpfe schön um ihren Kopf lagen. Als einer der großen Jungen ins Lager ging, schlüpfte sie hinter ihm durch die Tür. Niemand würde sie beachten, solange sie nicht zögerte, sondern zielstrebig wirkte. Glücklicherweise war es trotz des fernen Lärms aus dem Websaal nicht schwer, dem Geräusch des Holzbeins zu folgen. Sie befand sich im Mittelgang, von dem die Regalreihen in rechtem Winkel abgingen. Stoffballen lagen wie gigantische Brennholzstapel aufeinander. Sie sah Holzbein zwischen zwei Regalen in ein Zimmer verschwinden. *Verdammt, dorthinein konnte sie ihm nicht folgen.* Als sie sich der Tür näherte, sah sie, dass sie offen stand und der Raum dahinter klein war. Sie tat, als hätte sie etwas verloren und würde auf dem Boden danach suchen, während sie auf Stimmen aus dem Zimmer lauschte.

»Wie lange, glaubst du, geht das noch?« Es war die tiefe Stimme Holzbeins.

Anna hörte nicht, was die andere Person antwortete, aber dann sagte Holzbein: »Lass uns woanders weiterreden.«

»Was machen Sie hier?« Ein kleiner Mann mit schmalen Lippen, der sich das Haar über die Glatze gekämmt hatte, stand plötzlich vor Anna, als hätte er zwischen den Stoffrollen gelauert.

»Ich sollte etwas für meinen Meister holen, habe aber den Zettel verloren und …«

»Sie arbeiten in der Färberei, nicht wahr?« Dann sprach er, ohne auf eine Antwort zu warten, weiter. »Sie sind im falschen Lager, das muss Ihnen doch klar sein?«

»Nein, das wusste ich nicht. Ich bin neu.« Langsam richtete sie sich auf. In diesem Augenblick verließen Holzbein und ein kleiner grauhaariger Mann das Zimmer. Die beiden bemerkten weder sie noch den Schmallippigen, sondern gingen rasch weiter.

»Verschwinden Sie, sonst muss ich Sie Ihrem Meister melden«, knurrte der Schmallippige.

Sie nickte und folgte seiner Aufforderung, schlug dann aber auf dem Mittelgang dieselbe Richtung wie Holzbein ein.

»Hören Sie, wollten Sie nicht in die Färberei?« Er war ihr gefolgt und packte sie am Arm. »Das hier ist der Weg zum Websaal, die Färberei liegt in der anderen Richtung.«

Es blieb ihr also nichts anderes übrig, als den Rückzug anzutreten. Vor der Färberei zögerte sie jedoch trotzdem. Die Jungen waren noch mit den Kisten beschäftigt. Ein kleiner magerer Bursche warf einen Stein in die Luft und trat dann mit seinem Holzschuh danach. Die anderen johlten, und einen Augenblick lang hatte es den Anschein, als hätten sie ihre Kisten vergessen und würden ein Spiel beginnen, aber dann wandten sie sich wieder ihrer Arbeit zu. *Sollte sie sich wirklich von einem kleinen übereifrigen Vorarbeiter mit schmalen Lippen Steine in den Weg legen lassen?* Sie zog ihre Schürze glatt und kehrte ins Lager zurück. Jetzt war sie vorsichtiger, bewegte sich im Zickzack zwischen den Tuchregalen und sah sich die ganze Zeit um. Holzbein war weder zu hören noch zu sehen. *Hatte er etwa durch den Websaal das Gebäude verlassen?* Sie würde ihn finden, sie durfte sich diese Gelegenheit nicht entgehen lassen. Als sie sich dem Websaal näherte, nahm der Lärm zu. Plötzlich mischte sich das Geräusch von Holz auf Holz in das eintönige Geklapper der Webstühle. Sie hielt inne und lauschte. Das Geräusch war von vorne gekommen und inzwischen verstummt. Und jetzt sah sie Holzbein und den Grauhaarigen. Sie standen ganz hinten zwischen den Regalen. Sie huschte auf dem Mittelgang an ihnen vorbei und in die benachbarte Regalreihe. Mit dem Rücken zum Mittelgang, zog sie eine Stoffrolle heraus und tat so, als würde sie sie eingehender betrachten. Die beiden Männer standen auf der anderen Seite des Regals, konnten sie aber nicht sehen. Anfänglich hörte sie nur unzusammenhängende

Bruchstücke der Unterhaltung. Sie erwog bereits, Holzbein zu stellen und um einen Rat zu bitten, denn das schmeichelte den meisten Männern. Aber dann hörte sie plötzlich einen ganzen Satz.

»Wenn du ihn heute Nachmittag siehst, dann sag ihm, heute Abend um neun im Kapstaden.« Das war Holzbeins Stimme. Offenbar entfernten sie sich, denn das hölzerne Bein war wieder zu hören, und die Stimmen wurden leiser. Sie blieb stehen, bis sie sie nicht mehr hörte. Das Kapstaden war das Kellerlokal in der Nansensgade, in dem sie in jener Nacht, als sie Holzbein verfolgt hatte, in Bedrängnis geraten war.

Sie machte sich auf den Weg Richtung Färberei. Als sie die Tür öffnete, stand der Meister vor ihr. »Na, Fräulein Christensen, wenn Sie bislang keinen Ärger hatten, dann haben Sie ihn jetzt.« Er klopfte mit einem Finger auf das Buch, in dem er alle Vergehen notierte.

45

Kopenhagen, Donnerstag, den 3. September

Dagmar und Anna mieteten ein Zimmer bei einer Familie mit vier kleinen Kindern. Die Wohnung lag in der Viktoriagade in Vesterbro und bestand bloß aus zwei Zimmern. Die Familie lebte im Wohnzimmer, Dagmar und Anna wohnten im Schlafzimmer, und die Küche teilten sie sich. Dagmar verglich ihre Unterkunft mit einer Schiffskajüte, nur besser, weil ihre Kammer nicht schaukelte. Aber Anna fand das Zimmer beengend, und zwar nicht, weil es klein war, sondern weil sich das Fenster nicht öffnen ließ. Wenn sie lüften wollten, mussten sie die Tür zum Flur öffnen. In der Kammer hatte nur ein Bett Platz. Auf diesem lag eine alte grüne Matratze, die sie tagsüber aufrollten und in die Ecke stellten.

Anna war einmal in Vridsløselille gewesen, doch dort hatte man ihr gesagt, dass die Häftlinge nur jeden zweiten Monat eine Viertelstunde lang Besuch empfangen dürften, allerdings erst, wenn sie die ersten drei Monate abgesessen hätten. Nach den ersten drei Monaten war der Besuch bei Johannes aber aus unerfindlichem Grund gestrichen worden. Anna hatte ihm mehrmals geschrieben und wartete auf Antwort.

Im ersten Monat hatten Dagmar und sie keinen Tisch und saßen sich beim Essen im Bett gegenüber. Aber dann hatte Dagmar bei einem Trödler einen kleinen Tisch aufgetrieben. Die Schublade fehlte, und die blaue Farbe war weitgehend abgeblättert, daher hatte sie ihn billig bekommen. Jetzt standen zwei Teller und ein kleiner Topf darauf. Anna hob den Topfdeckel an, Kartoffeln und irgendein gekochtes Fleisch. Dagmar war im Viertel aufgewachsen und kannte einen Metzger in der Vesterbrogade, der ihr billig Endstücke oder Innereien verkaufte, die er sonst nicht loswurde. Anna hörte Dagmar im Entree.

»Ich war noch eben auf dem Hof, aber das Essen ist fertig.«

Anna nickte. »Ich ziehe mir nur rasch mein Kleid aus.«

Dagmar half ihr mit den Knöpfen, und Anna hängte es auf einen Bügel in den Flur. Das Kleid roch stark nach der Färberei, ein unnatürlicher Geruch, den Anna zuvor nicht gekannt hatte. Er erinnerte sie an den Geruch von altem Urin, vermischt mit etwas anderem, vielleicht dem Pulver, das ihr Vater aus der Apotheke mitgebracht und in Wasser verrührt hatte. Jetzt bemerkte sie den Gestank nur noch, wenn sie sich nicht in der Färberei befand.

Sie besaßen keine Stühle, sondern schoben den Tisch ans Bett. »Ich helfe Samstag bei einer Einladung aus«, sagte Dagmar.

»Ach.«

»Heute ist Montag«, meinte Dagmar und verteilte das Essen auf die Teller.

»Ich weiß.«

»Das bedeutet, dass ich vor Samstag kein Geld verdiene«, fuhr Dagmar fort.

»Ist unsere Haushaltskasse schon leer?«

»Nein.«

»Na, dann kommen wir schon über die Runden. Wir gehen übrigens heute Abend ins Wirtshaus«, meinte Anna.

»Bist du übergeschnappt?«

»Schon möglich, aber hör mir erst einmal zu.« Anna erklärte, was sie im Lager gehört hatte. Dass Holzbein mit jemandem im Kapstaden in der Nansensgade verabredet war.

»Und was sollen wir da, wenn er sich mit irgendwelchen Schurken trifft?«, wollte Dagmar wissen.

»Er mag Frauen, jedenfalls besucht er das Bordell.«

»Das bedeutet aber nicht, dass er mit Frauen reden will.«

»Darum müssen wir es ja auch richtig angehen.« Anna schnitt das sehnige Fleisch in kleine Stücke.

»Hast du etwa vor, ihn zu verführen?« Dagmar hielt mitten in der Bewegung inne.

»So weit würde ich es nicht kommen lassen, aber du weißt ja, dass Männer fürchterlich eitel sind. Holzbein ist Invalide, doch es ist über zwanzig Jahre her, dass er im Krieg war und vielleicht als Held nach Hause zurückgekehrt ist. Jetzt ist er nur noch ein hässlicher Mann mit Holzbein.«

»Ist er hässlich?«

»Allerdings. Die Stirn ist irgendwie zu niedrig, und seine Haut ist faltig und hat eine Menge rote Flecken. Man könnte glauben, dass er in der Färberei arbeitet.«

»Wäre es nicht einfacher, den Mann auf der Werft ausfindig zu machen, der deinen Bruder nach Hause begleitet hat?«

»Den unsichtbaren Arbeiter? Doch, das wäre sicher einfacher, aber ich kann da nicht in der Arbeitszeit hin, und außerdem darf ich nur in die Bewirtung. Dort kennt ihn niemand. Mittlerweile glaube ich, dass er nachts dort arbeitet.«

»Gibt es dort eine Nachtschicht?«

»Soweit ich weiß, nicht ständig, nur wenn sie viel zu tun haben und die Arbeit dringend fertig werden muss. Aber ich fahre wieder raus, ich gebe nicht auf, irgendjemand muss schließlich wissen, wer er ist.«

»Wenn wir um neun im Kapstaden sein wollen, müssen wir uns beeilen. Zu Fuß brauchen wir mindestens eine halbe Stunde, und wir müssen uns auch noch schön machen«, meinte Dagmar. Sie stand auf und trug die Teller und den Topf in die Küche. Anna hatte sich für ihre Freizeit ein gebrauchtes Kleid gekauft. Es war dunkelblau und über der Brust gefältelt. Sie hatte es ein wenig umgenäht und ein ziemliches Stück gekürzt. Sie machten sich gegenseitig die Haare. Annas Haar war schnell geflochten, doch Dagmars dünnes Haar erforderte Arbeit. Sie steckte es mit Haarnadeln hoch, damit es fülliger wirkte.

»Willst du diese Lumpen wirklich um die Hände tragen? Du siehst aus wie eine Aussätzige.« Dagmar begann Anna die Stoffstreifen von den Händen zu wickeln. »Verdammt, Anna, hast du denn überhaupt keine Angst, irgendwann einen Finger zu verlieren?«

»Das Bleichmittel löst die Haut auf. Du hättest die Ratte mal sehen sollen …«

Dagmar fiel ihr ins Wort. »Ich will davon nichts wissen. Lass uns aufbrechen, sonst ist dein Invalide weg, bevor wir unseren Auftritt haben.«

Als sie die Søerne erreichten, atmete Anna tief ein. Hier war die Luft sauber und frei vom Rauch der Schornsteine. Jetzt, wo die Häuser beinahe in der Dunkelheit verschwanden, war es an den Seen fast wie am Fluss zu Hause. Als sie hingegen das Kapstaden betraten, war die Luft so verqualmt, dass die Augen brannten. Das Lokal war voller Männer, und an mehreren Tischen wurde Karten gespielt. Die Beleuchtung war schlecht, und Anna konnte Holzbein nirgends entdecken. Sie nahmen an einem kleinen Tisch mitten im Lokal Platz. »Hier sitzen wir jetzt zur allgemeinen Zierde«, meinte Dagmar.

»Solche Lokale kann ich nicht ausstehen, und jetzt ist er nicht einmal da«, sagte Anna.

»Es war deine Idee hierherzukommen. Vermutlich sitzt er da drin und heckt irgendwas aus.« Dagmar deutete auf den Durchgang zu einem Nebenzimmer. »Du kannst mich da ja mal reinschicken«, meinte sie und erhob sich, ohne eine Antwort abzuwarten. Einen Augenblick später war sie zurück. »Er ist da.«

»Bist du dir sicher?«, fragte Anna.

»Da sitzt jedenfalls ein Einbeiniger mit einem Gesicht, das nur eine Mutter lieben kann. Versprich mir, dass du ihn nicht küsst.«

Am Tresen drängten sich die Männer, und sie mussten ihre Ellbogen benutzen, um durchzukommen. Als es ihnen endlich gelungen war, ignorierte der Wirt sie, bis Dagmar mit einer Münze auf den Tresen klopfte. »Jetzt sind wir an der Reihe, Vati.«

Die Umstehenden lachten, und der Wirt, ein älterer, dicklicher Mann, drehte langsam seinen Kopf in ihre Richtung.

»Zwei Bier bitte«, sagte Dagmar.

Der Wirt musterte sie, unternahm aber keine Anstalten, ihnen das Bier zu zapfen.

»Ist er taub oder was?«, rief Dagmar.

Endlich stellte der Wirt zwei Seidel auf den Tresen und zapfte das Bier.

»Ist es dir peinlich, mit mir unterwegs zu sein?«, flüsterte Dagmar.

»Nein, nur …«

»Ich habe in meinem Leben schon viel Bier über den Tresen

gereicht, und man ignoriert seine Gäste einfach nicht so wie dieser Schwachkopf. Nicht einmal, wenn es sich um Frauen handelt.«

»Ich finde dich nicht peinlich, ganz im Gegenteil. Gab es da drin bei Holzbein vielleicht noch ein paar freie Stühle?«

»Vielleicht.«

In einer Ecke des Separees stand ein kleiner Tisch mit einem einzigen freien Stuhl. »Setz dich«, sagte Dagmar, »ich hole …« Da erhob sich auch schon ein kleiner rundlicher Mann und kam mit einem Stuhl an ihren Tisch. Er hatte ein rot glänzendes Gesicht.

»Gestatten die Damen?« Er stellte den Stuhl ab und verbeugte sich vor Anna.

»Danke, sehr freundlich von Ihnen.« Sie setzte sich, vermied es aber, ihn anzusehen. Er blieb vor ihrem Tisch stehen.

»Und dann habe ich zu meiner Schwester gesagt«, begann Dagmar und schob ihren Kopf näher an Annas heran, »dass das so nicht geht, die Bügelsachen müssen feucht sein, sonst bekommt man sie nie glatt, doch sie hat es ja nicht leicht mit einem Mann, der im Wirtshaus sitzt und seinen Wochenlohn vertrinkt …« Endlich gab der Mann auf und kehrte an seinen Tisch zurück.

»Danke«, sagte Anna. Sie schwiegen und nippten an ihrem Bier. Anna saß so, dass sie Holzbein schräg von der Seite sah. Das Holzbein ragte auf der einen Seite des Stuhls vor. Der Grauhaarige saß auf der Eckbank. Eine Schnapsflasche stand zwischen ihnen auf dem Tisch. »Auf drei«, sagte Anna und zählte. Sie erhoben sich gleichzeitig.

»Sind Sie nicht Herr Henriksen aus der Tuchfabrik?« Anna lächelte Holzbein an. »Vielleicht kennen Sie mich ja nicht. Ich arbeite in der Färberei.«

Holzbein nickte, aber weder er noch der Grauhaarige erwiderten etwas.

»Sie haben doch nichts dagegen, dass wir uns setzen?«

Die beiden schwiegen immer noch, doch der Grauhaarige rückte auf der Bank beiseite, um ihnen Platz zu machen. Sie stellten ihre Seidel auf den Tisch.

»Was machen denn zwei Mädel wie ihr im Kapstaden?« Der Grauhaarige hatte eine schleppende Stimme, als versuchte jemand zu verhindern, dass ein Laut über seine Lippen kam.

»Wir sind bei dem schönen Wetter etwas spazieren gegangen, nicht wahr, Dagmar, und dann haben wir uns nach einer Erfrischung gesehnt.«

Dagmar nickte, sonst war es still. Anna schwindelte, als hätte das Separee plötzlich zu kreisen begonnen. Jetzt musste sie die Geschichte, die sie sich ausgedacht hatte, aufsagen.

»Ich habe gerade zu Dagmar gesagt, dass Sie, Herr Henriksen, gut einer der Helden von 1864 sein könnten«, meinte Anna.

»Was wissen Sie schon über 1864, da waren Sie doch noch gar nicht auf der Welt?« Seine Stimme war ein tiefes Schnarren. Sein Gesicht wirkte wie versteinert. Seine Augen waren rot und geschwollen, als wären sie entzündet.

»Meine Mutter stammte aus den verlorenen Provinzen, sie hatte größten Respekt vor allen, die damals gekämpft haben. Mein Onkel musste sein Leben lassen, und ein anderer Verwandter hat sowohl einen Arm als auch ein Bein verloren.«

Holzbein lehnte sich zurück. Sein Gesicht sah jetzt schon ein wenig weicher aus. »Die Damen mögen vielleicht eine kleine Stärkung?« Er nickte zur Branntweinflasche auf dem Tisch.

Anna lehnte ab, aber Dagmar schob ihr Seidel vor. »Könnte ich einen Schluck in mein Bier bekommen?«

»Sind Sie nach dem Krieg in die Tuchfabrik gekommen?«, fragte Anna.

»Nein, ich war noch einige Zeit Unteroffizier.«

»Alle Achtung! Sie waren verletzt, doch man hatte trotzdem noch Verwendung für Sie! Sie müssen ein unersetzlicher Soldat gewesen sein.« Sie bereute den letzten Satz. Trug sie nicht zu dick auf? Aber Holzbein hatte keine Einwände, und zum ersten Mal meinte Anna, ihn lächeln zu sehen.

»Aber Sie sind doch schon lange bei Rubens, nicht wahr?«, fuhr Anna fort.

»Er sagt, dass er ohne mich nicht klarkommt.« Holzbein goss sich Branntwein nach.

»Das glaube ich gerne. Sie müssen dort viel erlebt haben. Ich meine, in einer großen Fabrik passiert vermutlich immer allerhand.«

»Das stimmt.«

»Und dann hat Herr Ruben Verwendung für Sie.«

»So könnte man es vermutlich auch ausdrücken.«

»Ereignen sich denn viele Unfälle?«, fuhr Anna fort.

»Unfälle lassen sich in einem so großen Unternehmen nicht vermeiden, aber wir haben nicht mehr als andere Fabriken, obwohl unsere die größte ist.« Er leerte sein Glas und knallte es auf den Tisch.

Anna schaute auf den Tisch. Das Holz war dunkel und von Flecken bedeckt, die sich nicht abschrubben ließen. Niemand sagte etwas, aber dann lächelte Dagmar, hob ihr Seidel und stieß mit den Männern an. Anna merkte, dass ihre Handflächen feucht wurden. Jetzt musste es kommen.

»Ich habe gehört, dass vor nicht allzu langer Zeit eine Marie Hansen bei einem Unfall ums Leben gekommen ist.« Anna versuchte, diese Bemerkung beiläufig klingen zu lassen.

»Wo haben Sie das gehört?« Holzbeins Stimme war scharf.

»Das war nur ein Gerücht.«

»Ein Gerücht, allerdings. Sonst nichts.«

»Sie haben recht, man sollte sich vor Gerüchten hüten. Diese Information habe ich allerdings aus einer zuverlässigen Quelle«, meinte Anna.

»Zuverlässige Quelle? Gibt es so etwas überhaupt?«

»Ich versuche mich gerade auf den Namen zu besinnen. Sie lebt nicht mehr, aber sie wohnte in der Borgergade in einer Kellerwohnung.«

Dieses Mal schwiegen sie länger. Dagmar versuchte, wieder anzustoßen, doch die Männer reagierten nicht. Holzbein erhob sich mit einem Ruck, und die Stuhlbeine schrammten über den Boden. Ohne ein weiteres Wort verschwand er durch eine Hintertür im Separee.

»Wo ist er hin?«, fragte Dagmar.

»Er muss sich bestimmt nur erleichtern«, antwortete der Grauhaarige.

»Vielleicht erinnern Sie sich ja noch an diesen Unfall?«, fuhr Anna fort.

»Warum interessieren Sie sich denn so dafür?«

»Das tue ich eigentlich gar nicht, so lange bin ich ja noch nicht in der Fabrik. Aber man wird ja wohl ein wenig neugierig sein dürfen …« Dann hielt Anna inne. Was würde er nach diesem Gewäsch nur von ihr denken?

»Natürlich erinnere ich mich daran, dass eine Arbeiterin starb, aber Unfälle sind unvermeidlich. Alle bedauern sie, nicht zuletzt Henriksen, der so eng mit Herrn Ruben verbunden ist. Ich würde Ihnen empfehlen, nicht weiter nachzuhaken.«

In diesem Augenblick kehrte Holzbein zurück. Er nahm nicht wieder Platz, sondern stützte sich auf den Stuhl, auf dem er gesessen hatte. »Redet ihr über mich?« Er klang verärgert. »Macht nur weiter. Ich gehe ohnehin.« Er drehte sich um und ging wieder auf die Hintertür zu.

»Ich bitte die Damen, mich zu entschuldigen.« Der Grauhaarige erhob sich, nahm seinen Mantel und folgte Holzbein.

»Das war es dann«, meinte Dagmar. »Und? Klüger geworden?«

Anna stand auf. »Warte bitte einen Augenblick.«

»Willst du ihnen etwa folgen?«

»Eher nicht. Aber wenn ich nicht umgehend zurück bin, dann geh einfach nach Hause.«

Eine Holztreppe führte auf den Hinterhof. Die Stufen gaben unter ihr nach, und die Scharniere der Tür kreischten, als sie sie öffnete. Sie stand da und hielt den Atem an. In einiger Entfernung leuchtete eine schwache Gaslaterne. Irgendwo fiel eine Tür zu. Anne hörte eine leise Unterhaltung. Holzbeins tiefe, schnarrende Stimme war nicht zu verkennen. Anna stand an der offenen Tür. Die Stimmen schienen von der anderen Seite eines alten Bretterzauns zu kommen, der wohl einmal zwei Hinterhöfe voneinander getrennt hatte. Jetzt wies dieser Zaun an mehreren Stellen Löcher auf und stellte kein Hindernis mehr dar. Vorsichtig positionierte sie sich so, dass sie besser hören konnte.

»Keine Ahnung, wer sie ist.« Das war die Stimme des Grauhaarigen.

»Bist du dir sicher? Wieso zum Teufel taucht sie plötzlich hier auf?«

»Woher soll ich das wissen? Das ist dein Problem, Henriksen, nicht meins.«

»Aber ich kann dafür sorgen, dass es auch dein Problem wird.«

»Offen gesagt beeindrucken mich deine Drohungen nicht.«

Einen Moment lang herrschte Stille, dann erwiderte Holzbein: »Worüber habt ihr geredet, als ich draußen war?«

»Ich habe bestätigt, dass es einen tödlichen Unfall gab, das lässt sich doch wohl nicht leugnen?«

»Aber warum hat sie die Borgergade erwähnt?«

»Keine Ahnung.«

»Begreifst du das denn nicht? Nelly Hansen wohnte in der Borgergade«, fauchte Holzbein.

»Es wohnen Hunderte von Menschen in der Borgergade, wieso sollte sie ausgerechnet sie meinen?«

»Könnte diese Frau dieselbe sein, die versucht hat, Nelly Hansen im *Allgemeinen Spital* auszufragen?«

»Keine Ahnung. Du hast mit der Pflegerin gesprochen.«

»Ich wusste, dass diese verdammte Angelegenheit nicht aus der Welt ist. Ich habe dir von Anfang an gesagt ...« Er beendete den Satz nicht, und es klang, als würde er ausspucken.

»Was hast du gesagt?«, hakte der Grauhaarige nach.

»Dass es zu riskant ist, dass man es anders machen muss. Es wäre fast schiefgegangen, weil sie diesen Mann im Bett hatte.«

»Das ist der, den sie festgenommen haben?«

»Ja. Eigentlich war es gar nicht mal so dumm, dass er dort war. Aber es gefällt mir nicht, dass Fragen gestellt werden, ich muss Vorsichtsmaßnahmen treffen, schließlich bin ich es, der den Kopf hinhalten müsste ...« Jetzt konnte Anna nichts hören, weil die beiden weitergingen. Ein Tor fiel zu, und das Geräusch des Holzbeins verstummte.

Dagmar saß noch am Tisch, als Anna wieder eintrat.

»Was ist mit dir los? Du siehst aus, als wäre dir der Teufel in eigener Person begegnet.« Dagmar schob Anna ihr Bierseidel zu.

»Ja, ein Teufel mit Holzbein.« Sie berichtete von dem Gespräch zwischen Holzbein und dem Grauhaarigen.

»Dieser hinkende Teufel steckt also hinter der ganzen Geschichte?«, fragte Dagmar.

»Ja, das wusste ich allerdings schon vorher. Jetzt besteht jedoch keinerlei Zweifel mehr. Aber das Fürchterliche ist, dass es meine Schuld ist, dass Nelly im *Allgemeinen Spital* erwürgt wurde.«

»Wie kommst du darauf?«

»Ich habe der Pflegerin gesagt, dass sie noch hört. Vermutlich hat sie erraten, dass ich mich per Händedruck mit ihr verständigen konnte, oder was weiß ich.«

»Da trifft dich wirklich keine Schuld. Du konntest nicht

wissen, dass auf diese Schlampe kein Verlass ist. Holzbein muss sie für die Informationen bezahlt haben.«

»Mag sein, aber es ist mir ein Rätsel, warum er sie überhaupt überfallen hat. Bestimmt hat es etwas mit dem tödlichen Unfall bei Rubens zu tun. Nelly Hansen hat schließlich dafür gesorgt, dass ihre Schwägerin ins Krankenhaus kam. Aber kann das wirklich Grund genug gewesen sein, sie halb oder ganz totzuschlagen?«

»Damit könntest du recht haben.« Dagmar trank ihren letzten Schluck Bier und deutete auf Annas Seidel. »Wenn du den Rest nicht mehr willst, kann ich dir beistehen.«

Anna schob ihr das Seidel zu. »Das ergibt alles keinen Sinn. Wenn der Fabrikant sie loswerden wollte, warum hat er sie dann nicht einfach gefeuert? Eines ist jedoch sicher. Ich erreiche nichts, wenn ich versuche, Holzbein zu einem Geständnis zu zwingen. Im Gegenteil.«

»Was meinst du mit im Gegenteil?«

»Er hat Lunte gerochen und weiß jetzt, dass ich es auf ihn abgesehen habe. Er wird vorsichtig sein. Ich kann es nicht riskieren, gefeuert zu werden oder schlimmstenfalls so zu enden wie Nelly. Es ist höchste Zeit, dass ich den Mann von B & W finde.«

46

Vridsløselille, Donnerstag, den 10. September

An manchen Tagen hatte er das Gefühl, dass ihm der Tod auf den Fersen war, an anderen hielt er sich ein wenig auf Abstand. Ausgerechnet dieser Tag, an dem sich der Arzt endlich eingefunden hatte, war einer der letzteren. Ärgerlich, denn der Arzt hatte nicht erkannt, wie schlimm es um ihn stand. Vielleicht wollte er ja auch einfach nicht? Er hatte ihm nicht einmal die Brust abgehört.

»Sie sind kurzatmig, weil Sie sich nicht genug bewegen«, hatte er gesagt. »Außerdem sollten Sie das Essen nicht stehen lassen.«

Offenbar hatten ihn die Wärter informiert. Eigentlich war er nicht wählerisch, aber er hatte einfach keinen Appetit mehr. Der Besuch des Arztes hatte nur zur Folge, dass ihm ein fünf Minuten längerer Hofgang bewilligt wurde. Doch Johannes fror auf dem Hof. Es war kälter geworden und die Luft feuchter. In der Zelle war es immerhin etwas wärmer.

Man hatte ihn bereits vor ein paar Minuten geweckt, aber sein Körper weigerte sich aufzustehen. Er rieb über seine Brust, seine Rippen standen hervor. Nachts schlief er nur sehr wenig, weil ihn immer dieselbe Erinnerung quälte. Es war Herbst, und er war noch ein kleiner Junge. Zusammen mit Harald angelte er unten am Fluss. Sie hatten zu streiten begonnen. Harald brüllte so laut, dass er beim Sprechen spuckte. Er spürte noch den Stoß, der ihn in den Fluss befördert hatte. Die Strömung war ungewöhnlich stark gewesen, und als er von einem Stein getroffen wurde, geriet sein Kopf unter Wasser, und er kam nicht mehr hoch. Dann spürte er jedoch eine Hand. Das war Anna, sein Engel. Sie war plötzlich aufgetaucht und rettete ihn. Das war geschehen, das wusste er. Aber seine Erinnerungen wirbelten durcheinander und nahmen in seinem Kopf neue Formen an. Gelegentlich warf Anna den Stein, dann hielt sie seinen Kopf unter Wasser, bis sie sich sicher war, dass er tot war. Es quälte ihn, dass sein Kopf die Geschichte ständig veränderte, weil ihm Anna so fürchterlich fehlte. Eigentlich hätte sie ihn besuchen sollen, doch dieser Besuch war gestrichen worden, weil er im Keller in Isolationshaft gesessen hatte. Sein Vergehen war gewesen, dass er die fünfzehn Bierkästen nicht geschafft hatte. Sie sagten, er sei faul und Faulheit sei im Gefängnis strafbar. Das war gewesen, bevor er eingesehen hatte, dass es schneller ging, alle Bretter auf einmal zurechtzusägen. Im Keller gab es im Unterschied zu den Zellen weder Licht noch Heizung. Die Wände waren nass, und sein Husten wurde schlimmer. Unzählige Male fragte er die Wärter, wann ihm wieder ein Besuch zustehe, erhielt aber keine Antwort. Er hatte nur einen Brief von Anna erhalten, in dem sie schrieb, dass sie in einer großen Fabrik Arbeit gefunden habe, was irgendwie mit der Aufklärung zu tun habe, sie wollte wieder schreiben, sobald sie mehr wusste. Doch es waren keine weiteren Briefe eingetroffen, und das fand Johannes merkwürdig, denn Anna war eine gute Briefschreiberin, und sie wusste schließlich, wo er sich befand. Vielleicht hatte sie geschrieben, aber sie hatten ihm den Brief nicht ausgehändigt. Es konnte leider auch sein, dass sie aufgegeben hatte und nach Hause nach Uldum zurückgekehrt war. Diesen Gedanken konnte er kaum ertragen, aber es ließ sich nicht ausschließen, dass sie gerade jetzt zu Hause in der Hofküche beim Essen saß.

Endlich gelang es ihm, sich aufzusetzen und die Füße auf den rauen Fußboden zu setzen. Wenn er ganz vorsichtig einatmete, ließ sich der Husten manchmal hinauszögern. Langsam kam er auf die Beine und faltete die Decke zusammen. Dann hakte er die Bespannung aus der Pritsche und hängte sie an einen Haken an der Wand. Die Leinwand war feucht von seinem Schweiß. »Da kannst du hängen und ordentlich trocknen, falls ich dich heute Abend noch mal brauchen sollte.« Er hatte begonnen, vor sich hin zu murmeln, einfach nur, um seine eigene Stimme zu hören. Jede Unterhaltung war im Gefängnis verboten, es gab jedoch bestimmte Ausnahmen wie jetzt beim Besuch des Arztes. Vielleicht war seine Stimme daher so unbeholfen. Er hatte sonst niemanden, mit dem er sprechen konnte.

»Ich höre nachts leise Stimmen«, sagte er zum Arzt. »Wo kommen die nur her?«

»Sie hören nichts. Das sind nur Ihre zwanghaften Gedanken. Das ist unter den Häftlingen sehr verbreitet. Sie müssen versuchen, diese von sich zu schieben, und sich stattdessen auf die Tischlerarbeit konzentrieren. Körperliche Stärkung in Form von Hofgängen und harter Arbeit geben einen guten Nachtschlaf. Ich sehe, dass sie Bierkisten herstellen.«

Der Arzt glaubte also, dass er verrückt geworden war.

Er versuchte, sich zu recken, was einen Hustenanfall zur Folge hatte. Dann wurde die Klappe in der Tür geöffnet, und er beeilte sich, seinen Teller und Becher nach draußen zu reichen. Zu Anfang hatte er versucht, durch die offene Klappe eine Unterhaltung zu beginnen, während der Wärter das Essen auf den Teller klatschte und den Becher füllte. Johannes erhielt nie eine Antwort, und inzwischen hatte er es aufgegeben. Auf dem Teller lagen eine dicke Scheibe Schwarzbrot und ein Klecks Margarine. Er zog den Hocker an den Tisch und strich mit seinem Holzmesser die Margarine aufs Brot. Dann tunkte er das Brot in den Becher mit warmem Bier. Von dem Essen wurde ihm übel, aber er musste es irgendwie runterkriegen. Anschließend, nachdem er den Teller und den Becher gespült hatte, verspürte er ein unwiderstehliches Verlangen, den Stoff wieder in das Bettgestell zu hängen und sich ein wenig hinzulegen. Doch das ging nicht, denn wenn man ihn dabei erwischte, musste er wieder in die Isolationshaft im Keller bei Wasser und Brot. Außerdem musste er arbeiten, egal, ob er krank war oder nicht. Jeden Tag, mit Ausnahme der Sonntage, musste er fünfzehn Kästen fertigstellen. An den meisten Tagen gelang ihm das. Er begann damit, das Holz für alle fünfzehn Kästen zurechtzusägen und für jede Kiste aufzustapeln. Den Bettrahmen stellte er hochkant an die Wand, um mehr Platz zu haben. Ordnung war in dieser kleinen Zelle wichtig, sonst entstand ein großes Durcheinander, besonders nachmittags, wenn er erschöpft war. Es war fatal, wenn ihm ein Fehler unterlief, denn dann schaffte er keinesfalls die fünfzehn Kästen. An diesem Abend erreichte er sein Soll nur ganz knapp. Aber die Arbeit nach dem Abendessen bis acht verlangte ihm fast unmenschliche Kräfte ab. Als die Kästen fertig und zur Abholung aufgestapelt waren, schwitzte er und konnte sich kaum noch auf den Beinen halten. Er musste jedoch noch die Zelle fegen, bevor er sein Bett wieder aufbaute und sich hinlegte. Dieser Abend unterschied sich nicht von den anderen, allerdings hatte er den Eindruck, dass es ihm immer schlechter ging und dass die Zeiträume zwischen den erträglicheren Tagen immer länger wurden. Er hakte die inzwischen trockene Leinwand in den Bettrahmen und legte sich hin. In der Regel schlief er eine Weile ruhig, bis ihn der Husten weckte. Aber an diesem Abend empfand er bei jedem Atemzug einen stechenden Schmerz, als zöge er Metallsplitter in seine Lunge.

Dann kamen die Stimmen.

Wenn er sich die Ohren zuhielt, wurden sie leiser und verschwanden zwischendurch ganz. Sie kamen also nicht aus seinem eigenen Kopf, wie der Arzt behauptet hatte. Er richtete sich auf den Ellbogen auf und lauschte. *Wo kamen sie her? Redete etwa der Gefangene in der Nachbarzelle im Schlaf?* Obwohl die Stimmen leise waren und er nicht hörte, was genau gesagt wurde, war er sich sicher, dass es sich um mehr als eine Stimme handelte. Schweißgebadet wickelte er sich in seine Decke, um nicht zu frieren, als er sich erhob. Langsam ging er die Wand entlang. Es war vollkommen schwarz, denn die einzige Beleuchtung in der Zelle, eine Glühbirne über dem Tisch, wurde am Ende des Arbeitstages gelöscht. Er brauchte jedoch kein Licht. Am Fenster schienen die Stimmen fast ganz zu verschwinden. Er folgte der Wand weiter und hielt dann bei der Latrine einen Augenblick inne. Dann ging er wieder Richtung Fenster. Kein Zweifel! Die Stimmen waren bei der Latrine am deutlichsten zu hören. Hatte man sein Geschäft verrichtet, dann goss man einen Eimer Wasser nach, und alles wurde durch ein Rohr weggespült. Offenbar verbanden die Rohre die Zellen miteinander. Im Augenblick stand Wasser in dem Becken. Er tastete im Dunkeln, dann gelang es ihm, den Abfluss zu öffnen, und das Wasser verschwand. Wie durch Magie, wie durch ein Wunder, wurden die Stimmen deutlicher. Er bekam die Bürste zu fassen und schrubbte die Innenseite des Beckens. Die flüsternden Stimmen waren erstaunlich deutlich, als er anschließend seinen Kopf ins Becken schob. Der Geruch nach Urin war so stark und durchdringend, dass er erst meinte, sich übergeben zu müssen. Mehrmals musste er den Kopf aus dem Becken ziehen, um richtig Luft zu holen. Drei Häftlinge schienen sich zu unterhalten. Zu Anfang hörte er hauptsächlich eine tiefe Stimme. »Ich bin mir meiner Sache fast ganz sicher. Dieser bösartige Dreckskerl von Gefängniswärter auf meinem Korridor trinkt das meiste Bier selbst und verdünnt den Rest mit Wasser. Es schmeckt nach nichts und ist kalt.«

»Das Bier ist nie richtig heiß und schmeckt immer nur nach saurer Pisse.« Die Stimme war rostig.

Eine heisere Stimme mischte sich ein. »Hört doch mit dem verdammten Bier auf. Ich will was von dieser Puffmutter in der Lille Brøndestræde hören. Wäre ja noch schöner! Schließlich soll ich ihr eine Nachricht überbringen, wenn sie mich rauslassen.«

»Sie heißt Fanny, aber sie gehört mir, das habe ich doch gesagt. Sie wartet auf mich.« Da war die rostige Stimme wieder.

»Ja, ja. Weiß ich. Aber du kannst sie doch trotzdem ein wenig mit uns anderen teilen.«

»Bei ihr gibt es keinen Geiz, auch nicht, was das Äußere angeht, wenn ihr versteht, was ich meine.«

»Dann erzähl schon, Mann, sei nicht so sparsam mit den Einzelheiten.«

»Wenn man ihr erst mal das Korsett ausgezogen hat, dann offenbart sich ein Paradies.«

»Ein Paradies?« Die Stimme klang eher wie ein Seufzer.

»Ja. Man legt seinen Kopf zwischen die märchenhaftesten Brüste, die Gott je erschaffen hat …« Die Stimme fuhr fort, aber Johannes musste sich aufrichten, weil ihn der Hustenreiz überkam. Er trank etwas Wasser, doch immer noch schmerzte jeder Atemzug. Wieder tauchte er in die Latrine ab. *Wie konnte er sich an der Unterhaltung beteiligen?* Da entstand eine kleine Pause, und er begann. »Ich bin neu hier«, flüsterte er.

»Willkommen, Neuer.« Das war die rostige Stimme.

»Ich höre, dass einer von euch bald freikommt.«

»Das stimmt.«

»Ich bin krank und lebe vermutlich nicht mehr lange. Meine Schwester, Anna Christensen, arbeitet in der Rubens Tuchfabrik. Ich habe eine wichtige Nachricht für sie.«

47

Kopenhagen, Montag, den 12., bis Dienstag, den 13. Oktober

Der heftige Wind riss das Wasser von den Ruderblättern über das Boot. Anna saß außen, und ihr Kleid und der untere Teil ihres Mantels waren bereits salzwassergetränkt. Der Arbeiter, der neben ihr saß, stöhnte jedes Mal, wenn sie eine Dusche abbekamen, sonst war er still. Die Karawane zur Refshaleøen bestand dieses Mal nur aus drei Booten, weil offenbar nachts nicht so viele arbeiteten oder sich bereits drüben auf der Insel befanden. Anna klammerte sich mit der Hand an der Reling fest. Das Wasser war schwarz. Wenn man hineinfiel, wurde man von der Tiefe verschluckt. Anna hatte eine Innentasche in den Mantel genäht. Dort lag der Zeitungsausschnitt zwischen zwei Blatt Papier. Sie fühlte mit der Hand, ob er noch dort war. Am Kai beim Zollamt hatte sie bereits alle wartenden Männer gefragt, ob sie den Mann auf dem Foto kannten. Sie hatte jedoch kein Glück gehabt.

Im Pförtnerhaus am Eingang zur Werft brannte Licht, doch sie konnte den Pförtner nirgends entdecken. Sie versteckte sich trotzdem hinter einer Gruppe Männer, damit man sie vom Fenster aus nicht sehen konnte. Dieses Mal wollte sie nicht nur in die Kantine wie beim letzten Mal. Der Pförtner hatte ihr aufs Strengste verboten, sich auf eigene Faust auf der Werft umzusehen, aber die Leute von der Nachtschicht hielten sich vermutlich nicht in der Kantine auf, also war sie gezwungen, sich auf das eigentliche Werftgelände vorzuwagen.

Die Männer verschwanden rasch in der Dunkelheit, und die Werft wirkte wie eine verlassene, ausschließlich von Schatten bevölkerte Stadt. Es war nicht leicht zu entscheiden, wo die Geräusche herkamen, da der Wind über die Dachfirste hinwegpfiff. Anna überlegte, mit welchen Konsequenzen sie zu rechnen hatte, falls sie vom Falschen entdeckt wurde. Waren wie in der Färberei Strafgelder und Ohrfeigen üblich? Irgendwo knallte eine Tür zu. Sie sah sich in der Dunkelheit um, konnte jedoch niemanden entdecken. Sie ging an ein paar kleineren Gebäuden vorbei, die unbewohnt wirkten. Dann sah sie in einiger Entfernung ein Licht, das sich bewegte, und hörte ein hallendes Geräusch, als würde auf Eisen gehämmert. Sie trat näher und sah die Umrisse eines Schiffsrumpfs. Um ihn herum arbeiteten Männer in Gruppen. Das Schiff war noch lange nicht fertig, und von dort, wo sie stand, erinnerte es an eine filetierte Flunder. Die Männer standen auf Gerüsten und hämmerten auf den Rumpf ein, während die Laternen im Wind schwankten. Anna sah sich alles nachdenklich an. Sie würde sich mit niemandem unterhalten können, wenn sie nicht selbst auf das Gerüst kletterte. Aber da nahm ein Arbeiter seine Laterne vom Haken und schwang sich vom Gerüst. Sie lief auf ihn zu, ehe er in der Dunkelheit verschwinden konnte.

»Entschuldigung, Sie da!« Rasch hatte Anna ihn eingeholt. »Kennen Sie diesen Mann?« Sie zog den Zeitungsausschnitt aus ihrer Manteltasche und deutete auf den Mann hinter Johannes.

Der Arbeiter hob seine Laterne, wischte sich mit dem Ärmel den Rotz von der Nase und betrachtete das Foto. Anna spürte ihren Puls in den Schläfen. Ihre Hoffnung erwachte. Einen Augenblick später schüttelte er den Kopf.

»Kenn ich nicht.« Das Gesicht des Mannes war wettergegerbt, und die Bartstoppeln schienen bis zu seiner Stirn zu reichen, aber vermutlich war das Schmutz.

»Wo könnte ich ihn denn Ihrer Meinung nach finden?«

»Keine Ahnung.« Er setzte sich erneut in Bewegung und war schon fast wieder in der Dunkelheit verschwunden, als er plötzlich noch einmal innehielt. »Sie können drinnen bei den Bootsbauern nach Thomsen fragen. Er kennt hier fast jeden.«

Sie bemühte sich, mit ihm Schritt zu halten. »Und die Schiffsbauer? Wo finde ich die?«

Er deutete auf ein lang gestrecktes Gebäude, aus dessen Fenstern schwaches Licht fiel. Anna rollte den Zeitungsausschnitt zusammen und schob ihn wieder in die Innentasche.

Die Schiffsbauerwerkstatt war eine lange Halle, deren Decke vor lauter Rauch kaum zu erkennen war. Auf der einen Längsseite reihte sich ein Schmiedefeuer an das andere, in der Mitte befand sich etwas, was an einen Backofen für Riesen erinnerte. Sie blieb an der Tür stehen, konnte aber die von den Schmiedefeuern abstrahlende Wärme spüren. Der Lärm der Hämmer, die auf das glühende Eisen schlugen, hallte in ihren Ohren wider. Alle waren in ihre Arbeit vertieft, und es wirkte unmöglich, jemandem eine Frage zu stellen. Die Türen des Riesenofens wurden von massiven Ketten, die irgendwo an der Decke verschwanden und auf Zahnrädern wieder in Erscheinung traten, geöffnet. Ein Kran hob ein Stück rot glühendes Eisen aus dem Ofen, und als handelte es sich um den Teufel persönlich, begann eine Gruppe Männer, mit Hämmern darauf einzuschlagen. Sie folgte der Längswand, die den Schmiedefeuern gegenüberlag. Als sie den Ofen passiert hatte, entdeckte sie einen Mann, der auf einem niedrigen Handwagen saß.

»Ich suche einen Herrn Thomsen.«

Der Mann kniff seine Augen zusammen und sah sie an. Die Haut seines Gesichts hing in Falten herab, als wäre sie nicht an seinem Schädel befestigt. Er leckte sich die Lippen, ehe er antwortete.

»Sehen Sie den da mit dem Schlapphut und dem schwarzen Mantel?« Er deutete auf einen Mann, der in der Nähe des Eisenbarrens stand, der dem Schmelzofen gerade entnommen worden war. Der Mann war offenbar eine Art Vormann, denn er hatte keinen Hammer, sondern schien den anderen zu erklären, wo sie hinschlagen sollten.

»Aber jetzt ist sicher ein schlechter Zeitpunkt, wo das Spant gerade aus dem Schmelzofen gekommen ist«, fuhr der Mann auf dem Handwagen fort.

Anna behielt Thomsen über eine Stunde im Auge. Schließlich entfernte er sich ein wenig von den Arbeitern und zündete sich eine Pfeife an. Mit wenigen Schritten war sie bei ihm. Sein Gesicht war rot, und die tiefen Furchen seiner Wangen endeten in einem Bart. »Wo zum Teufel kommen Sie her?«, brüllte er.

»Ich …« Aber er unterbrach sie.

»Unbefugte haben hier keinen Zutritt. Die Arbeit ist gefährlich.«

»Das ist mir klar, aber ich muss Sie etwas fragen. Es geht um

Leben und Tod.« Anna hielt den Zeitungsausschnitt bereits in der Hand. »Kennen Sie diesen Mann?« Sie deutete auf das Foto.

Der Mann nahm Anna den Zeitungsausschnitt aus der Hand und hielt ihn mit ausgestrecktem Arm vor die Augen. »Ja. Er war einige Nächte hier, doch nur sehr gelegentlich. Seinen Namen weiß ich nicht.«

»Glauben Sie, dass hier jemand seinen Namen weiß?«

»Das bezweifle ich, aber jetzt muss ich gehen, und Sie dürfen hier nicht bleiben.«

Draußen hatte der Wind weiter aufgefrischt, und eine Plane hatte sich teilweise von einem Bretterstapel losgerissen und flatterte ganz fürchterlich. Sie kämpfte sich durch den Wind, durch das Tor und zu den Booten. Wie unruhige Tiere rissen sie an ihren Vertäuungen. Der Kai war menschenleer, und Anna kehrte zum Pförtnerhaus zurück. Unter dem Vordach war sie ein wenig geschützt und konnte den Kai im Auge behalten. Ihr blieb nichts anderes übrig, als zu warten. Sie setzte sich in die Hocke und versuchte zu dösen, aber es fiel ihr schwer, zur Ruhe zu kommen. Sie wusste nicht, wann die Nachtschicht endete und ob sie es bis um sechs zu Rubens schaffen würde. Wenn sie zu spät kam und der Meister schlechte Laune hatte, hatte das zur Folge, dass man ihr einen halben Tageslohn abziehen oder sie, noch schlimmer, feuern würde. Ihr fröstelte vom Stillsitzen, und sie begann, die wenigen Schritte unter dem Vordach hin und her zu gehen. Sie stellte sich vor, wie Johannes mit den anderen Arbeitern durchs Tor gegangen war. In welcher Werkstatt er wohl gearbeitet hatte? Anna ging wieder in die Hocke, bekam aber von der unbequemen Stellung einen Krampf in den Waden. Sie zog den Zeitungsausschnitt aus der Innentasche und erhob sich. Unter einer kleinen Gaslaterne neben dem Vordach begann sie, das Foto der Männer zu betrachten, konnte ihm aber keine Geheimnisse entlocken. Sie lehnte sich an die Mauer und starrte weiter auf das

Foto. Unter dem Foto stand der Name des Fotografen: »A. Hansen«. Am Ende des Artikels fand sich der Name des Journalisten: »N. Rosenberg«. War es vorstellbar, dass einer der beiden die Namen der Männer notiert hatte? Vielleicht hatte Johannes dieses Detail vergessen und deswegen nicht erwähnt? Sehr wahrscheinlich wirkte das leider nicht, aber was blieb ihr sonst? Auf der Werft kam sie nicht weiter.

Endlich tauchten die Arbeiter aus der Dunkelheit auf und kletterten in die Boote.

»Unglaublich! Arbeiten neuerdings auch Frauen in der Nachtschicht?«, rief einer. Einige Männer lachten, doch die meisten waren still. Anna antwortete nicht, und der Mann, der gerufen hatte, half ihr an Bord. Die Zahl der Männer war so gering, dass nur ein Boot benötigt wurde. Allein schon in der Schiffsbauerwerkstatt waren viel mehr Arbeiter gewesen. Blieben die etwa auf der Insel? Sie erhielt einen Platz mitten im Boot zwischen zwei stämmigen Männern. Kurz vor dem Ablegen kam es zu einem Streit. Offenbar galt die Regel, dass diejenigen rudern mussten, die als Letzte kamen, aber es herrschte Uneinigkeit darüber, wer diese Letzten waren. Wenig später ergriffen dann doch zwei Männer die Ruder. Sie waren noch nicht weit von der Mole entfernt, als der Wind begann, die Schaumkronen von den kleinen Wellen der kabbeligen See zu peitschen, und die Luft war nass und salzig. Das Boot bahnte sich seinen Weg durchs Wasser, und die Ruderer mussten sich sehr ins Zeug legen. Der Mond war aufgegangen und warf seinen kalten Schein in einem Streifen auf das unruhige Meer. Wie eine erleuchtete Straße in einer sonst dunklen Stadt. Der Mann rechts von Anna hatte sein Gesicht in die Hände gelegt und schlief, aber der Mann links war wach, und Anna spürte seine Hand auf ihrem Mantel. Sie versuchte, näher an den Schlafenden heranzurücken, doch der andere legte einen Arm um ihre Taille. *Was sollte das?* Sie saß stocksteif da und wagte nicht, sich zu bewegen.

Dann war er plötzlich mit seinem Gesicht ganz nah an ihrer Wange. Mit einem raschen Ruck befreite sie sich von seinem Arm und stieß dabei den Schlafenden an. Dieser erwachte mit einem Brummen. Der Zudringliche murmelte etwas, zog seinen Arm dann aber zurück.

Beim Zollamt halfen ihr ein paar Männer an Land. Am Gebäude hing eine Uhr, und Anna sah, dass es Viertel nach drei war. Nicht mehr genug Zeit zum Schlafen, aber sie würde es noch nach Hause schaffen, bevor sie bei Rubens erscheinen musste. Die Männer verschwanden rasch aus ihrem Blickfeld. Auf dem ersten Stück des Weges hatte sie den Wind im Rücken, und ihr nasser Rock klebte an ihren Beinen. Als sie um die Ecke der Amaliegade bog, die windgeschützter lag, wurde es einfacher. Die Stadt war still und ausgestorben, die Straße dunkel, und die Gaslaternen waren einsame kleine Lichtpunkte, die kaum etwas auszurichten vermochten. Nur das Geräusch ihrer Schritte und der Wind, der um die Hausecken pfiff, waren zu hören. Sie wollte zum Kongens Nytorv, weil sie hoffte, dass dort bald die erste Pferdebahn fuhr. Der Wind hatte das Laub zu Haufen zusammengefegt, und es raschelte, wenn sie es aufwirbelte. Plötzlich hörte sie ganz leise ein anderes, ungewöhnliches Geräusch. Das Geräusch von Holz auf Pflasterstein. Anna schaute über ihre Schulter, konnte aber in der Dunkelheit nichts erkennen. In ihrem Kopf pochte es, und sie spitzte die Ohren aufs Äußerste. Das Geräusch näherte sich, ein dumpfes Klopfen, das aus mehreren Richtungen gleichzeitig zu kommen schien. Zwischendurch wurde es vom Wind fast ganz verschluckt, kehrte dann aber immer wieder. Sie beschleunigte ihre Schritte und schnappte nach Luft. *Woher in aller Welt konnte Holzbein wissen, dass sie auf der Refshaleøen gewesen und ausgerechnet mit diesem Boot zurückgekehrt war? Hatte etwa jemand das Zollamt bewacht? Oder sie gar von Rubens aus verfolgt?* Sie begann zu laufen und wünschte sich, bereits am Nyhavn zu sein.

Dort mussten irgendwelche Schenken liegen, die noch geöffnet waren. Auch wenn alle betrunken waren, konnte ihr Holzbein nichts anhaben, wenn sie von Menschen umgeben war. Anna hatte das Gefühl, dass das dumpfe Klopfen immer lauter wurde. Oder war es nur das Pochen in ihrem Kopf? Plötzlich stürzte etwas auf sie zu und schlug vor ihr auf der Straße auf. Sie riss die Arme hoch, um ihren Kopf vor einem Schlag zu schützen, doch dieser blieb aus. Vor ihr lag ein großer Ast, der von einem Baum hinter der Mauer, die den Bürgersteig flankierte, herabgefallen war. Sie musste den Ast mit beiden Händen packen, weil er so schwer war. Das Geräusch war jetzt direkt hinter ihr, und jeder Aufprall hallte in ihrem Kopf wider. Sie drückte sich an die Mauer und hielt den Ast schützend vor sich hin. *Hatte Gott doch noch Mitleid mit ihr gehabt und ihr eine Waffe geschickt?* Sie stand reglos wartend da und überlegte, wohin sie zielen sollte. Ein fester Schlag auf den Kopf war sicher das Beste. Da tauchte eine Gestalt aus der Dunkelheit auf, aber seine Gangart war nicht so ungleichmäßig wie die von Holzbein. Der Mann war außerdem viel kleiner und trug einen Tornister auf dem Rücken. Sie ließ den Ast sinken. Er ging an ihr vorbei, ohne sie zu bemerken. An den Füßen trug er riesige Holzschuhstiefel, und der eine klang wie ein Holzbein.

48

Kopenhagen, Donnerstag, den 15. Oktober

»FÜR EINE ANZEIGE IST es leider zu spät, Fräulein.« Der Mann war groß und so gebeugt, dass es fast so aussah, als hätte er einen Buckel. Sie stand nun schon zum zweiten Mal in der Redaktion des *Socialdemokraten* in der Nørregade. Am Abend zuvor hatte sie vor verschlossenen Türen gestanden. Dem Raum war noch deutlich anzumerken, dass sich hier einmal eine Schenke befunden hatte. An der Fassade stand noch: »Der goldene Schlüssel«. Ein Geruch von altem Bier und Tabakqualm hing in der Luft, und an der einen Wand stand der Tresen.

»Es geht nicht um eine Anzeige, ich …« Weiter kam Anna nicht.

»Redakteur Wiinblad hat schon Feierabend.«

»Ich suche aber Herrn Rosenberg.«

»Hier bin ich.« Ein jüngerer Mann mit dunklem Backenbart und zurückgekämmtem Haar streckte seinen Kopf hinter einer provisorischen Zwischenwand hervor. »Was wollen Sie von mir?«

Anna hielt den Zeitungsausschnitt bereit. »Haben Sie diesen Artikel geschrieben?«

»Ja.«

»Ich versuche, diesen Mann zu finden.« Sie deutete auf das Foto. »Es ist äußerst wichtig.«

»Ach.« Er zupfte sich am Kinn, das einen dunklen Schatten von Bartstoppeln aufwies. Sie war sich nicht sicher, ob er nicht gar ein wenig lächelte. »Darf ich mir erlauben zu fragen, warum?«

»Möglicherweise war er Zeuge eines Verbrechens, für das mein Bruder unschuldig zu lebenslänglich verurteilt worden ist. Er sitzt jetzt in Vridsløselille ein. Dieser Mann hat meinen Bruder am Abend des Verbrechens nach Hause begleitet und könnte etwas gesehen haben.«

»Hat die Polizei ihn nicht verhört?«

»Ich glaube nicht.«

»Tja …« Er schien einen Augenblick nachzudenken. »Seltsam, dass Sie fragen. Eigentlich hatte ich vor, ein paar Zitate der Arbeiter auf dem Foto zu bringen, doch dazu kam es nicht. Aber einige der Namen habe ich tatsächlich aufgeschrieben. Es fragt sich allerdings, ob ich den Zettel noch habe. Nehmen Sie einen Augenblick Platz.«

Anna starrte fasziniert auf seine Hände, die in den vielen Papierstapeln auf seinem Schreibtisch wühlten. Er schob seine Schreibmaschine hin und her, obwohl man sehen konnte, dass nichts darunterlag. »Diesen Zettel muss ich beim Aufräumen weggeworfen haben. Die Redaktion ist gerade erst umgezogen. Es tut mir leid.«

Sie spürte einen Kloß im Hals und fand, dass er nicht systematisch genug gesucht hatte. Sie musste sich räuspern, um wieder etwas sagen zu können. »Sind Sie sich wirklich ganz sicher?«

»Einen kleinen Moment noch.« Er setzte sich, starrte einen Augenblick vor sich hin, erhob sich dann und ging zu einer Kommode mit unzähligen kleinen Schubladen, die er eine nach der anderen öffnete. Annas Hände fühlten sich schweißnass an, obwohl es kalt im Zimmer war. Sie waren allein, der Mann mit dem gebeugten Rücken war gegangen. Abgesehen von dem Geruch nach altem Bier und kaltem Tabakrauch, war da noch etwas anderes. Wenn Staub einen Geruch gehabt hätte, dann diesen, aber vermutlich waren es die Zeitungen, die überall herumlagen. Sie betrachtete seinen Rücken. Er ging in die Hocke und zog die untersten Schubladen heraus. Sie schloss die Augen. Eine Stimme schrie in ihr. *Schau richtig nach, Mann, finde diesen Zettel endlich!* Als sie die Augen wieder öffnete, erhob er sich und fing mit den obersten Schubladen nochmals von vorne an. Sie durfte ihm nicht zuschauen, das machte alles nur noch schlimmer. Wieder schloss sie die Augen und sah Johannes mit einem Pferd am Halfter auf sich zukommen. Er lächelte spöttisch, und seine Augen leuchteten, aber dann veränderte sich sein Gesicht, sein Lächeln erlosch, und sein Blick wurde fahl. Als sie ihre Augen wieder öffnete, hielt Rosenberg ein kleines Stück Papier in die Höhe. »Da hatten Sie aber Glück. Der Zettel lag beim Foto.« Er trat an den Tisch und legte den Zettel neben den Zeitungsausschnitt. »Mal sehen. Dritter von links. Eskild Petersen. An den erinnere ich mich in der Tat noch gut, es war ihm ganz wichtig, in die Zeitung zu kommen. Sie wissen schon, so ein Übereifriger, von dem man ziemlich bald genug hat. Mich interessierten die fest angestellten Arbeiter mehr. Im Übrigen hat der Artikel für ziemlichen Wirbel gesorgt. Aber so ist es immer, wenn man den Nagel auf den Kopf trifft. Die Direktion von B & W hat sich an die Redaktion gewandt und behauptet, meine Beschreibung sei erlogen. Unfassbar. Man muss doch da nur hingehen, dann sieht man gleich, was los ist.«

»Da muss ich Ihnen recht geben. Wissen Sie denn, wo dieser Eskild Petersen wohnt?«

»Nein. Oder vielleicht. Er hat immer wieder gesagt, dass wir mal über so jemanden wie ihn schreiben müssten. Er sei Tagelöhner und komme aus dem übelsten Viertel der Stadt.«

»Aus der Borgergade?«

»Nein. Die Borgergade war es nicht. Ich meine, dass eine Stadt im Straßennamen vorkam.«

»Helsingørsgade?«

»Die könnte es gewesen sein, ich bin mir aber nicht sicher. Doch hören Sie, wenn es Ihnen gelingt, den Burschen zu finden und Ihren Bruder freizubekommen, dann schreibe ich gerne darüber.«

Sie wollte sich sofort auf den Weg in die Helsingørsgade machen. Wenn er immer noch dort wohnte, musste ihn jemand kennen. Natürlich gab es viele Straßen in Kopenhagen, die nach einer Stadt benannt waren, aber Johannes hatte gesagt, dass der Bursche, der ihn begleitet habe, in der Nähe gewohnt habe. Im Borgergade-Viertel gab es nur eine Straße mit einem Städtenamen, die kleine Helsingørsgade zwischen der Borgergade und der Adelgade. Dort hatte sie in ihrer ersten Nacht in Kopenhagen übernachtet.

Den Weg dorthin legte sie schnell zurück. Ihre Beine waren nicht mehr so schwer wie auf ihrem Marsch von Rubens zur Redaktion in der Nørregade. Sie kam an der Schenke vorbei, auf deren Speicher sie übernachtet hatte, als sie Dagmar nach ihrer Niederkunft betreute. Sie fühlte sich in dem Viertel nicht so heimisch, wie sie es in Uldum getan hatte, aber auch nicht so ausgeliefert wie zu Anfang. Die Helsingørsgade war kurz, aber es gab viele Haustüren und Hinterhäuser. Die Bewohner kannten sich vermutlich, sie würde ihn also finden, falls er wirklich hier wohnte. Sie musste nur beharrlich genug sein und systematisch vorgehen. Sie klopfte an eine Haustür nach der anderen, aber niemand schien Eskild Petersen zu kennen, auch nicht, wenn sie das Foto vorzeigte. Ein Mann zuckte mit den Achseln, und sie glaubte schon, dass er etwas sagen würde, da rief eine Frau etwas Unverständliches aus der Wohnung, und der Mann knallte ihr die Tür vor der Nase zu. *Seltsam, sie war sich sicher, dass er beim Anblick des Fotos genickt hatte.* Als sie das Haus verließ, hielt sie ein wenig auf der Straße inne und betrachtete die Passanten. Johannes' Gesicht ließ sich nicht mehr vor ihrem inneren Auge heraufbeschwören. Ein trauriges Gefühl des Verlassenseins umfing sie wie ein kalter, nasser Mantel. *Sollte sie einfach aufgeben und nach Hause gehen? Nein, verdammt, irgendjemand in dieser elenden Straße musste Eskild Petersen kennen.* Sie lenkte ihre Schritte zum nächsten Hinterhof. Es war dunkel, und sie fiel beinahe über einen Leiterwagen, der in der Durchfahrt stand. Im Erdgeschoss öffnete eine magere Frau mit eingefallener Brust. »Das ist Esse«, sagte sie, als ihr Anna den Zeitungsausschnitt zeigte. »Aber warum wollen Sie das wissen?«

»Ich muss ihn finden, weil ich ihn etwas Wichtiges fragen muss.«

»Sind Sie von der Polizei?«

»Nein. Sehe ich so aus?«

»Nein. Aber die Polizei hat Leute in Zivil, wenn sie herumschnüffeln.«

»Auch Frauen?«

»Das kann man nie wissen.«

»Erkennt ihn deswegen nie jemand?«

»Ganz sicher. Esse kennen alle, aber er wohnt nicht mehr hier. Inzwischen wohnen, glaube ich, andere Leute in seiner Wohnung. Seine Schwester ist auch weggezogen.«

»Hat er mit seiner Schwester zusammengewohnt?«

»Ja. Der Vater starb. Die Mutter ist bei einem anderen Mann eingezogen. Dann waren nur noch die beiden übrig.«

»Und Sie haben keine Ahnung, wo sie sich jetzt aufhalten?«

»Wo Esse ist, weiß ich nicht, aber Caroline, also die Schwester, ist bei feinen Leuten in der Bredgade in Stellung.«

»Und wo in der Bredgade?«

»Das weiß ich nicht.«

»Wie sieht die Schwester aus?«

»Was soll denn diese Frage? Sie ist eine ganz gewöhnliche junge Frau.« Die Frau machte Anstalten, die Tür zu schließen.

»Sie müssen entschuldigen, dass ich so aufdringlich bin, aber mein Bruder sitzt im Gefängnis für etwas, was er nicht getan hat …«

»Hat Caroline etwas damit zu tun?«, unterbrach Anna die Frau.

»Nein. Aber ihr Bruder hat vielleicht etwas gesehen, ich muss also mit ihm sprechen. Ich glaube nämlich nicht, dass mein Bruder die Haft überlebt.«

»Ich habe gehört, dass sie mit einem Bäckerlehrling aus einer Konditorei in der Bredgade zusammen ist, ich weiß aber nicht, ob das stimmt.«

49

Kopenhagen, Sonntag, den 18., bis Montag, den 19. Oktober

Die Konditorei Grandjean lag am Ende der Bredgade direkt am Nyhavn. Hier musste es sein, denn Anna war die ganze Straße entlanggegangen und hatte keine andere Konditorei entdecken können. Obwohl es Zeit für den Gottesdienst war und ein Streifen dunkler Wolken vom Meer aufzog, gingen die Leute in ihren Sonntagskleidern spazieren. Es waren drei Tage vergangen, seit sie sich mit der Frau in der Helsingørsgade unterhalten hatte, aber an Wochentagen war die Konditorei nur geöffnet, während Anna arbeiten musste. Der Meister behielt sie im Auge, und sie befürchtete, gefeuert zu werden, wenn sie ein weiteres Mal zu spät kam. Durch die Scheibe sah sie, dass die Konditorei sehr gut besucht war. Natürlich nur feine Leute, normale Menschen gingen woandershin. Sie wollte abwarten, bis weniger Kunden in der Konditorei waren, denn es widerstrebte ihr, sich den abschätzigen Blicken der feinen Damen auszusetzen. Das war noch schlimmer, als ins Hankatten zu gehen. Das Gebäck im Schaufenster lag auf großen Etageren. Sie hatte das Gefühl, zum Kauf verpflichtet zu sein, um nach Caroline fragen zu können. Das Blätterteiggebäck mit Pudding und Sahne sah sehr einladend aus, war aber teuer, und viele kleinere Gebäckstücke hatten ausländische Namen, die sie nicht aussprechen konnte. Sie behielt die Kundinnen im Auge, jetzt befanden sich nur noch ein paar wenige im Ladenraum. Sie öffnete die Tür, nachdem die letzte Dame bedient worden war.

»Ein Blätterteigteilchen ohne Sahne.« Sie legte das Geld auf die hohe Glasvitrine, die auch als Ladentresen diente. »Kennen Sie vielleicht Caroline Petersen? Sie arbeitet als Dienstmädchen in dieser Straße.«

»Soll ich jetzt auch noch alle Dienstmädchen dem Namen nach kennen?« Das Gesicht der Frau hatte die Form und Farbe eines Eis.

»Sie kennt einen jungen Mann, der hier arbeitet.«

»Einen jungen Mann?«, wiederholte die Verkäuferin.

»Ja. Es ist sehr wichtig.«

Die Frau verschwand wortlos im Hinterzimmer und kehrte wenig später mit einem blonden Burschen mit rotem, pockennarbigem Gesicht zurück. »Caroline wohnt auf dieser Straßenseite ein paar Häuser weiter. Über der Haustür hängt eine Uhr. Es ist im dritten Stock rechts«, sagte er. »Ist etwas passiert?«

»Nein, ich versuche, ihren Bruder zu erreichen.« Anna nahm die Papiertüte mit dem Gebäck und eilte wieder auf die Straße. Unglaublich, wie schnell es plötzlich gegangen war und dass sie sich jetzt auf dem Weg zu der Schwester befand.

Caroline öffnete. Sie trug das Haar in einem festen Knoten, und ihre weiße Rüschenschürze hatte keinen einzigen Fleck. Anna brachte ihr Anliegen vor.

»Kommen Sie lieber rein, wir können hier nicht im Treppenhaus stehen.«

Das Entree erinnerte an ein kleines Büro. An der Wand stand ein Schreibtisch aus Mahagoni mit Schreibzeug und einer Menge Nippes. Durch eine offene Tür sah Anna ein großes Wohnzimmer mit einer Tapete in dunklen Farben und Gold sowie schweren Vorhängen mit Troddeln.

»Ich muss das Essen im Auge behalten, die Köchin ist in der Kirche«, sagte Caroline. Der Weg in die Küche führte durch einen Gang mit Anrichte, auf der einheitlich geblümtes Porzellan aufgereiht stand. Die Küche war dunkel, und über dem Tisch brannte eine Lampe. »Ich darf keinen Besuch empfangen, die Herrschaft legt eine Visite ab und kann bald zurück sein.« Sie nahm den Deckel vom Topf und rührte mit einem Löffel um.

Ein süßlicher, würziger Duft verbreitete sich. »Meinen Bruder können Sie nicht treffen. Er hat sich nach Amerika eingeschifft.«

Ein gellender Ton hallte in Annas Ohren wider wie ein innerlicher Schrei, aber erst kam kein Laut über ihre Lippen.

»Das darf nicht wahr sein.« Ihre Kehle war wie zugeschnürt, und es fiel ihr schwer, die Worte auszusprechen.

»Ja. Er ist im März aufgebrochen. Eines Tages kam er nach Hause und hatte eine Fahrkarte gekauft. Noch vor Ende der Woche war er weg.«

»Aber warum?«

»Vermutlich hatte er Lust, mal was anderes auszuprobieren. Ist das so abwegig?«

Der schrille Ton in Annas Kopf ließ nicht nach, und es fiel ihr schwer, ihre eigene nächste Frage zu hören. »Hat er irgendwann einmal einen Überfall erwähnt?«

»Nein, von einem Überfall war nie die Rede.«

»Ich begreife nicht ganz, wie er sich so eine Fahrkarte leisten konnte. Hatte er das Geld gespart?«, fuhr Anna fort.

Caroline wischte den Küchentisch ab. Sie hatte Anna keinen Stuhl angeboten. »Keine Ahnung. Das muss er wohl getan haben. Warum fragen Sie?« Sie presste die Lippen aufeinander.

»Weil ich weiß, dass die Fahrkarte teuer ist.«

»Wenn es Sie so sehr interessiert, können Sie ihn ja selbst fragen.«

»Wie denn, Sie haben doch gesagt, dass er in Amerika ist?«

»Es gibt ja Briefe und Telegramme. Er hat mir eins geschickt, als er drüben an Land gegangen war. Das hatte er mir versprochen.«

»Man kann also ein Telegramm den ganzen Weg bis nach Amerika schicken?«, fragte Anna.

Caroline verdrehte die Augen. »Wenn Sie mir nicht glauben, zeige ich es Ihnen, doch dann müssen Sie gehen.« Sie holte ein mit Muscheln beklebtes Kästchen aus ihrer Kammer und zog das Telegramm daraus hervor. Der Text war sehr kurz. Er sei angekommen und werde später schreiben.

»Und hat er geschrieben?«, fragte Anna.

»Ja. Einmal. Esse hat es nicht so mit den Buchstaben.« Sie wühlte in dem Kästchen und fand den Brief.

»Und was steht da drin?«

»Das geht Sie zwar nichts an, aber wenn Sie es unbedingt wissen wollen, erzählt er, dass er im Hafen arbeitet, jedoch in eine andere Stadt ziehen will.« Sie öffnete den Umschlag, nahm den Brief heraus und steckte ihn in die Schürzentasche. Den Umschlag reichte sie Anna. »Hier steht die Adresse, an die Sie schreiben können, behalten Sie den Umschlag, aber Sie müssen sich beeilen, bevor er weiterzieht. Bitte gehen Sie jetzt.«

Annas Hände zitterten. Sie musste den Umschlag auf den Tisch legen. Ja, die Adresse war mit großen Druckbuchstaben geschrieben und gut lesbar.

Draußen fielen die ersten schweren Regentropfen. Der Wind hatte aufgefrischt. Sie hielt ihr Gesicht in den Regen. Diese anstrengende, lange Suche, und jetzt war der Bursche in Amerika. Schlimmer hätte es kaum kommen können. Der schrille Ton hatte sich in ein dumpfes Rumpeln verwandelt, als würde ihr Körper langsam aufgeben. Als Johannes den Hof verloren hatte, war es ihr genauso ergangen. Eine entsetzliche Vorahnung hatte sie ergriffen, dass dieses Ereignis nur Unglück mit sich bringen könne. Warum hatte sie nie auch nur den kleinsten Erfolg? Natürlich würde sie diesem Esse schreiben, aber die Wahrscheinlichkeit, dass er antwortete, war äußerst gering.

Als sie zu Hause in Vesterbro eintraf, war sie so durchnässt, dass sie ihr Kleid ausziehen und trockene Lumpen in ihre Stiefel stopfen musste. Dagmar lag unter der Decke auf dem Bett. »Bist du krank?« Anna setzte sich auf die Bettkante.

»Ich glaube, die Kinder haben mich angesteckt.« Dagmars

Schwester arbeitete in einer Wäscherei, doch in den letzten Tagen waren ihre Kinder krank gewesen, und Dagmar hatte sie hüten müssen. »Im Topf ist etwas Kaffee. Könntest du ihn aufs Feuer stellen?«

Nachdem Anna den Kaffee aufgewärmt hatte, stellte sie Tassen und den Topf auf den Tisch und schob diesen vorsichtig ans Bett. Das Gebäck legte sie auf die Papiertüte aus der Konditorei. Dagmar setzte sich im Bett auf. »Wo hast du das her?« Sie deutete auf das Gebäck.

Anna erzählte von ihrem Besuch bei Caroline. Anschließend zerteilte sie das Gebäck und reichte Dagmar die eine Hälfte. »Sie haben echte Butter verwendet, und die Rosinen scheinen auch ganz frisch zu sein.«

Anna nickte.

»Verdammt noch mal. Dass er ausgerechnet jetzt nach Amerika abhauen musste. Damit ist dein Zeuge weg«, fuhr Dagmar fort.

»Ich weiß. Das ist wirklich ein Unglück. Ich hatte so sehr gehofft, Johannes eine gute Nachricht überbringen zu können.«

»Ehrlich gesagt kommt es mir merkwürdig vor, dass er schwuppdiwupp genug Geld hatte, um zu verschwinden«, meinte Dagmar.

»Ja, nicht wahr! Er hatte doch nicht mal eine feste Arbeit. Könnte er das Geld gestohlen haben? Laut Caroline schien er die Reise auch nicht geplant zu haben. Aber jetzt schicke ich ihm ein Telegramm, was bleibt mir anderes übrig?« Sie zog den Umschlag aus der Innentasche ihres Mantels. Dagmar beugte sich vor, und sie lasen den Absender zusammen: »Eskild Petersen, poste restante, City Hall Post Office, New York City, United States of America.«

»Bist du dir sicher, dass das auch eine Adresse ist?«, fragte Dagmar.

»Das muss so sein. Er hat seiner Schwester geschrieben, dass sie ihre Briefe dorthin schicken soll.«

Anna lieh sich bei ihren Vermietern Feder und Tinte aus. Sie wollte das Telegramm vorschreiben und am nächsten Tag abschicken. Dagmar meinte, sie könne es ins Postamt in der Købmagergade bringen, falls es ihr am nächsten Tag besser gehen sollte. Anna schüttelte die Krümel aus der Gebäcktüte. Das Papier war etwas fettig, eignete sich aber durchaus als Kladde. Sie setzte sich an den Tisch. Sie wusste, dass jedes Wort Geld kostete, doch sie musste ihm unbedingt deutlich machen, wie ernst die Situation war. Es dauerte einige Zeit, bis sie mit der Formulierung zufrieden war.

Am nächsten Morgen ging es Dagmar schlechter. Sie war heiß wie ein Bügeleisen. »Kann das Telegramm nicht warten?«, murmelte sie.

»Nein, das muss heute noch aufgegeben werden. Ich erledige das in der Mittagspause.«

»Wenn du eine Droschke nimmst, müsstest du es schaffen. Das Haushaltsgeld liegt in meiner Schürzentasche. Aber glaubst du wirklich, dass es das wert ist?«

»Keine Ahnung, doch was bleibt mir schon übrig?«

Anna holte die Geldbörse. Es würde für die Droschke und das Telegramm reichen, wenn sie das Geld, das sie selbst besaß, dazulegte. In der Küche hatten sie noch eine Tüte Haferflocken und ein paar Kartoffeln. Das musste reichen, bis sie am Freitag wieder ihren Lohn bekam.

Die Droschke brachte Anna zum Postamt in der Købmagergade. Drinnen war es warm, und vor allen Schaltern standen Leute Schlange. Offenbar nutzten viele ihre Mittagspause, um etwas zu verschicken. Kurz erwog sie aufzugeben, weil sie einfach nicht genug Zeit hatte. Aber dann stellte sie sich doch in die kürzeste Reihe und behielt die Uhr an der Wand im Auge. Sie konnte es nicht riskieren, gefeuert zu werden, doch das Telegramm *musste* weg, bevor Eskild Petersen in eine andere Stadt umzog. Die Schlange bewegte sich nur langsam vorwärts. Eine Frau mit einer großen

Handtasche stellte dem Mann hinter dem Schalter unzählige Fragen. Anna schwitzte. Wenn sie nicht innerhalb weniger Minuten an die Reihe kam, musste sie aufgeben, und das Geld für die Droschke war vergeudet. Endlich war die Frau fertig. Jetzt stand nur noch ein älterer Mann vor ihr. Sie versuchte, nicht auf die Uhr zu starren, und betrachtete stattdessen die Umgebung. Über den Schaltern wölbte sich die Decke in mächtigen Bögen. Der ältere Herr kaufte nur ein paar Briefmarken und war rasch fertig.

»Ich möchte ein Telegramm nach Amerika schicken.« Diesen Augenblick hatte sie gefürchtet. Wenn es sich jetzt zeigte, dass man Telegramme nur in die eine Richtung schicken konnte, also von Amerika nach Dänemark? Alles war dort drüben ja so groß und so neu. Der Mann am Schalter blieb ganz gelassen. Er schnäuzte wiederholt in ein großes, schmuddeliges Taschentuch und reichte ihr ein Formular, das sie ausfüllen musste. Sie holte tief Luft und trocknete ihre feuchte Hand am Mantel ab. Den Entwurf auf der Papiertüte hatte sie zur Hand und schrieb ihn rasch in ihrer schönen, gleichmäßigen Handschrift ab.

»Wissen Sie etwas über einen Überfall in der Borgergade, in der Kellerwohnung des Hinterhauses, in der Nacht vom 14. auf den 15. März? Sie haben meinen Bruder Johannes nach Hause begleitet. Er wurde unschuldig verurteilt. Ich bitte Sie inständig.«

Der letzte Satz fehlte in ihrem Entwurf und war aus einer Eingebung heraus entstanden. Dann überreichte sie das Formular dem Schalterbeamten, der sogleich begann, die Worte zu zählen. Er hatte das Formular bereits auf ein Tablett gelegt, als er ihr den Preis nannte. Es waren drei Öre mehr, als sie zahlen konnte, weil sie auch noch eine Droschke zurück in die Fabrik nehmen musste. Dabei hatte sie doch nur das Allernotwendigste geschrieben. »Ich … ich glaube, mir ist ein Fehler unterlaufen. Könnten Sie mir das Formular bitte noch einmal zurückgeben?«

Der Schalterbeamte sah Anna müde an. »Sie können das Geschriebene nicht korrigieren, sondern müssen ein neues Formular ausfüllen. Aber dann müssen Sie sich wieder hinten anstellen.«

Sie drehte sich um. Die Schlange war lang. Das würde zu viel Zeit kosten. Ihre Kehle war wie zugeschnürt. Eine korpulente Frau stieß sie an. »Jetzt bin ich an der Reihe. Haben Sie nicht gehört, was der Mann gesagt hat?«

Anna stellte sich notgedrungen wieder hinten an. Was blieb ihr schon übrig? Sie überlegte, ob sie sich eine Geschichte ausdenken sollte, mit der sich eine Verspätung entschuldigen ließ, *aber würde das nicht alles nur noch schlimmer machen?* Also stellte sie sich vor, dass Johannes neben ihr stand, und sie spürte seine Hand fast in ihrer. »Wir schaffen das«, würde er sagen. »Gleich bist du wieder an der Reihe, aber du musst genau wissen, welche Wörter weggelassen werden sollen.«

Sie zog den Entwurf aus der Tasche und änderte ihn im Kopf.

»Wann erreicht dieses Telegramm den Empfänger?« Endlich war sie wieder an die Reihe gekommen und hatte rasch das neue Formular ausgefüllt.

»Es geht heute am Nachmittag ab und wird dann über England und das transatlantische Kabel versandt. Das dauert nicht lang, aber ich sehe, dass Sie eine Poste-restante-Adresse angegeben haben. Da kommt es sehr darauf an, wann der Empfänger seine Post beim Postamt abholt.«

Nachdem sie bezahlt hatte, drängte sie sich an den Leuten vorbei auf die Købmagergade. Jetzt hatte sie es eilig, aber keine Droschke war in Sicht. Sie rannte los, doch erst an der Nørre Voldgade ergatterte sie einen Wagen. Den ganzen Weg durch die Stadt bis zu Rubens saß sie regungslos da und wagte es nicht, auf die Uhren zu schauen, an denen sie vorbeifuhren. Ihre Verspätung betrug zehn, vielleicht elf Minuten. Der Meister war nirgends zu sehen, aber der Färbergeselle stand bei den Tonnen mit dem Bleichmittel. »Wo waren Sie denn?«

»Hier, ich meine, auf dem Örtchen.«

Er antwortete nicht, sondern drehte sich um und ging. Würde er sie beim Meister verpfeifen? Das würde sie erst am Freitag erfahren, wenn der Lohn ausbezahlt wurde.

50

Kopenhagen, Freitag, den 23. Oktober

Anna leerte die Tüte Haferflocken in den Topf. Es würde gerade mal für zwei kleine Breiportionen reichen. Da Dagmar immer einkaufte, konnte nur sie beim Krämer anschreiben lassen, aber sie war nun schon eine Woche lang krank, und sie hatten sich eigentlich von nichts anderem als Brei und Kartoffeln ernährt. Aber heute war Freitag, und Anna würde nach der Arbeit ihren Lohn erhalten. Möglicherweise wurde ihr mit der Lohntüte allerdings auch das Kündigungsschreiben ausgehändigt. Der Meister hatte zwar nichts gesagt, doch das wollte nichts heißen. Vielleicht genoss er bereits den Gedanken an die Katastrophe, die über sie hereinbrechen würde.

Dagmar saß in ihrer Kammer auf der Bettkante. Ihr Haar hing in fettigen Strähnen herab, aber es ging ihr ein wenig besser. »Ich will mal sehen, was ich dem Krämer noch entlocken kann. Morgen haben wir doch wieder Geld, nicht wahr«, meinte sie.

Anna nickte und stellte den Brei auf den Tisch. Sie aßen schweigend.

»Ich habe nachgedacht, während ich im Bett lag, Anna«, fuhr Dagmar fort.

»Und zwar worüber?«

»Die Sache mit deinem Bruder ist ja sehr betrüblich, aber

ich bin jedenfalls froh, dass du hier bist und nicht irgendwo in Jütland.«

»Ist das dein Ernst?«

»Ja, denn ich hatte noch nie eine so gute Freundin wie dich, und ich finde, wir haben es schön, selbst wenn es manchmal etwas kümmerlich ist und wir nicht genug zu essen haben. Doch alles wird besser, morgen Abend arbeite ich jedenfalls als Serviererin.«

Anna nahm ihre Hand und drückte sie. »Du hast recht. Uns geht es gut, und morgen nach der Arbeit kann ich dir mit deiner Frisur helfen.«

Sie musste rasch aufbrechen, um nicht zu spät zur Arbeit zu kommen. Es war dunkel und neblig, und der Gestank von Kohlenrauch überdeckte alle anderen Gerüche. Sie hatte noch kein Telegramm von Eskild Petersen erhalten, und je mehr sie darüber nachdachte, desto unwahrscheinlicher erschien ihr eine Antwort. Es war sehr teuer, ein Telegramm zu schicken, und außerdem war es gut möglich, dass er bereits in eine andere Stadt weitergezogen war und ihr Telegramm nie erhalten hatte. Von Johannes hatte sie auch nichts gehört, das konnte sie noch weniger verstehen. Durfte er etwa keine Briefe mehr schreiben?

In einiger Entfernung vor sich erblickte sie eine Menschenmenge. Auf dem Bürgersteig stand eine Karre, auf der ein paar Matratzen, ein Tisch und einige Stühle aufgetürmt lagen. Ein verbeulter Wasserkessel und anderer Hausrat waren mit einem Seil festgebunden. Anna musste auf die Straße ausweichen, um vorbeizukommen. Die Versammlung schwieg wie bei einem Begräbnis, aber die Zwangsräumung einer Familie war vielleicht kein so unähnliches Ereignis.

Sie war als Erste in der Färberei. Die Tauben, einige mehr als sonst, füllten den ganzen Eimer, dafür gab es keine Ratten. Den ganzen Vormittag verbrachte sie bei den Tonnen mit dem Bleichmittel. Scholle erschien nur, um ihr zu sagen, wann sie das

Garn aus der Tonne nehmen sollte. Sie hatte versucht, ihm zu erklären, dass sie das gut selbst einschätzen könne, was er geflissentlich überhörte. Jetzt war Mittagspause, und sie ging nach draußen, um frische Luft zu schnappen. Der Nebel hatte sich gehoben, doch die Luft war noch feucht. Weiter oben ging sicher noch ein Lüftchen, denn der Rauch aus den Schornsteinen stand waagerecht am Himmel. Draußen war es kalt, aber da sie kein Essen dabeihatte, wollte sie sich nicht in den überfüllten Essraum neben dem Websaal setzen. Sie musste sich konzentrieren, um den Hunger in Schach zu halten. Es war nicht erlaubt, sich in den Pausen in der Färberei aufzuhalten, aber es gab ein kleines Kabuff, das Essraum genannt wurde, eine hochtrabende Bezeichnung für diesen fensterlosen Verschlag, der neben der Färberei lag. Zwei Stühle standen darin, sonst nichts. Anna hatte noch nie einen Gesellen dort gesehen, doch ganz offensichtlich wurde hier gewohnheitsmäßig auf den Boden gespuckt. Sie goss Wasser in einen Becher, nahm auf einem der beiden Stühle Platz und trank in kleinen Schlucken, die sie jeweils eine Weile im Mund behielt, damit sie sättigten.

Nach dem Mittagessen wischte sie die Böden der Färberei, was ihre Knie zwar anstrengte, aber immer noch besser war, als ihre Finger in das Bleichmittel zu hängen. In der einen Hand hielt sie ein Messer, um den Taubendreck abzukratzen. Sie war noch nicht lange am Werk, da erschien der Meister mit einem jungen Mädchen, das am anderen Ende der Halle begann, die gleiche Arbeit wie Anna zu verrichten. *War das das Mädchen, das ihre Stelle übernehmen würde, wenn sie selbst am Nachmittag gefeuert wurde?* Der Meister stand rauchend in einer Ecke und betrachtete das Mädchen. Anna hätte gerne mit ihr gesprochen, doch das war ausgeschlossen, solange der Meister zuschaute.

Viele Frauen standen bereits im Lohnbüro, als Anna die Tür öffnete. Die Stimmung war angespannt, als warteten alle auf etwas oder jemanden, einen Verkünder, der erlösende Worte oder die Botschaft, dass alles ein Ende habe, überbrachte. Einige Frauen unterhielten sich leise. Anna nickte in die Runde, etliche Frauen, die im Websaal arbeiteten, kannte sie ein wenig. Das Lohnbüro war kein richtiges Büro, sondern Teil eines Lagers, in das man freitags einen Tisch stellte, an dem heute ein älterer Vorarbeiter saß. Er zupfte unablässig an der losen Haut seines Halses, als würde diese sonst sein Reden behindern. Er rief eine Frau nach der anderen auf, eine langwierige Prozedur, denn die meisten Arbeiterinnen öffneten die Lohntüte und zählten die Münzen, bevor sie im Hauptbuch des Vorarbeiters unterschrieben. Immer wieder traten neue Frauen ein, und schließlich standen alle dicht gedrängt in dem Raum. Anna war unwohl, und sie musste sich immer wieder den Schweiß aus dem Gesicht wischen. Das lag an ihrem Hunger und der Ungewissheit, die an ihr nagte. *Stand sie zum letzten Mal unter diesen Frauen, um sich ihren Lohn auszahlen zu lassen? Was würde passieren, wenn sie tatsächlich die Kündigung erhielt?* Es würde nicht lange dauern, bis Dagmar und sie mit ihren Siebensachen auf der Straße standen wie die Familie heute früh in der Dunkelheit. Das Schlimmste war aber, dass sie nur hier in der Fabrik die Beweise gegen Holzbein und die Leute, die hinter dem Überfall steckten, sammeln konnte.

Eine jüngere Frau mit einem löchrigen Umschlagtuch stand jetzt vor dem Tisch mit dem Vorarbeiter, doch eine Lohntüte gab es für sie nicht. Anna stand schräg hinter ihr und sah, dass ihre Schultern zu zittern begannen. »Wie ist das nur möglich?« Die Stimme der Frau war dünn und irgendwie körnig.

»Ihre Abzüge übersteigen Ihren Lohn, Frau Andersen. Das heißt, dass Sie jetzt Schulden bei der Fabrik haben. Ich muss Sie darauf hinweisen, dass wir, auch wenn Sie Ihre Pflichten nächste Woche erfüllen, Ihre Schulden nächsten Freitag erneut vom Lohn abziehen.« Der Vorarbeiter zog an der schlaffen Haut seines Halses.

»Das kann nicht Ihr Ernst sein, mein Jüngster war krank, und mein Mann …« Weiter kam sie nicht.

»Ihre persönlichen Umstände sind für die Fabrik ohne Belang, machen Sie jetzt bitte der Nächsten Platz.« Er rief einen weiteren Namen auf.

Als Anna endlich an der Reihe war, zitterten ihre Hände so sehr, dass sie sich an der Tischkante festhalten musste. Als ihr der Vorarbeiter die Lohntüte reichte, fiel es ihr schwer, sie zu öffnen. Ganz unten lagen ein paar Münzen, aber kein Kündigungsbescheid.

»Sind Sie sicher, dass Sie sonst nichts für mich haben?«

»Nein, sonst ist da nichts. Wenn Sie so freundlich wären, hier zu unterschreiben.« Er schob das Hauptbuch in ihre Richtung.

Ihre Erleichterung war wie ein lauer Wind, der sie umarmte, allerdings nur kurz. Sie drehte die Lohntüte um und ließ die Münzen in ihre Hand fallen.

»Das muss ein Fehler sein«, sagte sie. »Selbst abzüglich der Strafsumme, die ich im Laufe der Woche angesammelt habe, müsste ich mindestens vier Kronen bekommen, aber das hier sind nur fünfundsiebzig Öre.«

»Das ist der Betrag, der Ihnen nach den Abzügen bleibt.«

»Aber das kann nicht sein. Ich habe es doch ausgerechnet. Der Strafbetrag kann einfach nicht so hoch sein. In den Vorschriften der Fabrik steht, dass pro fünf Minuten Verspätung zehn Öre abgezogen werden, und …« Sie kam nicht weiter.

»Sie brauchen mich über den Wortlaut der Vorschriften nicht zu belehren.«

»Wenn Sie nicht meinen, dass es sich um einen Fehler handelt, dann will ich Ihnen sagen, was das ist. Das ist Diebstahl.« Annas Stimme war klar und deutlich, und sie sah dem Vorarbeiter direkt in die Augen.

Hinter ihr wurde alles still. Der gesamte Raum schien vor

Anspannung zu zittern. Der Vorarbeiter presste die Lippen so fest aufeinander, dass sie ganz weiß wurden, und klopfte mit einem Finger auf das Hauptbuch.

»Ich unterschreibe nichts, bevor ich nicht das fehlende Geld erhalten habe. Niemand kann eine ganze Woche lang mit fünfundsiebzig Öre überleben«, fuhr Anna fort. »Wissen Sie eigentlich, was ein Roggenbrot kostet? Von einem Pfund Speck ganz zu schweigen.«

»Passen Sie auf. Sonst lasse ich Sie wegen Aufsässigkeit feuern.«

Hinter Anna wurde es allmählich unruhig. »So behandelt man keine anständigen Frauen, die hart arbeiten«, war es laut und deutlich von hinten zu vernehmen.

Anna drehte sich um. Die Stimme gehörte einer kräftigen schwarzhaarigen Frau zuhinterst in der Reihe. Anna kannte sie aus dem Speiseraum des Websaals.

Vereinzelt war zustimmendes Gemurmel zu hören, aber die meisten schwiegen. Der Hals des Vorarbeiters hatte rötliche Flecken bekommen. Er klopfte noch immer auf das Hauptbuch. »Ich mache nur meine Arbeit. Wenn Sie mit dem Betrag nicht einverstanden sind, müssen Sie das mit Ihrem Meister besprechen. Er verrechnet die Abzüge. Unterschreiben Sie jetzt bitte. Die anderen hätten auch gerne ihren Lohn.«

Anna zögerte noch einen Augenblick, ehe sie zur Feder griff und unterschrieb. Ärgerlicherweise hatte der Vorarbeiter recht. Der Meister verhängte die Strafen, aber es war ausgeschlossen, sich bei ihm zu beklagen, denn dann würde er sie sicher feuern.

Als sie sich schließlich umdrehte und an den anderen vorbeizwängte, war ihr übel. An der Tür stand die Frau, die gerufen hatte. Sie hatte füllige Wangen und schöne braune Augen. Anna wusste, dass sie Karen hieß. »Hast du Zeit, draußen auf mich zu warten?«, flüsterte sie, als Anna die Tür öffnete.

Draußen war es dunkel, aber der Wind hatte sich gelegt. Anna lehnte sich an eine Mauer, schloss die Augen und versuchte, tief durchzuatmen. Hatte der Meister das junge Mädchen, mit dem er am Nachmittag in die Färberei gekommen war, doch nicht brauchen können? Hatte man sie deswegen nicht gefeuert, sondern nur mit der Geldstrafe belegt? Unter den Kleidern war sie schweißgebadet, und sie fröstelte in der kalten Luft. Immer neue Frauen verließen das Lohnbüro, doch keine blieb stehen, alle eilten Richtung Tor. Dann trat Karen ins Freie. »Das war mutig von dir, das Wort Diebstahl zu gebrauchen. Wir sind fast alle deiner Meinung, aber wir haben Angst, verstehst du.« Sie sah sich um, während sie sprach.

»Es ist nicht so, dass ich nicht auch Angst hätte, aber das ging ja vorhin wirklich zu weit. Und trotzdem ist das nichts im Vergleich zu der Frau, die überhaupt keinen Lohn bekommen hat und jetzt auch noch Schulden bei der Fabrik hat. So etwas müsste verboten sein.«

»In Rubens Tuchfabrik ist alles möglich, wenn du wüsstest, was hier schon passiert ist …« Sie hielt einen Augenblick inne. »Vielleicht sollten wir uns woanders unterhalten. Hier im Dunkeln weiß man nie, wer zuhört.«

Sie folgten dem Rolighedsvej bis zur nächsten Straßenlaterne und hielten dort inne.

»Hier habe ich früher schon mal Kriegsrat gehalten«, meinte Karen und sah sich um.

»Ach ja?«, fragte Anna.

»Und zwar mit Nelly, nachdem ihre Schwägerin bei einem Unfall im Websaal ums Leben gekommen war.«

»Nelly Hansen?«, fragte Anna überrascht.

»Kanntest du sie?«

»Nein, aber mein Bruder. Die beiden waren gerade ein Paar geworden, als sie überfallen wurde. Jetzt sitzt er in Vridsløselille.

Sie haben ihn für den Überfall verurteilt, aber er war es nicht. Deswegen habe ich mir bei Rubens eine Arbeit gesucht.«

»Heißt er Johannes?«, fragte Karen und kratzte sich nervös an der Wange.

»Ja.«

»Nelly war sehr verliebt. Ich wusste nicht, dass man ihn verurteilt hat. Wir haben nur gehört, der Schuldige sei gefasst worden.«

»Aber das ist eine Lüge. Nelly hat es mir bestätigt«, erwiderte Anna.

»Wie meinst du das? Ist sie gar nicht tot?«, erkundigte sich Karen.

»Doch, sie ist inzwischen gestorben, aber sie lag noch eine Weile im *Allgemeinen Spital*. Dort habe ich sie besucht. Es ist mir gelungen, Auskünfte von ihr zu erhalten. Kurze Zeit später wurde sie ermordet.«

Karen trat einen Schritt zurück. »Was sagst du da?«

»Ich war im Keller des Spitals, wo die Toten liegen. Es besteht kein Zweifel daran, dass sie erwürgt wurde.«

Ein Passant ging an ihnen vorbei, und sie schwiegen einen Augenblick. »Ich habe mit Nellys Bruder gesprochen. Er hat gesagt, um den Täter zu finden, müsste ich in der Tuchfabrik Rubens suchen.«

Karen schüttelte den Kopf, als könnte sie nicht glauben, was sie da hörte.

»Mein Bruder wurde bei dem Überfall bewusstlos geschlagen. Er kann sich an fast nichts mehr erinnern. Eigentlich nur noch an das Geräusch eines Holzbeins, aber nicht nur deswegen glaube ich, dass Holzbein in die Sache verwickelt ist«, fuhr Anna fort.

»Holzbein? Wen meinst du?«, fragte Karen.

»Herrn Henriksen, den Mann mit dem Holzbein.«

Karen biss sich auf die Unterlippe. »Ich weiß natürlich, wer das ist. Hör zu, als Marie, also Nellys Schwägerin, starb, waren Nelly und einer der Vorarbeiter, der den Spitznamen Fingerhut trägt, die Einzigen, die etwas unternommen haben. Sie haben sich unerlaubt ein Fuhrwerk auf dem Hof ausgeliehen, um sie ins Spital zu bringen. Die Direktion wollte nicht einmal im Krankenhaus anrufen.«

»Und wer ist Fingerhut?«, wollte Anna wissen.

»Er war Vorarbeiter, wurde aber kurze Zeit nach dem Unfall gefeuert.«

»Weil er Nelly Hansen geholfen hatte?«

»Ganz sicher. Aber so etwas wird nie direkt ausgesprochen. Worum es geht: Nelly war nach dem Unfall rasend und schrieb einen Artikel für den *Socialdemokraten* über den Vorfall. Sie sagte, die Zeitung hätte den Artikel bereits angenommen, aber seltsamerweise ist er nie erschienen.«

»Und wer wusste von dem Artikel?«

»Wir alle. Sie hatte sogar einem der Vorarbeiter damit gedroht.«

»Ich glaube, ich habe einen Entwurf für diesen Artikel bei den Sachen, die sie hinterlassen hat, gesehen. Vielleicht ist sie ja nie dazu gekommen, ihn bei der Redaktion abzugeben. Er war unmittelbar vor dem Überfall geschrieben worden. Vielleicht wurde ihr zum Verhängnis, dass sie zur Zeitung gehen wollte?«

»Das macht mich rasend! Nicht genug damit, dass sie uns unseren Lohn stehlen. Sie schrecken nicht einmal vor Mord zurück.« Karens Hände zitterten, als sie eine Uhr aus der Tasche zog. »Verdammt, ich muss weiter. Die Kinder sind allein, und ich muss noch zum Krämer. Lass uns ein andermal weiterreden. Die Missstände müssen ein Ende haben. Das war nicht der erste Unfall bei Rubens. Manchmal sind es die Treibriemen, dann ist es wieder etwas anderes, einige von uns haben Beweise gesammelt. Vielleicht ist es endlich an der Zeit, von ihnen Gebrauch zu machen.«

51

Kopenhagen, Sonntag, den 15., bis Sonntag, den 22. November

Zum dritten Mal war Anna in der Bredgade, um Caroline, Eskilds Schwester, aufzusuchen. Anna hatte von Eskild keine Antwort erhalten, obwohl seit dem Telegramm vier Wochen vergangen waren. Aber vielleicht wusste seine Schwester etwas. Ein kleiner Funken Hoffnung nur, doch einen Versuch war es wert. Außerdem hatte sich ein finsterer Gedanke in ihrem Kopf eingenistet. Was, wenn Eskild gar kein Zeuge war, sondern dem Angreifer, also Holzbein, geholfen hatte und deswegen geflohen war oder, noch schlimmer: Eskild war der Angreifer, und Holzbein hatte ihn gedungen.

Vor dem Aufgang mit der Uhr stand eine Frau mit einem Kinderwagen. Als Anna näher kam, sah sie, dass es Caroline war. Sie schüttelte eine kleine hellblaue Decke aus.

»Sie schon wieder? Ich bin beschäftigt«, fauchte sie.

»Gehen Sie mit dem Kinderwagen raus?«

»Das sehen Sie doch. Die gnädige Frau ist in der Stadt, und ich passe auf den Jungen auf.« Im Wagen saß ein kleines Kind mit vielen Kissen im Rücken.

»Falls Sie in den Kongens Have gehen, könnte ich ein Stück mitkommen«, schlug Anna vor.

Caroline antwortete nicht, sondern löste die Bremse des Kinderwagens und marschierte los. »Die Köchin sagt, Sie hätten nach mir gefragt.«

»Das stimmt. Ich habe Ihrem Bruder ein Telegramm geschickt, aber keine Antwort erhalten. Vielleicht haben Sie ja von ihm gehört?«

»Ich habe immer noch nicht verstanden, warum Sie sich so für meinen Bruder interessieren.«

»Vielleicht hat er gesehen …« Weiter kam Anna nicht.

»Wenn Sie unbedingt mitkommen wollen, dann können Sie sich auch ein wenig nützlich machen.« Caroline blieb vor der Konditorei Grandjean stehen. »Ich bin gleich wieder zurück.« Sie ging nicht in den Laden, sondern öffnete eine Tür daneben.

Der kleine Junge hing schief in den Kissen. Offenbar war er noch zu klein, um sich aufrichten zu können. Anna rückte die Kissen zurecht, sodass er etwas zurückgelehnter saß. Sein kleines, rundes Gesicht mit Pausbacken wurde von einem weißen Spitzenhäubchen umrahmt. Anna schaukelte den Kinderwagen ein wenig, weil sie verhindern wollte, dass er zu schreien begann. Der Kinderwagen war gefedert wie eine richtige Kutsche. In Uldum hätten die Leute beim Anblick eines solchen Wagens große Augen gemacht und diesen als unnötige Angeberei betrachtet. Caroline ließ sich viel Zeit und kehrte schließlich mit einer Tüte zurück, die sie auf den Kinderwagen legte.

»Sie haben meine Frage nicht beantwortet. Haben Sie von Ihrem Bruder gehört?«, fragte Anna, als sie den Kongens Nytorv erreicht hatten.

»Wenn Sie es unbedingt wissen wollen, ja, er hat geschrieben.«

»Und?«

»Er hat eine Fahrkarte für den Dampfer nach Hause gelöst.«

»Kommt er nach Hause?«, rief Anna.

»Ja. Das sage ich doch.« Sie mussten stehen bleiben, weil eine Pferdebahn vor ihnen die Straße kreuzte.

»Hat er geschrieben, warum?«, fragte Anna.

»Nein, schließlich ist er ein freier Mann und kann tun und lassen, was er will.«

»Ja natürlich. Wann kommt er denn?«

»Warum sollte ich Ihnen das sagen?«

Anna hatte nicht übel Lust, das dumme Mädchen zu schütteln, beherrschte sich aber. »Weil ich Sie darum bitte und weil Sie ein guter Mensch sind, der gerne einem anderen Menschen in Not hilft.«

Caroline antwortete nicht, sondern fingerte an der Tüte im Kinderwagen herum. Sie befanden sich auf der Gothersgade vor dem Eingang zum Kongens Have. Zwei Männer harkten Laub, obwohl Sonntag war.

»Wenn Sie es genau wissen wollen, dann kommt er in einer Woche mit einem Schiff, das *Thingvalla* heißt.«

»Also nächsten Sonntag?«

»Ja, wann sonst?«

Der Amerikadampfer würde am Kai vor den Lagerhäusern am Larsens Plads unweit des Zollamtes, das Anna bereits kannte, anlegen. Zu Beginn der Woche hatte sie im Hafenbüro erfahren, dass die Thingvalla vormittags erwartet wurde. Den genauen Zeitpunkt wusste man immer erst am selben Tag nach telegrafischer Meldung. Inzwischen waren ihr Zweifel gekommen, was wohl unter Vormittag zu verstehen sei, und sie befand sich bereits vor acht Uhr in der Toldbodgade auf dem Weg zum Larsens Plads. Als sie an den Speichern vorbeigegangen war, blieb sie wie angewurzelt stehen. Der ganze Kai glich einem lang gestreckten lebhaften Marktplatz, und an der Landungsbrücke lag das größte Schiff, das sie je gesehen hatte, ein riesiges, schwimmendes Gebäude in mehreren Etagen, allerdings ohne Fenster, aber mit einer düsteren Mauer aus schwarzem Eisen. War sie doch zu spät gekommen? War die *Thingvalla* bereits eingetroffen?

Eskild Petersen in diesem Gewimmel zu finden würde unmöglich sein, selbst wenn er noch nicht über alle Berge war. Dann entdeckte sie hoch oben am Bug einen Schriftzug: *Hekla* Offenbar gab es mehrere Amerikadampfer. Ein Mann stapelte Kisten auf einen Leiterwagen und beantwortete ihre Frage, während er weiterarbeitete: »Die *Thingvalla* kommt in ein paar Stunden. Diese hier …«, er deutete auf das Schiff. »… ist bald zum Auslaufen bereit, sie hätte schon heute früh Anker lichten sollen, hat sich aber verspätet.«

Sie war also einfach nur zu früh dran. Ein Mann rempelte sie von hinten an, und sie musste beiseitetreten. Er transportierte eine Schweinehälfte auf dem Rücken. Anna folgte ihm mit den Augen, als er sich einen Weg bahnte und wenig später in der Schlange an der steilen Gangway stand, die von Deck auf den Kai führte. Wie fleißige Ameisen erklommen die Männer, mit Säcken und Kisten beladen, die Gangway und verließen das Schiff auf dem gleichen Weg mit leeren Händen. Ein junger Bursche schob eine Schubkarre mit Hühnerkäfigen aus Holz vor sich her. Sie würden Amerika nie erreichen, sondern eines nach dem anderen auf dem großen Meer ihr Leben lassen. Der Bursche wartete geduldig in der Schlange, bis er an die Reihe kam und an Bord gehen durfte. Anna sah sich nach einer Sitzgelegenheit um. Überall waren Menschen und Wagen in Bewegung. In einiger Entfernung saßen Menschen auf dem Kai, vielleicht gab es dort ja Bänke. Als sie sich ihnen näherte, sah sie, dass sie auf Koffern und Schiffstruhen saßen. Einige lagen auch auf Seesäcken und schliefen. Alle wirkten müde, obwohl die Reise nach Amerika noch gar nicht begonnen hatte. In der Nähe der Reisenden ging Anna in die Hocke und lehnte sich an die Mauer eines Lagerhauses. Wenn alles anders gekommen wäre, wenn Peder kein Auge auf sie geworfen und Erik aus reiner Eifersucht entlassen hätte, dann hätte sie jetzt mit Erik hier sitzen können. Obwohl Erik es nie weiter als bis zum Gasthaus in Lindved geschafft hatte, vielleicht wäre es also nie so weit gekommen. Eine Gruppe jüngerer Männer spielte Karten und ließ eine Branntweinflasche kreisen. Sie redeten laut und lachten noch lauter, wie das bei nervösen Menschen oft der Fall war. An ihrem Dialekt erkannte Anna, dass sie aus dem Landstrich kamen, der an Deutschland verloren gegangen war, wahrscheinlich aus der Gegend von Tønder. Falls es ihr gelang, Johannes aus dem Gefängnis rauszuholen, hatten sie vielleicht immer noch die Möglichkeit auszuwandern. Sie konnten sich anderen jungen Leuten anschließen und einen Neuanfang wagen, vielleicht auf ihrem eigenen kleinen Hof … Nein, jetzt musste sie ihre Gedanken zügeln. Johannes war immer noch in Vridsløselille eingesperrt, erst in einigen Stunden, wenn Eskild Petersen an Land ging, würde sich erahnen lassen, ob es eine Möglichkeit gab, ihn zu befreien.

Eine Reisende in Annas Alter ging, einen schreienden Säugling wiegend, auf dem Kai auf und ab. Anna erhob sich, als sie auf sie zukam.

»In welche Stadt reisen Sie?«, fragte die junge Frau.

»Ich reise nicht, ich warte auf jemanden, der zurückkehrt.«

»Ach, wirklich?«

»Ja, er kehrt wieder heim, aber ich weiß nicht, warum«, sagte Anna.

»Wenn ich ehrlich sein soll, würde ich auch lieber zu Hause bleiben. Es ist mein Mann. Anfänglich war ich auch dafür, doch jetzt, wenn ich hier stehe und den Dampfer sehe …« Sie wiegte das Kind, das immer noch jammerte. »Wie viele Lebensmittel sie an Bord schleppen.«

»Aber das ist doch gut, dann müssen Sie auf der Reise nicht hungern.«

»Das meiste ist sicher für die feinen Leute mit Kajüte, die jetzt im Wartesaal sitzen, statt wie wir anderen hier draußen zu warten.«

»Da haben Sie vielleicht recht, aber ich kann mir nicht vorstellen, dass Sie Hunger leiden müssen.«

»Nein, vielleicht nicht. Außerdem sagt mein Mann, dass dort drüben alles besser wird. Er will seinen eigenen Krämerladen aufmachen, verstehen Sie. Aber ich vermisse schon jetzt meine Mutter. Ich werde sie wahrscheinlich nie wiedersehen.«

Anna nickte. Vermutlich hatte die Frau recht. Immer neue Reisende strömten herbei, und das Gedränge auf dem Kai nahm zu. Jetzt lärmten nicht nur die Kartenspieler, und die meisten Reisenden hatten sich erhoben. Zwei Männer in blauen Uniformjacken mit schönen Schirmmützen verließen das Kontor der Reederei. Sie dirigierten die Leute zur Gangway, wo sie sich in einer langen Reihe aufstellen sollten.

Als nach einer Weile die letzte Ladung gelöscht war, begann dichter Rauch aus dem Schornstein zu quellen. Die feinen Leute mit eigener Kajüte, die im Wartesaal gesessen hatten, gingen zuerst an Bord. Es war eine kleinere Gesellschaft, die aus acht Erwachsenen und einem großen Jungen bestand. Die Männer halfen den Frauen die Gangway hinauf, anschließend wurde ihr Gepäck an Bord getragen. Danach durften die normalen Passagiere, die eine lange Schlange gebildet hatten, die Gangway betreten. Sie kamen nur langsam voran, weil alle ihr Gepäck selbst schleppen mussten.

Dann begann das Wasser um den Schiffsrumpf herum zu schäumen, als sich dieser vorwärtsbewegte und dann vom Kai löste, und eine beklommene Stimmung breitete sich unter den an Land Zurückgebliebenen aus. Viele von ihnen waren ältere Menschen, die langsam davonschlurften. Ein Mann barg den Inhalt eines Mehlsacks, den er hatte fallen lassen und der geborsten war. Anna erhob sich. Ihr eines Bein war eingeschlafen, weil sie in der Hocke gesessen hatte. Da entdeckte sie Caroline in einiger Entfernung, aber diese wandte sich ab, als sie ihr zuwinkte. *Dieses ver-*

dammte Mädchen, warum machte sie es ihr immer so schwer? Erst nach einer Weile, als sich ein anderer großer Dampfer langsam näherte, gesellte Anna sich zu ihr. »Glauben Sie, dass das die *Thingvalla* ist?«

»Woher soll ich das wissen?«

»Ist es nicht schön, dass Ihr Bruder nach Hause kommt?«

»Ich will nicht mit Ihnen reden.«

»Warum nicht? Ich habe nicht vor, Ihrem Bruder Schaden zuzufügen.«

Caroline antwortete nicht, sondern presste nur die Lippen aufeinander.

Die *Thingvalla* ähnelte der *Hekla* und versperrte wie ein riesiges Haus die Aussicht aufs Wasser. Eine kleine Menschenschar hatte sich auf dem Kai versammelt, vermutlich Leute, die die Heimkehrer erwarteten. Das Blut pochte in Annas Schläfen, als die Gangway herabgelassen wurde. Zuerst ging eine Gruppe von Herren in Mänteln mit Pelzkrägen von Bord. Ihnen folgten jüngere, weniger gut gekleidete Männer. Sie wirkten ernst, einige schauten zu Boden. Waren sie im neuen Land gescheitert? Anna hörte, wie Caroline nach Luft schnappte. »Halten Sie es für möglich, dass er doch nicht dabei ist?«, fragte sie mit schwacher Stimme. Aber ehe Anna antworten konnte, atmete Caroline bereits auf. »Da ist er.«

Eskild Petersen ähnelte seiner Schwester. Dieselbe schmale Oberlippe, dasselbe fliehende Kinn. Doch im Unterschied zu seiner Schwester war seine Haut nicht glatt, sondern unregelmäßig wie ein Blumenkohl.

»Haben Sie mein Telegramm bekommen?«, fragte Anna, nachdem sie sich vorgestellt hatte.

»Ach, Sie sind das. Ja. Ich habe das Telegramm bekommen, aber glauben Sie nur nicht, dass es der Grund meiner Heimkehr ist. Ich hätte gut dort drüben bleiben können, doch Amerika ist nichts für mich. Hochnäsige Leute, allesamt.« Er stellte einen kleinen Koffer ab und platzierte seinen Fuß darauf. Aus der

Tasche zog er ein Zigarettenpapier und öffnete gleichzeitig mit der anderen Hand einen ledernen Tabaksbeutel. Im Nu drehte er eine Zigarette, leckte über das Papier und zündete sie sich an.

»Sie haben also mein Telegramm erhalten. Wissen Sie etwas?«, fuhr Anna fort.

»Worüber?« Widerwillig verzog er die Lippen und blies den Zigarettenrauch in die Luft.

»Über den Überfall in der Borgergade. Mein Bruder hat lebenslänglich für eine Tat bekommen, die er nicht begangen hat.«

»Was geht mich das an?«

»Ich weiß nicht, aber wir wollen doch alle Gutes tun, nicht zuletzt …«

Er fiel ihr ins Wort. »Niemand hat je etwas Gutes für mich getan.« Seine Schwester zog ihn am Ärmel, und sie machten sich auf den Weg. Aber Anna begleitete sie. »Es tut mir leid, dass Ihnen nie jemand geholfen hat, doch ich wäre Ihnen von ganzem Herzen dankbar, wenn Sie mir helfen würden.«

»Verschwinden Sie, hören Sie nicht, was mein Bruder sagt?«, fauchte Caroline.

»Mein Bruder, also Johannes, hat erzählt, dass Sie ihn an dem Abend des Überfalls nach Hause begleitet haben. Sie sind unsere einzige Hoffnung. Mein Bruder ist sehr geschwächt und dem Gefängnisaufenthalt nicht gewachsen. Ich fürchte, er stirbt dort. Falls Sie jedoch etwas über die Angelegenheit wissen, könnte sein Fall vielleicht wiederaufgenommen werden.«

Eskild Petersen blieb stehen. »Jetzt hören Sie mir mal gut zu. Ich will Ihnen nichts erzählen und kann es auch nicht. Man hat versucht, mich wie diesen Pio zu behandeln, aber ich lasse mich nicht schikanieren.«

»Wovon reden Sie?«, fragte Anna.

»Sind Sie dumm, oder was? Ich meine Louis Pio, den Sozialisten.«

»Ich verstehe immer noch nicht.«

»Unwissendes Weibsbild, warum mischen Sie sich überhaupt ein?«

»Es kann gut sein, dass ich unwissend bin, aber dann klären Sie mich doch einfach auf«, erwiderte Anna.

»Warum sollte ich meine Zeit damit vergeuden?«

Anna blieb auf dem Kai zurück und sah den Geschwistern hinterher, die zwischen den Lagerhäusern verschwanden. Eskild Petersen verbarg etwas hinter seinem unverschämten Auftreten, daran bestand kein Zweifel. Was hatte wohl seine Erwähnung dieses Louis Pio zu bedeuten?

Mit langsamen Schritten ging sie in die Stadt zurück. Es war, als hätte sich ihre Enttäuschung in den Beinen festgesetzt und sie schwer gemacht. Mit der Enttäuschung kam jedoch auch die Wut. Wider Erwarten war es ihr geglückt, Eskild Petersen aufzuspüren, nur, um dann festzustellen, dass er ein hochnäsiger Kerl war, der andere Menschen verachtete, und das deutlich zeigte. Er hatte nicht das geringste Mitgefühl gezeigt. Vermutlich konnte man ihn nur mit Drohungen zum Reden bringen.

Erst als sie fast wieder zu Hause war, kam ihr ein Gedanke. Wenn dieser Louis Pio Sozialist war, dann musste er den Leuten vom *Socialdemokraten* ein Begriff sein. Und den Weg zur Redaktion kannte sie ja.

52

Kopenhagen, Dienstag, den 24., bis Donnerstag, den 26. November

Es war nun schon der zweite Abend, an dem sie sich in der Redaktion des *Socialdemokraten* einfand. Am Vortag hatte Rosenberg keinen Abenddienst gehabt, doch heute war er da. Er saß hinter der provisorischen Trennwand und hämmerte auf seine Schreibmaschine ein. Freundlich, aber nachdrücklich hatte er sie gebeten zu warten. Sein Text müsse gleich in den Satz. Jetzt saß Anna also auf einem Stuhl neben der Tür mit Blick auf den Empfangstisch. Rosenberg hatte angekündigt, dass es zehn Minuten dauern werde, aber inzwischen war bereits eine halbe Stunde verstrichen. Als er endlich hinter der Trennwand hervorkam, trug er einen abgetragenen Mantel und einen Hut.

»Ich muss leider los, eine Versammlung in der Stadt, über die ich berichten werde, aber Sie können mich ein Stück begleiten.«

»Ja gerne.« Anna erhob sich. Sie überquerten den Nytorv und gingen am Arrest vorbei, in dem Johannes gesessen hatte.

»Was wollten Sie mich fragen?«, erkundigte er sich.

»Louis Pio. Kennen Sie ihn?«

»Natürlich. Nicht persönlich, aber er hat diese Zeitung gegründet. Sie hieß damals allerdings nicht *Socialdemokraten*, sondern *Socialisten*.«

»Wo kann ich ihn treffen?«

»Das ist leider nicht möglich, aber es gibt andere Leute, mit denen Sie reden können. Matilde Bajer hält donnerstags Versammlungen ab. Wenn Sie morgen die Zeitung kaufen, finden Sie dort die Anzeige. Ich habe sie selbst redigiert. Jetzt müssen Sie mich entschuldigen, ich bin bereits recht spät dran.« Er blieb vor einer Haustür stehen und gab ihr die Hand. »Viel Glück mit Ihrem Kampf.« Dann war er weg.

Der Annonce entnahm sie am nächsten Tag, dass es bei Matilde Bajers Versammlung um die Frauenfrage gehen und dass die Veranstaltung um sieben Uhr beginnen werde. Es war fast acht Uhr, als Anna endlich die Adresse in der Nähe von Nørre Vold erreichte. Nach der Arbeit hatte sie sich erst einmal zu Hause umgezogen, weil sie nicht in einem schmutzigen, nach Färberei stinkenden Kleid erscheinen wollte.

Im Eingang hing ein Pappschild, das darüber informierte, dass die Versammlung im Saal eins stattfinde. Vorsichtig öffnete Anna die Tür und gelangte in eine Diele, die zu einem kleinen Saal führte. Alle Stühle schienen besetzt zu sein, also stellte sie sich unauffällig an die Rückwand. Der Saal erinnerte an ein ärmliches Klassenzimmer, allerdings ohne Tafel. Es überraschte sie, dass auch Männer anwesend waren, aber vielleicht interessierten sie sich ja auch für die Rechte der Frauen. Am anderen Ende des Raumes saßen auf einem Podium an einem kleinen Tisch drei Frauen. Eine von ihnen sprach gerade: »Als Antwort an den Herrn in der zweiten Reihe: Ihre Bemerkung scheint nicht mit der Wirklichkeit übereinzustimmen. Wenn es ausschließlich Aufgabe der Männer wäre, für das Wohlbefinden der Frauen zu sorgen, sowohl finanziell als auch sozial, wie Sie meinen, dann ist es doch wirklich seltsam, dass Hunderte von Frauen, allein hier in Kopenhagen, schlecht bezahlte Arbeiten annehmen müssen, und außerdem …« Hier wurde sie von zwei Männern unterbrochen, die einander lauthals ins Wort fielen. Einer der beiden, ein korpulenter Mann, erhob sich schließlich. »Und was ist mit der Unzucht, die sich wie die Pest in unserer Stadt ausbreitet?« Er durfte nicht weiterreden, denn lauter Streit brach unter den Zuhörern aus. Mehrere Frauen erhoben sich nun auch und schrien den Mann an, der sich lautstark wehrte. Anna konnte den Auseinandersetzungen von ihrer Position aus nicht immer folgen, da alle durcheinanderredeten. Jetzt erhoben sich auch die Frauen auf dem Podium und versuchten, sich in den Streit einzumischen. Plötzlich flog etwas durch die Luft und prallte hinter den Frauen an die Wand. Einen Augenblick lang verstummten die Stimmen, brachen dann aber wie ein Sturm mit neuer Kraft los. Zuletzt schwenkte eine der drei Vorsitzenden die Glocke.

»Hiermit erkläre ich die Versammlung für beendet«, rief sie mit fester Stimme.

Vereinzelte Stimmen krakeelten weiter, aber die meisten Anwesenden erhoben sich, und Stühle wurden gerückt. Die drei Vorsitzenden verweilten auf dem Podium und unterhielten sich. Anna trat näher, aber erst als das gesamte Publikum gegangen war, fasste sie sich ein Herz. »Ich suche Frau Matilde Bajer.«

»Das bin ich.« Es war die Frau, die bei Annas Eintreffen gesprochen hatte.

»Ich finde Ihre Ansichten interessant, aber da ist auch noch eine andere Sache, über die ich gerne mit Ihnen sprechen würde.«

»Wir machen für heute Schluss und treffen uns morgen Abend bei mir.« Sie nickte den beiden anderen Frauen zu und wandte sich an Anna. »Wenn Sie wollen, können wir irgendwo einen Tee trinken. Ich kann eine Stärkung gebrauchen.« Frau Bajer war schlank, trug ein schwarzes Kleid mit einem hohen Kragen und an einer Kette um den Hals einen Kneifer.

Ehe sie gingen, hob sie eine Blechdose vom Boden auf. Als sie auf die Straße kamen, wartete ein jüngerer Mann auf sie. »Ich …«, begann er.

»Sie hätten gerne Ihre Tabakdose zurück, nicht wahr?« Frau Bajer reichte sie ihm. »Das nächste Mal sollten Sie weiter nach rechts zielen. Dann hätten Sie nämlich meine Stirn getroffen.«

Der Mann antwortete nicht, steckte die Dose ein und eilte davon.

»Sie dürfen nicht glauben, dass alle Versammlungen so ausarten«, sagte Frau Bajer, nachdem sie ein paar Schritte gegangen waren. »Obwohl es den meisten Männern sehr schwerfällt, auch nur das geringste Verständnis für die Stellung der Frau aufzubringen, das gilt auch für viele Sozialdemokraten. Sie fühlen sich bedroht, als wären wir ein regelrechter Feind. So wie heute Abend verläuft es jedoch selten. Ich weiß nicht, wer diese

Burschen waren.« Sie schwiegen eine Weile. Selbst wenn sie schwieg, hatte Frau Bajer etwas Energisches, vielleicht lag es ja an der Art, wie sie beim Gehen auftrat. »Und Sie? Wo kommen Sie her?«, fragte sie.

»Ich arbeite in Rubens Tuchfabrik in der Färberei.«

»Es freut mich, Ihre Bekanntschaft zu machen.« Sie waren ein Stück die Nygade entlanggegangen, und Frau Bajer blieb vor einer Tür mit Milchglasscheiben stehen. »Wir können den Tee hier oben trinken, ich lade Sie ein.«

Das Restaurant lag im ersten Stock. Vor den Fenstern zur Straße hingen schwere Gardinen mit Troddeln. Die Wände waren zur Hälfte mit dunklem Holz getäfelt und mit großen Spiegeln mit Goldrahmen verziert. Ein Kellner in schwarzem Anzug und Fliege bediente eilig die Gäste. Anna schluckte mehrmals. *Das war ein Lokal, das sie niemals von sich aus betreten hätte.* Jetzt war sie jedoch in Frau Bajers Begleitung, und das war etwas anderes. Sie nahmen an einem kleinen Tisch neben einer Palme auf einem Podest Platz. Der Kellner erschien sofort und wandte sich an Frau Bajer. »Sie wünschen, gnädige Frau?«

»Wir hätten gerne zwei Tee und zweimal Ihr Pflaumenparfait.«

»Sehr gerne, gnädige Frau.« Als er sich zum Gehen umdrehte, warf er einen raschen Blick auf Anna. Vielleicht bildete sie sich das auch nur ein, weil sie nervös war, aber sie meinte, in seinem Blick lesen zu können, dass sie ebenso gut Frau Bajers zerzauster Hund hätte sein können.

»Wir haben gerade einen neuen Verein gegründet, der Sie interessieren könnte, glaube ich. Wenn ich wir sage, dann meine ich eine kleine Gruppe, die sich vom Dänischen Frauenbund abgespalten hat. Dort geht uns alles zu langsam, und einige von uns finden, dass die Perspektive zu eingeschränkt ist. Im neuen Verein, den wir Kvindelig Fremskridtsforening, Weibliche Fortschrittsvereinigung, nennen, fordern wir nicht nur das

Stimmrecht und gleichen Lohn, sondern Gleichberechtigung in allen Bereichen des Lebens. Wir nehmen ausschließlich Frauen in der Vereinigung auf und hoffen, dass noch mehr Arbeiterfrauen wie Sie beitreten.«

»Ich glaube, dass ich noch weitere aus meiner Fabrik dafür gewinnen könnte«, meinte Anna.

Frau Bajer nickte. »Sie sind uns sehr willkommen. Wir halten nächsten Monat eine Versammlung ab, die im *Socialdemokraten* angekündigt wird. Aber Sie haben erwähnt, dass Sie noch etwas anderes …« Sie hielt inne, da der Kellner ein Tablett brachte. Er stellte Tassen und Teller auf den Tisch und schenkte Frau Bajer Tee ein. Dann nahm er das Tablett und wollte gehen.

»Sie haben etwas vergessen, Herr Ober. Wollten Sie dem Fräulein nicht auch einschenken?«, fragte Frau Bajer.

»Dienstboten können sich immer noch selbst bedienen.«

»Das Fräulein ist nicht mein Dienstmädchen, sondern mein Gast. Kellner in einem Lokal wie diesem sollten bessere Manieren besitzen.«

Der Kellner errötete, sagte aber nichts, als er Anna einschenkte. Frau Bajer blieb ganz gelassen. Annas Kehle war wie zugeschnürt, und sie konnte sich gar nicht vorstellen, wie sie den heißen Tee runterkriegen sollte. »Ich hätte mir gut selbst einschenken können«, flüsterte sie, als der Kellner gegangen war.

»Kommt gar nicht infrage«, meinte Frau Bajer ruhig. »Man muss Männer immer auf ihre Unverschämtheiten hinweisen. Aber worüber sprachen wir gerade. Richtig, es gab etwas anderes, das Sie mit mir besprechen wollten.«

»Genau. Ich wüsste gerne, wer Louis Pio ist.«

»Sind Sie Sozialistin?«

»Das weiß ich nicht, aber ich würde gerne in Erfahrung bringen, wie man ihn behandelt hat.«

»Wie meinen Sie das?«

Anna erzählte von Johannes, den man unschuldig verurteilt hatte, und von Eskild Petersen, der vielleicht etwas gesehen hatte, aber behauptete, man habe ihn wie Pio behandelt.

»Sie sagen also, dass dieser Eskild Petersen nach Amerika gefahren ist?«, fragte Frau Bajer.

»Genau.«

»Na, das ist dann wohl der Zusammenhang.«

»Wie meinen Sie das?«, fragte Anna.

»Louis Pio war Sozialist und ein einzigartiger Agitator, und das machte ihn gefährlich. Er konnte die Leute einfach zu gut mitreißen, und es gab natürlich viele, denen das nicht gefiel. Er wurde mehrmals eingesperrt. Dann ging er jedoch plötzlich nach Amerika. Später stellte sich heraus, dass er von der Polizei Geld bekommen hatte, um zu verschwinden. Es heißt, dass er zwanzigtausend Kronen bekommen hat, damit er Dänemark verlässt, und dass Burmeister & Wain die große Werft, und Ihr Fabrikant Ruben das Geld lockergemacht haben. Sie müssen unbedingt das Pflaumenparfait probieren, das ist unübertroffen.« Frau Bajer deutete auf ihr Tellerchen.

Anna aß einen Löffel von dem Dessert auf einem kleinen Bleikristallteller. Es war kalt und schmeckte ganz wunderbar nach Sahne und Pflaumen. Offenbar war ihr anzusehen, wie sehr sie es genoss, denn Frau Bajer nickte und lächelte. Anna aß noch einen Löffel und legte ihn dann beiseite. »Vielleicht hat Ruben das ja wieder getan«, meinte sie. »Ich meine, er hat Eskild Petersen den Mund gestopft, indem er ihm die Überfahrt nach Amerika finanzierte. Die Frau, die überfallen und später erwürgt wurde, Nelly Hansen hieß sie, hatte damit gedroht, einen Artikel im *Socialdemokraten* über einen tödlichen Unfall bei Rubens zu schreiben, von dem sie fand, dass er vermeidbar gewesen wäre.«

»Herr Ruben ist für seine drastischen Methoden bekannt, es würde mich nicht wundern, wenn Überfälle dazugehörten.«

Frau Bajer stellte ihre Tasse ab, und der Tee schwappte ein wenig über. »Verstehen Sie, diese Männer glauben, dass sie den Kampf für bessere Bedingungen der Arbeiter und der Frauen unterbinden können, indem sie einzelne Personen nach Amerika schicken oder sie anderweitig eliminieren. Aber so funktioniert die Welt nun einmal nicht.«

53

Kopenhagen, Mittwoch, den 9. Dezember

ALS ENDLICH MITTAGSPAUSE WAR, zog Anna ihren Mantel an und stieß die Tür zum Hof auf. Scholle stand rauchend neben einem Schuppen und klopfte seine Mütze an einem Pfosten aus, als wollte er die Läuse vertreiben. Das Wetter war umgeschlagen, und kleine, spitze Schneeflocken stoben Anna ins Gesicht. Mit schnellen Schritten ging sie auf den Hintereingang des Hauptlagers zu, um zum Essraum des Websaals zu gelangen. Aber die Pflastersteine waren glatt, und trotz der zusätzlichen Socken rutschte sie in den etwas zu großen Holzschuhen aus. Sie hatte sie von Dagmar geliehen, denn die Sohlen ihrer eigenen Stiefel waren durchgelaufen und die Absätze schief, und sie würde sie vollkommen ruinieren, wenn sie sie nicht frisch besohlen ließ. Da sie jedoch immer neue Strafen einheimste, sah es mit dem Geld recht schlecht aus, und der Schuster musste warten. Ihr Essenspaket bestand aus zwei Scheiben Schwarzbrot mit Entenschmalz und vier gekochten Kartoffeln. Dagmar hatte am vergangenen Samstag bei ihrer Servierarbeit das Fett von den Ofenblechen gekratzt.

Im Essraum waren alle Bänke besetzt, aber als Karen Anna entdeckte, rückte sie ein Stück zur Seite, damit sich Anna neben sie setzen konnte. Sie aßen schweigend im Lärm der Webstühle. Als sie fertig waren, erhob sich Karen und gab Anna ein Zeichen, ihr zu folgen. »Ich will dir was zeigen«, sagte sie, als sie sich im Lager befanden. »Diese Sammlung habe nicht ich angelegt, sie wurde vor meiner Zeit begonnen. Aber wir führen sie weiter.«

»Sammlung?«

»Ja. Warte. Ich zeige sie dir.« Sie blieb am Ende eines schmalen Ganges zwischen den Stoffregalen stehen, lauschte einen Augenblick und zog dann einen vergilbten Stoffballen aus dem Regal. Dahinter kam ein kleiner brauner Sack aus grobem Leinen zum Vorschein. Karen öffnete ihn, während sie den schmalen Gang im Auge behielt. Dann ging sie in die Hocke, faltete Stoffstücke auseinander und legte sie auf den Boden. »Das sind alles Unfälle oder Beweisstücke von Unfällen. Marie Hansen, Nellys Schwägerin, die gestorben ist, ist hier auch irgendwo.« Sie wühlte in dem Sack und zog ein helllila Stück Baumwollsatin heraus. »Hier.« Sie reichte Anna den Stoff. »Schau genau hin, dann findest du sie.«

Der Stoff war an jenen Stellen steifer, wo dunkle Flecken eingetrockneten Blutes zu sehen waren, aber an einem Ende, mitten in all dem Lila, leuchtete etwas Rotblondes. Anna ließ ihre Finger darüber gleiten. »Das hier sind keine Fäden, dass fühlt sich eher an wie …« Dann verstummte sie.

»Haare. Das wolltest du doch sagen, nicht wahr? Und genau das ist es auch. Marie Hansen hatte langes rotblondes Haar.«

»Aber wie ist es in den Stoff geraten?«, fragte Anna.

»Der Treibriemen sprang ab, traf sie und schleuderte sie in den Webstuhl hinter ihr. Wie du weißt, bleiben Webstühle nicht einfach stehen. Die Schäfte verfingen sich in ihren Haaren, während die Kette weiterlief, und auf diese Weise wurden die Haare in den Stoff gewebt, ehe es Nelly gelang, den Webstuhl anzuhalten. Du weißt ja, wie es endete.«

Anna faltete das Stoffstück rasch zusammen und hielt es zwischen zwei Fingern. Die Blutflecken wirkten plötzlich lebendig, und der Boden schien in Bewegung zu geraten. Karen bemerkte Annas Unbehagen nicht und faltete ein anderes Stück Stoff auseinander. Es war zart hellblau mit einem weißen Muster aus Blumenranken. Die Blutflecken waren klein und über den ganzen Stoff verteilt, als wären sie Teil des Musters. Das Haar war auf andere Weise in den Stoff verwebt und bildete eine dunkle, verfilzte, knotige Kante, die sich von dem Hellblau und Weiß abhob.

»Sie hieß Teodora und war braunhaarig«, sagte Karen.

»Ist sie auch tot?«

»Das weiß ich nicht, aber ein angenehmes Leben wird sie wohl kaum haben. Nach dem Unfall konnte sie den einen Arm nicht mehr gebrauchen und ist nicht mehr in die Fabrik zurückgekehrt.« Sie deutete auf die Stoffstücke auf dem Fußboden. »Im Laufe der Jahre haben wir elf Stücke gesammelt, aber das waren bei Weitem nicht alle Unfälle. In den meisten Fällen ist auf dem Stoff gar nichts zu sehen, aber das bedeutet nicht, dass es nicht ernst war. Ich kann dir einige der Geschichten erzählen.«

»Wie viele von ihnen sind gestorben?«, fragte Anna atemlos.

»Das weiß ich nicht. Nach schlimmen Unfällen kamen die Frauen einfach nicht mehr zurück.«

Karen legte die Stoffstücke wieder in den Sack.

»Und wie entstand diese Sammlung?«

»Eigentlich weiß ich nicht, wie es anfing, aber wir hatten eine stillschweigende Absprache. Wenn ein Unfall auf dem Gewebe Spuren hinterlassen hat, dann versteckt immer irgendeine Arbeiterin das abgeschnittene Stück Stoff.«

»Und Herr Ruben weiß also nichts von dieser Sammlung?«

»Nein, bist du verrückt? Das wäre ein Kündigungsgrund. Sie würden behaupten, das sei Diebstahl von Fabrikeigentum. Ich weiß allerdings nicht, ob es Sinn macht, weiter zu sammeln …«

»Sag so etwas nicht. Eines Tages werden wir die Sachen vielleicht brauchen, wir …« Anna beendete den Satz nicht, weil das charakteristische Geräusch eines Holzbeins zu hören war. »Holzbein«, flüsterte sie.

Karen sah sie erst verständnislos an, nickte dann jedoch, legte den Leinenbeutel blitzschnell auf das Regal und schob den Stoffballen wieder an seinen Platz. Anna hielt immer noch das helllila Stoffstück von Maries Unfall in der Hand. Schnell klemmte sie es sich unter den Arm und zog dann ihren Mantel um sich. In diesem Augenblick tauchte Holzbein am Ende des schmalen Ganges auf.

»Wir sind fertig«, sagte Karen und drängte sich an Holzbein vorbei, der auf Anna zukam. Die Luft hatte plötzlich einen üblen Beigeschmack, und Anna hatte wieder das Gefühl, dass der Boden unter ihren Füßen schwankte. *Wenn Karen doch nur stehen geblieben wäre.* Holzbein erinnerte an einen beleidigten Stier, als er sich näherte. *Würde er hier und jetzt über sie herfallen?* Doch plötzlich blieb er stehen, tat so, als betrachtete er etwas, und ging dann langsam weiter, bis er vor ihr stand.

»Ach, Sie sind das?« Auf seine tiefe schnarrende Stimme hatte sich gewissermaßen eine versöhnliche Schicht Schmalz gelegt. Versuchte er etwa, freundlich zu klingen?

»Jetzt weiß ich, wer Sie sind«, fuhr er fort. »Sie arbeiten in der Färberei, nicht wahr?«

Anna nickte.

»Ihr Meister hat gesagt, dass Sie eine tüchtige Arbeiterin sind.«

Was sollte das? Wieso erzählte er so eine Lüge? Sie presste ihren Arm an sich, weil sie Angst hatte, das Stoffstück könnte auf den Boden fallen. Sie wollte etwas sagen, aber die Worte blieben ihr im Hals stecken.

»Ihr Meister hat erzählt, dass eine Lohnerhöhung bevorstehen könnte.« Er machte ein schmatzendes Geräusch mit den Lippen.

»Natürlich nur unter gewissen Voraussetzungen.« Das Schmalz auf seiner Stimme war allmählich weggeschmolzen.

»Voraussetzungen?« Ihre Stimme schien aus weiter Ferne zu kommen.

»Ja, dass Sie sich um Ihre eigene Arbeit kümmern und sich nicht in die der anderen einmischen.«

»Ich glaube, ich verstehe Sie nicht ganz«, erwiderte sie.

»Ich bin sicher, dass Sie wissen, was ich meine, und wenn nicht, dann gibt es viele junge Fräuleins, die sich über eine Stelle in der Färberei freuen würden.«

Er schob sein Kinn vor und starrte sie an. Die Luft wurde schwer und ließ sich nur mit Mühe in die Lungen ziehen. »Merken Sie sich meine Worte, entweder man fügt sich oder …«

Sie unterbrach ihn. »Oder man endet wie Nelly Hansen. Wollten Sie das sagen?«

»Ich nenne hier keine Namen, aber sture Frauen, die nicht zuhören wollen, sind selber schuld.«

54

Vridsløselille, Freitag, den 11. Dezember

JOHANNES STRICH MIT DER Hand über seine rauen, bartstoppeligen Wangen. Die Finger fanden Nase und Mund. Er kniff sich mit den Fingernägeln in die Haut. Doch, er lebte noch. Einen Augenblick lang hatte er geglaubt, der Tod habe sich eingefunden, *denn wo war er eigentlich?* Er lag nicht auf seiner unbequemen Pritsche in der Zelle mit der dünnen, kratzigen Decke über sich. Nein, er lag weich, seine Hände ertasteten eine Matratze, die glatt wirkte. War sie etwa mit einem Laken bezogen? Seine Haut war feucht, aber er fror nicht, denn auf ihm lag ein schweres Federbett. Er sah sich um, doch es herrschte vollkommene Dunkelheit. Ein Stöhnen ließ ihn zusammenfahren. *War er nicht allein?* Er hielt den Atem an und lauschte. Ja, jetzt hörte er irgendjemanden leise schnarchend Atem holen. Wie war das nur möglich? Man durfte im Gefängnis doch nicht mit anderen zusammen sein. Vielleicht war er ja doch tot? Hatte Gott ihn in ein weiches Bett gelegt, damit er sich etwas erholen konnte, ehe er in das wirkliche Himmelreich einging? Gott hatte vielleicht die ungerecht Behandelten und unschuldig Verurteilten an einem Ort versammelt. Johannes faltete die Hände. Er wollte beten und Gott danken, aber bevor er so weit war, kam der Husten. Erst als der Anfall langsam wieder abklang, spürte er das Tuch, mit dem ihm das Gesicht abgetrocknet wurde. Gott musste gesagt haben, es werde Licht, denn jetzt konnte er ein Frauengesicht erkennen. Sie trug eine weiße Haube. Er wollte sich aufsetzen, doch sie schob ihn sanft zurück. »Sie müssen jetzt nirgendwohin. Versuchen Sie, ein wenig zu schlafen. Es ist noch früh«, flüsterte sie.

»Bin ich im Himmelreich?«

»Das wäre zu viel gesagt. Sie sind im Krankenrevier des Gefängnisses. Sie lagen gestern bewusstlos in Ihrer Zelle. Aber schlafen Sie jetzt, der Doktor schaut später nach Ihnen. Ich bin die Oberschwester.«

»Das Krankenrevier? Ich muss fünfzehn Bierkästen fertigstellen, sonst steckt man mich in die Isolationshaft.«

»Sie sind krank und von der Arbeit befreit, bis Sie wieder gesund sind.«

Kurz darauf ging das Licht aus, und er lag wieder in Dunkelheit. Endlich hatten sie verstanden, dass er krank war. Der Tod wäre ihm offen gestanden lieber gewesen. Jetzt hörte er, dass sich mehrere Leute im Krankenzimmer befanden. Es wurde geschnarcht, Betten knarrten, einer murmelte etwas, ein anderer jammerte leise. Später, als das Licht wieder anging, sah er, dass sie zu sechst im Zimmer waren. Niemand trug einen Sack über dem Kopf, und zwischen den Hustenanfällen betrachtete er die Gesichter der anderen. Das tat ihm gut, obwohl sie so verhärmt und krank aussahen. Die Fenster waren zwar vergittert, ließen jedoch viel Licht einfallen. Das Zimmer war nur mit Betten und ein paar einfachen Tischen mit Schüsseln möbliert, aber er fand es richtig gemütlich mit der Schwester, die im Saal herumging und sich um die Patienten kümmerte. Der Doktor war ein anderer als der, der ihn in der Zelle besucht hatte. Dieser hier war jünger, trug eine Brille und hatte kräftige Hände, mit denen er sich am Bart zupfte.

»Herr Christensen, wie lange leiden Sie schon an diesem Husten?«

»Lange.«

»Und was ist lange?«

Johannes erzählte, dass ihm der Husten seit seiner Reise von Vejle nach Kopenhagen ein ständiger Begleiter gewesen sei. Der Doktor nickte langsam. »Es wird besser, Sie werden schon sehen. Ich behalte Sie jedenfalls einige Zeit hier.« Er sprach langsam und mit bedächtigem Nicken, als wöge er seine Worte sorgfältig ab. Nicht nur seine Stimme, seine gesamte Erscheinung war beruhigend, und Johannes schlief nach dem Frühstück wieder ein. Rechtzeitig zur nächsten Mahlzeit, wurde er wieder geweckt. Es war dasselbe Essen wie in der Zelle, aber reichlicher, und auch das Bier war kräftiger und wärmer. Das lag vielleicht daran, dass es von der molligen Schwester serviert wurde. Sie nickte ihm lächelnd zu, als sie das Bier auf den kleinen Nachttisch stellte.

Nach dem Essen schüttelte sie sein Kissen auf und forderte ihn auf, wieder zu ruhen. Zwischen den Hustenanfällen schlief er unter dem warmen Federbett, erwachte dann aber abrupt. Er hatte geträumt, dass Betty, die Frau aus seinem Haus in der

Borgergade, eine Wohnung aufschloss, die nicht ihre eigene war. Sie nickte ihm zu, als er an ihr vorbei die Treppe hochging, als wäre es die normalste Sache der Welt, dass sie fremde Wohnungen aufschloss. Sie hielt einen großen Schlüsselbund in der Hand. Als sie ihm ihr Gesicht zuwandte, war es vollkommen verzerrt und veränderte sich fortlaufend. Mal war es die Fratze des Teufels, dann wieder wie die saure Miene seines Vaters mit dem zahnlosen Mund. Aber gleichgültig, welches Gesicht er sah, so öffnete sich immer der Mund und rief etwas Lautloses. Dann erwachte er schweißnass, und die Decke kam ihm plötzlich unendlich schwer vor. Er holte vorsichtig Luft, um nicht einen weiteren Hustenanfall auszulösen, und überlegte, ob er Betty auch in Wirklichkeit mit dem Schlüsselbund gesehen hatte. Der Traum erschien ihm auf einmal so wirklich. *Hatte sie etwa den Angreifer in die Wohnung gelassen?* Schließlich hatte sie trotz seiner Bitte keinen Arzt geholt, sondern die Polizei.

Als die Schwester an seinem Bett vorbeiging, winkte er sie zu sich.

»Mir ist etwas eingefallen, womit sich vielleicht beweisen lässt, dass ich unschuldig bin«, sagte er.

Sie lächelte freundlich. »Darüber sollten Sie sich jetzt nicht den Kopf zerbrechen. Reden Sie morgen mit dem Doktor darüber, er wird wissen, was zu tun ist.« Sie trocknete ihm die Stirn. »Sie müssen ruhen, sonst werden Sie nicht gesund.« Wenig später erschien sie mit einer kleinen Flasche. »Wenn Sie das Nachthemd anheben, dann reibe ich Ihnen den Rücken ein. Das hilft gegen den Husten.«

Johannes setzte sich auf und lehnte sich vor, während ihre warmen Hände die Mixtur einrieben. Ein gesegnetes Gefühl, seine Glieder wurden warm, und er entspannte sich. Am nächsten Tag, als der Arzt kam, packte Johannes ihn am Arm. »Sie müssen mich anhören.«

»Sprechen Sie.«

»Seit meiner Festnahme habe ich mich an fast nichts erinnern können, aber jetzt ist mir etwas Wichtiges eingefallen.« Er erzählte dem Arzt von Betty und den Schlüsseln, verschwieg aber, dass es sich um einen seltsamen Traum gehandelt hatte.

»Sie sagen also, dass Sie unschuldig sind und dass jemand den Täter in die Wohnung gelassen haben muss?«

»Ja. Ich habe von Anfang an beteuert, dass ich unschuldig bin. Es war mir die ganze Zeit ein Rätsel, wie der Mörder in die Wohnung gelangen konnte. Aber jetzt weiß ich es.«

»Und warum sollte ich Ihnen glauben?«

»Die Frau, die überfallen wurde und später starb, war die erste Frau, die ich wirklich geliebt habe. Ich bin mir sicher, dass sie meine Gefühle erwidert hat. Sie müssen mir glauben. Nichts hätte mir fernergelegen, als ihr zu schaden. Schließlich wollte ich mit ihr den Rest meines Lebens verbringen.«

Der Arzt betrachtete ihn. »Sind Sie gläubig?«

»Ja. Ich habe jedoch das Gefühl, dass Gott seit Langem nicht mehr in meine Richtung geschaut hat.«

»Das verstehe ich. Würden Sie die Hand aufs Herz legen und schwören, dass Sie die Wahrheit sagen?«

Johannes legte die Hand auf seine Brust. »Ich gelobe aus ganzer Seele, dass ich die Wahrheit sage.«

Der Arzt nickte. »Ich glaube Ihnen. Ich habe Ihnen auch schon vor Ihrem Schwur geglaubt. Das Wichtigste ist jetzt aber, dass Sie gesund werden, dann schauen wir, was sich machen lässt. Haben Sie Angehörige, die Ihnen helfen könnten?«

»Meine Schwester setzt sich bereits für mich ein, doch ich habe schon lange nichts mehr von ihr gehört.«

»Mit ihr werden wir natürlich sprechen, wenn die Zeit dafür reif ist. Aber jetzt will ich Ihnen die Brust abhören. Wir wollen ja herausfinden, was Ihnen fehlt.«

55

Kopenhagen, Sonntag, den 10. Januar 1886

Der Schnee schmolz rasch, und eine Pfütze bildete sich auf dem Fußboden. Anna war ein weiteres Mal in die Bredgade gegangen, um Eskilds Schwester Caroline aufzusuchen. Jetzt stand sie im Treppenhaus und klopfte sich den Schnee vom Mantel. Ihre letzte Begegnung mit Holzbein hatte ihr klargemacht, dass sie Eskild aufsuchen und nochmals zur Rede stellen musste. Sie hatte nicht die geringste Lust, mit der Schwester zu sprechen, aber wie sollte sie ihn sonst ausfindig machen? Caroline öffnete.

»Esse ist nicht hier.« Caroline presste die Lippen zusammen und wollte die Tür wieder schließen.

»Warten Sie. Ich bitte Sie.«

Caroline zögerte einen Augenblick, öffnete dann aber die Tür, und Anna trat ein.

»Ich habe doch gesagt, dass die Herrschaft keine Gäste gestattet.«

»Es dauert nur einen Augenblick, dann bin ich wieder weg, doch ich muss unbedingt mit Ihrem Bruder sprechen.«

»Mit dem rede ich nicht mehr.«

»Und warum nicht?«, erkundigte sich Anna.

Caroline verschränkte die Arme. »Wenn Sie es unbedingt wissen müssen, er ist ohne eine Öre aus Amerika zurückgekommen. Ich weiß nicht, was er sich vorgestellt hat, aber ich habe jedenfalls nicht die Absicht, für seinen Unterhalt aufzukommen. Ich habe ihm die ersten Tage geholfen, doch er hat sich nicht mal Arbeit gesucht.«

»Und wo finde ich ihn?«

»Woher soll ich das wissen?« Caroline verstummte und starrte auf die dunkle Tapete, als ließe sich ihr eine Wahrheit entlocken. Dann sah sie Anna an. »Ach was. Meinetwegen können Sie ihn so viel belästigen, wie Sie wollen. Wir haben einen Halbbruder, Viggo, ich habe ihn schon lange nicht mehr gesehen. Er war in der Anstalt, müssen Sie wissen. Er arbeitet unten beim Tømmergraven. Ich bin mir ziemlich sicher, dass Eskild ihn aufgesucht hat. Viggo kann ihm nämlich nichts abschlagen.«

»Und wo finde ich diesen Tømmergraven?«, fragte Anna.

»Wissen Sie nicht, wo das ist? Hinter dem Tivoli, am Kalvebod Strand, dort arbeitet er auf einem der Holzstapelplätze.«

»Wohnt er dort auch?«

»Ja. Das sage ich doch. Er wohnt dort draußen.«

»Auf dem Holzplatz?«

»Nein, nicht direkt dort, in der Nähe. Da gibt es ein paar Schuppen, und in einem direkt am Ufer wohnt Viggo.«

Der Wind hatte sich gelegt, und es schneite nicht mehr. Der Schnee war größtenteils geschmolzen, und die Wolken lagen wie eine graue Masse über der Stadt. Tømmergraven lag tatsächlich direkt am Wasser hinter dem Tivoli und gar nicht weit von ihrer eigenen Wohnung entfernt, doch trotzdem ging Anna nicht erst nach Hause. Es gab mehrere Holzplätze, sie folgte einem Pfad und hatte dabei freie Sicht auf den Wassergraben, obwohl die Holzplätze teilweise von Bretterzäunen umgeben waren. Ganz unten am Wasser, wo es sumpfig wurde und die Erde unter ihren Schritten nachgab, lagen ein paar Schuppen, die aus Bretterabfällen von den Holzplätzen zusammengenagelt worden waren. Einige Hühner pickten im Schlamm und flogen auf, als Anna näher kam. Nur aus einem der Schuppen stieg aus einem kurzen Ofenrohr Rauch auf. Davor stand ein dünner Mann mit dem Rücken zu ihr und hackte Holz. Sein Mantel hatte einen langen Riss auf dem Rücken und gab den Blick auf sein gelbliches Unterhemd frei. Er zuckte zusammen, als er Annas Schritte hörte, und drehte sich schnell um, wobei er die Axt vor sich hielt. Er hatte dasselbe fliehende Kinn wie seine Geschwister, aber seine Augen waren größer und traten etwas hervor.

»Viggo Petersen?«, fragte Anna.

Seine Augen weiteten sich, und seine Lippen zitterten. Dann nickte er leicht.

»Ist Ihr Bruder da?«

Er beugte den Kopf und betrachtete die Axt, die er gesenkt hatte. Sie ging an ihm vorbei und öffnete die Tür zum Schuppen. Eskild saß auf einer Kiste neben einem kleinen Ofen. Er hatte sich einen Bart wachsen lassen und sah älter aus. An der Wand stand eine aufgerollte Matratze, eine weitere Holzkiste diente als Tisch für ein paar Tassen und einen Kessel. Aufgereiht an der Bretterwand hing Werkzeug. Eskild erhob sich mit einem Ruck, als Anna eintrat.

»Verdammt … was wollen Sie schon wieder?«, rief er.

»Solange Sie mir nicht erzählen, was Sie über den Überfall in der Borgergade wissen, werden Sie mich nicht los.«

»Verschwinden Sie, Weiber haben hier nichts verloren.« Er riss einen kleinen, rostigen Anker von der Wand und fuchtelte damit herum.

»Wenn Sie mich mit diesem Ding da erschlagen, dann wird man Sie wie meinen Bruder wegen Mordes verurteilen.«

»Halten Sie den Mund, oder ich …«

Aber sie fiel ihm ins Wort. »Wenn Sie nicht reden, wird meine Version der Geschichte in der Zeitung gedruckt.«

»Was soll das heißen?«

»Dass die Entscheidung bei Ihnen liegt. Der Journalist, den ich beim *Socialdemokraten* kenne, berichtet gerne darüber, was meinem Bruder zugestoßen ist. Sowohl Ihr Name als auch Ihre Rolle in dieser Sache werden offengelegt.«

»Welche Rolle? Ich habe dieses Frauenzimmer nicht niedergeschlagen«, rief er.

»Wer dann?«

»Verschwinden Sie, habe ich gesagt.« Er wollte zur Tür gehen, doch sie verstellte ihm den Weg.

»Man hat Ihnen Geld gegeben, damit Sie nach Amerika fahren konnten, nicht wahr? Vielleicht hat Ihnen jemand die Fahrkarte gekauft und Sie an den Kai begleitet? Vielleicht hat Ihnen der Mann mit dem Holzbein zum Abschied zugewunken?«

»Hat er nicht ...« Eskild hielt inne.

»Sie haben sich die Fahrkarte also selbst gekauft?«

»Woher wissen Sie das überhaupt? Von meiner Schwester, dieser miesen Kuh?«

»Das haben Sie mir selbst erzählt. Haben Sie schon vergessen, dass Sie gesagt haben, man habe Sie behandelt wie Louis Pio?«

Er hob den Anker erneut, aber in diesem Augenblick ging die Tür auf und Viggo trat ein. In den Armen hielt er ein paar Scheite, die gegen die Kälte in dem Schuppen nicht viel ausrichten würden. Er legte das Brennholz neben den Ofen und kehrte ihnen den Rücken zu.

»Wenn die Zeitung über mich schreibt, dann bin ich am Ende«, brachte Eskild mit Mühe über die Lippen.

»Da kann ich nichts mehr machen. Der Journalist ist bereits an der Sache dran. Wer weiß überhaupt, dass Sie aus Amerika zurück sind?«

»Niemand.« Eskild sah seinen Halbbruder an. »Niemand außer meiner Schwester und Viggo.«

»Wir können ja einfach sagen, Sie seien drüben geblieben und hätten nur mein Telegramm beantwortet und mir auf diese Weise meine Informationen geliefert? Das, glaube ich, wäre auch für Sie das Beste. Hatten Sie nicht ohnehin vor, in eine andere

Stadt zu fahren? In diesem Fall wären Sie unauffindbar, Amerika ist schließlich ein großes Land.«

»Glauben Sie nur nicht, dass ich hierbleiben werde. Sobald die Erde taut, ziehe ich nach Süden, nach Deutschland. Dort soll es Arbeit für ordentliche Leute geben.«

»Aber Sie sind doch trotzdem daran interessiert, dass die Angaben in der Zeitung korrekt sind? Sie wollen ja wohl nicht, dass die Leute denken, Sie seien der Täter gewesen? Schließlich soll es schon vorgekommen sein, dass die Polizei mutmaßliche Verbrecher aus Deutschland zurückgeholt hat.« Sie trat näher an ihn heran.

»Was soll das! Wollen Sie mir etwa drohen?«, fauchte er.

»Ich kläre Sie nur über die Lage auf. Erzählen Sie mir einfach, was passiert ist.«

Eskild zögerte. »Es war der Mann mit dem Holzbein.«

»Ich will die ganze Geschichte hören. Von dem Zeitpunkt an, als Sie meinem Bruder im Wirtshaus begegnet sind.«

Er sah sie einen Augenblick finster an. »Ich wollte einfach noch ein Glas trinken, bevor ich nach Hause ging. In der Schenke saßen ein paar Burschen von der Refshaleøen. Einer war offenbar gerade Vater geworden und wollte das feiern. Alle wollten Ihren Bruder singen hören und gaben ihm ein Glas nach dem anderen aus. Wir hatten also einiges getrunken, als wir uns auf den Heimweg machten. Ich schloss mich Ihrem Bruder an, und er schwafelte etwas von einer Schönheit, die er besuchen wollte. Ich wollte mein Wasser abschlagen und habe ihn deswegen auf den Hinterhof begleitet. Anschließend, als ich fast zu Hause war …« Er ließ den Anker zu Boden fallen und setzte sich auf die Holzkiste.

»Sind Sie zurückgegangen?«, fragte Anna.

»Ja, so war es. Zu Hause hat schließlich niemand auf mich gewartet. Da dachte ich mir, ich könnte mir die Vorstellung ansehen.

Mir war aufgefallen, dass man in ihr Kellerzimmer schauen konnte. Mitten im Geschehen, wenn Sie verstehen, was ich meine, betrat ein Mann mit Holzbein den Hinterhof. Er konnte mich nicht sehen, weil es dunkel war und ich in einiger Entfernung bei den Mülleimern stand. Ich weiß nicht, was in mich gefahren ist, aber meine Neugier war geweckt. Was hatte dieser Zeitgenosse vor? Er blieb eine Weile stehen, obwohl die Vorstellung längst vorbei war. Die beiden dort unten waren wohl eingeschlafen. Dann zog er einen Schlüssel aus der Tasche und ging die Kellertreppe hinunter. Ich trat näher, um besser sehen zu können. Er hatte die Tür der Wohnung aufgeschlossen. Die Frau schien ihn gehört zu haben, denn ich sah, dass sie aus dem Bett aufstand. Sie war splitterfasernackt.« Eskild kratzte sich seine fettigen Haare. Seine Hände zitterten, als er sich seine Pfeife stopfte. »Offenbar hatte er das Gewehr unter dem Mantel versteckt, denn plötzlich zielte er damit auf sie, aber dann weiß ich nicht recht, was geschah, denn statt sie zu erschießen, schlug er ihr mit dem Kolben mehrere Male auf den Hinterkopf. Ihr Bruder erwachte offenbar, denn das Holzbein zog ihm rasch eins über, ehe er das Bett verlassen konnte. Ich dachte die ganze Zeit, sieh zu, dass du wegkommst, aber daraus wurde nichts, ich verstehe immer noch nicht, warum ich ihn nicht gehört habe, doch plötzlich stand er neben mir und zielte mit seinem Gewehr auf meinen Kopf.« Eskild wandte sich an seinen Bruder, der ihnen immer noch den Rücken zuwandte. »Der Tabak ist nass, Viggo.«

»Hat er Ihnen Geld angeboten?« Annas Stimme war deutlich, obwohl sie innerlich zitterte und den Geschmack saurer Milch auf der Zunge hatte.

»Ihm muss klar gewesen sein, dass ich alles gesehen hatte. Ich sollte ihn am nächsten Tag in einer Schenke im Nyhavn treffen, sonst würde es mir so ergehen wie der Frau.«

»Sind Sie hingegangen?«

»Ja, aus reiner Angst. Er hatte das Geld dabei und behauptete, dass es in Amerika lange vorhalten würde. Aber das war eine verdammte Lüge. Mir wurde auch mitgeteilt, für welchen Dampfer ich eine Fahrkarte kaufen sollte. Und Sie hatten recht, er fand sich tatsächlich auf dem Larsens Plads ein, um sicherzustellen, dass ich an Bord gehe. Gewunken hat er aber nicht.«

»Wären Sie bereit, vor Gericht auszusagen?«, fragte Anna.

»Sie verstehen wirklich gar nichts! Es geht um mein Leben gegen das Ihres Bruders. Wenn ich schon nicht verhindern kann, dass die Zeitung über diese Sache schreibt, dann kann ich mich wenigstens absetzen, bevor es so weit ist. Geben Sie sich endlich zufrieden. Mehr werde ich dazu nicht sagen, also gehen Sie! Und nur damit Sie das wissen: Wenn Sie die Polizei auf mich hetzen, dann streite ich alles ab.« Er erhob sich, öffnete die Tür und versetzte ihr einen Stoß. Beinahe wäre sie gestolpert.

Wäre Eskild nicht so ein Dreckskerl gewesen, dann hätte er ihr beinahe leidtun können. Andere zu bespitzeln war natürlich schändlich, aber im Grunde genommen kein Verbrechen. Trotzdem war er jetzt ständig auf der Flucht.

Schneeregen fiel, und Anna fror in ihrem Mantel. Sie hatte bei ihrem Besuch in der Bredgade nicht Dagmars Holzschuhe tragen wollen und merkte jetzt, wie die Nässe durch die verschlissenen Stiefelsohlen sickerte. Immerhin wusste sie nun im Detail, wie die Schandtat begangen worden war. Morgen würde sie sich krankmelden, obwohl das ein Risiko war, die Bahn nach Vridsløselille nehmen und darauf bestehen, mit Johannes sprechen zu dürfen. *Vielleicht fiel ihm ja noch etwas ein, wenn sie ihm erzählte, was genau vorgefallen war. Schlimmstenfalls konnte er so tun als ob.* Anschließend musste sie den Anwalt an der Store Kongensgade aufsuchen und ihn dazu überreden, eine neue Verhandlung für Johannes zu erwirken. Sie hatte das Ende des Pfads erreicht und befand sich auf der Querstraße, als ihr die Idee kam, die Redaktion des

Socialdemokraten aufzusuchen. Mit etwas Glück war Rosenberg noch dort. Den Artikel hatte er einfach nur beiläufig erwähnt. Jetzt musste sie sich davon überzeugen, dass es ihm wirklich ernst war.

In der Redaktion brannte Licht, und die Tür war offen. Rosenberg sah von seinem Platz hinter der Trennwand auf und lächelte, als hätte er ihren Besuch erwartet.

»Ich breche bald auf. Was führt Sie hierher?«

»Sie haben sich bereit erklärt, über den Fall meines Bruders zu schreiben. Jetzt kenne ich die ganze Geschichte.«

Rosenberg zögerte, deutete dann aber auf einen Stuhl vor seinem Schreibtisch. »Setzen Sie sich. Lassen Sie hören.«

»Es fing mit einem tödlichen Unfall in der Tuchfabrik Rubens an ...«

»Warten Sie, ich muss nur noch schnell meinen Bleistift spitzen.«

Anna referierte, was Nelly auf die Rückseite ihres Taufscheins geschrieben hatte. Sie erklärte, Nelly habe diesen Text in irgendeiner Form bei der Zeitung abgeben wollen, sei aber vermutlich nicht mehr dazu gekommen. Rosenberg schrieb, während sie sprach, und nickte ab und zu. Anna erzählte, wie sie sich mithilfe von Händedrücken mit Nelly im *Allgemeinen Spital* verständigt hatte und dass Nelly daraufhin erwürgt worden war. Erst nachdem sie mit Eskilds Bericht geendet hatte, legte Rosenberg seinen Bleistift beiseite und lehnte sich zurück. »Eine verdammte Geschichte, dieser einbeinige Henriksen ist ja ein richtiger Schurke.«

Anna nickte. »Und so ein Pech, dass mein Bruder ausgerechnet in jener Nacht dort war.«

»Tja.« Rosenberg kritzelte Schnörkel auf den Rand seines Papiers. »Wir haben bereits früher über die Zustände bei Rubens geschrieben«, fuhr er fort. »Und ich berichte auch gerne über diesen tödlichen Unfall, aber das mit dem Überfall und dem Mord an Nelly Hansen wird schwieriger. Ich muss den richtigen Winkel finden. Fabrikant Ruben ist ein mächtiger Mann, verstehen Sie. Wenn wir ihn ohne Rückendeckung der Polizei beschuldigen, einen Mord in Auftrag gegeben zu haben, dann wird er die Zeitung wegen Verleumdung verklagen. Das könnte schlimmstenfalls das Ende dieser Zeitung bedeuten.«

»Wieso Verleumdung?«, fragte Anna.

»Wenn wir über eine Straftat schreiben, ohne etwas beweisen zu können, und das können wir nicht, weil dieser Eskild Petersen nicht aussagen will, dann kann Herr Ruben behaupten, dass wir Lügen über ihn verbreiten, und uns damit richtig viel Ärger eintragen.«

»Und was ist, wenn der Fall wiederaufgerollt wird? Ich habe mit einem Anwalt gesprochen, aber das war noch, ehe ich diesen Eskild Petersen aufgespürt hatte. Vielleicht lässt sich ja jetzt etwas machen.«

»Ja, schon möglich …« Rosenberg verstummte einen Augenblick. »Ich verspreche Ihnen, dass ich mir etwas einfallen lasse, selbst wenn der Fall Ihres Bruders nicht wiederaufgegriffen werden sollte. Wie weit ich dabei gehen kann, weiß ich jetzt noch nicht, das muss ich erst mit dem Redakteur besprechen.« Er sah sie lächelnd an. »Aber alles unter einer Bedingung.«

»Und die wäre?«

»Dass Sie mir erlauben, Sie zu einem Happen einzuladen.«

Anna merkte, wie ihr das Blut zu Kopf stieg. »Das ist fürchterlich nett von Ihnen, aber ist das wirklich Ihr Ernst?«

»Natürlich.« Er erhob sich von seinem Stuhl. »Lassen Sie uns sofort gehen. Haben Sie denn keinen Hunger?«

»Doch, es ist nur …« Sie schaute an sich herunter. Ihr Kleid hatte Lehmflecken, und sie trug immer noch den alten Mantel ihrer Mutter.

»Sie sehen bezaubernd aus.«

Die Hitze ihrer Wangen verschwand erst, als sie auf die kalte Straße traten und den Weg Richtung Østergade zum Rydbergs Kælder einschlugen. Sie gingen durch ein Tor und dann eine Treppe hinunter und gelangten in ein lang gestrecktes Lokal. An einem Ende lag eine Bühne, und unterhalb davon spielte ein kleines Orchester.

»Hier scheinen nur Männer zu sein«, flüsterte Anna.

Rosenberg zuckte mit den Schultern. »Ja, mag sein, aber umso heller strahlen Sie.«

Was immer er damit meinen mochte, so war es ihr nicht unangenehm. Er wählte einen Tisch und rückte ihr den Stuhl zurecht. Sein dunkles Haar stand in die Höhe, seit er den Hut zusammen mit seinem Mantel am Eingang abgelegt hatte.

»Hier servieren sie eine hervorragende Ochsenschwanzsuppe. Sollen wir die nehmen? Oder hätten Sie gern etwas anderes?«

»Suppe klingt gut.«

Er nickte und winkte dem Kellner. Anna atmete tief ein und schaute Richtung Orchester. Der Kellner war jedoch freundlich, und nichts deutete darauf hin, dass er sie für Rosenbergs Dienstmädchen hielt. Als der Kellner gegangen war, konnte sie sich wieder entspannen. Kurz darauf trat ein jüngerer Mann an ihren Tisch, er trug einen offenen Kragen und hatte einen Schlips um den Hals gebunden. Er nickte Anna lächelnd zu und wandte sich dann an Rosenberg. »Jetzt muss man offenbar aufpassen, was man sagt, wenn man in Lyngby unterwegs ist.«

»Du denkst an das Schreiben des Kellners, den man festgenommen hat?«

Der Mann nickte und zog eine Schachtel Zigaretten aus seiner Jackentasche. »Rauchen Sie?« Lächelnd bot er Anna eine Zigarette an.

»Nein, danke.«

Er nahm eine Zigarette und reichte die Schachtel anschließend Rosenberg, der ebenfalls eine Zigarette nahm.

»Der Mann hat im Rausch ein paar kritische Bemerkungen über Estrups Rechtsregierung gemacht, und irgendein Schwachkopf hat ihn der Polizei gemeldet. Die konnte aber keine Beweise dafür finden, dass er Mitglied einer sozialistischen Vereinigung ist, und musste ihn am nächsten Tag wieder freilassen.« Rosenberg betrachtete Anna, während er erzählte.

Als der Mann mit dem offenen Kragen gegangen war, lehnte sich Rosenberg zu ihr vor. »Sie müssen entschuldigen, es ist sicher nicht immer einfach, den Gesprächen hier zu folgen. In diesem Lokal wimmelt es von Journalisten, aber ich bin in der Regel der Einzige vom *Socialdemokraten*.«

Anna schaute auf die Hand, mit der er die Zigarette hielt, sie war sauber und wies keinerlei Risse oder andere Hautschäden auf. Er hatte sich seinen langen Backenbart abrasiert, und das stand ihm. Erst jetzt bemerkte sie, dass seine Augen hellbraun waren, und so, wie er sie jetzt anschaute, erinnerte er sie an Erik, obwohl sonst keinerlei Ähnlichkeit bestand. Rosenberg besaß feinere Gesichtszüge, als hätte Gott einen zarteren Pinsel verwendet. Seine Lippen waren schmal und die Nasenflügel geschwungen. Er drückte die Zigarette aus, als die Suppe serviert wurde. Anschließend bestellte er Kaffee und Eierpudding mit Rum und Rosinen. Sie schloss die Augen und genoss den Geschmack und die Konsistenz des weichen Puddings.

»Man wird reichlich belohnt, wenn man Ihnen gutes Essen serviert«, sagte er und lachte. »Das nächste Mal nehmen wir Kalbsbraten in Sahnesoße.«

Vor der Bühne und dem Orchester hatten einige Paare zu tanzen begonnen. Anna war während des Essens gar nicht aufgefallen, dass inzwischen auch Frauen gekommen waren. Als sie ihren Löffel beiseitelegte, nahm Rosenberg ihre Hand. Er strich über ihre Blasen und Verletzungen, sagte aber nichts darüber. »Tanzen Sie gerne?«

»Das ist lange her.«

Er erhob sich, nahm ihren Arm, und sie glitten zwischen den Tischen zur Tanzfläche.

56

Vridsløselille, Montag, den 11., bis Samstag, den 16. Januar

Das Gefängnis glich einer Burg oder dem, was sich Anna unter einer Burg vorstellte. Vielleicht war es ja nicht ganz so hoch. Das breite grüne Tor zwischen den beiden Türmen war wie bei ihrem letzten Besuch geschlossen, aber dieses Mal wusste sie, dass man klingeln und dann geduldig warten musste. Es war neun Uhr, sie war früh aufgestanden, und Dagmar hatte sie bei Rubens krankgemeldet. Ob sich dadurch ein Abzug verhindern ließ, war ungewiss. Als das grüne Tor aufging, wusste sie, was sie sagen wollte. »Es ist etwas Ernstes vorgefallen, und es ist wirklich nötig, dass ich mit meinem Bruder spreche. Er ist hier Häftling und heißt Johannes Christensen.«

Der Wärter schob seine Mütze nach hinten. »Geht es um einen Todesfall in der Familie?«

»Ja, es …« Weiter kam sie nicht, denn er unterbrach sie.

»Sie können hier drinnen warten.« Sie folgte ihm in ein mit einer einzelnen Bank möbliertes kleines Empfangszimmer.

»Ich darf also meinen Bruder treffen?«

Der Wärter zuckte die Achseln. »Das kann ich Ihnen nicht sagen, Fräulein.«

Er schloss eine Tür auf, und sie hörte das Rasseln von Schlüsseln, als er sie von der anderen Seite wieder zuschloss. Anna setzte sich auf die Bank, stand dann aber sofort wieder auf und ging im Zimmer auf und ab. Jetzt war sie Johannes so nahe, dass sie die Ungewissheit fast nicht mehr ertragen konnte. Sie sehnte sich so sehr danach, ihn zu sehen und ihm zu sagen, dass es immer noch Hoffnung gebe. Doch warum dauerte es so lange? Es konnte doch nicht sein, dass Johannes immer noch keinen Besuch empfangen durfte? Sie fand, dass eine Ewigkeit vergangen war, als der Schlüssel endlich erneut umgedreht wurde und der Beamte zurückkehrte. In der Hand hielt er eine braune Pappmappe, die von einem Band zusammengehalten wurde. »Sie sind also Anna Christensen, die Schwester des Häftlings?«

»Ja, das stimmt.«

Der Wärter ließ einen Finger über die Mappe gleiten.

»Ich muss Ihnen leider mitteilen, dass Johannes Christensen gestern verstorben ist, und zwar …« Er hielt inne und öffnete das Band und die Mappe. »… um einundzwanzig Uhr dreißig.«

»Das muss ein anderer Johannes Christensen sein!«, rief Anna.

Der Wärter fingerte ein wenig an der Mappe, öffnete sie dann erneut und las vor. »Johannes Alfred Christensen, geboren am 5. September 1860 in Uldum …«

Sie hörte nichts mehr, öffnete stattdessen den Mund, damit der Schrei entweichen konnte, aber er blieb in ihrem Hals und ihrer Brust stecken, und sie japste und bekam keine Luft mehr.

»Die Beerdigung findet am nächsten Samstag um eins in der Kirche von Herstedvester statt«, sagte der Wärter.

»Woran ist er gestorben?«, hörte Anna sich sagen.

Der Wärter bewegte die Lippen, während er in der braunen Mappe las.

»An Erschöpfung und vermuteter Tuberkulose.«

»Vermuteter Tuberkulose?«, wiederholte Anna.

»Das steht hier, Fräulein. Sie wissen, wenn man erst hier drin ist, dann nimmt so etwas einen raschen Verlauf.«

»Kann ich ihn sehen?«

»Leider nicht, Fräulein.«

Als sie wieder draußen war, fiel es ihr schwer, ihre Umgebung zu erkennen. Die Farben wirkten wie ausgelöscht, und die Konturen hatten sich aufgelöst. In ihrer Brust war immer noch dieser Schmerz, und der Weg zum Bahnhof von Glostrup zog sich in die Länge.

Ihren geliebten Johannes gab es nicht mehr.

Sie weinte lautlos, als sie in der Bahn saß, und der Mann ihr gegenüber starrte sie an, sagte aber nichts. Als sie nach Hause kam, war Dagmar nicht in dem Zimmer. Anna warf sich aufs Bett und hoffte, nie wieder zu erwachen. Doch der Schlaf wollte sich nicht einfinden, und als Dagmar nach Hause kam, lebte Anna immer noch. Als wüsste sie schon alles, legte sich Dagmar zu ihr ins Bett und hielt sie in den Armen. Und jetzt erst konnte Anna richtig weinen.

Am nächsten Morgen stand sie auf, ohne geschlafen zu haben. Als sie durch die dunklen Straßen zu Rubens ging, überlegte sie, ob es wirklich möglich war, an Trauer zu sterben, oder ob das nur eine Redensart war. Ihre Mutter hatte von einer Frau aus einem Nachbarhof erzählt, die innerhalb eines Jahres ihren Mann und ihre beiden Söhne verloren hatte. Als sie die Nachricht erhielt, dass auch noch die einzige Tochter gestorben sei, legte sie sich ins Bett. Dort fand man sie einige Tage später tot.

Am Bahnhof von Glostrup nahm sie ein Bauer mit, der zu einem Hof ganz in der Nähe von Herstedvester unterwegs war. Dagmar hatte sich unaufgefordert erboten, sie zum Trauergottesdienst zu begleiten. Vom Hof des Bauern mussten sie das letzte Stück zu Fuß gehen. Die Kirche lag von Höfen umgeben mitten im Dorf. Arm in Arm und schweigend, legten sie den Weg zurück. Die Sonne verschwand hinter ein paar Wolken, die aussahen, als hätte sie jemand zerreißen wollen. Das Licht flimmerte ihnen vor den Augen. Anna hatte in der vergangenen Woche sehr wenig geschlafen, war aber nicht vor Trauer gestorben wie die Frau auf dem Nachbarhof. Richtig lebendig fühlte sie sich jedoch nicht. Die Kirche war offen, aber leer.

»Wo ist der Sarg? Steht er vielleicht schon an der Grube?«, flüsterte Anna.

Sie folgten der weiß gestrichenen Mauer, die den Friedhof umgab, während sie die Wege zwischen den Gräbern mit den Augen absuchten, aber es gab weder eine ausgehobene Grube noch einen Sarg. Anna überkam ein plötzlicher Schwindel, und der Kloß in ihrem Hals wurde größer. *Hatte sie den Gefängnisbeamten falsch verstanden? War es gar nicht heute?* Vielleicht war es auch schon vorbei, und sie hatte sich nicht von Johannes verabschieden können.

»Die ganze Woche war Frost. Vielleicht können sie keine Grube ausheben. Aber was geschieht dann mit dem Sarg?«, fragte Dagmar.

Anna schüttelte den Kopf. »Ich weiß nicht. Oder doch. Zu Hause haben sie den Sarg kalt aufbewahrt, bis der Boden aufgetaut war.«

In diesem Augenblick hielt ein offener Pferdewagen vor der Friedhofspforte. Auf der Ladefläche stand ein einfacher Sarg aus ungehobelten Brettern. Zwei Männer sprangen herab, der eine war ein Gefängniswärter mit Uniformmütze. Ein dritter Mann gesellte sich zu ihnen, vielleicht der Totengräber. Gemeinsam trugen sie den Sarg in die Kirche. Anna und Dagmar folgten ihnen, nahmen beide ein Gesangbuch und setzten sich in die erste Reihe. Auf einer kleinen Tafel stand die Nummer eines Kirchenliedes. Dagmar begann, im Gesangbuch zu blättern, doch Anna ließ ihres auf den Knien liegen. Sie kannte die Nummern fast aller Kirchenlieder und konnte die meisten auswendig. Der Pfarrer trat in die Kirche, und der Gefängnisbeamte wechselte ein paar Worte mit ihm. Anschließend nahm er ganz hinten in der Kirche neben der Tür Platz.

Anna hielt die Augen auf den Sarg gerichtet. So nahe würde sie Johannes nie wieder kommen. Der Pfarrer stand mit dem Rücken zum Altar und räusperte sich mehrmals. *Wenn das Ganze gleich vorbei war, was gab es dann noch?* Anna fröstelte, als ginge die Kälte mit der Trauer einher. Sollte sie nach Jütland zurückkehren? In Kopenhagen hielt sie nichts, aber in Uldum war sie auch nicht mehr zu Hause. Jetzt, wo Johannes nicht mehr lebte, gehörte sie nirgends mehr hin. Sie hatte Harald geschrieben und ihn von Johannes' Tod unterrichtet, aber keine Antwort erhalten. Der nackte Sarg stach ihr in die Augen, wenn sie doch nur eine einzige Blume gehabt hätte, um sie daraufzulegen. Draußen hatte sie jedoch nichts pflücken können, und Dagmar und sie besaßen kein Geld, um Blumen zu kaufen. Sie knüllte das saubere Taschentuch, das sie in der Hand hielt, zusammen. Dann verstummten die Kirchenglocken, und der Pfarrer drehte sich zu ihnen um, bestieg aber nicht die Kanzel. Er war klein und dick und hatte dicke rote Finger. Offenbar gab es keinen Organisten, obwohl eine Orgel in der Kirche stand. Der Pfarrer nickte ihnen zu und begann zu singen. Anna fiel mit ihrer klaren Stimme ein, aber die piepsende Stimme des Pfarrers, der es schwerfiel, die richtigen Töne zu treffen, schmerzte in ihren Ohren. Sie sangen nur zwei Strophen, obwohl das Lied aus vielen weiteren bestand. Dann kam das Gebet. Anna hörte die Stimme des Pfarrers nicht mehr, nur noch ihre eigene, die die Worte murmelte. Anschließend wartete sie gespannt darauf, welche Bibelstelle der Pfarrer lesen würde. Er blätterte in dem schwarzen Buch, als würde er sich erst jetzt entscheiden. »Die Schriftlesung ist aus dem Psalter, Kapitel eins«, sagte er und räusperte sich. »Wohl dem, der nicht wandelt im Rat der Gottlosen noch tritt auf den Weg der Sünder …«

Anna versuchte, diese Worte auszuhalten, ohne sich Gedanken darüber zu machen, warum der Pfarrer ausgerechnet diesen Text gewählt hatte, der keinerlei Trost spendete. Johannes hatte immer nur Gutes für andere gewollt. Es ergab so gar keinen Sinn, dass ausgerechnet er in diesem Sarg lag. Schon einmal hatte sie ihn beinahe verloren. Harald hatte ihn in den Fluss gestoßen, aber es war ihr noch rechtzeitig gelungen, ihn wieder herauszuziehen. Damals waren sie noch Kinder gewesen. Dieses Mal hatte sie ihn nicht retten können, und der Schmerz war unerträglich. Die Schriftlesung war rasch vorbei, und nach dem Glaubensbekenntnis sah der Pfarrer sie zum ersten Mal richtig an. »Johannes Alfred Christensen, in Sünde warst du geboren, und als schuldiger Sünder bist du gestorben, aber der Herr ist barmherzig und …« Hier wurde er unterbrochen. Anna erhob sich. Der Widerstand regte sich in ihr. »Das stimmt nicht. Mein Bruder ist nicht als Sünder gestorben, er wurde zu Unrecht verurteilt. Der wirkliche Täter muss seine Strafe bekommen.« Ihre Stimme war deutlich, aber ein wenig heiser.

Als hätte er sie nicht gehört, fuhr der Pfarrer fort: »Johannes Alfred Christensen wurde für den Mord an einer jungen, unschuldigen Frau verurteilt, aber nur Gott kennt die wirkliche Strafe.« Seine bleichen Wangen zitterten, während er sprach.

Die Wut stieg in Anna hoch, und obwohl ihr Dagmar eine Hand auf den Arm legte, stand sie wieder auf. »Sie lügen. Mein Bruder hatte nichts mit dem Überfall zu tun. Es war ein Zufall, dass er sich in der Nacht, in der der Mörder zuschlug, in der Wohnung befand.«

Der Pfarrer starrte sie an, erwiderte jedoch nichts. Dann nahm er die kleine Schaufel aus dem Eimer mit Erde, hielt sie einen

Augenblick in der Hand, als müsste er überlegen, ob er sie verwenden sollte, beugte sich dann aber vor und nahm mit ihr etwas Erde auf. »Von der Erde bist du genommen. Zur Erde sollst du werden. Von der Erde wirst du auferstehen.« Dann warf er etwas Erde auf den Sarg, drehte sich um, ging zum Altar und blieb dort mit dem Rücken zu ihnen stehen.

»War das alles, was dieser Scheißkerl zu bieten hat?«, flüsterte Dagmar.

»Normalerweise kämen jetzt noch ein Gebet und ein Lied, aber das lässt er offenbar aus.« Anna stand auf und ging die wenigen Schritte zum Sarg und legte ihre Hand darauf. »Geliebter Johannes, du warst ein guter Mensch, ich verspreche dir, dass dein Tod nicht umsonst gewesen ist.« Sie hielt einen Augenblick inne und starrte auf den Rücken des Pfarrers. Dann erhob sie ihre Stimme, damit auch der Pfarrer sie hören konnte: »Es wird Gerechtigkeit werden, nicht nur in Gottes Reich, sondern auch hier auf Erden bei den Sterblichen.«

57

Kopenhagen, Montag, den 18. Januar

Anna war früh in der Fabrik und passte Karen auf dem Innenhof ab.

»Ich habe letzten Samstag meinen Bruder begraben.«

»Das tut mir leid«, antwortete Karen und legte ihre kräftige Hand auf Annas Schulter.

»Holzbein, also Herr Henriksen, hat nicht nur Nelly Hansen auf dem Gewissen, sondern auch meinen Bruder.«

»Wie meinst du das?«

Anna erzählte ihr von Eskild Petersens Erlebnissen und dem Betrug an Johannes.

»Aber dein Bruder hat den Überfall doch überlebt?«

»Das schon, jedoch nicht das Gefängnis, und das Ganze hat schließlich hier bei Rubens angefangen. Du hattest recht damit, dass diese Fabrik ein gefährlicher Ort ist. Sie ist lebensgefährlich. Ich habe viel an diese Stoffstücke, die du mir gezeigt hast, gedacht. Es darf einfach nicht sein, dass man um sein Leben fürchten muss, wenn man zur Arbeit geht.«

»Da hast du recht. Aber es ist nicht leicht, etwas dagegen zu unternehmen. Nelly hat das versucht, und du weißt ja, wie es endete«, entgegnete Karen.

»Wir müssen vorsichtig sein, aber ich habe nicht vor, Nellys Tod und den meines Bruders tatenlos hinzunehmen. Können wir die Frauen heute Abend zu einer Versammlung zusammentrommeln?«

»Das wird schwer, diejenigen mit Kindern müssen es vorher wissen, damit sie sich um eine Betreuung kümmern können.«

»Und morgen?«, fragte Anna.

»Wir wollen es versuchen, aber es ist nicht leicht, alle zu verständigen. Nelly und ich haben damals Zettel verteilt, doch das ging vollkommen schief. Es funktioniert nur Mundpropaganda, obwohl im Websaal alle Unterhaltung verboten ist.«

In diesem Augenblick ertönte die Fabriksirene, und sie mussten sich beide beeilen.

Anna zog gerade Garn mit einer Holzstange aus dem Bleichmittel, als hinter ihr die Tür aufging. Dann war das Klopfen eines Holzbeins auf dem Dielenboden zu hören, und sie drehte sich abrupt um. Holzbein stand mit finsterem Blick und seinem verzerrten, unrasierten Gesicht neben der Tür.

»Was wollen Sie?« Anna war selbst überrascht, wie scharf ihre Stimme klang.

Er sagte nichts, sondern kam nur einen Schritt näher. Seine Augen waren gerötet.

»Sie können mich meinetwegen bedrohen oder mich feuern. Ich weiß, dass Sie Nelly Hansen und meinen Bruder überfallen haben. Beide sind tot. Sie sind ein zweifacher Mörder«, fuhr Anna fort.

»Wie können Sie es wagen.« Seine Stimme klang rostig und schnarrend.

Sie wich zur Bleichmitteltonne zurück. In der Hand hielt sie den Holzstock. Wenn er näher kam, würde sie ihm einen Schlag auf die Nase versetzen. Aber er rührte sich nicht, sondern presste nur die Lippen zusammen, bis sie weiß wurden. Dann drehte er sich um und knallte die Tür hinter sich zu.

Ihre Hände zitterten immer noch, als Scholle wenig später zu ihr kam. »Was wollte Henriksen?«, fragte er.

»Das weiß ich nicht«, antwortete Anna.

Elf Frauen fanden sich am Tag darauf nach Feierabend vor der Fabrik ein.

»Ich kenne ein Lokal in der Smallegade, das Café Håbet. Dort haben wir unsere Ruhe«, sagte Karen.

Kaum hatten sie sich auf den Weg gemacht, da tauchte vor ihnen auf dem Bürgersteig ein Mann auf. Er trug seinen Hut tief in die Stirn gezogen. Im Schein der Straßenlaterne war deutlich eine große Narbe vom Mund quer über die Wange zu erkennen. Sein langer Mantel war in die Jahre gekommen. Schweigend betrachtete er sie, als sie an ihm vorbeigingen. Anna gesellte sich zu Karen. »Kennst du den Mann?«

»Nie gesehen.«

Anna warf einen Blick über die Schulter, als sie um die Ecke bogen. Der Mann schlurfte in einigem Abstand hinter ihnen her. *Folgte er ihnen etwa?* Sie fasste Karen am Ärmel. »Könnte das jemand sein, den Henriksen geschickt hat, damit er uns im Auge behält?«

»Hoffentlich nicht! Wenn er uns in die Schenke folgt, müssen wir die Versammlung vertagen.«

Als sie durch die Falkoner Allee gingen, fiel der Mann zwar ein Stück zurück, folgte ihnen aber immer noch. Anna betrachtete die anderen Frauen. Die meisten unterhielten sich leise und schienen, mit Ausnahme von Karen, den Mann nicht bemerkt zu haben. Als sie die Smallegade erreichten und die Tür zum Café Håbet öffneten, konnte Anna ihn nirgends mehr entdecken.

In der Schankstube hing nur eine einzelne rußende Petroleumlampe über dem Tresen. Die Stimmung war dumpf, ein paar Männer hatten die Köpfe auf den Tisch mit einer leeren Schnapsflasche gelegt und schliefen. Karen kannte den Besitzer der Schenke, und er führte sie in ein Nebenzimmer. Hier stand ein langer Tisch. Sie holten Stühle aus der Schankstube, damit alle sitzen konnten.

»Was darf ich den Damen bringen?«, fragte der Wirt.

Sie einigten sich auf ein paar Kannen Kaffee, was für jede von ihnen eine Tasse ergab. Das Nebenzimmer hatte nur ein schmales Fenster, durch das Anna auf einen Hinterhof blicken konnte. Dort standen ein paar Fuhrwerke, und einige Männer unterhielten sich. »Wir müssen aufpassen«, sagte sie zu Karen. »Ich meine diesen Mann, der uns gefolgt ist. Wir müssen darauf achten, ob er wieder auftaucht.«

Karen nickte und setzte sich auf einen Stuhl am Fenster. Im Zimmer war es kalt, und die Frauen behielten ihre Mäntel an. Auch Anna fror. Trotzdem waren ihre Hände feucht. Es war ihnen gelungen, eine Versammlung einzuberufen. Selbst wenn nicht so viele erschienen waren, so war es doch ein Anfang. Jetzt warteten alle auf den Kaffee und ihre einleitenden Worte. Anna würde die Versammlung eröffnen, und sie wollte alles richtig machen. Sie wartete, bis der Kaffee serviert worden war und sich alle eine Tasse eingegossen hatten.

»Wir sind heute Abend hier zusammengekommen, weil wir etwas unternehmen müssen.« Ihre Stimme zitterte, aber sie hoffte, dass es niemand anderem auffiel. Die Tassen klapperten, als etliche Frauen sie abstellten und ihre Blicke auf sie richteten. »Wir können einfach nicht hinnehmen, dass man uns wie Tiere behandelt«, fuhr Anna fort. »Wo ich herkomme, wird eine Kuh totgeschlagen, wenn sie sich ihrem Besitzer widersetzt. Bei Rubens ist das auch nicht anders.« Sie hielt inne und schaute in die Runde.

Ida, das Mädchen mit der Stupsnase, schob ihre Tasse beiseite. »Drück dich so aus, dass wir dich verstehen können. Was willst du damit sagen?«, fragte sie.

»Einige von euch werden sich daran erinnern, dass Marie Hansen letztes Jahr nach einem Unfall starb. Ihre Schwägerin Nelly Hansen wollte, dass eine Zeitung über den Unfall schreibt und dass Rubens eine Entschädigung an ihre Familie zahlt. Nelly wurde spätabends in ihrer Wohnung überfallen. Mein Bruder war ihr Freund und wurde ebenfalls überfallen. Jetzt sind beide tot. Der Mann, der sie überfallen hat, war Henriksen, der Einbeinige aus der Weberei.«

Einen Augenblick lang war es ganz still, dann räusperte sich Thyra, die Frau mit dem spitzen Gesicht. »Bist du dir ganz sicher?«

»Ganz und gar.« Anna erzählte von ihrer Begegnung mit Eskild Petersen.

»Du sagst also, dass der Fabrikant Henriksen gebeten hat, Nelly zu erschlagen?«, fuhr Thyra fort.

»Ich weiß nicht, ob ihr Tod wirklich beabsichtigt war, aber er war zumindest die Folge. Darum müssen wir auch sehr vorsichtig sein.«

»Also ich finde das hier richtig widerlich. Ich dachte, dass es bei dieser Versammlung um unsere verdammten Strafabzüge geht.« Anna erkannte sie wieder. Es war die Frau, die beim letzten Zahltag keinen Lohn erhalten hatte. »Mein Mann ist krank, man setzt uns auf die Straße, wenn ich meine Arbeit verliere. Mein Mann war dagegen, dass ich diese Versammlung besuche …« Sie hielt inne und erhob sich. »Es ist besser, ich gehe nach Hause.«

»Nein, warte«, sagte Karen. »Es soll auf dieser Versammlung um alle unsere Probleme gehen, auch um die Strafen, nicht wahr, Anna?«

»Natürlich, ich war nur noch nicht so weit.«

Doch die Frau, die keinen Lohn erhalten hatte, stand bereits an der Tür. Sie nickte und eilte nach draußen. Eine Weile blieb alles still, aber niemand anderes verließ den Raum.

»Was sollen wir tun?«, fragte ein junges Mädchen mit einem runden Gesicht.

»Vor allen Dingen müssen wir noch mehr Frauen mobilisieren und …«

Anna hielt inne, weil Karen sie unterbrach. »Die Webergewerkschaft war bislang keine große Hilfe. Die Mitglieder sind ausschließlich Männer, und die bekommen einen ganz anderen Lohn als wir. Früher wollten sie uns nicht dabeihaben. Aber das hat sich offenbar geändert. Vielleicht sollten wir uns erkundigen, ob wir uns dort anmelden können.«

Anna nickte. »Es gibt vielleicht auch einen anderen Verein, der uns helfen könnte. Ich habe mit Matilde Bajer gesprochen, die zusammen mit anderen Frauen die Weibliche Fortschrittsvereinigung gegründet hat. Dort will man sich für die Gleichstellung der Frauen mit den Männern in allen Bereichen einsetzen, auch am Arbeitsplatz. Das Ziel ist, dass wir das Stimmrecht erhalten wie die Männer …«

Eine Frau mit einem roten Schal unterbrach sie. »Ist das nicht eher was für die feinen Damen?«

»Nein. Das ist es ja gerade. Sie wollen, dass wir dabei sind. Sie haben uns ausdrücklich eingeladen, aber nur uns Frauen. Männer nehmen sie nämlich keine auf.«

»Unglaublich!«, sagte eine.

Die Versammlung dauerte noch eine weitere halbe Stunde, dann brachen die Frauen auf.

»Wir sind uns also einig, dass wir alle versuchen wollen, andere zur Teilnahme zu ermuntern. Wir treffen uns in genau zwei Wochen wieder hier. Wenn ihr mit den anderen sprecht, dann so, dass die Vorarbeiter nichts mitbekommen.« Anna musste laut sprechen, um das Stühlerücken zu übertönen. »Wenn ihr euch jetzt auf den Weg macht, dann bitte immer in Gesellschaft.«

Anna schloss sich erst ein paar Frauen an, aber am Ende der Smallegade bogen diese Richtung Nørrebro ab, während sie ihren Weg nach Vesterbro fortsetzte. Anna verlangsamte ihre Schritte, weil Dagmars Holzschuhe sie behinderten. Jetzt, wo sie alleine war, drehte sie sich mehrmals um, um zu sehen, ob ihr jemand folgte. Trotz der späten Stunde und des starken Windes, der an ihren Röcken zerrte, waren viele Menschen auf der Straße, und es war schwer, sie zu unterscheiden. Erst auf dem letzten Stück, kurz bevor sie in die Viktoriagade einbog, meinte sie, dieselbe Silhouette mehrmals aus der Dunkelheit auftauchen zu sehen. Sie hatte größte Lust, die Holzschuhe auszuziehen und das letzte Stück zu ihrer Haustür zu rennen, aber das ging nicht, weil die Pflastersteine nass waren und sie ihre Strümpfe nicht verderben wollte. Sie hatte die Tür erreicht und wollte sie gerade aufstoßen, da stand er plötzlich neben ihr, und ihr Herz setzte ein paar Schläge aus. Es konnte kein Zweifel daran bestehen, dass er der Mann war, der sie von der Fabrik aus verfolgt hatte.

»Wenn Sie mich anfassen, schreie ich. Hier sind überall Leute.«

»Warum, verdammt …« Er fand keine Worte. »Sind Sie Anna Christensen?«

Sie versuchte, die Tür zu öffnen, aber er hielt sie am Mantel fest. »Nein, warten Sie«, sagte er.

Sie riss sich los. »Lassen Sie mich los! Hat Henriksen Sie geschickt?«

»Henriksen? Nein. So hieß er nicht.« Er strich sich mit einem schwarzen Fingernagel über die Narbe auf seiner Wange.

»Hatte er ein Holzbein?«

»Keine Ahnung. Wissen Sie, in Vridsløse …«

Sie unterbrach ihn. »Kommen Sie aus dem Gefängnis?«

»Ja. Man hat mich freigelassen. Es hat mich etwas Zeit gekostet, Sie zu finden, Fräulein, aber ich bin ein Mann, der sein Wort hält. Wenn ich verspreche, eine Nachricht von Ihrem Bruder zu überbringen, dann tue ich das auch.« Aus einer Tasche fischte er einen Zettel.

»Von meinem Bruder! Aber der ist doch tot!«

»Hol mich der Teufel. Als er mir die Nachricht auftrug, war er noch quicklebendig.« Er faltete das Papier auseinander und las vor. »Liebste Anna, Du bist mein Engel, und ich liebe Dich sehr.« Er reichte ihr das Papier. »Das waren die Worte, die er mir diktiert hat.«

Sie konnte sich nicht mehr bei ihm bedanken, denn er verschwand bereits die Straße hinunter und wurde von der Dunkelheit verschluckt. Als sie die Treppe hinaufging, weinte Anna laut.

58

Kopenhagen, Freitag, den 5. Februar

Es gelang, die Versammlung zwei Wochen später im Café Håbet abzuhalten. Dieses Mal waren achtzehn Frauen gekommen, und einige mussten stehen. Eigentlich hätten es viel mehr sein müssen, denn in der Weberei arbeiteten schließlich über zweihundert Frauen. Karen suchte bereits nach einem größeren Lokal, in dem die nächste Versammlung stattfinden konnte. Kurz vor Ende der Mittagspause hatte sie Anna mitgeteilt, dass sie vielleicht etwas gefunden habe. Deswegen stand Anna jetzt vor dem Lohnbüro und hielt nach ihr Ausschau. Es war bereits nach acht. An diesem Freitag ging es mit den Auszahlungen ungewöhnlich langsam. Zum ersten Mal seit Langem hatte Anna keine Abzüge gehabt. Endlich konnten sie beginnen, die Rechnungen beim Krämer und Schlachter abzuzahlen. Dagmar arbeitete immer noch als Serviererin, hin und wieder auch als Büglerin. Anna musste bei Gelegenheit nachrechnen, vielleicht reichte das Geld ja bald, um ihre Stiefel zum Schuster zu bringen. Die gebrauchte Bluse, die sie in einem Schaufenster gesehen hatte, musste allerdings noch warten. Sie war hellblau und hatte Puffärmel und eine Perlenstickerei auf der Brust. Dagmar und sie hatten die Kleidungsstücke im Schaufenster lange betrachtet. Dagmar meinte, die Bluse würde ihr sicher stehen und warte nur darauf, dass sie sie sich leisten könne. Anna sah vor ihrem inneren Auge, wie sie sie bei ihrer nächsten Verabredung mit Niels Rosenberg, dem Journalisten des *Socialdemokraten*, trug. Er hatte ihr eine Karte geschickt und sie in den Rydbergs Kælder eingeladen. Sie hatte angenommen. Auch Dagmar war mit einem jungen Mann verabredet. Er war Geselle bei einem Metzger in der Vesterbrogade. Vermutlich hatten sie deswegen so lange anschreiben dürfen.

Anna ging vor dem Lohnbüro auf und ab. Karen war vor ihr dran gewesen. Vielleicht hatte sie es ja eilig gehabt und war bereits nach Hause gegangen. Sie wollte gerade gehen, da trat ein junges Mädchen auf sie zu. »Sind Sie Anna Christensen?«

Anna nickte.

»Eine Frau möchte in der Färberei mit Ihnen reden. Sie sagte, es sei wichtig.« Das junge Mädchen sah Anna nicht an, sondern starrte zu Boden.

»Ist es Karen?«

»Das weiß ich nicht. Ich arbeite hier erst seit vorgestern und kenne niemanden.«

Anna verstaute ihren Wochenlohn in dem Bündel unter ihrem Rock und ging durch den Websaal in die Färberei. *Wenn Karen sie treffen wollte, warum dann ausgerechnet in der Färberei?* Sie schaute in die Gänge zwischen den Regalen des Lagers. Man konnte nicht vorsichtig genug sein. Holzbein hatte sie schon lange nicht mehr gesehen, war er etwa gefeuert worden? Vielleicht hatte er auch Angst bekommen, dass die Wahrheit über Nelly Hansen ans Licht kommen könnte, und war verduftet? War die Färberei überhaupt noch auf? Der Meister schloss doch wohl nach Feierabend ab? Als sie jedoch die Hintertür des Lagers passierte und den Hof überquerte, sah sie, dass in der Färberei noch Licht brannte. Machten die Gesellen etwa Überstunden? Sie hielt einen Augenblick inne. Da stimmte doch etwas nicht. Vielleicht wollte ja gar nicht eine der Frauen mit ihr reden, sondern der Meister wollte sie feuern? Sie öffnete die Tür und lauschte. Nichts. Sie dachte daran, andere Arbeiterinnen als Verstärkung zu holen, aber die waren wohl schon gegangen. Sie war eine der Letzten in der Schlange gewesen. Langsam ging sie in die Färberei. Offenbar waren die Gesellen nicht da.

Über dem großen Färberbottich brannte Licht. Er war bis zum Rand mit einer dunklen Flüssigkeit gefüllt. »Hallo, ist hier jemand?«

Der Flügelschlag einer Taube ließ Anna zusammenfahren. Als sie sich zum Gehen wandte, ertönte eine tiefe, rostige Stimme in der Stille. »Sie haben offenbar ein schlechtes Gedächtnis, Fräulein Christensen.« Das Holzbein schlug hart auf den Bohlen auf, als der Einbeinige aus der Dunkelheit auftauchte. »Ich habe Sie gewarnt, nicht wahr. Mehrmals sogar.«

Die Wut kochte in ihr hoch, als sie zurückwich. »Was bilden Sie sich ein? Wen haben Sie außer Nelly und meinem Bruder noch alles ermordet?«

Er trat einen Schritt vor, und das Licht fiel auf sein Gesicht. »Dummes Weib, ich habe Ihr Gerede satt. Was wissen Sie schon? Sie sind doch nur ein einfältiges Mädchen vom Land und noch dazu frech.«

»Kommen Sie mir nicht zu nahe!« Anna wich noch einige Schritte zurück.

»Dankbarkeit ist für Frauen heutzutage ein Fremdwort. Rubens hat Ihnen eine Arbeit gegeben, damit Sie nicht hungern müssen, aber das haben Sie vielleicht vergessen?« Er schwankte leicht, als hätte er getrunken.

»Sie haben immer noch nicht begriffen, dass es vorbei ist«, fuhr er fort. »Wir sind ganz allein, und Leuten wie Ihnen stößt leicht mal was zu.«

Eigentlich hätte sie weglaufen sollen, aber ihre Wut hielt sie zurück. »Ist sich Herr Ruben im Klaren darüber, dass er einen Mörder in seinen Diensten hat?« Sie trat einen Schritt auf die Wand zu, an der in einem Bottich die Stöcke der Färbergesellen standen, und ließ Holzbein dabei keinen Moment aus den Augen. Er war aber gelenkiger, als sie ihm zugetraut hätte. Mit einem Satz hatte er sie erreicht, und es gelang ihr gerade noch, einen Stock aus dem Bottich zu fassen zu kriegen, da traf seine Faust bereits ihre Schläfe. Sie sackte in die Knie, und er schleifte sie an einem Arm über den Boden und blieb vor dem riesigen Farbbottich stehen. Trotz des Schmerzes war Anna bei klarem Verstand, und als er sich vorbeugte, um sie an den Schultern zu packen, trat sie ihm zwischen die Beine. Er stöhnte auf, ließ sie aber nicht los, sondern zerrte sie hoch. *Was hatte er eigentlich vor? Sollte sie etwa in den Bottich?* Sie hielt den Stock noch in der Hand und schlug ihn mit aller Kraft auf die Wange. Er verlor das Gleichgewicht und kippte aufstöhnend zur Seite. Seine Krücke fiel zu Boden, und er musste mühselig auf sie zurobben. Obwohl ihr fast schwarz vor Augen wurde, erhob sich Anna, wobei sie immer noch die Holzstange umklammerte. Sie war fast an der Tür, als ein weiterer Schlag sie von hinten traf. Dieses Mal stürzte sie nicht, aber sein freier Arm umschlang sie, sodass sie wie in einem Schraubstock festsaß, während er sie zu dem Bottich zurückschleifte. Krampfhaft hielt sie die Holzstange fest, die hinter ihnen über den Fußboden ratterte. Beim Bottich stieß er sie so fest von sich, dass ihr Kopf auf die Kante aufschlug. Gleichzeitig hob sie, als ob ihr Arm und ihre Hand ihr eigenes Leben führten, die Holzstange in die Höhe und knallte sie ihm vor den Kopf.

Dann wurde alles schwarz.

Sie wusste nicht, wie lange sie auf dem Boden gelegen hatte, als sie von einem kitzelnden Gefühl im Gesicht erwachte. Eine Ratte verschwand in der Dunkelheit hinter einer Tonne. Anna hatte das Gefühl, dass die Deckenlampe über ihr hin und her schwang, und ihr wurde übel. Sie konnte sich gerade noch halb aufsetzen, da musste sie sich schon übergeben. Schweißbedeckt legte sie sich vorsichtig auf die Seite und schloss die Augen, doch nur einen Augenblick lang. *Warum war es so still? War Holzbein nicht mehr da?* Obwohl es in ihrem Kopf pochte, als schlüge jemand unablässig darauf, konnte sie sich aufrichten. Langsam sah sie sich um und fuhr zusammen. Er hing über dem Färberbottich. Rasch wich sie zurück, weg von ihm, aber er bewegte sich nicht. Sie saß in einer Pfütze, offenbar war der Bottich übergeschwappt. Sie merkte, dass ihre Röcke nass waren. Vor ihr lag die Holzstange, mit der sie ihm auf den Kopf geschlagen hatte. Sie richtete sich mit ihrer Hilfe auf und zog sich dann an der Kante des Färberbottichs hoch.

Sein Kopf und ein Arm waren im Bottich verschwunden.

Anna hielt sich die eine Hand vor die Augen, als könnte nicht geschehen sein, was sie nicht sah. Als sie die Hand jedoch sinken ließ, lag er immer noch da. Nach ihrem Schlag war er offenbar vornübergefallen und mit der Stirn auf dem harten Metall des Bottichs aufgetroffen. Langsam näherte sie sich ihm. Er war schlapp und leblos, war aber nicht zu Boden gesunken, weil seine Krücke an der Kante des Bottichs festklemmte. Sie versuchte, ihren Atem zu beruhigen, doch es war zwecklos. Ihr Herz raste mehr, als dass es schlug. Die Holzstange, an der sie sich immer noch festhielt, stellte sie jetzt wieder an ihren Ort zurück. Jetzt musste sie zusehen, dass sie zur Tür kam, aber sie kam nur langsam voran, denn sie musste sich die ganze Zeit irgendwo abstützen. Bevor sie die Tür zum Hof öffnete, schaute sie zurück. Es war Notwehr gewesen, hätte sie ihm nicht die Stange auf den Kopf gehauen, dann würde sie jetzt in diesem Farbbottich liegen. Er hatte ein neues Mädchen dafür bezahlt, sie in die Färberei zu locken, um sie dort umzubringen. Die Frage war nur, ob ihr die Polizei Glauben schenken würde. Vorsichtig schloss sie die Tür hinter sich und sah sich auf dem Hof um. Es war besser, wenn niemand sah, wie sie die Färberei zu dieser späten Stunde verließ. Überall war es dunkel, und große Schneeflocken fielen lautlos vom Himmel, schmolzen aber, sobald sie mit den Pflastersteinen in Berührung kamen. Sie musste das ganze Gebäude umrunden, um das Tor zu erreichen. Das dauerte. Ihr Kopf schmerzte, und immer wieder wurde ihr schwindelig.

Erst nach Mitternacht kam sie endlich zu Hause an. Dagmar erwachte und zündete eine Talgkerze an, als sie das Zimmer betrat.

»Was ist passiert?«

»Ich habe Holzbein erschlagen.«

»Anna!«

»Es war Notwehr.«

Dagmar stand auf und half Anna beim Ausziehen. »Es blutet nicht sehr, aber du hast eine hässliche Beule an der Schläfe.« Sie holte eines der Tücher, die sie benutzten, wenn sie ihre Menstruation hatten, und drückte es auf die Wunde. »Leg dich ins Bett, ich will nichts mehr hören, bevor du dich nicht ausgeruht hast.«

Sobald sie sich hingelegt hatte, ging es ihr besser, aber schlafen konnte sie nicht. Unablässig sah sie Holzbeins leblose Glieder im Farbbottich hängen. Auch Dagmar lag wach und wälzte sich auf der Matratze auf dem Fußboden. Zu guter Letzt gaben sie es auf. Dagmar zündete ein Talglicht an, und Anna erzählte ihr, was sich zugetragen hatte.

»Du hast ihn also einfach liegen lassen?«, flüsterte Dagmar.

»Was hätte ich sonst tun sollen?«

»Tja, das weiß ich auch nicht. Und was jetzt?« Dagmar rückte das Talglicht zurecht, das neben ihrer Matratze auf dem Boden stand.

»Was meinst du?«, fragte Anna.

»Man könnte sagen, dass du dein Versprechen an deinen Bruder erfüllt hast.«

»Du meinst also, dass ich seinen Tod gerächt habe?«, wollte Anna wissen.

Dagmar nickte. Sie schwiegen eine Weile.

»Andererseits …«, begann Anna, »war Holzbein einfach bloß ein schlechter Mensch, der nur Befehle von oben befolgte. Obwohl wir natürlich nicht wissen, wie diese Befehle genau lauteten.«

»Willst du etwa den Fabrikanten Ruben auch noch umbringen?«

»Wozu sollte das gut sein? Ein neuer Schinder würde sogleich in seine Fußstapfen treten. Da sind schon ganz andere Maßnahmen nötig.« Anna setzte sich auf und schwang ihre Beine über die Bettkante.

»Was hast du vor?«

»Ich muss zur Arbeit.«

»Bist du wahnsinnig? Du bist doch verletzt!«

»Wenn ich mich krankmelde, wirkt das verdächtig.«

»Und was ist, wenn die Polizei dort wartet und dich festnimmt?«

»Keine Ahnung. Vielleicht sage ich dann einfach die Wahrheit.«

59

Fünf Monate später.
Kopenhagen, Rubens Tuchfabrik, Samstag, den 3. Juli

»Wir müssen das Joch der Sklaverei abschütteln. Wir dürfen uns nicht damit abfinden, dass viele Arbeiterinnen Zahltag für Zahltag mit leeren Händen nach Hause gehen, obwohl sie sich die ganze Woche abgerackert haben. Jetzt ist einfach genug.« Anna stand auf einer Holzkiste, und ihre klare Stimme erfüllte den Hof vor dem Websaal. Es war Mittagspause, und die meisten Arbeiterinnen hatten sich auf dem Hof versammelt.

Am Vortag, dem Freitag, hatte eine beispiellose Zahl von Frauen aufgrund von Abzügen oder anderen Lohnkürzungen mit leeren Händen nach Hause gehen müssen. Erst an diesem Morgen hatte sich herausgestellt, wie viele es tatsächlich gewesen waren. Anna und Karen hatten sich kurz vor sechs mit ein paar anderen Arbeiterinnen auf dem Hof getroffen.

»Jetzt müssen wir zuschlagen. Wer weiß, wann sich eine bessere Gelegenheit ergibt«, meinte Anna.

»Aber muss ein Streik nicht besser vorbereitet werden?« Karens Stimme klang nicht so sicher wie sonst.

»Schon möglich, aber wie lange sollen wir noch warten? Wenn wir jetzt angesichts dieser schrecklichen Umstände nichts unternehmen, dann denken die Frauen, dass wir es nicht ernst meinen und dass alles nur Gerede ist.«

Eine Weile standen sie in Gedanken versunken da, ohne sich anzusehen, dann brach Karen das Schweigen. »Anna hat recht. Heute berufen wir eine Versammlung ein.«

»In der Mittagspause auf dem Hof. Nicht ganz ungefährlich. Der Fabrikant könnte die Polizei rufen. Aber dieses Risiko müssen wir in Kauf nehmen«, meinte Anna.

Während sie das Garn aus den Tonnen mit Bleichmittel schöpfte, legte sie sich ihre Rede zurecht. Sie durfte nicht zu lang werden, und sie musste alles in der richtigen Reihenfolge vortragen. Aber Letzteres bekümmerte sie nicht sonderlich, denn die Worte lagen nach all den vielen Versammlungen, auf denen sie im Frühjahr gesprochen hatte, regelrecht auf ihrer Zunge bereit. Am meisten Kopfzerbrechen bereitete ihr jetzt, wie es ihnen gelingen sollte, wirklich alle Frauen auf dem Hof zusammenzutrommeln. Mit jeder Veranstaltung war die Zahl ihrer Zuhörerinnen gestiegen, aber es gab immer noch viele Arbeiterinnen, die keinerlei Interesse zeigten. Ein Streik, an dem nur die Hälfte der Frauen teilnahm, war zum Scheitern verurteilt. Sie sah sich um, als sie den Bottich mit dem Garn mit dem Fuß über den Boden schob. Heute wollte sie das Stoffstück mit dem rotblonden Haar und dem Blut Marie Hansens verwenden. Sie hatte es seinerzeit in einem Schuppen unter einer Kiste versteckt, die schon seit Jahren niemand mehr verrückt zu haben schien.

Scholle kam und ging, und es fiel ihr schwer, einen klaren Gedanken zu fassen, wenn er sie anstarrte. Weder er noch sonst jemand in der Färberei hatte ein Wort über Holzbeins Tod verloren, obwohl sie ihn an dem Morgen, als sie sich mit höllischen Kopfschmerzen zur Arbeit geschleppt hatte, im Farbbottich gefunden haben mussten. Als sie um sechs Uhr ihre Arbeit angetreten hatte, war Holzbein weg gewesen. Die Halle war geputzt, und alle Spuren der übergeschwappten Farbe und ihr Erbrochenes waren verschwunden. Die Angelegenheit wurde totgeschwiegen, als hätte es Holzbein nie gegeben.

Die Sonne blendete sie, und sie musste ihre Augen mit der Hand beschatten. Hätte sie gewusst, dass sie heute vor allen Frauen auf einer Kiste stehen würde, dann hätte sie die Bluse mit der Perlenstickerei angezogen. Sie hatte sie sich nicht leisten können, aber einmal, als Niels Rosenberg sie abends nach Hause begleitete, waren sie vor dem Laden stehen geblieben. Die Bluse hatte noch im Schaufenster gehangen. Sie hatte ihm nicht erzählt, dass sie sich die Bluse wünschte, doch er musste es erraten haben. Bei ihrer nächsten Begegnung hatte sie in Papier verpackt auf dem Tisch vor ihr gelegen. Er hatte einen langen, fast seitenfüllenden Artikel über die Verhältnisse bei Rubens geschrieben, über die Strafen und darüber, dass die Arbeiterinnen in die Schuldknechtschaft gezwungen wurden. Sie hatte ihm sehr viel erzählt, aber über den Überfall hatte er nicht schreiben können. Die Zeitungsseite hatte bei den Frauen die Runde gemacht. Viele hatten sie gelesen, und vielleicht war das der Grund dafür, dass jetzt so viele erschienen waren.

Einige Männer standen in einem Grüppchen vor den Ställen und der Remise. Sie schienen sich nicht zu unterhalten und betrachteten pfeifenrauchend die Frauen. Dass ein Bauernmädchen wie sie eine Rede halten würde, hatten sie wohl nicht erwartet. *Was bloß die Leute zu Hause in Uldum denken würden, wenn sie sie jetzt sehen könnten?*

Die Tür des Websaals ging auf, und weitere Frauen traten ins Freie. Jetzt mussten sie fast komplett, fast an die zweihundert Frauen sein. Anna holte tief Luft. »Dieses Stück Stoff …« Sie hielt es in die Höhe. »Dieses Stück Stoff ist einer der Beweise für die tödlichen Unfälle, die sich hier in der Fabrik ereignen. Sie hieß Marie Hansen, aber man weigerte sich, einen Krankenwagen zu rufen, und sie ist an ihren Verletzungen gestorben. Wir haben uns schon viel zu lange mit dieser demütigenden Behandlung abgefunden. Und was ist passiert, als wir eine Abordnung zu Herrn Ruben schickten, um eine Lösung im Sinne aller zu finden?« Sie machte eine kleine Pause und schaute in die Runde.

»Er hat uns rausgeworfen!«, rief Karen mit ihrer lauten Stimme.

»Genau«, fuhr Anna fort. »Man hat uns vor die Tür gesetzt, bevor wir überhaupt Gelegenheit hatten, ihm unsere Vorschläge zu unterbreiten. Deswegen, Herr Ruben …« Sie schaute auf das Gebäude, in dem er sein Büro hatte. »Deswegen legen wir jetzt die Arbeit nieder und streiken.« Sie sprach zu den versammelten Frauen, aber innerlich auch zu Johannes und Nelly. Das hier hatte Nelly gewollt, sie war nur nicht so weit gekommen.

Unter den Zuhörerinnen breitete sich Unruhe aus, nicht allen war bewusst gewesen, dass die Versammlung auf einen Streik hinauslief. Karen, Ida und einige andere, die von Anfang an dabei gewesen waren, diskutierten lautstark mit anderen Arbeiterinnen.

Da sich fast alle Frauen auf dem Hof eingefunden hatten, war Anna der Überzeugung gewesen, dass sie sich heute endlich gegen die Versklavung zur Wehr setzen konnten. Aber jetzt kamen ihr leise Zweifel. *Würden die Frauen wirklich streiken, wenn es darauf ankam?* Schließlich konnte es sie ihre Arbeit kosten, und sie würden auf die Beiträge angewiesen sein, die sie möglicherweise als Streikgeld einsammeln konnten. Sie räusperte sich und fuhr dann fort: »Ihr könnt an die Webstühle zurückkehren und wie Sklaven für einen Hungerlohn weiterarbeiten, für einen Lohn, der euch nicht einmal immer ausbezahlt wird, oder …« Sie hielt erneut inne. »Oder wir legen die Arbeit nieder und gehen alle zur Webergewerkschaft und melden uns dort an, damit sie uns bei diesem notwendigen Kampf unterstützen.« Sie deutete auf das Tor. »Lasst uns gemeinsam gehen!«

Die Frauen riefen durcheinander, als sie von der Kiste herunterstieg und auf das Tor zuging. Ein Druck lag auf ihrer Brust, und sie wagte es nicht, sich umzusehen. Folgten sie ihr, oder kehrten sie in den Websaal zurück? Selbst mit dem Rücken zu ihnen spürte sie die angespannte Stimmung. Aber jetzt geschah etwas am Tor. Einige Männer in Anzügen und eine Frau in einem schwarzen Kleid schlossen das Tor zur Straße. Das waren die Leute aus dem Kontor, die der Fabrikant geschickt haben musste, um die Frauen davon abzuhalten, das Fabrikgelände zu verlassen. Aber ohne Erfolg, denn Karen war bereits zur Stelle und stieß die Frau resolut zur Seite. Eine Gruppe Frauen scharte sich um die Männer in den Anzügen, und das Tor wurde wieder geöffnet. Anna blieb stehen und drehte sich um. Doch, sie folgten ihr, aber waren es auch alle? Ida gesellte sich zu ihr, als sie durch das Tor schritten. »Es ist uns gelungen!«, rief sie. »Ich habe keine einzige Frau in den Websaal zurückgehen sehen.«

Vor dem Tor warteten sie einen Augenblick, bis sich alle angeschlossen hatten. Der Rolighedsvej verwandelte sich in ein wogendes Meer aus Frauen, die in dieselbe Richtung gingen. Anna zitterte innerlich, und als sie am Hauptgebäude der Fabrik vorbeigingen, schaute sie hoch. Da stand er, Fabrikant Ruben, in einem der Fenster über dem Säulenportal. *Was der Dreckskerl jetzt wohl dachte?* Etwas Unerhörtes war geschehen, etwas, womit er nie im Leben gerechnet hätte. Über zweihundert Frauen hatten seine Fabrik verlassen und waren in den Streik getreten.

60

Frederiksberg Have, Sonntag, den 17. Oktober

NIELS ROSENBERG LEGTE ANNA einen Arm um die Schultern und zog sie auf der Bank zu sich heran. Die Sonne schickte goldene Strahlen durch das letzte Laub der Bäume. In diesem Park waren sie nun schon mehrere Male gewesen. Sie hatte gar nicht gewusst, dass ein so schöner und friedlicher Ort so stadtnah existierte. Gelegentlich erinnerten die Kanäle sie an den Fluss zu Hause. Es war nicht so, dass ihr Uldum fehlte, ganz und gar nicht. Sie hatte ihrem Bruder Harald in einem Brief von Johannes' Tod berichtet, aber er hatte nie geantwortet. Ab und zu dachte sie an Peder und den Voldstedhof. Hätte ihr Helga nicht von dem Telegramm aus Kopenhagen erzählt, wäre sie jetzt dort die Bäuerin gewesen. Schon bei dem Gedanken wurde ihr übel. Sie wohnte noch immer mit Dagmar in dem Zimmer in der Viktoriagade, aber obwohl es eng war, zog sie es den großen Zimmern auf dem Voldstedhof vor.

»*Wenn die Katze auf dem Tisch tanzt*«, sagte Niels.

»Warum sagst du das?«

»So heißt doch das Theaterstück, das wir heute Abend anschauen. Das wird sicher lustig. Es ist allerdings nicht das Königliche Theater.«

Anna sah ein paar Spatzen zu, die im Sand pickten.

»Weißt du, dass ich noch nie in einem richtigen Theater war?«

»Nein. Aber dann ist es ja höchste Zeit.«

Sie nickte. »Allerdings.«

Niels hatte vom *Socialdemokraten*, bei dem er immer noch arbeitete, zwei Karten für das Volkstheater in der Nørregade in der Nähe der Redaktion erhalten.

Anna schaute blinzelnd in die tief stehende Sonne. Obwohl seit dem Ende des Streiks nur knapp drei Monate vergangen waren, schien dieser sehr weit zurückzuliegen. Er hatte einen Monat angedauert, war jedoch nicht so erfolgreich gewesen, wie sie gehofft hatten.

Die Frauen waren gemeinsam zur Webergewerkschaft marschiert und dieser beigetreten. In den folgenden Wochen hatten einige der anderen Frauen und sie an unzähligen Versammlungen anderer Gewerkschaften teilgenommen und um moralische und finanzielle Unterstützung gebeten. Sie hatten Geld gesammelt, aber irgendwann hatte es keine Spenden mehr gegeben. Die Webergewerkschaft wurde von Männern angeführt, und die hatten sich nicht einigen können, wie die Unterstützung verteilt werden sollte. Zu guter Letzt hatten die Frauen diese Gewerkschaft verlassen und eine eigene gegründet, den Weberinnenbund von 1886. Und das war ja schon einmal eine gute Sache. Wenn Anna an den Streik dachte, dann erinnerte sie sich am liebsten an den Tag im Juli, an dem die Hälfte der Frauen nach Charlottenlund gezogen waren und mittags im Wald gepicknickt hatten. Die Stimmung war sehr munter gewesen, sie hatten Fahnen mitgeführt und gesungen, und sie selbst hatte eine Rede gehalten.

Dem Fabrikanten Ruben war es gelungen, mithilfe von Streikbrecherinnen aus Schweden die Produktion aufrechtzuerhalten. Einige waren angestellt worden, und die Frauen, die man nicht gefeuert hatte, mussten jetzt mit ihnen zusammenarbeiten. Einige der Entlassenen waren erneut angestellt worden. Sie selbst auch. Sie arbeitete nicht mehr in der Färberei, sondern im Websaal.

Matilde Bajer hatte die Frauen unterstützt und durch einen Unterhändler dafür gesorgt, dass sie für gewisse Arbeiten eine Lohnerhöhung erhalten hatten, was aber nicht viel wert war. Während des Streiks lautete einer der Kampfrufe: »Siegen wir, dann ist das ein Sieg für die dänische Frau, ein Ansporn, weiter für die Gleichberechtigung der Frau mit dem Mann zu arbeiten.« Dieses Mal hatten sie nicht gesiegt, trotzdem war der Streik der Anfang von etwas Größerem, Unaufhaltbarem gewesen, daran zweifelte sie nicht.

Anna und Niels erhoben sich von der Bank und folgten dem Weg auf das prächtige Schloss zu. »Da war noch etwas, was ich dich fragen wollte«, sagte Anna.

»Spuck's aus.« Er nahm ihre Hand.

»Dagmar verlobt sich mit ihrem Otto.«

»Das ist eine gute Neuigkeit.« Er drückte ihre Hand. »Das ist doch dieser Metzgergeselle?«

»Genau. Dagmar ist so glücklich. Seine Eltern laden zu einem Verlobungsessen in Vesterbro ein. Ich weiß nicht, was es zu essen gibt, aber es wird sicher Bier und Schnaps serviert. Ich bin eingeladen. Vielleicht hast du ja auch Lust?«

»Mit Vergnügen.« Er zog sie an sich.

»Du musst mir nur eines versprechen«, sagte sie.

»Und das wäre?«

»Dass du nicht in der Zeitung darüber berichtest.«

»Das wäre eine hübsche Reportage. Ich sehe schon die Überschrift vor mir. *Beim Fest in Vesterbro mit Schlachtergesellen und schlagfertigen Frauenzimmern.*«

Sie hakte sich bei ihm unter.

Nachwort

Bei diesem Buch handelt es sich um einen Roman. Ich habe mir gewisse Freiheiten mit der Wirklichkeit erlaubt. Beispielsweise befand sich die **Molkerei in Uldum** seinerzeit in Privatbesitz, aber ich habe sie in eine Genossenschaft verwandelt, weil das für meine Intrige Sinn machte und weil damals genossenschaftliche Molkereien weitverbreitet waren.

Rubens Tuchfabrik existierte wirklich, und zwar siebzig Jahre lang von 1857 bis 1927 in Frederiksberg. Damals handelte es sich um einen der größten Arbeitgeber für Frauen. Bereits 1874 wurden im *Socialdemokraten* unter der Überschrift *Wie man in Kopenhagen hungert* die elenden Arbeitsverhältnisse bei Rubens beschrieben. Die Verhältnisse dürften sich allerdings nicht weiter von denen in der Industrie im Allgemeinen zu diesem Zeitpunkt unterschieden haben.

Eine Besonderheit war, dass es bei Rubens zum ersten Streik von Arbeiterinnen in Dänemark kam. Im Roman organisiert die brave Anna diesen Streik, in Wirklichkeit war es **Agnes Lindenbaum**. Über ihr Leben können wir nur Mutmaßungen anstellen, denn die Informationen über sie sind äußerst spärlich. Sie war eine Arbeiterin, die agitatorische Gaben besaß. Sie hielt auf dem Fabrikhof die feurige Rede vor den Frauen, bevor der Streik ausbrach.

Der Arzt **Johan Ferdinand Tesch**, der sich im Roman um die an Tuberkulose erkrankte Helga kümmert, ist der Urgroßvater meines Mannes. Er ließ sich als Arzt 1869 in Uldum nieder und war ein umtriebiger Mann, der unter anderem 1872 die erste Krankenkasse in Uldum (Uldum sogns sygekasse) einrichtete.

Vridsløselille Fængsel wurde 1859 eröffnet. Die Gefangenen lebten in vollkommener Isolation voneinander, weil man meinte, dass das zu ihrer Besserung beitragen würde. Dieses Prinzip kam aus Amerika. In Vridsløselille wurde das System 1930 abgeschafft, da viele Häftlinge von der Isolation psychisch krank wurden.

Louis Pio (1841–1894) begründete die sozialistische Arbeiterbewegung in Dänemark. Er wurde viele Male ins Gefängnis gesteckt und wanderte schließlich auf mehr als nur gelinden Druck der Behörden nach Amerika aus. Zu dieser Zeit nutzte man die »Auswanderung«, um unerwünschte Personen loszuwerden. Für diese Auswanderung erhielt Pio eine beträchtliche Geldsumme, die teilweise von Rubens und B & W aufgebracht wurde.

Matilde Bajer (1840–1934) war eine dänische Frauenrechtlerin und Pazifistin. Sie gründete den Dansk Kvindesamfund, den Dänischen Frauenbund, und später die Kvindelig Fremskridtsforening, die Weibliche Fortschrittsvereinigung.